ハヤカワ epi 文庫
〈epi 112〉

すべての見えない光

アンソニー・ドーア
藤井　光訳

epi

早川書房
9006

ALL THE LIGHT WE CANNOT SEE

by

Anthony Doerr

Translated by
Hikaru Fujii
Published 2023 in Japan by
HAYAKAWA PUBLISHING, INC.
This book is published in Japan by
arrangement with
CREATIVE ARTISTS AGENCY
through JAPAN UNI AGENCY, INC., TOKYO.

ウェンディー・ウェイルに捧げる（一九四〇－二〇一二）

一九四四年八月、フランスのブルターニュ地方、エメラルド海岸でもひときわ輝きを放つ町、古くからの城壁に囲まれたサン・マロの市街は、戦火によってほぼ完全に破壊された……城壁内部にあった八百六十五棟の建造物のうち、倒壊を逃れたのは百八十二棟のみであり、それもすべて、ある程度の損傷を受けていた。

——フィリップ・ベック

我々が権力を奪取すること、あるいは今のように権力を行使することは、ラジオなしでは不可能だっただろう。

——ヨーゼフ・ゲッベルス

すべての見えない光

第〇章　一九四四年八月七日

ビラ

それは、夕暮れどきに、空から大量に降ってくる。風に乗って塁壁《るいへき》を越え、屋根の上で宙返りし、家と家が作る谷間に舞い落ちる。通り全体でビラが渦巻き、石畳の上で白く光る。**町の住民への緊急通知、**とそこには書かれている。**ただちに市街の外に退去せよ。**

潮が満ちてくる。空に浮かぶ十八夜の月は、黄色く、小さい。町から東のほう、砂浜に面して並ぶホテルの屋根の上と、その裏庭で、アメリカ軍の砲兵五部隊が迫撃砲に焼夷弾《しょういだん》を詰めこむ。

爆撃機編隊

編隊は、真夜中にイギリス海峡の上空を越える。十二機はそれぞれ、歌にちなんで名づけられている。「スターダスト」「ストーミー・ウェザー」「イン・ザ・ムード」「ピストル・パッキン・ママ」。はるか下では海が音もなく動き、山の形になった無数の白波が広がっている。まもなく、水平線上に、月明かりに照らされてこぶのようになった低い島々を、航空士たちは見て取る。

フランスだ。

インターコムで雑音まじりの会話が交わされる。怠けているかと思うほどゆっくりと、爆撃機編隊は高度を下げる。沿岸のあちこちにある高射砲座から、尾を引く赤い光が上がる。穴を開けられたか大破させられた船の影が、そこかしこに姿を現わす。一隻は船首が切り取られ、二隻目は燃えつつちらちらと光る。はるか沖合にある島では、あわてふためく羊の群れが岩と岩のあいだを斜めに駆けていく。

どの機体の内部でも、爆撃手は照準窓からのぞきこみ、二十まで数える。四、五、六、七。花崗岩の岬にある城壁町が、爆撃手たちの目にしだいに近くなる。それは、悪魔のような歯、黒く危険なもの、切除するべき最後の膿瘍のように見える。

少女

町の一角、ヴォーボレル通り四番地にある、背が高く幅の狭い家の最上階にあたる六階で、視力を失った十六歳の少女、マリー＝ロール・ルブランがひざをつき、模型ですっかり覆いつくされた低いテーブルにかがみこむ。そこには、ひざまずく彼女を包むこの町をミニチュアにした模型がある。城壁の内部に、何百という家や店やホテルの縮小版がおさめられている。尖塔に穴の開いた大聖堂や、ずんぐりと大きいサン・マロ市庁舎があり、そして海沿いに何列も並ぶ邸宅には、煙突が鋲のようについている。ほっそりとした木製の桟橋が、〈プラージュ・デュ・モール〉という砂浜から弧を描いて突きでている。繊細な網状のアトリウムのアーチ形の天井が、海産物市場の上に広がっている。リンゴの種ほど小さいものもある、ちっぽけなベンチが、広場に点々と置かれている。

マリー＝ロールの指先は、塁壁の上を飾る幅一センチメートルほどの胸壁をなぞり、模型の端に沿って、不揃いな星の形を描いていく。その指が探りあてる開けた場所では、壁の上で四門の礼砲が海を向いている。「オランダ砦」と彼女はささやき、小さな階段を指で下りていく。「コルディエ通り、ジャック・カルティエ通り」

部屋の隅には、亜鉛めっきをしたバケツがふたつ置かれ、あふれ出しそうなほど水が入っている。できるときにはいつでもバケツに水を入れておくこと。彼女は大叔父からそう教わっている。それから、三階の浴槽にも。いつまた水道が止まってもおかしくないのだから。

彼女の指は、大聖堂の尖塔に戻ってくる。そこから、南のディナン門へ。夕方になってからずっと、模型の町を指で歩き回り、この家の持ち主である大叔父のエティエンヌを待っている。きのうの夜、彼女が眠っているあいだに大叔父は外に出ていき、まだ戻ってきていない。そしてまた夜になっている。時計はひと回りし、近所はどこも静まり返っているが、彼女は眠れずにいる。

爆撃機は町まで五キロほどのところまで近づき、その音が彼女の耳に届く。しだいに大きくなる音。貝殻のなかでうなる音。

寝室の窓を開けると、航空機の音はさらに大きくなる。それ以外は、夜はおそろしいほど静かだ。エンジンの音も、人の声も、生活の音もない。サイレンも鳴っていない。石畳を叩く足音もない。カモメの鳴き声すらしない。満ちてきた潮が、一ブロック先、六階下で、町の壁の基部にひたひたと当たっているだけだ。

そして、それとは違う音。とても近くで、静かにはためいているものがある。彼女は左のほうにあるよろい戸をそっと開け、右の薄板の上のほうに指を走らせる。紙が一枚、そこにはさまっている。紙は乾いている。紙を鼻に近づけてみる。新鮮なインクのにおいがする。ガソリンかもしれない。紙は乾いている。それほど長くそこに引っかかっていたわけではない。

ストッキングをはいたマリー＝ロールの足は、窓のそばでためらう。うしろには、彼女の寝室があり、大きなクローゼットの上には貝殻が、幅木には小石が並んでいる。彼女の杖は隅に立てかけられている。点字で印刷された大判の小説が、ベッドでうつぶせになって待っている。航空機のうなる音が高まってくる。

少年

北に向かって、通りを五本分進んだところでは、白い髪をした十八歳のドイツ人二等兵、ヴェルナー・ペニヒが、かすかなスタッカートのようにうなる音で目覚める。低く鳴るエンジンくらいの音だ。遠くの窓ガラスにハエがぶつかる音だろうか。

ここはどこだっただろうか。かすかに化学的で、甘い、銃の油のにおい。作られたばかりの弾薬箱の木のにおい。古い上掛けの虫除け玉のにおい。彼はホテルにいる。もちろん、〈蜂のホテル〉《ロテル・デザベイユ》に。

まだ夜だ。まだ早い。

海の方角から、口笛を吹くような音と、轟音《ごうおん》が届く。高射砲が放たれている。

対空部隊の伍長が廊下を足早に進んでいき、階段に向かう。「地下室に行け」と伍長は肩越しに声をかける。ヴェルナーは懐中電灯をつけると、毛布を丸めてダッフルバッグに入れ、廊下を進みはじめる。

少し前までは、〈蜂のホテル〉は活気あふれる場所だった。建物正面のよろい戸は鮮やかな青色で、カフェには氷の上に盛ったカキがあり、バーカウンターの奥では蝶ネクタイを締めたブルトン人ウェイターたちがグラスを磨いていた。二十一室ある客室からは海を望むことができ、ロビーの暖炉はトラックほども大きかった。週末を過ごそうとパリからやってきた客たちがそこで食前酒を飲み、その前には、共和国の中枢からときおり訪れる使者たちがいて――大臣や副大臣、大修道院長や海軍大将――それ以前の数世紀には、風で肌が荒れた海賊たち、つまりは殺人者や、略奪者や、襲撃者や、船乗りたちがいた。

さらに前、ホテルですらなかったころ、つまりは五世紀も前には、そこは裕福な私掠船船長の家だった。彼は船の襲撃から足を洗い、サン・マロ郊外の草地でハチの研究をはじめた。ノートに書き込みをしては、ハチの巣からじかに蜂蜜を食べていた。扉のまぐさの上にある紋章には、今でも、マルハナバチがオークの木に彫りこまれている。ツタに覆われた中庭の噴水は、ハチの巣箱の形をしている。ヴェルナーのお気に入りは、最上階のもっとも豪華な部屋の天井に描かれた、五つのフレスコ画だ。子どもほども大きなハチが、何匹も、青を背景にして浮かんでいる。大きくものぐさなオス、半透明な翅《はね》の働きバチ。六角形の浴槽の上には女王バチが描かれている。一匹で三メートル近くあり、ふたつの眼と金色の毛がついた腹部を持ち、天井を横切るように体を丸めている。

ここ四週間、ホテルは要塞として使われている。オーストリア人対空分遣隊によって、すべての窓がふさがれ、すべてのベッドがひっくり返されている。玄関は補強され、階段には大砲の砲弾が入った大箱がぎっしりと並んでいる。ホテルの四階は、フランス式バルコニーのついた、庭に面した部屋からそのまま塁壁に出られるようになっており、年代物の高速高射砲〈八八〉が据えつけられ、十キログラム近い砲弾を十五キロ先まで放てる構えになっている。

オーストリア人兵士たちはその高射砲を「女王陛下」と呼ぶ。前の週に彼らが大砲の手入れをするようすは、働きバチによる女王バチの世話を思わせるものだった。油を塗り、砲身を塗装しなおし、車輪に潤滑油を差した。その足元には捧げ物のように土嚢を並べた。王室の〈八八〉、彼らすべてを守るはずの残忍な君主。

　ヴェルナーが地下に向かって階段を下りていくと、〈八八〉が二度たてつづけに火を噴く。これほど近くで高射砲の音を耳にするのは初めてだ。まるで、ホテルの上半分が引きちぎられるかのような音。彼はよろめき、あわてて両腕を耳に当てる。音の反響が、壁を伝って基礎部分にまで達し、それからはね返って上がってくる。

　二階上にいるオーストリア人兵士たちが手際よく動き、砲弾をふたたび装塡している音と、海の上空を切り裂いていく二発の砲弾がしだいに遠のいていくかん高い音が、ヴェルナーの耳に届く。すでに、三、四キロほど彼方まで飛んでいる。兵士のひとりが歌っていることに気づく。何人かが歌っているかもしれない。全員かもしれない。八人のドイツ空軍《ルフトヴァッフェ》の男が、自分たちの女王に愛の歌を捧げている。そのだれひとりとして、一時間後には生き残ってはいない。

　ヴェルナーは自分の懐中電灯の光を追い、ロビーを抜けていく。大きな高射砲が三発目を放つと、近くのどこかでガラスが粉々に割れ、煤《すす》が激流となって煙突から一気に落ち、ホテルの壁は鐘をついたように鳴る。その音で、自分の歯茎から歯が抜けてしまうのではないかとヴェルナーは心配になる。

地下室の扉を引いて開け、しばし動きを止める。視界が揺らぐ。「ついに来たのか？」と彼はたずねる。「本当に攻めてきたのか？」

だが、だれがそれに答えられるだろう。

サン・マロ

路地のあちこちで、まだ避難していない最後の住民たちが目覚め、うめき、ため息をつく。未婚の女性たち、娼婦たち、六十歳を越えた男たち。ぐずぐずしている者、内通者、不信心者、酔っ払い。あらゆる修道会の修道女。貧乏人。頑固者。目の見えない者。まだ部屋に残り、防空壕に急ぐ者もいる。単なる演習だと自分に言い聞かせる者もいる。毛布や祈禱書《きとう》、あるいはトランプをひと組持っていこうとする者もいる。

ノルマンディー上陸は、二か月前のことだった。シェルブールが解放され、カーンが解放され、レンヌもそれにつづいた。西フランスの半分は自由になっている。東部戦線では、ソヴィエト軍がミンスクを奪還している。ワルシャワでは自由ポーランド軍が蜂起している。いくつかの新聞は勢いづき、形勢が逆転したのだと仄《ほの》めかしている。だが、ここは違う。大陸の端にある最後の砦、ブルターニュ海岸に最後まで残るドイツ軍の要地は別だ。

人々はささやきあう。ここにいるドイツ軍は、中世の壁の下に全長二キロにもおよぶ地下通路を整備したのだと。彼らは新たな防御施設、新たな導管、新たな退避路、まごつくほど入り組んだ地下複合施設を建設したのだ。旧市街から川をはさんだ対岸のラ・シテという半島にある砦の地下には、包帯用の部屋、弾薬用の部屋がずらりと並び、地下病院さえある。少なくとも、そう信じられている。空調と、二十万リットルの貯水槽と、ベルリンへの直通電話を完備している。火炎放射式の偽装爆弾や、四方を見渡すトーチカが張りめぐらされている。彼らが貯蔵している兵器は、毎日朝から晩まで海に砲弾を撃ちこんでも、一年は持つほどだ。

ここにいるのは、死ぬ覚悟ができている一千人のドイツ兵なのだ、と人々はささやく。あるいは五千人か。もっとか。

サン・マロ。町は四方を水に囲まれている。フランス本土との連結は、か細い土手道、橋、砂の突端にすぎない。我々はなによりもまずマロの民なのだ、とサン・マロの人々は言う。その次にブルトン人。まだ言うべきことが残っているのなら、フランス人。

雷の光を浴びると、町の花崗岩は青く光る。大潮の海水は町の中心部の地下にまで入りこむ。引き潮のときには、千の難破船のフジツボのついたあばら骨が海面から突きでる。三千年にわたり、この小さな岬は包囲されることに慣れてきた。

だが、今回はそのどれとも違う。

老女がむずかる幼児を抱き上げる。一・五キロほど離れたサン・セルヴァン郊外の路地で、立ち小便をしている酔っ払いが、生垣から一枚の紙を手に取る。**町の住民への緊急通知。ただちに市街の外に退去せよ。**

高射砲の閃光が沖合の島々からきらめき、旧市街の内部にあるドイツ軍の大砲は轟音とともに砲弾を次々に海上に向けて放つ。浜から四百メートルほど沖合にある、〈ナシオナル〉という島の要塞に拘束されている三百八十人のフランス人たちは、月明かりに照らされた中庭で縮こまり、上を見つめる。

四年間つづいた占領があり、そして今、迫ってくる爆撃機の轟音は、なにを意味するのだろうか。救いの手か。皆殺しか。

小火器の破裂音。ざらついたスネアドラムのような対空射撃。大聖堂の尖塔に巣を作っている十羽ほどのハトは、一気に地面近くまで舞い降り、円を描きながら海の上に出ていく。

ヴォーボレル通り四番地

マリー＝ロール・ルブランは部屋のなかに立ち、読むことのできないビラのにおいをかぐ。サイレンが鳴り響いている。彼女はよろい戸を閉め、窓にかんぬきをかける。一秒ごとに、飛行機は近づいてくる。どの一秒も無駄にはできない。今すぐに駆け下りていくべきだ。台所の片隅に向かい、そこにある小さなはね上げ戸から地下室に入り、ほこり、ネズミに噛まれた敷物、久しく開けられていない古いトランクのあいだに身をひそめるべきだ。

彼女はベッドの足元にあるテーブルに戻り、町の模型のそばにひざをつく。

もう一度、彼女の指は、外側の塁壁、オランダ砦と、そこから下りていく小さな階段を見つける。まさにここ、本物の町のこの窓辺には、日曜日になるたびに敷物を叩く女性がいる。ここにある窓からは、少年が声を張り上げたことがあった。ちゃんと前を見なよ、目が見えてないのかい？

彼らの家では、窓ガラスが震える。高射砲がまた一斉に砲撃をはじめる。地球がわずかに回転する。

指の先で、エストレー通りがミニチュアのヴォーボレル通りと交わる。彼女の指は右に曲がる。戸口を次々にかすめていく。一、二、三、四。今までに何度、これを繰り返してきただろう。

四番地。高く、荒れた鳥の巣のようなその家は、彼女の大叔父エティエンヌの持ち家だ。彼女がそこで暮らしはじめて四年になる。その六階で、ひとり彼女がひざまずくあいだにも、十二機のアメリカ軍爆撃機は轟音とともに迫っている。

小さな扉を指で内側に押すと、隠された掛け金が動き、小さな家は持ち上がって模型からはずれる。それを両手にのせる。彼女の父親の煙草入れほどの大きさだ。

爆撃機は近くなり、ひざの下で床が震えはじめる。外の廊下では、階段の天井から下がるシャンデリアの水晶飾りが軽やかな音をたてる。マリー＝ロールは模型の家の煙突を九十度ひねる。それから屋根の三枚の薄板を横に動かし、家をひっくり返す。

石がひとつ、手のなかに転がってくる。

ひんやりとしている。ハトの卵ほどの大きさ。涙の粒の形。

マリー＝ロールは、片手で小さな家を、もう片手で石をつかむ。部屋はもろく、頼りなく思える。今にも、巨大な指先が壁を突き破ってきそうに思える。

「パパ？」と彼女はささやく。

地下室

〈蜂のホテル〉のロビーの下には、基岩をくりぬいて作られた船長の地下室がある。大箱や、飾りだんすや、道具をかけるハンガーボードのうしろで、むき出しの花崗岩が壁になっている。荒削りな三本の太い梁が、何世紀も前にブルターニュの古代の森から馬車隊によって運ばれ、吊り上げられて地下に入れられ、天井を支えている。

ひとつだけある裸電球が、揺れる影をすべてに投げかけている。

ヴェルナー・ペニヒは、作業用ベンチの前にある折りたたみ椅子に腰を下ろし、電池の残量を確かめると、ヘッドホンを装着する。その無線機は、鋼鉄の箱におさめられた送受信共用機で、一・六メートル波用のアンテナがついている。それにより、上階にもある同型の送受信機や、町の城壁内部にいるふたつの対空部隊、そして河口の向こうの地下にある守備隊司令部と通信することができる。

送受信機は温まるにつれて軽くうなる。観測手が座標をヘッドホンに向けて読み上げると、砲兵のひとりがそれを復唱する。ヴェルナーは目をこする。彼のうしろには、強奪された宝物が、天井に達するほどひしめきあっている。巻かれたつづれ織り、古時計、細かいひびの入った大きな風景画。ヴェルナーに向かいあう棚には、八個か九個の石膏の頭部が置かれているが、なんのためのものなのかは見当もつかない。

巨漢の二等軍曹、フランク・フォルクハイマーが、狭い木の階段を下りてくると、首をすくめて梁をくぐる。ヴェルナーにほほえみかけ、金色の絹布を張った背の高いひじかけ椅子に腰を下ろす。巨大なふとももの上に置いたライフルは、警棒ほどにしか見えない。

「はじまるのか？」とヴェルナーはたずねる。

フォルクハイマーはうなずく。彼が懐中電灯を切り、薄明かりのなかでまばたきすると、どこか繊細そうなまつ毛が動く。

「どれくらいつづく？」

「それほど長くはない。ここにいれば安全だ」

技師のベルントが最後に入ってくる。小柄な男で、ねずみ色の髪をして、瞳孔の位置が左右でずれている。地下室の扉を閉めるとかんぬきをかけ、階段の途中で座りこむ。沈んだ表情をしているのは、恐怖のせいなのか、闘志のせいなのか。

扉が閉まると、サイレンの音は少し弱くなる。三人の頭上で、天井の電球がまたたく。

ヴェルナーは思う。水だ。水を忘れていた。

もうひとつの対空部隊が、町の遠くのほうで砲撃し、それから上階の〈八八〉がふたたび、耐えがたいほどの音で火を噴く。砲弾が空を切り裂いていく鋭い音に、ヴェルナーは耳を傾ける。滝のようなほこりが天井のあちこちからさらさら落ちる。ヘッドホンから、上にいるオーストリア人兵士たちがまだ歌っているのが聞こえる。

……ヴルタヴァ川に、ヴルタヴァ川に、太陽は金色に輝くよ……。

フォルクハイマーは眠たげにズボンのしみをひっかく。ベルントは両手を丸めて息を吹きかける。風の強さや、気圧や、軌道によって、送受信機に雑音が混じる。ヴェルナーは故郷のことを考える。エレナ先生が、彼の小さな靴にかがみこみ、ひもを二重結びにしている。星が弧を描いて屋根裏の窓を通り過ぎていく。妹のユッタは、肩にキルトをかけ、左の耳からはラジオのイヤホンが垂れている。

四つ上の階では、オーストリア人兵士たちがまた〈八八〉の白煙を上げる閉鎖機に砲弾を放りこみ、砲口の照準を確認すると、大砲の発射に合わせて耳をしっかりとふさいでいるが、地下にいるヴェルナーには、子どもだったころのラジオの声しか聞こえない。**歴史の女神が大地を見下ろしていた。もっとも熱い火によってのみ、浄化はなされるのだ。**枯れかけたヒマワリ畑が見える。木から一斉に飛びたつクロウタドリの群れが見える。

投下

十七、十八、十九、二十。照準窓の下では海が疾走している。そして、家々の屋根に変わる。小ぶりな二機が煙で飛行経路を示すと、先頭の爆撃機が搭載分を一気に投下し、残る十一機もそれにつづく。爆弾は斜めに落ちていく。爆撃機は揃って上昇し、退避する。

空の下には、黒い斑点がついている。海岸から四百メートル沖合で、数百人の同胞ともにナシオナル要塞に閉じこめられているマリー＝ロールの大叔父は目を細めて見上げ、いなごだ、と考える。すると、教区学校でのクモの巣がかかった時間から、旧約聖書の教訓がよみがえってくる。**いなごには王はないが、隊を組んで一斉に出動する。**

悪魔のような大群。ひっくり返した豆の袋。百の切れたロザリオ。千ものたとえがあるが、どれも言い表わすには足りない。一機につき四十個の爆弾、合わせて四百八十個、三十二トンを超える爆発物。

雪崩《なだれ》が町に降下する。嵐が。ティーカップが棚からすべり落ちる。絵は釘からはずれる。その一瞬をはさむと、サイレンはどれも聞こえなくなる。なにひとつ聞こえない。爆音は中耳の膜をひきはがせるほどになる。

高射砲が最後の砲弾を放つ。十二機の爆撃機は被害を受けることなく、青い夜に引き返していく。

ヴォーボレル通り四番地の六階で、マリー＝ロールはベッドの下に這って入り、石と小さな家の模型を固く抱きしめる。

〈蜂のホテル〉の地下室では、ひとつだけある天井の電球がまたたいて消える。

第一章　一九三四年

国立自然史博物館

マリー＝ロール・ルブランはパリに暮らしている。背の高いそばかす顔の六歳で、視力がみるみる落ちてきている。博物館で働く父親に言われ、子ども向けの見学会に加わる。背中が曲がって子どもくらいの背丈になった、年寄りの守衛が、見学会の案内役をする。守衛は杖の先で床を軽く叩いて注目を集めると、十人ほどの子どもたちを連れて庭園を横切り、各館の建物に向かう。

技師たちが滑車を使って恐竜の大腿骨《だいたいこつ》の化石を持ち上げるようすを、子どもたちは眺める。戸棚に入っているキリンの剥製《はくせい》は、背中の毛皮のあちこちがはげかけている。剥製師の引き出しをのぞきこんでみると、羽毛や爪やガラス製の眼がぎっしりと入っている。ランや、ヒナギクや、香草で飾られた二百年前の植物標本帳をめくる。

しばらくして、一行は十六段の石段を上がり、鉱物学館に入る。案内係は子どもたちに、ブラジル産の瑪瑙《めのう》やすみれ色のアメジストを見せる。台にのった隕石は太陽系自体と同じくらい古いものだと言う。それから、一列になった子どもたちを引き連れ、くねくね曲がる階段を二階分下り、通路をいくつも通っていき、鍵穴がひとつだけある鉄の扉の前で立ち止まる。「ここで終わりだよ」と彼は言う。

「でも、奥には何があるの？」と女の子が言う。

「この扉の奥には、ひと回り小さな、鍵のかかった扉がある」

「じゃあ、その奥は？」

「さらに小さな、鍵のかかった第三の扉だ」

「その奥には？」

「第四の扉、そして第五の扉、とつづき、第十三の扉までくれば、もう靴くらいの大きさになっている」

子どもたちは身を乗りだす。「それで？」

「第十三の扉の奥には」——案内係は信じられないほどしわの入った両手でもったいぶっ

たしぐさをする――「〈炎の海〉がある」

とまどい。そわそわした動き。

「おやおや。〈炎の海〉の話を聞いたことがないのかな？」

子どもたちは首を横に振る。マリー＝ロールは、三メートルおきに天井から下がっている裸電球を見上げ、目を細める。どの電球も、彼女の目には回転する虹色の光の輪として映る。

案内係は、杖を手首にかけると、両手をこすりあわせる。「長いお話だよ。長いお話を聞きたいかな？」

子どもたちはうなずく。

彼は咳払いをする。「何世紀も昔、今ではボルネオと呼ばれている土地で、ある王子が、干上がった川床から青い石を引き抜いた。きれいな石だと思ったからだ。そして宮殿に戻る途中で、王子は馬に乗った男たちに襲われ、心臓を刺されてしまった」

「心臓を刺されたの？」

「本当に？」

「しっ」と男の子の一人が言う。

「盗賊たちは王子の指輪も馬も、すべてを盗んだ。だが、王子がしっかりとにぎりしめていた小さな青い石は見逃した。そして、死にかけた王子はどうにか這って宮殿に戻った。それから十日間、意識のないままだった。十日目、手当てをする者たちの予想を裏切って王子がむくりと起き上がり、手のひらを広げると、そこには石があった。

奇跡だ、とスルタンの医師たちは言った。あれほどの傷を受けて生きていられるはずがないと。その石には傷を癒す力があるに違いない、と手当てをした者たちは言った。スルタンお抱えの宝石師たちは、また違うことを言った。だれも見たことがないほど大きなダイヤモンドの原石だというのだ。もっとも才能ある石切り工が、八十日をかけて、面を切り出した。仕上がった宝石は、熱帯の海のような鮮やかな青色だったが、中心にはかすかに赤の色合いがあり、滴《しずく》の内側に炎があるようだった。スルタンは、そのダイヤモンドを王子の冠にはめこませた。伝えられているところでは、若き王子が玉座に座ったとき、ちょうどさしこんだ太陽の光を浴びて目もくらむほどになったため、訪れていた人々は、光で王子の姿を見ることができなかったそうだ」

「それは本当の話なの？」と女の子がきく。

「しーっ」と先ほどの男の子は言う。

「その宝石は〈炎の海〉と呼ばれるようになった。王子は神なのだ、その宝石を持っているかぎりは命を奪われることはないのだと信じる者もいた。だが、不思議なことが起きるようになった。その冠をかぶっていればいるほど、王子の運は悪いほうに傾いた。ひと月のうちに、弟のひとりは溺れ死に、もうひとりはヘビにかまれて死んでしまった。半年のうちに、父親は病に倒れて世を去った。それに輪をかけるように、東方に巨大な軍勢が集結している、とスルタンの偵察隊が告げた。

王子は父王の助言役を呼び集めた。戦争に備えるべきときだ、と彼らは異口同音に言ったが、ただひとり、ある祭司は、夢を見たと語った。その夢のなかで、大地の女神が彼にこう告げたのだという。女神は、恋人である海の神に贈るつもりで〈炎の海〉を作り、川から送り届けようとした。ところが川が干上がり、王子がその石を抜き取ってしまったため、女神は怒り狂った。彼女はその石と、それを手にする者すべてに呪いをかけたのだ」

どの子ども身を乗りだす。マリー＝ロールもそうだ。

「その宝石を手にする者は永遠に生きるが、それを持っているかぎり、彼が愛する人々の身には不幸が終わりなき雨となって降りかかる。それが呪いだ」

「永遠に生きるの？」

「だが、もし、所有者がそのダイヤモンドを海に投げ入れ、本来受け取るべき者のもとに届ければ、女神は呪いを解いてくれる。そこで、スルタンとなっていた王子は三日三晩考えたすえに、宝石を手放すまいと心を決めた。命を救ってもらっていたからだ。その宝石のおかげで自分は不死身になったのだと彼は信じていた。王子は祭司の舌を切り取らせた」

「いたっ」と一番年下の男の子が言う。

「そんなのだめよ」一番背の高い女の子は言う。

「そして軍隊が攻めこんできた」と守衛は言う。「宮殿を破壊し、手当たりしだいに殺した。王子はそれきり姿を消した。それから、二百年にわたり、〈炎の海〉のことを耳にした者はだれひとりいなかった。宝石は小さく切り分けられたのだ、と言われた。あるいは、王子はまだ宝石を持っていて、日本かペルシアで一介の農夫として暮らし、歳をまったく取らないらしい、とも言われた。

こうして、宝石は歴史から消えた。ところがある日、インドのゴルコンダ鉱山を訪れていたフランス人のダイヤモンド商人が、洋梨の形をした大きなダイヤモンドを見せられた。百三十三カラットだ。ほぼ完璧な透明度。ハトの卵ほども大きく、海のように青いが、核のところには赤い炎がある、とその商人は書いている。彼はダイヤモンドの型を取り、宝石に目がないロレーヌ地方の侯爵のもとに送り、呪いのうわさがあることも警告した。だが侯爵は、なんとしてでもそのダイヤモンドを欲しがった。そこで商人はその宝石をヨーロッパに持っていき、侯爵は杖の先にそれをはめこんで、肌身離さず持ち歩いた」

「うわあ」

「ひと月のうちに、侯爵夫人はのどの病にかかった。夫妻のお気に入りだった使用人のふたりが、屋根から落ちて首を折ってしまった。そして、侯爵のひとり息子は、乗馬中の事故で死んでしまった。侯爵本人はかつてなく元気そうだとみなが口を揃えて言ったが、彼は外に出ることも、客が来ることも恐れるようになった。ついに、自分の宝石は呪われた〈炎の海〉なのだと確信し、侯爵は王に、博物館にその宝石を封じこめてほしいと願いでた。特製の箱の奥深くにしまいこみ、その箱は二百年間開けてはならない、という条件で」

「それで？」

「そして、今年で、百九十六年になる」

子どもたちはみな、しばらく黙りこむ。何人かは指で計算する。そして、一斉に手を挙げる。

「宝石を見てもいい？」

「だめだよ」

「最初の扉を開けるだけでも？」

「だめだ」

「おじいさんは宝石を見たことあるの？」

「ないな」

「じゃあ、本当にそこにあるってどうやってわかるの？」

「お話を信じればいいのさ」

「どれくらいの値段なの？　エッフェル塔を買えるくらい？」

「それほど大きくて珍しいダイヤモンドなら、おそらくエッフェル塔を五本買えるだろうな」

息をのむ音。

「こんなに扉があるのは、泥棒が入れないようにするため？」

「ひょっとすると」と案内係は言うと目くばせする。「扉は呪いを外に出さないためにあるのかもしれないな」

子どもたちは押し黙る。何人かはあとずさる。

マリー＝ロールがめがねをはずすと、世界は形を失う。「じゃあ」と彼女はきく。「ダイヤモンドを海に持っていって投げこめばいいんじゃない？」

案内係は彼女のほうを見る。ほかの子どもたちも彼女を見る。年上の少年のひとりが言う。「だれかがエッフェル塔を五本も海に投げこむのを見たことなんかあるか？」

笑い声があがる。マリー＝ロールは顔をしかめる。その扉は、真鍮《しんちゅう》の鍵穴があるだけの、ただの鉄の板にしか見えない。

見学は終わり、子どもたちは解散し、マリー＝ロールはまた進化大陳列館で父親と一緒になる。父親は、鼻にかけてある彼女のめがねをまっすぐに直すと、髪から木の葉を一枚取る。「楽しかったかい、お嬢《マ・シェリー》さん？」

小さな茶色いイエツバメが垂木からさっと舞い降り、彼女の目の前のタイルに下りる。マリー＝ロールは手を広げて差しだす。ツバメは首を傾げ、しばらく見ている。それから羽ばたいていく。

ひと月して、彼女は視力を失う。

ツォルフェアアイン

パリから北東に五百キロ離れた、ツォルフェアアインという町、ドイツのエッセン地方のはずれにある四千エーカーの炭鉱製鉄地帯で、ヴェルナー・ペニヒは生まれ育つ。そこは鋼鉄の地、無煙炭の地で、穴だらけの地でもある。煙突は煙を吐き出し、機関車が高架の線路を行き来する。葉のない木々が、石炭くずの上に立っている姿は、冥界から伸びてきた骸骨の手のようだ。

ヴェルナーと、妹のユッタは、〈子どもたちの館〉で育つ。フィクトリア通りにある、二階建てレンガ造りのその孤児院には、病気の子どもの咳、新生児の泣き声、ぼろぼろのトランクがぎっしりと詰まっている。トランクのなかでは、世を去った両親の形見がまどろんでいる。パッチワークのワンピースや、鈍い光沢を放つ結婚式のナイフとフォークや、炭坑にのみこまれた父親たちの薄れかけたアンブロタイプ写真。

小さいころのヴェルナーは、とてもひもじい。男たちはツォルフェアアインの門の外で仕事をめぐってけんかし、ニワトリの卵は一個あたり二百万マルクで売られ、リューマチの熱はオオカミのように〈子どもたちの館〉のまわりをうろつく。バターも、肉もない。果物は記憶でしかない。とくに厳しい数か月間には、院長が十人ほどの孤児に出せるものといえば、マスタードの粉と水を混ぜて焼いたものしかない、という夜もある。

だが、七歳のヴェルナーは浮き立っているように見える。彼はまわりよりも小柄で、耳はぴんと突きでて、高く美しい声で話す。その髪の白さに、道ゆく人々は立ち止まる。雪のような、牛乳のような、チョークのような白。色のない色。毎朝靴ひもを結び、コートの内側に新聞紙を詰めて寒さをしのぐ断熱材にすると、世界を調べ上げるべく出かける。

雪のかけら、オタマジャクシ、冬眠中のカエルを捕まえる。パンを売りたがらないパン屋から、どうやってか少しもらう。よく、赤ん坊のための新鮮な牛乳を持って台所に現われる。ヴェルナーはもの作りもする。紙の箱、複葉機らしきもの、舵《かじ》が動くおもちゃの船。

二日おきに、彼は答えようのない質問をしては院長を閉口させる。「エレナ先生、どうしてしゃっくりは出るの？」

「エレナ先生、月が本当に大きいなら、どうしてあんなに小さく見えるの？」

「エレナ先生、だれかを刺したら自分が死ぬってハチは知ってるの？」

エレナ先生は、アルザス出身のプロテスタントの修道女で、孤児院の管理よりも子どもたちの相手をするほうが好きだ。彼女はフランスの民謡を高い裏声で歌い、シェリーにはどうしても目がなく、よく立ったまま眠りこむ。子どもたちを夜遅くまで寝かしつけず、山に抱かれた土地での、自分の子ども時代の話をフランス語で聞かせてやることもある。屋根には二メートル近く雪が積もり、町のお触れ役や、寒さのなか湯気の立つ小川や、霜が降りたブドウ畑が織りなす、クリスマスキャロルの世界。

「エレナ先生、耳の聞こえない人でも、自分の心臓の音は聞こえるの？」

「エレナ先生、どうして糊《のり》はびんのなかでくっついてしまわないの？」

彼女は笑う。ヴェルナーの髪をくしゃくしゃにする。そしてささやく。「ヴェルナー、あなたはきっと小さすぎるとみんなから言われるわ。素性も怪しいし、高望みしないほうがいいと。でも、わたしはあなたを信じている。きっとあなたはすごいことをやり遂げる」。そして彼女にうながされ、ヴェルナーは、屋根裏部屋で自分専用にしている簡易ベッドに上がっていく。

妹のユッタと一緒に絵を描くこともある。妹がこっそりヴェルナーの寝床に上がってくると、ふたりは腹ばいになり、一本だけの鉛筆を順番に渡しあう。三歳年下のユッタのほうが、絵の才能がある。彼女はパリを描くことに夢中になる。一枚だけの写真で、エレナ先生が持っている恋愛小説の表紙で見ただけの街——マンサード式の屋根、ずらりと並ぶかすみがかったアパルトマン、遠くにそびえる塔の鉄骨。彼女はねじくれた白い高層建築、複雑な橋、川沿いに集まる人影を描く。

学校が終わると、ヴェルナーが捨ててあった部品を組み合わせて作った荷車に妹を乗せて引っぱり、炭坑地帯を歩く日もある。ふたりは長い砂利道をごとごと進み、採掘小屋やごみを燃やすドラム缶のそばを通っていく。解雇された坑夫たちは、ひっくり返した木箱に一日じゅう座ったまま、石像のように動かない。車輪のひとつがしょっちゅう鈍い音とともにはずれ、ヴェルナーは辛抱強くそのそばにしゃがみ、ボルトに糸を通してはめなおす。いたるところで、遅番の勤務に向かう労働者たちが倉庫によろよろと入っていき、早番を終えた労働者たちは背を丸め、腹を空かせ、寒そうにとぼとぼ家に帰っていく。ヘルメットからのぞく顔は、黒い骸骨のようだ。「こんにちは」とヴェルナーは小鳥のような声で言う。「どうも」。だがたいてい、坑夫たちはなにも言わずに足を引きずって通り過ぎていく。そもそも彼の姿が見えていないのか、目はぬかるみをじっと見つめ、その上には、ドイツ経済の崩壊が、ものものしく角ばった工場のようにそびえている。

ヴェルナーとユッタは光沢を放つ黒いくずの山をより分ける。錆びついた機械の山を登る。イバラの茂みでキイチゴを、野原でタンポポをつむ。ジャガイモの皮やニンジンの葉をゴミ箱で見つけることもある。そうでなくても、午後の散歩のとき、絵を描くための紙や、最後の歯みがき粉を絞りだして乾かせばチョークのかわりになるチューブを拾う。ときおり、ヴェルナーはユッタを乗せ、炭坑最大の第九採掘坑の入り口まで行く。あたりは騒音に包まれ、ガス炉の中心にある口火のように照らされ、その上では五階建ての石炭巻き揚げ機がうずくまり、ケーブルが揺れ、ハンマーが騒々しい音をたて、男たちが声を張りあげ、地図を埋めつくすほどのひだと波の形になった炭坑が、どの方角にも、見渡すかぎりつづいている。ふたりが眺めていると、石炭運搬のトロッコが大地の底から上がり、弁当箱を手にした男たちが倉庫からあふれ出し、火のついた罠に吸いよせられる羽虫のように昇降機の入り口に向かっていく。

「あの下だよ」とヴェルナーは小声で妹に言う。「父さんが死んだのはあそこだ」

夜になると、ヴェルナーはなにも言わずにユッタを引っぱり、建物がひしめくツォルフェアアインの地区を抜けて戻っていく。煤だらけの低地で、雪のような髪をしたふたりの子どもが、ささやかな宝物を持っていくフィクトリア通り三番地では、エレナ先生が石炭ストーブをじっと見つめ、疲れた声でフランス語の子守唄を歌い、ひとりの小さな子が彼女のエプロンを引っぱり、腕に抱かれたもうひとりの子が大声で泣いている。

鍵保管室

先天性の白内障。両目とも。回復の見込みはない。「これが見えるかな?」医師たちはきく。「これは?」この先ずっと、マリー＝ロールは二度と光を見ることはないだろう。かつてはなじみのものだった空間、父親と暮らしている四部屋のアパルトマンや、ふたりの住む通りの突き当たりにあって木が並ぶ広場は、危険がうごめく迷宮になってしまう。あるはずのところに、引き出しがない。トイレは底知れない。水を入れたグラスは、近すぎるか、遠すぎる。彼女の指はいつも大きすぎる。

目が見えないとはどういうことか。壁があるはずのところに手を伸ばしても、なにもない。なにもないはずのところで、テーブルの脚がむこうずねをえぐってくる。通りで車がうなる。木の葉は空でささやく。血が、耳のなかで音をたてて流れる。階段で、台所で、ベッドのそばでさえ、大人たちの声は絶望を語る。

「かわいそうな子」

「かわいそうなルブランさん」

「今までだって苦労してきたのに。父親を戦争で亡くして、奥さんは出産で亡くなって。そして今度は娘さんだ」

「一家が呪われているみたいだ」

「あの子を見てみなよ。彼を見てみなよ」

「あの子はよそへ移ったほうがいい」

青あざとみじめな気分が、何か月もつづく。部屋はどこも、ヨットのように縦に揺れ、半開きの扉がマリー＝ロールの顔を打つ。彼女のただひとつの避難所は、ベッドのなか、キルトをあごまで引き上げているときだ。そのそばで、彼女の父親は椅子に座ってまた煙草を吸い、小さな模型を少しずつ削っていき、小さな金づちと紙やすりが一定のリズムで動いて心落ち着く音をたてる。

絶望は長くはつづかない。マリー＝ロールはまだ若く、父親はとても辛抱強い。彼は娘を安心させる。呪いなどない。悪運や幸運はあるかもしれない。それぞれの日が、いい日か悪い日かに、わずかに傾くことはあるかもしれない。だが呪いはない。

週のうち六日、彼女は夜明け前に父親に起こされ、両手を上げて服を着せてもらう。ストッキング、ワンピース、セーター。時間があるときは、自分で靴ひもを結ぶ練習をする。それから台所に行き、ふたりでコーヒーを飲む。熱く、濃く、好きなだけ砂糖を入れて。

六時四十分になると、彼女は隅にある白い杖を取り、父親のベルトのうしろに指を一本からませると、彼について四階分の階段を下り、ブロックを六つ歩いて博物館に向かう。

父親は第二門を七時ちょうどに解錠する。なかにはいつものにおいがある。タイプライターのリボン、ワックスをかけた床、石の塵。ふたりの足音は大陳列館にいつものこだまを響かせる。彼は夜警に、それから守衛に挨拶し、いつも同じ言葉が繰り返される。おはよう、おはよう。

左に二回、右に一回。輪に通して父親が持っている鍵の束が音をたてる。錠が屈し、門が大きく開く。

鍵保管室のなか、正面がガラス張りになった六つの戸棚のなかには、何千本という鉄の鍵が、掛け釘から下がっている。刻みのない鍵や万能鍵、棒鍵や持ち手に土星のような形の穴がついた鍵、エレベーターや戸棚の鍵がある。マリー＝ロールの前腕と同じくらい長い鍵、親指よりも短い鍵がある。

マリー＝ロールの父親は、国立自然史博物館の錠前主任として働いている。研究室や倉庫、四つの独立した建物、動物園、温室、植物園にある何エーカーもの薬草や観賞用の庭園、十ほどの門と休憩場も合わせれば、博物館の敷地全体で一万二千個の錠前があるはずだ、と父親は言う。それは違うと言えるほどの知識はだれにもない。

午前中、彼は鍵保管室の前に立ち、職員たちに鍵を渡していく。まず動物園の飼育係が来て、研究室の職員たちは八時ごろに押し寄せ、次に技師や図書館員や研究助手たちがぞろぞろと現われ、最後に研究者たちがぽつぽつとやってくる。鍵はすべてに番号が振られ、色分けされている。守衛から所長にいたるまで、すべての職員がつねに鍵を持っていなければならない。鍵を持ったまま、それぞれの建物から出ることはだれにも許されていない。机に鍵を置いたままにしてもならない。博物館は、十三世紀の貴重な翡翠《ひすい》や、インド産のカヴァンシ石、コロラドからの菱《りょう》マンガン鉱を所有しているからだ。マリー＝ロールの父親が製作した錠前がかけられた陳列ケースのひとつには、ラピスラズリを彫りこんで作ったフィレンツェの薬入れがおさめられており、毎年、それを研究するために、専門家たちが何千キロも旅してくる。

父親は彼女に問題を出す。これは金庫の鍵か、南京錠の鍵か。戸棚の鍵か、扉の鍵か。展示の位置や、陳列ケースの中身について娘を試す。いつも、予想外のものをにぎらせる。電球、魚の化石、フラミンゴの羽。

毎朝一時間、日曜日でも変わらず、彼は娘を座らせて点字の練習帳に取り組ませる。Aは上の隅にある点ひとつ。Bは縦に並ぶ点ふたつ。ジャン、は、パン屋、に、行きます。ジャン、は、チーズ屋、に、行きます。

午後になると、彼は娘を連れて巡回する。かんぬきに油を差し、陳列ケースを修理し、飾りの座金を磨く。連れ立って廊下から廊下へ歩いていき、次々に館の建物に入る。狭い通路から、広大な図書室が開く。ガラスの扉は温室に通じ、腐植土や、濡れた新聞紙や、ロベリアのにおいが充満している。大工の作業場や剝製師の仕事場、大量の棚や標本を入れた引き出しがあり、博物館の内部にいくつもの博物館がそっくりおさまっている。

ときおり、午後になると、彼女はジェファール博士の研究室に預けられることもある。博士は老境にさしかかった軟体動物の専門家で、あごひげからは湿った羊毛のにおいがする。マリー＝ロールが来ると、なにをしていたとしても、博士はきまって手を止める。マルベック種の赤ワインを開けると、若かったころに訪れたサンゴ礁の話をささやくような声で聞かせる。セイシェル諸島、イギリス領ホンジュラス、ザンジバル。ロールちゃん、と博士は彼女を呼ぶ。毎日、午後三時になると鴨肉のローストを食べる。頭のなかにはほとんど無尽蔵のラテン語の学名がおさめられている。

ジェファール博士の研究室の奥にある戸棚には、数えきれないほどの引き出しがある。博士はそれを次々に開けさせ、彼女に貝殻を持たせる。ヨーロッパバイ、マクラガイ、タイ産のヒタチオビガイ、ポリネシア産のスイジガイ。博物館には一万点を超える標本、世界で知られる種の半分以上が所蔵されている。マリー＝ロールは、そのほとんどを手に取るようになる。

「ほらロールちゃん、この貝殻はアサガオガイのものだ。一生を海面で過ごす、目の見えない巻貝だよ。その貝を海に放してやると、すぐに水をかき回して泡立てて、その泡を粘液でつないでいかだを作るんだ。そして風に吹かれて動きまわり、海面に浮かんでいる水生の無脊椎動物を手当たりしだいに食べていく。だがいかだを失えば沈んで、死んでしまう……」

ゾウクラゲの貝殻は軽いと同時に重く、硬いと同時に柔らかく、なめらかであると同時にざらざらしている。ジェファール博士の机の上に置いてあるアクキガイを使い、彼女は三十分ほど遊ぶ。空洞になった突起、硬い渦巻き、深い開口部。とげと洞穴と手ざわりの森がある。そこには、ひとつの王国がある。

マリー＝ロールの手は、休むことなく動き、集め、探り、試す。剝製標本にされたアメリカコガラの胸毛は、信じられないほど柔らかく、くちばしは針のように鋭い。チューリップの葯《やく》の先端についた花粉は、粉というよりは油の小さな玉のようだ。彼女は学んでいく。なにかに本当の意味で触れることは、それを愛することだ。庭園にあるセイヨウカジカエデの樹皮、昆虫学部門でピン留めされたクワガタ、ジェファール博士の作業場にある美しく磨かれたホタテの貝殻の内側。

夕方に帰宅すると、彼女の父親は、いつもの棚にふたりの靴をしまい、いつもの鉤にコートをかける。マリー＝ロールは台所のタイルに同じ間隔でつけてあるすべり止めの板切れを六つ越え、テーブルにつく。父親が渡しておいた麻ひもをたどり、テーブルからトイレに行く。彼は円い皿に夕食を盛って出し、料理がそれぞれどこにあるのかを時計の針に見立てて言う。ジャガイモは六時だよ。マッシュルームは三時。それから彼は煙草に火をつけ、台所の隅にある作業台で模型を作りはじめる。ふたりが住む地区全体を縮小した模型だ。窓の高い家並み、雨樋《あまどい》、ランドリーやパン屋。そして通りの突き当たりには、四つのベンチと十本の木がある小さな広場。暖かい夜には、マリー＝ロールは寝室の窓を開の、バルコニーや、破風《はふ》や、煙突に、もの憂げに落ち着く平穏な夜に耳を澄ませる。そのうちに、本物の地区と模型が頭のなかで混ざりあう。

火曜日は閉館日だ。マリー＝ロールと父親は寝坊する。砂糖をたっぷり入れたコーヒーを飲む。パンテオンか花市場に歩いていくか、セーヌ川のほとりを散歩する。書店によく足を運ぶ。彼は辞書や学術雑誌、写真がいっぱい載った一般誌を彼女に渡す。「マリー＝ロール、これは何ページあるかな？」

彼女は端に爪を走らせる。

「五十二？」「七百五？」「百三十九？」

彼は娘の髪を耳のうしろになでつける。彼女を頭上に持ち上げて揺らす。すごい子だ、と彼は言う。百万年たってもずっと一緒にいるからね。

ラジオ

ヴェルナーは八歳になる。倉庫の裏にあるごみの山をあさっていると、大きな円筒になった糸のようなものがある。ワイヤーが巻きつけられたシリンダーが、円形の二枚の松材にはさまれている。上からは、すり減った導線が三本飛び出している。そのうち一本の先からは、イヤホンがひとつぶら下がっている。

丸顔で白い積雲のような髪をした、五歳のユッタが、兄のそばにしゃがむ。「これはなに？」

「たぶん」と言いつつ、ヴェルナーは空に浮かぶ戸棚が開いたような気分になる。「ラジオを見つけたんだと思う」

それまで、彼はラジオをちらりと目にしたことしかない。将校の家にある、レースのカーテン越しに見た、大きなキャビネット入りの無線機。坑夫たちの宿舎にある携帯用のラジオ。教会の食堂にもひとつ。ラジオに触れたことは一度もない。

彼とユッタは、その機械をフィクトリア通り三番地にこっそり持ち帰り、電気ランプのあかりの下でまじまじと見つめる。ふたりできれいに拭き、もつれたワイヤーをほどき、イヤホンから泥を洗い落とす。

ラジオからはなにも聞こえない。ほかの子どもたちが近づいてきて、その上にかがみこんで感心し、そのうちに興味をなくすと、そんなの使い物にならないと言い捨てる。だが、ヴェルナーは、その受信機を屋根裏部屋に持って上がり、何時間もじっくりと調べる。取りはずせるものはすべて取りはずす。部品を床に広げ、ひとつひとつ光にかざす。

装置を見つけてから、三週間が過ぎる。ツォルフェアアインのほかの子どもたちが、みんな外に出ているような日差しの午後、ヴェルナーはあることに気づく。中央のシリンダーに何百回と巻きつけてある最も長いワイヤー、細い糸が、数か所、小さく切れている。ゆっくりと、気をつけながら、彼はコイルをほどいていき、輪になったそのかたまりをそのまま下に持っていくと、ユッタを呼んで持っていてもらい、切れ目をつなぎあわせる。そして巻きなおす。

「じゃあ試してみよう」と彼は小声で言い、イヤホンを片耳に当てると、同調用のつまみに違いないと思うものをコイルに沿って動かす。

泡立つような雑音が聞こえる。それから、イヤホンのどこか奥深くから、子音が次々に流れ出てくる。ヴェルナーの心臓が止まる。その声は、頭蓋骨のなかで反響しているようだ。

聞こえたかと思うと、すぐに消えてしまう。彼は五ミリほどつまみを動かす。雑音がひどくなる。もう五ミリ。なにも聞こえない。

台所では、エレナ先生がパンの生地をこねている。男の子たちは路地で声を張りあげている。ヴェルナーは同調用のつまみをあちこちに動かす。

雑音。雑音。

イヤホンをユッタに渡そうとしたそのとき、コイルのまんなか、やや下で、雑音のない澄んだ音、弓がバイオリンの弦の上を動く鮮やかな音が聞こえてくる。彼はつまみを少しも動かすまいとする。ふたつ目のバイオリンが加わる。ユッタがにじり寄る。目を大きく見開いて、兄を見つめている。

ピアノが、バイオリンの音を追う。そして、木管楽器。弦楽器が疾走し、木管楽器がひらひらとそのあとについていく。さらに楽器が加わる。フルートだろうか。ハープだろうか。曲は一気に進み、ぐるりとひと回りするように思える。

「兄さん？」とユッタはささやく。

彼はまばたきする。涙をどうにかこらえる。休憩室はいつもと変わらない。二台の幼児用ベッドが、ふたつの十字架の下にあり、ぽかりと開いたストーブの口にはほこりが漂っていき、幅木からは十回も重ね塗りしたペンキがはがれかけている。流しの上には、エレナ先生が刺繍で作ったアルザスの村の絵がある。だが今、そこには音楽がある。まるで、ヴェルナーの頭のなかで、極小のオーケストラが動きはじめたかのように。

部屋はゆっくりと回転しているように思える。しだいに必死さを増す声で妹に呼びかけられ、彼は妹の耳にイヤホンを当てる。

「音楽だ」ユッタは言う。

彼はなるだけつまみを動かさずに持つ。電波が弱いせいで、イヤホンとは十五センチしか離れていないのに、彼にはその曲がまったく聞こえない。だが、彼が見つめる妹の顔は、まぶたのほかはまったく動かない。台所では、エレナ先生が小麦粉で白くなった手を空中で止め、首を傾げてヴェルナーを見つめる。ふたりの年上の少年が駆けこんでくると、なにか空気が変わったことを察して足を止める。そして、四つの端子と垂れたアンテナのある小さなラジオは、彼らすべてのあいだの床に、奇跡のように置かれている。

家に連れていって

誕生日に父親が作る木製の立体パズルを、マリー＝ロールはいつも解いてみせる。パズルは家の形になっていることが多く、たいていは小物が隠されている。それを開くには、頭を絞り、手順を踏まなければならない。爪で継ぎ目を探りあて、底を右にずり動かし、横木をはずして内部に隠された鍵を取り出すと、上面をはずし、そしてなかにあるブレスレットを探りあてる。

七歳の誕生日には、砂糖入れの鉢があるはずのところに、小さな木の小屋が置かれている。彼女は底に隠された引き出しをずらしてはずし、その下に仕切り部屋が隠れていると気づくと、そこから木製の鍵を出し、そして煙突に差しこむ。なかには、四角いスイス製のチョコレートがある。

「四分だ」父親は笑いながら言う。「来年はもっと難しくしなくちゃな」

だが、立体パズルとは違い、父親が作る地区の模型は、マリー＝ロールにとってわからないままだ。実際の世界と同じではない。たとえば、ふたりのアパルトマンから一ブロック進んだところにある、ミルベル通りとモンジュ通りのミニチュアの交差点は、実物の交差点とはまったく違う。本当は、雑音と香りが交錯する円形競技場のようなところだ。秋には自動車やひまし油、パン屋のパン、アヴァンの薬局の樟脳や、デルフィニウムや、スイートピーや、花屋のバラのにおいがする。冬の日には、焼き栗の香り。夏の夜には、のんびりとして不活発になり、眠たげな会話や重い鉄の椅子が地面をこする音が響く。

だが、父親が作るその交差点の模型からは、乾いた接着剤とおがくずのにおいしかしない。通りは無人で、歩道は静止している。彼女の指には、小さく不完全な複製としか感じられない。父親はマリー＝ロールにしつこく言い、何度もその模型に指を走らせ、あちこちの家や通りの角度を判別させる。そして十二月の寒い火曜日、マリー＝ロールが視力を失ってから一年あまりが過ぎたとき、父親は彼女を連れ、キュヴィエ通りから植物園の端まで歩いていく。

「さあ、ここはぼくらが毎朝歩いてくる道だよ。前にあるヒマラヤスギの向こうに大陳列館がある」

「知ってるわ、パパ」

彼は娘を抱き上げ、その体を三度回転させる。「じゃあ」と彼は言う。「家に連れていってくれ」

彼女の口はあんぐりと開く。

「マリー、模型をよく思い浮かべてほしいんだ」

「でも、そんなの無理よ！」

「ぼくはすぐうしろにいる。なにも危ないことは起きない。杖だってある。どこにいるのかはわかっているだろう」

「わからない！」

「いや、わかるはずだ」

いらだち。庭園が前にあるのかうしろにあるのかさえ、彼女にはわからない。

「マリー、落ち着くんだ。一センチずつでいい」

「遠いわ、パパ。少なくとも六ブロックあるじゃない」

「六ブロック、そのとおりだ。筋道を立てて考えるんだ。まずはどっちへ行く?」

世界は回転し、低くとどろく。カラスが叫び、かん高いブレーキ音が響き、彼女の左にいるだれかが金づちかなにかで金属を叩く。彼女がよろよろと前に動いていくと、そのうちに、杖の先はなににも当たらずに宙に浮く。縁石の端だろうか。池か、階段か、それとも崖だろうか。彼女は九十度向きを変える。三歩前へ。すると、杖が壁の基部に当たる。

「パパ?」

「ここだよ」

六歩、七歩、八歩。轟々とした音がふたりを襲う。家から出たばかりの害虫駆除業者のポンプがうなっているのだ。十二歩進んだところで、店の扉の取っ手についたベルが鳴り、女性がふたり出てくると、すれ違うときに彼女の体を押す。

マリー=ロールは杖を落とす。泣きだす。

父親は彼女を抱き上げ、薄い胸に抱きしめる。

「大きすぎるわ」と彼女はささやく。

「きっとできるよ、マリー」

彼女にはできない。

なにかが生じつつある

　ほかの子どもたちが、路地で石けり遊びをしたり、水路で泳いだりするのをよそに、ヴェルナーは屋根裏にひとりで座り、ラジオ受信機で実験をする。一週間もすると、目を閉じたまま分解して組み立てなおせるようになる。コンデンサー、誘導子、同調コイル、イヤホン。ワイヤーの一本は地面に、もう一本は空に向ける。それまでに出会ったなかで、これほど意味がはっきりしているものはない。

　備品を入れた小屋から、部品を見つけ出す。短い銅のワイヤー、ねじ、曲がったねじ回し。彼は薬剤師の妻の機嫌を取り、壊れたイヤホンをひとつもらう。捨ててあった呼び鈴からソレノイドを回収し、それを抵抗器にはんだで接合して、スピーカーを作る。ひと月のうちに、受信機を完全に作り変え、あちこちに新しい部品を加えて電源に接続してみせる。

　毎晩、彼はラジオを階下に持っていき、エレナ先生が子どもたちにそれを一時間聞かせる。報道や演奏会、オペラや国立合唱団や民謡番組に周波数を合わせ、十人ほどが、椅子の上で半円になり、エレナ先生も加わって子どもたちと同じように聞き入る。

ラジオは言う。我々は胸躍る時代に生きている。我々は不平を口にしない。我らが大地をしっかりと踏みしめていれば、どのような攻撃にもたじろぐことはない。

年上の女の子たちは、音楽のコンテストやラジオ体操、小さな子どもたちを騒がせる「恋人たちへの季節の言葉」という短い宣伝を聴きたがる。男の子たちは、芝居や報道速報や軍歌を聴きたがる。ユッタはジャズが好きになる。ヴェルナーはなんでも好きになる。バイオリン、ホルン、ドラム、演説――どこか遠くの、同じ夜の瞬間に、マイクに向かっているくちびる。その魔法にうっとりとなる。

ドイツ国民が勇気と自信と楽天主義に満ちあふれるのも当然ではないか？　とラジオは問いかける。新たな信念の炎が、この自己犠牲的な覚悟から生じつつあるのではないか？

確かに、一週また一週とたつなかで、新しいなにかが生じつつあるようにヴェルナーには思える。炭坑の生産量が増加する。失業者が減る。日曜日の夕食に肉が出る。仔羊肉、豚肉、ソーセージ――一年前は耳にしたこともなかった、贅沢な料理。エレナ先生は、オレンジ色のコール天を張った新しい長椅子と、黒いリング状の電熱線がついたレンジを買う。ベルリンの教会本部からは、新しい聖書が三冊届く。洗濯用のボイラーが裏口に届けられる。ヴェルナーは新しいズボンをもらう。ユッタは自分用の靴を手に入れる。近所の家では、電話がちゃんと鳴っている。

　ある日の午後、学校からの帰り道に、ヴェルナーは薬局の前で足を止め、高い窓に鼻を押しつける。高さ二・五センチの、五十人の突撃隊員が行進している。おもちゃの隊員はそれぞれ、茶色のシャツに小さな赤色の腕章をつけ、笛を持っているものもあれば、太鼓を持っているものもある。数名の士官は、つややかな黒い雄馬にまたがっている。その上、ワイヤーで吊るされているブリキの機械仕掛けの水上機は、木製のフロートと回転するプロペラを備え、電動の催眠術めいた軌道を描いている。ヴェルナーはガラス越しにいつまでもそれを見つめ、どういう仕組みになっているのか理解しようとする。

　一九三六年の秋の夜、ヴェルナーがラジオを階下に持っていって食器棚に置くと、ほかの子どもたちは期待でもじもじする。受信機は温まると低くうなる。ヴェルナーはあとずさり、両手をポケットに入れる。スピーカーから、少年合唱団が歌う。**私たちの望みはただ働くこと、ひたすら働いて、国のために栄光ある仕事をすること。**それから、ベルリンで国営の芝居がはじまる――夜に村に忍びこむ侵略者たちの物語。

　十二人の子どもたちは、体をこわばらせて聞き入る。侵略者たちは、かぎ鼻の百貨店店長や心のねじくれた宝石商や不誠実な銀行家たちとして登場してくる。彼らはぴかぴかのごみを売っている。そのせいで、村の名士だった実業家たちは失業してしまう。じきに、彼らはドイツ人の子どもたちを眠っているうちに殺すという陰謀をめぐらせる。ついに、用心深くつつましい村人のひとりがそれに気づく。警察が呼ばれる。大柄で響きのいい、朗々とした声の警察官たちだ。彼らが扉を蹴り破る。侵略者たちを引きずり出す。愛国的な行進が行われる。だれもがまたしあわせになる。

光

火曜日になるたびに、彼女は失敗する。父親をうしろに連れ、六つのブロックを遠回りしてしまい、いらいらして、家からもっと遠いところに来てしまう。だが、八歳になる冬、自分でも意外なことに、道がわかるようになってくる。家の台所にある模型を指でなぞり、ミニチュアのベンチや、木や、街灯や、扉を数える。毎日、新しい発見がある。模型の排水管も、公園のベンチも、消火栓も、現実の世界に対応している。

間違えるとしても、しだいに家に近いところまで父親を連れていけるようになる。あと四ブロック、三ブロック、二ブロック。そして三月、雪が降る火曜日、父親が娘をまた新しい場所、セーヌ川の土手にかなり近いところへ連れていき、彼女を三回転させてから「家に連れていってくれ」と言うと、その練習をするようになってから初めて、内臓に恐怖がこみ上げてはこないことに彼女は気づく。

そのかわり、彼女は歩道でしゃがむ。

かすかに金属めいた、降りしきる雪のにおいが彼女を包んでいる。**落ち着いて。耳を澄ますんだ。**

通りのあちこちで、車が水をはねかけて走り、雪解け水がどくどくと水路を流れている。雪のかけらがぱらぱらと木々を抜けてくる音が聞こえる。五百メートル近く離れた、植物園のヒマラヤスギのにおいがする。ここでは、歩道の下を地下鉄が走り抜けていく音がする――サン・ベルナール河岸だ。晴れ間が広がり、枝がきしむ音が耳に届く。あれは、古生物学館の裏にある細長い庭園。つまりここは、河岸とキュヴィエ通りの角のはずだ。

六ブロック、四十の建物、広場にある十本の小さな木。この通りはあの通りと交わり、次にあの通りと交わる。一センチずつ。

彼女の父親はポケットのなかで鍵をいじる。前には庭園の横に高い家が並び、音をはね返してくる。

「左に行く」と彼女は言う。

ふたりはキュヴィエ通りを進みはじめる。上空では、三羽のカモが一列になってふたりに向かって飛び、同じ動きで翼をはためかせてセーヌ川に向かう。カモが飛び去っていくとき、日の光が翼に降り、ひとつひとつの羽毛に当たるのが感じられる、と彼女は思い描く。

ジョフロワ・サンティレール通りに出たら左へ。ドーベントン通りに出たら右へ。排水管が三本、四本、五本。左のほうに近づいてくるのは、きっと植物園の鉄の柵。その細い柱は、大きな鳥かごの棒のようだ。

今、彼女の向かい側にあるのは、パン屋と、肉屋と、デリカテッセン。

「パパ、渡っても大丈夫？」

「大丈夫だよ」

右へ。そしてまっすぐ前へ。彼女は確信する。今、歩いているのは、自分たちの通りだ。一歩うしろでは、父親が顔を上に向け、空に満面の笑みを見せている。彼に背を向けていても、ひとこともかけられなくても、目が見えなくても、マリー＝ロールにはわかる。黒い髪が雪で濡れ、頭からてんでばらばらにはねていて、マフラーをぞんざいに肩にかけたパパが、降ってくる雪ににっこりほほえみかけている。

ふたりはパトリアルシュ通りをしばらく進む。自分たちの建物の前にいる。マリー＝ロールは、四階にある自分の部屋の窓のさらに上に伸びるクリの木を見つける。彼女の指の先に、その樹皮がある。

昔からの友だちだ。

するとすぐ、父親の手が彼女の両わきに入り、体を大きく抱き上げる。マリー＝ロールが笑みを見せると、彼は心からの、まわりの人もつられるような笑い声をあげる。その先の人生でずっと、彼女が忘れまいとする笑い声。雪が枝を抜けて落ちてくるなか、父と娘は、自分たちの家の前にある歩道で輪になってぐるぐる回り、一緒に笑っている。

祖国の旗は我らの前ではためく

ツォルフェアアインでの、ヴェルナーの九歳の春。〈子どもたちの館〉にいる一番年長の少年ふたり、十三歳のハンス・シルツァーと十四歳のヘリベルト・ポムゼルが、使い古しのナップサックをかつぎ、閲兵式の歩調で森に入る。戻ってきたときには、ヒトラーユーゲントの一員になっている。

ふたりはゴム銃や飾りの槍を持ち歩き、雪の吹きだまりのうしろから待ち伏せ攻撃を練習する。市場の広場に座って袖をまくり、短パンを尻までめくりあげた、鼻息の荒い坑夫の息子たちの集団に加わる。「こんばんは」。彼らは通りがかりの人々に向かって声を張りあげる。「それとも、ハイル・ヒトラーがいいでしょうか！」

おたがいを同じ髪型に切ると、ふたりは休憩室で取っ組みあい、自分たちが受けるつもりでいる射撃訓練、いつか飛ばすグライダー、任されることになる戦車の砲塔について自慢する。**我らの旗は新時代の印**、とハンスとヘリベルトは合唱する。**我らを永遠に導く旗**。

食事のときには、年下の子どもたちが外国のものを賛美すると言って叱る。イギリス製の車の広告、フランスの絵本。

ふたりの敬礼はこっけいな見もので、上下揃いの服はばかばかしさと紙一重だ。それでも、エレナ先生は、心配そうな目でふたりを見る。少し前まで、ふたりは自分たちのベッドでもじもじしては、母親が恋しくて泣いている野生児だった。それが今、傷だらけの拳をしたごろつきの青少年になり、総統のはがきを折りたたんでシャツのポケットに入れている。

ハンスとヘリベルトがいるところでは、エレナ先生はフランス語を口にしないようになる。自分の訛りに気をつけるようになる。隣人からほんのちらりと目を向けられただけでも気になってしまう。

ヴェルナーは目立たないようにする。たき火を飛び越えて、目の下に灰を塗りこんで、小さな子どもたちにけんかを売ればいいのか。ユッタの絵をくしゃくしゃに丸めればいいかもしれない――と思うことのほうがずっといい。このところ、彼は、薬局にある一般向けの科学雑誌を読んでいる。波の乱流や、地球の奥深くまで延びるトンネルや、太鼓で遠くまで知らせを伝達するナイジェリア人のやり方に興味を持つ。ノートを一冊買い、霧箱やイオン探知器、X線用めがねの図面を描く。揺りかごに小さなモーターをつけて、赤ちゃんを揺らして眠らせるようにすればどうだろう。荷車の車軸に沿ってばねをつければ、坂を上るときの助けになるだろうか。

労働省からの役人が〈子どもたちの館〉を訪れ、炭坑での就労について話す。子どもたちは一番きれいな服で彼の足元に座る。十五歳になれば、男の子はひとり残らず炭坑に行って働くのだ、とその役人は説明する。栄光や勝利のことを口にし、定職が見こめるきみたちは幸運だと言う。彼がヴェルナーのラジオを持ち上げ、ひとこともなく戻すと、ヴェルナーは天井がひそかに低くなり、壁がすぼまってくるように感じる。

彼の父親はそこ、家から一・六キロ下にいる。遺体は回収されなかった。まだトンネルのあちこちをさまよっている。

「きみたちの地区、きみたちの大地から、我らが国家の力が生まれる」と役人は言う。「鋼鉄、石炭、コークス。ベルリン、フランクフルト、ミュンヘン。この土地なくして、そうした都市は存在しない。きみたちは新秩序の基礎となり、その銃に弾丸を、その戦車に装甲を供給するのだ」

ハンスとヘリベルトは、男の革製の拳銃ベルトをうっとりと見つめている。食器棚では、ヴェルナーの小さなラジオがぺらぺらとしゃべっている。

この三年間、我らが指導者は崩壊が迫るヨーロッパに勇気を持って立ち向かってきました……。ドイツの暮らしは、ふたたびドイツの子どもたちが生きるに値するものになりました。この事実への感謝は、ひとえに指導者に捧げられるべきものです。

八十日間世界一周

十六歩で噴水まで行き、十六歩で戻る。階段までは四十二歩、戻るのも四十二歩。マリー＝ロールは頭のなかでいくつもの地図を描き、長さ百メートルの想像上のより糸を繰り出し、それから向きを変えてまた巻きなおす。植物学館は、糊や吸い取り紙や押し花のにおいがする。古生物学館は、石と骨の粉のにおい。生物学館はホルマリンと古い果物のにおい。そこにぎっしり並んだ、冷たく重いびんに浮かぶのは、ガラガラヘビの白いとぐろ、切断されたゴリラの手だと聞いている。昆虫学館は虫除け玉と油のにおいがする。ナフタリンという防虫剤だよ、とジェファール博士は教えてくれる。研究室は、カーボン紙か葉巻のにおい、あるいはブランデーや香水のにおいがする。あるいは、そのすべて。ケーブルや配管、手すりやロープ、生け垣や歩道をたどって歩く。人々をびっくりさせる。あかりがついているのかどうか、彼女にはわからない。

彼女に会う子どもたちは、あれこれききたがる。痛いのか。寝るときは目をつぶるのか。今が何時なのか、どうやってわかるのか。

痛くない、とマリー＝ロールは言う。それに、だれもが思い描くような暗闇もない。すべては音と手ざわりの網の目や、格子や、大きなうねりでできている。彼女は大陳列館を一周し、きしむ床板から床板へと動いていく。博物館の階段を踏みしめて上り下りする足音、幼児があげる金切り声、ベンチにぐったりと腰を下ろす老女のうめき声を耳にする。

色。それも、だれも予期していない。彼女の想像のなか、夢のなかでは、すべてに色がある。博物館の建物はベージュ色と、栗色と、薄茶色。そこにいる科学者たちは、ライラック色と、レモンの黄色と、キツネ色だ。守衛室にあるラジオのスピーカーから流れるピアノの和音が廊下に投げかける、豊かな黒色や複雑な青色は、その先にある鍵保管室につづいている。教会の鐘は、窓からブロンズ色の弧をさっと描く。ハチは銀色。ハトは生姜色や赤褐色《せきかっしょく》、ときには金色。彼女と父親が朝に通りかかる巨大なイトスギの木々は、ちらちらとゆらめく万華鏡で、針葉のそれぞれが光の多角形になっている。

記憶はないが、母親を白として、音のない輝きとして思い描く。父親は千の色を放っている。オパール、イチゴの赤、深いあずき色、野生の緑色。油と金属のようなにおい、錠のなかで回転するタンブラーが元の場所に戻っていく感触、歩くときに軽く鳴る鍵束の音。部門主任に話しかけるときの父親はオリーヴの緑色、温室にいるフルーリー嬢に話しかけるときには徐々に鮮やかになる一連のオレンジ色、料理をしているときははっきりした赤。夜になると、サファイアの色に輝きながら作業台にかがみこみ、ほんのかすかに歌を口ずさみつつ作業に取り組み、煙草の先はプリズムのような青に光っている。

彼女は迷子になる。秘書や植物学者たち、一度などは副館長に鍵保管室まで連れ戻してもらう。彼女は好奇心にあふれている。藻類と地衣類の違い、ディプロドン・チャールアヌスとディプロドン・デロドントゥスの違いを知りたがる。有名な研究者たちが彼女のひじを取り、付き添って庭園を抜けていくか、階段の上に案内していく。「私にも娘がいてね」と彼らは言う。あるいは、「ハチドリのところにいるのを見つけたんだよ」と言う。「どうも申し訳ありません」と父親は言う。煙草に火をつける。ポケットから次々に鍵を取り出す。「さてどうしたものかな?」と小声で言う。

九歳の誕生日、彼女が目覚めると、贈り物がふたつある。ひとつは木の箱だが、探りあてられるようなすきまはない。あちこち回してみる。しばらくして、ひとつの面がばねで留めてあることに気づく。それを押してみると、箱はぱたんと開く。なかには、正方形のなめらかなカマンベールが待っている。彼女はそのまま口に放りこむ。

「簡単すぎたか！」と父親は笑う。

ふたつ目の贈り物は重く、紙と麻ひもでくるまれている。らせん綴じの大型本が入っている。点字の。

「男の子向けだと言われたよ。それか、冒険好きな女の子向けだってね」。父親が笑みを浮かべているのが声でわかる。

彼女はエンボス加工された表紙を指でなぞる。八十、日、間、世界、一周。「パパ、これは高すぎるわ」

「それはおまえが心配することじゃないよ」

その日の朝、マリー＝ロールは、鍵保管室のカウンターの下にもぐりこむと腹ばいになり、十本の指先を、あるページのひとつの行にのせる。そのフランス語は古めかしく思えるし、点字は彼女が慣れているよりも密に印刷されている。だが、一週間もすると簡単になる。しおりとして使っているリボンを探りあてて本を開くと、博物館は遠のく。

謎めいたフォッグ卿は、機械のような規則正しい生活を送っている。ジャン・パスパルトゥーがその忠実な下男となる。二か月後、小説の最後の行にたどり着くと、彼女は最初のページに戻り、また読みはじめる。夜には父親の模型に指を走らせる。鐘楼、陳列窓。ジュール・ヴェルヌの描く人物たちが通りを歩き、店でおしゃべりをしている姿を想像してみる。一センチほどの背丈のパン屋が、豆粒ほどのパンをオーヴンから出し入れしている。三人の小さな強盗が、宝石店の前をゆっくりと車で通り過ぎながら悪巧みをしている。小さな車がうなりつつミルベル通りに押しかけ、ワイパーを左右に動かしている。パトリアルシュ通りにあるミニチュアのアパルトマンの四階の窓を見れば、彼女の父親のミニチュアが、実際の生活と同じようにミニチュアの作業台を前にして座り、ほんの小さな木のかけらにやすりをかけている。その部屋の反対側では、やせて、機転のきく、ミニチュアの女の子が、ひざ元に本を一冊広げている。彼女の胸のなかでは巨大ななにか、熱望に満ちたなにか、恐れを知らないなにかが脈打っている。

教授

「約束しなきゃだめ」とユッタは言う。「約束する？」錆びついたドラム缶や、ずたずたのチューブや、ヒルだらけの小川の底、泥のなかで、彼女は十メートルほどの銅のワイヤーを見つけている。その目は輝くトンネルだ。

ヴェルナーは木々と小川を見て、また妹に目を戻す。「約束するよ」

ふたりで一緒にワイヤーを持ち帰り、屋根裏部屋の窓の外、ひさしにある釘穴に巻きつける。それからラジオにつなぐ。ほとんどすぐ、短波の周波数帯で、だれかが「z」や「s」だらけの知らない言語で話しているのが聞こえてくる。「ロシア語かしら」

ハンガリー語だとヴェルナーは思う。

薄暗く暑い部屋で、ユッタは目を大きく見開く。「ハンガリーってどれくらい遠いの？」

「千キロくらいかな」

彼女は息をのむ。

大陸のいたるところから、雲や石炭の粉塵や屋根を抜け、さまざまな声が、筋となって、ツォルフェアアインに流れこんでいることをふたりは知る。空気には声が満ちている。ユッタは、ヴェルナーが同調コイルに書きこんだ目盛りに合わせて記録を作り、ふたりが受信できる都市の名前をていねいに綴る。ヴェローナ65、ドレスデン88、ロンドン100。ローマ。パリ。リヨン。深夜の短波。漫然としゃべる声や夢想する声、狂人やどなりちらす声の領分。

祈り終えて消灯になったあと、ユッタは兄の屋根裏部屋にこっそり上がってくる。絵を描くかわりに体を寄せあい、十二時まで耳を傾ける。一時まで。二時まで。意味のわからないイギリスの報道を聴く。ベルリンにいる女性が、カクテルパーティにふさわしい化粧についてもったいぶって話すのを耳にする。

ある晩、ヴェルナーとユッタが雑音まじりの放送に周波数を合わせると、若い男性がふわふわした発音のフランス語で光について語っているのが耳に入る。

さて子どもたちよ、もちろん脳はまったくの暗闇のなかに閉じこめられているよね。脳は頭蓋骨の内部で透明な液体のなかに浮いていて、光が当たることはない。それでも、脳が作り上げる世界は光に満ちている。色や動きにあふれている。それでは、ひとつたりとも光のきらめきを見ることなく生きている脳が、どうやって光に満ちた世界を私たちに見せてくれるのかな？

放送はこすれる音、弾ける音をたてる。

「これはなに？」とユッタはささやく。

ヴェルナーは答えない。フランス人の声はビロードのように響く。その訛りは、エレナ先生のものとはかなり違うが、声には熱がこもっていて、それに引きこまれるヴェルナーには、すべてが理解できる。フランス人は、目の錯覚や電磁気学について語る。そして、レコードが裏返されるような休止と雑音が入ったあと、今度は石炭について熱弁をふるう。

　きみの家のストーブで赤く光るひとかけらを考えてみよう。それが見えるかな？　その石炭のかたまりは、かつては緑色の植物、シダかアシだった。百万年前か二百万年前、ひょっとすると一億年も前に生きていたのだよ。一億年なんて、きみには想像できるだろうか？　その植物が生きているあいだ、毎年夏になると、その葉は日光をとらえて、太陽のエネルギーを自身に変えた。樹皮や小枝や茎にね。我々が食べ物を摂取するのと同じようにして、植物は光を食べるわけだ。だがしばらくすると、その植物は枯れ、おそらくは水中に倒れ、腐って泥炭になり、その泥炭が大地のなかにたたみこまれて何年も何年もたった。その無限の時間にくらべたら、ひと月や十年、きみの人生すべてなんて、風がふっと吹くか、指をぱちりと鳴らす程度のものだ。そしてついに、泥炭は乾いて石のようになり、だれかがそれを掘り出して、石炭配達人がきみの家に届けてくれたわけだ。そしてもしかすると、その石炭をストーブに運んでいったのは、ほかでもないきみなのかもしれない。そして今、あの日光、一億年前の日光が、今夜はきみの家を暖めている……。

　時がゆるやかになる。屋根裏は消え去る。ユッタも消える。今まで、ヴェルナーが一番知りたいと思っていたことについて、これほど親しげに話してくれた人がいただろうか。

目を開けて、と男は最後に言う。その目が永遠に閉じてしまう前に、できるかぎりのものを見ておくんだ。そして、ピアノの音が流れ、さびしげな曲が奏でられる。ヴェルナーには、暗い川を旅していく黄金の船、ツォルフェアアインの姿を変える和音の旅路のように思える――家々はもやになり、炭坑はふさがり、煙突は揃って倒れ、古代の海が通りにあふれ出し、空気からは可能性が流れ出す。

炎の海

パリの博物館を、スカーフのように鮮やかに色づけされたうわさがひらひらと駆けめぐる。博物館はある宝石の展示を検討している。どの所蔵品よりも価値あるものらしい。「うわさによると」と、剝製師同士が話す声を、マリー＝ロールは耳にする。「日本産でものすごく古く、十一世紀の将軍の宝石らしい」「私の聞いたところでは」もうひとりの剝製師が言う。「我々の保管庫から出てきたそうだ。ずっとここにあったが、法的な問題があって展示はできなかったらしい」。ある日は、マグネシウムのヒドロキシ炭酸鉛のかたまりだという話になる。また別の日には、触れる手を焦がしてしまうスターサファイアなのだという。そして、ダイヤモンド、間違いなくダイヤモンドだという話になる。〈羊飼いの宝石〉や〈コン・マ〉などの呼び名が飛び交うが、じきにだれもが〈炎の海〉と呼ぶようになる。

マリー＝ロールは思う。あれから四年がたった。

「邪悪な石だ」と守衛は言う。「それを手にする者にはかならず悲しみをもたらす。これまでの所有者は、九人とも自殺したらしい」

ふたり目の声が言う。「手袋をはめずにその宝石を持てば、一週間もせずに死んでしまうと聞いたぞ」

「いや違う、それを持っていればなにがあっても死なないが、まわりにいる人々はひと月のうちに死んでしまう。いや、一年だったかな」

「じゃあ俺には必需品だな！」と三人目が笑いながら言う。

マリー＝ロールの鼓動は速くなる。今では十歳、彼女は想像力の黒いスクリーンに好きなものを映し出せる。帆走するヨット、剣の決闘、色がわきたつようなローマの闘技場。『八十日間世界一周』は、点字がすっかりすり減るまで読んでいる。その年の誕生日には、さらに分厚い本、デュマの『三銃士』を父親からもらっている。

マリー＝ロールは耳にする。そのダイヤモンドは淡い緑色で、コートのボタンほども大きい。いや、マッチ箱くらいの大きさだ。次の日には、青く、赤ん坊の拳ほどもあると言われている。怒れる女神が廊下を歩きまわり、展示室越しに毒のある雲のような呪いを発している姿を、彼女は想像する。あまり想像をたくましくしてはだめだと父親は言う。宝石はただの石だし、雨はただの雨、不幸はただ運が悪かっただけだ。単にほかのものよりも希少なものがあり、そのために錠前が作られる。

「でもパパ、本当にあると思う？」

「ダイヤモンドか呪いか、どっちだい？」

「両方よ。どっちか」

「ただのうわさ話だよ、マリー」

それでも、なにか問題が起きるたびに、ダイヤモンドのせいだ、と職員たちは小声で話す。一時間にわたって停電になる――ダイヤモンドのせいだ。配管からの水漏れが、植物の押し葉標本の棚をひとつだめにしてしまう――ダイヤモンドだ。館長の妻がヴォージュ広場の氷で足をすべらせ、手首を二か所骨折すると、博物館でのうわさは狂ったように花開く。

そのころ、マリー＝ロールの父親は、上階にある館長の執務室に呼び出される。そこで二時間話しこむ。彼女が覚えているかぎり、父親が館長の執務室に呼ばれて二時間もいたことなどあっただろうか。

それからほとんど間を置かず、鉱物学館の奥深くで作業がはじまる。何週間も、父親はさまざまな備品を満載した台車を押して鍵保管室を出入りし、博物館が閉まったあともずっと残って作業をつづける。毎晩、鍵保管室に戻ったときには、蠟《ろう》づけの合金とおがくずのにおいをさせている。ついていきたいと彼女が言うたびに、父親は反対する。点字の練習帳を持って鍵保管室にいるか、上階の軟体動物研究室にいるのが一番だよ、と彼は言う。

彼女は朝食の席でしつこくたずねる。「ダイヤモンドを展示するための特別なケースを作ってるんでしょう。透明な金庫みたいなものを」

父親は煙草に火をつける。「本を持っておいで、マリー。もう行くよ」

ジェファール博士の答えも、さして変わらない。「ロールちゃん、どうやってダイヤモンドができていくのか、どうやって結晶ができていくのか知っているかな？　ごく微細な層、月に数千個の原子が次々に加わり、重なっていってできるのさ。何千年も何千年もかけてね。そうやって物語も積み重なっていく。どの古い宝石にも物語が積み重なっているものだ。きみがひどく知りたがっているその小さな石は、西ゴート族がローマを略奪するのを見ていたのかもしれない。エジプトのファラオの目のなかで輝いていたのかもしれない。スキタイの女王たちがそれを身につけて夜を踊り明かしたのかもしれない。その宝石をめぐって、いくつもの戦争が起きたのかもしれないな」

「パパが言うには、呪いは泥棒を怖がらせるために作られたただの物語だって。ここには六千五百万点の標本があって、もしちゃんと教えてもらえるなら、どれも同じくらい面白いはずだって言うの」

「それでも」と博士は言う。「人々を駆りたてる標本がある。たとえば、真珠や左巻きの貝殻だ。最高の科学者でさえ、ときおりポケットになにかを入れてしまいたい気持ちになる。それは本当に小さいが、本当に美しいものかもしれない。相当な値打ちがあるかもしれない。もっとも強い人だけが、そんな気持ちに背を向けることができるのだよ」

ふたりはしばらく黙る。

マリー＝ロールが口を開く。「そのダイヤモンドは、原初の世界からの光のひとかけらみたいだって聞いたわ。堕落する前の世界の。神から大地に降りそそいだ光のかけらだって」

「それがどんな見た目なのかを知りたいのだね。だから、そこまで興味があるのだろう」

彼女はアクキガイを手のなかで転がす。耳に当てる。一万の引き出し、一万の貝殻のなかの一万のささやき声。

「違う」と彼女は言う。「まだパパがそれに近づいたりしていないと信じたいの」

目を開けて

ヴェルナーとユッタはそのフランス人の放送に何度も出くわす。きまって寝るころに、きまって、しだいになじみのものになっていく台本の途中で。

子どもたちよ、きょうは、まゆ毛を引っかくためにきみたちの脳の内部で使わねばならない回転構造について考えてみよう……。海の生物についての番組や、北極についての番組を、ふたりは聴く。ユッタは磁石についての講義が好きになる。ヴェルナーのお気に入りは、光についての番組だ。日食や月食や日時計、オーロラや波長。目に見える光のことを、我々はなんと呼んでいるかな？　色と呼んでいるね。だが、電磁波のスペクトルは、ゼロから無限まで広がっているから、数学的に言えば、光はすべて目に見えないのだよ。

ヴェルナーは、屋根裏部屋でしゃがんでは想像する。ラジオの電波は、長さ一・六キロもあるハープの弦で、ツォルフェアアインの上空で曲がり、振動し、森や都市、壁を抜けて飛んでいる。真夜中になると、彼はユッタと一緒に電離層を探り、あのよく通る、おおらかな声を探す。それが見つかると、ヴェルナーは別世界に送りこまれたような気分になる。偉大な発見が可能な場所、炭坑町の孤児が、この世の核心となる謎を解くことのできる秘密の場所に。

妹と一緒に、フランス人の実験を真似してみる。ふたりはマッチ棒でボートを、裁縫用の針で磁石を作る。

「兄さん、どうしてあの人は自分がどこにいるか言わないの?」

「ぼくらには知られたくないのかな?」

「お金持ちみたいに聞こえる。それにさびしそう。きっと大きな邸宅から放送しているのよ。この町くらいあって、千くらいの部屋があって、使用人も千人いるんだわ」

ヴェルナーは笑顔になる。「そうかもね」

声、そしてまたピアノ。ヴェルナーの思い過ごしかもしれないが、番組を耳にするたびに、音質が少し落ち、音がかすかになるような気がする。まるで、フランス人が、ゆっくりと遠ざかる船から放送しているかのように。

何週間もたつにつれ、そばでユッタが眠るなか、ヴェルナーは夜空を見つめ、はやる気持ちがこみ上げてくるのを感じるようになる。人生――それは、工場の向こう、門の向こうで起きている。そこでは、人々が重大な問いを追いかけている。自分が長い白衣を着た技師になり、颯爽と実験室に入っていく姿を思い浮かべる。大鍋から湯気が昇り、機械類がうなり、複雑な図式が壁を埋めつくしている。彼はランタンを持って螺旋《らせん》階段を上がっていき、星明かりに照らされた天文台に入ると、巨大な望遠鏡の接眼レンズをのぞく。その先は、漆黒の空に向けられている。

消える

案内係の老人は頭がおかしかったのかもしれない。〈炎の海〉など、そもそも存在しないのかもしれない。呪いなどなく、父親の言うとおりなのかもしれない。地球はマグマと地殻と大洋でできている。重力と時間。石はただの石、雨はただの雨、不幸は運が悪いだけだ。

父親は早くに鍵保管室に戻るようになる。じきに、雑用のときには、以前のようにマリー＝ロールを連れていき、彼女がコーヒーに山のように砂糖を入れると言ってからかい、自分の煙草の銘柄のほうがいいと言って、守衛たちと冗談を交わすようになる。目もくらむような新しい宝石は展示されない。疫病が職員たちに降りかかりはしない。マリー＝ロールはヘビにかまれず、排水溝にも落ちず、背骨を折ることもない。

十一歳の誕生日を迎えた朝、彼女が目覚めると、砂糖入れの鉢があるはずのところに、新しい包みがふたつある。ひとつは、うるし塗りの木の立方体で、横に動く割り板だけで作られている。それを開けるには十三の手順が必要だが、彼女は五分もせずにその順番を見つけ出す。

「なんてことだ」と父親は言う。「おまえは金庫破りだな!」

立方体のなかには、バルニエのボンボン菓子が二個ある。彼女はふたつとも包み紙を開けると、口のなかに同時に放りこむ。

ふたつ目の包みには、分厚いページのかたまりがあり、表紙には点字がある。海。底。二。万。里。

「書店主からは上下巻あると言われたよ。それが上巻だ。貯金していけば、来年に下巻を——」

マリー＝ロールはもう読みはじめている。語り手となる高名な海洋生物学者ピエール・アロナクスは、なんと彼女の父親と同じ博物館に勤めている。世界各地で、なにかが次々に船舶と接触事故を起こしていることを、彼は知る。アメリカでの科学調査旅行のあと、アロナクスはその事故の真相について思いめぐらせる。動く暗礁が原因だろうか。角を持つ巨大なイッカクか。伝説の怪物クラーケンか。

アロナクスは書いている。いや、わたしはどうやら柄にもない夢想にふけってしまったようだ！　そういう空想はこの辺までにしておこう。

一日じゅう、マリー＝ロールは腹ばいになって読む。伝説やおとぎ話ではなく、論理、理性、純粋科学。それこそが、謎を追ううえでのしかるべき方法なのだとアロナクスは主張する。彼女の指は、文から文へ綱渡りをしていく。想像のなかで、彼女は、二本煙突のフリゲート艦〈エイブラハム・リンカーン〉号の甲板を歩いている。ニューヨークが遠ざかっていく。ニュージャージーの砦は、祝砲で彼女に出発のあいさつをする。うねる海面で、水路標識が上下する。一対のかがり火を掲げた灯船がそばを過ぎていき、アメリカは遠くなっていく。前には、光り輝く大いなる海原、大西洋が待っている。

力学原理

次官とその妻が、〈子どもたちの館〉を訪問する。夫妻は孤児院を見てまわっているのだとエレナ先生は言う。

みなが顔を洗う。みなが行儀よくする。ひょっとすると養子を考えているのかも、と子どもたちはささやきあう。一番年長の女の子たちが、施設で一枚だけ欠けていない皿に黒パンとカモのレバーを盛って出す。恰幅のいい次官といかめしい顔つきの妻は、小鬼の悪趣味な小屋を視察する領主のように休憩室を眺めまわす。夕食の準備ができると、ヴェルナーはテーブルの男の子側に、ひざ元に本を置いて座る。ユッタは向かい側に女の子たちと座る。ちぢれてもつれたまっ白な髪をしているせいで、感電したかのように見える。

主よ、我らと、汝からの賜り物に祝福を。エレナ先生は次官のためにふたつ目の祈りを加える。全員が食べ物に取りかかる。

子どもたちは緊張している。ハンス・シルツァーとヘリベルト・ポムゼルでさえ、茶色いシャツを着ておとなしく座っている。次官の妻はオークの木から切り出されたかのように、背すじをまっすぐにして座っている。

彼女の夫が言う。「さて、子どもたちはみなしっかり仕事をしていますかな？」

「もちろんです。たとえばクラウディアは、パンのかごを作りました。それに双子たちはレバーの準備をしましたわ」

大柄なクラウディア・フェルスターはほほを赤らめる。双子たちはまつ毛をぱちぱち動かす。

ヴェルナーは気もそぞろになる。ひざに置いた本、ハインリッヒ・ヘルツによる『力学原理』のことを考えている。教会の地下で、水のしみがついたまま放置された、何十年も前のその本を見つけた。持ち帰ってもいいと牧師に言ってもらい、持っていてもいいとエレナ先生に言ってもらったため、もう何週間も、ヴェルナーはその難解な数学と取っ組みあっている。電気はそれ自体では静的なものだ、とヴェルナーは学んでいる。だが、磁石と相互作用すると、突如として運動が生じる。電磁波を発する。電場や磁場や回路、伝導と誘導。空間、時間、質量。空気には、目に見えないものがひしめきあっているのだ。紫外線を見ることのできる目がありさえすれば。赤外線が見える目、暗くなっていく空を満たして閃光とともに壁を抜けてくる無線の電波が見える目が。

目を上げると、部屋じゅうの視線が彼にそそがれている。エレナ先生の目は不安そうだ。

「本ですよ」とハンス・シルツァーは言う。彼はヴェルナーのひざからその本を引っぱり出す。重い本なので、両手を使って掲げねばならない。

次官の妻のひたいに数本のしわが刻まれる。ヴェルナーには、自分のほほが赤らむのがわかる。

次官はずんぐりした手を差し出す。「渡したまえ」

「ユダヤ人の本ですか？」とヘリベルト・ポムゼルは言う。「ユダヤ人の本なんでしょう？」

エレナ先生はなにかを言いかけるが、思いなおす。

「ヘルツはハンブルクの生まれです」とヴェルナーは言う。

ユッタが、どこからともなく口をはさむ。「兄さんは本当に計算が得意なんです。どの先生よりも速く問題を解けます。いつかきっと大きな賞を取れるわ。ふたりでベルリンに行って、大科学者のところで勉強するんだって言っています」

年下の子どもたちは息をのむ。年上の子どもたちは、ばかにしたようにくすくす笑う。ヴェルナーは目の前の皿をじっと見つめている。次官は渋い顔でページをめくる。ハンス・シルツァーは、ヴェルナーのむこうずねを蹴って咳をする。

「もういいわ、ユッタ」とエレナ先生は言う。

次官の妻は、フォークでレバーを取ると嚙んでのみこみ、ナプキンで口の両端に触れる。次官は『力学原理』をテーブルに置くと遠くに押しやり、そのせいで汚くなったかのように手のひらを見つめる。そして口を開く。「いいかな、きみの兄さんが行く場所はただひとつ、炭坑のなかだ。十五歳になればすぐだ。この家の男の子はみんなそうなる」

ユッタは顔をしかめる。ヴェルナーが、皿の上にある固めたレバーを燃えるような目で凝視していると、なにかが彼の胸のなかで固く締めつけられ、夕食の残りの時間に響く音といえば、子どもたちが料理を切り分け、嚙み、のみこむ音だけになる。

うわさ

新しいうわさがやってくる。植物園の小道をさらさらと抜け、博物館の展示室を縫っていく。老植物学者たちが異国のコケを研究する、天井が高くほこりっぽい隠れ家に響く。ドイツ軍が来る、とそのうわさは言う。

ある庭師は言いはる。ドイツ軍には六万機の軍用グライダーがある。彼らはなにも食べずに何日も行軍できる。出会う女子生徒をすべて妊娠させてしまう。チケット売り場の女性は、ドイツ兵は感覚が鈍る薬を持ち歩き、ロケットベルトをつけていると言う。軍服は鋼鉄よりも硬い特殊な布で作られているのよ、と彼女はささやく。

マリー＝ロールは、軟体動物の展示のそばにあるベンチに座り、通りかかる集団に耳をそばだてる。ある少年が軽口を叩く。「あいつらは『秘密信号』っていう爆弾を持ってるんだ。その音を聞いたら、みんなチビっちまうのさ！」

笑い声。

「あいつらは毒入りチョコレートをばらまくんだってよ」

「行く先々で身体障害者やのろまを収容所に入れるってな」

マリー＝ロールが父親にうわさを伝えるたびに、まるで初めてそれを口にするように、彼は「ドイツ？」と繰り返す。オーストリアの乗っ取りは心配するようなことじゃない、と父親は言う。だれもが前の戦争を覚えているし、またあれを経験するほど頭のおかしい人はいないと。館長は心配していないし、部門主任たちも心配していないのだから、女の子たちは心配せずに勉強していればいい。

それはもっともらしく思える。変わるものといえば、曜日だけだ。毎朝、マリー＝ロールは目覚めると着替え、父親について第二門から入り、夜警と守衛にあいさつする彼の声を聞く。おはよう、おはよう。おはよう、おはよう。研究者たちや図書館員たちは、いつものように朝に鍵を受けとり、古代のゾウの歯や遠方のクラゲ、植物標本帳をいつものように研究する。秘書たちはいつものように流行りの服の話をしている。館長はいつものようにツートンカラーのドラージュのリムジンで到着する。そしていつものように、正午になるたびに、アフリカ出身の売り子たちがサンドイッチの屋台を押して廊下を静かに歩いていき、小声でささやく声がする。ライ麦パンの卵サンド、ライ麦パンの卵サンド。

鍵保管室で、あるいはトイレに座り、そして通路で、マリー＝ロールはジュール・ヴェルヌを読む。大陳列館のベンチに座って読み、庭園に百ほどもある砂利道を歩きながら読む。『海底二万里』の前半は何度も繰り返し読んだので、ほとんど暗記してしまう。

わたしには海がすべてです。海は地球の十分の七をおおっています……海は自然を超えた、驚くべき存在を担っているのです。海は動きと愛にほかなりません。海は生ける無限なのです。

夜、ベッドのなかで、彼女はネモ船長のノーチラス号の腹に乗りこみ、強風の下にいて、頭上ではサンゴでできた冠がいくつも漂っている。

ジェファール博士は、貝の名前を彼女に教える。クモガイ、キイロダカラ、トラフクダマキ。そして、それぞれの棘や口や渦巻きを順に触らせる。海洋生物の進化の分岐と、地質時代の順序を説明する。調子がいいときの彼女は、自分のうしろに果てしなく延びる千年、百万年、千万年ごとの連なりを目にする。

「これまでに登場した生物の種はほとんどすべてが絶滅してしまったのだよ、ロールちゃん。私たち人間がそうはならない保証はどこにもないよ！」ジェファール博士は陽気に思えるほどの口調でそう言いきると、自分のグラスにワインをそそぐ。博士の頭は一万もの小さな引き出しを入れた棚なのだ、と彼女は想像する。

夏のあいだじゅう、アミメロンやヒナギクや雨水のにおいが渦になり、庭園を流れる。

彼女と父親は、洋梨のタルトを作り、うっかり焦がしてしまう。煙を外に逃がそうと、父親がすべての窓を開けると、バイオリンの奏でる音楽が、下の通りから彼女の耳に届く。だが、秋の初めになり、週に一度か二度、日中に、植物園の巨大な生け垣の下か、父親の作業台のそばで読書をしているマリー＝ロールがふと顔を上げると、ガソリンのにおいが風に運ばれてきたと確信することがある。あたかも、機械の巨大な川がゆっくりと、止めようもなく、彼女に向かって流れてくるかのように。

より大きく、より速く、より鮮やかに

ヒトラーユーゲントが国家機関となり、加入が義務化される。ヴェルナーの同胞団にいる少年たちは、行進の所作を教えこまれ、体格の試験を受け、六十メートルを十二秒で走ることを求められる。すべては、栄光と、祖国と、競争と、犠牲のため。

忠実に生きよ、と少年たちは歌いながら地区から地区へ練り歩く。勇ましく戦い、笑いながら死ね。

学校の勉強、手伝い、運動。ヴェルナーは遅くまで起きてラジオを聴くか、没収される前に『力学原理』から写しておいた複雑な数式に全力で取り組む。食事のときにはあくびが出て、年下の子どもたち相手にいらついてしまう。「気分は大丈夫かしら？」とエレナ先生が言ってのぞきこむと、ヴェルナーは顔を背け、「平気だよ」と言う。ヘルツの理論は興味深いが、ヴェルナーがもっとも愛するのは、なにかを作り、両手を使って作業をして、頭のモーターと指を接続することだ。彼は、近所の人のミシンや、〈子どもたちの館〉の古時計を修理する。日なたにある洗濯物を屋内に取りこめる滑車の仕掛けを作る。バッテリーと鈴とワイヤーで簡単な警報機を作り、幼児が外に出てしまったときにエレナ先生がわかるようにする。ニンジンを薄切りにできる機械も作る。レバーを持ち上げると、十九枚の刃が落ち、こぎれいな輪切りになった二十枚のニンジンが落ちていく。

ある日、近所の人のラジオが壊れてしまう。見てあげたらどうかしら、とエレナ先生はヴェルナーに声をかける。彼は裏側の板のねじをはずし、真空管を左右に動かす。ひとつがきっちりとはめこまれていない。それをソケットにはめなおす。ラジオは生き返り、持ち主は喜びの声をあげる。ほどなくして、人々は毎週のように〈子どもたちの館〉に足を運び、ラジオの修理を頼みたいと言う。もじゃもじゃの白い髪が頭からはねた十三歳のヴェルナーが、目をこすりつつ屋根裏から下りてきて、手作りの道具箱を持っている姿を見ると、彼らはきまって半信半疑の作り笑いを浮かべ、彼をまじまじと見る。

古い機器ほど直しやすい。回路は単純で、真空管も同じ型だ。コンデンサーからしたたる蠟が故障の原因かもしれないし、抵抗器の上に溜まった灰が原因かもしれない。最新の機器であっても、ヴェルナーはたいてい解決策を見つけだすことができる。機械を解体し、その回路をじっくりと眺め、電子の道筋を指でなぞる。電源、三極管、抵抗器、コイル。スピーカー。彼の頭は、その問題をめぐって形を作っていき、無秩序が秩序になり、障害がひとりでに姿を現わし、じきにラジオは直る。

何マルクかを渡されることもある。炭坑夫の母親が、焼いたソーセージか、妹にと言ってビスケットをナプキンに包んでくれることもある。ほどなくして、ヴェルナーの頭のなかに、自分の住む地区にあるほぼすべてのラジオの位置を記した地図ができあがる。薬剤師の台所には、自家製の鉱石ラジオが置かれている。美しい十球式のレコードプレーヤーつきラジオは、部門主任の自宅にあり、彼が局を変えようとするたびに、指に電流が走る。もっとも貧しい炭坑夫たちでさえ、たいていは、国が出資したフォルクスエンプフェンガーVE301型、鷲と鉤十字の印が押された大量生産型のラジオを家に持っている。短波は受信できず、ドイツの周波数にだけ印がつけられている。

ラジオ。それは百万の耳をたったひとつの口に結びつける。ツォルフェアアインじゅうのスピーカーから、第三帝国の断続的な声が、揺るぎない木のように大きく広がる。その臣民は、声から伸びる枝に身を寄せる。神に向かうようにして。そして、神がささやくことをやめると、彼らは世界を正してくれるだれかをやっきになって求める。

炭坑夫たちは休日も取らず、石炭を日の光のもとに引きずり出し、石炭は破砕されてコークス炉に投入され、コークスは巨大な冷却塔で冷やされてから、荷車で溶鉱炉に運ばれて鉄鉱石を溶かし、鉄は鋼鉄に精製され、鋳型に入れられて鋼片になり、貨物船に積みこまれると、国家の飢えた巨大な口に向けて漂っていく。ラジオはささやく。もっとも熱い火によってのみ浄化は達成される。もっとも厳しい試練をくぐり抜けてはじめて、神から選ばれし者たちは立ち上がることができる。

ユッタが小声で言う。「きょうは女の子がひとり、水泳用の穴から追い出されたの。インゲ・ハッハマンよ。混血児とわたしたちを泳がせることはしないって言ってた。不衛生だからって。混血児ですって。わたしたちも混血児なんじゃないの？　半分は父さん、半分は母さんの血でしょう？」

「半分ユダヤ人ってことだろ。声を小さくしろよ。ぼくらは半分ユダヤ人じゃない」

「わたしたちにもなにかの血が混じってるはずよ」

「ぼくらは完全なドイツ人だ。混血なんかじゃない」

ヘリベルト・ポムゼルはもう十五歳になり、炭坑夫の寮に移って換気係として遅番で働き、ハンス・シルツァーが館で最年長の男子になっている。ハンスは何百回も腕たて伏せをする。エッセンでの集会に参加するつもりでいる。路地では殴りあいのけんかがあり、ハンスが車に火をつけたといううわさが立つ。ある晩、彼が下の階でエレナ先生にどなっている声が、ヴェルナーにも聞こえてくる。玄関の扉が乱暴な音をたてる。子どもたちはベッドで寝返りを打つ。エレナ先生は休憩室を歩きまわり、スリッパが小さな音で動く。左へ、右へ。石炭輸送貨車が湿った夜のなかをきしりつつ通り過ぎる。遠くでは、機械の低い音がする。振動するピストン、回転するベルト。なめらかに。狂ったように。

けものの足跡

一九三九年十一月。冷たい風が吹き、プラタナスの大きな枯れ葉を、植物園の砂利道の上でくるくると転がしていく。マリー＝ロールは、キュヴィエ通りの門からそう遠くないところで『海底二万里』を読み返している――粒状あるいは管状のヒバマタの長い帯や、ソゾ、とても細長い葉の褐藻クロガシラの一種が見えた――そのとき、少年たちの一団が落ち葉を踏んでやってくる。

ひとりの声が、なにかを言う。何人かが笑う。マリー＝ロールは、小説から指を離す。笑い声は回転し、向きを変える。出し抜けに、最初の声が、彼女の耳のすぐそばにある。

「あいつらさ、目の見えない女の子にぞっこんなんだぜ」

彼の息づかいは速い。彼女は体の横に腕を伸ばすが、そこにはなにもない。

その少年が何人と一緒なのか、彼女にはわからない。三人か、四人かもしれない。十二歳か十三歳くらいの声だ。彼女が立ち上がり、本をしっかり胸に抱くと、杖がベンチの端を転がって地面に倒れる大きな音がする。

別のだれかが言う。「脚の不自由な女の子たちよりも先に、目の見えない子が連れていかれるな」

最初の少年がこっけいなうめき声をあげる。マリー＝ロールは、盾のかわりのようにして本を掲げる。

ふたり目の少年が言う。「女の子たちにあれこれさせるんだ」

「いやなことをさ」

遠くから、大人の呼ぶ声がする。「ルイ？　ピエール？」

「だれなの、あなたたち？」マリー＝ロールは怒った声で言う。

「じゃあね、目の見えない子」

そして、静寂。マリー＝ロールは木がざわめく音に耳を澄ます。血がざわつく。動揺したまま、ベンチの下の落ち葉のあいだで四つん這いになっていると、しばらくして、指が杖に当たる。

ガスマスクが店頭に並ぶ。近所の家の窓には、段ボールが張られる。週を追うごとに、博物館の来館者は減っていく。

「パパ」マリー＝ロールはたずねる。「もし戦争になったら、わたしたちはどうなるの？」

「戦争にはならないよ」

「でも、もしなったら？」

父親の片手が肩に置かれ、ベルトでは鍵がなじみの音をたてる。「そうなってもぼくらは大丈夫だ。官庁はもうぼくのために兵役免除の書類を出してくれているから、予備役にはならない。父さんはどこにも行かないよ」

だが、父親が新聞をめくる音、緊迫したようすで紙を動かす音が聞こえる。彼は次から次に煙草に火をつける。ほとんど休みなしで仕事をする。何週間もたち、木々がすっかり葉を落としても、父親からは、庭園を散歩してくるようにとは一度も言われない。ノーチラス号のような無敵の潜水艦がふたりにもあればいいのに。

職員の女性たちのかすれた声が、鍵保管室の開いた窓の外を渦巻いて過ぎていく。「夜にアパルトマンに忍びこんでくるんですって。台所の食器棚やトイレの便器やブラジャーに、こっそり爆弾を仕掛けるの。パンティー用の引き出しを開けたら、指が吹き飛ばされてしまうのよ」

彼女は悪夢を見る。もの言わぬドイツ人たちが、揃って同じ動きでセーヌ川を漕いでくる。彼らの軽舟は、油に浮いているようになめらかに進む。橋の構脚の下を、音もなく、飛ぶように動く。鎖につながれたけものをしたがえている。けものたちはボートから躍り出ると、全速力で、地塊のような花を過ぎていき、生け垣の列を走っていく。大陳列館の階段で、空気のにおいをかぐ。よだれを垂らして。飢えて。そして博物館のなかに殺到し、各部門に散っていく、窓が次々に血で黒く染まる。

親愛なる先生　あなたがこういう手紙を受け取ってくれるのか、ラジオ局がこの手紙を転送してくれるのかはわかりません。そもそもラジオ局なんてあるんでしょうか？少なくとももう二か月、あなたの放送を聴いていません。先生が放送をやめたのか、それともわたしたちのほうの問題でしょうか？　ブランデンブルクには、ドイチュラントゼンダー3という電波塔があって、兄さんが言うには、三百三十メートル以上あって、人間が作った二番目に高い塔らしいです。そのせいで、それ以外ほとんどの電波が、ラジオから締めだされてしまいます。近所のおばあさんのシュトレーゼマンさんは、ドイチュラントゼンダーの放送は歯の詰め物でも受信できるって言います。兄さんによると、アンテナと、整流器と、スピーカーになるなにかがあれば可能だそうです。針金の柵のかけらでも、ラジオ電波を拾うのに使えるのだから、歯に入れた銀でもできるかもしれないって言っていました。考えてみると面白いです。先生もそう思いませんか？　歯のなかに歌があるなんて。エレナ先生は、今は学校が終わったらすぐに帰ってきなさいと言います。わたしたちはユダヤ人ではないけれど、貧乏人だから、同じくらい危ないそうです。今では、外国の放送に周波数を合わせることは犯罪になりました。そのために重労働をさせられて、一日十五時間石を割らされたりするんです。ほかにも、ナイロンのストッキングを作ったり、採掘場に下りたり。この手紙を持っていってくれるひとはいなくて、兄さんにも頼めないから、わたしが自分で出します。

こんばんは。それとも、ハイル・ヒトラーがいいでしょうか。

五月、ヴェルナーは十四歳の誕生日を迎える。今は一九四〇年、だれもヒトラーユーゲントを笑ったりはしない。エレナ先生はプディングを作り、ユッタは石英のかけらを新聞紙に包み、双子のハンナとズザンネ・ゲーリッツは兵士のまねをして部屋のなかを行進する。五歳の男の子、ロルフ・フップファウアーは、ソファの隅に座り、まぶたが重くなってきている。新しくやってきた女の子の赤ん坊は、ユッタの隣に座り、指をしゃぶっている。カーテンの向こう、窓の外では、遠くのくず炭の山の上に炎があり、ゆらめき、震える。

子どもたちは歌い、プディングにかぶりつく。「さあ時間よ」とエレナ先生が言うと、ヴェルナーは受信機のスイッチを切る。全員が祈る。体がずっしり重い感覚を抱えつつ、彼は屋根裏の窓際にラジオを持って上がる。あちこちの路地では十五歳の少年たちが炭坑の昇降機に向かっていて、ヘルメットとランプを持ち、門の外で列になっている。少年たちが降りていくようすを、彼は想像してみる。もの言わぬあかりが、前をちらちらと通り過ぎて上に消えていき、ケーブルが低く鳴り、だれもが無言のまま、その永遠の闇のなか、一キロメートル近い岩を背負うようにして、男たちが大地を削り取るところへ降りていく。

あと一年。そうすれば、彼はヘルメットとランプを渡され、みなと一緒に檻のなかに押しこまれる。

最後に短波でフランス人の声を聞いたのは、もう何か月も前のことだ。彼がしみのついた『力学原理』を手にしてから一年。少し前までは、彼はベルリンとその偉大な科学者たちについて夢見ていた。肥料の発明者であるフリッツ・ハーバー、高分子化学の創始者ヘルマン・シュタウディンガー。目に見えないものを見えるようにしたヘルツ。そこで活躍する偉人たちすべて。**わたしはあなたを信じている。**エレナ先生はよく言っていた。**きっとあなたはすごいことをやり遂げる。**今、悪夢のなかで、彼は炭坑のトンネルを歩いている。天井はなめらかで、黒い。その厚板が、とぼとぼ歩く彼の上にのしかかってくる。壁が裂けていく。彼はかがみ、四つん這いになる。じきに、頭を上げることも腕を動かすこともできなくなる。天井は、十兆トンの重さがある。しみこむような寒さが発せられてくる。壁に押され、彼の鼻は床に押しつけられる。目を覚ます直前に、後頭部の骨が割れる感触がある。

雨水が雲から屋根に、そして軒にさらさらと降りそそぐ。ヴェルナーは屋根裏の窓にひたいを当て、雨粒の向こうを見つめる。密集する濡れた屋根のなかのひとつ、その下で、コークス炉や精錬所やガス工場の広大な壁に囲まれ、螺旋状の塔が空を背にしてシルエットになり、炭坑と工場が何エーカーもひたすら広がり、視界を越え、村、都市、しだいに速度を増して拡大しつづける機械、すなわちドイツへとつづいている。そして、百万の男たちが、そのために命を捧げる覚悟でいる。

こんばんは、と彼は考える。それとも、ハイル・ヒトラーか。今ではだれもが「ハイル・ヒトラー」を選んでいる。

じゃあね、目の見えない子

戦争は疑問符を落とす。メモが配られる。標本を保護せねばならない。急送業者の小さな集団が、地方にある館の所有地に移送をはじめている。錠前と鍵が、かつてなく必要になる。マリー＝ロールの父親は深夜まで働く。十二時まで。一時まで。どの木箱にも南京錠をかけ、どの移送目録も安全な場所に保管せねばならない。装甲つきのトラックが、埠頭で低くうなる。厳重に保管せねばならない化石があり、古文書がある。真珠、天然の金塊、ハツカネズミほどもあるサファイア。マリー＝ロールは思う。〈炎の海〉もそこにあるかもしれない。

見方を変えれば、のどかな春に思える。暖かく、おだやかで、落ち着いた夜はいつもいい香りがしている。だが、すべてが緊迫した空気を発し、まるで、街が風船の上に建てられていて、だれかがそれを破裂するぎりぎりにまで膨らませているかのように思える。ハチは花咲く植物園の通路で蜜を集める。プラタナスの木々は種を落とし、巨大な綿毛が散歩道にたまる。

やつらが攻撃してきたら。どうして攻撃してくるんだ。攻撃するなんて狂っている。撤退することで命が救われる。

配達は止まる。博物館の門に土嚢が現われる。二人組の兵士が、古生物学館の屋上から、双眼鏡で庭園をのぞいている。だが、巨大なボウルのような空を通過していくものはない。飛行船も、爆撃機も、超人的な落下傘部隊もなく、冬の営巣地から戻ってくる最後の鳥の鳴き声と、春の移り気な風が、より重く緑豊かな夏のそよ風に変わっていくだけだ。

うわさ。光。空気。その年の五月は、マリー＝ロールが思い出せるどの年よりも美しく思える。十二歳の誕生日、彼女が目覚めると、砂糖入れの鉢のところにパズルの箱はない。父親にはその時間がない。だが、本が一冊ある。『海底二万里』の下巻の点字本は、ソファのクッションほどもある。

彼女の指先の爪にまで興奮が走る。「どうやって――」

「いいんだよ、マリー」

あちこちの部屋で、家具を引きずり、トランクに荷物を詰め、窓を閉めて釘打ちする動きで、アパルトマンの壁は震える。ふたりで博物館に行くと、扉で迎えてくれる守衛に、父親はぼんやりと言う。「我々は川を保持しているという話だよ」

マリー＝ロールは鍵保管室の床に座って本を開く。第一部が終わったところでは、アロナクス教授はまだ六千里しか旅をしていない。まだまだ先は長い。だが、妙なことが起きる。言葉と言葉がつながらない。**この日は、おびただしいサメの群れがわたしたちに付いてきた**。彼女は読むが、ひとことひとことを結びつけるはずの論理が浮かんでこない。

だれかが言う。「館長は出ていったのか？」

別のだれかが言う。「週末になる前に」

父親の服からはわらのにおいがする。指は油のきついにおいを放っている。仕事、さらに仕事、そして疲れ切って数時間眠ると、夜明けに博物館に戻る。骨格や、隕石や、びんに入ったタコや、植物標本帳や、エジプトの黄金や、南アフリカの象牙や二畳紀の化石を、トラックは次々に運びだしていく。

六月一日、一群の航空機が、街のはるか上空、層雲を抜けて飛ぶ。風がないでおり、近くでだれもエンジンをかけていないとき、マリー＝ロールが動物学館の表に立つと、その音が聞こえてくる。高度千六百メートルのエンジン音。翌日、ラジオ局が次々に消えはじめる。守衛は部屋のラジオの側面を強く叩き、あちこちに傾けるが、スピーカーからは雑音しか出てこない。まるで、中継アンテナはすべてろうそくの炎で、二本の指が順番にそれをつまんで消していっているかのように。

パリでのそうした最後の夜、真夜中に父親と家に歩いていき、大きな本をしっかりと胸に抱いていると、マリー＝ロールには震動が伝わってくるような気がする。空気の下、鈴のような虫の鳴き声のあいまに、あまりに重いものをのせた氷にクモの巣状のひびが入るようにして。まるで、今まで生きてきた街は、父親が作った模型でしかなく、巨大な手の影がそれを覆ってしまったかのように。

父親と一緒にパリでずっと生きていくのだ、と思いこんではいなかっただろうか。午後になればいつでも、ジェファール博士と一緒にひとときを過ごすのだと。毎年、誕生日になるたびに、父親から新しいパズルと新しい小説をもらい、ヴェルヌもデュマも、もしかするとバルザックやプルーストもすべて読むのだと。そして、父親は、夜にはいつも歌を口ずさみながら小さな建物を作り、彼女はいつも、建物の扉からパン屋までの歩数──四十──と、さらにレストランまでの歩数──二十二──を知っていて、目覚めればいつも、コーヒーに入れる砂糖があるのだと。

おはよう、おはよう。

ジャガイモは六時だよ、マリー。マッシュルームは三時。

それが今、これからどういうことになるのだろう。

靴下作り

ヴェルナーが真夜中過ぎに目を覚ますと、十一歳のユッタが彼の簡易ベッドのそばにひざまずいている。短波ラジオをひざにのせ、そばの床には画用紙が一枚あり、想像の窓が並ぶ街が描きかけになっている。

ユッタはイヤホンをはずすと目を細める。薄明かりのなか、荒々しい渦になった彼女の髪はかつてなく輝いて見える。こすったマッチのように。

「少女団で靴下を作らされるの」と彼女は小声で言う。「どうしてそんなに靴下がいるの？」

「第三帝国には靴下が必要なんだ」

「なんのために？」

「足のためだよ、ユッタ。兵士たちのために。眠らせてくれ」。まるで示しあわせたかのように、小さな男の子、ジークフリート・フィッシャーが下で一回、二回と泣き、エレナ先生の足が階段を踏む音、やさしく世話をする音がする。兄妹が待っていると、館はまた静まり返る。

「兄さんは数学の問題を解くことしか考えてない」とユッタはささやく。「ラジオをいじることばかり。今どうなってるか知りたくはないの？」

「なにを聴いてるんだ？」

彼女は腕を組み、イヤホンをまたつける。兄には答えない。

「禁止されてる番組を聴いてるのか？」

「なにを心配してるの？」

「危ないだろ、だから心配してる」

彼女は、もう一方の耳を指でふさぐ。

「ほかの女の子たちは平気そうじゃないか」と彼は小声で言う。「靴下を作ったり、新聞紙を集めたりなんかしてさ」

「わたしたちはパリに爆弾を落としてる」とユッタは言う。声は大きく、彼はその口を手でふさいでしまいたい思いをこらえる。

ユッタはきっぱり上を見つめる。その顔つきはまるで、目には見えない北極の風になでられているかのようだ。「それを聴いてるのよ、兄さん。わたしたちの飛行機はパリを爆撃してるの」

避難

パリじゅうで、人々は瀬戸物を箱に入れて地下室に運び、服の裾に真珠を縫いこみ、本の表装の内側に金の指輪を隠す。博物館の職場からは、タイプライターが運び去られる。廊下は荷造り場になり、床にはわらやおがくずや麻ひもが散らばっている。

正午になると、錠前主任は、館長の執務室に呼び出される。マリー＝ロールは床で脚を組んで座り、小説を読もうとする。ネモ船長はアロナクス教授と仲間たちを連れ、カキの養殖場をめぐって真珠を探そうとするが、アロナクスは、サメが出てくるのではないかと不安になる。その先がどうなるのか、彼女は知りたいが、文はページの上でばらばらになる。単語は文字に戻り、文字は理解できない突起に戻ってしまう。両手に大きな手袋がかぶせられたように思える。

廊下の先にある守衛室では、守衛のひとりがラジオのつまみを左右にひねるが、低く耳ざわりな音が流れてくるだけだ。彼がスイッチを切ると、博物館は静けさに包まれる。お願いだから、これはパズルだと言って。パパが作った手のこんだ遊び、なぞなぞだということにして。最初の扉には、組み合わせ錠。ふたつ目にはかんぬき。三つ目は彼女が鍵穴から魔法の言葉をささやけば開く。十三の扉をくぐり抜ければ、すべては元どおりになる。

外の街では、教会の鐘が揃って一時を告げる。一時半。それでも父親は戻ってこない。ある時点で、庭園かその向こうの通りから、何度か、はっきりした鈍い音が、博物館のなかにまで届く。だれかがセメント混合材の袋を雲から落としているような音。それが響くたびに、部屋の戸棚にある何千という鍵は止め釘にかかったまま震える。

だれも通路を行き来しない。また一連の衝撃音が届く。より近く、より大きく。鍵が鈴のような音を立て、床がきしみ、天井から糸になって流れ落ちるほこりのにおいがするように思える。

「パパ？」

なにも起こらない。守衛も用務員も大工もいない。秘書のヒールが廊下を渡っていく音もしない。

彼らはなにも食べずに何日も行軍できる。出会う女子生徒をすべて妊娠させてしまう。

「だれか？」彼女の声はたちまちのうちにのみこまれ、廊下はひどくうつろに聞こえる。怖くなる。

しばらくすると、鍵同士がぶつかる音と足音が聞こえ、父親が彼女の名前を呼ぶ声がする。すべては、あっというまに起きる。彼は低いところにある大きな引き出しを次々に開ける。何十束もの鍵輪が大きな音をたてる。

「パパ、さっき音がして――」

「急ぐんだ」

「わたしの本が――」

「置いていったほうがいい。重すぎるから」

「本を置いていくの？」

彼は娘を部屋の外に引っぱっていき、鍵保管室に施錠する。外では、混乱がいくつもの波となって、地震の揺れのように木々の列を伝わっていくように思える。

「夜警はどこだ？」と父親が言う。

縁石の近くで声がする。兵士たちだ。

マリー＝ロールの感覚は混乱する。あの音は飛行機だろうか。これは煙のにおいだろうか。だれかがドイツ語で話しているのか。

父親が知らない人と短く言葉を交わし、鍵をいくつか渡す音がする。そして、ふたりは門からキュヴィエ通りに出て、なにかをかすめていく。土嚢か、もの言わぬ巡査たちか、あるいは歩道の中央に新しく据えつけられたものか。

六ブロック、三十八本の排水管。彼女はすべて数える。父親が窓にベニヤ板を鋲で打ちつけていたせいで、アパルトマンは蒸し暑い。「すぐに出るよ、マリー＝ロール。あとで説明してあげるから」。父親はカンバス地のリュックサックらしきものに持ち物を詰めこむ。食べ物、と彼女は考え、音ですべてを当てようとする。コーヒー。煙草。それからパンだろうか。

また、なにか鈍い音が響き、窓ガラスが震える。食器棚のなかで皿が鳴る。車のクラクションが響く。マリー＝ロールは模型のところに行き、近所の家並みの上に指を走らせる。まだそこにある。まだある。そこに。

「マリー、トイレに行っておいで」

「行かなくても平気」

「次に行けるのはしばらく先かもしれない」

六月の中旬なのに、彼は娘に冬用の外套を着せてボタンを留め、ふたりは急いで下りる。

パトリアルシュ通りに出た彼女は、遠くの足音を耳にする。まるで、何千という人々が移動しているかのような音。彼女は父親のそばを歩き、片手に杖をたたみこみ、もう片手は彼のリュックサックに置く。すべてが論理から切り離され、悪夢のなかにいるようだ。

右。左。曲がり角と曲がり角のあいだには、石畳の道が長くつづく。じきに、マリー＝ロールは確信する。これまで来たことのない通り、模型の境界を越えた通りにいる。歩数がわからなくなってからかなりたって、ふたりは人だかりにたどり着く。密集した人々から発せられてくる熱が感じられる。

「列車はもっと涼しいはずだよ、マリー。館長がふたり分の切符を手配してくれた」

「入れるの？」

「門に鍵がかかっているな」

群衆は吐き気がするような緊張感を放っている。

「パパ、怖いわ」

「しっかりつかまって」

彼は別の方向に娘を導く。ふたりは騒然とした大通りを渡り、それから、どぶのようなにおいがする路地を進む。父親のリュックサックに入った道具がぶつかりあう、くぐもった音と、遠くの絶えまないクラクションの音がしている。

しばらくすると、ふたりはまた別の人混みにいる。高い壁に声がこだまする。濡れた肌着のにおいが、彼女を取り囲む。どこかで、だれかが、拡声器で名前を叫んでいる。

「パパ、ここはどこなの?」

「サン＝ラザール駅だよ」

赤ん坊が泣く。尿のにおいがする。

「パパ、ドイツ人はいる?」

「いないよ」

「でも、そのうち来る?」

「みんなはそう言っているね」

「ドイツ軍が来たら、わたしたちはどうするの?」

「そのころには、もう列車に乗っているよ」

右のほうで、子どもが金切り声をあげる。動転した声の男が、道を空けてくれ、と強い口調で言う。近くにいる女性は、繰り返しうめく。「セバスティアン? セバスティアン?」

「もう夜になった?」

「暗くなりはじめたところだ。少し休もう。ひと息つこうか」

だれかが言う。「第二軍は壊滅して、第九軍は孤立している。フランス最強の戦車隊がやられてしまった」

「我々は蹂躙《じゅうりん》される」とだれかが言う。

トランクがいくつもタイルをこすっていき、小さな犬が吠えたて、車掌の笛が鳴ると、咳をするような音とともに、なにかの機械が動きだし、そして止まる。マリー＝ロールはむかつきを抑えようとする。

「でも、わたしたちには切符があるじゃない！」と彼女のうしろでだれかが叫ぶ。もみあいがある。恐怖が、さざ波のように、群衆に伝わっていく。

「パパ、どんな感じなの？」

「なにがだい？」

「駅よ。それと夜」

彼のライターの音が聞こえ、火がつくと、息を吸いこみ、煙草が燃え上がる音がする。

「そうだな。街全体が暗い。街灯はないし、窓のあかりもない。ときおり、投光照明の光が空をかすめていく。飛行機を探しているんだ。ガウンを着た女の人がひとりいる。もうひとりは、皿を山のように積んで持っている」

「軍隊は？」

「軍隊はいないよ、マリー」

父親の手が、彼女の手をにぎる。恐怖がわずかに和らぐ。雨が縦樋をしたたる。

「パパ、わたしたちは今なにをしてるの？」

「列車に乗りたいと思っているのさ」

「ほかのみんなはなにをしてるの？」

「みんなも乗りたくて必死だよ」

ジードラー氏

消灯時刻のあとで、扉をノックする音。ヴェルナーとユッタは、長い木のテーブルで席につき、五、六人の子どもたちと一緒に宿題をしている。エレナ先生は党章を襟口にピンで留めてから扉を開ける。

ベルトに拳銃を差し、左腕に鉤十字の腕章を巻いた兵長が、雨のなかから入ってくる。部屋の低い天井の下では、その男はばかばかしいほど背が高く見える。ヴェルナーは、自分の簡易ベッドの下、古い救急箱に入れてある短波ラジオのことを考える。知られたんだ、と彼は思う。

兵長は部屋を見回す。石炭ストーブ、吊るしてある洗濯物、体の小さな子どもたち。そのすべてに、彼は尊大で敵意のある態度を見せる。拳銃は黒く、部屋のすべての光を吸いよせているように思える。

ヴェルナーは思い切って、ちらりと妹を見る。ユッタの目は、訪問者に釘づけになっている。兵長は休憩室のテーブルから本を一冊取り——しゃべる列車が出てくる子ども向けの本——最後までページをめくってからまた戻す。それからなにかを言うが、ヴェルナーには聞こえない。

エレナ先生はエプロンの上で両手を組みあわせている。手が震えないようにしていることが、ヴェルナーにはわかる。「ヴェルナー」。ゆっくりとした夢のような声で彼女は言いながら、目はずっと兵長を見ている。「この人が言うには、無線機がどうしても——」

「道具を持ってこい」と兵長は言う。

出かけるとき、ヴェルナーは一度だけ振り返る。休憩室の窓ガラスに、ユッタがひたいと手のひらを当てている。彼女のうしろから光がさしているうえに遠すぎるので、表情まではわからない。それから、雨で彼女の姿はぼやける。

ヴェルナーは兵長の半分の背丈しかない。大またで歩いていく彼の一歩に、ヴェルナーは二歩でついていかねばならない。丘のふもとにある社宅や、歩哨の前を過ぎていき、炭坑の役人たちが住む地区までついていく。あかりのなか、雨は斜めに降りそそぐ。たまにすれ違う人々は、兵長のために大きく道を空ける。

ヴェルナーはなにもたずねない。心臓が脈打つたびに、逃げ出したい気持ちが彼の胸に突き刺さる。

ふたりは、地区でもっとも大きな家の門に近づいていく。千回も目にしてきた家だが、これほど近くから見たことはない。二階の窓枠から下がる大きな深紅の旗は、雨でずっしりと重くなっている。

兵長は裏口の扉をノックする。ハイウエストのワンピースを着た女中が、ふたりのコートを取り、巧みに水を払い落とすと、真鍮の足のラックにかける。台所にはケーキのにおいがする。

兵長がヴェルナーを食事室に案内すると、三本のみずみずしいヒナギクを髪にさした細顔の女性が椅子に座り、雑誌をめくっている。「濡れたアヒルが二羽ね」と彼女は言うと、雑誌に目を戻す。ふたりに座るようにはすすめない。

分厚く赤い絨毯が、ヴェルナーの靴底に吸いつく。テーブルの上のシャンデリアでは電球が光り、壁紙にはからまりあうバラのつるが描かれている。暖炉では、火がくすぶっている。四方の壁すべてに、にらみつける先祖たちの鉄板写真がかかっている。ここが、妹が外国のラジオ局を聴いたかどでその兄が逮捕される場所なのだろうか。女性は雑誌のページをめくっていく。彼女の指の爪は、鮮やかなピンク色をしている。

信じがたいほど白いシャツを着た男性が、階段を下りてくる。「これはまた小柄な子だな。そう思わんか？」と彼は兵長に言う。「きみが有名なラジオ修理屋かな？」男の濃く黒い髪は、頭にうるし塗りをしたように見える。「ルドルフ・ジードラーだ」と彼は言う。軽くあごをしゃくり、兵長を下がらせる。

ヴェルナーは息をつこうとする。ジードラー氏はカフスボタンを留め、曇った鏡で自分の姿をじっくり眺める。彼の目は深く青い。「さて、おしゃべりな少年ではないわけだな。頭にくる機械はそこだよ」。彼は隣室にあるアメリカのフィルコ社製の大型ラジオを指す。「すでにふたりに見てもらった。それからきみのことを耳にしてね。試してみる価値はあるだろう？　彼女は」――ジードラー氏は女性に向かってうなずく――「どうしてもお気に入りの番組を聴きたいと思っている。それからもちろん、報道速報もね」

その口ぶりから、女性が本心から報道速報を聴きたいわけではないのだ、とヴェルナーは知る。彼女は顔を上げない。ジードラー氏のほほえみは、こう言っているようだ。まあ、男の仕事にもいろいろあるものだと、きみならわかってくれるな？　彼の歯はとても小さい。「じっくりやってくれていい」

ヴェルナーは装置の前にしゃがみ、気持ちを落ち着かせようとする。スイッチを入れ、真空管が温まるまでしばらく待つと、つまみを慎重に右から左に回し、低い周波数に合わせていく。そして右に戻す。なにも聞こえない。

今まで触れたなかでも、最高級のラジオだ。傾斜した制御盤と、磁石式の同調装置があり、大きさは冷蔵庫ほどもある。真空管は十本、全電波対応で、スーパーヘテロダイン受信装置に、美しい丸ひだ装飾の造型とツートンカラーのクルミ材のキャビネット。短波と、幅広い周波数と、大きな減衰器。〈子どもたちの館〉にあるすべてを合わせても、このラジオの値段にはかなわない。望みさえすれば、ジードラー氏はアフリカの放送も聴くことができる。

緑と赤の背表紙の本が壁を飾っている。兵長の姿はない。隣の部屋では、ジードラー氏がランプのあかりのなかに立ち、黒電話に話しかけている。

彼らには、ヴェルナーを逮捕するつもりはない。このラジオを直してもらいたいだけだ。ヴェルナーは裏板のねじをはずし、内部をのぞきこむ。真空管にはどれも損傷はなく、なにも欠けているようには見えない。「よし」と彼はひとりつぶやく。「考えよう」。脚を組んで座る。回路を調べる。男も女も、本も雨も遠のいていき、ラジオともつれあう回路だけが残る。はねまわる電子の経路、混みあう都市を抜ける道のような信号の連鎖を思い描こうとする。ラジオ電波はここに入り、格子状の増幅器を抜けていき、可変コンデンサーに、そして変圧器のコイルに向かう……。

それが目に入る。抵抗器のワイヤーのひとつに、二か所、切れ目がある。ヴェルナーは装置の上部越しにのぞいてみる。左のほうでは、女性が雑誌を読んでいる。右のほうでは、ジードラー氏が電話に話しかけている。ジードラー氏は親指と人差し指をピンストライプのズボンの折り目に何度も走らせてくっきりさせている。

ふたり揃って、これほど単純なものを見逃すだろうか。それは天からの贈り物のように思える。あとは簡単だ。ヴェルナーは、抵抗器の配線を巻きなおすとワイヤーを接合し、ラジオを電源につなぐ。スイッチを入れるとき、機械から炎が飛びだしてくるものと半分覚悟する。出てくるのは――サックスの低いざわめき。

女性はテーブルに雑誌を置き、十本の指をほほに当てる。ヴェルナーはラジオのうしろからそっと出てくる。しばらくのあいだ、頭にあるのは勝ち誇る思いだけだ。

「この子、考えただけで直してみせたわ！」と女性は高らかに言う。ジードラー氏は受話器の送話口を手で覆い、首を伸ばす。「小さなネズミみたいにここに座って考えて、三十秒したらもう直ったのよ！」彼女は色鮮やかな爪でもったいぶった仕草をすると、子どものような笑い声をあげる。

ジードラー氏は電話を切る。女性は居間に入ってくると、ラジオの前でひざをつく。はだしで、すべすべした白いふくらはぎがスカートの裾からのぞいている。つまみを回す。ぶつぶつという音につづいて、澄んだ音楽がどっと流れ出す。ラジオは明瞭で完全な音を出している。ヴェルナーがそれまで聞いたこともない音を。

「ほら!」また彼女は笑う。

ヴェルナーは道具を集める。ジードラー氏はラジオの前に立ち、今にも頭をなでてきそうなようすだ。「すばらしい」と彼は言う。ヴェルナーを食事のテーブルに連れていき、女中を呼ぶと、ケーキを持ってくるように言う。すぐにケーキが出てくる。無地の白い皿にのった、四つのくさび形。それぞれに、粉砂糖がふりかけられ、ホイップクリームがどっさりのっている。ヴェルナーは息をのむ。ジードラー氏は笑う。「そう、クリームは禁止されているとも。だが」――彼はくちびるに人差し指を当てる――「手に入れる道はあるものさ。食べたまえ」

ヴェルナーはひと切れ取る。粉砂糖があごから流れ落ちる。もうひとつの部屋では、女性がつまみをひねると、説教するような声がスピーカーから聞こえてくる。彼女はしばらく耳を傾けると拍手し、はだしのままひざをついている。鉄板写真のいかめしい顔の数々が下をにらんでいる。

ヴェルナーはケーキをひと切れ食べ、そしてもうひと切れ食べ、さらにもうひと切れ食べる。ジードラー氏は、首をわずかに傾けて面白がりつつ、なにかを考えている。「きみには独特の雰囲気があるな。それに、その髪の毛。ひどいショックを受けたようだ。父親は？」

ヴェルナーは首を横に振る。

「そうか。〈子どもたちの館〉だったね。私が愚かだった。もうひと切れ食べたまえ。クリームをもっとのせるといい。ほら」

女性がまた手を叩く。ヴェルナーの腹はきしむような音をたてる。男の視線を感じる。「この炭坑は大した赴任先ではない、とみなに言われる」とジードラー氏は言う。「みな異口同音にこう言う。『それよりもベルリンにいたくはありませんか？　あるいはフランスに？　前線の隊長として、戦線が前進していくのを見て、この』」――彼は窓に向けて手を振る――「『煤だらけの土地から離れたくありませんか？』とね。だが、私は言ってやるんだ。私はすべての中心に生きている。ここから燃料と鉄鋼が生まれてくるのだとね。ここが祖国の炉なのだ」

ヴェルナーは咳払いをする。「我々は平和のために行動しています」。三日前に、ユッタと一緒にドイチュラントゼンダーのラジオで耳にした言葉を、そのまま受け売りしたものだ。「世界のために」

ジードラー氏は笑う。ふたたび、彼の歯の数と小ささにヴェルナーは見とれる。

「きみは歴史のもっとも偉大な教訓を知っているかな？　それは、歴史とは勝者の言い分であるということだ。それが教訓だ。だれであれ、勝つ者が歴史を決定する。我々は自分たちの自己利益のために行動する。もちろん、そうだとも。そうでない人間や国家を、ひとつでもいいから言ってみてくれ。大事なのは、どこに自分の利益があるのかを理解することだ」

ケーキがひと切れだけ残る。ラジオが低くうなり、女性は笑う。ジードラー氏は近所の人たちとはまったくと言っていいほど似ていない、とヴェルナーは確信する。愛する人々が毎朝炭坑に消えていく姿を見守ることに慣れた、警戒して、不安げな顔とはまるで違う。彼の顔はきれいで、信念に満ちている。みずからの特権に、このうえなく自信を持っている。そして五メートル先には、光沢のある爪と、毛のないふくらはぎをした、この女性――ヴェルナーのそれまでの経験とはあまりにかけ離れているために、別の惑星から来たとさえ思える女性。まるで、彼女が大きなフィルコのラジオそれ自体から歩み出てきたかのように。

「道具の扱いに長けている」とジードラー氏は言っている。「年齢に見合わないほど頭がいい。きみのような少年が行くべき場所がある。ハイスマイヤー大将の学校だ。精鋭中の精鋭だよ。機械科学も教えている。暗号解読、ロケット推進、最新の技術すべてを」

ヴェルナーは、どこに目を合わせればいいのかわからない。「ぼくらにはお金がないんです」

「そこが、この手の教育機関のすばらしい点だ。彼らは労働者階級、労働者たちを求めている。つまりは」と言いかけて、ジードラー氏は苦い顔になる。「中流階級のごみに押し潰されていない少年たちだよ。映画なんかにね。彼らは勤勉な少年たちを求めている。ずば抜けて優秀な少年を」

「はい」

「ずば抜けて優秀」と彼は繰り返し、うなずき、まるでひとりごとのように話す。彼が口笛を吹くと、兵長が、片手にヘルメットを持ってふたたび現われる。ひとつだけ残るケーキをちらりと見て、そして目をそらす。「エッセンに採用局がある」とジードラー氏は言っている。「きみに手紙を書いてあげよう。それから、これを持っていきたまえ」。彼から七十五マルクを渡され、ヴェルナーはなるだけ早くその紙幣をポケットにねじこむ。兵長は笑う。「指を火傷したみたいですね！」

ジードラー氏の注意は別のところに向いている。「私からハイスマイヤーに手紙を書こう」と彼は繰り返す。「我々にとっても、きみにとってもいいことだ。我々は世界のために行動しているのだろう？」彼はウィンクする。それから、兵長が夜間外出許可証をヴェルナーに渡し、外に案内する。

ヴェルナーは雨も気にかけずに家に歩いていき、今しがた起きた、とてつもない出来事を噛みしめようとする。九羽のサギが、花のように、コークス工場のそばの水路に立っている。貨物船が、見捨てられたような汽笛を鳴らし、石炭運搬車が行き交い、牽引機の規則正しい打撃音が薄暗いなか鳴り響く。

〈子どもたちの館〉はすっかり寝静まっている。エレナ先生は、玄関を入ったところに座り、山となった洗濯済みの靴下をひざにのせ、両足のあいだには台所から持ってきたシェリー酒のびんを置いている。そのうしろで、テーブルについているユッタが、ヴェルナーを電流のような激しさで見つめている。

「どんな用事だったの？」とエレナ先生は言う。

「ラジオを修理してほしいと」

「それだけなの？」

「そうです」

「なにかきかれたりは？　あなたのことや、子どもたちのことで」

「なにもありませんでした」

先生は大きくため息をつく。ここ二時間、ずっと息を止めていたかのように。「よかった《デュ・メル》」。彼女は両方のこめかみに手を当ててさする。「もうベッドに行っていいわ、ユッタ」

ユッタは行きたがらない。

「ちゃんと直してきました」とヴェルナーは言う。

「いい子ね、ヴェルナー」。エレナ先生はシェリーをぐいと飲むと目を閉じ、頭をうしろに傾ける。「晩ご飯を少し残してあるわ」。ユッタは階段に歩いていくが、目にはまだ迷いがある。

台所は、すべてに石炭の汚れがついて、狭苦しく思える。エレナ先生が皿を一枚持ってくる。ゆでたジャガイモがひとつ、半分に切ってある。

「ありがとう」とヴェルナーは言う。ケーキの味が、まだ口に残っている。古時計のなかでは、振子がひたすら揺れている。ケーキ、ホイップクリーム、分厚い絨毯、ジードラー夫人のピンク色の爪と長いふくらはぎ。そうした感覚が、回転木馬に乗ったように、ヴェルナーの頭のなかで渦巻く。ユッタを引いて、父親が消えた第九採掘坑に行ったことを思い出す。来る夜も来る夜も、そこに行った。ふたりの父親が、昇降機からよろよろと出てくるかもしれないとでもいうように。

光、電気、エーテル。空間、時間、質量。ハインリッヒ・ヘルツの『力学原理』。ハイスマイヤーの有名な学校。暗号解読、ロケット推進、最新の技術すべてを。

ラジオのフランス人はよく言っていた。目を開けて、その目が永遠に閉じてしまう前に、できるかぎりのものを見ておくんだ。

「ヴェルナー？」

「なんですか、エレナ先生」

「お腹は空いているかしら？」

エレナ先生。この先も、彼にとっては、かぎりなく母親に近い人。ヴェルナーは空腹ではないが食べる。それから、先生に七十五マルクを渡すと、彼女はその大金に目をしばたき、五十マルクを返す。

エレナ先生がトイレに行ってから自分のベッドに入り、館がすっかり静まり返ると、ヴェルナーは屋根裏で百まで数える。そして、簡易ベッドから起き上がると、救急箱から小さな短波ラジオを取り出す。もう六年も使い、彼が加えた改良がいたるところにあり、ワイヤーは取り替えられ、ソレノイドは新しく、ユッタの表示が同調コイルに貼られている。そのラジオを館の裏にある路地に持っていくと、彼はレンガで叩き壊す。

脱出

パリの市民たちは、続々と門につめかけ、入っていく。午前一時には、警察がもはや整理できなくなる。四時間以上にわたって、列車の出発も到着もない。マリー＝ロールは父親の肩に頭を預けて眠る。錠前主任は、笛も、連結器がぶつかりあう音も耳にしない。列車はない。夜明けに、彼は決心する。歩いていくほうがいい。

午前中ずっと、ふたりは歩く。パリの家並みは着実にまばらになり、低い家と、木々の長い列によって区切られた一軒きりの店になっていく。正午、ふたりは、ヴォークレソンの自動車道で動けなくなった渋滞を縫って歩いている。アパルトマンからは、たっぷり十五キロ西にいる。マリー＝ロールは、ここまで家から遠く離れたことはない。

低い坂の頂上で、彼女の父親はうしろを振り返る。見渡すかぎり、車が連なっている。乗り合いバスやバン。最新のV型十二気筒エンジンのオープンカーが、二台のラバの荷車にはさまれている。木製車軸の車、燃料切れの車、家具を屋根に結わえつけた車があり、農場をそのままトレーラーに詰めこんだ数台は、ニワトリやブタが檻に入り、牛がその横で荷台を踏みつけ、犬がフロントガラスに息を吐きかけている。

その列は、徒歩と変わらない速度でのろのろと進む。車線はふたつとも動かない。だれもが、よろよろと西へ、遠くへ向かっている。何十本という外出用のネックレスを下げた女性が、自転車をこいでいく。ある男が引く荷車には、革張りのひじかけ椅子があり、クッションの中央では黒い子猫が自分の体をなめている。女性たちが押すベビーカーには、瀬戸物や、鳥かごや、高級ガラス製品が、ところ狭しと押しこまれている。タキシードを着た男性が、「神への愛にかけて、私を通してください」と声をかけながら歩いているが、だれも道を空けず、彼の速度は、ほかの人々と変わらない。

マリー＝ロールは、父親の腰のそばから離れず、片手には杖をにぎりしめている。一歩ごとに、だれの声ともつかない問いが、彼女の周囲を渦巻いていく。サン＝ジェルマンまで、あとどのくらい？　おばさん、食べ物ある？　だれか燃料を持っていないか？　夫が妻にどなる声を聞く。道路の先でトラックにひかれた子どもがいると耳にする。午後には、飛行機が三機連なり、大きな音で低空を一気に飛んでいき、人々はその場でしゃがみ、叫び声をあげ、這って溝に入り、雑草にうつぶせになる。

夕暮れどきには、ヴェルサイユの西にいる。マリー＝ロールのかかとからは血が出ていて、靴下は破れ、百歩ごとによろめく。もうこれ以上は歩けない、と彼女がきっぱり言うと、父親は彼女を背負い、道路を離れ、マスタードの花畑を抜けて坂を上がり、やがて、小さな農家から数百メートル離れた畑にたどり着く。途中までしか耕されておらず、刈った草は集められてはいるが、固められないままになっている。まるで、作業の途中でその農家が逃げだしたかのように。

父親はリュックサックからパンを一斤と、何本かつながった白いソーセージを出し、無言のまま娘と食べる。それから、娘の両足をひざにのせる。東のほうの薄暮では、車の灰色の群れが道路にきっちりとおさまっているのが見える。かすかで、ぼんやりとした、クラクションの音。だれかが、迷子になった子どもを呼ぶような声をあげ、その声を風が運び去る。

「パパ、なにかが燃えてるの？」

「なにも燃えていないよ」

「煙のにおいがする」

「あの音はなに？」

彼は娘の靴下を脱がせ、かかとを調べる。両手に持った娘の足は、鳥のように軽い。

「バッタだよ」

「もう暗い？」

「もうすぐ着くからね」

「わたしたちはどこで寝るの？」

「ここだよ」

「ベッドがあるの？」

「ないよ」

「わたしたちはどこへ行くの、パパ？」

「ぼくたちを助けてくれる人の住所を館長からもらっている」

「どこの？」

「エヴルーという町だ。そこのジャノーさんという人に会いに行く。博物館の友人なんだ」

「エヴルーまでは、あとどれくらい？」

「歩いていけば二年かかるな」

彼女は父親の前腕をつかむ。

「からかっただけだよ、マリー。エヴルーはそんなに遠くはない。交通手段が見つかれば、明日には着いているよ。大丈夫さ」

彼女は、心臓が十回脈打つまで静かにしている。それから言う。「でも今は？」

「今は寝よう」

「ベッドがないのに？」

「草をベッドがわりにしよう。気に入るかもしれないよ」

「エヴルーではベッドで寝られるの？」

「そうだろうね」

「もしその人が、わたしたちにいてほしくなかったら？」

「いてほしいと思うはずだ」

「もし、そうじゃなかったら？」

「そのときは、叔父に会いに行く。おまえの大叔父さんだ。サン・マロにいる」

「エティエンヌおじさん？　あの人は頭がおかしいって言ってたじゃない」

「そう、半分くらい狂っているね。七十六パーセントは狂っているかもしれないな」

彼女は笑わない。「サン・マロまでは、どれくらいあるの？」

「質問はもうこれくらいにしよう、マリー。ジャノーさんはエヴルーにぼくらを泊めてくれるよ、大きくて柔らかいベッドにね」

「わたしたちにはどれくらいの食べ物があるの？」

「少しはある。お腹はまだ空いているかい？」

「わたしは平気。食べ物を節約したいの」

「わかった。食べ物は節約しよう。今は静かに休もうか」

彼女は横になる。父親はまた煙草に火をつける。あと六本。コウモリが蚊柱に飛びこんで突き抜け、羽虫は散り散りになってはまた群がる。**ぼくらはネズミだ、**と彼は思う。**そして、空ではタカが何羽も舞っている。**

「おまえはとても勇気があるよ、マリー＝ロール」

少女はすでに眠りこんでいる。夜の闇が濃くなっていく。煙草を吸い終え、彼はマリー＝ロールの両足をそっと地面に下ろし、コートをかけてやると、リュックサックを開ける。木工の道具が入ったケースを、手探りで見つける。小さなのこぎり、丸のみ、彫刻刀、目の細かい紙やすり。そうした道具の多くは祖父のものだった。ケースの裏地の下から、重いリネンで作られ、ひもでしっかりと縛られた、小さな袋を取り出す。一日じゅう、それを確かめたい思いをどうにかこらえていた。今、彼は袋を開き、逆さまにして中身を手のひらに出す。

手にのった宝石は、クリほども大きい。この遅い時間、薄暗い光のなかでも、荘厳な青色に光っている。奇妙なほど冷たい。

三つのおとりがある、と館長は言っていた。本物のダイヤモンドと合わせれば、四個になる。ひとつは博物館に留まる。残り三つは、それぞれ違う方角に運ばれる。ひとつは、若い地質学者とともに南へ。ひとつは、警備主任とともに北へ。そしてもうひとつは、こ こ、ヴェルサイユの西の畑で、国立自然史博物館の錠前主任ダニエル・ルブランの道具箱のなかにある。

三つの模造品。ひとつの本物。持ち運んでいるのが本物のダイヤモンドなのか、複製なのか、それは知らないほうがいいだろう、と館長は言っていた。そして、彼らひとりひとりに真剣なまなざしを向け、こう言った。きみたち全員が、本物を持っているように行動してもらいたい。

錠前主任は自分に言い聞かせる。ここにあるダイヤモンドは本物ではない。館長がわざわざ、一介の職人に、百三十三カラットのダイヤモンドを渡し、パリから出ていかせるはずがない。だが、宝石を見つめていると、どうしても問いを発してしまう。**もしかして、これが？**

彼は畑を見渡す。木々、空、干し草。ビロードのように降りてくる闇。すでに、白い星がいくつか出ている。マリー＝ロールは規則正しい寝息を立てている。**きみたち全員が、本物を持っているように行動してもらいたい。**錠前主任は宝石を袋に戻し、縛りなおし、リュックサックのなかに戻す。そこに感じる小さな重みは、自分の心のなかに宝石をすべりこませたかのようだ。難問。

☽

数時間後、彼が目覚めると、一機の飛行機の輪郭が、星を覆いながら東に突っ切っていくのが見える。頭上を通るときには、柔らかな、引き裂くような音をたてる。そして消える。一瞬遅れて、地面が揺れる。

夜空の片隅、壁になった木々の向こうが赤く染まる。毒々しくまたたく光のなか、一機だけではないことを、彼は見てとる。空は、飛行機で埋めつくされている。十機ほどが、前後に飛び交い、あらゆる方角に飛び、方向感覚を一瞬失った彼は、自分が上ではなく下を見ているのではないかと思う。あたかも、血走った水中に照明が当てられてくさび形に広がり、空は海になり、飛行機はじつは飢えた魚で、暗がりのなかで餌に襲いかかっているかのように。

第二章　一九四四年八月八日

サン・マロ

扉が次々に枠から舞い上がる。レンガは粉に変わる。チョークと土と花崗岩の、膨張する巨大な雲が、いくつも空に昇る。十二機の爆撃機がすべて向きを変えて上昇し、イギリス海峡の空高くで編隊に戻ったあとでようやく、空中に吹き飛ばされた屋根板は通りに落ちる。

炎が一気に壁を登る。停めてあった自動車に火がつき、カーテンやランプシェード、ソファやマットレス、公共図書館にある二万冊の本のほとんどにも火がつく。火は集まり、膨らむ。火は潮のように城壁をなめて上がる。路地に、屋根の上に、駐車場を渡るようにしてまきちらされる。煙が塵を追う。灰が煙を追う。新聞販売所は漂い、燃えている。

町じゅうの地下室や地下聖堂から、マロの人々は誓いを送る。**主よ神よこの町この人々を守護したまえ我々を見過ごしたもうなあなたの名においてアーメン。**老人たちは防風ランプをにぎりしめる。子どもたちは金切り声をあげる。犬は遠吠えをする。長屋になった家々の四百年前の梁は一瞬のうちに炎に包まれる。旧市街の一角、西側の壁に寄りそう地区は火の嵐になり、炎の柱が百メートル近くにまで達する。酸素を求める力により、飼い猫よりも重い物体が、炎のなかに引きずりこまれる。店の看板がいくつも、張り出し棚から炎のほうに揺れて傾く。鉢植えの低木が一本、瓦礫《がれき》のなかをすべっていき、倒れる。煙突から吐きだされた燃えるアマツバメは、茶色い火花のように城壁を越えて一気に降下すると、体についた火を海で消す。

クロス通りでは、〈蜂のホテル〉が一瞬ほぼ重量を失い、螺旋状の炎のなかで持ち上がり、そしてばらばらになりながら大地に戻りはじめる。

ヴォーボレル通り四番地

マリー＝ロールは、ベッドの下で体を丸める。左手には石をにぎり、右手には小さな家をにぎっている。材木の釘が叫び、ため息をつく。漆喰《しっくい》と、レンガと、ガラスのかけらが、滝のようになり、床に、テーブルの上にある模型の町に、そして彼女の頭上にあるマットレスに降りそそぐ。

「パパ、パパ、パパ、パパ」とマリー＝ロールは口にしているが、体は声から離れてしまったように思え、その言葉は遠くわびしく聞こえる。頭をよぎる思いがある。サン・マロの地下は隅々まで、一本の巨木の根が網目になってつなぎあわされている。その巨木は、町の中心部、だれにも連れていってもらったことのない広場にあるが、それが神の手によって引き抜かれてしまい、花崗岩も一緒に動き、積み重なった石や山やかたまりがはずれていくと、木の幹が上がっていき、それにつづいて太い根の巻きひげが出てきて――根の構造は別の木をさかさまにして地中に押しこんだような形だよ、とジェファール博士は言い表わしてはいなかっただろうか――城壁は崩れ、通りは漏れ出すようにして消えていき、一ブロックをまるまる占めている邸宅がおもちゃのように倒れていく。

ゆっくりと、ありがたいことに、世界は落ち着く。外からは、軽く、ちりちりという音がする。通りに落ちていくガラスだろうか。その音は、美しくも、奇妙でもあり、あたかも、宝石が雨となって空から降りそそいでいるかのようだ。

彼女の大叔父がどこにいるとしても、これを生き延びられただろうか。だれが生き延びられただろう。彼女は生き延びたのだろうか。

家はきしみ、崩れそうになり、うめく。次にやってくる音は、背の高い草を抜けてくる風のようだが、ただし、もっと飢えている。カーテンを揺らし、彼女の耳の内部にある繊細な部位に語りかける。

彼女は煙のにおいに気づき、そして知る。火だ。寝室の窓にあったガラスは粉々になっている。彼女に聞こえるのは、なにかがよろい戸の外で燃えている音だ。なにか巨大なものが燃えている。地区が。町全体が。

壁、床、そして彼女のベッドの下は、まだひんやりしている。家はまだ炎に包まれてはいない。だが、いつまでだろう。

落ち着いて、と彼女は考える。肺を空気で満たして、それから出すことに集中して。そしてまた満たして。彼女はベッドの下に残る。「これは現実じゃない」と言う。

彼はなにを覚えているだろう。技師のベルントが、地下室の扉を閉めて階段に座るのを見た。巨漢フランク・フォルクハイマーが、金色のひじかけ椅子に座り、ズボンについたなにかをいじっているのを見た。それから、天井の電球がまたたいて消え、フォルクハイマーが懐中電灯をつけると、轟音が彼らに降りかかってきた。あまりに大きなその音は、それ自体が、すべてを食い尽くして地殻そのものを揺さぶる武器のようだった。そして一瞬、ヴェルナーに見えるものといえば、怯《おび》えた甲虫のようにちらちらと離れていく、フォルクハイマーの懐中電灯の光だけだった。

三人は投げ出された。一瞬か、一時間か、あるいは一日か――どれくらいなのか、だれにわかるだろう――ヴェルナーは、ツォルフェアアインに戻っており、二頭のラバを埋めるために炭坑夫が野原の端に掘った墓の上に立っていた。季節は冬、ヴェルナーはせいぜい五歳で、やせたラバの皮膚はほとんど半透明になっていたため、その内部にある骨がおぼろげに見え、開いた二頭の目には小さな土のかたまりがついていた。空腹のあまり、まだ食べる肉は残っているだろうか、と彼は考えこんだ。

シャベルの刃が小石に当たる音を耳にした。

妹が息を吸いこむ音がした。

そして、固定用のひもが限界に達したかのように、なにかが、彼を〈蜂のホテル〉の地下にぐいと引き戻した。

床の揺れはもうおさまっているが、音は小さくなっていない。彼は手のひらを右耳に押し当てる。轟音は、千のハチの羽音は、すぐ近くに残っている。

「音がするか？」と彼はたずねるが、そう言う自分の声は聞こえない。顔の左側が濡れている。つけていたヘッドホンはなくなっている。作業台はどこなのか、無線機はどこなのか、のしかかってくるこの重みはなにか。

肩や、胸や、髪から、彼は熱い石と木のかけらを取る。懐中電灯を見つけ、ふたりのようすを確かめて、無線を確認する。出口を確認する。自分の耳のどこがおかしくなったのかを突き止める。それが理にかなった手順だ。上体を起こそうとするが、天井が低くなっており、頭を打ってしまう。

熱気。さらに熱くなってきている。彼は思う。ぼくたちは箱のなかに閉じこめられていて、その箱は、火山の火口に放りこまれたんだ。

数秒が過ぎる。数分かもしれない。ヴェルナーはひざをついて姿勢を低く保つ。あかり。それから仲間のふたり。そして出口。そのあとで自分の耳。おそらくは、階上にいるドイツ空軍兵はすでに、瓦礫を必死でかき回し、救出にあたっているだろう。だが、彼は自分の懐中電灯を見つけることができない。立ち上がることすらできない。まったくの暗闇のなか、彼の視界は、千の動く赤と青の断片によってクモの巣のようになっている。炎だろうか。それとも幻影だろうか。それらは床をなめるように動き、そして天井に上がり、奇妙で落ち着いた輝きを放っている。

「ぼくらは死んだのか？」彼は暗闇に向けて叫ぶ。「もう死んでいるのか？」

六階下へ

爆撃機のうなる音がほとんど遠ざからないうちに、砲弾が、口笛のような音をたてて家の上空を飛んでいき、そう遠くないところで爆発して、鈍い衝撃音をあげる。屋根になにかがぱらぱら降りかかる。砲弾の破片だろうか。燃えかすだろうか。マリー＝ロールは声に出して「ここは高すぎる」と言い、ベッドの下から体を出す。すでに、長居しすぎている。石を家の模型のなかに戻し、屋根になっている小割り板を戻すと煙突をひねって元どおりにして、ワンピースのポケットに入れる。

靴はどこだろう。床を這ってまわるが、指に当たるものといえば、木のかけらと、窓ガラスの破片らしきものだけだ。杖を探しだし、ストッキングをはいた足で扉から出ると、廊下を進んでいく。部屋の外では、煙のにおいがさらに強い。床はまだひんやりとして、壁もまだ冷たい。彼女は六階のトイレで用を足すと、トイレには水が補充されないと知っているので、水を流したい欲求をこらえ、もう一度、空気が温かくはないことを確かめてから、ふたたび動きだす。

階段まで六歩。二発目の砲弾が頭上で金切り声をあげ、マリー゠ロールは叫ぶ。砲弾が、河口の向こうのどこかで爆発すると、頭上にあるシャンデリアが軽く鳴る。

レンガの雨、小石の雨、少し遅れて煤の雨。下の階までは、湾曲する八段の階段。二段目と五段目はきしむ。軸柱のまわりを回転していき、さらに八段。四階。三階。ここで彼女は、大叔父が階段ホールの電話台の下に作った仕掛け線を確かめる。鈴は宙吊りになっていて、ワイヤーはまだぴんと張り、彼が壁に開けた穴から垂直に渡されている。だれも来ていないし、出ていってもいない。

廊下を八歩進み、三階のバスルームに入る。浴槽は水でいっぱいになっている。水にいくつか浮いているものがある。天井の漆喰のかけらかもしれない。ひざをつくと、床の小砂が当たるが、彼女は水面にくちびるをつけ、心ゆくまで飲む。なるだけ多く。

階段に戻り、二階に下りる。そして一階――手すりには、ブドウのつるが彫りこまれている。コートかけは倒れている。廊下には、なにか鋭い破片が散らばっている。食堂にある櫃《ひつ》に入っていた瀬戸物だろう。なるべくそっとした足取りで進む。

さらに煙のにおいがする。下の窓も、いくつか吹き飛ばされているのだろう。大叔父のコートが玄関の鉤にかかっている。彼女はそれをはおる。ここにも靴はなさそうだ。どこに置いたのだろうか。台所には、倒れた棚や鍋がうねるように転がっている。彼女の通る道には、料理の本が、散弾銃で撃たれた鳥のように伏せた格好で落ちている。食器棚を探ると、きのうの残りのパンが半斤ある。

ここ、床の中央に、金属の輪のついた地下室の扉がある。彼女は小さな食事テーブルを横にずらし、はね上げ戸を持ち上げて開ける。

ネズミと湿気、立ち往生した甲殻類の悪臭は、何十年も前に巨大な潮が一気に流れこみ、それからじわじわと引いていったかに思える。マリー＝ロールは開いた扉の上でためらい、外からの火のにおいと、地下からねっとりと上がってくる、ほとんど正反対のにおいをかぐ。煙――それは浮遊する粒子、漂っている何十億という炭素の分子なのだ、と大叔父は言う。居間の、カフェの、木々の小さなかけら。人々のかけら。

三発目の砲弾が、東から町に向かってかん高い音をたてて近づいてくる。もう一度、マリー＝ロールはワンピースのポケットに入れた家の模型を手で探る。それからパンと杖を手に取り、はしごを下りると、はね上げ戸を閉める。

閉じこめられて

光が現われる。それが自分の想像によってともされた光ではないことを、ヴェルナーは祈る──琥珀《こはく》色の筋が一本、ほこりのなかをさまよっている。その光は、瓦礫の上を行き来し、倒れてかたまりになった壁を浮かび上がらせ、ねじれた棚材を照らし出す。一対になった金属の戸棚が、巨大な手が下りてきてそれぞれを半分に引きちぎったかのように、歪んで切り裂かれているところを、光はうろうろする。中身が転がり出た道具箱、壊れたハンガーボード、ねじや釘が詰まった十個ほどの無傷のびんに当たる。

フォルクハイマーだ。彼が懐中電灯を持ち、反対側の隅で密集した瓦礫の上に、その光を繰り返し当てている。石やセメントや砕けた木。しばらくして、それが階段部分だとヴェルナーは悟る。

階段部分の残骸だ。

地下室のその一角が、ごっそり消えている。その状況をヴェルナーにのみこませようとするように、光はもう少しそこに留まり、それから右にそれていくと、近くにあるなにかのほうへよろめく。群れるほこりを抜けてくる光が反射するなか、ヴェルナーには、フォルクハイマーの巨大な影が頭を引っこめたりつまずいたりしながら、瓦礫の上を動いているのが見える。ようやく、光は落ち着く。フォルクハイマーは、口に懐中電灯をくわえ、ざらざらとして高いところにある影のなかで、レンガやモルタルや漆喰のかたまりをひとつひとつ持ち上げ、裂けた板や厚板になった化粧漆喰をどけていく。その下になにかがある。それらの重いものの下に埋まっているなにかの形が、ヴェルナーにも徐々に見えてくる。

技師。ベルントだ。

ベルントの顔はほこりで白くなっているが、目はふたつの虚空になり、口はぽっかりとした栗色の穴になっている。ベルントは叫んでいて、ぎざぎざした大きな声が耳のなかに居座ってはいるが、ヴェルナーにはその声が聞こえない。フォルクハイマーは技師を抱え上げて――年上のはずのベルントは、その腕のなかでは子どものように見え、フォルクハイマーは懐中電灯をしっかり噛んでいる――荒廃した空間を横切っていき、また頭を引っこめて下がっている天井をよけると、隅で白く、ほこりをかぶっている金色のひじかけ椅子に彼を下ろす。

フォルクハイマーは大きな片手をベルントのあごに置き、彼の口をそっと閉じさせる。

ほんの一メートルほどしか離れていないのに、ヴェルナーには空気の変化が感じられない。

彼らのまわりの建物がまた震え、熱いほこりがいたるところでどっと流れ落ちる。

じきに、フォルクハイマーの光は、天井の残骸をぐるりとひと回りする。三本の巨大な梁にはひびが入っているが、どれも完全に折れてはいない。梁のあいだの化粧漆喰には、クモの巣状のひびが入り、配管が二か所で突き出している。光はヴェルナーのうしろに動いていくと、ひっくり返った作業台、潰れた無線のケースを照らす。そして、ヴェルナーを見つける。彼は片手を上げ、光をさえぎる。

フォルクハイマーが歩み寄る。大きく心配そうな顔が近づいてくる。幅が広い、見なれた、落ちくぼんだ目が、ヘルメットの下にある。高い頬骨と長い鼻は、大腿骨の一番下の部分にあるこぶのように広がっている。あごは大陸のようだ。ゆっくりとした手つきで、フォルクハイマーは、ヴェルナーのあごに触れる。離れた彼の指先は、赤くなっている。

ヴェルナーは言う。「外に出ないと。別の出口を見つけないと」

外？　とフォルクハイマーのくちびるは言う。彼は首を横に振る。**別の出口はない。**

第三章　一九四〇年六月

城館《シャトー》

パリから逃れて二日後、マリー＝ロールと父親はエヴルーの町に入る。レストランはどこも、板張りされているか、人だかりができている。夜会服姿の女性がふたり、大聖堂の石段で並んで座っている。市場の露店にはさまれて、男がひとりうつぶせに倒れている。意識がないのか、それとも。

郵便は止まっている。電報も止まっている。最新の新聞は三十六時間前のものだ。庁舎では、ガソリンの配給切符を求める人の列が、扉から角をぐるりと回ってさらに延びている。

最初の二軒のホテルは満室だ。三軒目は扉を開けてくれない。しばしば、錠前主任は肩越しにうしろをうかがう。

「パパ」とマリー＝ロールはつぶやく。困惑している。「わたし、足が」

彼は煙草に火をつける。あと三本。「もうちょっとだよ、マリー」

エヴルーの西の端まで来ると、道路からは人の姿がなくなり、農村の風景が広がる。彼は館長からもらった住所を何度も確かめる。**フランソワ・ジャノー氏。サン・ニコラス通り九番地。**だが、着いてみると、ジャノー氏の家は燃えている。陰気な煙のかたまりが、木々を抜け、風のない夕暮れにもくもくと上がっている。一台の車が、門番小屋の角に突っこみ、門が蝶番《ちょうつがい》から引きちぎられている。家は――あるいは家の残りは――大きいファサードに、二十の観音開きの窓、塗装したての大きなよろい戸があり、その前の生け垣は丹念に刈りこまれている。城館《シャトー》。

「パパ、煙のにおいがする」

彼はマリー＝ロールの手を引いて砂利道を進む。奥深くにある宝石のせいか、リュックサックは一歩ごとに重くなるように思える。砂利道に光る水たまりはなく、ファサードに群がる消防隊の姿もない。正面の階段では、対になった壺が倒れている。玄関の階段には割れたシャンデリアが散らばっている。

「パパ、なにが燃えているの？」

煙たい薄明かりから、少年がひとり出てきて、彼らのほうに向かってくる。マリー＝ロールとさして変わらない年ごろで、灰が筋になって体についていて、車輪つきの食事用運搬車を押して砂利道を進んでいる。ぶら下がる銀のトングやスプーンがぶつかりあって音をたて、車輪を鳴らしながら、運搬車はよろよろ進む。その四隅では、磨かれた小さなケルビム像がにっこりと笑っている。

「ここがフランソワ・ジャノーの家かな？」と錠前主任はきく。

少年は、その質問も、質問した父親も無視して通り過ぎる。

「なにがあったのか知っているかな――」

運搬車のやかましい音が遠ざかる。

マリー＝ロールは父親のコートの袖を引く。「パパ、お願い」

黒い木々を背に、コートを着た彼女の顔は、今までになく青白く、怯えているように見える。ここまで娘に無理をさせたことはあっただろうか。

「家が火事になったんだよ、マリー。みんなで物を盗んでいるんだ」

「どの家？」

「はるばる目指してきた家さ」

娘の頭上で、通るそよ風に合わせてくすぶる扉の枠が光り、また暗くなるのが見える。屋根にひとつ開いた穴が、暗くなっていく空を縁どっている。

煤のなかから、さらにふたりの少年が現われ、めっきをした額に入った肖像画、背丈の倍ほどもある絵を運んでいる。亡くなって久しい曾祖父のような顔が、夜をにらみつけている。錠前主任は両手を上げ、ふたりの足取りをゆるめさせる。「飛行機にやられたのかい?」

「なかにもっとあるよ」とひとりが言う。絵のカンバスが軽く波打つ。

「ジャノーさんはどこにいるか知っているか?」

もうひとりが言う。「きのう逃げてった。ほかの人たちと。ロンドンさ」

「こいつにはなにも言うな」とひとり目の少年が言う。

少年たちは、戦利品を持って小走りで砂利道を進んでいき、薄暗い闇にのみこまれる。

「ロンドン?」とマリー＝ロールはささやく。「館長のお友だちはロンドンにいるの?」

黒くなった紙が何枚も、ふたりの足元をさっと過ぎていく。木々の上で、影がささやく。

破裂したメロンがひとつ、斬り落とされた首のように車道に転がっている。錠前主任は、もう見ていられない。一日じゅう、一キロメートルずつ歩いていきながら、食べ物で迎えてもらえるのだと想像してしまっていた。マリー＝ロールとふたりで、フォークに取ったバターを、小さく熱いジャガイモのなかに入れるのだと。エシャロットやマッシュルーム、固ゆでの卵とベシャメルソース。コーヒーと煙草。彼が宝石を渡すと、ジャノー氏は胸ポケットから真鍮の柄のめがねを取り出し、落ち着いた目の上にそのレンズをはめて、本物か偽物かを教えてくれる。それから、ジャノーはそれを庭に埋めるか、壁の隠し板の裏に入れ、それですべてが終わる。任務完了。**あとは私が引き受けるよ。**ふたりは個室を与えられ、風呂に入る。服を洗ってもらえるだろうか。もしかすると、ジャノー氏は、友人である館長についての笑い話でもしてくれて、朝になれば鳥が歌い、ぱりっとした新聞が、侵攻の終わりと理にかなった譲歩を告げているかもしれない。彼は鍵保管室に戻り、夜になれば小さな木の家々に窓のサッシを取りつける。**おはよう、おはよう。**すべて元どおりになる。

だが、すべては変わってしまっている。木々は騒ぎ、館はくすぶり、消えかけた日の光のなか、車寄せの砂利に立っている錠前主任の胸を、おだやかでない思いがよぎる――だれかが、ぼくらを追っているかもしれない。だれかが、ぼくが持っているものを知っているかもしれない。

彼はマリー＝ロールの手を引き、小走りで道路に戻る。

「パパ、足が痛いの」

彼はリュックサックを体の前に回し、娘に自分の首を抱えさせて背負う。ふたりは、潰れた門番小屋と、衝突した車の前を過ぎ、東のエヴルー中心部ではなく、西に向かう。いくつかの人影が自転車に乗って通り過ぎていく。疑いか恐れ、あるいはその両方のために引きつった、不安な顔。あるいは、それは錠前主任の気持ちが表われただけかもしれない。

「もう少しゆっくりにして」とマリー＝ロールはせがむ。

ふたりは道路から二十歩離れた雑草のなかで休む。あっというまに暗くなっていく夜と、木々のあちこちから呼びかけるフクロウの声、そして、道路脇の溝の上で羽虫の群れを攻め立てるコウモリの姿があるだけだ。錠前主任は自分に言い聞かせる。ダイヤモンドとは、ただの炭素のかけらが、地球の内臓で果てしない時間をかけて圧縮され、火山の管状路に入って地表に運ばれてきたものにすぎない。それをだれかが切り出し、だれかが磨く。そこに秘められた呪いなど、一枚の葉か、鏡か、ひとつの人生が秘められる程度のものにすぎない。この世界にあるのは偶然だけ、偶然と物理現象だけだ。

ともかく、運んでいるのは、ただのガラスのかけらだ。おとりにすぎない。

背後にあるエヴルーの上空で、雲の壁に一度、二度と火がつく。稲妻だろうか。前にある路上には、数エーカー分の刈りこみ前の干し草と、あかりのない農家の建物のやさしげな横顔が見える。家と納屋。人の動きはない。

「マリー、ホテルがあるよ」

「ホテルは満室だって言ってたじゃない」

「ここは親切そうだ。おいで。遠くはないよ」

彼はまた娘を背負う。あと一キロ弱。ふたりが近づいていっても、農家の窓は暗いままだ。その納屋は、百メートル先にある。彼は耳をどくどくと流れる血の音に負けずに耳を澄まそうとする。犬はおらず、たいまつもない。おそらくは、この一家も逃げたのだろう。彼はマリー＝ロールを納屋の扉の前に下ろすと、そっと扉を叩き、しばらく待ってから、また叩いてみる。

新品の単独掛け金のブルゲー錠がかかっている。彼は道具を使ってあっさり開ける。なかには、オーツ麦と水の入ったバケツがあり、ウシアブが眠たげな円を描いて飛んでいるが、馬はいない。彼は仕切り部屋の扉をひとつ開け、マリー＝ロールを隅に連れていくと靴を脱がせる。

「ほら」と彼は言う。「客のひとりが持ち馬をロビーに連れてきたばかりだから、しばらくはにおいがするかもしれない。でも、ポーターたちが大あわてで彼を追いだしているところだ。ほら、いなくなるぞ。馬よさらば！　馬小屋で寝てくれよ！」

彼女は遠い顔つきになっている。途方に暮れた顔に。

家の裏手では、菜園が待っている。薄暗いなか、バラと、ネギと、レタスがあるのがわかる。イチゴは、ほとんどがまだ緑色だ。未熟な白いニンジンは、根のあちこちに黒い土がこびりついている。動きはない。農夫がライフルを手に現われたりはしない。錠前主任は持てるかぎりの野菜をシャツに入れて持っていくと、蛇口のところでブリキのバケツに水を満たし、そっと納屋の扉を閉めて、暗がりのなかで娘に食べさせる。それから自分のコートをたたみ、彼女の頭をそこに寝かせると、顔をシャツで拭いてやる。

煙草は二本残っている。吸いこみ、吐き出す。

筋道を立てて考えよう。どんな結果にも原因があり、どんな苦境にも解決策はある。どんな錠前にも鍵はある。パリに戻ってもいい。ここに留まるか、もっと先に進んでもいい。外からはフクロウの鳴き声が聞こえてくる。遠くでとどろく音は、雷か、大砲か、あるいはその両方か。彼は言う。「いいかい、このホテルはとても安いんだ。フロントにいる主人が言うには、ぼくらの部屋は一泊四十フランだけど、自分たちでベッドをどうにかするなら二十フランでいいそうだ」。彼は娘の息づかいを聞く。「だから、自分たちでベッドはどうにかしますと言ったよ。そしたら、『よし、じゃあ釘と板を持ってきてやる』とさ」

マリー＝ロールの顔には、まだ笑みはない。「じゃあ、エティエンヌおじさんを探しに行くの？」

「そうだよ、マリー」

「七十六パーセント頭がおかしいんじゃないの？」

「お祖父さん――大叔父さんからすれば兄さんだね――が死んだとき、おじさんは一緒にいた。戦争でね。『頭に少し毒ガスが入った』と言われていたやつだ。そのあとで、あれこれ見てしまうようになった」

「あれこれってどんなもの？」

きしむ雷のとどろきが近くなる。納屋が軽く震える。

「本当にはないものだよ」

クモが垂木のあいだに糸を張る。蛾が羽ばたいて窓に当たる。雨が降りだす。

入学試験

ツォルフェアアインから三十キロメートル近く南、エッセン。三台のラジエーターが裏の壁につながれてうだるような熱気になったダンスホールで、国家政治教育学校の入学試験が行われる。ラジエーターのうち一台は、どうにも止められず、一日じゅうハンマーで叩いたような音を出しては湯気を上げる。戦車ほどもある大きさの国防軍の旗が、いくつも、垂木から下がっている。

百人の応募者は、すべて男子だ。黒い軍服を着た学校の代表者が、少年たちを四列に並ばせる。歩く彼の胸で、勲章が軽く音をたてる。「諸君は世界最高の学校に入ろうとしている」と高らかに言う。「試験は八日間にわたって行われる。我々はもっとも純粋で、もっとも強い者だけを選抜する」。ふたり目の代表者が制服を配る。白いシャツ、白い短パン、白い靴下。少年たちはその場で服を脱ぐ。

ヴェルナーが数えてみると、同じ年齢の少年は、彼のほかに二十六人いる。彼よりも背が低いのはふたりだけ。金髪でないのは三人だけ。だれひとり、めがねはかけていない。

初日の午前中、少年たちは新しい白い制服で過ごし、クリップボードに固定された質問表に記入していく。鉛筆がせわしなく動く音、試験官が歩きまわる足音、巨大なラジエーターの鈍い音だけが響いている。

きみの祖父はどこの出身か。きみの父親の目は何色か。母親はオフィスで勤務したことがあるか。血筋に関する百十個の質問のうち、ヴェルナーが正確に答えられるのは十六しかない。残りは、当てずっぽうで答える。

母親の出身地はどこか。

「どこだったか」という選択肢はない。彼は「ドイツ」と書く。

父親の出身地はどこか。

ドイツ。

母親はどの言語を話すか。

ドイツ語。

彼は、早朝のエレナ先生を思い出す。寝間着姿で、廊下のランプのそばに立ち、ほかの子どもたちがみな眠るなか、彼の荷造りのことでやきもきしている。まごついて、茫然としたようすは、あっというまに変わっていく周囲の状況についていけないかのようだった。誇らしく思うわ、全力を尽くしておいで、と先生は言った。「あなたは賢い子よ。きっとうまくやれるわ」と言った。ヴェルナーの襟を何度も直していた。「一週間だけですから」と彼が言うと、彼女の目は、内なる洪水に徐々に圧倒されていくかのように、ゆっくりと涙で潤んだ。

午後になると、受験生は走る。障害物の下を這ってくぐり、腕たて伏せをして、天井から下がる縄をよじ登る。白い制服で見分けのつかなくなった百人の細身の少年たちが、試験官の目の前を家畜のように行ったり来たりする。ヴェルナーは連続往復走で九位に入る。

縄登りでは最後から二番目。合格には届きそうにない。

　夕方になると、子どもたちはホールからぞろぞろと出ていく。誇らしげな親が自動車で迎えに来ている少年たち、二、三人で連れ立って迷いなく通りに消えていく少年たち。どこに行けばいいのか、みなわかっているようだ。ヴェルナーはひとりで六ブロック歩き、一泊二マルクでベッドを借りている簡素な宿泊所に行くと、なにやらつぶやく移動労働者たちに囲まれて横になり、ハトの鳴き声や鐘の音、震動するエッセンの車の音に耳を傾ける。ツォルフェアアインから離れて過ごす初めての夜、ユッタのことを考えずにはいられない。ラジオを叩き壊されたと知ってから口をきいてくれなくなった妹が、とがめるような厳しい視線を向けてくるせいで、彼は目をそらすほかなかった。**わたしを裏切るつもりなのね**、と妹の目は言っていたが、彼は妹を守りたかっただけだった。

　二日目の朝には、人種学上の検査がある。ヴェルナーは両腕を上げ、まばたきしないようにしているだけで、検査官がペンライトの光を瞳孔のトンネルに当てる。彼は汗ばみ、体が動いてしまう。わけもなく、心臓が激しく脈打つ。口からタマネギのにおいのする白衣の技術者が、ヴェルナーのこめかみのあいだの長さ、頭囲、そしてくちびるの厚さと形を調べる。カリパス（コンパス型の計測機）を使って彼の足や指の長さ、そして両目からへそまでの長さを測る。ペニスも測定される。鼻の角度は木製の分度器で数値化される。

ふたりめの技術者は、六十ほどの青の色合いが表示された色彩表と照らし合わせ、ヴェルナーの目の色を測定する。ヴェルナーの目は「空色《ヒンメルブラウ》」とされる。技術者は髪の色を査定するために、ヴェルナーの頭からひと房を切り取ると、濃い色から薄い色の順で板にクリップ留めされた三十ほどの髪の房と比較する。「雪色《シュネー》」とその男はつぶやき、書きこむ。雪。ヴェルナーの髪は、板にある一番淡い色よりもさらに色が薄い。

彼らはヴェルナーの視力を検査し、血液を採取し、指紋を取る。正午には、まだ測定するものが残っているだろうかと彼は自問する。

つづいて口頭試問。国家政治教育学校は何校あるか。二十校。もっとも偉大なドイツ人オリンピック選手はだれか。彼にはわからない。総統の誕生日はいつか。四月二十日。もっとも偉大なドイツの作家とはだれか、ヴェルサイユ条約とはなにか、我が国で最速の飛行機はなにか。

三日目には、さらなる競走、綱登り、跳躍が待っている。すべてが時間を計測される。技術者や学校の代表者、それぞれわずかに色が違う軍服姿の試験官が、非常に細かい目盛りのひとつづりの方眼紙になぐり書きをすると、その紙は次々に、前面に金色の稲妻の印が押された革の綴じこみ表紙のなかにおさめられていく。

受験生の少年たちは、熱のこもった小声で、あれこれうわさをする。

「学校にはヨットとかタカ狩り場とか射撃場があるらしい」

「どの年齢からも七人しか合格しないってさ」

「四人だけだって聞いたぞ」

少年たちはあこがれと強がりをこめて、学校の話をする。選ばれたくてしかたがない。

ヴェルナーは心のなかで言う。ぼくもだ。ぼくだってそうだ。

それでも、めまいに襲われるときがある。潰れたラジオのかけらを持っているユッタの姿が目に浮かぶと、腹の奥に不安が忍び寄るのがわかる。

受験生は壁を登る。短距離走を次々に繰り返す。五日目、三人が脱落する。六日目には、さらに四人があきらめる。時間を追うごとに、ダンスホールの気温が上がっていくようで、八日目になると、少年たちのにおいが空気にも壁にも床にも立ちこめている。最終試験として、十四歳の少年たちは壁にぞんざいに釘打ちされたはしごを登らされる。床から七・五メートル上、垂木に頭が届くところまで登ると、少年たちは小さな踏み台に立ち、目を閉じて飛び降り、十二人のほかの受験生が広げ持つ旗に着地することになる。

まずは、ヘルネ出身のずんぐりとした農家の少年が行く。彼は素早くはしごを登れはするが、はるか上にある台に乗ったとたん、顔から血の気が引く。ひざが危険なほどがくがくする。

「弱虫」だれかがつぶやく。

ヴェルナーの横にいる少年がささやく。「高所恐怖症だな」

試験官は冷ややかに眺めている。台の上にいる少年は、渦巻く深淵をのぞくように端から下に目をやり、目を閉じる。体が前後に揺れる。いつ終わるとも知れない数秒が過ぎる。

試験官は計測時計をのぞきこむ。ヴェルナーは旗の裾をしっかりとにぎる。

じきに、ダンスホールにいるほかの年齢の少年たちも、みんな眺めるのをやめてしまう。

少年はもう二回体を揺らす。気を失いかけているのがわかる。それでも、だれも助けに行こうとはしない。

宙に躍り出るとき、彼は横に向けて飛んでしまう。下にいる受験生たちはなんとか旗を横に動かして受け止めるが、重みのせいで旗の端を手からもぎ取られ、少年は腕から床に落ちる。焚きつけの木をひざでへし折ったような音がする。

少年は上体を起こす。前腕が両方とも、胸が悪くなるような角度で曲がっている。彼は一瞬、不思議そうにまばたきをしてそれを見つめる。どうやってそこにたどり着いたのか、手がかりを探して記憶を調べるかのように。

そして叫びだす。ヴェルナーは顔を背ける。四人の少年が指示を受け、負傷した少年を運び出す。

ひとり、またひとりと、残る十四歳の少年たちははしごを登り、震え、そして跳ぶ。ひとりは、ずっとすすり泣く。ひとりは着地のときに足首をねんざする。次の少年は、たっぷり二分かかってようやく飛び降りる。十五人目の少年は、荒涼とした冷たい海でものぞきこむような目でダンスホールを見渡し、そしてはしごを降りる。

ヴェルナーは、旗を持って眺める。自分の番が来たら迷ってはだめだ、と心のなかで言う。まぶたの裏には、ツォルフェアアインの交差する鉄の骨組み、炎を吐く工場、アリのように昇降機のシャフトからぞろぞろと出てくる男たち、父親が姿を消した第九採掘坑の口が見える。休憩室の窓のそばにいるユッタが、雨の向こうに閉ざされ、兵長についてジードラー氏の家に向かう彼を見守っている。ホイップクリームと粉砂糖の味、ジードラー夫人のすべすべしたふくらはぎ。

ずば抜けて優秀。年齢に見合わないほど頭がいい。

我々はもっとも純粋で、もっとも強い者だけを選抜する。

きみの兄さんが行く場所はただひとつ、炭坑のなかだ。

ヴェルナーは矢のような速さではしごを登る。横木には荒いのこぎりの跡が残っていて、手のひらには次々にとげが刺さる。上から見ると、白の円と黒の鉤十字が入った深紅の旗は、意外なほど小さい。白い顔が輪になって見上げている。上はさらに暑く、炎のようで、汗のにおいで頭がくらくらする。

ためらうことなく、ヴェルナーは台の端まで進むと、目を閉じ、跳ぶ。彼が旗のまんなかに落ちると、端をつかんでいた少年たちは揃ってうめく。

彼は転がって立ち上がる。怪我はない。試験官は計測時計をかちりと押し、クリップボードに手早く書きこむと、顔を上げる。半秒ほど、ふたりの目が合う。もっと短いかもしれない。男は記入作業に戻る。

「ハイル・ヒトラー！」とヴェルナーは声を張りあげる。

次の少年がはしごを登る。

ブルターニュ

朝、古い家具運搬トラックが、ふたりを乗せてくれる。父親がマリー＝ロールを荷台に担ぎ上げると、ワックスをかけたカンバス布の下で、十人ほどが肩を寄せあっている。エンジンがうなり、破裂するような音をたてる。トラックは歩くような速度しか出せない。

ノルマンディー地方の方言で祈る女性がいる。だれかがパテを分けてくれる。すべてに、雨のにおいがする。頭上に急降下してくる爆撃機や、火を噴く機関銃はない。トラックに乗っただれひとりとして、まだ、ドイツ人の姿を目にしていない。その日の午前、マリー＝ロールは自分に言い聞かせる。それまでの日々は、父親が仕組んだ、手のこんだ試練だったのだ。トラックはパリから離れるのではなく、パリに近づいていて、今夜には家に帰れる。模型は隅の台に置いてあるだろう。キッチンテーブルの中央には砂糖入れの鉢があり、その縁には小さなスプーンがかかっているはずだ。思い出せるかぎりほとんどの夜と同じように、開いた窓から見えるパトリアルシュ通りのチーズ店の扉には鍵がかけられ、あのすばらしいにおいを閉じこめる。クリの木の葉が小声でおしゃべりし、彼女の父親はコーヒーを淹れ、彼女を温かいお風呂に入れると、こう言ってくれる。「よくやったぞ、マリー＝ロール。立派だったよ」

トラックは上下に揺れながら、高速道路から田舎道へ、そして土の道に進む。雑草が車体の両側をかすめる。真夜中をかなり過ぎ、カンカルの西に来たところで、車の燃料が切れる。

「あとちょっとだよ」と父親はささやく。

マリー＝ロールは半分眠りこけながらよろよろ歩く。道路は、せいぜい小道くらいの幅しかないように思える。濡れた穀物と刈りこんだ生け垣のにおいがする。足音のあいまに、深く、ほんのかすかなとどろきが聞こえる。彼女は父親を引いて立ち止まらせる。「軍隊よ」

「海だよ」

彼女は首を傾げる。

「海の音だよ、マリー。誓ってもいい」

彼は娘を背負う。今度は、カモメの鳴き声。濡れた岩のにおい、鳥の糞のにおい、塩のにおいがするが、塩ににおいがあることなど、彼女は知らなかった。海のつぶやく言葉が、岩や空気や空を通ってくる。ネモ船長は、なんと言っていただろう。**海は独裁者のものではないのです。**

「これからサン・マロに入るところだ」と父親が言う。「壁のなかの町と呼ばれるところに」。彼は目に入るものを語る。落とし格子戸、塁壁と呼ばれる防護用の壁、花崗岩の邸宅、屋根の上にそびえる一本の尖塔。彼の足音のこだまが、高い家並みにはね返り、ふたりに降りかかる。父親は、娘の体をけんめいに運んでいく。もう小さな子どもではない彼女は、古風で親しげだと父親から聞かされる町が、じつは痛ましく、よそよそしいところかもしれないと疑う。

頭上では、鳥が何羽も、首を絞められたような鳴き声をあげる。父親は左に、そして右に曲がる。マリー＝ロールには、ふたりがこの四日間にわたってまごつくような迷路をぐるぐると回り、中心に向かってきて、今は、忍び足で、最後にある内部の小部屋のバリケードを通り過ぎていくように思える。そのなかでは、残忍なけものがまどろんでいるだろうか。

「ヴォーボレル通り」父親は息を弾ませて言う。「ここのはずだ。それともこっちかな」。彼はくるりと体の向きを変え、少しうしろに戻り、小道を上がって引き返す。

「だれかにきいてみたら？」

「どこにもあかりがないんだよ、マリー。みんな寝ているか、寝たふりをしているんだ」

ようやく、ふたりは門にたどり着く。彼は縁石に娘を下ろし、電気式の呼び鈴を押すと、それが家の奥深くで鳴り響く音が、彼女の耳にも届く。なにも動きはない。彼はもう一度押す。まだなにもない。三度目。

「ここがパパのおじさんの家？」

「そうだよ」

「わたしたちのことを知らないのよ」と彼女は言う。

「寝ているんだよ。ぼくらだって寝ているはずの時間だから」

ふたりは門に背を預けて腰を下ろす。錬鉄のひんやりとした門。すぐうしろには、どっしりとした木の扉。彼女は、父親の肩に頭を預ける。靴を脱がしてもらう。世界がゆっくりと左右に揺れているようで、まるで、町がそっと漂流しているかに思える。まるで、うしろの岸辺では、フランスのすべてが取り残されて爪を嚙み、逃げ、つまずき、涙を流し、無感覚の灰色の夜明けに目覚め、起きている出来事を信じられずにいるかのように。道路は今はだれのものだろう。畑は。木々は。

父親はシャツのポケットから最後の煙草を取り出し、火をつける。ふたりのうしろにある家の奥深くから、足音がやってくる。

マネック夫人

父親が名乗るとすぐ、扉の反対側で聞こえる息づかいがあえぎ、押し殺した音になる。門がきしんで高い音をたてる。そのうしろの扉が開く。「マリアさま、なんてことかね」と言う女性の声がする。「あんなに小さかった子が――」

「娘です、マダム。マリー＝ロールといいます。マリー＝ロール、こちらはマネック夫人だよ」

マリー＝ロールはひざを軽く曲げておじぎしようとする。彼女のほほに添えられた夫人の手は力強い。地質学者か、庭師の手だ。

「まったく信じられないね。運命はどんなに離れているものでも結びつけてしまうね。でも、あんたの靴下ときたら。それにかかとも。ひどくお腹が空いているだろうね」

ふたりは狭い小道に入る。門が閉まる重い音、女性がうしろで扉の掛け金を下ろす音を、マリー＝ロールは耳にする。ふたつの鍵、一本の鎖。通された部屋は、ハーブと発酵中のパンのにおいがする。台所だ。父親が彼女のコートのボタンをはずし、座らせる。「本当に感謝します。こんなに遅い時刻なのに」と彼は言っているが、年老いたマネック夫人はきびきびと動いている。どうやら、最初の驚きをもう乗り越えたようだ。ふたりからのお礼は受け流し、マリー＝ロールの椅子をテーブルのほうにさっと動かす。マッチを一本こする音がする。鍋が水で満たされる。冷蔵庫が開き、閉じる。ガスの低い音、金属がかちかちと温まっていく音。少しすると、温かいタオルがマリー＝ロールの顔にかけられる。冷たく甘い水の入ったびんが前に置かれる。すするたびに、天の恵みに思える。

「この町はどこも人でいっぱいだよ」。マネック夫人はおとぎ話のような引きのばした口調でそう言いながら動きまわる。小柄な女性のようだ。どっしりした、重い靴をはいている。小石がいっぱい入ったような、かすれた声――船乗りか、愛煙家の声。「ホテルか貸家にお金を出す余裕のある人たちもいるけど、倉庫に泊まったり、わらの上で寝ている人もいるし、食うや食わずの人たちだってたくさんいる。うちに置いてあげたいのは山々だけど、ほら、あなたのおじさんが動転するかもしれないしね。ディーゼル油も灯油もなくて、イギリスの船はずいぶん前にいなくなった。残したものはぜんぶ燃やしてしまって、最初はそりゃそんな話を信じはしなかったけど、エティエンヌは無線を休みなく動かしているから――」

卵の割れる音。熱いフライパンの上でバターが弾ける。父親は、ふたりの避難や駅のこと、怯えた群衆の話を手短に語り、エヴルーに立ち寄ったくだりは省略しているが、じきに、マリー＝ロールの注意は、まわりで広がるにおいにすっかり奪われる。卵、ホウレンソウ、溶けていくチーズ。

オムレツが出される。彼女はその湯気の上に顔を持っていく。「フォークをいただいてもいいですか？」

老女は笑う。その声に、マリー＝ロールはすぐに心が温かくなる。一瞬のうちに、彼女の手にフォークがおさめられる。

卵は雲のような味がする。紡いだ金糸のような。「気に入ってもらえたみたいだね」とマネック夫人は言うと、また笑う。

じきに、ふたつ目のオムレツが出てくる。今度は、父親がせっせと食べる。「桃はいるかい?」とマネック夫人がつぶやき、缶が開いて、果汁が鉢に注がれる音が、マリー＝ロールに聞こえてくる。数秒後、彼女はくさび形の濡れた日の光を食べている。

「マリー」父親がもぐもぐと言う。「行儀よく」

「でも、これ本当に――」

「たくさんあるからお食べ。毎年作っているんだよ」。マリー＝ロールが二缶分の桃を食べると、マネック夫人は、彼女の足を布できれいに拭いてコートを払い、皿を流しに入れると、「煙草は?」と言う。父親は感謝のうめき声をあげ、マッチに火がつき、大人たちは煙草を吸う。

扉か、窓がひとつ開き、マリー＝ロールは催眠術のような海の声を耳にする。

「エティエンヌは?」と父親は言う。

「死体みたいに一日じゅう閉じこもっていると思ったら、次の日はアホウドリみたいに食べているよ」

「じゃあ、彼はまだ――」

「もう二十年になるね」

おそらく、大人たちは口を動かすだけでもっと多くを伝えあっているのだろう。おそらく、マリー＝ロールはあれこれたずねてみるほうがいい。ないはずのものが見えてしまう大叔父について、今まで知ったすべての人と、すべてのものの運命について。だが、お腹が満たされ、血は温かい黄金の流れとなって動脈を通っていき、そして開いた窓の外、壁の向こうでは海が砕け、海と彼女のあいだには少し積まれた石があるだけのブルターニュの縁、フランスの最果ての窓がある――ドイツ軍は溶岩のように止めようもなく前進しているかもしれないが、マリー＝ロールは夢のようなもの、あるいは夢の記憶のようなものにすべりこんでいき、彼女は六歳か七歳、視力を失ったばかりで、父は彼女のベッドのそばで椅子に座り、煙草を吸いながら小さな木のかけらを削り取っていく、そして夜がパリの十万の屋根と煙突に降りてきて、彼女のまわりにあるすべての壁が溶けていき、天井もそれにつづき、街全体が分解して煙になり、ついに、眠りが影のように彼女を包みこむ。

きみは呼び出しを受けた

だれもが、ヴェルナーの話を聞きたがる。どういう試験だったの、なにをさせられたの、ぜんぶ話してよ。一番年下の子どもたちは彼の裾を引っぱる。年上の子どもたちはうやうやしい。煤から引っぱり出された、雪のような髪の夢見る少年。

「ぼくの年齢からはふたりしか合格しないって言っていたよ。三人かも」。テーブルの奥の端から、ユッタの燃えるような視線が感じられる。ジードラー氏からもらったお金の残りで、彼は「国民受信機」を三十四マルク八十で買った。二球低出力のラジオで、彼が近所で修理していた官製のフォルクスエンプフェンガーよりもさらに安い。なにも改良しなければ、受信機が引きこめるのはドイチュラントゼンダーからの強力な長波の全国放送だけだ。そのほかはない。外国の放送は聴くことができない。

彼がそれを見せると、子どもたちは声をあげて喜ぶ。ユッタは興味を示さない。

マルティン・ザックセがたずねる。「いっぱい数学の問題が出た？」

「チーズはあった？　ケーキは？」

「ライフルは撃たせてもらえた？」

「戦車に乗ったりしたの？　きっとそうなんだ！」

ヴェルナーは言う。「出た問題のうち、答えがわかったのは半分しかなかった。合格なんて絶対に無理だ」

だが、彼は合格する。エッセンから戻って五日後、〈子どもたちの館〉に、手紙が手渡して届けられる。ぱりっとした封筒には、鷲と鉤十字の模様。切手はない。神からの速達のようだ。

エレナ先生は洗濯をしている。小さな子どもたちは、新しいラジオのまわりに集まり、「ちびっこクラブ」という三十分の番組を聴いている。ユッタとクラウディア・フェルスターは、年下の女の子三人を連れ、人形劇のある市場に出かけている。ヴェルナーが戻ってきてから、ユッタは、兄にせいぜい六単語しか話していない。

きみは呼び出しを受けた、と手紙には書いてある。ヴェルナーは、シュルプフォルタにある国家政治教育学校に入学することになった。彼は〈子どもたちの館〉の休憩室に立ち、それを理解しようとする。ひびの入った壁、たわんだ天井、炭坑が動くかぎり次から次に生まれる孤児たちをのせてきた二人がけのベンチ。彼は出口を見つけたのだ。

シュルプフォルタ。ザクセン州ナウムブルク近くの、地図上の小さな点。三百キロメートル東。大胆な夢のなかでしか、そこまで遠くに旅をするなどとは考えられなかった。彼は茫然としたまま、路地にその紙を持っていく。立ちのぼる湯気のなか、エレナ先生がシーツを熱湯消毒している。

彼女はその手紙を何度も読み返す。「お金を払えないわ」

「払う必要はないんです」

「どれくらい遠いの？」

「列車で五時間。費用はもう払ってもらっています」

「いつ？」

「二週間後に」

エレナ先生――髪がほほにべったりと貼りつき、目の下には栗色のくまができていて、鼻のまわりはピンク色になっている。湿ったのど元には細い十字架がある。誇らしく思ってくれているのだろうか。彼女は目をこすり、ぼんやりとうなずく。「みんな祝ってくれるわ」。彼女は手紙を返すと、路地にずらりと並ぶ洗濯ひもと石炭入れを見つめる。

「先生、みんなってだれですか？」

「みんなよ。近所の人たち」。いきなり、彼女はびっくりするほどの笑い声をあげる。「あの次官のような人たちも。あなたの本を取り上げた人よ」

「ユッタは違います」

「そう。ユッタは違うわね」

彼は妹相手に使うつもりの理屈を頭のなかで練習する。プフリヒト。義務という言葉。責務。すべてのドイツ人が役割をまっとうする。長靴をはいて仕事に行く。**ひとつの民族、ひとつの帝国、ひとりの総統**。妹よ、ぼくらにはみな果たすべき役割がある。だが、女の子たちが帰ってくる前に、彼が合格したという知らせは近所じゅうに知れ渡っている。隣人たちは次々にやってきては声をあげ、早口でしゃべる。炭坑夫の妻たちが、豚足のローストやチーズを持ってくる。彼女たちはヴェルナーの合格通知を回し読みし、字が読める女性は、読めない女性のために読み上げる。人がつめかけて盛り上がる部屋に、ユッタは戻ってくる。ハンナとズザンネ、双子のゲーリッツ姉妹はソファのまわりを何度も駆けまわり、興奮して輪を作り、六歳のロルフ・フップファウアーが、**立ち上がれ、立ち上がれ！　すべての栄光は祖国に！**　と歌うと、何人かの子どもたちも加わり、ヴェルナーには、エレナ先生が休憩室の隅でユッタに話しかけるところが見えず、ユッタが階段を駆け上がっていく姿も見えない。

夕食の鈴が鳴っても、ユッタは下りてこない。エレナ先生はハンナ・ゲーリッツに頼んで祈りを先導してもらう。ヴェルナーには、みんなも来てくれているし、自分がユッタと話すから下にいるようにと言う。数回息をするたびに、あの言葉が火花のように彼の心のなかで燃え上がる。**きみは呼び出しを受けた。**　一分が過ぎるごとに、この家での時間、この人生での時間は減っていく。

食事が終わると、まだ五歳のジークフリート・フィッシャーが、テーブルの向こうから歩いてきて、ヴェルナーの裾を引っぱり、新聞からちぎってきた一枚の写真を渡す。その写真では、山のように連なる雲の上に、六機の戦闘爆撃機が浮かんでいる。スパンコールのような日の光が、航空機の腹を横切るようにしてさしこむ途中で凍りついている。操縦士たちのマフラーはうしろにたなびいている。

「みんなに目にもの見せてやるんだろ?」とジークフリート・フィッシャーは言う。その顔は、熱のこもった信念にあふれている。それは、〈子どもたちの館〉でヴェルナーが過ごしてきたすべての時間を円で囲い、さらになにかを望んでいるように見える。

「そうとも」とヴェルナーは言う。子どもたちすべての視線が、彼に集まっている。「絶対に目にもの見せてやる」

センリョウする

マリー＝ロールは教会の鐘の音で目覚める。二回、三回、四回、五回。かすかなカビのにおい。すっかり弾力を失った、かなり古い綿毛の枕。彼女が座る、ずんぐりしたベッドのうしろには、絹の壁紙。彼女が両腕を伸ばすと、もう少しで両側の壁を同時に触れそうだ。

鐘の音のこだまがおさまる。日中のほとんどを寝ていたことになる。聞こえてくる、くぐもったとどろきはなんだろう。群衆だろうか。それとも、まだ海の音だろうか。両足を床に下ろす。かかとの靴ずれが、ずきずき痛む。杖はどこだろう。むこうずねをなにかにぶつけないように、彼女はすり足で動く。カーテンのうしろには、手が届かない高さの窓がひとつある。その窓の反対側にある化粧だんすは、ベッドに当たるせいで引き出しが途中までしか開かない。

この土地の天気――指と指のあいだに、それが感じられる。

彼女は戸口から手探りで出る。ここはどこだろう。廊下だろうか。そこでは、とどろく音はかすかで、せいぜいがつぶやく程度の音になる。

「だれか？」

静寂。それから、はるか下で、忙しく動きまわる音、狭く湾曲する段をマネック夫人の重い靴が上がってくる音がして、愛煙家の息づかいが近づいてくる。三階、四階――この家は何階まであるのだろう――そして、夫人の声が「お嬢さん《マドモワゼル》」と呼びかけてきて、彼女は手を引かれ、目覚めた部屋に戻され、ベッドの端に座らされる。「トイレを使いたいかい？　使わなきゃね。それからお風呂だよ、本当にぐっすり寝たね。父さんは町にいて電報を送ろうとしているけど、そんなの糖蜜に落ちた羽毛を拾うようなむだ足じゃないかねってわたしからは言っておいたよ。お腹は空いたかい？」

マネック夫人は枕を膨らませ、キルトをぱたぱたと動かす。マリー＝ロールは小さく形あるものに気持ちを集中しようとする。パリにあった模型。ジェファール博士の研究室にあった、一枚の貝殻。

「この家はぜんぶエティエンヌ大叔父さんのものなの？」

「どの部屋もそうだよ」

「どうやって家賃を払っているの？」

マネック夫人は笑う。「あんたは率直なんだね。あんたの大叔父さんは父親から、あんたから見てひいお祖父さんから家を相続したのさ。とても成功したお金持ちだったんだよ」

「その人を知っているの？」

「わたしはエティエンヌが小さな男の子だったときからここで働いているんだよ」

「わたしのお祖父さんも？　知っていたの？」

「そうだよ」

「今、エティエンヌおじさんに会える？」

マネック夫人はためらう。「たぶん無理だね」

「でも、ここにいるの？」

「そうだよ。いつもここにいるよ」

「いつも？」

マネック夫人の大きく分厚い手が、彼女の両手を包む。「お風呂のようすを見ようか。戻ってきたら父さんが教えてくれるよ」

「でも、パパはなにも教えてくれない。おじさんはお祖父さんと戦争に行ったとしか言わないの」

「そうだよ、でも、あんたの大叔父さんは、戻ってきたとき」──夫人はしかるべき言葉を探す──「前と同じじゃなかった」

「もっといろいろ怖がるようになったってこと？」

「途方に暮れていたのさ。罠にかかったネズミみたいにね。死んだ人たちが壁を抜けてくるのを見た。通りの角でひどいものを見た。今じゃ、大叔父さんは外出しない」

「もう絶対に？」

「もう何年もないね。でも、エティエンヌはすごい人だとあんたもわかるよ。なんでも知っているからね」

マリー＝ロールは耳を傾ける。家の材木がきしみ、カモメが鳴き、おだやかにとどろく音が窓に当たっている。「ここは高いところなの？」

「ここは六階だよ。いいベッドだろう？　ここならあんたも父さんもよく休めるだろうと思ってね」

「窓は開けられるかしら？」

「開けられるよ。でも、しばらくはよろい戸を閉めておいたほうが――」

マリー＝ロールは、すでにベッドの上に立ち、両手を壁に沿って動かしている。「そこから海が見えるの？」

「よろい戸と窓は閉めておくことになっているけどね。でも、少しだけならいいだろうよ」。マネック夫人は取っ手を回し、蝶番のついた二枚のガラス窓を引き開けると、よろい戸を押し開ける。風。すぐに、澄んで、爽やかで、塩っぽく、光を放つ風が入ってくる。とどろく音が上がっては静まる。

「マダム、そこには巻貝がいる？」

「巻貝？　海に？」また、あの笑い声。「雨粒くらいたくさんいるとも。巻貝に興味があるのかい？」

「そう、そうよ。木にいる巻貝とか、庭にいる巻貝なら見つけたことがあるの。でも、海のものはまだなの」

「おやおや」とマネック夫人は言う。「じゃあ、ぴったりの土地に来たわけだね」
夫人は三階の浴槽に温かいお湯を入れてくれる。浴槽に入ったマリー＝ロールは、夫人が扉を閉める音、狭苦しいバスルームが水の重みでうめく音、壁がきしむ音を耳にする。まるで、ネモ船長のノーチラス号の船室にいるかのように。かかとの痛みは治まる。水面まで頭を下げる。一度も外出しないなんて。この、奇妙で、狭い家のなかに、何十年も隠れているなんて。

夕食のとき、彼女は何十年も前のごわごわのワンピースを着せてもらう。彼らは、正方形の食卓を前にして座り、彼女の父親とマネック夫人が向きあってひざを突きあわせる。窓はしっかりと閉じられ、よろい戸は引き下ろされている。弱りはてた、きれぎれの声で、ラジオが大臣たちの名前をつぶやいている。ド・ゴールはロンドンにいて、ペタンがレノーの後任となる見込み。三人は青トマトと煮込んだ魚を食べる。この三日間、手紙は配達も取集もされていない、と父親は言う。電報は機能していない。一番新しい新聞は六日前のものだ。ラジオでは、アナウンサーが公共用の知らせを読み上げている。

オランジュに避難中のシュミヌー氏は、荷物と一緒にイヴリー＝シュル＝セーヌに置き去りになった三人の子どもを探しています。

ジュネーヴにいるフランシスは、最後にジャンティイで目撃されたマリー＝ジャンヌに

ついての情報を求めています。

母からリュックとアルベールに祈りを、ふたりがどこにいるとしても。

L・ラビエは、オルセー駅で生き別れになった妻の消息を追っています。

A・コテレーはラヴァルで無事にしていることを母親に知ってほしいとのことです。

メジュー夫人は、列車でルドンに送られた六人の娘のゆくえを探しています。

「みんな、だれかを置き忘れてしまったね」とマネック夫人がつぶやき、マリー＝ロールの父親がラジオのスイッチを切ると、真空管は音をたてて冷えていく。上階では、かすかな音で、同じ声が、名前を読み上げつづけている。それとも思い過ごしだろうか。マネック夫人が立ち上がって皿を集める音がする。父親が煙草の煙を吐き出す音は、重いものが胸からなくなるのをありがたく思っているかのようだ。

その夜、彼女は父親と螺旋状の階段を上がっていき、六階にあって壁紙がはがれかけた部屋に入り、あのずんぐりしたベッドで並んで横になる。父親は、リュックサックや扉の掛け金、マッチをいじり、騒々しい音をたてる。じきに、なじみ深い煙草のにおいがする――ゴロワーズの〈ブルー〉。木が弾け、うめくような音が聞こえると、二枚に分かれた窓が引き開けられる。爽やかな風の音が、さっと入りこむ。あるいは、海と風の音だろうか――彼女の耳は、まだ、そのふたつを解きほぐせない。その音とともに、塩と、干し草と、魚の市場と、遠くの沼地のにおいが入ってくる。戦争のにおいはまったく感じられない。

「パパ、明日海に行ける？」

「明日はまだだろうな」

「エティエンヌおじさんはどこ？」

「五階の自分の部屋だと思うよ」

「ないはずのものを見ているの？」

「マリー、おじさんがいてくれてぼくらは運がよかったよ」

「マネック夫人がいてくれたのも運がよかったわ。料理の天才だもの、そうでしょう？パパよりもちょっとだけ料理が上手なんじゃない？」

「ほんのちょっとだけ上手かな」

彼の声に笑いを聞き取れて、マリー＝ロールはうれしくなる。だが、その裏で、父親の思考が罠にかかった鳥のように羽ばたいていることにも気づく。「パパ、わたしたちを彼らがセンリョウするってどういうこと？」

「彼らがトラックを広場に停めるということだよ」

「彼らの言葉をしゃべらされるの？」

「ぼくらの時計は一時間早められるかもしれないな」

家がきしむ。カモメが鳴く。彼はまた新しい煙草に火をつける。

「絵の具みたいなものなの？　色をつけるみたいなもの？」

「軍事統制みたいなものさ、マリー。もう質問はここまでにしよう」

静寂。鼓動が二十回。三十回。

「どうやって国が別の国の時計を変えさせられるの？　みんながいやだと言ったら？」

「そうすればたくさんの人が早起きになるね。それとも寝坊するか」

「パパ、わたしたちのアパルトマンを覚えてる？　わたしの本と、ふたりの模型があって、窓の下枠に松ぼっくりが並んでいたでしょう？」

「もちろん覚えているよ」

「わたしは松ぼっくりを大きい順に並べたわ」

「まだそこにあるよ」

「そう思う？」

「そうだとわかっているんだよ」

「そんなことわかるはずないじゃない」

「わかっているというのとは少し違うな。そう信じている」

「ドイツの兵士たちは、今わたしたちのベッドに入りこもうとしているの？」

「いいや」

マリー＝ロールは横になったまま、まったく動かずにいようとする。父親の脳が頭蓋骨のなかで激しく稼働する音が聞こえるような気さえする。「きっと大丈夫よね」と彼女はささやく。片手で探り、父親の前腕をつかむ。「わたしたちはしばらくここにいて、それからアパルトマンに戻れば、松ぼっくりは出てきたときのままだし、『海底二万里』は置いてきたとおりに鍵保管室の床にあるし、わたしたちのベッドにだれかがいたりはしないはずよ」

遠くから響く、海の聖歌。はるか下では、だれかのブーツのかかとが石畳に当たる音。そうだとも、まったくそのとおりだよ、と父親に言ってもらいたいと心から願う。だが、父親はなにも言わない。

嘘をつかないで

学校の宿題にも、ちょっとした会話にも、エレナ先生の手伝いにも、彼は集中できない。

目を閉じるたびに、シュルプフォルタにある学校の夢に圧倒されてしまう。深紅の旗、たくましい馬、きらめく実験室。ドイツ最高の男子生徒たち。自分は人々の目が向けられる未来を象徴しているのだ、とたびたび思ってしまう。だがまた、入学試験のときのあの大柄な少年の姿が目の前にちらつくときもある。ダンスホールの上、踏み台で血の気をなくした顔。彼が落ちたこと。だれも助けに行かなかったこと。

どうして、ユッタは喜んでくれないのだろう。ついに抜け出せるとなったときでさえ、どうして、不可解な警告が心の隅でつぶやくのだろう。

マルティン・ザックセは言う。「手榴弾の話をもう一回聞かせて！」

ジークフリート・フィッシャーは言う。「それからタカ狩り場の話も！」

三度、彼は議論に備えるが、三度とも、ユッタはさっさと向きを変えて遠ざかっていく。エレナ先生を何時間も手伝い、年下の子どもたちの世話をするか、市場に歩いていくか、なにかしらの口実を見つけては手伝い、忙しくして、出かけている。

「話を聞いてくれないんだ」とヴェルナーはエレナ先生に言う。

「あきらめてはだめよ」

気がつくと、出発まであと一日しかない。彼は夜明け前に目を覚まし、女子共同寝室にある簡易ベッドで眠っているユッタを見つける。両腕で頭を抱えるように寝ていて、毛布がお腹に巻きつき、枕はマットレスと壁のすきまに押しこんである。眠っているときでさえ、心の苦しみを絵にしたような姿。ベッドの上、壁紙として貼ってある幻想のスケッチには、エレナ先生の村や、渦巻く鳥の群れの下に並ぶ、パリの千の白い塔が描かれている。

ヴェルナーは妹の名前を呼ぶ。

彼女は毛布をさらに体に巻きつかせる。

「散歩に行かないか?」

意外なことに、彼女は起き上がる。だれかが目を覚ます前に、ふたりは外に出る。彼は無言で前を歩いていく。ふたりで、柵をひとつ、またひとつとよじ登って越える。ユッタはほどけた靴ひもを引きずって歩く。アザミの鋭い葉が、ふたりのひざに当たる。昇ってくる太陽は、地平線の上で針穴になっている。

灌漑用水路の端で足を止める。それまで、冬になるとヴェルナーは彼女を荷車に乗せ、まさにこの場所に引っぱってくると、凍った水路沿いにスケートで競走する人々を眺めていた。足にスケートの刃を固定し、あごひげは霜で白くなった農家の男たちが、五人か六人ずつで固まって一気に目の前を疾走し、町対抗の十三キロメートルか十四キロメートルの競走を繰り広げていた。長い距離を走ってきた馬のような目のスケート選手たちを見ると、ヴェルナーはいつも興奮した。彼らの速度で空気がかき回される感覚があり、スケートが氷にぶつかる音が聞こえ、そして遠ざかっていく。その感覚はまるで、自分の魂が肉体から引きはがされて、火花を散らしながら、彼らと一緒に進んでいくかのようだった。だが、彼らが角を曲がり終え、氷の上に刻みこんだ白い線だけが残ると、興奮は引き、彼はユッタを引いて〈子どもたちの館〉に戻っていきながら、孤独で見捨てられ、以前にも増して自分の人生に閉じこめられてしまったように感じたものだった。

「去年の冬は、スケート選手が来なかった」と彼は言う。

妹は水路のなかを見つめる。薄紫色の目。もつれてなだめようがない髪の毛は、彼よりもさらに白いかもしれない。雪色《シュネー》。

「今年もだれも来ないわ」と彼女は言う。

妹のうしろでは、炭坑複合施設がくすぶる黒い山脈になっている。今でさえ、遠くで鈍く響く機械の太鼓のような音がヴェルナーには聞こえる。早番組が昇降機で降りていき、遅番組が上がってくる――疲れた目と、煤だらけの顔になった少年たちが、揃って昇降機で上がり、太陽を目にする――その一瞬、彼は、朝を越えたところに現われつつある巨大で恐ろしい存在を理解する。

「怒っているのはわかっている――」

「ハンスやヘリベルトみたいになるんでしょう」

「あんな男の子たちとずっと一緒になれば、きっとなってしまう」

「ならないよ」

「じゃあ、ここにいてほしいのか？　炭坑に入れっていうのか？」

道のずっと先を自転車で通りかかった人を、ふたりは見つめる。ユッタは、両手をしっかりとわきにはさんでいる。「わたしがなにを聴いていたか知ってる？　わたしたちのラジオで、兄さんが壊す前に？」

「静かに、ユッタ。頼むよ」

「パリからの放送よ。ドイチュラントゼンダーが言うこととはぜんぶ正反対の話をしてた。わたしたちは悪魔だって言うのよ。残虐行為をしてるって。残虐行為って意味はわかる？」

「頼むよ、ユッタ」

「ほかのみんながしているからって、同じことをするのは正しいの？」

疑念――それはウナギのように忍びこんでくる。ヴェルナーはそれを押し戻す。ユッタはほんの十一歳、まだ子どもだ。

「毎週手紙を書くよ。できたら週に二回。エレナ先生に見せたくなかったら見せなくてもいい」

ユッタは目を閉じる。

「永遠なんかじゃない、ユッタ。二年くらいだ。合格した男子のうち半分は、卒業までたどり着けない。でも、なにかは学べるかもしれない。ちゃんとした技師になるために必要なことを教えてもらえるかもしれない。ちびのジークフリートが言うみたいに、飛行機の操縦を学ぶとか。首を振らないでくれよ、ぼくらはずっと飛行機のなかを見てみたかっただろ？ ふたりで西に飛んでいこう。もしエレナ先生も乗りたいと言ったら、先生も連れていこう。それか、列車に乗ってもいい。森とか、山あいの村《ヴィラージュ・ド・モンターニュ》とか、小さいころにエレナ先生が聞かせてくれた土地を抜けていくんだ。パリまで行けるかもしれない」

一気に芽を伸ばす光。そっと音をたてる草。ユッタは目を開けるが、彼のほうは見ない。

「兄さん、嘘をつかないで。自分には嘘をついてもいいけど、わたしには嘘をつかないで」

十時間後、彼は列車に乗っている。

エティエンヌ

三日間、彼女は大叔父の姿を見ない。到着して四日目の朝、手探りでトイレに向かっていると、小さくて硬いものを踏む。彼女はかがんで手に取る。

それは渦巻き、すべすべしている。彫りこまれた垂直の折り目に、先に向かうにつれて細くなる螺旋の切れ目が入っている。楕円形の広い開口部。「ヨーロッパバイ」と彼女はささやく。

最初の貝から大きく一歩進むと、もうひとつ貝がある。そして、三つ目、四つ目。貝殻の道は、弧を描いてトイレを過ぎ、階段をひとつ下り、五階の閉ざされた部屋までつづいている。そこが大叔父の部屋だということを、彼女はもう知っている。その扉の奥からは、ピアノが何台も合奏する音が小さく聞こえる。声がする。「お入り」

むっとする老人のにおいがするものと思うが、部屋には、石鹸と本と乾いた海藻の軽いにおいがする。どこか、ジェファール博士の研究室と似ている。

「大叔父さん？」

「マリー＝ロールだね」。その声は低く、おだやかだ。引き出しに入れておき、ときおり取り出して、指のあいだの感触を楽しむ絹の布のように。彼女が手を前に伸ばすと、鳥のような骨をした、ひんやりした手がにぎってくる。きょうは調子がいい、と彼は言う。

「もっと早くに会えなくてすまなかったね」

ピアノが、そっと音をかき鳴らす。まるで、十台が同時に演奏していて、あらゆる方向からその音がしているかのように思える。

「おじさん、ラジオを何台持っているの？」

「見せてあげよう」。彼はマリー＝ロールの両手を棚に持っていく。「この一台はステレオだ。ヘテロダイン受信機だよ。私が自分で組み立てた」。ちっぽけなピアニストが、タキシードに身を包み、その機械の内部で演奏している姿を、彼女は想像する。次に彼は、大きなキャビネットのラジオ、そしてトースターほどの大きさの三台目に彼女の手をのせる。ぜんぶで十一台あるよ、と言うその声には、少年のような自慢げな響きが混じっている。「海にいる船からの電波も受信できる。マドリードも。ブラジルも。ロンドンもね。インドからの放送が聞こえたこともある。ここは町の端で、家のなかでも高いところにあるから、受信状態がすばらしいんだ」

ヒューズが入った箱のなか、スイッチが入った箱のなかを、彼は触らせる。つづいて、彼女を本棚に案内する。何百冊という背表紙。鳥かごがひとつ。マッチ箱に入った甲虫。電気式のネズミ捕り。ガラス製の文鎮の内部には、サソリが一匹閉じこめられている、と彼は言う。さまざまなコネクタが入ったびん。さらに百ほどの、彼女にはなにかわからないもの。

大叔父は、五階のすべて、階段ホールを除くひとつの大きな部屋をひとりで使っている。三つの窓が、正面のヴォーボレル通りに、もう三つが裏の路地に面している。小さく古いベッドがひとつあり、上掛けはなめらかで硬い。整頓された机と長椅子がひとつずつある。「これで部屋はぜんぶだよ」。彼はほとんどささやき声になって言う。大叔父はやさしく、好奇心があり、いたって普通に思える。なににも増して、静けさを発している。木の静けさを。あるいは、暗闇で目をしばたくネズミの静けさを。

マネック夫人が、サンドイッチを運んでくる。本棚にジュール・ヴェルヌはないが、ダーウィンならある、と彼は言い、英語をフランス語に訳しながら、『ビーグル号航海記』を読んでくれる。**ハエトリグモの種類数の多さときたら、ほとんど限りがないほどなのだ**……。ラジオからは音楽が螺旋になって流れ出し、彼女はすばらしい気分になって長椅子でまどろみ、体は温かく、食事もして、文章に抱き上げられて別の土地に運ばれていく。

☽

六ブロック先の電信局では、マリー＝ロールの父親が窓に顔を押しつけている。サイドカーつきのドイツ軍自動二輪車が二台、うなりながら、サン・ヴァンサン門を抜けてくる。町じゅうのよろい戸は閉じられているが、小板のすきまから、窓枠の上から、千の目が外をうかがっている。自動二輪車のうしろから、二台のトラックが入ってくる。最後尾では、黒いベンツが、音もなく動いている。ボンネットの飾りとクロムめっきの備品に日光をきらめかせ、小さな隊列は、きしむ音をたてつつ、輪になった砂利の車寄せ、コケに覆われたサン・マロ市庁舎の高い城壁の前に停まる。初老の、不自然なほど日焼けした男——市長だよ、とだれかが教えてくれる——が、船乗りのような大きな手に白いハンカチを持って立っている。手首のところが、ごくわずかに震えている。

ドイツ人たちが車から降りてくる。十人以上はいる。彼らのブーツは光り、軍服には乱れひとつない。ふたりはカーネーションを持っている。ひとりはひもでつないだビーグル犬を進ませる。数人が口を開け、市庁舎の入り口を見上げる。

野戦指揮官の軍服を着た小柄な男が、ベンツの後部座席から現われると、目に見えないなにかをコートの袖から払う。彼が細身の副官と少し言葉を交わすと、副官がその言葉を市長に翻訳する。市長はうなずく。すると、小柄な男は巨大な扉を抜け、姿を消す。数分後、副官が上階のよろい戸を開け放ち、町の屋根をしばらく見回したあと、深紅の旗を広げ、はとめを窓枠に固定する。

生徒たち《ユングメナー》

それは、おとぎ話に出てくるような城だ。八棟か九棟の、石造りの建物が丘のふもとにひっそりとたたずみ、錆色の屋根、細い窓や尖塔が見え、屋根のタイルのすきまからは雑草が伸びている。かわいらしい小川が、運動用の草地をくねくねと抜けていく。ツォルフェアアインが晴れ渡った日の、澄みきった時刻でさえ、ヴェルナーは、これほどまでに塵で汚れていない空気を吸ったことはない。

片腕のない寮長が、怒ったような声で一気に規則をまくしたてる。「これがおまえたちの行進用制服、これが野外用制服。これが体操服だ。サスペンダーは背中で交差させ、前では平行にすること。袖はひじまでまくり上げること。どの生徒も、さやに入れたナイフをベルトの右側につけておくこと。用があるときは右手を挙げろ。つねに十人ずつ整列すること。本、煙草、食べ物、および私物の持ちこみは禁止。ロッカーに入れていいのは制服、ブーツ、ナイフ、光沢剤だけだ。消灯後は私語をしてはならない。家への手紙は水曜日に投函される。弱さも臆病さもためらいも脱ぎ捨てろ。おまえたちは滝や一斉射撃の銃弾のようになる。全員が同じ方向に、同じ速度で、同じ大義のために突進するのだ。快適なものは捨てる。義務のみによって生きる。国を食べ、国家を吸いこむのだ」

わかったか？

わかりました、と少年たちは叫ぶ。四百人の生徒に加え、三十人の教師、さらに五十人の職員、下士官や料理人、馬番や整備員たち。士官候補生のなかには、まだ九歳の生徒もいる。最年長は十七歳。ゴート族の顔、鋭い鼻、とがったあご。全員が青い目をしている。

ヴェルナーは、十四歳の生徒七人と一緒に、小さな共同寝室で寝る。上の段には、フレデリックという、草の葉のように体が細く、クリームのように肌が白い少年がいる。フレデリックも新入生だ。ベルリン出身。父親は大使の補佐をしている。話をするときのフレデリックは、目をふわりと上に向け、まるでなにかを空に探しているかのようだ。

彼とヴェルナーは、のりのきいた新しい制服を着て、食堂の長い木のテーブルで最初の食事をとる。声をひそめて話をする少年たち、ひとりで座る少年たち、数日ぶりに食事をするかのようにがつがつ食べる少年たち。アーチ形の三つの窓から、夜明けが、神聖な黄色い光が、筋となってさしこむ。

フレデリックは指をひらひら動かして言う。「鳥は好きかい？」

「好きだよ」

「ズキンガラスのことは知っているかい？」

ヴェルナーは首を横に振る。

「ズキンガラスはたいていの哺乳類よりも賢いんだ。猿よりもね。自力では割れないクルミの実を道路に置いて、車が踏んでいくのを待って、中身を食べようとしているのを見たことがある。ヴェルナー、きみとはすごくいい友達になれるよ。間違いない」

いかめしい顔つきの総統の肖像画が、どの教室でも見下ろしている。背もたれのない木の椅子と、木の机。机にある溝は、それまでにいた数えきれない少年たちが退屈まぎれに刻みこんだものだ——従者、修道士、徴集兵、士官候補生たち。到着したその日、ヴェルナーは、半開きになった科学技術実験室の扉の前を通りかかる。ツォルフェアアインの薬局ほどもある大きさの部屋に、真新しい流しや、ガラス張りの戸棚が並び、棚の内部には、きらめくビーカー、メスシリンダー、天秤、バーナーが入っているのがちらりと見える。フレデリックにつつかれ、彼はようやく歩きだす。

二日目、しわだらけの骨相学者が、全生徒に提示説明を行う。食堂のあかりは薄暗く、映写機が低くうなると、円が無数に描かれた図が奥の壁に浮かび上がる。老学者は投射スクリーンの下に立ち、ビリヤードのキューの先を方眼のあちこちに走らせる。「白い円は、純粋なゲルマンの血を表わしている。黒で描かれた円は、外国の血の割合を示している。第二集団、五番目を見てみたまえ」。彼がキューで軽く叩くと、スクリーンは軽く波打つ。「純粋なゲルマン人と、四分の一ユダヤ人との結婚は、まだ許容範囲だろう？」

三十分後、ヴェルナーとフレデリックは、詩学の授業でゲーテを読んでいる。それから、野外実習で、針に磁気を帯びさせる。寮長は複雑きわまりない時間割を告げる。月曜日は応用力学、国家史、人種学。火曜日は馬術、オリエンテーリング、軍事史。九歳の生徒も含めて全員が、マウザーライフルの清掃、分解、そして射撃の訓練を受ける。

午後には、弾薬帯を体に巻きつけて走る。雨樋まで走る。旗まで。丘を駆け上がる。おたがいを背負って走り、頭の上にライフルを掲げて走る。走り、匍匐《ほふく》前進し、泳ぐ。そして、さらに走る。

満天の星の夜、露に濡れた夜明け、静まり返った回廊、強制的な禁欲生活。ヴェルナーは、これほどまでに一心不乱ななにかの一部だと思えたことはない。これほどまでに、居場所を渇望したことはない。寮で列になっている士官候補生たちは、アルペンスキーや決闘、ジャズクラブや女性家庭教師やイノシシ狩りの話をしている。熟練の手並みで悪態をついてみせる少年たち、映画スターにちなんで名づけられた煙草の話をする少年たち。「大佐に電話をかける」と言う少年、女男爵を親に持つ少年。とりたててなにかに優れているからではなく、父親が省庁に勤めているから入学を許可された少年もいる。そして、彼らの口ぶり――「アザミにイチジクが実るなんて期待しても無理だな！」「俺は彼女を一瞬で受粉させてやるからな、この野郎！」「へこたれずに、盛り上がっていこうぜ！」

すべてにおいて、きっちりとした生徒もいる。完璧な姿勢、熟練の射撃、雲が映るくらい磨き上げられたブーツ。バターのような肌、サファイアのような目、そして手の甲には、かぎりなく細い血管の網の目がある。だが、目下のところ、学校がふるう鞭の下では、彼らはみな平等だ。全員が「生徒たち《ユングメナー》」にすぎない。ともに門を走り抜け、ともに食堂で目玉焼きをがっつき、ともに正方形の中庭を行進し、ともに点呼を受け、旗に敬礼し、ライフルで射撃し、走り、入浴し、苦しむ。それぞれが、ひとかたまりの粘土であり、下腹が出て顔をてからせた校長という陶芸家が、四百個のまったく同じ陶器を成型している。

我らは若い、と少年たちは歌う。我らは動じず、妥協を知らず、これから多くの城に攻めこむ。

ヴェルナーは、疲労と、混乱と、高揚感のあいだを揺れる。人生が百八十度変わったことに心から驚く。疑念を寄せつけないために、歌詞や各教室への順路を暗記し、科学技術実験室だけを目に思い浮かべようとする。九つのテーブル、三十脚の腰かけ。コイル、可変コンデンサー、増幅器、電池、はんだづけの鉄が、あの輝く戸棚にしまいこまれている。

彼の上、寝台の上段では、フレデリックがひざ立ちになり、開いた窓の外を古い双眼鏡でのぞき、目にした鳥の記録をベッドの手すりにつけている。「アカエリカイツブリ」の下には、刻み目が一本。「ヨナキツグミ」の下には六本。外の運動場では、十歳の生徒たちがたいまつと鉤十字旗を川に運んでいく。行進はいったん止まり、突風がたいまつの炎に襲いかかる。それから彼らはまた進んでいき、明るく脈打つ雲のような歌声が渦巻いてくる。

ああ我を隊列に加えたまえ
平凡な死を迎えずにすむように！
むなしく死にたくなどない、望むは
犠牲の塚で倒れること。

ウィーン

ラインホルト・フォン・ルンペル上級曹長は、四十一歳。もう昇進が望めないほどの年齢ではまだない。湿った赤いくちびるをしている。白く、ほとんど半透明の、カレイの切り身のようなほほ。そして、まずもってはずれることのない、正確性への本能がある。妻は彼の不在に黙々と耐え、陶製の猫を淡い色から濃い色の順に並べ、シュトゥットガルトにある家の居間のふたつの棚に飾っている。娘がふたりいるが、もう九か月も顔を見ていない。年上のヴェローニカは真剣そのものだ。父親にあてた彼女の手紙には、「聖なる決意」や「誇り高き達成」や「史上類を見ない」といった言葉が並ぶ。

フォン・ルンペルは、ダイヤモンドに関して際だった才能に恵まれている。彼はヨーロッパにいるどのアーリア人にも負けない腕前で宝石を切り出して磨き、しばしばひと目で偽物を見抜くことができる。彼はミュンヘンで結晶学を学び、アントワープで研磨工として研鑽を積んだ。さらには、ある輝かしい日の午後、ロンドンのチャーターハウス通りにひっそりとあるダイヤモンド店で、ポケットをすべて外にめくり出すよう求められてから、三つの階段と三つの鍵のかかった扉を抜け、テーブルの前に腰を下ろすと、ナイフの先のようにとがった形に口ひげを固めた男から、南アフリカ産の九十二カラットのダイヤの原石を検分させてもらったこともある。

戦争の前、ラインホルト・フォン・ルンペルの人生は、十分に喜ばしいものだった。彼はシュトゥットガルトの古い裁判所の裏手の二階で鑑定業を営む宝石鑑定士だった。依頼人が宝石を持ちこむと、彼はその値打ちを伝える。ダイヤモンドを切り出しなおしたり、高度な切り出しをしたいという相談に乗ることもあった。ときおり客をだますことはあっても、それも商売の一部なのだと自分に言い聞かせていた。

戦争により、彼の仕事は増えた。今や、フォン・ルンペル上級曹長は過去数世紀にわたってなかったような機会を手にしている。ムガール王朝、ハンたちの時代以来の機会だ。歴史上初めてかもしれない。フランスの降伏からわずか数週間で、彼は、あと五回生まれ変わっても見ることはかなうまいと思っていた数々の品を目にしてきた。小さな車ほどもある、十七世紀の地球儀には、火山のところにルビーが使われ、両極にはサファイアが集められ、世界の中心地はダイヤモンドで示されている。少なくとも四百年前の、白の翡翠で作られてエメラルドがはめこまれた短剣の柄に手で触れた。この手で。ついきのう、ウィーンに向かう途中で、彼が手に入れた五百七十点からなる陶器セットは、皿のすべてにマーキス・カットのダイヤモンドがひとつずつあしらわれていた。どこで、だれから、警察がそうした宝物を押収したのかたずねはしない。彼は自分の手で木箱にそれらを詰めると、帯をかけて締め、白のペンキで番号を書くと、二十四時間態勢で警備される列車の車列に箱が積みこまれるのを見届けた。

最高司令部に送られるのを待っている車両。さらに多くの宝物を待っている。

その夏の日の午後、ウィーンにあるほこりっぽい地質学図書館で、フォン・ルンペル上級曹長はやせた司書のうしろを歩き、定期刊行物の書庫を抜けていく。茶色い靴に茶色いストッキング、茶色いスカートに茶色いブラウス姿の司書は、脚立式の腰かけを置き、登り、手を伸ばす。

ジャン＝バティスト・タヴェルニエ著『インドへの道』一六七六年。

ペーター・ジーモン・パラス著『ロシア帝国南部諸地域への旅』一七九三年。

エドウィン・ウィリアム・ストリーター著『宝石』一八九八年。

うわさによると、総統はヨーロッパ全土とロシアから手に入れたい宝飾品の目録を作っているのだという。オーストリアのリンツを天上の街に造り変え、世界の文化首都にする意向なのだと。広大な遊歩道、霊廟、アクロポリス、プラネタリウム、図書館、オペラ劇場。すべて、大理石か花崗岩で造られ、すべてが隅々まで磨き上げられている。その中心に、全長一キロメートルにおよぶ、人類の文化の粋をきわめた博物館を計画している。

その計画文書は実在する、とフォン・ルンペルは耳にしたことがある。四百ページにわたるものなのだと。

彼は書庫のなかにあるテーブルの前に座る。脚を組もうとするが、きょうの彼は、股関節にわずかなしこりを感じる。異物感があるが、痛くはない。ネズミのような司書が本を運んでくる。彼はタヴェルニエの本、ストリーターの本、ジョン・マルコムの『ペルシャ素描』をゆっくりと読み進める。モスクワにある三百カラットの〈オルロフ・ダイヤモンド〉や、〈ヌル・ウル・アイン〉、四十八・五カラットの〈ドレスデン・グリーン〉についての項目を読む。日が傾くころ、探していたものが見つかる。刺されても死ななかった王子、女神の怒りを告げた祭司、何世紀もあとでその宝石を入手したと信じたフランスの高位聖職者の物語。

〈炎の海〉。灰色がかった青の中央に赤の色合い。百三十三カラットという記録。失われたか、二百年にわたって封印するという条件のもと、一七三八年にフランス王に寄贈されたか。

彼は顔を上げる。天井から下がるランプ、ほこりじみた金色のなかに消えていく背表紙の列。ヨーロッパの裾にしまいこまれたひとつの石を、彼は見つけるつもりでいる。

ドイツ人《ボーシュ》ども

彼女は父親から聞かされる。彼らの武器は、一度も発砲しなかったかのようにぴかぴかだ。彼らのブーツはきれいで、軍服にはしみひとつない。まるで、空調つきの列車から降りてきたばかりのようだ。

マネック夫人の台所に、ひとりかふたりで連れ立って寄っていく町の人々は、ドイツ人たち（ドイツ人《ボーシュ》ども、と軽蔑をこめて呼ばれる）が薬局のあらゆる棚からはがきをすべて買っていくと言う。ドイツ人《ボーシュ》どもは、わらの人形や砂糖漬けのアプリコット、古くなったケーキを菓子店で見かけて買っていく。ドイツ人《ボーシュ》どもは、ヴェルディエさんの店でシャツを、モルヴァンさんの店で下着を買う。ドイツ人どもは、ばかげた量のバターとチーズを必要としている。ドイツ人《ボーシュ》どもは、ワイン店にあるシャンパンを一本残らずがぶ飲みしてしまった。

ヒトラーはパリの名所めぐりをしている、と女性たちはささやきあう。

夜間外出禁止令が出される。戸外まで聞こえる音楽は禁止される。公共のダンスも禁じられる。国は喪に服しており、我々は敬意を持ってふるまわねばならない、と市長は布告する。とはいえ、彼にどのような権限が残っているのかは定かではない。

音が聞こえるところまで近づくたびに、マリー＝ロールの耳には、父親がまたマッチをすって火をつける音が届く。父親の両手は、ポケットのあいだでそわそわ動く。午前中はマネック夫人の台所か煙草店にいるか、郵便局の果てしない列に並んで電話を使おうとしている。午後になると、エティエンヌの家のあちこちを修理する――ゆるんだ戸棚の扉、きしむ階段の板。隣人たちは信用できるのかとマネック夫人にたずねる。道具箱の留め金を延々と開けたり閉めたりしているので、ついには、もうやめてほしい、とマリー＝ロールが頼む。

ある日、エティエンヌはマリー＝ロールと一緒に座り、軽やかな声で本を読み聞かせる。すると、本人いわく頭痛に襲われてしまい、書斎に鍵をかけて閉じこもる。マネック夫人は、チョコレートバーや切り分けたケーキをマリー＝ロールにこっそり渡す。その日の朝、水と砂糖をたっぷり入れたグラスにレモンをふたりで絞り、マリー＝ロールは好きなだけ飲ませてもらう。

「マダム、おじさんはどれくらい長く閉じこもってしまうの？」

「一日か二日で終わるときもあるし、もっと長いときもあるね」とマネック夫人は言う。

サン・マロでの一週間は二週間になる。マリー＝ロールは、『海底二万里』と同じく、自分の人生も中断してしまったような気分になる。上巻は、彼女と父親がパリにいて仕事に行っていたとき。そして今は下巻、ドイツ兵たちが慣れない狭い通りを自動二輪車で走りまわり、大叔父は自分の家のなかに消えてしまう。

「パパ、わたしたちはいつここを出るの？」

「パリから連絡が来たらすぐだよ」

「どうしてこの小さな部屋で寝なきゃいけないの？」

「別の部屋がよかったら、下の部屋を片づけてもいいと思うよ」

「廊下の向かいにある部屋は？」

「エティエンヌとぼくで、あそこは使わないでおこうと決めたんだ」

「どうして？」

「お祖父さんの部屋だったからね」

「いつ海に行けるの？」

「きょうはやめておこう」

「ここの近所は散歩できないの？」

「危なすぎるよ」

彼女は叫びだしたくなる。どんな危険があるというのか。寝室の窓を開けてみても、叫び声や爆発音はなく、大叔父がシロカツオドリと呼ぶ鳥の鳴き声、そしてたまに、空高くを通っていく飛行機のエンジン音がするだけだ。

彼女は何時間もかけて家を学ぶ。一階は、マネック夫人のものになっている。清潔で動きやすく、しじゅう勝手口から人が入ってきては、小さな町のうわさ話を交換していく。食堂と玄関があり、そして廊下の櫃《ひつ》に入っている山ほどの古い皿は、だれかが通りかかるたびに震える。台所には、夫人の部屋に通じる扉がある。ベッド、流し、そしておまる。

螺旋状の階段を十一段上がると、二階には、薄れかけた豪華さのにおいが満ちている。

古い裁縫用の部屋、かつての女中の部屋。まさにこの階段ホールで、棺の付き添い人たちはエティエンヌの大伯母を入れた棺を落としてしまった、とマネック夫人は語る。「棺が開いてしまってね、大伯母さんは下まですべり落ちてしまった。みんな恐怖でおののいたさ、でも、大伯母さんには傷ひとつなかったんだよ！」

三階は、もっと散らかっている。びんや金属板、錆びついた糸のこぎりが入った箱。電気製品の部品とおぼしきものが入ったバケツ。トイレのまわりには、工学の手引書の山。四階にもいたるところに物が積み上げられ、部屋と、廊下と、階段にまであふれ出している——バケツに入った機械の部品らしきもの、靴箱に入ったねじ、彼女の曾祖父が作った古い人形の家。五階は全体がエティエンヌの巨大な書斎に占められていて、まったく静か、でなければ声や音楽や雑音に満ちている。

そして六階。整然とした祖父の寝室は左手に、トイレはまっすぐ正面に、父親と寝る小さな部屋は右手にある。風が吹くと——ほとんどいつも風が吹いている——壁はうめき、よろい戸が大きな音で当たり、部屋は物だらけで、中央では狭い階段がくねくねと上がっている家は、大叔父の心のなかをそのまま形にしたように思えてくる。恐れ、孤立しているが、クモの巣だらけの驚異に満ちた家。

台所では、マネック夫人の友人たちが、マリー＝ロールの髪とそばかすのことでひとしきり騒ぐ。パリでは、パンひとつ買うにも列に五時間も並ぶのだ、と女性たちは言う。ペットを食べ、レンガでハトを殺してスープにしているのだと。豚肉も、ウサギ肉も、カリフラワーもない。車のヘッドライトはすべて青く塗られ、夜は墓場のようにひっそりしている。バスも列車も走らず、ガソリンもほとんどない。マリー＝ロールは、四角いテーブルで、クッキーを盛った皿を前にして座りながら、血管の浮いた手と乳白色の目と大きすぎる耳をした老女たちを想像する。台所の窓からはツバメの鳴き声、塁壁を歩く足音、マストに当たる揚げ綱、港できしむ蝶番や鎖の音が聞こえる。亡霊たち。ドイツ人《ボーシュ》ども。巻貝。

ハウプトマン

バラ色のほほをした、小柄な科学技術の教授、ハウプトマン博士は、真鍮のボタンのついたコートを脱ぐと、椅子の背にかける。彼はヴェルナーのクラス全員に命じ、実験室のうしろにある鍵のかかった戸棚から蝶番つきの金属の箱を取ってこさせる。

それぞれの箱には、ギアやレンズ、ヒューズやばね、掛け金や抵抗器がある。太い銅線のコイル、小さな精密工作用金づち、そして靴ほどもある二極式電池——ヴェルナーが人生で手にしたどの器具よりも優れている。小柄な教授は黒板の前に立ち、単純なモールス信号を練習するための回路の配線図をひとつ描く。チョークを置き、細い指を一本ずつ合わせ、道具箱に入っている部品で回路を組み立てるよう、少年たちに言う。「一時間やろう」

ほとんどの少年の顔は青ざめる。テーブルの上にすべての部品をぶちまけると、まるで、未来からの輸入品であるかのように恐る恐るつつく。フレデリックは、自分の箱から手当たりしだいに部品を引っぱり出すと、光にかざす。

一瞬、ヴェルナーは〈子どもたちの館〉の屋根裏部屋に戻り、頭のなかでは疑問が渦巻いている。稲妻とはなにか。火星に住んでいたら、どれくらい高くまで跳べるのか。25×2と、2×（5＋20）の違いはなにか。それから、彼は電池と、長方形になった金属の薄板を二枚、二・五センチの釘を何本か、そして精密工作用金づちを箱から取り出す。一分もしないうちに、配線図と同じ発振器を作り上げている。

小柄な教授は、まゆをひそめる。ヴェルナーの回路を試してみると、確かにできている。「そうだ」と彼は言い、ヴェルナーのテーブルの前に立って体のうしろで手を組み合わせる。「次は箱から円盤形の磁石とワイヤー一本、ねじ一本、そして電池ひとつを出したまえ」。クラスに向けて指示を出しているようだが、目はヴェルナーだけを見ている。「使っていいのはそれだけだ。単純なモーターを作れるか？」

何人かは、気乗りしないようすで部品を動かす。ほとんどは、ただ傍観している。

ヴェルナーは、ハウプトマン博士の視線が投光器のように自分にそそがれているのを感じる。彼は磁石をねじの頭につけると、ねじの先端を電池の陽極に当てる。ワイヤーを電池の陰極からねじの頭に走らせると、ねじと磁石が、両方とも回転しはじめる。その作業を、彼は十五秒ほどで終える。

ハウプトマン博士の口は半開きになっている。ほほが紅潮し、興奮している。「候補生、きみの名前は？」

「ペニヒです」

「ほかにはなにを作れるかね？」

ヴェルナーはテーブルにある部品をじっと見つめる。「呼び鈴でしょうか。それともモールス標識か。電気抵抗計か」

ほかの少年たちは首を傾げる。ハウプトマン博士のくちびるはうっすらと赤く、まぶたは信じられないほど薄い。まるで、まばたきをしているときでさえもヴェルナーを見つめているかのように。彼は言う。「すべて作りたまえ」

空飛ぶ長椅子

市場やシャトーブリアン広場の木の幹に、貼り紙が現われる。火器の自発的引き渡し。協力しない者は、だれであれ射殺する。翌日の正午、ブルトン人があちこちから到着して、武器を置いていく。数キロ離れたところからラバに荷馬車を引かせてきた農家の男たち、骨董品のピストルを持ってとぼとぼと歩く老船乗りたち。狩人たちは、目に怒りをたぎらせながら、下を見つめてライフルを引き渡す。

終わってみれば、貧相な武器の山でしかない。ぜんぶで三百丁ほどで、半分は錆びついている。ふたりの若い警察官が、トラックの荷台に武器を積みこみ、狭い通りを進んでいき、土手道を越えて消える。演説も、説明もない。

「お願いよパパ、外に出ちゃだめ?」

「もうじきだよ、小バトちゃん」。だが、彼は気もそぞろだ。自分も灰になってしまうかというほど煙草をふかす。このところは、娘のためだと言ってサン・マロの模型にかかりきりで、毎日新しい家を追加し、塁壁を組み立て、通りを精密な地図にして、彼女がパリの近所を学んだようにこの町も知り尽くせるようにしている。木、糊、釘、紙やすり。一心不乱の努力による音とにおいに、彼女は心休まるどころかさらに不安になる。どうして、サン・マロの通りを知らねばならないのだろう。いつまでここにいるのだろう。

五階の書斎で、マリー＝ロールは、大叔父が『ビーグル号航海記』をさらに読み上げる声に耳を傾ける。ダーウィンはパタゴニアではレアを狩り、ブエノスアイレスのはずれでフクロウを観察し、タヒチでは滝を測量している。彼は奴隷たちや岩石、稲妻やフィンチ、そして、ニュージーランドでの鼻を押しつけあう儀式について書いている。マリー＝ロールは南アメリカの暗い沿岸についての話を気に入る。人を寄せつけない木々の壁や、腐りかけた海藻《ケルプ》や、出産するアザラシの鳴き声に満ちた沖合のそよ風。彼女はよく思い浮かべる。夜、ダーウィンが、船の手すりから身を乗りだすようにして、波のなかで発光する生物を見つめ、ペンギンが通過したあとの燃えるような緑色の跡を眺めている。

「こんばんは《ボンソワール》」。彼女は書斎の長椅子に立ち、エティエンヌに言う。「わたしはほんの十二歳の女の子ですが、勇敢なフランス人冒険家です。冒険のお手伝いに参りました」

エティエンヌは英語訛りになる。「こんばんは、マドモワゼル。それではジャングルまでご一緒して、あの蝶を食べましょうか。夕食の皿くらいも大きいし、毒はないかもしれない。よくはわかりませんが」

「ダーウィンさん、蝶をいただきたい気持ちは山々ですが、まずはここのクッキーをいただきます」

ふたりで「空飛ぶ長椅子」の遊びをする夜もある。長椅子に並んで座ると、エティエンヌが言う。「マドモワゼル、今夜はどこに参りましょうか？」

「ジャングルへ！」あるいは「タヒチへ！」あるいは「モザンビークへ！」

「おや、今回は長い旅になりますぞ」。エティエンヌの声はまったく新しく、ビロードのようになめらかな、まのびした車掌の話しかたになっている。「はるか下にありますのは大西洋、月明かりに輝いております。においがわかりますかな？　上空の寒さは感じますか？　髪に当たる風は？」

「おじさん、今はどこなの？」

「ここはボルネオですよ、わかりませんか？　今は樹冠をかすめて飛んでおります。大きな木の葉が下でぼんやりと光り、あちらにはコーヒーノキの林があります。においがするでしょう？」すると、本当になにかのにおいがする。挽いたコーヒーを大叔父が鼻の下に持ってきているからなのか、ふたりが本当にボルネオのコーヒーノキの上を飛んでいるからなのか、どちらにも決めてしまいたくはない。

ふたりはスコットランドを、ニューヨークを、サンティアゴを訪れる。一度ならず、冬用のコートをはおって月にも行く。「マリー、私たちの体がどれくらい軽いかわかるだろう？　筋肉をまったく動かさなくても歩けるんだよ！」彼は車輪つきのデスクチェアに彼女を座らせ、息を切らせつつ、彼女をぐるぐると回転させ、ついに彼女はお腹が痛くてそれ以上笑えなくなる。

「ほら、新鮮でおいしい月の肉を食べてみるといい」とエティエンヌが言うと、彼女の口のなかに、チーズによく似た味のものが入ってくる。いつも最後には、また並んで座り、クッションを叩いていると、ゆっくりと、周囲の部屋が形を取り戻していく。「ほら」と彼は言う。さらに静かになった声から訛りが消えていき、ごくわずかに恐怖が戻っている。

「着いたよ。家だ」

角度の和

ヴェルナーは科学技術教授の研究室に呼び出される。三匹の、ほっそりとした脚の猟犬が、部屋に入る彼のまわりをぐるぐる動きまわる。部屋はふたつある緑のバンカーズランプで照らされ、その影には、百科事典や風車の模型、小型の望遠鏡やプリズムがところ狭しと並ぶ本棚が見える。ハウプトマン博士は大きなデスクの奥に立ち、真鍮のボタンのついたコートを着ている。彼も今しがた来たばかりかと思うような姿だ。固い巻き髪が象牙のようなひたいを囲んでいる。革の手袋から指を一本ずつはずしていく。「暖炉に薪を一本入れてもらえるか」

ヴェルナーは部屋の反対側に歩いていき、燃えさしをかき回して火をまた勢いよくする。部屋の隅にだれかが座っていることに気づく。大柄な人影が、窮屈そうなひじかけ椅子に眠たげに陣取っている。上級生のフランク・フォルクハイマー、北部の村出身の巨漢の十七歳で、年下の士官候補生のあいだでは伝説の存在だ。フォルクハイマーは三人の新入生を頭の上に担いで川を渡ったらしい。校長の自動車のうしろの端を持ち上げて、車軸の下にジャッキを入れられるようにしたそうだ。共産主義者の気管を両手でにぎり潰したというわさもある。野良犬の鼻をつかんで目を切り裂き、ほかの生き物が苦しむ姿に慣れようとしたともささやかれている。

彼は「巨人」と呼ばれている。弱く明滅する光のなかでさえ、フォルクハイマーの前腕をツタのように這い上がる血管がヴェルナーにも見える。

「モーターを作ってみせた生徒は今までいなかった」。ハウプトマンは背中をなかばフォルクハイマーに向けて言う。「ひとりでやってのけたのは初めてだ」

どう答えればいいのかわからず、ヴェルナーは無言でいる。彼がもう一度火をつつくと、火花が煙突に上がる。

「候補生、三角法はできるか？」

「独学でわかったものだけです」

ハウプトマンは引き出しから一枚の紙を取り出すと、そこに書きこむ。「これがなにかわかるか？」

ヴェルナーは目を細めてじっと見る。

$$l=\frac{d}{\tan\alpha}+\frac{d}{\tan\beta}$$

「公式です」

「この使い方は理解できるか？」

「既知のふたつの地点を使って、第三の、未知の点の位置を割り出す方法だと思います」

ハウプトマンの青い目がきらりと光る。目の前の地面に相当な値打ちのものを見つけたような目つきだ。「もし私が既知の二点とそのあいだの距離を与えれば、それを解けるか？　三角形を完成させられるか？」

「できると思います」

「デスクを使いたまえ、ペニヒ。私の椅子に座るといい。鉛筆はここだ」

デスクの椅子に腰を下ろすと、ヴェルナーのブーツのつま先は床に届かない。暖炉の火が、部屋に熱を注ぎこむ。マンモスのようなブーツと、石炭殻ブロックのようなあごをした巨人、フランク・フォルクハイマーは頭から締め出せ。暖炉の前を行きつ戻りつする小柄な教授も、犬も、面白そうなものがあふれる本棚も締め出せ。あるのはこれだけだ。

$$\tan\alpha = \sin\alpha / \cos\alpha$$

そして、

$$\sin(\alpha + \beta) = \sin\alpha\cos\beta + \cos\alpha\sin\beta$$

すると「d」を方程式の前半に移すことができる。

$$d = \frac{l\sin\alpha\sin\beta}{\sin(\alpha + \beta)}$$

ヴェルナーはハウプトマンの書いた数を方程式に当てはめる。野原にいる、ふたりの測量者が、自分たちのあいだの距離を歩数で測り、そして、遠くにある目印、航海中の船か煙突に目を向けるようすを、彼は想像する。ヴェルナーが計算尺を頼むと、それを予期していた教授は間髪入れずにデスクの上にすべらせて渡す。ヴェルナーは目もくれずにそれを手に取ると、サインの計算をはじめる。

フォルクハイマーは見守る。小柄な博士は背中に両手を回して歩きまわる。火が弾ける。犬の息づかいと、計算尺のカーソルのかちりという音だけがしている。

ついに、ヴェルナーは口を開く。「十六・四三です、先生」。彼は三角形を描き、各辺の長さを書きこむと紙を返す。ハウプトマンは革表紙の本でなにかを確かめる。フォルクハイマーは座ったまま、わずかに体を動かす。興味があると同時に、ものぐさな視線。教授は片手の手のひらを机に当てて読み、ぼんやりとまゆをひそめ、思考が頭をよぎるのを待っているかに見える。ヴェルナーは突然の不吉な予感に襲われるが、ハウプトマンが視線を返すと、その感覚は消える。

「ここにあるきみの願書には、この学校を出たらベルリンで電気工学を学びたいとある。それに孤児だと。それは本当か？」

またフォルクハイマーをちらりと見る。ヴェルナーはうなずく。「妹が——」

「候補生、科学者の仕事とはふたつの要因によって決定される。本人が持つ興味と、その時代が持つ興味だ。わかるか？」

「わかると思います」

「我々は非凡な時代に生きている」

ヴェルナーの胸を、身震いが走る。暖炉の火があって、本が並ぶ部屋——こうした場所で、重要なことが起きるのだ。

「きみは夕食のあと、実験室で作業をすることになる。毎晩だ。日曜日であっても」

「はい」

「明日からはじめたまえ」

「はい」

「ここにいるフォルクハイマーがきみをいつも見ている。このビスケットを食べたまえ」。教授は蝶リボンのついた缶をひとつ取り出す。「それから息をしたまえ、ペニヒ。私の実験室に入るたびに息を止めるわけにはいかないぞ」

「はい」

冷たい空気が廊下を吹き抜け、それに洗われたヴェルナーはめまいを覚える。三匹の蛾が、共同寝室の天井に当たりながら泳いでいる。彼は暗闇のなかで靴ひもをほどき、ズボンをたたむと、その上にビスケットの缶を置く。フレデリックが、寝台の端から顔を出す。

「どこに行ってたんだい？」

「ビスケットをもらったよ」とヴェルナーは小声で言う。

「今夜はワシミミズクの声を聞いたよ」

「静かに」。ふたつ先の寝床にいる少年が怒った声で言う。

ヴェルナーはビスケットを一枚上に渡す。フレデリックは小声で言う。「ワシミミズクのことを知っているかい？　本当に珍しいんだ。大きさはグライダーくらいもある。あれはたぶん、新しいなわばりを探す若いオスだな。行進用の運動場のそばにあるポプラの木にとまっていた」

「そうなのか」とヴェルナーは言う。まぶたの裏で、ギリシャ文字が踊る。二等辺三角形、ベータ、正弦曲線。白衣を着た自分が、機械のそばを颯爽と通っていく姿。

いつかきっと大きな賞を取れるわ。

暗号解読、ロケット推進、最新の技術すべてを。

我々は非凡な時代に生きている。

廊下から、寮長のブーツがたてるこつこつという音がする。フレデリックは自分の寝台に引っこむ。「姿は見えなかった」とささやく。「でも声は完璧に聞こえたよ」

「黙れって！」と別の少年が言う。「おまえのせいで叩かれる」

フレデリックはそれから口をつぐむ。ヴェルナーはもぐもぐ嚙むのをやめる。寮長の足音は静かになる。いなくなったか、扉の前で足を止めているのか。外の運動場では、だれかが木を割っている。大づちがくさびに当たる大きな音と、まわりの少年たちの怯えた早い息づかいの音に、ヴェルナーは耳をそばだてる。

教授

マリー＝ロールにダーウィンを読み聞かせている途中で、エティエンヌは言いよどむ。

「おじさん？」

彼はくちびるを固く結び、不安げに息をしている。熱いスープを入れたスプーンに息を吹きかけているような音だ。彼はささやく。「だれかがここにいる」

マリー＝ロールには、なにも聞こえない。足音も、ノックの音もしない。マネック夫人はひとつ上の階にいて、階段ホールを箒《ほうき》ではいている。エティエンヌは彼女に本を渡す。

彼がラジオのプラグを抜き、からまったコードと格闘している音がする。「おじさん？」と彼女はまた言うが、彼は書斎を出ていき、もがきながら階段を下りていく。ここに危険が迫っているのだろうか。マリー＝ロールがあとを追って台所に入ると、彼が台所のテーブルをどうにか横に動かそうとしているのが聞こえる。

彼は床の中央にある輪を引っぱる。そのはね上げ戸の下には、四角い穴があり、湿った恐ろしいにおいが立ちのぼる。「一段下だ、急げ」

これは地下室だろうか。大叔父は、なにを目にしたのだろう。彼女がはしごの一番上の段に片足をのせるちょうどそのとき、マネック夫人のどっしりした靴が重い音をたてて台所に入ってくる。「おやまあ、エティエンヌ、やめてくださいよ！」

下からエティエンヌの声がする。「なにかが聞こえた。だれかの物音だ」

「この子が怯えているじゃありませんか。なんでもないよ、マリー＝ロール。上がっておいで」

マリー＝ロールは上がる。下では、大叔父が小声でひとり子守唄を歌っている。

「マダム、しばらくおじさんと一緒に座っていてあげるわ。おじさん、もう少しあの本を読む？」

地下室は、地面に開いた湿った穴のようだ。ふたりははね上げ戸を開けたまま、巻いた絨毯の上にしばらく座り、上の台所で鼻歌を口ずさみながら紅茶の支度をするマネック夫人の物音を聞く。彼女のそばで、エティエンヌが軽く身震いをする。

「雷に当たる確率は百万分の一だって知っていた？」とマリー＝ロールは言う。「ジェフアール博士に教わったの」

「一年間で？　それとも一生で？」

「どうだったかしら」

「たずねてみるべきだったな」

また、口がこわばった浅い呼吸。まるで、体全体が逃げろと彼にせがんでいるかのように。

「おじさんは外に出たらどうなるの？」

「不安になる」。彼の声はほとんど聞きとれない。

「でも、なにに不安になるの？」

「外にいることだ」

「外のどこが？」

「広い空間だよ」

「どこも広いわけじゃないわ。家のある通りは、あまり広くはないでしょう？」

「おまえが慣れている通りほど広くはないな」

「おじさんは卵やイチジクが好きよね。トマトも。きょうの昼ご飯に入っていたわ。あれは外で育つのよ」

彼はそっと笑う。「もちろんそうだとも」

「世界が恋しくはならないの？」

彼は黙りこむ。彼女も黙る。ふたりとも、記憶という螺旋に乗っている。

「私には、ここに全世界がある」と彼は言い、ダーウィンの本の表紙を軽く叩く。「それからラジオにも。指のすぐ先にあるんだ」

大叔父は、ほとんど子どものようだ。修道士のように、必要とするものはつつましく、現世の義務からはすっかり切り離されている。それでも、マリー＝ロールにはわかる。彼を襲う恐れは、巨大で、多様で、心で脈打つ恐怖が感じられそうなほどだ。あたかも、なにかのけものが吹きかける息がつねに心の窓に当たっているかのように。

「もう少し読んでもらってもいい？」と彼女が頼むと、エティエンヌは本を開き、小声で言う。

「はじめてブラジルの原生林を彷徨《ほうこう》した博物学者の感動を表現するには、楽しいという言葉では弱すぎる……」

数段落進んだとき、マリー＝ロールは前置きなしに切りだす。「上の階の部屋のことを教えて。わたしが使っている部屋の向かいの」

彼は言葉を切る。また素早く、不安げな息づかい。

「うしろのほうに小さな扉があるでしょう」と彼女は言う。「でも、鍵がかかっている。その奥にはなにがあるの？」

彼がずいぶん長く黙っているため、怒らせてしまったかと心配になる。だが、彼はやがて立ち上がる。ひざは小枝が折れるような音をたてる。

「おじさん、また頭痛がしているの？」

「ついておいで」

ふたりは階段をぐるぐると上がっていく。六階の階段ホールで左を向くと、彼は扉を押し開け、かつてはマリー＝ロールの祖父の寝室だった部屋を開ける。彼女はすでに、そのなかにあるものに何度も触れてきた。壁に釘止めされた木のオール、長いカーテンに飾られた窓。シングルベッド。棚の上にある船の模型。奥に立っている衣装だんすはかなり大きい。彼女の手はその上までは届かず、両腕を伸ばしたよりも幅は広い。

「これはお祖父さんのもの？」

エティエンヌは、衣装だんすのそばにある小さな扉の鍵を開ける。「入ってごらん」

彼女は手探りで入る。乾いて、こもった熱気。ネズミが何匹か、あわてて動く。彼女の指ははしごに触れる。

「それで屋根裏部屋に上がれる。高くはないよ」

七段。登り終えると、彼女は立つ。屋根の切妻の下にある、壁が斜めになった、長い空間を感じる。天井の一番高いところでも、彼女の頭よりわずかに上にあるだけだ。エティエンヌはうしろから上がってくると、彼女の手を取る。彼女の足は、床にあるケーブルに当たる。ふたりはほこりっぽい箱のあいだを縫うように歩き、木挽き台を押しのける。彼は乱雑に置かれた箱にぶつからないよう彼女を導き、奥のほうの壁際、詰め物をしたピアノ椅子のようなところに連れていくと、そこに座らせる。

「ここが屋根裏だ。正面にあるのは煙突だよ。テーブルに手を置くといい。ここだ」。テーブルの上のあちこちに、金属の箱がある。真空管、コイル、スイッチ、計器、少なくとも一台の蓄音機。屋根裏のこの部分全体が、なにかの機械になっているのだ、と彼女は悟る。ふたりの頭上にあるスレート瓦を、太陽が焼いている。エティエンヌは、マリー＝ロールの耳にしっかりとヘッドホンをかぶせる。彼がハンドルを回し、なにかのスイッチを入れる音がヘッドホン越しに聞こえると、まるで、彼女の頭の中心に直接置かれたかのように、ピアノが簡素で美しい曲を奏でる。

曲は消えていき、雑音混じりの声が言う。きみの家のストーブで赤く光るひとかけらを考えてみよう。それが見えるかな？　その石炭のかたまりは、かつては緑色の植物、シダかアシだった。百万年前か二百万年前、ひょっとすると一億年も前に生きていたのだよ……。

しばらくすると、ピアノの音に切り替わる。大叔父はヘッドホンをはずす。「小さかったころの兄はなんでも得意だったが、なによりも声を褒められていた。サン・ヴァンサンにいる修道女たちは、兄を中心にして聖歌隊を作りたがった。アンリと私のふたりで、録音して売りだそうと夢見ていたよ。彼には声があり、私には頭脳があったし、当時はみんな蓄音機を欲しがっていたからね。子ども向けの番組はだれも作っていなかった。だから、私たちがパリにある録音会社に連絡を取ってみたら興味を示してもらえたから、私は科学についての台本を十通り書いて、アンリがそれを練習し、ふたりで録音をはじめた。おまえの父さんはまだ小さな子だったが、よく聞きに来ていたよ。私の人生で指折りにしあわせなころだった」

「それから戦争になったのね」

「私たちは信号係になった。私たち、私とお祖父さんの仕事は、後方の司令部から前線にいる将校まで電報のワイヤーをつないでいくことだった。たいていの夜、敵はベリー式信号という拳銃照明弾を塹壕《ざんごう》の上に放ち、はかない命の星をパラシュートでしばらく滞空させて、狙撃兵のために標的の候補を照らしだしていた。照明弾の光が届くところにいた兵士たちはみな、光があるあいだは凍ったように動かなかった。時間帯によってはそうした照明弾が八十発か九十発も次々に打ち上げられるときもあり、夜はマグネシウムの光でくっきりとして奇妙な姿に変わった。あたりは静まり返り、音といえば照明弾がしゅっというだけで、そして、狙撃兵の銃弾が暗闇を切り裂いて泥に突っこむ音がする。私たちはなるだけ体を寄せあった。だが、私の体が麻痺してしまうときもあった。体のどこも動かせず、指すら動かなかった。まぶたさえも。そんなとき、アンリは私のそばから離れずに、ふたりで録音したあの台本をささやきかけてくれた。一晩じゅう、そうしているときもあった。何度も何度も、まるで、まわりに保護幕を張るかのように。朝になるまで」

「でも、お祖父さんは死んでしまったのね」

「そして私は死ななかった」

彼女は悟る。それが、大叔父の恐れ、すべての恐れの根本にあるのだ。自分では止めようもない光に照らされ、銃弾を導く的になること。

「おじさん、だれがこれを作ったの？　この機械を？」

「私だよ。戦争のあとに。何年もかかった」

「どうやって動くの？」

「これはラジオの送信機だ。ここにあるスィッチが」——エティエンヌは彼女の手をスィッチに触れさせる——「マイクロホンの電源を入れ、これが蓄音機を動かす。ここは変調前増幅器で、ここにあるのは真空管、ここがコイルだ。アンテナは煙突に伸びるようになっている。十二メートルある。レバーがわかるかな？　エネルギーを波として考えてみるといい、そして、送信機がそうした波をきれいな輪にして送り出していると思ってごらん。話せば、その声がその輪を乱す……」

彼女は聞くのをやめている。ほこりっぽく、混乱していると同時に、催眠術のような声。だとすると、この機械はどれくらい前のものだろう。十年か。二十年か。「おじさんはなにを放送したの？」

「兄の録音だ。パリの蓄音機会社はもう興味をなくしていたが、私は毎晩、ふたりで作った録音を再生して、ついにはほとんどがすりきれてしまった。それから、兄のお気に入りの曲も」

「ピアノの曲のこと？」

「ドビュッシーの〈月の光〉だ」。彼は上に球体がついた金属の円筒に触れる。「蓄音機のホーンにマイクを入れるだけでよかった」

彼女はマイクロホンのほうにかがみ、「こんにちは、みなさん」と言う。彼は羽毛のように軽く笑う。「本当に子どもたちに届いていたかしら？」

「どうだろうな」

「おじさん、どれくらい遠くまで届くの？」

「遠くまでさ」

「イギリスまでは？」

「簡単さ」

「じゃあパリまでは？」

「大丈夫だとも。だが、私はイギリスに届けようとしていたわけではない。パリにもね。放送をうんと強力にすれば、兄にも聞こえるだろうと思った。兄は安心してくれるだろうし、いつもしてもらっていたように、今度は兄を守ってあげられるかと思ってね」

「兄さんの声を本人に向けて流したの？　死んだあとで？」

「それからドビュッシーもね」

「兄さんから返事はあった？」

屋根裏が、かちっと音をたてる。どんな亡霊が、壁をこそこそと動いて、盗み聞きしようとしているのだろう。空中に放たれる大叔父の恐怖の味がわかるような気さえする。

「いや」と彼は言う。「一度もなかった」

親愛なる妹ユッタへ――

ハウプトマン博士には、かなり有力な大臣との人脈があると言う生徒もいる。博士は[redacted]には答えてくれない。でも、ぼくにいつも助手をさせてくれるんだ！ 夜に実験室に行くと、博士は試験中の無線機の回路をぼくに作らせる。三角法も。できるかぎりの創造性を発揮するように、とぼくに言う。創造性が第三帝国の原動力なんだそうだ。「巨人」と呼ばれている上級生がついていて、計測器を持ってぼくのそばに立って、どれくらいの速さで計算ができるのかを確かめている。三角形、三角形、三角形。一晩に五十回くらい計算していると思う。なんのためかは教えてもらえない。ここの銅線ワイヤーときたらすごいよ。ここには[redacted]。巨人が通るときは、みんな脇によける。

ぼくらはなにをやってもいいし、なにを作ってもいいとハウプトマン博士は言う。総統は科学者たちを集めて、天気を操る方法を探っているそうだ。総統は日本まで届くロケットを開発するだろうとも博士は言っている。月面に都市を築くだろうとも。

親愛なる妹ユッタへ――

きょうの野外実習で、校長がライナー・シッカーのことを話してくれた。若い伍長だった男だ。隊長は敵の防御態勢を地図にするために、だれかに敵陣の背後に回ってもらいたいと考えた。志願者を募ってみると、立ち上がったのはライナー・シッカーただひとりだった。だが次の日、ライナー・シッカーは捕らえられた。次の日だよ！　ポーランド人に捕まって、電気で拷問を受けた。あまりに強い電流を流されて、彼の脳は液化してしまったが、校長が言うには、その前にライナー・シッカーはすごいことを口にしたそうだ。「悔やむことはただひとつ、我が祖国のために失う命がひとつしかないことだ」と言ったんだ。

大きな試練が近づいている、とみんな言っている。ほかのなによりも厳しい試練が。[redacted]

フレデリックに言わせれば、ライナー・シッカーの話は[redacted]。巨人（フランク・フォルクハイマーという名前だ）が近くにいるだけで、みんなぼくに丁重に接してくれる。ぼくの背はせいぜい彼の腰までしか届かない。彼は生徒というより大人に見える。彼にはライナー・シッカーの忠誠心がある。両手と、心臓と、骨に。エレナ先生に、ぼくはここでたらふく食べているけど、先生みたいなケーキを焼ける人はいないし、そもそもケーキなんて出してもらえないと伝えてくれるかな。ジークフリートのやつに、明るくなれと言ってやってくれ。毎日きみのことを思っているよ。ジーク・ハイル。

親愛なる妹ユッタへ――

きのうは日曜日だった。野外体育で森に行った。狩りをする人はほとんど前線にいるから、森はテンとシカだらけだった。ほかの生徒たちが隠れ場所で座って、壮麗な勝利のことや、じきにぼくらがドーバー海峡を越えて[redacted]を破壊するだなんてことを話していると、ハウプトマン博士の犬がそれぞれ一羽ずつ、合わせて三羽のウサギを捕まえて戻ってきたけど、フレデリックのやつときたら、シャツに千個くらいのイチゴを入れてきた。袖はキイチゴの棘で破れているし、双眼鏡入れも破れていたから、こっぴどく叱られるぞってぼくが言ったら、彼は自分の服を見下ろして、そこでようやく気がついたんだ！　鳴き声を聞いただけで、フレデリックはどの鳥か当ててみせる。湖の上ではヒバリとタゲリとチドリの声、それからハイイロチュウヒも一羽、あと十種くらいいたけど、もう忘れてしまった。きみもフレデリックのことを好きになると思う。

ほかのみんなとは見ているものが違う。きみとエレナ先生の咳がよくなっていますように。ジーク・ハイル。

香料商

彼はクロード・ルヴィットという名前だが、まわりからは「大男のクロード」と呼ばれている。もう十年にわたり、ヴォーボレル通りで香料店を営んでいる。タラが塩漬けにされるときと、町自体の石が臭くなりはじめたときだけ繁盛する、細々とした商売だ。

だが、新たなチャンスがやってきている。そして、大男のクロードはチャンスを逃す人間ではない。彼はカンカル近くの農家に金を払い、仔羊やウサギを屠畜させている。その肉を、妻のビニル樹脂のスーツケースふたつに詰めこみ、自分で持って、列車でパリまで運ぶ。簡単だ。週によっては五百フランも稼げる。需要と供給。もちろん、書類をつねに作成せねばならない。指揮系統の上にいる人間が話を聞きつけ、分け前を要求してくる。

その複雑な商売をうまく切り盛りするには、クロードのような頭脳がなくてはならない。

きょう、彼は暑さでうだっている。汗が背中やわき腹をしたたっていく。サン・マロはあぶられている。もう十月、爽やかでひんやりとした風が海から吹きこんでくるはずだ。木の葉が路地を転がっていくはずの季節だ。だが、風は吹いたかと思えばやんでしまう。この町での変化が気に食わないとでも言いたげに。

午後のあいだずっと、クロードは店にいる。ガラスケースに入った花や、東洋の香料や、フゼア、ピンク色や洋紅色や淡い青色の何百という小さなびんの上に身を乗りだしているが、だれも入ってはこない。首振り式の電動扇風機は、左に、右に動き、彼の顔に風を送ってくる。読書もせず、まったく身動きもせず、ときおり片手を腰かけの下に伸ばして円い缶からビスケットをつかみ、口のなかに放りこむ。

午後四時ごろ、ドイツ兵の小さな部隊が、ヴォーボレル通りをのんびり歩いてくる。細身で、サケのような顔で、真面目な男たち。真剣な目をしている。ライフルの銃身を下に向け、クラリネットのように肩にかけて持ち歩いている。仲間同士で笑い、ヘルメットの下でなにかの奥義を心得ているように見える。

憤慨すべきだとはわかっているが、クロードは彼らの能力や立ち居ふるまい、無駄のない動きに見とれてしまう。彼らはいつもどこかへ向かっており、それが向かうにふさわしい場所だと心から確信しているように見える。彼自身の国にはなかったものだ。

兵士たちはサン・フィリップ通りを曲がり、見えなくなる。クロードの指は、びんの上をなぞって楕円形を描く。二階では、妻が掃除機をかけていて、ぐるぐる回る音が聞こえる。眠りこみそうになるとき、パリから来た男が三軒先に暮らしているエティエンヌ・ルブランの家から出てくる姿が目に入る。電信局の表をこそこそ歩きまわり、小さな木の箱をナイフで削っている、つんととがった鼻でやせた男。

パリ出身の男は、片足のかかとをもう片方の足のつま先に合わせる歩き方で、ドイツ兵たちと同じ方向に歩いていく。通りの終わりまで行くと、メモ帳になにやら書きなぐり、百八十度向きを変えて戻ってくる。ブロックの終わりにさしかかると、彼はリボー家を見上げ、さらにいくつか書きこむ。目を上げ、下げる。測っている。心配事でもあるかのように、鉛筆の消しゴムを噛んでいる。

大男のクロードは、窓のそばに行く。これもまた、チャンスかもしれない。占領軍当局は、見知らぬ男が足で距離を測って家の絵を描いていることを知りたがるだろう。その男がどんな外見なのか、活動の裏にいるのはだれなのか。だれから認められたのか。

これはいい。じつにすばらしい。

ダチョウの時代

ふたりはまだ、パリに戻らない。彼女はまだ外に出ない。マリー＝ロールはエティエンヌの家に閉じこめられてきた日々を数えている。百二十日。百二十一日。屋根裏にある送信機のこと、それが祖父の声を海の向こうにまで届けていたことを考える。きみの家のストーブで赤く光るひとかけらを考えてみよう——ダーウィンが、プリマス港からベルデ岬諸島へ、パタゴニアへ、そしてフォークランド諸島へ航海したように、その声は波の上を越え、国境を越えていく。

「父さんが模型を作り終わったら、わたしは外に出てもいいっていうこと？」彼女は父親にたずねる。

紙やすりの音は止まらない。

マネック夫人を訪ねる人々が台所に持ちこむ話は、どれも恐ろしく、信じがたい。もう何十年も音沙汰のなかったパリの甥が、雄鶏や豚肉や雌鶏をくれないかと手紙を何通も送ってくる。歯医者は郵便でワインを売っている。香料商は仔羊を屠畜してはスーツケースに入れてパリ行きの列車に乗り、肉を向こうで売って大もうけしている。

いまや、サン・マロでは、扉に施錠したり、ハトを飼ったり、肉をこっそり隠したりすると罰金を科せられるようになる。トリュフは消える。スパークリングワインも消える。

目を合わせてはならない。玄関先でおしゃべりをしてはならない。日光浴も歌も禁止、恋人たちが夕方に塁壁を散歩するのも禁止。そうした規則は明文化されてはいないが、それに等しい。凍えるような風が、大西洋から吹きこみ、エティエンヌは兄の古い部屋に閉じこもってしまい、マリー＝ロールは、ゆっくりとした時間の雨をやりすごそうと、エティエンヌの書斎にある貝殻に指を走らせ、大きさや種類、形態ごとに並べ、順序を何度も確かめなおし、ひとつでも分類を間違っていないかどうか確認する。

三十分くらい、外に出てはいけないのだろうか。父親の腕につかまって。だが、それはだめだと言われるたびに、彼女の記憶のあいだから、ひとつの声がこだまして上がってくる。**脚の不自由な女の子たちよりも先に、目の見えない子が連れていかれるな。女の子たちにあれこれさせるんだ。**

町の壁の外では、軍用船が行き来し、亜麻が束にされて運ばれ、縄やケーブルや落下傘のひもによりあわされ、空を飛ぶカモメたちはカキやムラサキイガイや二枚貝を落とし、出し抜けに屋根を叩くその音に、マリー＝ロールはベッドでとび起きる。市長は新しい税を布告し、マネック夫人の友人のなかには、市長は町の人々を裏切った、必要なのは強い男だとつぶやく者もいるが、市長になにができるのかとまわりの人々はきく。ダチョウ《事なかれ主義》の時代、と言われるようになる。

「マダム、わたしらは危ない目にあいそうでも、ダチョウのように砂に頭を突っこんでいるのかい？　それとも彼らがダチョウなのかい？」

「みんながダチョウなのかもしれないね」と彼女はつぶやく。

マネック夫人は、テーブルでも、マリー＝ロールのそばでも眠りこむようになる。食事を持って五階のエティエンヌの部屋まで届けるのにも長い時間がかかり、そのあいだ、ずっと荒い息になっている。たいていの朝、夫人はだれよりも早く起きてパンを焼いている。午前のなかばには、煙草をくわえて町に出ると、病人や家から出られなくなった人々にケーキやシチューの入った鍋を持っていく。上階では、マリー＝ロールの父親が模型作りに励み、やすりをかけ、釘を打ち、切り、測り、日を追うごとに一心不乱になっていき、彼しか知らない期日が迫っているかのようなようすになっている。

一番弱い生徒

野外実習を担当する将校は、バスティアンという、熱意がありあまった校長だ。大またの歩き方に丸い腹で、コートでは勲章が震えている。顔には天然痘の跡があり、肩は柔らかい粘土からぞんざいに彫りだしたように見える。鋲釘を打ちつけた厚革のブーツを毎日いつでもはいているので、それをはいて生まれてきたのだろう、と士官候補生たちは冗談を言う。

地図を暗記し、太陽の角度を調べ、牛の毛皮を切ってベルトを作ることを、バスティアンは生徒たちに要求する。午後になると毎日、天候がどうであれ、彼は運動場に立ち、国が推奨するスローガンを大声でどなる。「繁栄は獰猛さにかかっている。諸君の愛しい祖国の紅茶とクッキーを確保するのは、諸君の腕の先にある拳なのだ」

彼のベルトには、年代物の拳銃が吊り下げられている。とりわけ熱心な候補生たちは、目を輝かせて彼をうやまう。ヴェルナーには、校長はなにかにつけて暴力をふるうような人間に思える。

「部隊とはひとつの体だ」と彼は言いつつ、ゴムホースをぐるぐる回し、少年たちの鼻先からほんの数センチ先をかすめさせる。「人間の肉体とひとつも変わらん。我々が諸君のひとりひとりに、おのれの体から弱さを追い払うよう求めるのと同じく、諸君は部隊から弱さを追い払う術《すべ》を学ばねばならない」

十月のある午後、バスティアンは内股の少年を列から前に歩み出させる。「おまえからはじめよう。名前は？」

「ベッカーか。教えてくれ、ベッカー。この集団で一番弱い生徒はだれだ？」

「ベッカーです」

ヴェルナーはひるむ。彼は学年で一番背が低い。胸を膨らませ、なるだけ背を高くして立っていようとする。ベッカーの目は列をざっと動いていく。「彼でしょうか？」

ヴェルナーは息をつく。ベッカーが選んだのは、右の遠くのほうにいる、数少ない黒髪の生徒だ。エルンストとかいう少年。手がたい選択ではある——エルンストは確かに走るのが遅い。馬のような筋肉が、脚にまだついていない。

バスティアンはエルンストを呼び出す。少年は下くちびるを震わせながら、体の向きを変えて集団に向きあう。

「泣き言を言ってもはじまらん」とバスティアンは言うと、大まかに運動場の奥のほう、並んだ木々が雑草を横切っているあたりを身振りで示す。「おまえは十秒早く走りだしていい。みんなに追いつかれる前に私のところに来い。いいな？」

エルンストはうなずきもせず、首を横に振りもしない。バスティアンは不満なそぶりを見せる。「私が左手を上げたら、おまえは走る。右手を上げたら、残りのおまえたちが全員走れ」。バスティアンは首にゴムホースをかけ、拳銃を体の脇で揺らしながらよたよたと歩いていく。

六十人の生徒たちが、息をしながら待つ。乳白色の髪と素早く動く目、きっぱりとした物腰のユッタのことを、ヴェルナーは考える。妹なら、一番弱い者だと思われることなどありえない。エルンストとかいう生徒は今や全身が震えていて、手首や足首まで震えている。二百メートル近くまで離れたところで、バスティアンは向きなおると左手を上げる。エルンストは走りだす。両腕はほぼまっすぐ、両脚はぎくしゃくとした大またになっている。十、九、八、とバスティアンは数えていく。「三」。遠くから彼のどなり声がする。「二、一」。ゼロになると彼の右腕が上がり、少年たちは解き放たれる。黒髪の少年は、彼らの少なくとも五十メートルは先にいるが、集団はすぐに距離を縮めはじめる。

十四歳の少年たち五十九人が、全力で走り、ひとりを追う。ヴェルナーは縦に長くなっていく集団の中央から離れない。心臓は暗い混乱に脈打ち、フレデリックはどこにいるのか、なぜあの少年を追いかけているのか、追いついたらどうすればいいのかと自分に問いかけている。

ただし、脳の野性的などこかでは、自分たちがなにをするのか、はっきりと知っている。

先頭を走る何人かの少年は飛び抜けて速い。ひとりで走る人影に追いついていく。エルンストの手足は猛然と動いているが、明らかに短距離走向きではなく、勢いがなくなる。草は波打ち、日差しが木々を分け、集団は近づいていき、ヴェルナーはいらだつ。なぜ、エルンストは足が速くならなかったのか。なぜ、今まで練習してこなかったのか。どうやって入学試験に合格したのか。

一番速い士官候補生が、少年のシャツの背中に飛びかかる。もう少しで手が届きそうになる。黒髪のエルンストは捕まるだろう。そうなってほしいと心のどこかで願っているのか、とヴェルナーはふと考える。だが、少年は校長のところにたどり着き、ほんの一瞬遅れて、ほかの少年たちが一斉に追いつく。

強制引き渡し

マリー＝ロールに三回もせっつかれ、ようやく父親はその通知を読み上げてくれる。町の住民は、所持している無線受信機を放棄せねばならない。無線装置はシャルトル通り二十七番地にて、明日の正午までに引き渡されるものとする。本命令を実行できない者は、破壊分子として逮捕する。

だれもがしばし無言になり、マリー＝ロールの心のなかでは、かねてからの不安が頭をもたげる。「じゃあ、大叔父さんは――」

「あんたのお祖父さんの部屋にいるよ」とマネック夫人は言う。

明日の正午。マリー＝ロールは考える。この家の半分は、無線受信機かその部品で埋めつくされている。

マネック夫人は、アンリの部屋に入る扉を軽く叩くが、返事はない。午後、彼らはエティエンヌの書斎で備品を箱詰めにし、マネック夫人と父親が、ラジオのプラグを抜き、木箱に入れていき、マリー＝ロールは長椅子に座って、装置がひとつひとつ消えていく音を聞く。古いレディオラV、GMRタイタン、GMRオルフェ。デルコ社の32ボルト型農家用ラジオは、一九二二年に、エティエンヌがはるばるアメリカから取り寄せたものだ。

彼女の父親は、一番大きなラジオを段ボールで包むと、古い台車にのせ、あちこちにぶつけながら階下に運ぶ。マリー＝ロールが座っていると、ひざに置いた手が無感覚になっていく。屋根裏にある機械、そのケーブルやスイッチのことを考える。亡霊に話しかけるために作られた送信機。あれも、無線受信機とみなされるのだろうか。言ってみるべきだろうか。パパとマネック夫人は知っているだろうか。知らないようだ。夕方には、霧が町に立ちこめ、冷たく魚っぽいにおいをたなびかせる。彼らは台所でジャガイモとニンジンを食べ、マネック夫人は、アンリの部屋の前に皿を置いて扉を叩くが、扉は開かず、料理は手つかずのまま残される。

「あの人たちはラジオをどうするつもりなの？」とマリー＝ロールはきく。

「ドイツに送るのさ」と父親。

「それか、海に投げこむかね」とマネック夫人は言う。「さあ、紅茶をお飲み。世界が終わるわけじゃないよ。今夜は毛布をもう一枚あんたのベッドに置いておくから」

翌朝も、エティエンヌは兄の部屋に閉じこもっている。家で起きていることを彼が知っているのかどうか、マリー＝ロールにはわからない。午前十時、彼女の父親がラジオを積みこんだ台車をシャルトル通りに向けて押していき、二回、三回と往復し、戻ってきて最後のラジオをのせるときも、エティエンヌはまだ姿を見せない。マリー＝ロールはマネック夫人の手をにぎりながら、門が重い音で閉まり、父親がヴォーボレル通りを押していく台車の車軸がはねる音、そして彼がいなくなったあとにふたたび腰を据える静寂に耳を澄ます。

博物館

ラインホルト・フォン・ルンペル上級曹長は、朝早くに目覚める。軍服を着こみ、ルーペとピンセットをポケットに入れ、白い手袋を丸める。午前六時には、正装して、ホテルのロビーにいる。靴は磨かれ、拳銃のケースはきっちりと閉じられている。ホテルの支配人が、パンとチーズを黒い枝編みのかごに入れ、綿のナプキンできれいに覆って彼のもとに運ぶ。すべてが整然としている。

日が昇る前、街灯にはまだ光があり、一日がはじまろうとする低い音が響くパリの通りに出ると、彼は大きな喜びを感じる。キュヴィエ通りを歩いていって植物園に入ると、木々はかすみ、いわくありげに見える。彼のためだけに掲げられた日傘。

彼は早く動く性分だ。

進化大陳列館の入り口では、ふたりの夜警が体を固くする。彼の襟と袖のしま模様の記章にちらりと目をやる。のど元がこわばる。黒いフランネルのズボンをはいた小柄な男が、ドイツ語で謝りながら階段を下りてくる。副館長だと名乗る。上級曹長が来るまであと一時間あるものと思っていたのだ。

「フランス語で話してもいいですよ」とフォン・ルンペルは言う。

副館長のうしろにいるふたり目の男は、薄黄色の肌で、目を合わせることをあからさまに恐れている。

「所蔵品をお見せできて名誉に思います、上級曹長」と副館長は切りだす。「こちらは鉱物学者のウブラン教授です」。ウブランは二度まばたきし、檻に入った動物のような印象を与える。通路の突き当たりからは、ふたりの夜警が見守っている。

「かごをお持ちしましょうか？」

「大丈夫ですよ」

鉱石学館は長く、フォン・ルンペルには奥が見えないほどだ。ところどころ、空の陳列棚がずらりと並び、フェルトが敷かれた棚に残る小さな形が、運び去られた展示品のシルエットを示している。フォン・ルンペルは片腕にかごをかけてのんびりと歩いていき、我を忘れて見入る。なんという宝物を、彼らは残しておいたのか。石灰岩にのった、見事な黄色いトパーズの結晶。結晶化した脳のようなピンク色の緑柱石の大きなかたまり。マダガスカル産の、すみれ色のトルマリン柱があまりに豊かなため、彼はなでてみたいという思いに抗《あらが》えない。車骨鉱《しゃこっこう》、白雲母にのった燐灰石、さまざまな色がちりばめられたジルコン。さらに何十という、彼には名前のわからない鉱物。彼がこれまでの人生で目にしたよりも多くの宝石を、この男たちは一週間のうちに扱うのだろう。

どの品も、何世紀にもわたって蓄積された博物館の巨大な台帳に登録されている。青白い顔のウブランが、彼のためにページをめくる。「収集を開始したルイ十三世は薬石棚を作っていました。翡翠は腎臓に、粘土は胃に、といった具合です。一八五〇年の時点ですでに、目録には二十万点が記載されています。このうえなく貴重な鉱物の財産です……」

フォン・ルンペルは、折に触れてポケットからメモ帳を取り出して書きこむ。じっくりと時間をかける。最後まで見終えると、副館長はベルトに指をからませる。「満足していただけましたか、上級曹長？　見学を楽しまれましたか？」

「とても楽しみましたよ」。天井から下がる電灯の間隔はかなり広く、巨大な空間に下りる沈黙は重苦しい。「だが」彼はひどくゆっくりと発音する。「一般向けに展示されていない所蔵品についてはどうです？」

副館長と鉱物学者は視線を交わす。「お見せできるものはすべてお見せしましたよ、上級曹長」

フォン・ルンペルはていねいな口ぶりを崩さない。礼儀正しい。なんといっても、パリはポーランドではない。波風は慎重に立てねばならない。力ずくで奪っていくわけにはいかない。彼の父親はなんと言っていたか。**障害は好機だと思え、ラインホルト。障害は霊感だと思え。**「どこか三人で話をできるところはありますか？」と彼は言う。

副館長の執務室は、庭園を見下ろす三階のほこりっぽい角にある。クルミ材の羽目板が入り、暖房が効きすぎていて、ピン留めされた蝶と、甲虫を入れた額が、入れ違いに並んでいる。半トンはあろうかというデスクのうしろには、ひとつだけ、フランス人生物学者ジャン＝バティスト・ラマルクの木炭肖像画がかかっている。

副館長はデスクの向こう側に座り、フォン・ルンペルは手前に、両足でかごをはさんで座る。鉱物学者は立つ。首の長い秘書が、紅茶を運んでくる。

ウブランは言う。「我々はつねに所蔵品を入手しています。わかりますか？　世界じゅうで、工業化によって鉱床は脅かされています。我々は存在するすべての種類の鉱物を収集しています。学芸員にとっては、すべてが等しく価値のあるものです」

フォン・ルンペルは笑い声をあげる。ゲームを仕掛けられていることをうれしく思う。だが、勝者がすでに決まっていることを、彼らはわかっていないのだろうか。彼は紅茶のカップを置くと言う。「私としては、あなたがたがもっとも手厚く保護している標本を見たい。なかでも、最近になって保管庫から取りだしたはずの標本を」

副館長は左手でさっと髪を払い、吹雪のようなふけを放つ。「上級曹長、あなたがご覧になった数々の鉱物は、電気化学や数学的結晶学の基本法則を発見する助けになってきました。国立博物館の使命とは、収集家の気まぐれや流行に流されることなく機能し、未来の世代のためにしっかりと――」

フォン・ルンペルはほほえみを浮かべる。「待ちましょう」

「あなたは我々を誤解しておられる。お見せできるものはすべてお見せしました」

「あなたがたが見せられないものを見るまで待ちましょう」

副館長は手に持った紅茶をのぞきこむ。鉱物学者は体を左右に動かす。心のなかで、煮えたぎる思いと格闘しているように見える。「私は待つことにかけてはかなりの才能に恵まれています」とフォン・ルンペルはフランス語で言う。「私が誇る技術です。運動や数学は大してものにはなりませんでしたが、子どものころから並外れた忍耐を持ちあわせていました。美容室で母が髪型をセットしてもらうあいだ、いつも待っていました。椅子に座って何時間も待ち、雑誌もおもちゃもなく、脚をぶらぶら揺らすことさえしませんでした。ほかの母親たちはすっかり感心していましたよ」

フランス人のふたりは、落ち着かないようすになる。執務室の扉の向こうでは、だれが聞き耳を立てているのか。「よろしければ座ってください」とフォン・ルンペルはウブランに言い、自分のそばにある椅子を軽く叩く。だが、ウブランは動かない。時が過ぎる。フォン・ルンペルは紅茶の残りを飲みほし、カップを副館長のデスクの端にそっと置く。どこかで扇風機がうなって動きだし、しばらく回り、また止まる。

ウブランは言う。「上級曹長、我々がなにを待っているのかわかりかねますが」

「あなたがたが真実を話してくれるのを待っています」

「よろしければ――」

「そのまま」とフォン・ルンペルは言う。「座っていてもらいましょう。もし、おふたりのどちらかが指示の声を出せば、キリンのような秘書のお嬢さんには聞こえる。そうでしょう?」

副館長は脚を組み、また組みなおす。もう正午を過ぎている。「ひょっとして、骨格標本をご覧になりたいとか?」と彼は言ってみる。「〈人類の間〉はまったく壮観ですよ。それに、我々の動物学標本は、それこそ――」

「私はあなたがたが一般公開していない鉱物を見たいだけです。とりわけ、ひとつを」

ウブランののどは、ピンクと白のまだら模様になる。椅子には座らない。副館長は手詰まりになると腹をくくったらしく、分厚く無線綴じされた紙束を引き出しから取り出して読みはじめる。ウブランは出ていくようなそぶりをするが、フォン・ルンペルはただこう言う。「我々がこの件を解決するまでは、部屋にいてもらいましょう」

フォン・ルンペルは考える。待つこと、それはある種の戦争だ。負けるわけにはいかない、と自分に言い聞かせればいい。電話が鳴り、副館長はそれを取ろうと手を伸ばすが、フォン・ルンペルは片手を上げ、電話は十回か十一回鳴ってから静かになる。たっぷり三十分ほどが過ぎ、ウブランは自分の靴ひもを見つめ、副館長は原稿にときおり書きこみ、フォン・ルンペルは身動きひとつせずにいる。扉を軽く叩く音がかすかに聞こえる。

「大丈夫ですか？」とその声は言う。

フォン・ルンペルは声をかける。「我々は大丈夫ですよ。どうも」

「上級曹長、私にはほかにもすべきことがあるんです」と副館長は言う。

フォン・ルンペルは声を荒らげはしない。「ここで待ってもらいます。ふたりともね。私が目当てにしてきたものを見るまでは、ここで待ちましょう。そうすれば、我々はみな大事な仕事に戻れる」

鉱物学者のあごは震える。扇風機がまた動きだし、そして止まる。五分間の自動設定か、とフォン・ルンペルは見当をつける。それがもう一度動き、止まるのを待つ。それから、かごを持ち上げてひざにのせる。彼は椅子を指す。おだやかな声で言う。「座りなさい、教授。そのほうが楽です」

ウブランは座らない。二時になり、街では百の教会で鐘が鳴る。散策する人々が小道を歩く。秋の最後の紅葉が、ひらひらと地面に落ちていく。

フォン・ルンペルはひざにナプキンを広げ、チーズを取り出す。ゆっくりとパンをちぎり、パンくずの豊かな滝をナプキンに落とす。噛んでいると、ふたりのお腹が鳴る音が聞こえるような気がする。ふたりにはなにもすすめない。食べ終えると、口元を拭う。「おふたりは私について思い違いをされている。私は野蛮なけだものではありません。あなたがたの所蔵品を根こそぎにするために来たわけではない。それらはヨーロッパ全体、人類全体のものでしょう？　私はほんの小さなものを求めてここにいます。あなたがたの膝蓋骨よりも小さなものです」。そう言いながら鉱物学者のほうを見る。教授は顔を背けるが、ほほは紅潮している。

「まったくばかげていますよ、上級曹長」と副館長が言う。

フォン・ルンペルはナプキンをたたみ、かごに戻すと床に置く。指先を一本なめると、上着についたパンくずをひとつひとつ取っていく。そして、副館長を見据える。「シャルルマーニュ国立高等学校、でしたかね？　シャルルマーニュ通りにある？」

副館長の目のまわりの肌が張りつめる。

「娘さんが通っている学校でしょう？」フォン・ルンペルは椅子に座ったまま体の向きを変える。「それからウブラン博士、コレージュ・スタニスラスでしたかね？　双子の息子さんたちが通っているのは？　ノートルダム・デ・シャン通りの？　見目うるわしいふたりは、今ごろは家に帰る支度をしているのでは？」

ウブランは、そばにある無人の椅子の背に両手を置く。指の関節がまっ白になる。

「ひとりはバイオリン、もうひとりはビオラで合っていますか？　混みあった通りを次々に渡っていくわけだ。十歳の男の子には長い道のりでしょう」

副館長は背筋を伸ばしている。フォン・ルンペルは言う。「ここにはない。それはわかっていますよ。下っ端の用務員ですら、ここにダイヤモンドを置いておくほど愚かではない。だが、あなたがたがどこに隠していたのかは見てみたい。どの手の場所なら安全だと考えているのか知りたいですね」

フランス人はふたりともなにも言わない。副館長はまた原稿に目を落とすが、もはや読んでいないことはフォン・ルンペルにもわかる。四時になると、秘書がそっと扉を叩き、フォン・ルンペルはふたたび彼女を追い払う。彼はまばたきにのみ集中する練習をする。首の脈に。一拍、二拍、三拍。ほかの人間がことにあたれば、もっとまずい手を打つだろう、と彼は考える。彼でなければ、嘘発見器か、爆発物か、拳銃の銃身か、力を使うだろう。フォン・ルンペルはもっとも安上がりな材料、時間のみを使う。

鐘が五回。庭園から光がしみ出ていく。

「お願いです、上級曹長」と副館長は言う。両手をデスクの上で広げている。上を見ている。

「もう遅い時間です。用を足さなければ」

「ご自由にどうぞ」。フォン・ルンペルは、デスクのそばにある金属の缶を片手で指す。

鉱物学者は顔を歪ませる。また電話が鳴る。ウブランは爪を噛む。副館長は顔に苦痛を浮かべる。扇風機がうなる。外の庭園では、日光が木々からほどけていく。フォン・ルンペルは待つ。

「あなたのご同僚は論理的な人ですね」と彼は鉱物学者に言う。「伝説を疑っている。ですが、あなたはより情熱的なようだ。信じたくはないし、信じてはならないと自分に言い聞かせている。ですが、間違いなく信じている」。彼は首を横に振る。「その手でダイヤモンドを持ちましたね。その力を感じた」

「ばかげている」とウブランは言う。彼の目は怯えた仔馬のようにぐるりと回る。「これは礼節にかなった行為ではない。上級曹長、子どもたちは無事なのか？　子どもたちが無事なのかどうか、我々に確かめさせてもらいたい」

「科学の徒でありながら、あなたは神話を信じている。理性の力を信じつつも、おとぎ話も信じている。女神や呪いを」

副館長は鋭く息を吐く。「もういい」と言う。「もうたくさんだ」

フォン・ルンペルの鼓動が一気にはね上がる。もう決着したということか。こんなにあっさりと。男たちの隊列が波のように次々にぶつかってこようと、彼はあと二日、いや三日は待つことができた。

「上級曹長、我々の子どもたちは無事なのか？」

「あなたがそう願うならね」

「電話を使っても？」

フォン・ルンペルはうなずく。副館長は受話器を取ると、「シルヴィー」と話しかけ、しばらく耳を傾け、そして受話器を置く。秘書の女性が、鍵の輪を持って入ってくる。副館長のデスクの引き出しから、彼女は鎖のついたもうひとつの鍵を取り出す。簡素なつくりでありながら優美な、長い柄の鍵。

本館展示室の奥に、鍵のかかった小さな扉。二本の鍵を使ってそれを開ける必要があるが、副館長は扱い慣れていないようだ。彼らはフォン・ルンペルを案内し、螺旋状の石の階段を下りていく。下りきると、副館長は第二の扉を解錠する。ウサギの巣穴のような通路をくねくねと進んでいき、通りかかったところにいる守衛は、新聞を落とすと背筋を伸ばして座り、三人を通す。防水布や、台や、木箱が詰めこまれた、控えめな保管室で、鉱物学者は一枚の合板を動かし、単純な組み合わせ式金庫をあらわにすると、副館長が、ひどくあっさりと、それを開ける。

警報装置なし。守衛はひとりだけ。

金庫のなかには、第二の、はるかに興味をそそる箱がある。副館長と鉱物学者のふたりがかりで持って運び出さねばならないほど重い。

優雅なつくりで、継ぎ目は見当たらない。銘柄はなく、ダイヤル錠もない。おそらくは、なかが空洞になっているのだろうが、それとわかる蝶番はなく、釘も、接着点もない。磨き上げられた硬い木のブロックに見える。特注品だ。

底面にある、ほとんど目に見えない小さな穴に、鉱物学者は鍵を差しこむ。鍵が回転すると、反対側にもうふたつの鍵穴が開く。副館長はそれに合う鍵を入れる。ふたりは五種類の軸鍵のようなものを解錠する。

重なりあう三つのシリンダー錠、どれも前の錠が開かなければ開くことはない。

「見事な腕前だ」とフォン・ルンペルは小声で言う。

箱全体がそっと開く。

内部には、小さなフェルトの袋がある。

「開けてもらいましょう」と彼は言う。

鉱物学者は副館長のほうを見る。副館長は袋を取り出すと、ひもをほどき、逆さまにして包みを手のひらに出す。指を一本だけ使い、折り目をそっと広げる。なかには、ハトの卵ほどもある青い宝石が入っている。

衣装だんす

灯火管制に違反した町の住民は、罰金を科せられるか、連行されて取り調べを受けるが、マネック夫人によれば、〈オテル・デュ〉では一晩じゅうあかりがともり、ドイツ兵がひっきりなしによろよろと出入りし、シャツをたくしこんだりズボンを直したりしているという。マリー＝ロールは目を覚ましたまま、大叔父が動く物音がするのを待つ。ついに廊下の向かいにある扉がかちりと開き、床板を足がこする音が聞こえる。おとぎ話の本で、ネズミが穴からこっそり出てくる姿を、彼女は思い浮かべる。

父親を起こさないようにベッドから起きると、廊下に出る。「おじさん」とささやく。「怖がらないで」

「マリー＝ロールか?」近づいてくる冬の、墓の、ひどくものぐさな時のにおいがしている。

「大丈夫?」

「よくなったよ」

ふたりは階段ホールに立っている。「通知があったの」とマリー＝ロールは言う。「マダムが、おじさんのデスクに置いておいた」

「通知？」

「おじさんのラジオよ」

彼は五階に下りる。つぶやいているのが聞こえる。空になったばかりの棚を指が動く。昔からの友達が、消えてしまった。怒りの叫び声があがるものと思いきや、彼女の耳には、過呼吸ぎみのわらべ唄が届く……サラダで具合が悪いけど、セロリで治るよ……。

彼女は大叔父のひじを取り、長椅子に連れていく。彼はまだぶつぶつ言い、話すことによって、心の奥底にある出っ張りから飛び降りてしまわないようにしている。その体からどくどくと発せられる、強烈で、毒のある恐怖が、彼女にも伝わってくる。動物学部門にあるホルマリンの大桶から流れ出しているガスのにおいを思い出す。

雨粒が窓ガラスを軽く叩く。エティエンヌの声が、遠くから届く。「ひとつ残らず？」

「屋根裏の送信機はまだあるわ。わたしは言わなかった。マネック夫人は知っているの？」

「一度も話していない」

「隠しているの、おじさん？　家に捜索が入れば、だれかに見られてしまう？」

「だれが家を捜索する？」

沈黙が流れる。

「今からでも引き渡せる」と彼は言う。「見落としていましたと言おうか？」

「期限はきのうの正午だったわ」

「事情をわかってもらえるかもしれない」

「おじさん、イギリスにまで届く送信機を見落としていたなんて、わかってもらえると本当に信じているの？」

さらに興奮した息づかい。静かな砲耳に乗った夜が、少しずつめぐっていく。「手伝ってくれ」と彼は言う。三階の部屋で、自動車用のジャッキを見つけると、彼女を連れて六階に上がり、祖父の部屋の扉を閉め、用心のためろうそくを一本もつけずに、巨大な衣装だんすのそばにかがみこむ。彼はたんすの下にジャッキを入れると、クランクを動かし、左側を持ち上げる。その台の下に、折りたたんだ布をすべりこませる。それから反対側もジャッキで上げ、同じようにする。「さあ、マリー＝ロール、ここに両手を置いて。そして押すんだ」。身震いとともに、彼女は理解する。ふたりはたんすを動かし、屋根裏に通じる扉をふさごうとしている。

「力いっぱいだぞ、いいか？　一、二の三」

巨大なたんすは少しだけ動く。鏡張りの重い扉が、たんすの動きに合わせて軽く音をたてる。彼女にはまるで、氷の上で家を押していくように思える。

「私の父は」荒い息になりながら、エティエンヌは言う。「主キリストだってこのたんすをここまで持って上がれたはずはない、とよく言っていた。たんすを囲むようにして家を建てたに違いないとね。もう一回だ、いいか？」

押し、休み、押し、休む。ついに、衣装だんすは小さな扉の前に落ち着き、屋根裏への入り口はふさがれる。エティエンヌは、また両側の台をジャッキで持ち上げると、布を引き抜き、息を弾ませて床にへたりこむ。マリー＝ロールはそのそばに座る。夜明けが町に広がる前に、ふたりは眠っている。

クロウタドリ

点呼、朝食。骨相学、射撃訓練、軍事教練。バスティアンの演習で一番弱い生徒に選ばれてから五日後に、黒髪のエルンストは学校を去る。翌週には、さらにふたりが退学する。六十人が五十七人になる。毎晩、ヴェルナーはハウプトマン博士の実験室で作業を行い、三角法に数字を当てはめる計算と技師としての仕事を交互にこなす。ハウプトマンは設計している方向探知無線トランシーバーの能率と電力を、ヴェルナーに向上させてもらいたがっている。すぐに複数の周波数を送信するよう再同期できるものでなければならない、と小柄な博士は言う。そして、受信した電波の方角を測定できるものでなければならない。できるか。

彼は設計のほぼすべてをやりなおす。ハウプトマンがおしゃべりになる夜もある。ソレノイドや抵抗器の役割をこと細かに説明し、垂木から下がっている一匹のクモを分類してみせるか、ベルリンでの科学者の会議ではすべての会話がなにかの新しい可能性を示しているように思える、と熱弁をふるう。相対性理論、量子力学。そうした夜、彼はヴェルナーがなにをたずねても上機嫌で答えてくれる。

だが次の夜になると、ハウプトマンの態度は恐ろしいほど閉ざされている。質問は一切させず、無言でヴェルナーの作業を見守る。ハウプトマン博士に、そこまで上層部とのつながりがあることに、ヴェルナーはうっとりする。博士のデスクにある電話は、百五十キロメートル離れたところにいる男につながり、その男が指を一本振れば、十二機のメッサーシュミット戦闘機が飛行場から次々に飛び立ってどこかの都市に機銃掃射を行うのだ。

我々は非凡な時代に生きている。

ユッタはもう許してくれただろうか。彼女からの手紙には、ありきたりの言葉ばかりが並んでいるか――**忙しくしているわ、エレナ先生がよろしくって――**そうでなくても、彼の寮に届いたときには検閲が入りすぎていて意味がわからなくなっている。兄がいないことで悲しんでいるだろうか。それとも、心を鬼にして自分を守ってきたのだろうか。彼が今、そのやりかたを学んでいるように。

ハウプトマンと同じく、フォルクハイマーも矛盾だらけのように思える。巨人はほかの少年たちには無情で、純粋な権力の道具としてふるまっているが、ときおり、ハウプトマンがベルリンに行っているとき、フォルクハイマーは博士の研究室のなかに消えると、グルンディッヒの真空管ラジオを持って戻り、短波のアンテナを立てて実験室にクラシック音楽を響かせる。モーツァルト、バッハ、イタリア人のヴィヴァルディまで。感傷的な音楽ほど好ましい。巨体の少年は椅子にもたれかかり、その重みできしんで不満の声をあげる椅子にも構わず、まぶたをなかば閉じる。

なぜ、いつも三角法なのか。彼らが製作しているトランシーバーの目的はなにか。ハウプトマンはどのふたつの点を知っているのか、なぜ第三の点を知る必要があるのか。

「ただの数字だよ、士官候補生」。ハウプトマンはことあるごとに口にする。「純粋な計算だ。そう考えることに慣れなければならない」

ありうる可能性について、ヴェルナーはあれこれフレデリックに言ってみるが、フレデリックは夢うつつで動きまわっている。ズボンは腰まわりがぶかぶかで、裾はすでにほつれはじめている。目は真剣なようでぼんやりしている。射撃訓練で的をはずしても、ほとんど気に留めていないように見える。たいていの夜、フレデリックはひとりごとをつぶやいてから眠りに落ちる。詩の一節、ガンの習性、窓をさっとかすめていく音が聞こえたコウモリ。

鳥、いつも鳥。

「……でさ、ヴェルナー、キョクアジサシは南極から北極まで飛ぶんだ。地球の真の探検家だし、たぶん史上最長の渡りをする生物だよ、一年間に七万キロだ……」

金属めいた冬の光が、厩舎を、ブドウ畑を、射撃する生徒たちを包み、ウタドリたちが丘の上をかすめていく。渡り鳥は網のようにやみくもに広がって南に向かい、渡りの道は学校の尖塔の真上を通っている。ときおり、群れが敷地にある巨大なシナノキに舞い降り、葉の下に落ち着く。

十六歳や十七歳で、弾薬を自由に使える上級生たちは、一斉に木々に撃ちこみ、何羽をしとめられるか競いあうようになる。その木にはなにもいないようで、静まり返っている。そしてだれかが銃を撃つと、樹冠があらゆる方向に飛び散り、半秒のうちに百羽もの鳥が一斉に飛び立ち、木全体がばらばらになったかのような金切り声をあげる。

ある夜、寮の窓で、フレデリックはガラスにひたいを当てて言う。「あいつらが憎い。

あんなことをするなんて」

夕食の鈴が鳴り、みなが早足で向かう。糖蜜色の髪と傷ついた目をしたフレデリックは、最後に、靴ひもがほどけたまま入ってくる。ヴェルナーはフレデリックの携帯食器を洗ってやる。宿題の答えを教えて靴を磨き、ハウプトマン博士からもらった菓子を分ける。野外体育ではそばを走る。ひとりひとりの襟で、少し重みのある真鍮のピンが揺れる。鋲を打った百十四個のブーツが、山道にある小石に当たって火花を散らす。過ぎ去った栄光を霧のなかで見せるように、塔や胸壁のある城が眼下に姿を現わす。ヴェルナーの心室を血液が駆け抜け、頭のなかではハウプトマン博士のトランシーバー、はんだ、ヒューズ、電池、アンテナのことを考えている。彼とフレデリックのブーツは、まったく同じ調子で地面を踏んでいく。

SSG35　A　NA513　NL　WUX
ソウシンズミデンポウノヒカエ

一九四〇年十二月十日
ダニエル・ルブランサマ
サン・マロ　フランス
――ゲツマツニパリニモドレ　アンゼンニタビヲセヨ――

風呂

最後に死に物狂いで糊づけをしてやすりをかけ、マリー＝ロールの父親はサン・マロの模型を完成させる。塗装はなく、完璧ではないうえに、五、六種類の木はしま模様になり、細かいところはあちこち欠けている。だが、娘が使う必要に迫られれば、十分に役に立つ。塁壁に囲まれた島の不等辺多角形、その八百六十五棟の建物が、すべて揃っている。

彼はくたびれ果てている。もう何週間も、筋が通らない思いをしてきた。守るようにと博物館から言われていた宝石は、本物ではない。もし本物なら、回収のためにだれかがすでに派遣されてきているはずだ。それなのになぜ、その石に拡大鏡を向けると、奥に小さな短剣のような炎が見えるのか。なぜ、ありもしない足音が背後で聞こえてしまうのか。そしてなぜ、ポケットのなかのリネンの袋に入っているその宝石が、自分に不幸をもたらし、マリー＝ロールの身を危険にさらし、さらにはフランスへの侵略をせき立てた要因かもしれない、とまで考えてしまうのか。

愚かだ。ばかばかしい。

人の手を借りずにできる検査は、思いつくかぎりすべて行った。

フェルトの布で包み、金づちで打ってみた。割れなかった。

半分に割った石英の小石でこすってみた。傷はつかなかった。

ろうそくの火に当て、水に浸し、煮沸してみた。マットレスの下、道具箱のなか、靴のなかに隠してきた。ある晩、数時間だけ、窓際にあるマネック夫人のゼラニウムのプランターに入れてみたが、花がしおれてきていると確信し、宝石を取り出した。

きょうの午後、駅で列に並んでいると、なじみのある顔が、四人か五人うしろに現われる。前にも、その男を見かけたことがある。ずんぐりして汗をかき、あごが二重になっている。ふたりの目が合う。男は視線を脇にそらす。

エティエンヌの家の近所の人。香料商だ。

何週間も前、模型のために測量をしていたとき、錠前主任はまさにその男が塁壁の上に立って、カメラを海に向けている姿を目にした。信用ならない男だよ、とマネック夫人は言った。だが、彼は列に並んで切符を買おうとしているだけだ。

論理。妥当性の法則。どんな錠前にも鍵はある。

二週間以上にわたり、館長からの電報が、頭のなかでこだましている。最終的な指示としては、気が狂いそうなほどあいまいな言葉。**安全に旅をせよ。**宝石を持って戻れということなのか、それとも宝石を置いて戻れということなのか。マリー＝ロールを連れていくのか、それとも残していくのか。列車での移動か。それとも別の、論理的にはより確実な移動手段か。

そしてもし、そもそも電報が館長からのものではなかったとしたら、と錠前主任は考えこむ。

そうした問いは堂々めぐりになる。窓口で番が来ると、朝にレンヌに向けて出発し、そこからパリに向かう列車の切符をひとり分購入し、日陰になった細い通りを歩いてヴォーボレル通りに戻る。彼が宝石を持っていき、用事は終わる。仕事に戻り、鍵保管室で働き、あちこちに鍵をかけてしまいこむ。一週間もすれば、身軽になってブルターニュに戻り、マリー＝ロールを迎えに行く。

マネック夫人はシチューとバゲットを夕食に出す。そのあと、彼はマリー＝ロールを連れ、板がゆるんだ階段を上がり、三階のバスルームに行く。大きな鉄製の浴槽にお湯を入れ、彼女が服を脱ぐときには背を向ける。「好きなだけ石鹼を使っていいよ」と彼は言う。「余分に買っておいたから」。列車の切符はポケットのなか、裏切りのようにたたまれている。

彼女は父親に髪を洗ってもらう。マリー＝ロールは、石鹼の泡のなかを網ですくうように、その重さを量るように、何度も指を動かす。娘のことになると、彼の心のどこかにはいつもちょっとした恐怖がある。自分はいい父親ではなく、すべてを間違えているのではないかという恐れ。自分には規則がまったくのみこめていないのではないか。乳母車を押して植物園を歩いていたり、百貨店でカーディガンを持ち上げているパリの母親たち――彼の目には、そうした女性たちがすれ違いざまにうなずきあい、彼にはわからない秘密を知っているように思えた。自分は正しいことをしていると、どうすれば確信できるだろう。

とはいえ、誇らしい気持ちもある。すべてひとりでやってきたという自負がある。娘は好奇心にあふれていて芯が強いという誇らしさも。これほど強い子の父親だということで、自分はより偉大ななにかにつながる細い管でしかないという、謙虚な気分になる。まさに今もそんな気持ちだと思いつつ、娘のそばにひざをついて髪を洗い流す。まるで、娘への愛が自分の肉体という限界を超えていくかのように。壁が倒れ、町全体が倒れたとしても、この感情の輝きが曇ることはない。

排水口がうめく。散らかった家の存在が、ふたたび近くに感じられる。マリー＝ロールは濡れた顔を上げる。「どこかへ行っちゃうのね。そうでしょう？」

このときだけは、娘の目が見えないことをありがたく思う。

「マダムから電報のことを聞いたわ」

「少しだけだよ、マリー。一週間だ。せいぜい十日だよ」

「いつ？」

「明日だ。おまえが起きる前だよ」

彼女はしゃがみこむ。長く白い背中は、骨のこぶによって左右に分かれている。昔はよく、父親の人差し指をつかんで寝ていた。昔はよく、鍵保管室のベンチの下で本を持って寝そべり、両手をクモのように広げてページの上で動かしていた。

「わたしはここに残るの？」

「マダムとね。それからエティエンヌと」

彼は娘にタオルを渡すと、タイルの床に出るのを手伝い、彼女が寝間着を身につけるあいだは外で待つ。それから、手を引いてやらなくても大丈夫だとわかってはいるが、六階まで上がると、ふたりの小さな部屋に連れていき、ベッドの端に腰かける。娘は模型のそばにひざをつき、大聖堂の尖塔に三本の指を置く。

彼はヘアブラシを見つけるが、ランプをつけはしない。

「パパ、十日で終わるの?」

「長くてもね」。壁がきしむ。カーテンのすきまからのぞく窓は黒い。町は眠りにつこうとしている。外のどこかでは、ドイツ軍のUボートが水中の峡谷の上を音もなく動いていく。十メートル近いイカが、冷たい暗闇のなかで、巨大な目とともに進んでいく。

「今まで別々に寝たことはあった?」

「いいや」。彼の視線はあかりのない部屋のあちこちに飛ぶ。ポケットに入れた宝石は、脈打っているようにすら思える。もし、今夜眠ることができるなら、どんな夢を見るだろう。

「パパがいないあいだに外に出てもいい?」

「戻ってきたらいいよ。約束だ」

娘の濡れた髪に、なるだけやさしくブラシを当てる。そのあいまに、海からの風が窓を揺らす音が、ふたりの耳に届く。

両手でささやくような音をたて、家々のあいだを通っていきながら、マリー＝ロールは通りの名前を暗唱する。「コルディエ通り、ジャック・カルティエ通り、ヴォーボレル通り」

「一週間後にはそのどこにだって行けるよ」と彼は言う。

マリー＝ロールの指は外側の塁壁に向かう。その外の海へ。「十日ね」と彼女は言う。「長くてもね」

一番弱い生徒（二）

十二月が、城から光を吸いとる。太陽は地平線から離れたと思った矢先に沈んでしまう。雪が一度、二度と降り、そして芝生の上から消えなくなる。これほど白い雪、すぐに灰や石炭の塵で汚れてしまわない雪を、ヴェルナーは目にしたことはない。外の世界からの使者といえば、遠くの嵐か、戦闘か、その両方かに吹き飛ばされて道をはずれ、中庭の向こうにあるシナノキにとまるウタドリか、毎週のように食堂に入ってくる、未熟な顔のふたりの伍長だけだ——いつも祈りのあと、少年たちが夕食の最初のひとかけらを口に入れたあとに姿を見せ、紋章の下をくぐると、士官候補生のだれかのうしろで足を止め、父親が戦死したと耳元でささやきかける。

級長が「気をつけ！」とどなり、少年たちがベンチの前で立っていると、バスティアン校長がよたよたと入ってくる夜もある。少年たちが無言で食事を見下ろすあいだ、バスティアンは列を渡り歩き、人差し指で彼らの背中をなぞっていく。「家が恋しいか？　我々は家のことでくよくよ思い悩んではならん。最後にはみな、総統のもとに帰るのだ。ほかに重要な家などあるか？」

「ありません！」と少年たちは叫ぶ。

毎日、午後になると、天候に関係なく、校長がホイッスルを吹き、十四歳の少年たちは小走りで外に出る。校長は腹の上が突っぱったコートを着こみ、勲章をじゃらじゃら鳴らし、ゴムホースを振りまわしながら、彼らにのしかかるようにして立つ。「死にはふたつの種類がある」と彼が言うと、その息は雲になって冷たい空気に飛び出る。「ライオンのように戦ったうえでの死もある。あるいは、牛乳を入れたコップから一本の髪の毛を拾うようにあっさりとした死もある。つまらない男、取るに足らない男、そうした連中は簡単に死ぬ」。彼は列をざっと見渡すとホースを振り、芝居がかったようすで目を大きくする。

「おまえたちはどうやって死ぬ？」

風の強い日の午後、校長はヘルムート・レーデルを列から引っぱり出す。南部出身の、さして取り柄のない、小柄な少年で、起きているときはほとんどいつも両手を固くにぎりしめている。

「さてレーデル、だれだ？　おまえの意見を聞かせてもらおうじゃないか。この隊で一番弱い生徒はだれだ？」校長はホースを回転させる。ヘルムート・レーデルは迷わない。

「彼です」

　なにか重いものが、ヴェルナーの体を通り抜ける感覚がある。レーデルはまっすぐ、フレデリックを指している。

　バスティアンはフレデリックを前に呼び出す。彼の表情は恐怖で暗くなっているのかもしれないが、ヴェルナーには見えない。フレデリックは、別のことで気もそぞろに見える。哲学的なほどに。バスティアンはホースを首にかけると、向こうずねまである雪を踏んでゆっくりと運動場を歩いていき、遠くの端で黒いこぶくらいの大きさになる。ヴェルナーはフレデリックと目を合わせようとするが、フレデリックの目ははるか遠くを見ている。

　校長が左腕を上げて「十！」とどなると、風がその言葉をささくれさせて遠くから運んでくる。フレデリックは、授業で当てられたときのように何度もまばたきし、心のなかが外の現実に追いつくのを待っている。

「九！」

「走るんだ」とヴェルナーは歯を食いしばって言う。

　フレデリックはそれなりの俊足で、ヴェルナーよりも速いが、その日、校長はいつもより速く数えているように思える。フレデリックに先に与えられた時間は短くなってしまったうえ、雪に足を取られてしまう。せいぜい二十メートルも進んでいないところで、バスティアンが右腕を上げる。

　少年たちは一斉に走りだす。ヴェルナーも一緒に走り、集団のうしろのほうにいようとする。少年たちのライフルが、シンコペーションのリズムで背中に当たる。一番俊足の少年は、いつもよりもさらに速く走っているように思える。逃げ切られるのにはもう飽きたと言わんばかりに。

　フレデリックは必死で走る。だが、もっとも俊足の少年たちは、その速さと従順さによって全国から集められた猟犬だ。ヴェルナーの目には、彼らが今までになく熱心に、断固とした走りかたをしているように思える。だれかが捕まったらどうなるのか、知りたくてしかたがないのだ。

　校長まであと十五歩というところで、フレデリックは引き倒される。

　集団が、先頭の少年たちのまわりに集まる。立ち上がったフレデリックと追っ手はみな、雪まみれになっている。バスティアンは大またで近づく。士官候補生たちは校長を囲み、大きく胸を上下させ、多くは両ひざに手をついている。少年たちの吐く息は体の前で脈打ち、集まってひとつのはかない雲になると、すぐに風にさらわれていく。フレデリックは中央に立ち、荒い息づかいで、長いまつ毛を動かしてまばたきしている。

「いつもはもっと早い」。バスティアンはひとりごとのように、おだやかに言う。「もっと早くひとり目が捕まる」

フレデリックは目を細めて空を見上げる。

バスティアンは言う。「おまえは一番弱い候補生か？」

「わかりません」

「わからない？」しばらくの沈黙。バスティアンの顔に、敵意の底流が流れこむ。「話すときは私を見ろ」

「なにかしら弱点のある人はいます。ほかの弱点がある人も」

校長のくちびるは薄く、目は細い。ゆっくりとして、強烈な、悪意の表情が、その顔に浮かぶ。まるで、雲が流れ去り、その一瞬、バスティアンの本来の歪んだ性格がぎらぎらした光を放っているかのように。彼は首からホースを取ると、レーデルに渡す。

レーデルは校長の巨体を見つめ、まばたきする。「さあ、やれ」とバスティアンはつつく。渋る少年を冷水に入らせるような口調で。「やってやれ」

レーデルはホースに視線を落とす。黒く、一メートル近くあり、寒さで固くなっている。数秒ほどが過ぎるが、ヴェルナーには数時間にも思える。風は霜で白くなった草を切り裂くように吹き、ひとにぎりの雪の薄布がそれに乗って歌いながら白い雪原を飛んでいき、突然、ツォルフェアアインに対する郷愁の波が彼のなかでうねりになる。小さかったころの午後、煤に汚れた迷路のような地区を、妹を乗せた荷車を引いていった。路地のぬかるみ、作業員たちのしわがれた大声、共同寝室でコートやズボンを壁にかけ、身を寄せあって寝ている少年たち。夜中、エレナ先生が天使のようにベッドのあいだを通っていき、つぶやいている。**寒いのはわかるわ。でもわたしはすぐそばにいるでしょう？**

目を閉じるんだ、ユッタ。

レーデルは歩み出るとホースを振り、フレデリックの肩を叩く。フレデリックは一歩あとずさる。風が運動場に切りつける。「もう一度」とバスティアンは言う。

醜く、不思議な遅さに、すべてが浸されていく。レーデルは振りかぶり、叩く。今度はフレデリックのあごをとらえる。ヴェルナーは故郷の姿をよみがえらせようと気持ちを集中する。洗濯場。酷使されてピンク色になったエレナ先生の指。路地で群れる犬。並ぶ煙突から上がる蒸気。彼の体のすべてが叫ぼうとする。これは間違っていないか？

だが、ここでは正しい。

なかなか終わらない。フレデリックは三度目にも耐える。「もう一度」とバスティアンは命じる。四回目でフレデリックは両腕を上げ、ホースに前腕を一撃されるとよろめく。レーデルがまたホースを振ると、バスティアンは「主キリストよ、あなたの輝かしき模範によって、今までもこれからも我らを導きたまえ」と言う。そして、午後のすべてが傾き、裂ける。ヴェルナーが見守るその光景は遠のき、トンネルの反対側からのぞいているように思える――小さく白い草地、集まった少年たち、葉をすっかり落とした木々、おもちゃの城。そのどれも、エレナ先生が話してくれたアルザスの子ども時代か、ユッタが描いたパリと同じく、現実感がない。さらに六回、レーデルが振るホースが空を切る音、ゴムがフレデリックの手や肩や顔を打つ、奇妙な、死んだ音が聞こえる。

フレデリックは、何時間でも森を歩ける。五十メートル先の鳴き声を聞いただけでムシクイの種類を当ててみせる。自分のことはほとんど考えない。考えうるあらゆる点で、フレデリックは彼よりも強い。ヴェルナーは口を開くが、また閉じる。彼は溺れる。目も、心も閉じる。

いつのまにか、殴打は止まっている。フレデリックはうつぶせになって雪のなかに倒れている。

「校長先生？」レーデルはぜいぜい息をつきながら言う。バスティアンはレーデルからホースを取ると首にかけ、腹の下に手をやってベルトを引き上げる。ヴェルナーはフレデリックのそばにひざをつき、あおむけにさせようとする。鼻か、目か、耳か、あるいはそのすべてから、血が流れている。片目は腫れ上がり、もう開かない。もう片方の目は開いたままだ。空をじっと見ている、とヴェルナーは気づく。空にいるなにかを追っている。

ヴェルナーは思い切って見上げてみる。一羽のタカが、風に乗っている。

「立て」とバスティアンは言う。

ヴェルナーは立つ。フレデリックは動かない。

「立て」。バスティアンがさらに静かに言うと、フレデリックは片ひざをついて起き上がる。立ち上がり、ぐらぐらしている。ほほには深い切り傷があり、血が、巻きひげのように、いくつも筋になっている。雪が解けてシャツにしみこんだところは、点々と濡れている。ヴェルナーは片腕でフレデリックを支える。

「おまえは一番弱い候補生か？」

フレデリックは校長のほうを見ない。「違います」

タカがまだ空を旋回している。小太りの校長はしばらく考えをもてあそぶ。そして、大きな声を少年たちの上に響かせ、彼らを走らせる。五十七人の士官候補生が、敷地を越え、雪の積もった道を小走りで進んで森に入る。フレデリックは、いつものようにヴェルナーのそばを走る。左目は腫れ、左右のほほで対の網の目になった血がうしろに垂れてしたたり、襟は湿って茶色くなっている。
木の枝が騒ぎ、やかましい音をたてる。五十七人の少年たちが声を揃えて歌う。

我らは前進する
すべてが粉々に砕けても
きょうは国家が我らの声を聞き
明日は全世界が聞く！

歴史あるザクセン地方の森での冬。ヴェルナーは、友人のほうに目を向けることができない。装弾数五発の空のライフルを肩にかけ、寒いなかを速歩で進む。もうすぐ、十五歳になる。

錠前主任の逮捕

パリまで数時間のところ、ヴィトレで、彼は身柄を拘束される。十人ほどの乗客が見つめるなか、ふたりの私服警官に列車から下ろされる。バンのなかで尋問され、もう一度、海洋蒸気船の稚拙な絵が何枚も飾られた、冷え切った中二階の部屋で取り調べを受ける。最初の尋問官たちはフランス人だが、一時間すると、ドイツ人たちになる。彼のメモ帳や道具箱を振りまわす。彼の鍵輪を掲げ、七種類の万能鍵を数える。これはどういった鍵か、この小さなやすりやのこぎりはどう使うのか、と彼らはきく。建築測量の数字がびっしり書きこまれたメモ帳はなにか。

娘のために模型を作っていました。

勤めている博物館の鍵です。

お願いです。

彼は手足をつかまれて独房に連れていかれる。扉の錠前や蝶番は大きく古風で、ルイ十四世時代のものに違いない。ナポレオン時代かもしれない。じきに、館長かその部下がやってきて、事情をすべて説明してくれるだろう。そうなるはずだ。

翌朝、ドイツ人たちは二度目の、さらに手短な取り調べを行い、隅にいるタイピストが次々に打ちこんでいく。どうやら、サン・マロ市庁舎を破壊しようとしたという嫌疑をかけられているようだが、なぜそんなことを彼らが信じているのかはよくわからない。彼らのフランス語はどうにかわかる程度で、彼の答えよりも、自分たちの質問を形にするほうにかかりきりのように思える。紙も寝具ももらえず、電話もかけさせてもらえない。写真を撮られる。

煙草を吸いたいと思う。床であおむけに寝転がり、眠っているマリー＝ロールのまぶたに一回ずつキスをしているのだと想像する。逮捕されて二日後、彼はストラスブールから数キロメートルはずれたところにある拘置所に移送される。柵の板越しに、制服を着た女子生徒たちが二列になって冬の日差しのなかを歩いていく姿を眺める。

看守たちが、包装済みのサンドイッチと、固いチーズと、十分な量の水を持ってくる。拘置所では、三十人ほどが、凍った泥の上に敷いたわらを寝床にしている。ほとんどはフランス人だが、ベルギー人も六人いる。フラマン人が四人とワロン人がふたりだ。自分たちの容疑については控えめにしか話さず、彼が口にする質問にどんな罠がひそんでいるのかと不安になっている。夜になると、小声でうわさを交換する。「ドイツには二、三か月いるだけだ」とだれかが言うと、その言葉はねじ曲がりながら列を伝わっていく。「ドイツ人の男たちが戦争に出ているあいだ、春の作付けを手伝うだけさ」

「そのあとは帰してもらえる」

それはありえない、とだれもが考え、そして、そのとおりかもしれないと思う。二、三か月だけ。そして帰れる。

公選の弁護人はいない。軍事法廷もない。マリー＝ロールの父親は、寒さに震えながら、拘置所で三日間を過ごす。博物館からの助けはなく、館長のリムジンが小道の砂利を踏んで近づいてはこない。手紙は書かせてもらえない。電話を使わせてもらいたいと彼が求めると、看守たちは笑いさえしない。「俺たちが最後に電話を使ったのはいつか知ってるか？」一時間がたつたびに、マリー＝ロールのことを思って祈る。息をするたびに。

四日目に、四人たちはすべて家畜用トラックに詰めこまれて東へ運ばれる。「ドイツが近い」と男たちはささやきあう。川の対岸に、ちらりと見える。葉を落とした低い木立が、雪の降りかかった草地に囲まれている。ブドウの黒い列。灰色の煙が四本、ばらばらに昇って白い空に消えていく。

錠前主任は目をこらす。あれがドイツなのか。川のこちら側となにも変わらない。断崖の縁のほうがまだわかりやすい。

第四章　一九四四年八月八日

ラ・シテ要塞

暗がりのなか、フォン・ルンペル上級曹長ははしごを登る。首の両側にあるリンパ節が、食道と気管を圧迫する感覚がある。段を踏んでいく体は、布切れ程度の重さしかない。

潜望鏡式砲台の内部にいるふたりの射撃手が、ヘルメットの縁の下から彼を眺めている。手は差し出さず、敬礼もない。砲台の上には鋼鉄製のドームがあり、主にずっと下のほうに配置された、大型の大砲の射程を決めるのに使われる。西には海が見える。下の崖にはからまったワイヤーが走っている。そして海のすぐ向こう、一キロ近く離れたところでは、サン・マロの市街が燃えている。

　砲撃はしばし止まり、夜明け前の壁の内側で燃える火は、着実な中間段階に、成熟期に入る。町の西端は、深紅と洋梨色の巨大なかがり火となり、煙の塔がいくつも上がっている。もっとも大きな煙は寄り集まって柱となり、活動する火山から火山灰と蒸気が噴き出す雲のようになっている。遠くから見ると、煙の輪郭は奇妙なほどくっきりしていて、光を放つ木から彫りだされたように見える。そのまわりでは、いたるところで、火花が上がり、灰が落ち、事務文書が舞う。設備図面、購入指示、納税記録。

　双眼鏡をのぞくフォン・ルンペルの目に、コウモリのようなものが燃え上がりながら塁壁をひらひらと越えていく姿が入る。一軒の家のなかでは、間欠泉のような火花が一気に噴出する――変圧器か蓄えてあった燃料か、あるいは時差式の爆弾か。町の内側から稲妻がほとばしっているかのように見える。

　煙について、壁の基部に見える一頭の死んだ馬について、四分円の形になった火の激しさについて、砲手のひとりが、想像力に欠ける言葉を発する。あたかも、十字軍の時代の貴族になり、観覧席から攻城戦を眺めているかのように。フォン・ルンペルは襟をのどの腫れに当たるところまで引き寄せ、唾をのみこもうとする。

　月が沈み、東の空が明るくなり、夜の裾は遠ざかりつつ星をひとつひとつ連れていき、残すはあとふたつだけになる。織姫星だろうか。あるいは金星か。覚えられたためしがない。

「大聖堂の尖塔がなくなっています」とふたり目の砲手が言う。

その前日、ぎざぎざの町の輪郭には、大聖堂の尖塔がなによりも高いところにまっすぐそびえていた。今朝は、それがない。じきに、太陽が地平線から昇り、炎のオレンジ色に取ってかわった黒い煙は西側の壁に沿って上がり、大網膜のように要塞にたなびく。ついに、ほんの数秒間煙が分かれる。フォン・ルンペルは、のこぎりの歯のような迷路になった市街をのぞきこみ、探しているものを見つける。幅の広い煙突のある、背の高い家の上部分。窓がふたつ見えるが、ガラスはなくなっている。一枚のよろい戸がぶら下がり、三枚はきっちり閉まっている。

ヴォーボレル通り四番地。まだ無傷だ。数秒すると、煙がまたその家を隠す。

深まりつつある青い空に、一機の飛行機が航跡を残していく。信じられないほど高い。フォン・ルンペルは長いはしごをまた下りていき、要塞の地下トンネルに入る。足を引きずらないように、股関節の腫れのことは考えないようにする。地下にある食堂では、兵士たちが壁を背にして座り、ひっくり返したヘルメットからオートミールをスプーンですくっている。電気照明が、彼らの姿を、まばゆい光と影のなかに交互に浮かび上がらせている。

フォン・ルンペルは弾薬箱に腰かけると、チューブに入ったチーズを食べる。サン・マロの防衛を担当する大佐は、ここにいる兵士たちに何度も演説をした。勇気について。ヘルマン・ゲーリング装甲師団がすぐにでもアヴランシュでアメリカ軍の戦線を突破するだろうとも言った。戦車や急降下爆撃機、トラックに満載された五十ミリ迫撃砲といった増援が流れこむだろう。イタリアや、おそらくはベルギーからの援軍が。修道女が神を信じるように、ベルリンの人々は彼らを信頼している。だれも持ち場を放棄してはならず、放棄すれば脱走兵として処刑される。だが、フォン・ルンペルの頭にあるのは、体内のツタのことだ。黒いツタが、彼の足や腕のなかで伸びている。腹を内部からかじり取っている。サン・マロのすぐ外、半島にあるこの要塞で、撤退していく戦線から孤立していると、カナダ人やイギリス人、第八十三歩兵師団のアメリカ兵の輝いた目が市街にあふれ、略奪を働くドイツ軍はいないかと家のなかを探しまわり、捕虜にしていたぶるのは時間の問題だと思える。

黒いツタが彼の心臓の息の根を止めるのも、時間の問題だ。

「なんですか？」彼のそばにいる兵士が言う。

フォン・ルンペルは鼻を鳴らす。「なにも言った覚えはない」

兵士はヘルメットに入ったオートミールにまた目を戻す。

フォン・ルンペルは、塩っぽいひどい味のチーズを最後まで絞りだすと、空になったチューブを足元に落とす。あの家はまだある。彼の軍隊は、まだ町を掌握している。あと数時間は火が燃え、そのあとは、ドイツ兵たちがアリのように一斉に配置に戻り、もう一日戦いはじめるだろう。

　彼は待つつもりでいる。ただひたすら待ち、煙が晴れれば、町に入るつもりでいる。

修理店

　技師のベルントは痛みに体をよじらせ、金色のひじかけ椅子の背に顔をこすりつける。脚のどこかがおかしく、胸はさらにおかしい。

　無線に望みはない。電源ケーブルは切断されてしまい、地上のアンテナにつながる引きこみ線は見当たらず、分波器のパネルが壊れていたとしてもヴェルナーは驚かない。フォルクハイマーの懐中電灯の光が弱まって薄黄色になるなか、彼は潰れたプラグを次々に見つめる。

　爆撃のせいで左耳の聴覚が失われたようだ。彼にわかるかぎりでは、右耳の聴覚は少しずつ戻ってきている。耳鳴りの向こうから、物音が聞こえはじめる。

冷えていく火がたてる、かちかちという音。

頭上のホテルがうめく音。

雑多なものがしたたる奇妙な音。

そして、断続的に、狂ったように、フォルクハイマーが階段部分をふさぐ瓦礫を取り除こうとする音。見るところ、フォルクハイマーは歪んだ天井の下にしゃがみ、大きく息をつきながら、ちぎれたパイプを片手でつかんでいる。懐中電灯をつけると、ふさがった階段部分に光を走らせ、そこからどけられるものはないかと探す。位置関係を頭に刻みこんでいる。そして、電池を長持ちさせるためにスイッチを切ると、暗闇のなかで作業にかかる。また光がつくと、階段部分の混乱は同じままに見える。衝撃によってのたくった金属とレンガと材木は、二十人がかりでも突破できるとは思えないほどの厚みがある。

頼むよ、とフォルクハイマーは言う。それを声に出している自覚があるのかどうか、ヴェルナーにはわからない。だが、遠くからの祈りのように、その声がヴェルナーの右耳に聞こえてくる。**頼むよ、頼む**。まるで、二十一歳のフォルクハイマーにとって、この時点までの戦争のすべては耐えられるものだったが、この最後の仕打ちには耐えられないかのように。

上階の火は、この地下からもうすべての酸素を吸い尽くしているはずだ。彼らはみな窒息しているはずだ。借りを返し、勘定を払う。だが、まだ彼らは息をしている。割れた天井の三本の梁がどれほどの重みを支えているのか、それは神のみぞ知る——炭になった十トンのホテル、対空部隊の兵士八人の死体、無数の未使用弾。もしかすると、ヴェルナーは一万ものささやかな裏切りのせいで、ベルントは数えきれない犯罪のせいで、そしてフォルクハイマーは第三帝国の手先にして指令の実行役、刃であったせいで——そのせいで、三人には払うべきより大きな代償があり、最終判決が下されようとしているのかもしれない。

まずは海賊の地下室として、黄金と武器、そして奇人の養蜂道具をおさめるために造られた。ついでワインセラーになった。そして、便利屋の小屋に。修理店《アトリエ・ド・レパラシオン》だ、とヴェルナーは考える。過ちを正すための部屋。ぴったりの場所だ。この三人には償うべきことがあると信じる人が、世界にはいるだろうから。

ふたつの缶

マリー＝ロールは目覚める。小さな家の模型を胸の下で押さえつけていて、大叔父のコートが濡れるほど汗をかいている。

夜明けなのだろうか。彼女ははしごを上がり、はね上げ戸に片耳を当てる。サイレンの音はない。もしかすると、眠っているあいだに、家が焼け落ちたのかもしれない。それとも、戦争最後の数時間を眠って過ごしていて、町はもう解放されたのかもしれない。人々は通りに出ているだろうか――義勇兵や、警察官や、消防隊員たちが。アメリカ人たちも。はね上げ戸を抜け、扉からヴォーボレル通りに出てみるべきだ。

だが、もし、ドイツ軍が町を守り抜いていたとしたら。もし、たった今も、ドイツ人が家から家に練り歩き、手当たりしだいに人を銃撃していたとしたら。

彼女は待つことにする。今、エティエンヌは家に向かっていて、最後の瞬間まで彼女のもとにたどり着こうと闘っているかもしれない。

あるいは、どこかでうずくまり、頭を抱えているだろうか。悪霊たちを目にして。それとも、死んでしまったか。

パンは取っておこうと自分に言い聞かせるが、ひどくひもじいうえに、もう硬くなりかけている。気がつけば、食べてしまっている。

せめて小説を持って下りてくれればよかった。

マリー＝ロールは、ストッキングをはいた足で、地下室を歩きまわる。巻いた絨毯があり、空洞部分には、木の削りくずのようなにおいのするものが入っている。ネズミが何匹も潜んでいる。ここには、古新聞が入った木箱、骨董品のランプ。マネック夫人が使うための空の缶。そしてここ、天井近くの棚のうしろには、ふたつの小さな奇跡がある。いっぱいに詰まった缶。台所全体でも、食べ物はほとんど残っておらず、コーンミールとひと束のラヴェンダー、そして悪臭を放つボージョレのびんが二、三本あるだけだが、ここ、地下室には、ずっしりした缶がふたつある。

エンドウマメだろうか。ソラマメか。トウモロコシの粒かもしれない。油ではないことを彼女は祈る。油の缶はもっと小さいはずではなかったか。缶を両方振ってみるが、手がかりはない。そのどちらかに、マネック夫人の桃が入っている可能性を考えてみる。夫人が木箱で買って、皮をむき、四つ切りにして、砂糖で煮込んでいた、ラングドック地方の白い桃。台所全体が、そのにおいと色に満たされ、マリー＝ロールの指にはそれがねっとりとつき、夢中になった。

エティエンヌが見落としていた、ふたつの缶。

だが、望みが大きくなると、そのぶん落胆も大きくなってしまう。エンドウマメ。あるいはソラマメ。それでも十分ありがたい。彼女は大叔父のコートのポケットに缶をひとつずつ入れ、ワンピースのポケットに家の模型が入っていることを確かめると、トランクの上に腰かけ、両手で杖をにぎり、尿意のことは考えないようにする。

八歳か九歳のとき、父親にパリのパンテオンに連れていってもらい、〈フーコーの振り子〉の説明を聞かされたことがあった。玉は子どもの頭の形をした黄金の球体なんだよ、と彼は言った。その玉は、全長六十七メートルのワイヤーで吊るされて揺れている。その軌道が時とともに変化するため、地球が自転していることが疑いの余地なく証明できるのだと。だが、振り子が空を切って通り過ぎる手すりの近くに立っていた彼女が一番よく覚えているのは、フーコーの振り子はけっして止まらない、という父親の言葉だった。父親と一緒にパンテオンから出たあとも、その夜に自分が眠りに落ちたあとも、玉は揺れつづけているのだということを、彼女は理解した。彼女がもう振り子のことなど忘れてしまい、人生を過ごし、そして死んだあとも。

今、目の前の空中に、振り子の音が聞こえるような気がする。あの巨大な黄金の玉、直径が樽ほどもある玉が、けっして止まることなく揺れつづけている。人間を超えたその真理を、床に刻みこみつづける。

ヴォーボレル通り四番地

灰、灰。八月の雪。朝食のあと、砲撃がぱらぱらと再開している。そして今、午後六時ごろには止まっている。どこかで、機関銃の連射があり、指のあいだを抜けていくビーズの鎖のような音がする。フォン・ルンペル上級曹長は、水筒をひとつ、モルヒネのアンプルを五、六本、そして拳銃を持っている。防波堤を越える。堤道を越え、くすぶる巨大なサン・マロの防壁に向かう。壁の外にある港では、桟橋のあちこちが粉々になっている。半分沈んだ漁船が何隻も、船尾を上にして漂っている。

旧市街に入ると、石のブロック、袋、よろい戸、鉄格子、そして煙突の通風管が、山となって、ディナン通りを埋めつくしている。潰れた花のプランターや、焼け焦げた窓枠や、ガラスの破片。まだ煙を上げている建物もいくつかあり、濡れたハンカチを鼻と口にしっかりと当てていても、フォン・ルンペルは何度も立ち止まって息をつかねばならない。

死んだ馬が一頭横たわり、膨張しはじめている。もう少し進むと、しま模様の緑のビロードが張られた椅子が一脚。さらに行くと、引き裂かれたひさしの切れ端が、料理店であることを告げている。割れた窓からのぞくカーテンは、ゆらめく奇妙な光のなかで、けだるげに揺れている。彼はそれに不安になる。ツバメが飛び交い、失われた巣を探している。

かなり遠くで、だれかが叫んでいるのか、それとも風の音なのか。多くの店の看板は、爆風で枠からもぎ取られてしまい、枠の台は打ち捨てられて下がっている。

シュナウザー犬が一匹、鼻を鳴らしながら彼のうしろを小走りでついてくる。上の窓から通りにいる彼にどなり、地雷をよけるように注意してくる者はいない。じつのところ、ブロックを四つ歩いていく彼が見かけるのはただひとり、きのうまでは映画館だったところの外に立つ女性だけだ。片手にちりとりを持っているが、箒はどこにも見当たらない。彼女は茫然とした顔を上げて彼を見る。彼女のうしろで開いている扉から、何列にも並ぶ席が、天井の巨大な石板によって完全に押し潰されているのが見える。その向こう、銀幕には汚れひとつなく、煙のしみすらついていない。

「上映は八時までありませんよ」と彼女はブルターニュ方言のフランス語で言い、彼はうなずいて足を引きずりながら進んでいく。ヴォーボレル通りに入ると、かなりの量のスレート瓦が屋根からすべり落ち、砕けて散らばっている。焦げた紙切れが頭上を漂う。カモメはいない。彼は考える。もしその家に火が燃え移っていたとしても、ダイヤモンドはまだある。温かい卵のように、灰から抜き取ればいい。

だが、高くほっそりとした家は、ほぼ無傷のままだ。正面にある十一の窓のほとんどからは、ガラスがなくなっている。青い窓枠、灰色と黄褐色の古い花崗岩。六つある花のプランターのうち、四つはまだかかっている。指示されたとおり、住人の名簿が扉に貼ってある。

エティエンヌ・ルブラン、男、六十三歳。

マリー＝ロール・ルブラン、女、十六歳。

どのような危険でも、彼は喜んで耐えるつもりでいる。第三帝国のため。彼自身のため。だれも彼を止めはしない。空気を切り裂いて飛んでくる砲弾もない。台風の目がもっとも安全なときもある。

彼らにあるもの

いつが昼で、いつが夜なのか。時間は閃光で計ったほうがいいように思える。フォルクハイマーの懐中電灯がぱちりとつき、ぱちりと消える光。

反射する白い光によって、フォルクハイマーの灰だらけの顔、ベルントにかがみこんで救護するようすが、ヴェルナーにも見える。**飲めよ**、とフォルクハイマーが言いながら、自分の水筒をベルントのくちびるに当てると、割れた天井に飛び出す影は、生霊が宴の準備をしているようだ。

ベルントは目に恐怖を浮かべて顔を背け、片脚を確かめようとする。

懐中電灯のスイッチが切れ、暗闇が一気に戻ってくる。

ヴェルナーのダッフルバッグには、子どものころのノートと、毛布、そして乾いた靴下がある。三食分の配給。彼らにある食料はそれだけだ。フォルクハイマーは食料を持っていない。ベルントにもない。彼らにあるのは二本の水筒だけで、どちらも半分にまで減っている。フォルクハイマーは、部屋の片隅で、ペンキ用のはけを入れたバケツの底に、水のような泥を見つけているが、どれくらいまで追いつめられればそれを飲むことができるのだろう。

M24型柄つき手榴弾が、フォルクハイマーのコートの左右のポケットに一本ずつ入っている。下のほうは空洞の木の柄で、上のほうには鋼鉄の缶に炸薬が入っている。シュルプフォルタの少年たちがジャガイモ潰し棒と呼んでいた手投げ爆弾。すでに二度、ベルントはフォルクハイマーに、階段部を埋めつくす瓦礫のなかで一本を爆発させ、脱出口を作れるか試してくれと頼んでいる。だが、地下で、しかも部屋がここまで狭く、上にある瓦礫はまだ炸薬の入った八十八ミリ砲弾だらけだろうということを考えると、手榴弾を使うのは自殺行為だ。

それから、ライフルがある。フォルクハイマーのボルトアクション式カラビーナー98Kライフルには、五発の銃弾が装塡されている。それで十分だ、とヴェルナーは思う。数はたっぷりある。ひとりに一発、合わせて三発あればいい。

ときおり、暗闇のなかで、ヴェルナーは思う。もしかすると、地下室自体にかすかな光があるのかもしれない。もしかすると、瓦礫から光が発せられていて、地上での八月の太陽が夕暮れに近づくにつれて、地下にもわずかに赤みが差しているのかもしれない。しばらくして、完全な暗闇でさえも、まっ暗ではないことを彼は知る。一度ならず、手を広げて目の前で動かすと、手が見えるような気がする。

子どものころのことを考える。冬の朝には、糸の束のようになった石炭の塵が空中を漂い、窓枠や子どもたちの耳のなか、肺のなかに溜まっていくが、この穴はそれとは違う。冬の塵とは逆で、自分の父親を殺したのと同じだが、正反対でもある、深い炭坑に閉じこめられたかのようだ。

また暗くなる。そして明るくなる。道化師のように塵だらけになったフォルクハイマーの顔が、ヴェルナーの目の前に現われる。片方の肩からは階級章がちぎれている。懐中電灯の光の筋を当て、彼は手にしている二本の曲がったねじ回しと、ヒューズの入った箱を見せる。「無線を」と、ヴェルナーの聞こえるほうの耳に向けて言う。

「ちょっとは眠れたかい?」

フォルクハイマーは、自分の顔に光を当てる。電池が切れてしまう前に、とその口が言いたう。

ヴェルナーは首を横に振る。無線に望みはない。目を閉じて忘れ、もうあきらめてしまいたい。い。ライフルの銃口がこめかみに当たるのを待ちたい。だがフォルクハイマーは粘ろうとしている。まだ生きる意味はあるのだと。

懐中電灯の内側にある電球のフィラメントが、黄色く光っている。すでに弱くなっている。光を浴びたフォルクハイマーの口は、黒を背景にすると赤く見える。時間がなくなってきている、と彼のくちびるは言う。建物がうめく。ヴェルナーには、緑の草地が、生き生きとしたハエが、日光が見える。夏の別荘の門が大きく開いていく。ベルントに死が訪れるときには、彼も一緒かもしれない。手間をはぶくために。

妹がいるんだろ、とフォルクハイマーは言う。妹のことを考えるんだ。

仕掛け線

尿意はさして我慢できそうにない。彼女は地下室のはしごを登り、息を殺す。鼓動を三十回数えても、なにも聞こえない。そして、はね上げ戸を押し開け、台所に上がる。だれにも撃たれない。爆発音もしない。

マリー＝ロールは、倒れた台所の棚を踏み越えていき、大叔父のコートに入れたふたつの缶を重く揺らしながら、マネック夫人の小さな部屋に入る。のども鼻もひりひりしている。ここでは、煙はわずかに薄い。

マネック夫人のベッドの足元にあるおまるで用を足す。ストッキングを引き上げると、大叔父のコートのボタンを留めなおす。今は午後だろうか。父親と話すことができたら、と願うのはもう千回目だ。もしまだ明るいのなら、外に出てだれかを探すべきだろうか。兵士が助けてくれるだろう。だれでも助けてくれる。その思いが浮かびはするが、そのたびに彼女は疑う。

両脚がふらつくのは空腹のせいだということはわかっている。嵐が去ったあとのような台所では、缶切りは見つからないが、マネック夫人のナイフ用引き出しには、皮むきのナイフと、彼女が暖炉の格子を開けておくのに使っていた、目の粗いレンガがある。

ふたつの缶になにが入っていようと、彼女は食べるつもりでいる。それから、もう少し待っていれば、大叔父が戻ってくるかもしれない。町のお触れ役か消防士か、勇気あるアメリカ兵か、だれかが通りかかる音が聞こえるかもしれない。またお腹が空いたときまでに、だれの物音も耳にしなければ、外の通りに出るつもりでいる。

まずは三階に上がり、浴槽から水を飲む。水面に口をつけて、ごくごくと吸いこむ。お腹のなかで水が溜まり、ぶくぶく音を立てている。食べる前になるだけ水を飲んでおけば、すぐに満腹になる。百もの貧相な食事で、彼女とエティエンヌが身につけたわざだ。「パパ、少なくとも水のことはわたしの言うとおりだったでしょう」と彼女は声に出して言う。

それから、三階の階段ホールに腰を下ろし、電話台に背中を預ける。缶のひとつをしっかりと太ももではさみ、ナイフの先をふたに当て、柄を軽く叩こうとレンガを振り上げる。だが、その手を振り下ろす前に、彼女のうしろにある仕掛け線が大きく動いて鈴が鳴り、だれかが家に入ってくる。

第五章　一九四一年一月

一月の休暇

校長が演説する。美徳と、家族について。そして、シュルプフォルタの少年たちがどこへ行こうとも抱えていく象徴的な炎、国家の炉床を燃え上がらせる、純粋な炎の大杯について。総統がどう、総統がこう──その言葉は慣れ親しんだ勢いでヴェルナーの耳に飛びこんでくる。勇気ある少年のひとりは、あとで、「おや、なんだか体の奥に熱い大杯があるぞ」とつぶやく。

共同寝室で、フレデリックが寝台の縁から顔を出す。顔は紫や黄色の地図になっている。

「ベルリンに来たらどうだい？　父さんは仕事をしているけど、母さんには会えるよ」

この二週間、フレデリックはあざだらけの腫れた体でゆっくりと足を引きずって歩きまわっていたが、ヴェルナーにはいつものぼんやりとしたやさしさをもって話しかけている。ヴェルナーに対して、裏切ったと責めることもない――フレデリックが殴られているとき、彼はなにもせず、そのあともなにもしなかった。レーデルを追いまわしたり、バスティアンにライフルを突きつけたり、憤然としてハウプトマン博士の部屋の扉を叩いて正義を求めることもなかった。まるで、ふたりはそれぞれ別の道を割り当てられていて、そこからはずれるわけにはいかないのだとフレデリックが理解しているかのように。

ヴェルナーは口を開く。「行くだけの持ちあわせが――」

「母さんはきみの分の運賃も払ってくれるよ」。フレデリックは頭を上げ、天井を見つめる。「どうってことない」

六時間ものんびりと列車に揺られる旅になる。ふたりの乗る、がたつく車両が、一時間おきに側線に入ると、前線に向かう兵士たちでいっぱいになった列車が高速で追い抜いていく。ようやく、ヴェルナーとフレデリックは炭の色をした薄暗い駅に降り、長い階段を上がり――どの段にも、「ベルリンの煙草はユーノー！」という宣伝文句が描かれている――そして、ヴェルナーが見たこともないほど大きな都市の通りに出る。

ベルリン――その名前自体が、ふたつの栄光の鐘が立てる鋭い音のようだ。科学の首都、総統のおひざもと、アインシュタインやシュタウディンガーやバイエルを育てた街。その通りのどこかでプラスチックが発明され、X線が発見され、大陸移動が論証された。今、ここで、どのような驚異を科学は育んでいるのだろう。超人の兵士たち、とハウプトマン博士は言っていた。天候を作りだす機械、千マイルも離れたところから操縦できるミサイル。

空がみぞれの銀の糸を落とす。灰色の建物が地平線と交わる線になって連なり、寒さをはねのけるかのように身を寄せあっている。肉がところ狭しと吊り下がる店、壊れたマンドリンをひざにのせた酔っぱらい、それから、ひさしの下で固まって制服姿の少年たちに猫のような声をかけてくる三人の街娼の前を、ふたりは通っていく。

フレデリックに連れられ、クネーゼベック通りという愛らしい並木道から一ブロック離れたところにある五階建ての高級集合住宅に入る。フレデリックが「2」のベルを押すと、内側からそれに応えるブザーがこだまして返ってきて、扉が解錠される。ふたりは薄暗い玄関に入り、対になった扉の前に立つ。フレデリックがボタンを押すと、建物の高いところにあるなにかが動きだす音がする。「エレベーターがあるのかい？」とヴェルナーはささやく。

フレデリックはほほえむ。その機械は大きな音をたてて降りてくると、耳ざわりな音とともにしかるべき場所で止まる。フレデリックは木の扉を内側に押す。建物の内部がするりと目の前を過ぎていくのを、ヴェルナーは夢中で見つめる。二階に着くと、「もう一回乗ってもいいか?」と彼は言う。

フレデリックは笑う。ふたりは下る。また上がる。下り、上がり、四度目にロビーに着き、ヴェルナーがリフトの上にあるケーブルや重しを見つめ、その構造を理解しようとしていると、小柄な女性が建物に入り、傘を振る。もう一方の手では紙袋を持ち、目は少年たちの制服、ヴェルナーの髪の白さ、フレデリックの目の下にある生々しい打ち身傷を素早く見て取る。彼女のコートの胸には、マスタード色の星がていねいに縫いつけられている。完全にまっすぐで、頂点はひとつが上を向き、もうひとつは下を向いている。傘の先端からは水滴が種のように落ちる。

「こんにちは、シュヴァルツェンベルガーさん」とフレデリックは言う。彼はエレベーターの壁際に下がり、入るよう彼女に合図する。

彼女はどうにか入り、ヴェルナーがそのうしろに入る。紙袋の上から、しおれた緑色の束が突き出ている。コートの襟がほかの部分から離れかけているのが、ヴェルナーの目に入る。色がかすれてきている。もし、彼女が振り返れば、ふたりの目は手ひとつ分しか離れていないだろう。

　フレデリックは、まず「2」を、それから「5」を押す。三人とも、無言のままだ。老女は震える人差し指の先で片方のまゆをなぞる。エレベーターは大きな音をたて、階をひとつ上がる。フレデリックはさっと扉を開け、それについてヴェルナーも出る。彼が見ていると、老女の灰色の靴が鼻先をかすめて上がっていく。すでに、二号室の扉は開いている。エプロンをつけ、ゆったりとした両腕とふくよかな顔をした女性が駆け出てくるとフレデリックを抱きしめる。彼の両ほほにキスをすると、親指で打ち身傷に触れる。

「大丈夫だよ、ファンニ。遊びすぎたんだ」

　その住宅は洗練された輝きを放ち、敷きつめられたふかふかの絨毯が物音をのみこむ。大きな裏窓からは、葉のない四本のシナノキの中央部分が見える。外では、みぞれがまだ降っている。

「お母様はまだお帰りでないわ」。両方の手のひらでエプロンのしわを伸ばしながら、ファンニは言う。目はフレデリックを見つめたままだ。「本当に大丈夫なの？」

「もちろんだよ」とフレデリックは言い、ヴェルナーと連れ立って足音なく歩き、清潔なにおいのする暖かい寝室に入ると、引き出しをひとつ開け、振り返ると、黒縁のめがねをかけている。気恥ずかしそうにヴェルナーを見る。「おいおい、もう知ってただろ？」めがねをかけると、フレデリックの表情は和らいで見える。もっと自然な顔つきになる。

これが本来の彼なのだ、とヴェルナーは思う。つるりとした肌で、めがねをかけ、糖蜜色の髪をして、くちびるの上にはほんのわずかに口ひげが点々としている少年。鳥好き。金持ちの息子。

「ぼくは射撃ではほとんど命中させられない。本当に知らなかったのかい？」

「たぶん」とヴェルナーは言う。「たぶんわかっていたかも。どうやって視力検査を通ったんだ？」

「図を暗記したんだよ」

「図は何種類かあるんじゃないのか？」

「四種類をぜんぶ覚えたんだ。父さんが前もって手に入れた。母さんに手伝ってもらって勉強したよ」

「双眼鏡は？」

「あれは目に合うように調整したんだ。ものすごく時間がかかったよ」

ふたりは大きな台所に行き、大理石の天板がついた肉切り台の前に座る。ファンニという女中が黒パンと円いチーズを持って現われ、フレデリックにほほえみかけつつ、それを台に置く。クリスマスのことや、フレデリックが来られなくて残念だったという話をしてから、女中は自在扉から出ていくと、置くときに鈴のような音がするほど上品な皿を二枚持って戻ってくる。

ヴェルナーは頭がくらくらする。エレベーター。ユダヤ人女性。女中。ベルリン。ふたりがフレデリックの部屋に入ると、ブリキの兵士と、飛行機の模型と、漫画本が詰まった木箱がところ狭しと並んでいる。ふたりは腹ばいになると漫画の本をめくり、学校から遠くにいる喜びを嚙みしめ、別の場所でも友情がつづくのかどうか不思議になってときおり目を合わせる。

ファンニが自在扉から出ていき、扉が閉まるとすぐ、フレデリックはヴェルナーの腕をつかんで居間に入り、硬い木でできた高い本棚に沿って作られたはしごを登ると、大きな枝編みのかごを横にずらし、そのうしろから大型本を取って下りてくる。金色の上包みに入った二巻本で、それぞれが子ども用のマットレスほどもある。「ほら」という彼は、声も目も輝いている。「これを見せたかったんだ」

開けると、色つきの豪華な鳥の絵がある。二羽の白いハヤブサがおたがいに優位に立とうと渡り合い、くちばしを開いている。血のように赤いフラミンゴが一羽、淀んだ水の上で、先が黒いくちばしを構えている。まばゆく輝くガンが群れになって岬に立ち、重苦しい空をじっと見つめている。フレデリックは両手を使ってページをめくる。オウサマタイランチョウ、カワアイサ、ホオジロシマアカゲラ。多くの鳥は、実物よりも大きく描かれている。
「オーデュボンはアメリカ人だった」とフレデリックは言う。「あの国全体がただの沼地と森だったときに、そこを何年も歩きまわったんだ。一羽だけをまる一日かけて観察した。それからその鳥を撃って、針金と棒で支えて絵を描いた。彼よりも知識のある鳥類学者はおそらくいない。絵を描いたあとは、その鳥を食べてしまった。想像できるかい？」フレデリックの声は熱情で震える。目を上げる。「その輝くもやと、肩にかけた銃や、しっかりとついた目を？」

ヴェルナーは、フレデリックと同じ光景を見ようとする。写真が発明されるよりも、双眼鏡が登場するよりも前。そこに、未知の種がひしめく大自然を歩きまわり、絵を持ち帰ろうという人が現われる。鳥だけでなく、はかなさと、青い翼と高らかに鳴く謎が詰まった本。

彼はフランス人のラジオ番組やハインリッヒ・ヘルツの『力学原理』のことを考える。フレデリックの声に宿る興奮には、聞き覚えがないだろうか。「妹はきっとこれを気に入るな」と彼は言う。

「これは持っていちゃいけない本なんだって父さんは言っている。アメリカ人の本で、スコットランドで出版されたから、本棚の上のかごの裏に隠しておかないとだめだって。ただの鳥なのにさ！」

玄関の扉が開き、こつこつと足音が響き、近づいてくる。フレデリックは急いで本を上包みに戻す。「母さん？」と彼が言うと、脚に白い縞の入った緑色のスキー服を着た女性が「フレッデ！　フレッデ！」と声をあげて入ってくる。息子を抱きしめると、その体をつかんだまま両腕を伸ばし、ほとんど治ったひたいの切り傷に指先を走らせる。フレデリックは動揺した顔になり、母親の肩の向こうを見やる。禁じられた本を見ていたことがわかってしまうと恐れているのか。それとも、打ち身のことで怒られてしまうのか。彼女はなにも言わずにただ息子を見つめ、ヴェルナーにはわかりようのない思いに浸り、そして我に返る。

「じゃあ、あなたがヴェルナーね！」彼女の顔にさっと笑みが戻る。「フレデリックは手紙であなたのことをよく書いているのよ。なんて髪の色かしら！　お客さんは大歓迎よ」。彼女ははしごを登ると、重いオーデュボンの本を一冊ずつ、いらだたしいものを片づけるように棚に戻す。三人で、大きなオーク材のテーブルを前にして座る。ヴェルナーは列車代のことで礼を言い、彼女はたった今出くわした、信じられないというテニス選手らしき男性の話をして、ときおり手を伸ばすと、フレデリックの前腕をしっかりとつかむ。「あなただって本当に驚いたでしょうよ」と彼女は一度ならず言い、ヴェルナーは友達の顔をじっと見て、彼もびっくりしただろうかと考えようとする。ファンニが戻ってくると、ワインと、さらにスモークチーズ《ラウフケーゼ》を並べ、一時間ほど、ヴェルナーはシュルプフォルタのこともバスティアンのことも、黒いゴムホースも上階のユダヤ人女性のことも忘れてしまう。この一家の生活の豪華さ。隅にある台に置かれたバイオリン、ステンレス鋼で作られたお洒落な家具、真鍮の望遠鏡、グラスのうしろにある純銀のチェスセット、そしてバターに煙を混ぜこんだような味のする、このすばらしいチーズ。

ヴェルナーの胃のなかでワインが眠たげに温かくなり、シナノキのあいだをみぞれがしたたり落ちるころ、フレデリックの母親は三人で外出すると言いだす。「ネクタイをしっかりと締めてもらえるかしら」。彼女はフレデリックの目の下におしろいを塗り、ヴェルナーが入るなど夢見たこともないレストランに入る。白いジャケットを着た、ふたりとほとんど変わらない歳の少年が、ワインをさらに持ってくる。

食事客が、ひっきりなしに三人の席に来て、少年たちと握手をすると、フレデリックの母親には媚びへつらうようなこっそりとした口調になり、夫の最近の昇進のことをたずねる。ヴェルナーは、隅にいる女の子に気がつく。光り輝き、ひとりで踊り、顔は天井を向いている。目は閉じている。食事は豪華で、フレデリックの母親は折々に笑い、息子が顔の化粧に触れるのをよそに、「ええ、フレッデは学校で最高の時間を過ごしていますわ。

最高の瞬間を」と言う。一分ごとに、新しい顔が現われては、彼女のほほにキスし、耳元にささやきかけるように思える。フレデリックの母親が、ある女性に向かって、「まあ、シュヴァルツェンベルガーの婆さんは今年の暮れにはいなくなっていますから、そうなればわたしたちが最上階をもらいますよ。じきにわかります」と言うとき、ヴェルナーがフレデリックをちらりと見ると、彼の汚れためがねはろうそくのあかりでぼんやりとしていて、化粧は奇妙で、下品で、打ち身を隠すどころか目立たせているかのように見える。ヴェルナーは居心地の悪い思いに襲われる。レーデルがホースを振る音、上げたフレデリックの手のひらにホースが当たる音がよみがえる。ツォルフェアアインの同胞団の少年たちが歌う声が聞こえる。**忠実に生きよ、勇ましく戦い、笑いながら死ね。**レストランは人でごった返している。人々の口の動きは速すぎてついていけない。フレデリックの母親に話しかけている女性は、気分が悪くなるほどの香水をつけている。そして青白い光のなかで突然、踊る女の子の首からたなびくスカーフが、絞首用の縄のように見える。

「大丈夫かい？」とフレデリックは言う。

「もちろんさ。おいしいよ」。だが、ヴェルナーには、体のなかのなにかが徐々にきつくねじれていくように思える。

家に戻る道では、フレデリックと母親が先を歩く。彼女はほっそりとした腕を息子の腕に巻きつけ、低い声で話しかける。フレッデがああした、フレッデがこうした。通りはがらんとして、窓はどこも暗く、看板の電気は切られている。数えきれないほどの店があり、まわりでは何百万という人々がベッドで眠っているが、みんなはどこにいるのだろう。フレデリックの家のあるブロックにさしかかると、建物に寄りかかっているドレス姿の女性が体を折り、歩道に嘔吐する。

部屋に戻り、フレデリックはゼリーのような緑色の絹のパジャマを着ると、めがねをたたんでナイトテーブルに置き、真鍮の子ども用ベッドにはだしで入る。ヴェルナーが車輪つきベッドで眠ることを、フレデリックの母親は三度にわたって謝るが、そのマットレスは、彼がこれまで使ったどのベッドよりも寝心地がいい。

建物は静かになる。フレデリックの棚では、自動車の模型がかすかに光っている。

「戻らずにすめばいいのにって思ったりするかい？」とヴェルナーはささやく。

「父さんはぼくにシュルプフォルタにいてもらいたがっている。母さんもそうだ。ぼくがどうしたいかはどうでもいいんだ」

「そんなことないさ。ぼくは技師になりたい。きみは鳥の研究がしたい。あの沼地のアメリカ人画家みたいになりたいんだろ。自分の夢をかなえるためじゃなきゃ、どうしてあんなことをするんだ？」

部屋は静まり返る。フレデリックの窓の外にある木々には、異邦の光がかかっている。「ヴェルナー、きみの問題はさ」とフレデリックは言う。「きみがまだ自分の人生を信じていることなんだ」

ヴェルナーが目覚めると、夜明けはとっくに過ぎている。頭が痛く、眼球が重い。フレデリックはもう着替えていて、ズボンと、アイロンをかけたシャツとネクタイという姿で窓の前にひざをつき、ガラスに鼻を当てている。「キセキレイだ」。彼は指す。ヴェルナーは窓の向こうにある葉のないシナノキを見る。

「たいした鳥には見えないだろ」とフレデリックはつぶやく。「せいぜい五十グラムちょっとの、羽毛と骨のかたまりだ。でも、あの鳥はアフリカまで飛んで戻ってくる。虫と、ミミズと、欲望に動かされて」

キセキレイは小枝から小枝に跳ぶ。ヴェルナーは痛む目をこする。ただの一羽の鳥だ。

「千年前」とフレデリックは小声で言う。「あの鳥は何百万羽もここを通っていった。この場所が庭だったとき、端から端まで果てしないひとつの庭園だったとき」

彼は戻ってこない

マリー＝ロールは目覚める。父親の靴の音が、鍵輪が鳴る音が聞こえるような気がする。四階、五階、六階。彼の指が扉の取っ手をこする。父親の体が放つ、かすかだがそれとわかる熱が、彼女のそばにある椅子から感じられる。小さな道具が木をこすっている。糊と紙やすりと、ゴロワーズの〈ブルー〉のにおいがする。

だが、それは家がきしむ音にすぎない。海は岩に泡をぶつけている。思い違いだ。

父親から連絡がないまま迎えた二十日目の朝、マリー＝ロールはベッドから出ない。大叔父が二度にわたって古いネクタイを締め、玄関の扉の前に立って妙な子守唄を歌い――**ジャガイモと一緒に、地面に立って、豆と一緒に、水に入る**――外に出る勇気をどうにか振り絞ろうとしたがうまくはいかなかったことも、彼女にはもうどうでもいい。マネック夫人に頼んで駅に連れていってもらおうとはせず、また手紙を書いてほしいとも、官庁でむなしく午後を過ごし、占領軍当局に父親の居所を突き止めるよう頼んでほしいとも言わない。彼女は心を閉ざし、むっつりしている。入浴せず、台所の火を使って体を温めもせず、家の外に出てもいいかときくこともない。ほとんど食べない。「捜索中だと博物館は言っているよ」とマネック夫人はささやくが、彼女がマリー＝ロールのひたいにくちびるを当てようとすると、少女はやけどしたかのように体をうしろに引く。

エティエンヌの問い合わせに、博物館からの返事が来る。マリー＝ロールの父親は到着していない。

「到着していない？」とエティエンヌは声を出して言う。

マリー＝ロールの心に、その問いは爪痕を残す。なぜ、パリに到着しなかったのだろう。パリに行けなかったのなら、なぜサン・マロに戻ってこなかったのだろう。

百万年たってもずっと一緒にいるからね。

彼女は、ただ家に帰りたい。四部屋のアパルトマンのなかで、クリの木が窓の外で揺れる音を聞きたい。チーズ店のひさしが上がる音を聞き、自分の指を包む父親の指を感じたい。

行かないで、とせがんでさえいれば。

今では、家のすべてが怖い。きしむ階段、よろい戸の下りた窓、無人の部屋。乱雑さ、静けさ。エティエンヌは愚かな実験をして、彼女を元気づけようとする。酢の火山、びんのなかのトルネード。「マリー、聞こえるかな？　なかで旋回しているのがわかるかな？」彼女は興味のあるそぶりを見せない。マネック夫人はオムレツや、カスレや、小串で焼いた魚を持っていき、配給券と戸棚の残りものから奇跡を作り出してみせるが、マリー＝ロールは食べようとはしない。

「カタツムリみたいだ」。エティエンヌが部屋の外で言うのが耳に入る。「なかですっかり丸まってしまった」

だが、彼女は怒っている。ほとんどなにもしてくれないエティエンヌに。あれこれしすぎるマネック夫人に。そばにいて不在を説明してくれない父親に。思いどおりにならない自分の目に。すべてのこと、すべての人に。愛が人を殺せるのだと、だれが知っていただろう。何時間も、彼女は六階でひとり窓を開けてひざをつき、海からの凍てつく風を部屋に入れる。サン・マロの模型に置いた指からは、ゆっくりと感覚がなくなっていく。南へ、ディナン門へ。西へ、プラージュ・デュ・モールへ。そしてまた、ヴォーボレル通りへ。一秒ごとに、エティエンヌの家は寒くなっていき、父親が遠くに離れていくように感じられる。

捕虜

二月の深夜、士官候補生たちは、午前二時にベッドから起こされ、外のまばゆい光のなかに出る。中庭の中央で、たいまつが何本も燃えている。小樽のような胸のバスティアンがよたよたと出てくる。コートの下からはむき出しの脚がのぞく。不揃いな靴をはいた、ぼろぼろ暗がりから、フランク・フォルクハイマーが現われる。フォルクハイマーは、杭がで骨と皮になった男を引きずっている。フォルクハイマーは、男の胴体を杭に縛りつける。校長の横、雪のなかで杭が立ててあるところに、その男をどさりと落とす。手際よく、男の胴体を杭に縛りつける。

空には、星が円蓋のようにかかっている。士官候補生たちが吐く息は、ゆっくりと、悪夢のように、中庭の頭上で混ざりあう。

フォルクハイマーはうしろに下がる。校長は歩きまわる。

「この男がどんな人間か、おまえたちにはわかるまい。どれほど汚らわしいけだものなのか、下等人種なのかが」

だれもが首を伸ばし、見ようとする。囚われた男の両足首には枷《かせ》がはめられ、両腕は前腕から手首まで縛られている。薄いシャツは継ぎ目が破れている。ぼんやりとした目を、どこかそう遠くないところに向けている。ポーランド人のように見える。ロシア人かもしれない。足枷をつけてはいるが、軽く体を左右に揺すっている。

バスティアンは言う。「この男は労働収容所から脱走した。農家に押し入り、搾りたての牛乳を一リットル盗もうとした。さらに非道な行為におよぶ前に止められた」。彼は漠然と壁の外を指す。

「この野蛮人は、油断すればおまえたちののどをかっ切ってしまう」

ベルリンを訪れてから、ヴェルナーの胸では、大きな恐怖が花開きつつある。太陽が空を動いていくように、ゆっくりと、少しずつ生じたものだが、気がつけば、ユッタへの手紙には真実を書かずにごまかし、どこか状況がおかしいように思っていても、万事順調だと言いはらねばならなくなっている。夢のなかに下りていくと、フレデリックの母親は意地悪な目をした口の小さな悪魔に変身し、ハウプトマン博士の三角形を彼の頭に下ろしてくる。

千の凍った星が、中庭の空を飾っている。寒さがやみくもに体を侵してくる。

「この姿を見ろ」とバスティアンは言うと、太った片手を大げさに動かす。「この見下げ果てた姿を見ておけ。ドイツ人兵士はけっしてここまで堕ちることはない。この姿には名前がついている。『死にぞこない』だ」

少年たちは震えまいとする。捕虜は、かなり高いところから見下ろしているかのように、その一幕を眺める。フォルクハイマーが派手な音をたてる大量のバケツを持って戻ってくる。上級生のふたりが、巻いてあったホースを中庭に伸ばす。バスティアンが説明する。まずは教師たち。それから上級生。全員が列になって進み、バケツに入れた水を、一杯ずつ、捕虜にかける。学校にいる者すべてが。

彼らは動きはじめる。ひとりひとり、教師たちは水がいっぱいに入ったバケツをフォルクハイマーから受け取ると、一メートルほど離れたところから中身を捕虜にかける。凍てついた夜に歓声があがる。

最初の数回、捕虜は目を覚まし、かかと立ちで体を揺する。眉間にしわが刻まれる。ひどく大事なことを思い出そうとしているような顔つきだ。

黒いケープを着た教師たちに混じり、ハウプトマン博士が通っていく。手袋をした指で、のど元の襟をつかんでいる。ハウプトマンはバケツを受け取ると、水を布のように広げ、当たるところを見ようともしない。

水が浴びせられつづける。捕虜の顔はうつろになる。自分を支えている縄にぐったりともたれ、胴体が杭をずり落ちるため、ときおり、フォルクハイマーが暗がりから信じがたい巨体を見せると、捕虜はまた体を伸ばす。

上級生たちが、城のなかに消える。バケツにまた水が入れられると、凍った音がくぐもって響く。十六歳の少年たちも順番を終える。十五歳の番も終わる。歓声は勢いをなくし、ヴェルナーは逃げだしたいという純粋な気持ちにとらわれる。逃げろ。逃げるんだ。

あと三人で、彼の番になる。あとふたり。ヴェルナーは目の前に別のものを思い浮かべようとするが、悲惨なものしか思いつかない。第九採掘坑の上にある牽引機、とてつもなく重い鎖を引きずっているかのように背中を丸める坑夫たち。入学試験のとき、震えてから落ちた少年。だれもが自分の役割に囚われている。孤児、士官候補生、フレデリック、フォルクハイマー、上階に住むユダヤ人女性。ユッタでさえも。

自分の番になると、ヴェルナーは、ほかの少年たちと同じようにバケツを振る。水が捕虜の胸に当たると、おざなりな歓声があがる。彼は解散を待つ士官候補生に合流する。濡れたブーツ、濡れた袖口。自分の手とは思えないほど、感覚がない。

五人が終えると、フレデリックの番になる。めがねなしでは目がよく見えないフレデリック。バケツの水が当たっても、歓声をあげていなかった。捕虜に向かってまゆをひそめているようすは、なにかに見覚えがあるかのようだ。

フレデリックがどうするつもりなのか、ヴェルナーにはわかる。

フレデリックはうしろの少年から押されてようやく前に出る。上級生がバケツを渡すと、彼は水をそのまま地面に流す。

バスティアンが歩み出る。寒さのなかで、彼の顔は赤く燃えている。「別のバケツを渡せ」

またもや、フレデリックは足元の水にその水を流す。小さな声で言う。「先生、彼はもう死んでいます」

上級生は三つ目のバケツを渡す。「水をかけろ」とバスティアンは命じる。夜は曇り、星は燃え、捕虜は揺れ、少年たちは見守り、校長は首を傾げる。フレデリックは水を地面にそそぐ。「ぼくはやりません」

プラージュ・デュ・モール

マリー＝ロールの父親が消息を絶ってから、二十九日になる。マネック夫人のずんぐりしたパンプスが階段を上がってくる音で、彼女は目覚める。三階、四階、五階。

エティエンヌの書斎の外で、彼の声がする。「やめろ」

「あの人にはわかりませんよ」

「私があの子の保護者なんだ」

思いがけない冷たさが、マネック夫人の声に混じる。「もう一瞬だって耐えられません」

彼女は最後の階段を上がってくる。マリー＝ロールの部屋の扉が、きしみながら開く。夫人は部屋を横切り、重く骨ばった手をマリー＝ロールのひたいに置く。「起きてるかい？」

マリー＝ロールは寝返りを打って隅に行き、リネンの布越しに話す。「起きているわ」

「外に連れていくよ。杖を持っておいで」

マリー＝ロールは服を着替える。マネック夫人は、階段の一番下で、パンの耳を持って彼女を迎える。マリー＝ロールの頭にスカーフを巻き、コートのボタンを襟までしっかり留めると、玄関の扉を開ける。二月下旬の朝、空気は雨の気配がして、落ち着いたにおいがする。

マリー＝ロールはためらい、耳を澄ます。心臓が脈打つ。二回、四回、六回、八回。

「外に出ている人はまだほとんどいないよ」とマネック夫人は小声で言う。「それに、わたしたちはなにも間違ったことはしない」

門がきしむ。

「一段下りて、それからまっすぐ行くんだよ。そう」。石畳の通りはでこぼこで、マリー＝ロールには歩きづらい。杖の先が引っかかり、震え、また引っかかる。弱い雨が屋根に当たり、溝をぽたぽたと流れ、彼女のスカーフの上で玉のようになる。背の高い家のあいだで音がはね返る。初めてこの町にやってきたときのように、迷路に入りこんでしまったような気がする。

かなり頭上では、だれかが窓の外ではたきを振っている。猫が鳴く。外では、どんな恐ろしいことが歯ぎしりをして待っているのだろう。パパはあんなに必死になって、わたしをなにから守ろうとしていたのだろう。ふたりは一度、二度と角を曲がり、それから、マネック夫人はマリー＝ロールが予想していない方向に、左に彼女を導く。コケに覆われた町の城壁が巻き物のようにつづいているところで、ふたりは出入り口を抜けていく。

「マダム？」

ふたりは町の外に出る。

「ここに段差があるから気をつけて、一段、二段と下りて。ほら、簡単だろう……」

海。海。目の前に。ずっと、これほど近くにあった。寄せては引き、水をはねかけ、低くとどろく。動き、膨らみ、水に水を重ねる。サン・マロの迷宮が開いた先にある、音の玄関は、これまで経験したどんなものよりも大きい。植物園よりも、セーヌ川よりも大きく、博物館での最大の展示よりも大きい。彼女は、海を正しく想像していなかった。その大きさを理解していなかった。

空に向けて顔を上げると、千の小さな雨の棘が、彼女のほほに、ひたいに当たって溶ける。マネック夫人のこするような息の音が、岩のあいだで響く海の深い音がする。砂浜でだれかが呼びかける声が高い壁にこだまする。心のなかでは、父親が錠前を磨く音が聞こえる。ずらりと並んだ引き出しに沿って、ジェファール博士が歩く音。どうしてみんな、海はこういうものだと教えてくれなかったのだろう。

「あれはラドムさんが犬を呼んでいるんだよ」とマネック夫人は言う。「心配はいらない。ほら、わたしの腕はここだよ。腰を下ろして、靴を脱ぐといい。コートの裾をまくり上げて」

マリー＝ロールは言われたとおりにする。「見られているかしら？」

「ドイツ人《ボーシュ》どもにかい？　見られたからどうだというんだい？　年寄りの女と女の子だよ。ふたりで二枚貝を掘っているんだと言ってやるよ。それで彼らになにができるね？」

「おじさんが言うには、彼らは砂浜に爆弾を埋めたんだって」

「そのことなら心配いらないよ。あの人はアリが一匹いただけで怖がるのさ」

「月が海を引っぱるんだって言っているわ」

「月が？」

「太陽が引っぱるときもある。チャンネル諸島のほうでは、潮がじょうごのようになって、船をまるごとのみこめるくらいになるんだって」

「その近くまでは行かないよ。わたしたちは浜に出ているだけだから」

マリー＝ロールはスカーフをほどき、マネック夫人がそれを受け取る。塩っぽく、雑草のような、青みがかった灰色の風が、彼女の襟元をすべっていく。

「マダム？」

「なんだい？」

「わたしはどうすればいいの？」

「歩けばいいんだよ」

彼女は歩く。足の下には冷たく丸い石がある。今度は、ぱりぱりと音をたてる海藻。そして、もっとなめらかなもの——濡れた、しわのない砂。彼女は体をかがめ、指を広げる。冷たい絹のようだ。冷たく壮麗な絹の上に、海は捧げ物を置いていっている。小石、貝殻、フジツボ。海藻の切れ端。彼女の指は砂を掘り、伸びる。雨粒が、うなじや両手の甲に当たる。指先から、足の裏から、砂が熱を奪う。

このひと月、マリー＝ロールの内側でもつれていたものが、ほどけはじめる。彼女は波打ち際に沿って、最初はほとんど這うようにして動く。両側に伸びている砂浜を想像する——岬を取り囲み、沖合の島々を包みこみ、線条細工をほどこした飾り格子となったブルターニュの海岸には、荒れた岬や、崩れかけた砲台や、ツタで完全に覆われた遺跡がある。彼女はうしろにある壁の町、高くそびえる塁壁やパズルのような通りを思い浮かべる。そのすべてが突然、父親の模型のようにちっぽけになる。だが、なにが模型を包んでいるのか、父親は教えてはくれなかった。模型の外にあるものが、もっとも抗いがたい。カモメの群れが、頭上でかん高く鳴く。彼女が両手でにぎりしめた十万の細かな砂粒のどれもが、隣にある粒とこすれあう。父親に抱き上げられ、体が三回転する感覚がよみがえる。

占領軍の兵士がやってきてふたりを逮捕することはない。だれからも話しかけられない。三時間のうちに、マリー＝ロールの無感覚な指は、打ち上げられたクラゲを一匹、フジツボだらけのブイをひとつ、そして千のつるりとした石を見つける。彼女はひざまで水に浸かり、ワンピースの裾が濡れる。ついに、マネック夫人は、濡れてくらくらしている彼女をヴォーボレル通りに連れて帰る。マリー＝ロールは五つの階段を上がってエティエンヌの書斎の扉を軽く叩き、濡れた砂だらけの顔で彼の前に立つ。

「ずいぶん長く行っていたね」。彼は口ごもる。「心配したよ」

「ほら、おじさん」。ポケットから、彼女は貝殻を取り出す。フジツボ、タカラガイ、砂でざらざらする十三個の石英のかたまり。「これをおじさんに持ってきたの。それからこれと、これと、これも」

宝石細工人

三か月のうちに、フォン・ルンペル上級曹長は、ベルリンとシュトゥットガルトに旅をする。百本の押収された指輪、十本のダイヤモンドのブレスレット、菱形の青いトパーズがきらめくラトヴィアの煙草入れを鑑定する。そしてパリに戻ると、〈グラン・ドテル〉で一週間を過ごしつつ、鳥のようにあちこちに問い合わせを送る。毎晩、あの瞬間が、心によみがえる。人差し指と親指でしっかりとつまみ、ルーペで巨大に見える洋梨の形をしたダイヤモンドが、百三十三カラットの〈炎の海〉なのだと信じた瞬間。

氷のように青い宝石の内部をのぞきこむと、極小の山脈が炎を送り返してくるように思えた。石を回転させると、深紅、珊瑚色、青紫色など、色の多角形がちらちらと光り、きらめき、数々の物語は真実だったのだと彼は信じそうになった。何世紀も前、スルタンの息子がつけた冠で来訪者の目はくらんだ。そのダイヤモンドを所有する者はけっして死なない。そして、その伝説の宝石は歴史の止め釘のあちこちに当たってはね返り、彼の手のひらに落ちたのだ。

その瞬間には喜びが、勝利があった。だが、予想しなかった恐怖が混じってもいた。その宝石には魔法がかかっており、人が目にするべきものではないように思えた。一度見てしまえば、けっして忘れることができないのだと。

だが、最後には、理性が勝利をおさめた。ダイヤモンドの小面の合わせ目は、本来よりも鋭くはなかった。ガードルはわずかに蠟のようだった。さらに決め手になったのは、宝石には繊細なひびも、小さな斑点も、包含物もなかったことだった。ことあるごとに、彼の父親は言っていた。本物のダイヤモンドにはかならず包含物があるものだ。本物のダイヤモンドが完璧であることはない。

本物だろう、と彼は期待していたのだろうか。あってほしいと思う、まさにその場所にあるのだと。それほどの勝利を、一日のうちにものにできるのだと。

もちろん違う。

フォン・ルンペルは失望したと思うかもしれないが、それは違う。それどころか、彼はかなりの希望を抱いていた。本物のダイヤモンドをどこかに隠し持っているのでなければ、博物館がそこまで精巧な模造品を製作させることはない。パリに滞在していたここ数週間、ほかの職務のあいまを縫って、彼は七人の宝石細工人の名簿から、三人に、そしてひとりに絞りこんでいた。オパールの切り出し工として一人前になった、アルジェリア人の血が混じったデュポンという男。どうやら、デュポンは戦争前、尖晶石から偽のダイヤモンドを切り出して稼いでいたようだ。未亡人や男爵夫人たちのために、そして、各種の博物館のために。

二月のある夜遅く、フォン・ルンペルは、サクレ・クールにほど近いところにあるデュポンのこぎれいな店に足を踏み入れる。彼はストリーターの『宝石』をじっくりと眺める。劈開面《へきかい》のスケッチ、石を切り出すために使われる三角法の図。何度も入念に作られた鋳型を見つけ、博物館にある石と形も大きさもまったく同じものだとわかると、探していたのはこの男だと彼は確信する。

フォン・ルンペルの要請を受け、デュポンの手元には偽造の食料配給券が渡される。そしてフォン・ルンペルは待つ。彼は質問を用意する。模造品を作ったのか。何個か。今はだれの手にあるのか。

一九四一年二月の最後の日、こざっぱりとした身なりの小柄なゲシュタポの男が彼のもとにやってくると、なにも知らないデュポンが偽造の配給券を使おうとしたことを知らせる。彼は逮捕された。赤子の手をひねる《キンダーラィヒト》ようなものだ。

霧雨の降る、魅力的な冬の夜。解けかけた雪の小さなかたまりが、コンコルド広場の端に寄せられ、街は亡霊のようで、窓には雨粒が宝石のようについている。髪を短く刈りこんだ伍長がフォン・ルンペルの身分証を調べ、独房にではなく、タイピストがデスクに控えている三階の執務室に行くよう彼に伝える。タイピストのうしろにある壁に描かれた藤づるの絵は、すり減ったモダニスト的な色のしぶきになっており、フォン・ルンペルは落ち着かない気分になる。

デュポンは、部屋の中央にある安物の食事椅子で、手錠をかけられている。顔には熱帯の木の色とつやがある。恐れと憤りと飢えの混じった男がいるもの、とフォン・ルンペルは思っていたが、デュポンは背筋を伸ばして座っている。彼のめがねには、すでに片方のレンズにひびが入っているが、それ以外では元気そうに見える。

タイピストの女性は灰皿で煙草をもみ消す。吸い殻には鮮やかな赤の口紅がしみになってついている。灰皿はいっぱいになっている。五十本の吸いさしが詰めこまれ、手足をもがれた体のようで、どこか血なまぐさい。

「部屋から出てもらえるかな」とフォン・ルンペルは彼女にうなずき、細工人に目を向ける。

「彼はドイツ語を話せませんが」

「大丈夫だとも」と彼はフランス語で言う。「扉を閉めてもらいたい」

デュポンは顔を上げる。体内のなにかの腺が、彼の血に勇気を絞りだしている。さして無理をせずとも、フォン・ルンペルの顔に笑みが浮かぶ。名前を入手できれば一番だが、人数がわかるだけでも十分だ。

最愛のマリー＝ロールへ――

ぼくらは今ドイツにいて、元気にしている。どうにかしてこの手紙を届けようという天使のような人を見つけ出したよ。ここのモミとハンノキはとても美しい。それから、信じてはもらえないだろうけど、まあ信用してもらわないとね――すばらしい食事を出してもらえる。最高級だよ。ウズラにカモ肉、それからウサギ肉のシチューもある。鶏もも肉と、ベーコンとジャガイモの揚げ物。それにアンズのタルト。ニンジンと煮込んだ牛肉。鶏肉の赤ワイン煮込みを米にかけてある。スモモのタルト。果物とアイスクリーム。好きなだけ食べられる。だから食事が楽しみだよ！

おじさんとマダムに礼儀正しくするんだよ、この手紙を読み上げてくれたことにもお礼を言いなさい。父さんはいつもそばにいて、離れてなんかいないからね。

パパより

一週間にわたり、死んだ捕虜は中庭の杭に縛りつけられたままで、体は凍って灰色になっている。少年たちは足を止めては、その死体に道をたずねる。だれかが、弾倉帯とヘルメットをつけさせる。数日後、二羽のカラスがその肩にとまってくちばしでつつくようになり、ついには守衛が三年生の少年ふたりを連れて出てくると、大きな木づちで氷を割り、死体の足を抜き、荷車に放りこんで運び出していく。

九日間で三度、フレデリックは、野外体育で一番弱い生徒に選ばれる。バスティアンはさらに遠くまで歩き、さらに速く数えるため、フレデリックは四百メートルほど、しばしば深い雪のなかを走らねばならず、少年たちは自分の命がかかっているような勢いでそのあとを追う。毎回、彼は捕まる。毎回、バスティアンが見守るなか激しく殴られる。毎回、ヴェルナーは止めようとはしない。

フレデリックは七回耐えてから倒れる。次は六回。そして三回。叫び声をあげることも、学校から出ていきたいと頼むこともなく、そのせいで校長は憤懣《ふんまん》やるかたないようだ。フレデリックの夢見がちな態度、超然としたようす。それはにおいのように彼を包み、だれもが嗅ぐことができる。

ヴェルナーは、ハウプトマン博士の実験室での作業に打ちこもうとする。彼はトランシーバーの試作品を組み立てている。ヒューズや真空管、送受話器やプラグを試す。だが、そうした夜遅くの時刻でも、まるで、空が薄暗くなり、学校はさらに暗くなり、さらに悪魔じみた場所になったかのように思える。胃の調子が悪くなる。下痢を起こす。深夜に目覚めると、ベルリンの自分の部屋にいるフレデリックが、めがねとネクタイという格好で、囚われた鳥を巨大な本のページから放してやる姿が見える。

あなたは賢い子よ。きっとうまくやれるわ。

ある夜、ハウプトマンが廊下の奥にある自分の研究室にいるとき、ヴェルナーは尊大で眠たげなフォルクハイマーのいる隅にちらりと目をやり、口を開く。「あの捕虜のことなんですが」

フォルクハイマーはまばたきをすると、石から肉体に変わる。「あれは毎年やる」。彼は帽子を取ると、量の多い短い髪を片手でなでる。「ポーランド人だ、アカだ、コサック兵だと言う。酒を盗んだ、燃料を盗んだと。毎年同じさ」

時の継ぎ目の下で、少年たちは十もの別々の舞台でもがいている。四百人の少年たちが、カミソリの刃に沿って匍匐前進している。

「いつも同じ文句だ」とフォルクハイマーはつけ加える。「死にぞこない」

「でも、あんなふうにさらしておくのは失礼じゃないですか？　もう死んでいるのに？」

「礼儀なんかあいつらにはどうでもいいことだ」。そのとき、ハウプトマンのブーツの鋭い音が部屋に入ってくる。フォルクハイマーは隅にもたれかかり、目はふたたび影で満たされ、ヴェルナーは「あいつら」とはどちらのことなのかをきく機会を逃す。

少年たちは、フレデリックのブーツに死んだネズミを入れる。ホモだとか、フェラ男だとか、幼稚なあだ名を数えきれないほどつける。五年目の生徒のひとりが、フレデリックの双眼鏡を二度奪い、レンズに大便を塗りたくる。

ぼくは努力している、とヴェルナーは自分に言い聞かせる。毎晩、フレデリックのブーツを磨いてやり、輝く三十センチメートルの靴にする。寮長やバスティアンや上級生たちに言いがかりをつけられる理由がひとつ減るように。日曜日の朝、食堂の日差しのなかで一緒に座り、ヴェルナーは彼の宿題を無言で手伝う。春になれば、学校の外の草地でヒバリの巣が見つかるかもしれない、とフレデリックは小声で言う。一度、彼は鉛筆を上げて宙を見つめ、「コアカゲラだ」と言う。ヴェルナーの耳に、一羽の鳥がこつこつと木を打つ音が、敷地を越え、壁を抜けて届く。

科学技術の授業で、ハウプトマン博士は熱力学の法則を紹介する。「エントロピー。それがなにかわかる者は？」

少年たちは机に視線を落とす。だれも手を挙げない。ハウプトマンは席のあいだを歩きまわる。ヴェルナーは筋肉ひとつ動かすまいとする。

「ペニヒ君」

「エントロピーとは、ある組織における無作為性あるいは無秩序の度合いのことです」

一瞬だけヴェルナーを見据える彼の目は、温かくもあり、冷たくもある。「無秩序だ。校長が言うその言葉は聞いているだろう。寮長からも聞いているな。秩序がなければならない。諸君、人生とは混沌だ。そして我々が体現しているのは、その混沌を秩序化することだ。遺伝子にいたるまで。我々は人類の進化を秩序化している。劣ったもの、手に負えないもの、くずをふるいにかけて捨てている。これが第三帝国の偉大なる計画であり、人類によるもっとも壮大な計画なのだ」

ハウプトマンは板書する。士官候補生たちは作文帳にその言葉を書き写す。閉鎖系のエントロピーはけっして減少しない。あらゆる過程は原則として崩壊する。

巡回

エティエンヌはなおも反対するが、毎朝、マリー＝ロールは海に連れていってもらう。自分で靴ひもを結び、手探りで階段を下りると、玄関で杖を持ち、マネック夫人が台所の仕事を終えるまで待つ。

「道はもうわかるわ」。五度目に外に出るとき、マリー＝ロールは言う。「案内してもらわなくても大丈夫」

二十二歩で、エストレー通りとの十字路へ。そこから四十歩で、小さな門へ。九段下りると、砂の上で、海原の二万もの音に包まれている。

どれくらい遠くに生えているのか見当もつかない木から落ちた松ぼっくりを、彼女は拾う。太い縄の束。打ち上げられたイソギンチャクの、つるりとした小球。溺れ死んだ一羽のスズメが見つかることもある。最大の喜びは、引き潮のときに浜の北端まで歩いていき、マネック夫人が〈ル・グラン・ベ〉と呼ぶ島のすぐ手前でかがみこみ、潮だまりを指でかき回すことだ。つま先と指を冷たい海に浸すときだけは、父親のことから完全に心が離れていられるように思える。そのときだけは、手紙がどこまで真実なのか、次の手紙はいつ届くのか、捕虜になってしまったのかと思いめぐらさずにすむ。ただ耳を澄ませ、音を聞き、息をする。

彼女の部屋は、小石やガラスや貝殻でいっぱいになる。窓に沿って四十枚のホタテ貝、衣装だんすの上には六十一個のエゾバイ。種類がわかるときはその順に、それから大きさの順に並べる。一番小さなものは左に、大きなものは右に。びんや手桶やお盆をいっぱいにする。部屋は海のにおいがするようになる。

たいていの朝、浜辺に行ったあとは、マネック夫人と一緒に町を巡回し、市場に、ときには肉屋に行き、それから、とても困っているとマネック夫人が言う近所の人たちに食べ物を届ける。ふたりは音のこだまする階段を上り、扉を軽く叩く。老いた女性が彼女たちを招き入れ、なにか知らせはないかとたずね、三人で少しだけシェリーを飲もうと言ってゆずらない。マネック夫人のとてつもない体力を、マリー＝ロールは知るようになる。むくむくと育って茎から出る葉のように、彼女は朝早くに起き、夜遅くまで働き、クリームが一滴もなくてもビスクを作ってみせ、カップ一杯にも満たないような小麦粉からパンを一斤焼く。ふたりは重い足音をたてて狭い通りを歩いていき、マリー＝ロールは夫人のエプロンのうしろをつかみ、彼女のシチューやケーキのにおいを追う。そうしたとき、夫人は、動く巨大なバラの茂みのように思える。棘だらけで香りがよく、ハチが威勢よく群がっている。

まだ温かいパンを、ブランシャール夫人という高齢の未亡人に。スープをサジェ氏に。ゆっくりと、マリー＝ロールの頭脳は三次元の地図になり、目印が光を放つようになる。

オーゼルブ広場にある、太いプラタナスの木。オテル・コンティネンタルの表に九個並ぶ、鉢植えのトピアリー。六段上がれば、コネタブル通りという狭い通路。

週に何度か、夫人が食事を持っていくのは、頭がおかしいと言われるウベール・バザンだ。第一次世界大戦の復員兵で、晴れの日でも雪の日でも、図書館の裏にある壁龕《へきがん》で寝泊まりしている。砲撃によって、鼻と左耳と片目を失った男。エナメル塗装した銅の仮面で顔の半分を隠している男。

ウベール・バザンは、サン・マロの城壁や魔術師や海賊について嬉々として話す。何世紀にもわたり、この町の塁壁は血に飢えた略奪者たち、ローマ人もケルト人もバイキングたちも退けてきたのだ、と彼はマリー゠ロールに言う。海の怪物たちを退けたという話もある。千三百年にわたり、沖合に停泊して市街に火の玉を投げこみ、すべてを燃やして住民たちを飢えさせ、なにがなんでも皆殺しにしようとする残忍なイギリス人の船乗りたちを、この壁は寄せつけなかったのだ。

「サン・マロの母親は子どもにこう言ったものさ。座るときは背筋をちゃんと伸ばしなさい。行儀に気をつけなさい。でないとイギリス人が夜に入ってきて、あんたののどをかっ切ってしまうよとね」

「やめておくれ、ウベール」とマネック夫人は言う。「この子が怖がってしまう」

　三月、エティエンヌは六十歳の誕生日を迎える。マネック夫人は小さな二枚貝をエシャロットと煮込み、マッシュルームと、四つ切りにした二個の固ゆで卵を出す。町で見つけることができた卵はそのふたつだけだ、と彼女は言う。エティエンヌは、いつもの静かな声で、クラカタウ山の噴火について話す。ごく幼いころの思い出で、東インド諸島からの火山灰がサン・マロの夕焼けを血の赤に染め、毎朝、海の上空には深紅の太い血管が走っていたことを。ポケットを砂だらけにして、風で赤らんだほほになったマリー＝ロールには、一瞬、占領は千キロメートルも彼方のことのように思える。パパが、パリが恋しい。ジェファール博士が、庭園が、本が、松ぼっくりが恋しい。すべてが、彼女の人生での穴になっている。だが、この数週間、人生は耐えられるものになっている。少なくとも、砂浜に出ているときには、風や光が欠乏や恐怖を洗い流してくれる。

たいていの午後、マネック夫人との朝の巡回を終えると、マリー＝ロールは窓を開けてベッドに腰かけ、父親が作った町の模型に両手を走らせる。シャルトル通りに並ぶ船大工の小屋や、ロベール・スルクフ通りにあるルエル夫人のパン屋を、指が通り過ぎる。想像のなかでのパン屋の一家は、彼女の思うアイススケートの動きで、小麦粉ですべりやすい床の上を動きまわり、ルエル氏の曾々祖父が使っていたのと同じ四百年前の窯《かま》でパンを焼いている音がする。彼女の指は、大聖堂の石段を通り過ぎる――あるところでは、庭で老人がバラを刈りこんでいる。そしてまた別のところ、図書館のそばでは、頭のおかしなウベール・バザンがもぐもぐつぶやきながら、片目でワインの空きびんをのぞきこんでいる。そして、修道院。さらに進むと、魚市場のそばにレストラン〈シェ・シュシュ〉がある。そしてここ、ヴォーボレル通り四番地の扉は、少し奥まっていて、一階にいるマネック夫人はベッドのそばで靴を脱いでひざまずき、ロザリオの玉を指のあいだで繰りながら、町のほぼすべての人々のために祈りを捧げている。ここ、五階の部屋では、エティエンヌが、空になった本棚のそばを歩き、かつてはラジオが置いてあった場所を指でなぞっている。そして、模型の境界を越えたどこか、フランスの国境も越えて彼女の指が届かないどこかでは、父親が独房に座り、ナイフで削った模型を十個ほど窓枠に並べていると、娘にご馳走だと信じてもらいたいものを看守が持ってくる。ウズラにカモ肉、それからウサギ肉のシチューもある。鶏もも肉と、ベーコンとジャガイモの揚げ物。それにアンズのタルト。十二枚のお盆、十二皿、好きなだけ。

干し草の山に隠れた針

深夜。ハウプトマン博士の三匹の犬が、学校の横の凍った野原をはねて走っていき、白のなかを水銀のしずくが駆け抜けていく。そのうしろを、毛皮の帽子をかぶったハウプトマンが小またで歩き、長い距離の歩数を測っているような足取りになっている。最後にヴェルナーが、ハウプトマンとふたりで何か月も試作してきたトランシーバーを持って現われる。

ハウプトマンは顔を輝かせて振り返る。「ここがいい。視線が通る。それを置け、ペニヒ。我らがフォルクハイマーは先に行かせてある。丘のどこかにいる」。ヴェルナーには足跡は見えない。月明かりのなかで輝きがこぶになって作る谷と、その向こうにある白い森だけだ。

「彼は弾薬箱に入れたKX送信機を持っている」とハウプトマンは言う。「姿を隠したまま、我々が彼を見つけるか、彼の電池が切れるまで送信をつづけることになっている。私ですら、彼がどこにいるのかは知らない」。彼が手袋をはめた手を勢いよく合わせると、三匹の犬はそのまわりをぐるぐる走り、煙のような息を吐く。「十平方キロメートルだ。送信機の位置を特定し、我らが友人を見つけ出せ」

雪のマントをかぶった一万の木々を、ヴェルナーは見渡す。「先生、森のどこかですか？」

「森のどこかだ」。ハウプトマンはポケットからフラスクを取り出すと、見ずにふたをねじって開ける。「お楽しみはここからだよ、ペニヒ」

ハウプトマンは雪を踏みしだいて場所を作る。ヴェルナーはひとつ目のトランシーバーを置くと、巻尺で二百メートル離れた地点を測り、そこにふたつ目を置く。接地用のワイヤーを伸ばしていき、アンテナを立て、電源を入れる。すでに、彼の指には感覚がない。

「八十メートルを試してみろ、ペニヒ。たいていの班は、どの周波数帯を探せばいいのかわからない。だが、今夜は最初の野外試験だから、少しばかりずるをしよう」

ヴェルナーがヘッドホンを装着すると、耳を雑音が満たす。彼は受信感度を上げ、濾波器《ろはき》を調節する。ほどなくして、彼はふたつの受信機をフォルクハイマーの送信機から出る信号に合わせている。「受信しました」

ハウプトマンは心からの笑顔に変わる。三匹の犬は興奮ではねまわり、くしゃみをする。彼はコートから油性鉛筆を取り出す。「無線機の上でやりたまえ。班は野外で紙を持っているとはかぎらない」

ヴェルナーはトランシーバーの金属ケースに方程式を書き、数字を当てはめはじめる。ハウプトマンは計算尺を渡す。二分後、ヴェルナーは方角と距離を出している。二・五キロ。

「地図は？」ハウプトマンの小さく貴族的な顔は喜びで輝く。

ヴェルナーは、分度器とコンパスを使って線を引く。

「案内したまえ」

ヴェルナーは地図を折りたたんでコートのポケットに入れ、トランシーバーを両方ともしまうと、お揃いのスーツケースのようにそれぞれの手で持つ。小さな雪の結晶が、月明かりのなかをさらさら落ちてくる。じきに、眼下の白い平原のなかで、学校と付属の建物はおもちゃのように見える。なかば閉じた目の形をした月はさらに低くなり、犬は主人の近くから離れずに白い息を吐き、ヴェルナーは汗をかいている。

彼らは峡谷を下り、そして上る。一キロ。二キロ。

「崇高さとはなにかわかるか、ペニヒ？」ハウプトマンは息を切らせながら言う。ほろ酔いで活発で、子どものようにおしゃべりになっているとさえ思える。そんなようすを見たのは初めてだ。「あるものが、別のものに変わろうとする瞬間のことだ。昼が夜に、青虫が蝶に。仔鹿が牝鹿に。実験が結果になる。少年が男になる」

三つ目の丘の上で、ヴェルナーは地図を広げ、自分の進路をコンパスで確かめる。どこを見ても、無言の木々が光っている。自分たち以外の足跡はない。学校はうしろに消えている。「先生、もう一度トランシーバーを設置しましょうか？」

ハウプトマンはくちびるに指を何本か当てる。

ヴェルナーはふたたび三角法の計算を行い、最初の判断にかなり近いところにいると知る。あと五百メートルもない。また二台のトランシーバーを片づけて歩きだし、今や跡を追って狩りをはじめており、犬は三匹ともそれを感じている。ヴェルナーは考える。ぼくは入り口を見つけた。今はそれを解こうとしていて、数字が現実になろうとしている。

木々はふるいにかけた雪を落とし、犬はぴたりと止まって鼻をひくひく動かし、あるにおいから動かず、キジの場所を教えるようにそれを示し、ハウプトマンが片手を上げ、ついに、ヴェルナーが大きなケースを両手に持って木と木のあいだをどうにか上がると、雪のなか、男があおむけに横たわる姿、その足元にある送信機、低い枝のなかに立てたアンテナが見える。

巨人だ。

犬は構えた姿勢で身震いする。ハウプトマンはまだ片手を上げている。もう一方の手で、ホルスターから拳銃を抜く。「ペニヒ、ここまで近ければためらってはならない」

彼らはフォルクハイマーの体の左側を見ている。上がっては消えていく白い息が見える。ハウプトマンはワルサーをまっすぐフォルクハイマーに向け、その長くあっけにとられた瞬間、博士は彼を撃つつもりなのだ、士官候補生は揃って危ない身なのだとヴェルナーは確信し、水路のそばに立つユッタの声が抑えようもなくよみがえってくる。**ほかのみんながしているからって、同じことをするのは正しいの？**　ヴェルナーの魂のなかのなにかが、卑しい目を閉じると、小柄な教授は拳銃を上に向けて空に発砲する。

フォルクハイマーが即座にとび上がってしゃがんだ姿勢になり、顔を向けたところで、三匹の犬が彼に向けて放たれる。ヴェルナーは心臓がばらばらに吹き飛ばされたような思いになる。

両腕を上げたフォルクハイマーに、犬は飛びかかるが、彼らは知った仲だ。犬はふざけて飛びつき、吠えてははねまわり、ヴェルナーが見ていると、巨体の少年は犬を飼い猫のように放り飛ばす。ハウプトマン博士は笑う。拳銃からは煙が昇っている。彼はフラスクからゆっくりとひと口飲むと、ヴェルナーに渡し、ヴェルナーはそれを口に当てる。なんといっても、彼は教授のめがねにかなったのだ。トランシーバーは正しく機能した。明るく星に照らされた夜、彼は外にいて、刺すような熱いブランデーが胃に流れこむのを感じている。

「我々が三角法でしているのはこれだよ」とハウプトマンは言う。

犬は輪になり、頭を下げてはねまわる。ハウプトマンは木々の下で用を足す。フォルクハイマーは大きなＫＸ送信機を引っぱりながら、ヴェルナーのほうに重い足取りで向かう。

その姿が、どんどん大きくなる。ミトンをはめた巨大な片手を、ヴェルナーの帽子の上に置く。

「ただの数字だ」。彼はハウプトマンには聞こえない程度の静かな声で言う。

「純粋な計算だよ、士官候補生」。ヴェルナーはハウプトマンのきびきびした口調をまねて言い添える。手袋の指先をすべて、一本ずつ合わせる。「そう考えることに慣れねばならない」

フォルクハイマーが笑い、表情が変わるのを、ヴェルナーは初めて見る。脅かすような雰囲気が和らぎ、心が広く、体が異常に大きい子どものようになる。音楽を聴くときの彼に近くなる。

翌日もずっと、成功した喜びが、ヴェルナーの血のなかにとどまっている。ほとんど神聖な心持ちになった思い出。大柄なフォルクハイマーと並んで城に戻っていき、凍った木々を抜け、金庫に置かれた黄金の延べ棒のように並んで眠る少年たちの部屋を次々に通り過ぎていく。ヴェルナーは、彼らに対して庇護者めいた感覚を覚えながら、自分の寝台のそばで服を脱ぐ。重々しい足取りのフォルクハイマーは、上級生用の共同寝室に進んでいく。天使たちのなかにひとりだけ混じった人食い鬼、墓石の原を夜に渡っていく管理人。

提案

台所の隅のいつもの場所、暖炉の一番近くにマリー＝ロールは座り、マネック夫人の友人たちの不満に耳を傾ける。

「サバの値段ときたら！」フォンティノー夫人は言う。「日本まで行って釣ってきたのかと思ってしまうよ！」

「ちゃんとしたスモモの味なんか、もう忘れてしまったわ」と、郵便局長のエブラール夫人は言う。

「それに、あのばかげた靴の配給券」パン屋のルエル夫人は言う。「テオは三五〇一番で、まだ四〇〇番も呼ばれていないんだから！」

「テヴナール通りにある売春宿だけじゃないよ。彼らは夏のアパルトマンをすべて女好きどもに渡そうとしている」

「大男のクロードと奥さんは、さらに太ってきているよ」

「いまいましいドイツ人《ボーシュ》どもは、昼間でもずっと電気をつけているのよ！」

「ずっと夫と家にいるなんて、あと一晩だって耐えられない」

九人が四角いテーブルを囲んで座り、ひざをつきあわせている。配給券の制限、ひどい味のプディング、質が落ちる一方のマニキュア液。そうした犯罪を魂で感じている。それほど多くの人たちが一緒に部屋にいることで、マリー＝ロールは混乱と興奮を感じる。彼女たちは深刻になるはずのときに軽口を叩き、冗談を言ったあとに白ける。エブラール夫人は、デメララの砂糖が手に入らないことに涙する。別の女性の煙草についての愚痴は、途中で、香料商の尻のとてつもない大きさについての発作的な笑いに変わる。彼女たちは、硬くなったパンのにおい、色が濃く大きなブルターニュの家具がぎっしりつまった風通しの悪い居間のにおいをさせている。

ルエル夫人が口を開く。「でね、ゴーティエさんの娘が結婚したがっているのよ。一家は手持ちの装身具をぜんぶ溶かして、結婚指輪用の金にしなくちゃいけない。その金の三割は占領軍の税金で持っていかれる。それから宝石商の取り分が三割ある。それを払い終わったら、もう指輪なんて残っていないわ！」

為替歩合は笑いの種で、ニンジンの値段は弁護のしようもなく、二枚舌がまかり通っている。ついに、マネック夫人は台所の扉に鍵をかけ、咳払いをする。女性たちは押し黙る。「連中の世界を動かしているのはわたしらだよ」とマネック夫人は言う。「ギブー夫人、あんたの息子は連中の靴を直している。エブラール夫人、あんたと娘のふたりが連中の郵便物を仕分けしている。そしてルエル夫人、あんたのパン屋が連中のパンのほとんどを作っている」

空気が張りつめる。薄い氷の上にそっと出るか、炎に手をかざす人を眺めているような空気を、マリー＝ロールは感じる。

「なにが言いたいの？」

「わたしらでなにかしようということさ」

「彼らの靴に爆弾を入れるとか？」

「パンの生地にうんちでもするかい？」

弱々しい笑い声。

「そこまで派手なことじゃない。でも、もっとささやかなことはできる。もっと簡単なことなら」

「たとえば？」

「まず、あんたたちにその気があるかどうか知っておかないとね」

張りつめた沈黙が、それにつづく。彼女たちがみな宙ぶらりんになっていることが、マリー＝ロールには感じられる。九つの心が、ゆっくりと揺れている。父親のことを考えると、彼女は心が痛む。囚われているのか、それとも。

孫の面倒があるからと言って、ふたりが出ていく。ほかの女性たちは台所の気温が上がったかのようにブラウスを引っぱり、椅子をがたがたと動かしている。六人が残る。マリー＝ロールはそのなかで座り、考えこむ。だれが屈し、だれが告げ口をするのか、だれがもっとも勇敢になるのか。あおむけになって、天井に向かって渦巻いていく最後の息を侵略者たちへの呪いにするのはだれなのか。

君にはほかに友達がいる

「気をつけろよ、ヘナヘナ男」。マルティン・ブルクハルトは中庭を横切るフレデリックにどなる。「今夜はおまえをやってやるからな！」彼は腰を激しく振ってみせる。だれかが、フレデリックの寝台に排便する。フォルクハイマーの声が、ヴェルナーの耳によみがえる。礼儀なんかあいつらにはどうでもいいことだ。

「うんこ漏らし君」少年のひとりが吐き捨てる。「俺のブーツを持ってこいよ」

フレデリックは聞こえないふりをする。

夜になるたび、ヴェルナーはハウプトマンの実験室に引きこもる。すでに三度、彼らは雪のなかに出てフォルクハイマーの送信機を追跡し、回を重ねるごとに早く彼を見つけ出している。最新の野外試験では、トランシーバーを設置し、電波を見つけ、地図でフォルクハイマーの位置を特定する作業を、ヴェルナーは五分以内でやってのけた。ハウプトマンはベルリンへの旅を約束する。彼はオーストリアの工場から送られてきた巻いた設計図を広げて言う。「複数の省が我々の計画に熱意を示してきた」

ヴェルナーは成功している。忠実で、だれもが認める優秀な生徒だ。だが、起床して短上着のボタンを留めるたびに、なにかを裏切っているように感じる。

ある晩、彼とフォルクハイマーは、解けかけた雪のなかをとぼとぼ歩いて戻っていく。フォルクハイマーが送信機と二台のトランシーバーを持ち、たたんだアンテナを片脇にはさんでいる。ヴェルナーはそのうしろを歩き、彼の影のなかで満足している。木々から水がしたたる。木々の枝はあと少しで花を大きく咲かせそうに見える。春。あと二か月すれば、フォルクハイマーは下士官として辞令を受け、戦争に行くことになる。

フォルクハイマーが休憩するために、ふたりは立ち止まる。ヴェルナーはかがみこんで片方のトランシーバーを調べ、ポケットから小さなねじ回しを一本取り出すと、ゆるんだ蝶番の板を締める。フォルクハイマーはいかにもやさしげな目で彼を見下ろす。「おまえはどこまでやれるかな」と言う。

その夜、ヴェルナーは寝床に入り、フレデリックのマットレスの底面をじっと見上げる。暖かい風が城に吹きつけ、どこかでよろい戸が大きな音をたて、長い縦樋を雪解け水がしたたり落ちる。なるだけ静かに彼はささやく。「起きてるか？」

フレデリックは寝台の端から身を乗りだす。ほとんど完全な暗闇のなか、一瞬、ヴェルナーは信じる。これまで言えなかったことを、これから話しあうのだ。

「家に帰ってもいいんだよ。ベルリンにさ。ここを出ていってもいい」

フレデリックは、まばたきしかしない。

「母さんは気にしないさ。きっときみが近くにいるほうがうれしいだろうし。ファンニだってそうだろ。一か月だけ。一週間だけでもいい。きみがいなくなればみんな手をゆるめるし、戻ってくるときには別のだれかに変えているさ。父さんは知らなくてもいい」

だが、フレデリックは自分のベッドに戻ってしまい、ヴェルナーにはもう彼が見えない。彼の声が、天井にはね返って下りてくる。

「ぼくたちはもう友達をやめたほうがいいんじゃないかな、ヴェルナー」。声が大きすぎる。危険なほど。「きついことはわかっているよ。ぼくと一緒にいて、一緒に食事をして、いつもぼくの服をたたんでブーツを磨いて、勉強を教えてくれるのはさ。きみが考えるべきなのは、自分の勉強のことなんだ」

ヴェルナーは目を固く閉じる。屋根裏部屋の思い出が、一気に押し寄せる。壁のなかでネズミが動きまわる音、窓に当たるみぞれの音。天井の傾斜が大きいせいで、扉の近くでしかまっすぐ立てなかった。そして、その部屋のすぐうしろで、彼の母親と父親とラジオのフランス人が、画廊にいる観客のように並び、揺れる窓越しに見つめ、彼がなにをするのか見ようとしている。

壊れたラジオの破片にかがみこんで、うなだれている、ユッタの顔が見える。なにか巨大でうつろなものが、彼らすべてを食らい尽くそうとしている感覚がある。

「そういう意味じゃないんだ」とヴェルナーは毛布のなかに向けて言う。だが、フレデリックはもうなにも言わない。ふたりとも身動きしないまま、長い時間が過ぎ、ゆっくりと部屋をめぐっていく月光の青い筋を見つめている。

老婦人レジスタンス団

パン屋の妻ルエル夫人は、愛らしい声の持ち主で、たいていは酵母のにおいをさせているが、おしろいや、薄切りにしたリンゴの甘いにおいがすることもある。彼女は夫の車の屋根に脚立を結わえつけると、ギブー夫人と一緒に夕暮れどきのクレンタン道路を走っていき、爪車装置《つめぐるま》で道路標識に細工する。ふたりは酔って笑いながら、ヴォーボレル通り四番地に戻ってくる。

「ディナンは今じゃ北に二十キロメートルのところになったわ」とルエル夫人は言う。

「海のどまんなかよ！」

三日後、フォンティノー夫人は、守備隊司令官がアキノキリンソウに対するアレルギー体質だと聞きつける。花屋のカレ夫人は、市庁舎に送る花束にどっさりとその花を入れる。女性たちはレーヨンを間違った先に発送する。列車の時刻表をわざと書き間違える。郵便局長のエブラール夫人は、ベルリンからの重要と思われる手紙をズロースの下にすべりこませて家に持ち帰ると、夕方の暖炉の焚きつけにする。

彼女たちは次々にエティエンヌの家の台所にやってきては、嬉々として報告する。守備隊司令官がくしゃみをしているのをだれかが聞いた。売春宿の戸口の段に置いた犬の糞が狙いどおりにドイツ兵の靴底にくっついた。マネック夫人は、シェリー酒か、シードルか、ミュスカデワインをそそぐ。だれかが戸口のそばに座り、見張り役になる。小柄で腰の曲がったフォンティノー夫人は、市庁舎の配電盤を一時間不通にしたと胸を張る。大柄でやぼったいギブー夫人は、孫と一緒に野良犬をフランス国旗の色に塗り、シャトーブリアン広場を走りまわらせたと言う。

女性たちはかん高い声でおしゃべりして盛り上がる。「わたしはなにができるかしら？」高齢の未亡人ブランシャール夫人は言う。「なにかしたいわ」

ブランシャール夫人に金を渡すよう、マネック夫人はみんなに頼む。「ちゃんと返せるから心配しないで」と彼女は言う。「それで、ブランシャール夫人、あなたは昔から字がとてもきれいだった。エティエンヌのこの万年筆を持っていって。どの五フラン紙幣にも、〈今こそ自由フランスを〉と書いてほしいの。だれもお金を燃やすほどの余裕はないでしょ？　みんながそのお札を使ってしまえば、わたしらのささやかな伝言はブルターニュじゅうに広がる」

女性たちは手を叩く。ブランシャール夫人はマネック夫人の手を強くにぎると、ぜいぜいと息をして、潤んだ目を喜びでしばたかせる。

ときおり、エティエンヌが、片足の靴だけをはいてつぶやきながら下りてくると、台所は静まり返る。そのあいだにマネック夫人が彼に紅茶を淹れてお盆にのせ、エティエンヌはそれを持って上階に戻っていく。すると、女性たちはまた話しはじめ、早口で計画を練る。マネック夫人はぼんやりした手つきでマリー＝ロールの頭を髪先までなでる。「七十六歳になって、まだこんな気分を味わえるなんてね。目がきらきらした女の子のような気がするよ」

診断

軍医はフォン・ルンペル上級曹長の脈拍を測る。血圧計の腕帯を膨らませる。ペンライトで彼ののどを調べる。その日の朝、フォン・ルンペルは十五世紀の長椅子を鑑定し、ゲーリング元帥の狩猟用別荘に向かう列車車両への積みこみを監督した。その長椅子を持ってきた二等兵は、出所の村を略奪したようすを語った。「買い物」と言った。

その長椅子を見たフォン・ルンペルは、週の初めに鑑定した、十八世紀のオランダの煙草入れ、小さなダイヤモンドがちりばめられた銅と真鍮の箱を思い出し、そこからの連想で、重力のように避けようもなく、〈炎の海〉にふたたび想いをはせる。気持ちがゆるむとき、未来のいつか、自分がリンツの総統博物館に並ぶ柱のあいだ、大理石の床の上をつかつかと歩いていき、たそがれの光が高い窓から注いでいる光景を想像する。千の透明な展示ケースがあり、床から浮いていると思えるほど透き通っているのが見える。なかには、地球のあらゆる穴から採られた鉱物の財宝が待っている。翠銅鉱《すいどうこう》、トパーズ、アメジスト、そしてカリフォルニア紅電気石。

なんという言い回しだったろうか。大天使のまゆから投げかけられた星々のような。

そして展示室のまさに中央では、天井からの集中照明がひとつの台座に当たっている。そこ、ガラスの立方体のなかで、青い宝石が輝いている……。

軍医はフォン・ルンペルに、ズボンを下ろしてほしいと言う。戦争は一日たりとも手を休めることがないが、何か月も、フォン・ルンペルはしあわせな気分で過ごしている。彼の職務は倍増しつつある。ふたを開けてみれば、第三帝国には、アーリア人のダイヤモンド専門家があまりいない。ほんの三週間前、ブラチスラヴァの西にある、日光がしまになって当たる小さな駅では、完璧に透明で上品に切り出された宝石がぎっしり詰まった封筒を調べた。うしろでエンジンをうならせるトラックに満載された絵画は、紙で包まれてわらで梱包されていた。レンブラントが一枚、そしてクラクフからの有名な祭壇画の数々が入っている、と警護の兵士たちはささやいていた。それらはすべて、オーストリアのアルタウッセ村の地下深くにある岩塩坑に送られる。そこには、一・五キロにおよぶトンネルが掘られた先に光り輝く回廊があり、三階に達する高さの棚に、最高司令部はヨーロッパ最高の芸術を積み上げている。彼らは難攻不落のひとつ屋根の下にすべてを集め、人類の営みを讃える寺院とするつもりでいる。千年にわたり、訪問者はそれに目を見張るだろう。

軍医は彼の腹をていねいに調べる。「痛みはないのかね?」

「まったく」

「ここも?」

「ありません」

パリの宝石細工人から名前まで入手できるというのは、望みが高すぎた。模造したダイヤモンドを渡されたのがだれなのか、デュポンが知っているはずがなかった。博物館のぎりぎりの保護措置までは彼は見通せなかった。それでも、デュポンは役に立った。フォン・ルンペルは数を求めており、それがわかったのだ。

三つ。

「服を着てよろしい」と軍医は言うと、流しで手を洗う。

フランス侵攻が迫る二か月のうちに、デュポンは博物館のために三つの模造品を製作した。それにあたって本物のダイヤモンドを使用したかという問いには、鋳型を使ったと答えた。本物を見てはいない。フォン・ルンペルはその言葉を信じた。

三つの模造品。それに加えて、本物の宝石。この惑星の、十垓《がい》にもおよぶ砂粒のどこかにある。

四つの宝石、そのうちひとつは博物館の地下で金庫におさめられている。探し出すべきはあと三つ。フォン・ルンペルの体内に、胆汁のような焦りがこみ上げてくることもあるが、彼はそれを無理にのみこむ。そのときは来るはずだ。

彼はベルトを締める。軍医が口を開く。「生検をする必要がある。奥さんに電話をかけてやるといい」

一番弱い生徒（三）

残酷さの天秤が傾く。バスティアンがついに恨みを晴らすのか、フレデリックが唯一の出口を探しにいくのか。ヴェルナーにはっきりわかることは、四月のある朝に目覚めると、半解けの雪は七、八センチほどになり、フレデリックが寝台にはいないということだ。朝食にも詩学の授業にも、午前の野外体育にも、彼は姿を見せない。真実とは歯車が噛みあわない機械であるかのように、ヴェルナーが耳にするどの話にも、欠けている部分や矛盾がある。まず聞いた話では、生徒の一団がフレデリックを外に連れ出して雪のなかでたいまつを何本も立て、ライフルで撃ってみせろと言ったという。ちゃんと視力があることを証明するために。次に耳にするのは、生徒たちが視力検査図の前に彼を連れていき、読めないとわかると図を無理やり口に押しこんで食わせたという話だ。

だが、この学校で、真実に意味があるだろうか。ヴェルナーは思い描く。二十人の少年たちが、ドブネズミのようにフレデリックの体に群がる。太って顔をてからせ、襟からのどの肉がはみだした校長が、背の高いオーク材の玉座で王のようにふんぞり返るなか、血がゆっくりと床一面に広がり、彼の足首に、そしてひざを越えて上がっていく……。

ヴェルナーは昼食をとらずに、茫然とした心持ちで学校の医務室に向かう。居残りか、もっとひどい罰を受ける恐れもある。晴れて明るい日だが、彼の心は万力でゆっくりと潰されていき、すべてがゆるやかで、催眠術にかかったようだ。扉を引いて開ける自分の腕は、厚さ一メートル以上ある青い水を通して眺めているように見える。

一台だけあるベッドに、血がついている。枕にも、シーツにも、エナメル塗装をしたベッドの枠にさえも血がついている。たらいのなかには、ピンク色の布が何枚も入っている。床には、半分ほどけた包帯が転がっている。看護婦があわててやってくると、ヴェルナーを見て顔をしかめる。厨房を除けば、学校に女性はその看護婦しかいない。

「どうしてこんなに血があるんです?」と彼はきく。

彼女はくちびるに指を四本当てる。彼に言うべきか、知らないふりをするべきか考えている。告発か、甘受か、共謀か。

「彼はどこです？」

「ライプツィヒよ。手術のために」。彼女は制服の白く円いボタンを、具合の悪いことに震えているかもしれない指で触れる。それ以外では、厳しい態度を崩さない。

「なにがあったんです？」

「あなたは昼の食事をしているはずじゃないの？」

まばたきするたびに、子ども時代に見た男たちの姿がよみがえる。路地裏をぶらついていく失業者の坑夫たち、指のかわりに鉤があり、目のかわりにぽっかりと穴の開いた男たち。雪が降りしきるなか、湯気を上げる川のそばに立っているバスティアンの姿が見える。

総統、民族、祖国。体を鋼にし、魂も鋼にせよ。

「彼はいつ戻りますか？」

「ああ」と彼女は言う。そっと口にしたひとこと。そして首を横に振る。

テーブルには、青い石鹸の箱。その上にある、ぼろぼろの額には、過去にいた士官の肖像画がある。かつて、この場所から、死ぬために送られていった少年。

「士官候補生？」

ヴェルナーはベッドに腰を下ろしてしまう。看護婦の顔がいくつも、違った距離にあり、仮面と仮面が重なりあっているように見える。今この瞬間、ユッタはなにをしているのだろう。泣きわめく新生児の鼻を拭っているのか、新聞紙を拾っているのか、看護兵たちの発表を聞いているのか、それとも、また靴下を繕っているのか。兄のために祈っているのだろうか。兄を信じているのだろうか。

彼は思う。このことは、絶対に、妹に話すわけにはいかない。

最愛のマリー＝ロールへ――

監房で一緒にいる人たちはだいたいやさしいよ。冗談を言う人もいる。たとえば――ドイツ国防軍の教練について聞いたことはあるかい？　あるとも、毎朝頭の上に両手を上げてそのままにするんだろ！

ハハハ。ぼくの天使はかなりの危険を冒してこの手紙を届ける約束をしてくれた。ここはとても安全だし、「宿屋《ガストハウス》」から少しのあいだ出ていると気分がいい。ぼくらは今、道路建設をしている。いい仕事だよ。体が強くなってきた。きょう、クリの木のふりをしたカシの木を見たよ。クリカシというんじゃないかな。ふたりで家に戻ったら、植物園の学者にそのことをきいてみようか。

きみとマダムとエティエンヌがいろいろ送ってくれていたらと思うよ。ぼくらはひとりにつき小包をひとつ受け取ってもよいことになるらしいから、そのうちなにかが届くはずだ。道具を持たせてもらえるかは怪しいけれど、そうなったら最高だろうな。ここの景色がどれくらいきれいなのか、ぼくらが危険からどれだけ遠くにいるのか、きっと信じられないだろうな。ぼくは信じられないくらい安全だよ。これ以上はないくらいにね。

パパより

小洞窟

夏になる。マリー＝ロールは図書館裏の壁龕で、マネック夫人と頭のおかしなウベール・バザンと一緒に座っている。銅の仮面越し、口に入れたスープ越しに、見せたいものがある、とウベールは言う。

彼はマリー＝ロールとマネック夫人を連れて歩いていく。マリー＝ロールが思うにボワイエ通り、ただしヴァンサン・ド・グルネー通りか、オート・サール通りかもしれない。

三人は塁壁の基部まで来ると、右に曲がり、マリー＝ロールがこれまで足を踏み入れたことのない路地を進む。段をふたつ下り、垂れ下がるツタのカーテンを抜けると、「ウベール、いったいどういうことなんだい」とマネック夫人は言う。路地はしだいに狭くなっていき、ついには、三人は一列になって歩き、壁が両側から近くに迫ってくると、やがて足を止める。マリー＝ロールには、両側の壁が切り立ち、肩にこすれるのがわかる。壁はどこまでも高くそびえているように思える。父親がこの路地も模型で作っていたのだとしても、彼女の指はまだそこを発見してはいない。

ウベールは汚いズボンのあちこちを探り、仮面の奥で荒い息づかいになっている。塁壁があるはずのところ、左側で鍵が開く音を、マリー＝ロールは耳にする。門がきしみつつ開く。「頭に気をつけて」と彼は言い、彼女に手を貸してくぐらせる。三人が這うようにして降りる窮屈な場所には、海のにおいが強く立ちこめている。「ここは壁の下だ。上には二十メートルの花崗岩がある」

夫人が口を開く。「勘弁しておくれよ、ウベール、ここは墓場みたいに薄暗いじゃないか」。だが、マリー＝ロールは、もう少し奥に踏みこんでみる。靴底がすべり、床は奥に向かって下に傾いていて、そして、両方の靴が水に触れる。

「ここを触ってごらん」とウベール・バザンは言うとしゃがみ、巻貝ですっかり覆われている湾曲した壁に、彼女の手を導く。何百という貝。何千という。

「こんなにたくさん」と彼女はささやく。カモメから身を守れるからかな？　ほら、ここを触ってごらん。ひっくり返すから」

「どうしてかな。角のようなぎざぎざの先端の下に、何百という、小さくのたくる水圧式の足。ヒトデだ。「これはムラサキイガイ。そしてこれは、死んだイバラガニ。はさみがわかるかな？　ほら、頭に気をつけて」

近くで、波が砕ける。水が、足元をさらさらと流れていく。マリー＝ロールは水のなかを前に進む。その空間の床は砂でざらつき、水はせいぜい足首の深さしかない。彼女にわかるのは、そこは低い小洞窟で、長さは一メートル少しで幅は五十センチメートルちょっと、食パンの形をしているということだ。奥の突き当たりには太い格子があり、そこから、澄んで光沢のある潮風が吹きこんでくる。彼女の指先は、フジツボに、海藻に、そして千の巻貝に当たる。「ここはどんな場所なの？」

「番犬の話をしたことを覚えているかな？　大昔、町の犬小屋係はここでマスチフ犬を飼っていた。馬くらいもある犬たちさ。夜になって外出禁止時刻の鐘が鳴ると、犬はみな砂浜に放たれ、欲を出して上がってきた船乗りを食べていた。このムラサキイガイの下のどこかに、一一六五年という年号が刻まれている」

「でも水は？」

「大潮のときでも、せいぜい腰までしか上がってはこない。昔は潮がもっと低かったのかもしれないな。子どものころのわしらはよく、ここで遊んだよ。わしとあんたのお祖父さんで。大叔父さんと一緒のときもあった」

潮が彼らの足をかすめていく。いたるところで、ムラサキイガイがぱちりと鳴っては、ため息のような音をたてる。この町に暮らした海の男たちのことを、彼女は考える。密輸業者や海賊が、暗い海を進んでいき、一万の暗礁のあいだをすり抜けていく。

「ウベール、もう行こう」と言うマネック夫人の声がこだまする。「ここは女の子向きじゃないよ」

「大丈夫よ、マダム」とマリー＝ロールは声をかける。ヤドカリ。イソギンチャクは彼女がつつくと水を少し噴き出す。銀河のようにいる巻貝。ひとつひとつに包みこまれた、生の物語。

ようやく、マネック夫人がふたりを説き伏せて犬小屋から連れ出すと、ウベールはマリー＝ロールの手を引いて門を出て、鍵をかける。マネック夫人を先頭にしてブルセー広場に着く前、彼はマリー＝ロールの肩を軽く叩く。そのささやき声が左耳に入ってくる。息は虫を潰したようなにおいがする。「またあの場所を見つけられると思うかな？」

「たぶん」

彼は鉄でできたなにかを彼女の手のなかに入れる。

「これがなにかわかるか？」

マリー＝ロールは手をにぎりしめる。「鍵ね」

陶酔

毎日、新しい勝利、新しい進軍の知らせがある。ソ連はアコーディオンのようにしぼむ。十月には、生徒たち全員が大型のラジオのまわりに集まり、「タイフーン作戦」を宣言する総統の言葉に聞き入る。ドイツ軍部隊は、モスクワまで数マイルのところで旗を立てている。ロシアの地は彼らのものになるだろう。

ヴェルナーは十五歳になっている。フレデリックのベッドでは、新しい少年が眠っている。夜には、いないはずのフレデリックが見えることがある。上の寝台の端から彼の顔がのぞくか、窓ガラスに双眼鏡を押し当てている。フレデリック――死なかったが、回復もしなかった。あごの骨折、頭蓋骨の亀裂、脳の外傷。だれも罰は受けず、取り調べもなかった。紺色の自動車が学校に着き、フレデリックの母親が出てくると、校長の官舎に入り、すぐに出てきたときにはフレデリックのダッフルバッグの重みで体が傾き、とても小さく見えた。彼女がまた乗りこむと、車は走り去った。

フォルクハイマーはいなくなっている。ドイツ国防軍の鬼軍曹になったらしいとうわさが流れる。モスクワに一番近い町まで部隊を率いていった。死んだロシア人の指を叩き切って、パイプで吸った。

新入りの士官候補生たちは、能力を示そうとやっきになる。全力で走り、叫び、障害物を飛び越える。野外体育では、十人の生徒が赤の腕章、十人が黒の腕章をつけての競技が行われる。どちらかが二十本の腕章を手にしたときに競技は終わる。

ヴェルナーには、まわりの生徒たちがみな陶酔しているように思える。あたかも、毎回の食事のときに生徒たちがブリキのコップにそそいでいるのは、シュルプフォルタの冷たい鉱水ではなく、蒸留酒であるかのようだ。そのせいで、目がどんよりとなってふらつき、いつまでも活力と運動と靴磨きで酔っていることによって、避けようもなく襲ってくる苦痛の大津波をどうにかはねのけていられる。雄牛のような頭の生徒たちのほとんどが、決意に目を輝かせている。その視線は休むことなく弱点を探り出すように鍛えられている。

彼らはハウプトマンの実験室から戻るヴェルナーに怪訝《けげん》そうな目を向ける。彼が孤児で、よくひとりでいて、子どものときに身についたフランス語訛りがあることを、彼らは怪しんでいる。

我らは一斉射撃される弾丸なり、と新入りの士官たちは歌う。**我らは砲弾。我らは剣の切っ先。**

ヴェルナーはいつも、故郷のことを思う。屋根裏の上にある亜鉛めっきの屋根板に当たる雨音をなつかしく思う。孤児たちの野性的な体力。休憩室で赤ん坊をあやしながら歌うエレナ先生の、ひっかくような歌声。夜明けの光に隠れて入ってくる、コークス工場のにおい。一日の最初の確かなにおい。たいていは、ユッタのことが恋しくなる。忠実で頑固で、なにが正しいかをいつも見抜いてみせる妹が。

とはいえ、気弱になるときは、そうした妹の性格に憤ってしまう。もしかすると、彼女は、ヴェルナーのなかの不純さ、彼の発する電波のなかの雑音であり、いじめっ子たちはそれを感知しているのかもしれない。ひょっとすると、彼女が唯一の防波堤となってくれることで、彼は完全に降参せずにいられるのかもしれない。生徒たちは、故郷に妹がいるのなら、彼女のことをプロパガンダの貼り紙に出てくる愛らしい少女だと考えることになっている。バラのようなほほ。そして勇ましく、揺るぎない。彼女のために戦うのだ。彼女のために死ぬのだ。だが、ユッタはどうだろう。ユッタが送ってくる手紙は、検閲官によってほとんどまっ黒にされている。彼女はたずねてはならないことをたずねている。ハウプトマン博士と親しく、科学技術の教授のお気に入りだという特別な立場のおかげで、彼はどうにか安全でいられる。ベルリンにある会社が、ふたりのトランシーバーを製造していて、すでに、いくつかの装置一式が、ハウプトマンが「戦場」と言うところから、吹き飛ばされたか、焼かれたか、泥まみれになったか、それとも欠陥品だったかで戻ってきつつあり、ハウプトマンが電話で話しているか、交換部品の請求書を書いているか、二週間にわたって学校を離れているあいだにそれらを組み立てなおすのがヴェルナーの仕事になる。

ユッタからの手紙がないまま、数週間が過ぎる。ヴェルナーは平凡な言葉をひとしきり四行ほど並べ――元気だよ、忙しくしている――寮長に手渡す。恐怖が押し寄せる。

「諸君には知性がある」。ある晩の食堂で、バスティアンはつぶやく。どの生徒もほとんどわからない程度に食事にかがみこむなか、校長の指は制服の背中を軽くなでていく。「だが、知性は信用すべきものではない。知性はつねにあいまいさのほうへと、疑問へと流れてしまう。真に必要なのは確実さであるのに。目的。明晰さだ。自分の知性を信用してはならん」

ヴェルナーはまたひとり、深夜の実験室に座り、フォルクハイマーがかつてハウプトマンの研究室から借りてきていたグルンディッヒの真空管ラジオで周波数帯を渡り歩く。音楽か、エコー音か、なにを探しているのかは自分でもわからない。回路がばらばらになり、また形になっていくのが見える。フレデリックが鳥の本にじっと見入る姿が見える。狂ったように動くツォルフェアアインの炭坑、入れ換え車両、大きな音をたてる輪止め、動くベルトコンベア、昼も夜も空に沈泥をそそぎこむ煙突。彼の目に浮かぶユッタは、四方から闇が迫るなか、火をともしたたいまつを右に左に激しく動かしている。実験室の壁を、風が押してくる――はるばるロシアから吹くコサックの風だ、と校長はことあるごとに言う。なにがあっても止まることなく、ドイツ人の女の子の血を飲もうとやってくる、豚の頭をしてろうそくを食らう野蛮人たちの風なのだ。地上から消し去るべきゴリラどもだ。

雑音、雑音。

聞いているかな？

ついに、彼はラジオを切る。静けさのなかに、教師たちの声が入り、彼の頭の片側からこだまし、もう片方からは記憶が語りかけてくる。

目を開けて、その目が永遠に閉じてしまう前に、できるかぎりのものを見ておくんだ。

刃とエゾバイ

〈オテル・デュ〉の、大きく陰気な食事室では、いっぱいにつめかけた人々が、ジブラルタル沖合のUボートや、通貨両替の不平等や、四サイクルの船舶用ディーゼルエンジンの話をしている。マネック夫人はチャウダーを二杯注文し、マリー＝ロールとふたりですぐに食べ終える。次になにをすればいいのかわからない、と彼女は言う――ずっと待ちつづけるべきだろうか――そこで、あと二杯注文する。

ついに、かさかさと音をたてる服を着た男が、ふたりのテーブルに座る。「お名前はワルテール夫人ということでいいですか？」

「お名前はルネでいいかしら？」とマネック夫人は言う。

間がある。

「彼女は？」

「わたしの協力者ですよ。相手が嘘をついているのかどうか、声音だけでわかるんです」

彼は笑う。ふたりは天気の話をする。強風によってここまで吹き飛ばされてきたかのように、彼の服からは海の空気が発せられている。話しながら、彼はぎごちない動きをしてテーブルにぶつかるので、ふたりのボウルのなかでスプーンが鳴る。ついに彼は切りだす。

「我々はあなたの努力に感銘を受けていますよ、マダム」

ルネと名乗る男は、ひどく静かに話しはじめる。マリー＝ロールには切れ切れにしか聞こえない。「彼らのナンバープレートにある特別な記章を探してください。WHは陸軍、WLは空軍、WMは海軍のことです。それから、港を出入りするすべての船舶を書き留めることもできます。あるいは、それができる人を探すか。この情報にはかなりの需要があります」

マネック夫人は黙っている。マリー＝ロールの耳には入らないことが、さらに話しあわれているのか、ふたりのあいだで身振り手振りの会話が進んでいて、メモが交わされ、計略に合意がされているのかはわからない。ふたりはなんらかの合意に達し、じきに、彼女とマネック夫人はヴォーボレル通り四番地の台所に戻っている。マネック夫人は地下室で音をたてて動きまわり、缶を持って上がってくる。まさにきょうの朝、フランス最後の二箱の桃を手に入れたのだと高らかに言う。鼻歌を歌いながら、マリー＝ロールの皮むきを手伝う。

「マダム？」

「なんだい、マリー」

「ギメイってなんのこと？」

「偽物の、もうひとつの名前のことよ」

「もしわたしもひとつ使うとしたら、どんな名前を選べるかしら?」

「さてね」とマネック夫人は言う。またひとつ、桃の核を取って四つ切りにする。「好きな名前にしていいんだよ。『マーメイド』にしたっていい。それとも『ヒナギク』か。『スミレ』か」

「エゾバイはどうかしら? エゾバイがいいと思う」

「じゃあマダムは? それはとてもいい偽名だね」

「わたしかい?」マネック夫人のナイフが止まる。地下室でコオロギが鳴く。「わたしは『刃』にしようかね」

「刃?」

「そうさ」。桃の香りが、鮮やかに赤らんだ雲になる。

「刃?」とマリー=ロールは言う。そしてふたりとも笑いだす。

親愛なる兄さんへ

どうして手紙をくれないの？[redacted]鋳造工場は昼も夜も動いていて、煙突からは煙が出っぱなし。ここは寒くなったから、みんな手当たりしだいに燃やして暖をとっているわ。おがくずも、無煙炭も、軟炭も、石灰も、生ごみも。戦争未亡人の人たちは[redacted]で、毎日数が増えている。わたしは洗濯工場で、双子のハンナとズザンネ、それからクラウディア・フェルスター（覚えてるでしょ）と働いていて、たいていは上着やズボンを直している。針の使いかたがうまくなっているから、少なくともしょっちゅう自分の指を刺してしまうことはなくなったわ。ちょうど今、宿題を終えたところよ。兄さんにも宿題は出ているかしら？　反物が不足していて、みんな家具の覆いとかカーテンとかコートを持ってくる。使えるものはなんでも使えって言うものね。ここにいるわたしたちと同じように。ハハハ。兄さんの使っていた寝台の下でこれを見つけた。まだ使えそうよ。

愛をこめて　ユッタ

手作りの封筒のなかには、ヴェルナーが小さいときに使っていたノートが入っている。表紙には彼の筆跡で「疑問」とある。なかには、少年時代のスケッチや発明があふれている。エレナ先生のために作ってあげたかった電気ベッド暖房器や、チェーンで両輪を回す自転車。**磁石は液体に力を及ぼせるか。ボートはなぜ浮くのか。体を回転させるとふらふらするのはなぜか。**

ノートのうしろにかけては、十枚ほどの空白。幼稚だったので、検閲を通ったのだろう。周囲では、ブーツのやかましい音、ライフルを動かす音。銃床を床に当て、銃身を壁にもたれかけさせている。鉤からコップを、棚から皿を取る。牛肉の煮物に列を作る。波のように襲ってくる鋭い郷愁の念に、彼は目を閉じる。

死ぬ前に元気

マネック夫人は五階のエティエンヌの書斎に入る。マリー＝ロールは階段で耳をそばだてている。

「手伝ってください」と夫人は言う。だれか、おそらくは夫人が窓を開けると、色鮮やかな海の風が階段ホールを流れ、すべてが動く。エティエンヌのカーテン、紙、塵。マリー＝ロールの父親への思い。

エティエンヌは言う。「マダム。お願いだ。窓を閉めてくれ。やつらは灯火管制の違反者を拘束しているんだ」

窓は開いたままだ。マリー＝ロールは、もう一段、そっと下りる。

「連中がだれを拘束するのか、どうやってわかるんです？　レンヌにいた女性なんか、飼い犬の一匹にゲッベルスと名前をつけただけで懲役九か月ですよ。知っていました？　カンカルの手相占い師は、春になればド・ゴールが戻ってくると予言して射殺されました。射殺ですよ！」

「ただのうわさ話だろう、マダム」

「エブラール夫人が言うには、ディナールにいる男の人が――孫がいる人ですよ、エティエンヌ――二年間の懲役になったのは、ロレーヌ十字を襟の下につけていたからだそうです。わたしが聞いた話だと、連中はこの町全体を巨大な弾薬集積場に変えてしまうつもりだそうです」

大叔父はそっと笑う。「いかにも高校生がでっちあげそうな話だな」

「エティエンヌ、どんなうわさにも一抹の真実はあるものです」

エティエンヌが成人してからずっと、彼の恐怖をマネック夫人がなだめてきたことに、マリー＝ロールは気がつく。そうした恐怖をそらし、和らげてきた。彼女はもう一段下りる。

マネック夫人が言っている。「あなたはいろいろご存じでしょう、エティエンヌ。地図や潮や無線のことを」

「あれだけの数の女が家に来るというだけで、もう十分すぎるほど危険だ。壁に耳ありというだろう、マダム」

「だれの耳です？」

「たとえば香料商だ」

「クロード？」彼女は鼻を鳴らす。「ちびのクロードは自分のにおいでてんてこ舞いですよ」

「クロードはもうそれほどちびではない。私ですら、あの一家がほかよりも潤っているのがわかる。肉も、電気も、バターもある。どうやってああした褒美をせしめているのかはわかるぞ」

「なら手伝ってください」

「厄介事はごめんだよ、マダム」

「なにもしないのも、ひとつの厄介事になるんじゃありませんか？」

「なにもしないのは、なにもしないということだ」

「なにもしないのは連中に協力するのと同じです」

風がさっと吹く。マリー＝ロールの頭のなかで、風は形を変えてかすかに輝き、空気のなかで針や棘を描く。銀色、緑色、そしてまた銀色。

「やりかたはわかっているんです」とマネック夫人は言う。

「なんのやりかただね？　だれを信用することにしたのかね？」

「ときにはだれかを信用しなくちゃなりません」

「隣にいる人間の腕や脚に、自分と同じ血が流れているのでなければ、なにも信用してはならん。同じ血が流れていても信用ならん。マダム、あんたが戦おうとしている相手は人ではなく、体制だ。どうやって体制と戦う？」

「やってみることですよ」

「私になにをしてほしいのかね？」

「屋根裏のあの古い機械に息を吹きこむんです。昔のあなたは、無線のこととなれば町で一番詳しかった。ひょっとすると、ブルターニュでも一番だった」

「受信機はすべて持っていかれたろう」

「ぜんぶじゃありませんよ。みんなあちこちに物を隠しましたよ。わたしにわかる範囲で言うと、あなたは数字を読み上げるだけでいいんです。紙切れに書かれた数字を。だれかが——だれかは知りませんよ、ウベール・バザンかもしれません——その紙切れをルエル夫人のところに持っていって、彼女がそれをまとめてパンのなかに入れて焼くんです。パンのなかですよ！」彼女は笑う。マリー＝ロールには、その声は二十歳も若返ったように聞こえる。

「ウベール・バザンか。ウベール・バザンを信用するというのか？　秘密の暗号をパンに入れて焼くだと？」

「どこの太ったドイツ人が、あんなまずいパンを食べますかね？　連中はいい小麦粉をひとり占めしていますよ。わたしたちがパンを持って帰りますから、あなたが数字を送信してくれたら、その紙を燃やします」

「まったくばかげている。子どもじみた行動だ」

「まったくなにも行動しないよりましです。あなたの甥のことを考えてみてください。マリー＝ロールのことも」

カーテンがはためき、紙がさらさらとこすれ、ふたりの大人は書斎でにらみあう。マリー＝ロールは、大叔父の部屋の近くまでこっそり来ていて、扉の枠に触れられるほどのところにいる。

マネック夫人が口を開く。「死ぬ前に元気なところを見せたくありませんかね？」

「マリーはもうじき十四歳になるんだぞ。戦時中は、そう幼い年齢ではない。十四歳もみなと同じように死ぬ。だが私は、十四歳には幼くいてほしい。私は——」

マリー＝ロールはびくっとして一段戻る。ふたりに見られただろうか。頭のおかしなウベール・バザンに連れていってもらった石造りの犬小屋のことを考える。無数の巻貝が集まっていた。父親に何度も自転車に乗せてもらったことを考える。彼女がサドルに座ってバランスを取り、父親がペダルを立ちこぎして、パリの大通りに入っていった。彼女は父親の腰につかまってひざを曲げ、ふたりは飛ぶようにして、車のあいだを抜け、坂を下り、一斉に襲いかかってくるにおいと騒音と色をくぐっていった。

エティエンヌは言う。「マダム、私は読書に戻る。夕食の支度をする時間じゃないか？」

出口なし

一九四二年一月。暖炉に火が入り、ほかの部屋よりひとまわりもふたまわりも暖かく明るいハウプトマン博士の研究室にヴェルナーは入り、故郷に戻らせてほしいと頼む。小柄な博士は、大きなデスクのうしろに座り、その前には艶《つや》のない鳥のあぶり焼きが載った皿がある。ウズラか、ハトか、ライチョウか。右手にはいくつも設計図が巻かれて置いてある。犬は三匹とも、暖炉前の絨毯に寝そべっている。

ヴェルナーは両手で帽子を持って立つ。ハウプトマンは目を閉じ、片方のまゆを指先でなぞる。ヴェルナーは言う。「列車代は自分で稼ぎます」

透かし彫りのようになった血管がハウプトマンのひたいで脈打つ。彼は目を開ける。「すべてを手にするきみが？」犬は一斉に、三つの頭を持つヒュドラのように顔を上げる。「きみが？　ここに来て演奏会を聴き、チョコレートをしゃぶり、暖炉の火に当たるきみがか？」

あぶり焼きの鳥がひと切れ、ハウプトマンのほほで踊る。ひょっとすると初めて、ヴェルナーは教師の薄くなりかけた金髪に、黒い鼻孔に、小妖精のような耳に、情け容赦なく非人間的ななにか、生き残ることのみを決意したなにかを見る。

「ひょっとして、きみは自分がいっぱしの人間だと信じているのか？　重要人物なのだと？」

　ヴェルナーは背中で帽子を固くにぎり、肩が震えないようにする。「いえ、そんなことは」

　ハウプトマンはナプキンを折りたたむ。「ペニヒ、きみは身寄りのない孤児だ。きみがなにになるのかは、完全に私しだいだよ。厄介者か、犯罪者か、大人か。きみを前線に送り、氷のなかで塹壕にしゃがんで、ロシア人どもに両手を切られて食われる身にすることもできる」

「はい」

「きみが辞令を受けるのは、学校のほうで辞令を出す用意ができたときだ。その前はない。我々は第三帝国に仕えているのだぞ、ペニヒ。帝国が我々に仕えているのではない」

「はい」

「今夜も実験室に来たまえ。いつもどおりに」

「はい」

「チョコレートはもうなしだ。もう特別扱いはしない」

　扉を閉めて出た廊下で、ヴェルナーが壁にひたいを当てると、父親の最期の瞬間が頭に浮かぶ。トンネルが押し潰されていき、天井は低くなる。あごが地面に押しつけられる。

頭蓋骨が割れていく。彼は考える。故郷には戻れない。留まることもできない。

ウベール・バザンの失踪

マリー＝ロールは、マネック夫人のスープのにおいを追ってオーゼルブ広場を抜け、夫人が扉を叩くあいだは、図書館裏の壁龕の前で鍋を持つ。

「バザンさんはどこです?」と夫人は言う。

「どこかへ移ったんだろう」と司書は言うが、その声には隠しきれない疑念がにじんでいる。

「ウベール・バザンが移るなんて、どこに?」

「どこにと言われても。もういいでしょう、マネック夫人。きょうは寒いので」扉は閉まる。マネック夫人は悪態をつく。マリー＝ロールは、ウベール・バザンから聞かされた物語を思い起こす。海の泡からできた哀れな怪物たち、秘部が魚のようになった人魚たち、イギリス人たちによる包囲。「きっと戻ってくるよ」と言うマネック夫人は、マリー＝ロールだけでなく、自分自身にもそう言い聞かせている。だが翌朝も、その次の朝も、ウベール・バザンは戻ってこない。

次の集会には、女性たちの半分しか出席しない。

「彼がわたしたちに手を貸していたと連中は思っているのかしら？」とエブラール夫人はささやく。

「手を貸していたの？」

「伝言を運んでいると思っていたわ」

「どんな伝言？」

「これではあまりに危険だわ」

マネック夫人は歩きまわる。部屋の反対側にいるマリー＝ロールにも、彼女の発する不満の熱が伝わってきそうだ。「じゃあ出ていっておくれ」。彼女の声はくすぶる感情を抑えている。「みんな出ていって」

「そうあわてないで」とルエル夫人は言う。「少し中断しましょう。一週間か二週間。状況が落ち着くまで待ちましょう」

銅の仮面と少年めいた熱心さ、潰れた虫のような息をしたウベール・バザン。マリー＝ロールは不思議に思う。みんなはどこに連れていかれるのだろう。父親が連行された「宿屋《ガストハウス》」だろうか。すばらしい食事や、神秘的な木々について、手紙を家に書き送れるような場所だろうか。パン屋の妻は、山岳地帯にある収容所に送られているに違いないと言う。食料雑貨店の妻は、ロシアにあるナイロン工場だと言う。マリー＝ロールには、ただ人が消えてしまうこともありえそうに思える。じゃまだと思う人に兵士たちが袋をかぶせて電気を通すと、その人は消えていなくなる。別の世界に追放される。

町はゆっくりと、上階にある模型に作り変えられている、とマリー＝ロールは思う。通りはひとつまたひとつと無人にされていく。外に出るたびに、彼女は頭上にある窓すべてを意識する。その静けさはいらだたしく、不自然だ。巣穴にいるネズミが、野原に広がる草のなかに出てきて、頭上でどんな影が動きまわっているのかまったくわからないというのは、こんな感覚なのだろう。

すべてが毒されている

食堂のテーブルの上には、新しい絹の垂れ幕がかけられ、燃えるようなスローガンが躍っている。

恥辱とは倒れることではなく偽ることだ。

細身ですらりとした体つきを保て、グレイハウンドのごとく速く、革のように丈夫で、クルップ鋼鉄のように強く。

数週間ごとに、教師がひとりまたひとりと消え、戦争のエンジンに吸いこまれていく。厳しさも気質も頼りない年配の都会人が、新任の教師として連れてこられる。教師たちはすべて、どこか壊れたところがあることにヴェルナーは気づく。脚を引きずっているか、片目を失明しているか、前の大戦か発作のせいで顔の左右の釣り合いが崩れている。士官候補生たちは新しい教師にはさして敬意を払わず、教師たちはさらに怒りっぽくなり、じきに、ヴェルナーにとって学校は安全ピンを抜いた手榴弾のように思えてくる。

電力供給は不安定になりはじめる。十五分止まっていたかと思えば、勢いを増す。時計は早く回り、電球は輝きを増し、燃えるような光になると破裂し、弱いガラスの雨を廊下に降らせる。それにつづく数日間はまっ暗になり、スイッチは切れたまま、電線網は空になっている。寮室とシャワーは氷のようになる。管理人はたいまつやろうそくを照明に使う。ガソリンはすべて戦争に回され、学校の門をゆっくりと車が入ってくることはめったにない。しわだらけで、あばら骨の浮いたラバが荷車を引き、食料を届けてくる。

一度ならず、ヴェルナーが皿のソーセージを薄切りにすると、ピンク色の蛆虫《うじむし》がなかでのたくっている。新しい士官候補生たちの制服は、彼の制服よりもごわごわで安い作りになっている。もう、射撃訓練では実弾を使えない。バスティアンが石と棒を配りだしたとしても、ヴェルナーは驚かないだろう。

それでも、知らせはいいものばかりだ。我々はコーカサスへの玄関口にいる、とハウプトマンのラジオは言う。我々は油田を掌握した。スヴァールバル諸島も我々のものになるだろう。我々は驚異的な速度で進んでいる。五千七百人のロシア兵を殺し、ドイツ軍の損失は四十五名。

六日か七日おきに、いつも同じふたり組の生気のない死傷者補佐官が食堂に入ってくると、四百人の顔は、そのふたりを追うまいとして灰色になる。少年たちは目と思考だけを動かし、テーブルのあいだを抜けていくふたりの足取りを頭のなかで追い、父親を失ったのはどの少年なのかを探ろうとする。

ふたりがうしろで足を止めても、その士官候補生は気づいていないふりをしようとする。フォークを口に入れてもぐもぐ嚙み、たいていはそのときに、背の高いほうの係官、軍曹が少年の肩に手を置く。少年は口をいっぱいにし、顔に動揺を浮かべてふたりを見上げ、そのあとについて部屋を出ていき、大きなオーク材の二枚扉がきしみつつ閉じると、昼食の部屋はゆっくりと息をつき、少しずつ活気を取り戻す。

ラインハルト・ヴェールマンの父親が倒れる。カール・ヴェスターホルツァーの父親が倒れる。マルティン・ブルクハルトの父親が倒れると、肩を叩かれたその夜、自分はうれしいとマルティンは言ってまわる。「すべてはいつか、早すぎる死を迎えるものだろ？　倒れることを名誉に思わないやつがいるか？　最終的勝利への道の敷石になるのは名誉なことだろ？」ヴェルナーはマルティンの目に動揺の色を探すが、なにも見つからない。

ヴェルナーの心で、疑念はしじゅう頭をもたげてくる。人種的純粋さ、政治的純粋さ――バスティアンはあらゆるたぐいの腐敗の恐怖をあおってくるが、ヴェルナーは真夜中に考えてしまう。生とは一種の腐敗ではないのか。ひとりの子どもが生まれると、世界はそれに取りかかる。その子どもからさまざまなものを奪い、あるいは詰めこむ。食べ物のひと口、目に入る光の粒子。身体は純粋であるわけがない。だが、校長はあくまで純粋さにこだわり、第三帝国はそのために彼らの鼻を計測し、髪の色を測定する。

閉鎖系のエントロピーはけっして減少しない。

夜、ヴェルナーは、フレデリックの寝台、細い薄板やみすぼらしいしみのついたマットレスを見上げる。また新しい生徒、ディーター・フェルディナントがそこで寝ている。フランクフルト出身の、小柄で筋肉質のその少年は、命じられたことすべてに猛烈な勢いで取り組む。

だれかが咳をする。別のだれかがうめく。湖を越えたどこかで、列車がさびしげな汽笛を鳴らす。東へ。列車はいつも東へ向かい、丘陵地帯の縁を越えていく。蹂躙された前線の国境地帯に行く。彼が眠っているあいだも、鉄道は動いている。歴史の投石機がやかましく通っていく。

ヴェルナーはブーツのひもを締め、歌い、行進の列に加わり、任務のためというよりは、任務に忠実であろうとする古ぼけた思いから動く。バスティアンは夕食をとる生徒たちの列を渡り歩く。「諸君、死よりも悪いものとはなにか?」

哀れな士官候補生が起立させられる。「臆病さです!」

「臆病さだ」。バスティアンがうなずくと、その少年は座り、校長は重い足取りで進んでいき、ひとりうなずいて悦に入る。このところ、校長はさらに親しげな口調で、総統のこと、彼が必要とする最新のもの――祈り、ガソリン、忠誠心――について話している。総統は信頼性と、電力と、ブーツ用の革を求めている。十六歳の誕生日を控えているヴェルナーには、総統が真に必要としているのは少年たちなのだとわかりつつある。果てしないほどの列になった少年たちが、ベルトコンベアに乗るために歩いていく。総統のためにクリームを差し出し、総統のために睡眠を、アルミニウムを差し出す。ラインハルト・ヴェールマンの父親、カール・ヴェスターホルツァーの父親、マルティン・ブルクハルトの父親を差し出す。

一九四二年三月、ハウプトマン博士は研究室にヴェルナーを呼び出す。半分詰まった木箱が、床のあちこちに散らばっている。犬はどこにも見当たらない。小柄な教授は歩きまわり、ヴェルナーが到着を告げると、ようやく立ち止まる。思いどおりにならないものにゆっくりとのみこまれていくかに見える。「私はベルリンに呼ばれた。そこで研究をつづけてほしいそうだ」。ハウプトマンは砂時計を棚から取ると木箱に入れ、先が銀色がかった指を宙で止める。

「先生の夢がかないますね。最高の設備に、最高の頭脳ですから」

「以上だ」とハウプトマン博士は言う。

ヴェルナーは廊下に出る。雪がうっすらと積もった中庭では、三十人の一年生が隊列になってゆっくり走り、出てはすぐ消える白い息を吐き出している。ずんぐりとして、あごがつやつやした、忌まわしいバスティアンがなにかをどなる。彼が短い腕を振り上げると、少年たちはくるりと踵《きびす》を返し、頭上にライフルを掲げて、列を乱さないまま速度を上げ、月光にひざをきらめかせる。

訪問者たち

ヴォーボレル通り四番地の電動ベルが鳴る。エティエンヌ・ルブラン、マネック夫人、そしてマリー＝ロールは、同時に食事の手を止め、それぞれ考える。ついに見つかった。屋根裏の送信機が。台所の女性たちが。百回におよぶ砂浜への外出が。

「だれかが来ることになっているのか？」とエティエンヌは言う。

「いいえ」とマネック夫人は言う。女性たちは台所の扉に来るはずだ。

またベルが鳴る。

三人とも、玄関に向かう。マネック夫人が扉を開ける。

フランス人警官がふたりいる。パリの自然史博物館の要請を受けて訪ねてきたと言う。ふたりのブーツのかかとが玄関の床でこすれる音は、窓を叩き割るかと思うほど大きい。ひとり目はなにかを食べている——リンゴだろう、とマリー＝ロールは思う。ふたり目からは、ひげそり用香油のにおいがする。それから、あぶり焼きの肉。ふたりで祝宴をしてきたかのように。

エティエンヌ、マリー＝ロール、マネック夫人、そしてふたりの警官は、台所で、四角いテーブルを囲んで席に着く。警官たちはシチューを辞退する。ひとり目が咳払いする。

「真偽のほどはともかく」と切りだす。「彼は窃盗と陰謀の容疑で有罪とされています」

「政治犯であろうとなかろうと」とふたり目が言う。「囚人は判決で命じられていなくとも、強制労働をさせられています」

「博物館は、ドイツじゅうの看守と刑務所所長に書簡を出しています」

「具体的にどの監獄なのかはまだわかりません」

「ブライテナウではないか、と現在は考えています」

「彼らがしかるべき裁判を行わなかったことは間違いありません」

エティエンヌの声が、マリー＝ロールのそばからくねくねとあがる。「そこはいい監獄なのかね？　つまり、ましな部類のところかね？」

「残念ながら、ドイツにはいい監獄などありません」

トラックが一台、通りを抜けていく。五十メートルほど離れたところでは、海がプラージュ・デュ・モールに打ち寄せる。彼女は考える。この人たちが言っているのはただの言葉だし、言葉なんて、この人たちが息から形作る音、重みのない湯気にすぎないのだし、台所の空気に発せられたら、すぐに拡散して消えるだけのものだ。彼女は口を開く。「わざわざ知らせに来てくださいましたけど、わたしたちはもう知っています」

マネック夫人は彼女の片手をにぎる。

「そのブライテナウとかいう場所のことは知らなかった」とエティエンヌはつぶやく。

ひとり目の警官が言う。「彼が密かに手紙を二通出していたと博物館に連絡しましたね？」

ふたり目が言う。「それを見せていただいても？」

エティエンヌはその場を離れる。だれかが仕事をしていることに満足している。マリー＝ロールも喜ぶべきだが、なにかがおかしいと思う。パリで、侵攻最初の夜、列車を待っているときに、父親が言ったことを思い出す。みんなも乗りたくて必死だよ。

ひとり目の警官が、リンゴの果肉をかじり取る。ふたりは彼女を見ているのだろうか。警官たちにそこまで近いことで、彼女は気が遠くなる。エティエンヌが手紙を二通とも持って戻ると、男たちが紙を交換する音が聞こえる。

「出発前にはなにか言っていましたか？」

「我々が知っておくべき特定の活動や用務の話は？」

ふたりのフランス語はうまく、いかにもパリっ子だが、どちらの側に忠誠を誓っているのかはわからない。隣にいる人間の腕や脚に、自分と同じ血が流れているのでなければ、なにも信用してはならん。そのときのマリー＝ロールには、すべてが圧縮されて海中にあるように思える。彼ら五人は、曇った水槽のなかに沈められ、いっぱいの魚が動くたびにひれがぶつかってくる。

「父は泥棒ではありません」と彼女は言う。

マネック夫人は彼女の手を強くにぎる。

エティエンヌが口を開く。「自分の仕事や娘の心配をしているようだった。もちろん、フランスのことも。心配しない者がいるか？」

「お嬢さん」とひとり目の警官が言う。マリー＝ロールに、直接話しかけている。「彼が特に口にしていたことはありませんでしたか？」

「なにも」

「博物館では多くの鍵を持っていましたね」

「出発前に鍵は渡していました」

「ここに彼が持ってきたものを見せていただいても？」

ふたり目の男が言い添える。「彼のバッグなど？」

「館長から戻るように指示されたときに、リュックサックを持っていきました」とマリー＝ロールは言う。

「とりあえず見てみても？」

部屋の重力が大きくなってきているのが、マリー＝ロールには感じられる。彼らはなにを見つけたいと思っているのだろう。頭上にある無線装置を思い浮かべる。マイクロホン、送信機、つまみとスイッチとケーブル類。

「いいですよ」とエティエンヌは言う。

　ふたりはすべての部屋に立ち入る。三階、四階、五階。六階で、警官たちは彼女の祖父の寝室に入り、大きな衣装だんすの重い扉を開け、廊下の向かい側に移動すると、マリー＝ロールの部屋にあるサン・マロの模型を眺め、小声で言葉を交わすと、重い足音をたてて下りてくる。

　警官たちはひとつだけ質問をする。二階のクローゼットに丸めて置いてある、三枚の自由フランスの旗について。どうしてそれを持っているのか？

「旗を持っていると危険なことになりますよ」ふたり目の警官が言う。

「当局からテロリストだとにらまれたくはないでしょう」ひとり目が言う。「もっとささいなことで逮捕された人も大勢います」。それが親切心なのか脅しなのかはわからないままだ。パパのことを言っているのだろうか、とマリー＝ロールは考える。

　警官たちは捜索を終え、いかにも礼儀正しくおやすみを言うと立ち去る。

　マネック夫人は煙草に火をつける。

　マリー＝ロールのシチューは冷えている。

　エティエンヌは暖炉の火床をいじる。旗を次々に火にくべる。「もういい、もうたくさんだ」と、二度目に力をこめて言う。「この家ではごめんだ」

マネック夫人の声がする。「なにも見つからなかったでしょう。見つかるものなんかありゃしない」

綿の布が燃える。つんとするにおいが台所を満たす。大叔父は言う。「マダム、あんたは自分の人生でやりたいようにすればいい。いつも私を支えてくれたし、私もあんたを支えるつもりだ。だが、この家ではもうしてはならん。それから、あの子と一緒にするのもだめだ」

親愛なる妹のユッタへ

今はかなり難しい時期だ。紙でさえなかなか[redacted]。ぼくらは[redacted]で、暖房は[redacted]。フレデリックはよく、自由意志なんてものはなくて、どの人間の道もあらかじめ決定されていると言っていた。ちょうど[redacted]それからぼくの過ちは、ぼくが[redacted]

[redacted]いつかきみもわかってくれたらと思う。きみとエレナ先生に、愛をこめて。ジーク・ハイル。

カエルは煮える

つづく数週間、マネック夫人は誠意にあふれている。たいていの朝はマリー＝ロールを砂浜に、市場に連れていく。だが、心ここにあらずといったようすで、いかにも丁重にマリー＝ロールやエティエンヌにあいさつし、よそよそしくおはようと言う。しばしば、半日にわたって、どこかへ出かけている。

マリー＝ロールの朝は、それまでよりも長く、さびしくなる。ある晩、彼女は台所のテーブルの前に座り、大叔父に朗読してもらう。

カタツムリの卵のもつ生命力は信じがたいほどである。ある種が固い氷のなかに閉ざされていながら、温めた条件下ではふたたび活動し始めるのを我々は目撃している。

エティエンヌは言葉を切る。「夕食を作ったほうがいいな。マダムは今夜は戻ってこないようだ」。ふたりとも動かない。彼はもう一ページを読む。カタツムリを薬箱に何年も入れておいても、湿気を与えてみれば以前と変わらないようすで這い回っていた……。殻が壊れ、あるいは一部を除去したとしても、一定の時間を経れば、貝殻質が割れた部分に沈着して修復される。

「私にもまだ望みはあるな！」とエティエンヌは言って笑い、マリー＝ロールは思い出す。大叔父はずっと怖がっていたわけではなく、今の戦争の前、第一次世界大戦の前にも人生があったのだ。かつての彼は、今の彼女と同じように暮らし、世界を愛していた。

ようやく、マネック夫人が台所の扉から入ってきて、鍵を閉める。エティエンヌがいくぶん冷たくあいさつをすると、少し間をおいてマネック夫人もあいさつを返す。町のどこかでは、ドイツ兵たちが武器を積みこむか、ブランデーを飲んでいる。歴史は悪夢になっていて、マリー＝ロールはそこから目を覚ましたいと一心に願う。

マネック夫人は吊り戸棚から鍋をひとつ取ると、水を入れる。彼女の包丁はジャガイモらしいものを切り、下にある木のまな板に当たる。

「マダム、お願いだ」とエティエンヌは言う。「私にさせてくれ。あんたは疲れきっている」

だが彼は立ち上がらず、マネック夫人はジャガイモを切りつづけ、切り終えると包丁の背でその山を鍋の水に落とす音がマリー＝ロールに聞こえる。部屋の緊張感のせいで、マリー＝ロールは頭がくらくらする。まるで、地球の自転を感じているかのように。

「きょうはUボートを沈めたかね？」エティエンヌはつぶやく。「ドイツ軍の戦車を爆破したりは？」

マネック夫人は冷蔵庫の扉を開ける。引き出しをあさる音がする。マッチが一本燃え上がる。煙草に火がつく。じきに、火があまり通っていないジャガイモの入ったボウルが、マリー＝ロールの前に置かれる。彼女はテーブルの上を手で探ってフォークを取ろうとするが、どこにもない。

「エティエンヌ、知っていますかね」マネック夫人は台所の反対側から言う。「沸いているお湯にカエルを入れたらどうなるか」

「答えを教えてもらえるわけだな」

「カエルは飛びでてくるんですよ。だけど、冷たい水の鍋にカエルを入れて、ゆっくりと沸かしていったらどうなるか知っていますか？　そのときどうなるか？」

マリー＝ロールは待つ。ジャガイモから湯気が出る。

マネック夫人は言う。「カエルは煮えるんですよ」

辞令

完全に正装した十一歳の生徒によって、ヴェルナーは校長室に呼び出される。木のベンチで待つあいだ、ゆっくりと恐怖が高まる。なにかを怪しまれているに違いない。もしかすると、彼も知らないような、両親についての破滅的な事実が突き止められたのか。兵長が〈子どもたちの館〉の扉から入ってきて、ジードラー氏の家まで連れていかれたときのことを考える。壁の奥も、肌の内側も、全国民の魂までも、第三帝国の手先は見抜けるのだという確信。

数時間後、校長の補佐が彼を部屋に呼び入れ、鉛筆を置き、デスク越しにヴェルナーを見る。その目つきは、ヴェルナーなど直すべきささいな問題のひとつにすぎないとでも言いたげだ。「士官候補生、きみの年齢記録が不正確だったということに我々は気づいた」

「はい？」

「きみは十八歳だ。今まで自称してきたように十六歳ではない」

ヴェルナーはまごつく。その不条理さは明らかだ。彼はたいていの十四歳の生徒よりも小柄なのだから。

「本校の前科学技術教授だったハウプトマン博士が、その記載違いを知らせてくれた。博士の手配により、きみは国防軍の特殊技術師団に送られる」

「師団ですか？」

「今までのきみは立場を偽ってここにいた」。その声はなめらかで、うれしそうだ。彼のあごはまったく見えない。窓の外では、吹奏楽団が勝利の行進を練習している。バイキングのような生徒が、チューバの重みによろめく姿を、ヴェルナーは見つめる。

「校長は懲罰を求めたが、ハウプトマン博士から、きみはみずからの技術を第三帝国のために差し出す熱意があるはずだという提案があった」。デスクのうしろから、補佐は折りたたんだ軍服を取りだす。スレート岩の灰色、胸には鷲の紋章、襟にはふさ飾り。それから、見るからに大きすぎる、緑黒色の石炭入れのようなヘルメット。

吹奏楽団は音を派手に鳴らし、止まる。楽団指導教師が大声で罵る。

校長補佐は言う。「士官候補生、きみはとても運がいい。軍役につくのは名誉なことだ」

「いつですか？」

「二週間以内に指示を受けることになる。以上だ」

肺炎

ブルターニュは春を迎え、強烈な湿気が沿岸に襲いかかる。海には霧、通りには霧、心のなかにも霧。マネック夫人は体調を崩してしまう。マリー＝ロールが、夫人の胸の上で手をにぎると、その胸骨から立ちのぼる熱は、内側から調理されているかのように感じられる。夫人の息は、大洋のような一連の咳になる。

「わたしが見守っているのはイワシ」と夫人はつぶやく。「それからシロアリ、カラス……」

エティエンヌが呼んだ医者は、静養とアスピリン、そして香りのいいすみれ色の糖果を処方する。夫人が一番苦しいとき、両手がひどく冷たくなって、世界を取りしきる奇妙な話をするあいだずっと、マリー＝ロールはそばにいる。夫人はすべてを取りしきっているが、だれもそのことを知らない。それはとてつもない負担なのだと彼女は言う。どんなささいなことにも、生まれる赤ん坊のひとりひとりにも、どの木から落ちるどの葉にも、砂浜で砕けるどの波にも、歩いているどのアリにも責任がある。

夫人の声の奥深くに、マリー＝ロールには水の音が聞こえる。環礁や群島の音、潟湖《せきこ》やフィヨルドの音が。

エティエンヌは心やさしい看護師ぶりを発揮する。タオル、スープ、ときおりはパストゥールやルソーの著作の朗読。彼の身ぶりは、昔のことも今のことも、彼女のあらゆる過ちを許している。夫人をキルトで包むが、そのうち彼女の身震いが激しく、深刻になるため、床から大きく重い絨毯をはがして体にかける。

最愛のマリー＝ロールへ

きみたちからの小包がふたつ届いたよ。日付は何か月も離れているけどね。うれしいなんて言葉では言い表わせないよ。歯ブラシは持たせてもらえたけど、包み紙は取り上げられたよ。石鹼もね。石鹼を使わせてもらえたらなあ！　次に働くところはチョコレート工場だと聞いていたのに、行ってみたら段ボール工場だった。ぼくらは一日じゅう段ボールを作っている。こんなにたくさん作ってどうするんだろう？

マリー＝ロール、ぼくはずっと鍵を保管する係だった。今では、朝に彼らがやってくるときに鍵が鳴る音がするから、毎回ポケットに手を入れるけど、そこにはなにもない。夢を見るとすれば、博物館にいる夢だ。

きみの誕生日を覚えているかな？　目を覚ませばいつも、テーブルにはふたつのものがあっただろう？　こんなことになってしまってすまない。どういうことか理解したかったら、エティエンヌの家のなかを見るといい。家のなかのね。きみはちゃんとやってくれるはずだ。とはいっても、もっといい贈り物ができたらと思うよ。

ぼくの天使はじきにここからいなくなるから、この手紙を送れるなら、そうするつもりだ。きみのことは心配していないよ。とても賢い子だし、安全でいられるはずだ。ぼくも安全だから心配しなくていい。これを読んでくれるエティエンヌに感謝するんだよ。この手紙をぼくから預かって、きみに届けてくれる勇敢な人にもね。

パパより

治療

フォン・ルンペルの担当医師は、マスタードガスについてはすばらしい研究が進行中だという。あらゆる化学物質にある反腫瘍性を探しているのだと。回復の見込みは上昇しつつある。試験体において、リンパ腫瘍は小さくなっていると観察されている。だが、注射のせいでフォン・ルンペルは目がくらみ、力が入らない。つづく数日間は、髪に櫛を当てることも、コートのボタンを留めるよう指を説き伏せることもままならない。頭も当てにならない。部屋に入っていって、どうしてそこにいるのか忘れてしまう。上官をじっと見ているが、言われたばかりのことを忘れてしまう。通っていく車の音は、フォークで神経を逆なでしてくるように感じられる。

今夜、彼はホテルの毛布にくるまり、スープを注文すると、ウィーンからの包みを開ける。あのネズミのような茶色の図書館員が、タヴェルニエとストリーターの本に加え、もっとも驚くべきことに、デ・ボートの一六〇九年の著書、すべてラテン語で書かれた『宝石と鉱石の歴史』のステンシル複写も送ってきている。〈炎の海〉に関して彼女が見つけだすことのできたすべて。合計で九段落。

集中力を振りしぼり、彼は文字をじっと見つめる。海の神に恋をした大地の女神。致命的な傷から回復し、おぼろげな光のなかから統治した王子。フォン・ルンペルが目を閉じると、炎の髪の女神が大地の地下道を駆け抜け、そのあとに輝く炎の粒を落としていく姿が見える。舌のない祭司がこう言う声がする。**その宝石を手にする者は永遠に生きる。**そして自分の父親の声。**障害は好機だと思え、ラインホルト。障害は霊感だと思え。**

天国

数週間のうちに、マネック夫人は快方に向かう。彼女はエティエンヌに、自分の年齢を自覚して、あらゆる人に構おうとするのはやめ、ひとりで戦いつづけることはしないと約束する。六月初旬のある日、ドイツ軍のフランス侵攻からほぼ二年がたったころ、彼女はサン・マロの東にあるノラニンジンの野原をマリー＝ロールと歩く。エティエンヌには、サン・セルヴァンの市場でイチゴが手に入るかどうか見てくると言ったのだが、道中である女性と出会ってあいさつをするとき、夫人は封筒をひとつ落とし、別の封筒を拾ったはずだとマリー＝ロールは確信する。

夫人が言いだし、ふたりは雑草のなかで横たわる。マリー＝ロールはミツバチが花粉を集める音に耳を傾け、エティエンヌが語ってくれたハチの旅を思い描こうとする。どの働きバチも、細い流れになったにおいをたどり、花にある紫外線の模様を探し、後脚のかごに花粉を入れていき、酔った重い体で、また巣に帰っていく。

その小さなハチは、どうやって自分の役割を知るのだろう。

マネック夫人は靴を脱ぎ、煙草に火をつけると、満足げなうめき声をあげる。昆虫が低い音であちこちを飛んでいる。ハチ、ハナアブ、通りすがりのトンボ。エティエンヌから教えてもらったマリー＝ロールは、音でそれぞれを識別できる。

「マダム、ロネオ機ってなに？」

「パンフレットを作るのに使うものだよ」

「わたしたちが出会った女の人とはどんな関係があるの？」

「あんたが気にすることではないよ」

馬が何頭かいななき、海からの風はやさしく、ひんやりとして、においに満ちている。

「マダム、わたしはどんな見た目なの？」

「そばかすが何千とついているね」

「天国の星みたいだってパパはよく言っていたわ。木に実ったリンゴみたいだって」

「小さくて茶色い点だよ。何千個という小さな茶色の点々さ」

「不細工みたい」

「あんたの顔についているときれいだよ」

「マダム、天国では本当に神様に会えるの？」

「そうかもしれないね」

「目が見えなかったらどうなるの？」

「わたしらが物を見るべきだと神様がお思いになれば、見えるんじゃないかね」

「天国なんて、赤ちゃんがしがみつく毛布みたいなものだってエティエンヌは言うの。人間は地上から十キロメートルの高さにまで飛行機を飛ばしたけど、天国なんてなかったって。天国の門はないし、天使もいないんだって」

マネック夫人は、たてつづけに、ぜいぜいという咳をする。マリー＝ロールは怖くなって身震いする。「父さんのことを考えているんだね」と夫人はようやく言う。「戻ってくると信じなきゃだめだよ」

「信じることに疲れてしまったりはしないの？　証拠が欲しくはならない？」

マネック夫人はマリー＝ロールのひたいに片手を置く。最初は、庭師か地質学者を思わせた、分厚い手。「信じるのをやめてはだめだよ。それが一番大事なことだから」

ノラニンジンは主根から揺れ、ハチは次々に仕事をこなしていく。マリー＝ロールは考える。もし人生がジュール・ヴェルヌの小説のようだったなら、一番必要なときには先にページをめくっていき、なにが起きるのか知ることができるのに。「マダム？」

「なんだい、マリー」

「天国にいる人たちはなにを食べるんだと思う？」

「天国では食べる必要がないんじゃないかね」

「食べないなんて！　そんなのいやよね？」

だが、マリー＝ロールが期待するような笑い声は返ってこない。夫人はまったくなにも言わない。息がかたかたと出ては入る。

「怒るようなことを言ったかしら？」

「違うよ」

「わたしたちは危ないの？」

「いつもと変わらないよ」

草は揺さぶられ、動く。馬がいななく。ほとんどささやくようにして、マネック夫人は言う。「今になって考えてみれば、天国はここにかなり近いような気がするよ」

フレデリック

ヴェルナーは、最後の所持金を列車代に使う。十分に日差しのある午後だが、ベルリンは日光を浴びたくはないようで、彼が最後に訪れてからの数か月のうちに、街の建物はひとまわり薄汚くなってしみが増えたかのように思える。といっても、変わってしまったのは、それを見る目のほうかもしれない。

すぐにはベルを鳴らさず、ヴェルナーはそのブロックを三周する。高級集合住宅の窓はどこも一様に暗い。あかりがついていないのか、停電しているのか。毎回、ある地点で、裸のマネキンが揃った店先を通り過ぎる。光のいたずらだとはわかっているが、どうしても、針金で縛りあげられた死体のように見えてしまう。

ついに、二号室のベルを鳴らす。だれもそれには応えず、彼は表札から、一家がもう二号室にはいないことを知る。彼らの名前は五号室にある。

ベルを鳴らす。内側からそれに応じるブザーが鳴る。

エレベーターが故障しているため、彼は歩いて上がる。

扉が開く。ファンニ。ふわふわした顔と、両腕の下から垂れた肉が揺れている。罠にかかった人が別の罠にかかった人に向けるような目を、彼に向けてくる。すると、脇にある部屋から、テニス用の服を着たフレデリックの母親がさっと出てくる。「まあ、ヴェルナーじゃない――」

彼女は一瞬、悩ましい夢想に入りこむ。まわりを囲む洗練された家具のいくつかには、分厚い毛布がかけられている。ヴェルナーを責めているのだろうか。彼にもいくぶんかの責任はあると思っているだろうか。ひょっとして、そのとおりなのだろうか。だが、彼女はすぐに我に返り、彼の両ほほにキスをすると、下くちびるをわずかに震わせる。まるで、彼が現われたことで、なにかの影を押し留めておけなくなっているかのように。

「あなたに会っても、あの子にはわからないわ。思い出させようとはしないで。うろたえてしまうだけだから。でも、来てくれたのね。とてもうれしいわ。わたしはちょうど出るところだったの。いてあげられなくてごめんなさいね。ファンニ、案内してあげて」

女中は立派な応接間に彼を案内する。天井には漆喰の飾り模様が渦巻き、壁は優美なつや消しの青色に塗装されている。まだ絵はかかっておらず、棚は空で、開いたままの段ボール箱が床に置かれている。フレデリックは部屋の奥、上面がガラスになったテーブルを前にして座っている。テーブルも、少年も、散らかった部屋では小さく見える。髪は片側にきつくなでつけ、ゆったりとした綿のシャツは両肩のうしろで縛ってあるため、襟が斜めに傾いている。目を上げて訪問者を見ることはない。

いつもの黒縁めがねをかけている。だれかに食事をもらっていたところで、ガラスのテーブルにはスプーンが置かれ、ひげと小型のマットには粥が点々とついている。マットは毛糸で編まれ、ほほを紅潮させたしあわせそうな子どもたちが木底靴をはいている柄になっている。ヴェルナーは見ていられない。

ファンニがかがみ、スプーンでフレデリックにもう三口食べさせるとあごを拭き、小型マットをたたみ、そして自在扉を通って、台所らしきところに入る。ヴェルナーはベルトの前で両手を組んで立っている。

一年。それ以上。ヴェルナーは気づく。フレデリックはひげをそったほうがいい。あるいは、だれかにそってもらったほうがいい。

「やあ、フレデリック」

フレデリックは首をぐるりとうしろに傾けると、視線を鼻に沿わせるようにして、汚れだらけのレンズ越しにヴェルナーを見据える。

「ヴェルナーだよ。覚えてないかもしれないってきみの母さんには言われたけど。学校の友達だよ」

フレデリックは、ヴェルナーを見ているというよりは、まるで彼が存在しないような視線を向けてくる。テーブルには紙の束があり、その上には太く不器用な螺旋模様が重々しく描かれている。

「きみが書いたのかい？」ヴェルナーは一番上にある紙を取る。その下にはまた別の、その下にも別の、三十か四十の螺旋があり、どれも紙の全体にわたって、同じ強い筆圧で描かれている。フレデリックはあごをがっくりと落とす。うなずいているのかもしれない。

ヴェルナーはちらりとあたりを見まわす。トランクがひとつ、寝具を入れた箱がひとつ。壁の淡い青と、羽目板の鮮やかな白。午後遅くの日差しが、観音開きの高い窓からさしこみ、空気は銀の塗料の味がする。この五階の部屋は、確かに二階よりも素敵だ。天井は高く、目打ちされた錫板《すずいた》と化粧漆喰で装飾されている。果物や花やバナナの葉の絵がある。

フレデリックのくちびるがねじ曲がって上の歯が見え、よだれが糸になってあごから垂れ、紙に落ちる。ヴェルナーはもう一秒も耐えられなくなって女中を呼ぶ。ファンニが自在扉から顔を出す。「あの本はどこです？」彼はきく。「鳥が載っている本は？　金色の上包みに入っているやつです」

「そんな本はここにはなかったと思うわ」

「いや、確かにあって――」

ファンニはただ首を横に振ると、エプロンの上で指を組み合わせる。

ヴェルナーは箱のたれふたを開けてのぞきこむ。「このへんにあるはずだ」

フレデリックは白紙に新しい螺旋を描きはじめる。

「このなかかな？」

ファンニはヴェルナーのそばに立ち、彼の手首をつかむと、開けようとしていた木箱から引き抜く。「そんな本は」彼女はもう一度言う。「ここにはなかったと思うわ」

ヴェルナーは全身がむずがゆくなってくる。大きな窓の外では、シナノキが左右に揺れている。あかりが薄らぐ。ふたつ先のブロックにある、照明の消えた看板には、ベルリンの**煙草はユーノー**、と書かれている。

ファンニはすでに台所に戻っている。

ヴェルナーはまた、鉛筆を固くにぎりしめて荒っぽい螺旋を描くフレデリックを見つめる。

「フレデリック、ぼくはシュルプフォルタから出ていくんだ。年齢を変えられて、前線に送られる」

フレデリックは紙から鉛筆を離し、じっと見つめると、また紙に当てる。

「一週間もしないうちに」

フレデリックは空気を噛むように口を動かす。「きれいだよ」と言う。ヴェルナーをしっかりと見てはおらず、その言葉はうめき声に近い。「きれいだよ、とてもきれいだ、ママ」

「きみのママじゃないよ」ヴェルナーは歯を食いしばって言う。「わかるだろ」。フレデリックの表情には、まったくわざとらしさがない。台所のどこかで、女中が聞き耳を立てている。ほかに音はしない。車の往来も、飛行機も、列車も、ラジオも、エレベーターの扉を開けるシュヴァルツェンベルガー夫人の亡霊もない。唱和も、歌声も、絹の垂れ幕も、吹奏楽団もトランペットもなく、母親も、父親も、つややかな指を背中に走らせてくる校長もいない。街は完全に静止しているようで、だれもが耳を澄まし、だれかが口をすべらせるのを待っているかのようだ。

ヴェルナーは青い壁を見つめ、『アメリカの鳥類』のことを考える。ミノゴイ、メガネアメリカムシクイ、ベニフウキンチョウ、次々に登場するすばらしい鳥たち。そしてフレデリックの目は、どこかで宙吊りになったまま、どちらの目も淀んだ水たまりのようだ。ヴェルナーは直視することができない。

再発

一九四二年の六月下旬、熱を出してから初めて、マネック夫人はマリー＝ロールが起きてきたときに台所にいない。もう市場に行ったのだろうか。マリー＝ロールは彼女の部屋の扉を軽く叩き、鼓動を百まで数える。勝手口を開けて路地に声をかけてみる。晴れ渡った、暖かい六月の夜明け。ハトや猫。隣家の窓からはけたたましい笑い声。

「マダム？」

彼女の鼓動は速くなる。もう一度、夫人の部屋の扉を軽くノックする。

「マダム？」

部屋に入ると、まずはころころという音が聞こえる。まるで、疲れた潮が、老女の肺にある小石を転がしているかのように。汗と尿のすえたにおいがベッドからしている。彼女の手が夫人の顔に当たると、そのほほのあまりの熱さに、マリー＝ロールの指は、やけどでもしたように引っこむ。彼女はあわてて階段を上がり、よろめき、叫ぶ。「おじさん！おじさん！」頭のなかでは家全体が深紅に変わっていき、屋根は煙と化し、炎が壁を噛んで貫いてくる。

エティエンヌはひざを鳴らして夫人のそばにしゃがみこむと、電話口に急ぎ、手短に話す。小走りでマネック夫人のそばに戻る。一時間のうちに、台所には女性たちがつめかける。ルエル夫人、フォンティノー夫人、エブラール夫人。一階は人でごった返す。まるで巨大な貝殻の渦巻きを上下しているかのように、マリー＝ロールは階段を上がっては下り、行ったり来たりする。医者が来て、去っていき、ときおり女の人が骨ばった手でマリー＝ロールの肩をつかみ、そして二時ちょうど、大聖堂の鐘が鳴るころに医者が男をひとり連れて戻ってくると、その男はこんにちはと言ったきり口を閉ざし、土とクローバーのにおいを放ちながら、マネック夫人を持ち上げると外に運び出し、挽いたオーツ麦の袋でも置くように荷馬車に乗せると、馬のひづめの音が遠ざかっていき、医者はベッドのシーツをはがし、マリー＝ロールは台所の隅でこうささやいているエティエンヌを見つける――マダムが死んだ、マダムが死んでしまった。

第六章　一九四四年八月八日

家にだれかがいる

気配。息を吐く音。マリー＝ロールはすべての感覚を三階下の入り口に集中する。外の門がため息をつくように閉まり、それから玄関扉も閉まる。

頭のなかで、父親が推理する。門が閉まったのは扉の前で、あとではない。つまり、来たのがだれであれ、その人はまず門を閉め、それから扉を閉めた。家のなかにいる。

首筋が総毛立つ。

エティエンヌなら、鈴を鳴らしてしまうことに気づいたはずだよ、マリー。エティエンヌなら、もうきみの名前を呼んでいるはずだ。

玄関でブーツの音。皿の破片を踏みしめる音。

エティエンヌではない。

不安は耐えがたいほど鋭い。彼女は心を落ち着かせ、ひとつの像に気持ちを集中しようとする――自分のあばら骨の奥でひとつだけ燃えているろうそくの火、殻の渦巻きに引っこんだカタツムリ――だが、心臓が激しく鳴り、恐怖が脈打って背骨をめぐり、そして唐突に、玄関にいる人が曲がる階段を見上げれば、三階まで見えるのかどうかがわからなくなる。略奪しに来る人たちに気をつける必要がある、と大叔父が言っていたことを思い出す。すると、空気はぼんやりとした幻影とかすかな音で動く。クモの巣が張ったバスルームに駆けこんで窓から身を投げ出す自分の姿を、マリー＝ロールは思い浮かべる。

廊下を歩くブーツの音。蹴り飛ばされた皿が床をすべっていく。消防士か、隣人か、あるいは食べ物を探すドイツ兵か。

救助に来た人なら、だれか生きていないか声をかけてくるはずだよ。動かないといけない。隠れないと。

足音は、マネック夫人の部屋に向かう。ゆっくりした音。暗いのかもしれない。もう夜になったのだろうか。

鼓動が四回、五回、あるいは百万回。彼女には杖、エティエンヌのコート、ふたつの缶、ナイフ、レンガがある。ワンピースのポケットには、模型の家。その内部には宝石。廊下の突き当たりにある浴槽には水。

動け。行け。

おそらくは爆撃で鉤からはずれた鍋かフライパンが、台所のタイルの上で揺れる音がする。彼は台所から出る。玄関に戻る。

立つんだ。今のうちに立ち上がるんだ。

彼女は立つ。右手で、手すりを探りあてる。彼は階段の一番下にいる。彼女は叫びだしそうになる。だが、彼がひとつ目の段に足をかけるそのとき、その足取りが乱れていることに彼女は気づく。一歩、間、二歩、一歩、間、二歩。以前に耳にしたことのある歩きかた。死んだ声をしたドイツ人上級曹長の、足を引きずる歩きかただ。

行くんだ。

マリー＝ロールは、なるだけ慎重に、一歩ずつ進む。今になって、靴をはいていないことに感謝する。胸に打ちつけてくる鼓動の激しさは、ドイツ兵にも聞こえてしまうと確信する。

四階に上がる。どの一歩もささやき声だ。五階。六階の階段ホール、シャンデリアの下で立ち止まり、物音を聞こうとする。ドイツ兵がもう三、四段上がってから、ぜんそくのような息づかいで休憩する音がする。そして、また上がってくる。木の段が彼の体重に不平を言う——彼女の耳には、潰されかけている小動物のように聞こえる。

彼は立ち止まる。きっと、三階の階段ホールだろう。彼女が座っていたところだ。電話台のそばの床板に、体のぬくもりがまだ残っている。薄らいだ彼女の息も。

逃げる場所は、どこに残っているだろう。

隠れるんだ。

左手には、祖父の古い部屋が待っている。右には、窓ガラスが吹き飛ばされた自分の小さな部屋。まっすぐ行けばトイレ。かすかな煙の悪臭が、いたるところに残っている。

彼の足音が、階段ホールを横切る。一歩、間、二歩。一歩、間、二歩。ぜいぜいという息。また上がってくる。

彼女は考える。わたしに手をかけたら、目玉をえぐりだしてやる。

彼女は祖父の部屋の扉を開け、止まる。下では、男がまた立ち止まる。音を聞かれたのだろうか。さらに静かに上がってきているのだろうか。外の世界には、無数の避難所が待っている。鮮やかな緑色の風に満ちた庭、生け垣の王国、蝶が花の蜜のことだけを考えて漂う、森の深い陰。そのどこにも、彼女は行くことができない。

彼女はアンリの部屋の奥で大きな衣装だんすを見つけ、二枚の鏡張りの扉を開けると、なかにかかっている古いシャツを左右にかき分け、エティエンヌが奥に作っておいた隠し扉を横に引いて開ける。屋根裏に上がるはしごのある、小さな空間に、体を押しこむ。それから、うしろのたんすに手を伸ばし、扉を探りあてると閉じる。

宝石よ、もし人を守る力があるのなら、今のわたしを守って。

静かに、と父親の声が言う。**音をたてちゃだめだ。**彼女は片手で、エティエンヌがたんすの奥にある隠し板につけておいたつまみを見つける。一度に一センチメートルずつ動かして閉じていき、ついにかちりと閉まる音がすると、息を吸いこみ、なるだけ長く息を止める。

ヴァルター・ベルントの死

一時間にわたり、ベルントはうわごとをつぶやく。そして静かになる。「神よ、あなたのしもべにお慈悲を」とフォルクハイマーは言う。だが今、ベルントは上体を起こし、あかりを求める。ふたりはひとつ目の水筒に残っていた最後の水を彼に与える。水がひと筋、彼のひげを抜けて落ちていき、消えていくのを、ヴェルナーは見守る。

ベルントは懐中電灯の薄明かりのなかで座り、フォルクハイマーを、そしてヴェルナーを見る。「去年の休暇のとき」と彼は言う。「父さんのところに行った。もう年寄りだった。昔からずっとそうだった。でも、もっと老けこんで見えた。台所を横切るにも延々と時間がかかっていた。クッキーの包みがひとつあった。小さなアーモンドクッキーだよ。それを皿にのせたんだ。包みを斜めに置いただけだった。俺たちふたりとも、一枚も食べなかった。『ここにいなくてもいいんだぞ』と父さんは言ったよ。『いてくれたらうれしいがな、無理はしなくていい。ほかにやることもあるだろう。友達と出かけてもいい』ってね。ずっとそればかり言っていた」

フォルクハイマーがあかりを消す。なにかひどい苦痛が暗闇で押しとどめられていることを、ヴェルナーは知る。

「俺は出ていった」とベルントは言う。「階段を下りて通りに出た。行くあてなんてなかった。会う相手もいなかった。あの町に友達はいなかった。まる一日、列車に乗って会いに行ったんだ。でも、それであっさり出ていった」

そして彼は黙る。フォルクハイマーはヴェルナーの毛布をかけたまま、ベルントの体をまた床に横たえ、それからほどなくして、ベルントは死ぬ。

ヴェルナーは無線機をいじる。もしかすると、フォルクハイマーが言ったように、ユッタのためにしているのかもしれない。フォルクハイマーがベルントを隅に運んでいき、両手、胸、顔の上にレンガを積み上げていることを考えずにすむようにしているのかもしれない。ヴェルナーは懐中電灯を口にくわえ、手に入るものを集める。小さな金づち、三つのびんに入ったねじ、潰れたデスクランプから取った直径一ミリのコード。ひしゃげた戸棚の引き出しのなかには、奇跡的にも、側面に黒猫の柄が印刷された十一ボルトのマンガン乾電池がひとつ入っている。不死身のしぶとさがうたい文句の、アメリカ製の電池。ヴェルナーは明滅するオレンジ色のあかりをそれに当てて見入る。電極を調べる。十分に電力は残っている。懐中電灯の電池が切れたとしても、それを使える。

ひっくり返ったテーブルを元に戻す。潰れたトランシーバーをのせる。さして見込みがあるとは信じていないが、頭を使い、解くべき問題としては十分だろう。フォルクハイマーの電灯をくわえなおす。なにも考えまいとする。空腹ものどの渇きも、聞こえなくなった左耳も、隅にいるベルントも、上階にいるオーストリア人兵士たちも、フレデリックも、エレナ先生も、ユッタも、なにもかも。

アンテナ。同調器、蓄電器。作業をしていると心は静まり、おだやかでさえある。記憶で体が動いていく。

六階の寝室

片足を引きずりながら、フォン・ルンペルは部屋を回っていく。色あせた白の繰形《くりかた》、古びたオイルランプ、刺繍の入ったカーテン、ベルエポック調の鏡、ガラスのびんに入った船。ボタンを押しても、電気はつかない。かすかなたそがれの光が、煙とよろい戸の小板から斜めにさしこみ、かすんだ赤い縞を作っている。

第二帝政に捧げる神殿、それがこの家だ。三階には、四分の三まで水が入った浴槽がある。四階の部屋は、どこもひどく散らかっている。まだ模型の家はない。彼は汗をかきつつ五階に上がる。すべてを間違えたのではないかと不安になる。胃袋がずしりと重くなり、振り子のように揺れる。この階には、飾り立てられた大きな部屋があり、骨董品や、木箱や、本や、機械部品でいっぱいになっている。デスク、ベッド、長椅子、両側に窓が三つずつ。模型はない。

六階へ。左手には、こぎれいな寝室がある。窓には長いカーテンがひとつだけかかっている。少年の帽子が壁にかかっている。その奥には巨大な衣装だんすがそびえ、なかには虫除けの玉がついたシャツがある。

階段ホールに戻る。小さなトイレの便器は、尿であふれそうになっている。その向こうには、最後の寝室。窓の下枠にも、化粧だんすにも、置けるところにはすべて貝殻が置かれている。そして、小石を詰めたびんが床に、なんらかの順序にしたがって並び、そしてそこ、そこだ。ベッドの足元にある低いテーブルに、彼がずっと探してきた町の木製模型が、贈り物のようにそっと置かれている。ダイニングテーブルほどもある模型。小さな家が、ぎっしり身を寄せあっている。通りに漆喰のかけらが散らばっていることを除けば、小さな町にはまったく被害はない。今となっては、その像は本物よりも完全だ。はっきりとした荘厳な作品。

それが娘の部屋にある。彼女のために。当然だ。

長い旅がついに輝かしい終わりを迎えたように感じ、フォン・ルンペルはベッドの端に腰を下ろす。燃え立つような二本の痛みが股間を駆け上ると、奇妙にも、前にもここに来たことがあり、これと似た部屋で暮らし、同じようなずんぐりしたベッドで眠り、磨かれた石をこんなふうに並べたことがあるような気がする。ここにあるすべてが、彼の帰りを待っていたかのように。

テーブルにのった町を見れば、娘たちはどれほど喜ぶだろうかと考える。下の娘は、父親にも一緒にひざをついてもらいたがるだろう。こう言うだろう。みんなが晩ご飯を食べているのを想像してみましょう。パパ、わたしたちを想像してみましょう。

割れた窓の外、掛け金のついたよろい戸の外で、サン・マロは静まり返っている。フォン・ルンペルには、自分の脈によって内耳の毛がさらさらと動く音が聞こえる。煙が、屋根の上を流れていく。灰がそっと積もっていく。いつまた、砲撃がはじまってもおかしくない。静かに進めよう。このどこかにある。同じことを繰り返すとは、いかにもあの錠前主任らしい。模型――それは模型のなかにある。

無線機を作る

ヴェルナーは、切れて床から斜めに立っている配管にワイヤーの片方の端を巻きつける。唾でワイヤーを端まで拭うと、管の根元に百回巻きつけ、新しい同調コイルを作る。もう一方の端を、今では部屋の天井となった、密集する材木と石と漆喰にくさびのように入りこんでいる曲がった支柱に引っかける。

フォルクハイマーは陰から見守る。町のどこかで迫撃砲弾がひとつ爆発し、ほこりが滝のように落ちてくる。

二極管を二本のワイヤーの接触していない端に入れ、電池の導線とつなぎ、回路を完成させる。ヴェルナーはフォルクハイマーの電灯の光を装置全体に走らせる。アース、アンテナ、電池。それから懐中電灯をしっかりとくわえると、イヤホンの二本の導線を目の前に持ち上げ、一本のねじの筋を当てて外皮をはぎ取り、むき出しになった端を二極管に当てる。目に見えない電子が、低い音をたててワイヤーを進んでいく。

頭上にあるホテル、あるいはその残骸は、この世のものとは思えないうめき声をたてつづけにあげる。瓦礫が最後のシーソーの上でよろめくかのように、材木が裂ける。たった一匹のトンボがそこに止まっただけで、彼らを永遠に埋めてしまう雪崩を引き起こせるかもしれない。

ヴェルナーはイヤホンの突起を右耳に入れる。

聞こえない。

へこんだ無線機の容器をひっくり返し、なかをのぞきこむ。消えかかっているフォルクハイマーの懐中電灯を軽く叩き、光をよみがえらせる。落ち着け。電流の配分を思い描け。ヒューズ、真空管、プラグのピンをもう一度確かめる。送受信切り替えスイッチを押し、計器選択器からほこりを吹き飛ばす。電池の導線をつなぎなおす。もう一度イヤホンを耳に入れてみる。

すると——まるでまた八歳になり、妹と一緒に〈子どもたちの館〉の床にしゃがんでいるかのように——雑音が聞こえる。豊かで確かな音が。記憶のなかでユッタが彼の名前を呼び、それにつながって、第二の、より意外な思い出が現われる。ジードラー氏の家の前面に下がる二本の縄、そこについている大きくなめらかな深紅の旗。汚れのない深い赤。

ヴェルナーは手探りで周波数帯を行き来する。ぴしぴしという音も、モールス信号の音も、声もしない。雑音、雑音、雑音、雑音、雑音。聞こえるほうの耳のなかに、ラジオのなかに、空気のなかに。フォルクハイマーの目は彼から動かない。懐中電灯のか弱い光の筋を、ほこりが横切る。一万の粒子が、そっと回転しながらきらめいている。

屋根裏で

ドイツ兵は、衣装だんすの扉を閉め、足を引きずって去っていく。マリー＝ロールは、はしごの一番下の段で四十まで数える。六十。百。心臓は酸素の入った血液を必死で送りこみ、頭は必死に状況を解きほぐそうとする。かつてエティエンヌが読んでくれた一文がよみがえる——高等な動物においては、興奮すると心臓さえも精力を増して脈動するが、似た興奮をあたえた巻貝においては、より緩やかな動きで脈を打つ。

心臓をゆっくりさせて。足を曲げて。音をたてないように。彼女は衣装だんすの奥にある隠し板に耳を当てる。なにが聞こえるだろう。祖父の古いスモックにかじりつく蛾の音か。なにも聞こえない。

ゆっくりと、ありえないことに、マリー＝ロールは眠くなってきていることに気づく。

ポケットに入れた缶を探る。どうやって開ければいいのだろう。音をたてずに。

上がるしかない。七段上がり、長く三角形のトンネルになった屋根裏へ。むき出しの材木でできた天井が両側から上がってきて合わさるところは、彼女の頭よりもほんのわずかに高いだけだ。

屋根裏には熱気がこもっている。窓はなく、出口はない。どこにも逃げ場はない。入ってきたところ以外に、出られる場所はない。

伸ばした指が、古いひげそり用のボウルに、傘立てに、そして、なにかがぎっしり入った木箱に当たる。足の下にある床板は、両手を合わせたくらいの幅がある。経験から、彼女はそこを人が歩けばどれくらいの音がするのかがわかる。

なにも倒してしまわないように。

もし、あのドイツ兵がまた衣装だんすを開け、かかっている服をかき分けて扉から入り、屋根裏に上がってきたとしたら、どうすればいいのだろう。傘立てで頭を殴りつけるか。皮むきのナイフで刺すか。

叫ぶ。

死ぬ。

パパ。

彼女は狭い床板の中心になっている中央の梁の上を這っていき、反対側の奥にある石造りの煙突に向かう。中央の梁が一番太く、音が出にくいはずだ。自分の方向感覚がまだ失われていないことを願う。彼がうしろにいて、拳銃で彼女の背中に狙いをつけていないことを願う。

ごく小さな鳴き声をあげて、コウモリが次々に屋根裏の煙突から出ていき、どこか遠く、軍艦の上かパラメを越えたあたりで、重砲の音がする。

鋭い音。間。鋭い音。間。そして砲弾が空気を切り裂く長い音が近づき、沖合の島に当たって爆発する。

気味の悪い、忍び寄るような恐怖が、思考を超えたところからわき上がる。すぐに、その内奥のはね上げ戸に飛び乗って全体重をかけ、南京錠をかけておかねばならない。彼女はコートを脱ぎ、床に広げる。ひざが床板に当たって音をたてるのが怖くて、体を起こすことができない。時が過ぎる。下の階からは音はしない。もういなくなったのだろうか。こんなにも早くいなくなるものだろうか。

もちろん、彼は立ち去ってなどいない。彼がここに来たわけを、彼女は知っている。

左には、何本かの電線が床に沿ってくねくねと延びている。すぐ先にはエティエンヌの

古いレコードがある。彼のねじ巻き式の蓄音機。古い録音機。煙突に沿ってアンテナを立てるために使うてこ。

彼女は両ひざを抱いて座り、皮膚越しに息をしようとする。巻貝のように音をたてずに。

缶がふたつある。レンガもある。ナイフも。

第七章　一九四二年八月

囚人たち

危険なほどやせ細り、ぼろぼろの戦闘服を着た伍長が、徒歩でヴェルナーを迎えに来る。指は長く、軍帽の下の髪は薄くなりかけている。ブーツの片方からは靴ひもがなくなり、ブーツが足に食いついたように舌革がだらりと垂れている。「小さいな、おまえ」と彼は言う。

新品の野戦服にぶかぶかのヘルメット、そして正規の〈神は我らとともに《ゴット・ミット・ウンス》〉のベルトをつけ、ヴェルナーは胸を張ってみせる。伍長は夜明けの光を浴びる巨大な学校に目をこらし、かがみこむと、ヴェルナーのダッフルバッグを開け、きっちりとたたんだ三着の国家政治教育学校の制服をあさる。ズボンを一本光にかざすと、それが自分の体に合いそうにないのでがっかりしたように見える。バッグのジッパーを閉めると、肩にかつぐ。取られてしまったのか、持ってくれているのか、ヴェルナーにはわからない。

「俺はノイマン。二号って呼ばれてる。もうひとりノイマンがいて、運転手をしてる。そいつが一号だ。それから技師と軍曹とおまえがいるから、役に立つかどうかはともかく、これでまた五人になる」

トランペットも、儀式もない。こうして、ヴェルナーはドイツ国防軍に入隊する。学校から村まで、ふたりは五キロほど歩く。デリカテッセンでは、五、六卓あるテーブルの上を黒いハエが舞っている。ノイマン二号は仔牛のレバーをふた皿注文すると両方食べ、小さく黒いパンで血をすくう。くちびるが脂で光る。これからどこに向かうのか、どのような部隊に加わることになるのか、ヴェルナーは説明を待つが、なにも説明される気配はない。伍長の肩帯の下と襟にある紋章は赤ワイン色だが、それがなにを示すのか、ヴェルナーは思い出せない。装甲歩兵部隊か。化学戦闘部隊か。年配の女店主が皿を片づける。ノイマン二号はコートから小さなブリキの箱を取り出し、逆さまにしてテーブルに丸い錠剤を三つ出すとのみこむ。それから、箱をコートの内側に戻すとヴェルナーを見つめる。

「腰痛の薬だ。おまえさ、金はあるか？」

ヴェルナーは首を横に振る。ノイマン二号はくしゃくしゃになった汚いライヒスマルク札をポケットから出す。店を出る前に、彼は女店主に固ゆで卵を一ダース持ってくるように頼み、ヴェルナーに四つ渡す。

ふたりはシュルプフォルタから列車に乗り、ライプツィヒを通過し、ウッチの西方にある乗り換え駅で降りる。歩兵大隊の兵士たちが、プラットホームに沿って横になり、魔女の手にかかったかのように、全員が眠っている。薄暗いなか、彼らの色あせた軍服は亡霊のようで、呼吸も同時にしているような不気味な光景になっている。ときおり、拡声器から、ヴェルナーが聞いたこともない目的地の名前が流れる。グリンマ、ヴルツェン、グロッセンハイン。だが、列車は到着も出発もせず、兵士たちも身動きしない。

ノイマン二号は脚を広げて座ると、次々にゆで卵を食べていき、逆さにした軍帽に殻を積み上げていく。日が暮れる。静かで、潮のようないびきの音が、眠っている集団からあがる。世界で目を覚ましているのはヴェルナーとノイマン二号だけのような気がする。

暗くなってからかなりたったところで、東から汽笛の音がすると、まどろんでいた兵士たちが身動きをはじめる。夢うつつだったヴェルナーは我に返り、背筋を伸ばす。ノイマン二号は彼のそばでまっすぐ立ち、両手を合わせてボウルのような形にして、暗闇の球をそれで受け止めようとしているかに見える。

連結器のやかましい音をたて、ブレーキ片を車輪に当ててきしらせつつ、列車が薄暗いなか見えてくる。速く動いている。まずはまっ黒に塗られて装甲をボルトでとめた機関車が、間欠泉のような黒い煙と蒸気を吐き出しながら現われる。機関車のうしろには数両の密閉車両、そして砲座に一台ある機関銃、そのそばでしゃがむふたりの射撃手がつづく。

射撃手からうしろの車両はすべて、人々を満載した無蓋車両になっている。立っている者もいるが、ひざをついている者のほうが多い。二両、三両、四両。どの車両にも先頭に土嚢のようなものが積まれて壁になっている。風よけだろうか。

プラットホームの下にあるレールは鈍い光を放ちながら重みではねる。無蓋車両が九両、十両、十一両。すべて満員。目の前を過ぎていく土嚢は奇妙で、灰色の粘土を彫って作ったかのように見える。ノイマン二号はあごをしゃくり上げる。「囚人たちだ」

ヴェルナーは目の前を通っていくぼやけた車両から、ひとりひとりを見ようとする。落ちくぼんだほほ、肩、ぎらついた目。軍服を着ているのだろうか。多くは、車両の先頭にある土嚢に背を預けて座っている。庭に立てるために西に発送されていくかかし人形のようだ。眠っている囚人もいることに、ヴェルナーは気づく。

顔がひとつ、さっと通り過ぎる。白く、蠟のようで、片耳を車両の床に押しつけている。ヴェルナーはまばたきする。あれは土嚢ではない。彼らは眠ってはいない。どの車両にも、先頭に死体が積まれて壁になっている。

列車が停車することはないとわかると、まわりにいる兵士たちは揃って体を横たえ、また目を閉じる。ノイマン二号はあくびをする。囚人たちの車両が次々にやってくる。人間の体が川となり、夜からあふれ出してくる。十六両、十七両、十八両――数えることに意味があるだろうか。何百人といる。何千人も。ついに、最後の無蓋車両が暗闇から現われ、そこでも生者が死者にもたれかかっていて、そのうしろにはもう一台の機関銃が砲座で影になり、四人か五人の射撃手が控え、そして列車は走り去る。

車輪の音が遠ざかる。沈黙が、ふたたび森を覆う。その先のどこかには、シュルプフォルタと暗い尖塔、夜尿をする少年たち、夢遊病者たち、いじめっ子たちがいる。さらに向こうには、あのうめく巨鯨、ツォルフェアアインがある。〈子どもたちの館〉でかたかたと揺れる窓。

「仲間の死体の上に座っていたということですか？」とヴェルナーは言う。

ノイマン二号は片目をつぶり、列車が消えていった暗闇に狙いをつける狙撃手のように首を傾げる。「バン」と彼は言う。「バン、バン」

衣装だんす

マネック夫人の死につづく数日間、エティエンヌは書斎から出てこない。彼が長椅子の上で縮こまって子守唄をもぐもぐ口ずさみ、壁を抜けて出入りする亡霊たちを眺めているさまを、マリー＝ロールは想像する。扉の奥は完全に沈黙しているので、もうこの世からきっぱりと去ってしまったのではないかと心配になる。

「おじさん？　エティエンヌ？」

ブランシャール夫人が、大聖堂でのマネック夫人の葬儀にマリー＝ロールを連れていく。フォンティノー夫人は一週間分はあるジャガイモのスープを作る。ギブー夫人はジャムを持ってくる。ルエル夫人はどうやってかクラムケーキを焼いてくる。

何時間もが費やされ、溶けていく。夜になると、マリー＝ロールはエティエンヌの部屋の前に山盛りの皿を置き、朝には空になった皿を取る。マネック夫人の部屋にひとりで立ち、ペパーミントやろうそくの蠟、六十年におよぶ奉公のにおいをかぐ。家政婦、看護婦、母親、共謀者、助言者、料理人。エティエンヌにとって、マネック夫人はどんな一万もの人だったのだろう。一家にとってはどうだろう。ドイツ人水兵たちが通りで酔った歌声をあげ、家のクモは毎晩新たに巣を張る。ほかのすべては生きつづけること、回転する地球は片時たりとも太陽を回る旅をやめないこと——マリー＝ロールにとってそれは、二重に残酷なことに思える。

かわいそうな子。

かわいそうなルブランさん。

一家が呪われているみたいだ。

父親が、台所の扉から入ってきてくれさえすれば。ご婦人たちにほほえみかけ、両手でマリー＝ロールのほほをはさんでくれたら。五分でいいから一緒にいたい。一分でも。

四日後、エティエンヌは部屋から出てくる。階段をきしませて出てくる彼を見ると、台所にいた女性たちは黙りこむ。彼は真剣な声で、家から出るよう彼女たちに頼む。「私にはお別れを言う時間が必要だった。今は自分と姪の面倒を見なければ。お願いするよ」

台所の扉が閉まるとすぐ、彼は鍵をかけてマリー＝ロールの両手を取る。「あかりはすべて消えている。いいぞ。ここに立っていておくれ」

椅子がいくつかよけられる。台所のテーブルも脇に動かされる。床の中央にある輪を彼がいじる音が聞こえる。はね上げ戸が上がる。彼は地下室に下りる。

「おじさん？　なにが要るの？」

「これさ」と声がする。

「なに？」

「電気のこぎりだ」

なにか明るいものが、腹で火をともす感覚がある。エティエンヌは階段を上りはじめ、マリー＝ロールはそのあとにつづく。二階、三階、四階、五階、六階、左に曲がって祖父の部屋へ。彼は巨大な衣装だんすの扉を開け、兄の古い服を持ち上げて出すとベッドに置く。延長コードを階段ホールに延ばしていくとコンセントに差す。「うるさくなるぞ」と言う。

「いいわ」と彼女は言う。

エティエンヌが衣装だんすの奥に入っていくと、のこぎりは悲痛な音をたてて動きだす。その音が壁に、床に、マリー＝ロールの胸に満ちる。何人くらいの隣人に聞こえるだろうか。どこかで朝食をとっているドイツ兵が首を傾げて聞いてはいないだろうか。

エティエンヌは衣装だんすの奥から長方形の板を切り出し、そのうしろにある屋根裏への扉もくり抜く。のこぎりを止めると、体をよじらせ、端がぎざぎざになった穴に入っていき、その奥にあるはしごを登って屋根裏に入る。彼女もそれにつづく。午前中ずっと、エティエンヌは屋根裏の床に這いつくばり、ケーブルやペンチや、彼女の指では理解できない道具を使い、自分を中心とした複雑な電気の網らしきものを織りなしていく。彼はぶつぶつひとりごとを言う。下の階のあちこちの部屋から、分厚い冊子や電気部品を取ってくる。屋根裏はきしむ。ハエが宙に、電光の青い円を描く。夜遅くになり、マリー＝ロールははしごを下りると、頭上で大叔父が作業をする音を聞きながら、祖父のベッドで眠りにつく。

彼女が目覚めると、ツバメがひさしの下で鳴いており、天井からは音楽が降りそそいでいる。

〈月の光〉。はためく木の葉と、引き潮のときに彼女の足の下で固いリボンになる砂を思わせる曲。音楽はこっそりとした音になり、大きくなるとしだいに小さくなっていき、そして、亡くなって久しい祖父の若い声が話しだす。**子どもたちよ、人体には全長九万六千キロメートルにおよぶ血管があるのだよ！ 地球を二周半できてしまうくらいだ……。**

エティエンヌははしごの七つの段を下り、衣装だんすの奥からどうにか抜けてくると、彼女の両手を取る。彼が口を開く前から、なにを言うつもりか、彼女にはわかる。「父さんからは、おまえを守ってほしいと頼まれている」

「そうね」

「これは危険なことになる。遊びとは違う」

「わたしはやりたいわ。マダムだって――」

「教えてくれ。やりかたをすべて教えてくれ」

「ヴォーボレル通りを二十二歩進んでエストレー通り、そして右に曲がって排水管を十六本進む。左のロベール・スルクフ通りに。それから排水管が九本で、パン屋に着く。わたしはカウンターに行って、『普通のパンを一斤お願いします』と言う」

「彼女はどう答える？」

「彼女は驚くわ。でもわたしは『普通のパンを一斤』と言うことになっていて、彼女は『おじさんの調子はどう？』と言うはず」

「私のことをきくのか？」

「その手はずになっているの。そうすると、おじさんに手伝うつもりがあるかどうかがわかる。マダムが提案したことよ。手順のひとつなの」

「そしておまえは？」

「わたしは『おじさんは元気よ、ありがとう』と言う。そしてパンをもらってナップサックに入れて、家に帰ってくる」

「今でもそうなるのか？　マダムなしでも？」

「そうなるはずでしょう？」

「おまえはどうやって支払いをする？」

「配給切符を一枚」

「家に切符はあるのか？」

「下の引き出しにあるわ。それに、お金は持っているでしょう？」

「そうとも。お金ならいくらかある。おまえはどうやって家に帰る？」

「まっすぐ戻ってくるわ」

「どの道順で？」

「ロベール・スルクフ通りの排水管を九本。右に曲がってエストレー通り。十六本の排水管で、ヴォーボレル通りに戻る。ぜんぶ知っているのよ、おじさん。覚えたから。パン屋には三百回は行ったもの」

「ほかのどこにも行ってはだめだ。砂浜に行ってはならん」

「まっすぐ戻ってくる」

「約束するか？」

「約束するわ」

「じゃあ行け、マリー＝ロール。風のように」

東

彼らは有蓋貨車に乗り、ウッチを、ワルシャワを、ブレストを抜ける。数キロにもわたり、開いた扉からヴェルナーに見える人の気配といえば、ときおり、線路脇で列車の車両がひっくり返り、なんらかの爆発によってねじれて裂けている光景だけだ。兵士たちはのろのろと乗っては降りる。やせて顔は青白く、めいめいが、荷物と、ライフルと、鋼鉄のヘルメットを持っている。騒音や寒さや空腹をものともせずに眠る彼らは、目を覚ました世界からなるだけ離れていようと必死になっているとすら思える。

何列にも並ぶ松の木が、金属の色をした果てしない平原を区切っている。日中でも太陽は出ない。ノイマン二号は目を覚まし、扉から放尿するとコートから錠剤の箱を取り出し、二、三錠をのみこむ。「ロシアだ」と彼は言うが、どうやって境界線を知ったのかは、ヴェルナーにはわからない。

空気には金属のにおいがする。

列車は夕暮れどきに停まる。ノイマン二号はヴェルナーを連れ、破壊された家が並び、梁やレンガが焦げた山になっているなかを歩いていく。まだ立っている壁には、機関銃の弾痕の線が斜めに交差している。もうすっかり暗くなりかけたころ、ヴェルナーが送り届けられたところでは、筋肉がつきすぎた大尉が、木の枠とばねでできたソファでひとり夕食をとっている。大尉のひざにあるブリキのボウルでは、煮込んだ円筒形の灰色の肉が湯気を立てている。彼はなにも言わず、失望ではなく、うんざりして楽しむ目つきになってしばらくヴェルナーを見つめる。

「これ以上大きい兵士はいないってことだな？」

「そうです」

「何歳だ？」

「十八歳です」

大尉は笑う。「十二歳のほうが近いな」。彼は円形の肉を薄切りにすると、時間をかけて噛み、ようやく口のなかに指を二本入れると、ひも状の軟骨を投げ捨てる。「機器に慣れておきたいだろう。前に派遣されてきたやつよりもうまくやれるか確かめてみろ」

ノイマン二号はヴェルナーの前に立ち、洗車していないオペル・ブリッツ、荷台に木の骨組みがのった、屋根なしの田野走行用三トントラックに向かう。車体の片側には、へこんだガソリンの缶がいくつも縛りつけてある。反対側では、銃弾が貫通した跡がよろめくような足取りになっている。鉛のような夕暮れの色が消えていく。ノイマン二号はカーバイドランタンをヴェルナーに渡す。「装置はなかにある」

そして彼は姿を消す。説明はない。戦争にようこそ。ランタンの先に、小さな蛾が何匹か舞う。ヴェルナーの全身が、疲労でだるくなる。これはハウプトマン博士なりの褒美なのか、それとも罰なのか。〈子どもたちの館〉に戻り、ベンチに座りたいと思う。エレナ先生の歌を聴き、だるま型のストーブからじわじわと発せられる熱を感じ、ジークフリート・フィッシャーがUボートや戦闘機について熱に浮かされたようにまくしたてる高い声を聞き、テーブルの奥でユッタが想像の都市にある千の窓を描いている姿を見たい。

トラックにある箱のなかには、においが住みついている。粘土と、こぼれたディーゼル油が腐敗したなにかと混ざったにおい。三つの正方形の窓が、ランタンの光を反射する。これは無線用トラックだ。左の壁沿いに置かれたベンチには、枕ほどもある汚れた聴取用デッキがふたつある。折りたたみ式の無線アンテナは、車内から上下させることができる。ヘッドホンが三つ、武器用の棚、格納戸棚。蠟筆、コンパス、地図、そして、あちこちがへこんだ容器のなかでは、彼がハウプトマン博士と設計したトランシーバーが二台待っている。

これほど遠くでなじみの機械を見たことで、彼は落ち着き、海原で振り返ってみれば昔からの友人が漂っていたかのような心持ちになる。ひとつ目の容器からトランシーバーを引っぱり出し、裏板のねじをはずす。計器にはひびが入り、ヒューズはいくつか飛んでいて、送信用のプラグは見当たらない。彼は工具や、ソケットレンチや、銅のワイヤーを探す。開いた扉から、無音の野営地、そして何千という星が散らばる空を見つめる。ソ連軍の戦車が、外で待ち構えているのだろうか。ランタンの光に砲の照準を合わせているのだろうか。

彼はジードラー氏の家にあった大型フィルコラジオを思い出す。ワイヤーを見つめろ、集中しろ、見定めろ。そのうちに規則性がおのずと現われるはずだ。

次に顔を上げると、遠くに並ぶ木々の奥でなにかが燃えているような、ぼんやりした光が見える。夜明け。一キロ近く離れたところでは、少年がふたり棒を持ってうつむき、やせた牛の群れのうしろを歩いている。ヴェルナーがふたつ目のトランシーバーの容器を開けにかかると、トラックの枠のうしろに巨大な人影が現われる。

「ペニヒ」

男はトラックの車体の一番上の横木を長い腕でつかむ。破壊された村が、畑が、昇ってくる太陽が、その姿で隠れる。

「フォルクハイマー？」

普通のパンを一斤

ふたりはカーテンを閉め、台所に立っている。彼女はまだ、ナップサックに入れたパンの温かい重みとともにパン屋を出てきた高揚感に浸っている。

エティエンヌが、パンを引きちぎる。「あった」。小さく巻かれてタカラガイほどの大きさになった紙を、彼女の手のひらにのせる。

「なにが書いてあるの？」

「数字だよ。たくさん数字がある。最初の三つは周波数かもしれないが、どうだかな。四つ目、二三〇〇は時刻だろうか」

「今やるの？」

「暗くなるまで待とう」

エティエンヌは家じゅうにワイヤーを張り、壁のうしろでつなぎあわせ、一本を三階の電話台の下にある鈴に、もう一本を屋根裏にあるふたつ目の鈴に、三本目を門に結わえつける。それをマリー＝ロールに三度試させる。彼女が通りに立って表の門を開けると、家の奥の二か所で、かすかに鈴の鳴る音がする。

次に、彼は衣装だんすに偽の裏板を作り、どちら側からも開けられるように引き戸用の溝にのせる。夕暮れどき、ふたりは紅茶を飲み、ルエル夫人のパン屋で買ってきた、白い粉がふりかけられてもっちりしたパンをもぐもぐ食べる。すっかり暗くなると、マリー＝ロールは大叔父について階段を上がり、六階の部屋を抜けて、はしごを登って屋根裏に入る。エティエンヌは重い入れ子式のアンテナを煙突に沿って上げる。あちこちのスイッチを動かすと、弾けるような、かすかな音が、屋根裏を満たす。

「いいかな？」彼はなにかおかしなことを言おうとする父親のような口ぶりだ。マリー＝ロールの記憶に、ふたりの警官の声がよみがえる。もっとささいなことで逮捕された人も大勢います。そして、マネック夫人の声。死ぬ前に元気なところを見せたくありませんかね？

「いいわ」

彼は咳払いする。マイクロホンのスイッチを入れて言う。「五六七、三二、三〇一一、二三〇〇、一一〇、九〇、一四六、七七五一」

その数字が発せられ、家々の屋根の上、海の上で翼を広げ、どこかにある目的地に向けて飛んでいく。イングランドへ、パリへ、死者たちへ。

彼はふたつ目の周波数に切り替え、送信を繰り返す。三つ目。そして機器を切る。機械は音をたてながら冷えていく。

「おじさん、どういう意味なの？」

「わからんな」

「言葉に変換されるの？」

「そうだろうな」

ふたりははしごを下り、衣装だんすを抜けて出る。廊下には、銃を構えた兵士はいない。なにひとつ変わっていないように見える。ジュール・ヴェルヌからの一節が、マリー＝ロールの頭によみがえる。**科学というものは誤りだらけなのだ。だが誤りを犯すのはよいことだ。そのおかげで少しずつ真実に近づくことができるのだから。**

エティエンヌはひとり笑う。「カエルが煮えるというマダムの話を覚えているかな？」

「覚えているわ」

「思うんだが、だれがカエルだったのかな？　マダムか？　それともドイツ人どもか？」

フォルクハイマー

技師はヴァルター・ベルントという寡黙な毒舌家で、瞳孔の位置が左右でずれている。運転手は歯にすきまのある男で、ノイマン一号と呼ばれている。隊の軍曹であるフォルクハイマーがせいぜい二十歳だということは知っているが、夜明けの固い青みがかった灰色の光を浴びる彼は四十歳に見える。「パルチザンが列車を攻撃している」と彼は説明する。「やつらは組織されていて、大尉が考えるには無線で示しあわせて攻撃している」

「前の技術兵は」とノイマン一号が口をはさむ。「なにも見つけられなかった」

「機器は上等です」とヴェルナーは言う。「一時間あればどちらも動かせるはずです」

フォルクハイマーの目にやさしげな色がふっと宿り、しばらくそのまま留まっている。「このペニヒは」と、ヴェルナーを見ながら言う。「前の技術兵なんかとはものが違う」

彼らは動きはじめる。トラックはせいぜいが牛の通り道にすぎない道路をはねながら進んでいく。数キロごとに停まり、坂になったところか、山の背に、トランシーバーを設置する。ベルントと、やせて目つきの悪いノイマン二号を、ひとりにライフル、もうひとりにはヘッドホンを渡して置いていく。それから数百メートル進み、三角形の底辺を作れるようになり、そこまでの距離を計算すると、ヴェルナーは主要な受信機のスイッチを入れる。トラックのアンテナを上げ、ヘッドホンをつけ、全帯域の波長を精査して、非公認の電波がないかどうか探りを入れる。聞こえてはならないはずの声が聞こえるかどうか。

平坦で広大な地平線に沿って、いつも複数の火が燃えているようだ。大半の時間、ヴェルナーは進行方向とは逆を向いてトラックに乗り、あとにしていく土地を見つめる。ポーランドのほう、つまりは第三帝国のほうを見つめる。

だれも銃撃してこない。雑音を貫いて聞こえてくる声はほとんどなく、ついに拾ったと思っても、ドイツ人の声だ。夜になると、ノイマン一号は小さなソーセージが何本も入ったブリキの缶を弾薬箱から出し、ノイマン二号は思い出したか作り上げた売春婦たちについての退屈な冗談を飛ばす。ヴェルナーは、悪夢のなかで、フレデリックに忍び寄る少年たちの影を見るが、近づいてみると、フレデリックはユッタに姿を変え、ヴェルナーに非難の目を向けるなか、少年たちは妹の手足を一本また一本と持ち去っていく。

一時間おきに、フォルクハイマーはトラックの後部に頭を突っこんでヴェルナーと目を合わせる。「なにもないか？」

ヴェルナーは首を横に振る。電池をいじり、アンテナをもう一度じっと見て、念には念を入れてヒューズを確かめる。シュルプフォルタでハウプトマン博士と作業していたときは、遊びだった。フォルクハイマーの周波数に見当をつけることができた。フォルクハイマーの送信機から電波が発せられているのかどうか、いつも知っていた。ここでの彼には、送信がどのように発せられているのかも、いつなのかも、どこからなのかも、さらには送信がそもそもあるのかもわからない。ここでの彼は、亡霊を追っている。くすぶる小屋や、ずたずたに裂けた砲弾の破片や、墓標のない墓のそばを走って燃料を浪費しているだけで、フォルクハイマーは大きな手で丸刈りの頭をさすり、日増しに落ち着かなくなっている。数キロ離れたところからは、大砲の雷のような音が聞こえ、ドイツ軍の輸送車両が攻撃され、線路が曲がって家畜用車両が投げ出され、総統の兵士たちが傷ものになって将校たちを怒り狂わせている。

あそこでのこぎりで木を切っている老人は、じつはパルチザンだろうか。車のエンジンにかがみこんでいるあの男は。小川で水を汲んでいる、あの三人の女性は。

夜には霜が降り、一帯に銀の布をかぶせる。ヴェルナーは目を覚ますと、指をわきの下にしっかりとはさむ。息は白く、トランシーバーの真空管はかすかな青い光を放っている。雪はどれくらい深くなるのだろう。二メートルだろうか。三メートルか。三十メートルか。ヴェルナーは思う。雪は数キロもの深さになるだろう。ぼくたちは、かつてあった世界の上を走っていく。

秋

嵐がやってきて、空や、砂浜や、通りを洗っていく。赤い太陽が海に浸かり、西を向いたサン・マロの花崗岩のすべてを燃え立たせ、排気筒を消音にした三台のリムジンが、幻影のようにクロス通りをすべるように動いていき、十人ほどのドイツ人将校が、舞台照明と映画カメラを持った男たちを引き連れてオランダ砦の石段を上っていき、寒いなか塁壁を歩きまわる。

　五階の窓から、エティエンヌは真鍮製の望遠鏡を使い、総勢二十名ほどの一行を見つめる。大尉や少佐たち、それに中佐も一名いる。コートの襟をしっかりと押さえ、沖の島々にある砦のほうを身振りで示し、下士官兵のひとりが風のなかで煙草に火をつけようとし、帽子を胸壁の向こうに飛ばされ、笑いを誘っている。

　通りの向かい側の三軒先、クロード・ルヴィットの家の玄関扉から、三人の女性が笑いながら出てくる。クロードの家の窓はどこもあかりがついているが、ブロックのほかの家には電気が来ていない。だれかが三階の窓を開け、ウイスキーグラスを投げ捨て、グラスは何度も回転しながらヴォーボレル通りを目指して落ちていき、見えなくなる。

　エティエンヌはろうそくに火をともし、六階に上がっていく。マリー＝ロールはもう眠っている。彼は巻いた紙をポケットから取り出して広げる。暗号を解読することはもうあきらめている。その数字を書きだし、碁盤状に並べ、足し算や掛け算をしてみた。なにも出てこなかった。それでも、成果はあった。なぜなら、午後に吐き気を覚えることがなくなったからだ。ものがぐらついて見えることもなく、心臓も落ち着いている。じつのところ、もうひと月以上も、書斎の窓際に体を丸め、亡霊たちが壁を抜けてよろめき出てくるのが見えないよう祈る必要はなくなっている。マリー＝ロールがパンを持って玄関扉から入ってくるとき、彼が小さな巻き紙を指で広げていくとき、マイクロホンにくちびるを寄せるとき、彼は揺るぎない気分になる。生きていると感じる。

五六七七八。二一。四五六七。一〇九四。四六七八一三。

そして、次に放送する時刻と周波数。

もう数か月も、ふたりはそれをつづけている。数日おきに新しい紙がパンに包まれて届く。このところのエティエンヌは、音楽をかけている。いつも夜に、曲の一部だけ、せいぜい一分か一分半。ドビュッシーかラヴェル、あるいはマスネかシャルパンティエ。何年も前にしていたように、蓄音機のホーンにマイクロホンを当て、レコードを回転させる。

だれが聴いているだろう。オートミールの箱に擬装したか床板の下にしまいこまれた短波受信機や、敷石の下に埋められたか乳母車のなかに隠された受信機を、エティエンヌは思い描く。ブルターニュ沿岸で二十人か三十人ほどが聴いているだろうか。もしかすると、海の上ではもっと多く、トマトか難民か銃を積んだ自由船の船長の無線装置が周波数を合わせているのかもしれない。イギリス人たちは数字を待っているが、音楽が流れてくるとは意外で、どうしたことかと思っているはずだ。

今夜、彼はヴィヴァルディをかける。〈秋――アレグロ〉。彼の兄がサント・マルグリット通りにある店で四十年前に買ったレコード。

ハープシコードがかき鳴らされ、バイオリンが派手なバロック調でつづく。屋根裏の低く傾斜した空間に音があふれる。スレート瓦の向こう、ひとつ先のブロック、三十メートル近く下では、十二名ほどのドイツ軍将校たちがカメラに笑みを向けている。

これを聴け、とエティエンヌは思う。耳に届け。

だれかが、彼の肩に触れる。彼は危うく倒れそうになり、傾斜した壁に体を預ける。寝間着姿のマリー＝ロールが、うしろに立っている。

バイオリンの音が渦を巻いておさまり、また戻ってくる。エティエンヌはマリー＝ロールの手を取り、低く傾斜する屋根の下で、ふたりは踊る。レコードが回転し、送信機はその音を塁壁の向こうへ、ドイツ兵たちの体を抜けて海に送っている。彼にくるくると回され、彼女の指は宙ではためく。ろうそくの光のなか、彼女は別の世界にいるようで、そばかすだらけの顔の中央にあるふたつの目は、クモの卵嚢のように動かない。目は彼の動きを追いはしないが、うろたえさせもしない。その目はまったく別の、より深い場所を、音楽のみでできた世界を見つめているとすら思える。

優雅に。ほっそりとして。彼女は慣れた動きで体を回転させるが、踊りがどういうものかをどうやって知っているのか、彼には見当もつかない。

曲はつづいていく。長くかけすぎている。アンテナはまだ立てられていて、おそらくは空にぼんやり見えている。屋根裏全体が、かがり火のように輝いていてもおかしくない。だが、ろうそくの光のなか、押し寄せる協奏曲の甘い音のなかで、マリー＝ロールは下くちびるを嚙み、その顔が放つまた別の光に、彼は町の壁の向こうにある沼地のことを思う。冬の夕暮れどき、太陽は沈んだが、まだ完全にのみこまれてはおらず、葦の大きな茂みが赤い光を浴びて燃え立つ。もう別の人生かと思うほど昔、兄とよく行った場所。

これだ、と彼は思う。これが数字の意味なのだ。

協奏曲は終わる。スズメバチが一四、天井に何度も当たりながら飛んでいる。送信機はついたまま、マイクロホンは蓄音機のホーンに差しこまれ、針は一番内側の溝をたどっていく。マリー＝ロールは重い息づかいになり、ほほえんでいる。

彼女がまた眠ったあと、ろうそくを吹き消したエティエンヌは、自分のベッドのそばで長いあいだひざまずく。骨ばった死神が、馬にまたがって下の通りを走っていき、ときおり馬を止めては、窓からのぞきこんでいる。その頭には、角の形をした火があり、鼻からは煙が漏れ出し、骸骨の手には、新たに住所が書きこまれた名簿がにぎられている。まずは、リムジンからぞろぞろと降りて市庁舎に入っていく将校の一団を見つめる。それから、香料商クロード・ルヴィットの明るい部屋を。そして、エティエンヌ・ルブランの暗く高い家を。

我々を素通りしてくれ、騎手よ。この家はやり過ごしてくれ。

ヒマワリ

彼らはほこりまみれのトラックを走らせる。周囲には、数平方キロにわたり、木ほども高く伸びて枯れかけたヒマワリ畑が広がっている。茎は乾いて固くなり、花は祈る人々の頭のようにうなだれ、トラックがエンジンをうならせて通りかかると、ヴェルナーは自分たちが一万人ものひとつ目巨人に見られているように感じる。ノイマン一号がブレーキを踏むと、ベルントが肩からライフルをはずし、ふたつ目のトランシーバーを手に取り、歩いていって設置する。ヴェルナーは大きなアンテナを立て、ヘッドホンを装着してトラックのいつもの場所に座る。

運転台で、ノイマン二号が言う。「女のあそこに突っこんだことないんだろ、童貞君」

「黙れよ」とノイマン一号は言う。

「夜に一発抜いて寝てるんだろ。せんずりかいて出してんだろ」

「軍隊の半分はやってることだろ。ドイツ人もロシア人も同じだ」

「うしろにいる思春期のアーリア人のちびは間違いなくせんずり組だぜ」

トランシーバーから、ベルントが周波数を読み上げる。なにもなし、なし、なし。

ノイマン一号が言う。「本物のアーリア人とはヒトラーのような金髪に、ゲーリングのようなすらりとした体つき、ゲッベルスのような長身――」

ノイマン二号の笑い声。「おいおい、それじゃ――」

「もういい」とフォルクハイマーは言う。

午後も遅くなっている。彼らは一日じゅう、この見知らぬわびしい土地を移動してきたが、目にしたものといえばヒマワリだけだ。ヴェルナーは針を動かして周波数を変え、周波数帯を切り替え、トランシーバーをまた別の周波数に合わせ、雑音のなかを探しまわる。空気は昼も夜も雑音で満たされている。大きく、悲しく、不吉なウクライナの雑音は、人間がそれを聞く方法を見つけだすはるか前から存在してきたように思える。

フォルクハイマーはトラックからどうにか体を出すと、ズボンを下ろして花のあいだに放尿する。ヴェルナーはアンテナをたたもうと決心するが、実際にそうする前に、日光をきらめかせるナイフの刃のようにはっきりと鋭く、悪意あるロシア語の連射が耳に届く。一《アジーン》。六《シェースチ》。八《ヴォースェミ》。彼の神経のすべての繊維が一気に目覚める。

彼は音量をなるだけ上げ、ヘッドホンを耳に押し当てる。また声がする。ポニェ＊＊＊フェシュキー、シェレ＊＊＊ドロショイ……。トラックの開いた後部から彼を見つめているフォルクハイマーも、それと察したようすで、あたかも数か月ぶりに目を覚ましたかに見える。あの雪の夜に、ハウプトマンが拳銃を発砲し、ヴェルナーのトランシーバーが正しく作動していることがわかったときのように。

ヴェルナーが微調整ダイヤルをわずかに回すと、突然、彼の耳にその声が大音量で飛びこむ。ドヴィ・ナット・セット、シャイスト・ナット・セット、ドヴァット・セット・アジーン、意味をなさないひどい声が、管を伝って彼の頭にじかに入ってくる。綿が詰まった袋のなかに手を入れたら、なかにカミソリの刃が一枚あったかのように。すべてが変わらずそれずにいたところに、そのひとつの危険物があり、皮膚を裂かれていることがわからないほど鋭い。

フォルクハイマーは巨大な拳でトラックの側面を軽く叩いてノイマンたちを黙らせ、ヴェルナーはその周波数帯を遠くのトランシーバーのところにいるベルントに中継で送ると、ベルントがそれを見つけ、角度を測って中継で返してくる。ヴェルナーは計算に取りかかる。計算尺、三角法、地図。ロシア人がまだ話しているうちに、ヴェルナーはヘッドホンをはずして首にかける。「北北東」

「距離は？」

ただの数字。純粋な計算だ。

「一キロ半」

「今も放送してるのか？」

ヴェルナーはヘッドホンを片方耳に近づける。うなずく。ノイマン一号がトラックのエンジンを猛然とかけ、ひとつ目のトランシーバーを持ったベルントが花をかき分けて駆け戻ると、ヴェルナーはアンテナを引っこめ、車はぎしぎしと音をたてて道路からはずれ、ヒマワリ畑を突っ切っていき、花を踏み倒しながら進んでいく。一番高い茎はトラックと同じくらいあり、大きく乾いた花は運転台の屋根や荷台の側面を低い音で叩く。

ノイマン一号は走行距離計を見守り、距離を大声で言う。フォルクハイマーが武器を配る。カラビーナー98Kが二丁。照準器つきのワルサー半自動式銃が一丁。彼のそばで、ベルントは自分のマウザーライフルの弾倉に装弾子を入れる。ボン、とヒマワリが当たる。ボン、ボン、ボン。トラックは海に出た船のように左右に揺れ、ノイマン一号がどうにかわだちを越えて進ませる。

「千百メートル」とノイマン一号が言うと、ノイマン二号はトラックの屋根によじ登り、双眼鏡で畑の上を眺める。南のほうで、ヒマワリはもつれあったガーキンの畑に変わっている、その向こう、むき出しの土に囲まれて、かやぶきの屋根と漆喰の壁のある、きれいな小屋が見える。

「ノコギリソウの列。畑の端だ」

フォルクハイマーは照準器を上げる。「煙は？」

「ない」

「アンテナは？」

「なんとも言えない」

「エンジンを切れ。ここからは徒歩で行く」

すべてが静まり返る。

フォルクハイマー、ノイマン二号、そしてベルントは武器を持って花のなかに入り、のみこまれる。ノイマン一号は運転席に、ヴェルナーはトラックの後部に残る。彼らの前方では、地雷の爆発はない。トラックのまわりでは茎の上で花がきしみ、悲しい合意でもあったかのように向日性の顔をうつむかせている。

「連中はきっと仰天するぞ」とノイマン一号は小声で言う。右脚は貧乏ゆすりをしている。

彼のうしろで、ヴェルナーは思い切りアンテナを上に伸ばし、ヘッドホンをつけるとトランシーバーのスイッチを入れる。ロシア人は、アルファベットの文字らしきものを読み上げている。ペーゼーカーチェーユーミャキーズナック。どの音も、聴覚毛からヴェルナーの耳にだけ浮上するようで、そして消えていく。ノイマン一号の揺れる脚がトラックを軽く震動させ、太陽は窓越しにしみになった羽虫の残りを貫いて照りつけ、冷たい風が畑全体をさらさらと動かす。

歩哨がいるはずではないか。見張りは。武装したパルチザンが、今まさにトラックのうしろににじり寄ってきてはいないか。無線でしゃべるロシア人の声は、スズメバチのようだ。ズヴォウ・カズ・ヴカロフ。その男はどのような恐怖を供給しているのか。部隊の位置か、列車の予定時刻かもしれないし、今まさに、このトラックの位置を、砲兵隊の射撃手たちに伝えているのかもしれない。そして、フォルクハイマーがヒマワリから歩み出ていく。人類史上もっとも大きな標的が、バトンのようにライフルをつかんでいる。あの小屋にフォルクハイマーがおさまるとはとうてい思えず、むしろ家を包みこんでしまうように思える。

まず、ヘッドホンのまわりの空気を貫く銃撃がある。それから一秒もせずに、今度はヘッドホン自体を通って音が響き、その大きさに、ヴェルナーはヘッドホンを引きちぎりそうになる。すると、雑音すら切れてしまい、ヘッドホンの静けさは、なにか巨大なものが動きまわり、亡霊のような飛行船がゆっくりと降下してくるように感じられる。

ノイマン一号はライフルのボルトを開き、そして閉じる。

ヴェルナーはかつて、自分の寝台のそばで、フランス人が放送を終えてもユッタとしゃがみこんでいたときのことを思い出す。通りかかった石炭列車のせいで窓が揺れ、放送のこだまがしばらく宙でぼんやりと輝いていて、彼が手を伸ばせば、両手のなかにふわりと落ちてくるかのように思えた。

フォルクハイマーが、インクが飛び散った顔で戻ってくる。指を二本ひたいに動かし、ヘルメットをうしろにずらすと、それがインクではないことがヴェルナーにもわかる。

「小屋を燃やしてこい」と彼は言う。「早く。ディーゼル油を無駄にするな」。彼はヴェルナーを見やる。やさしく、憂鬱そうですらある声。「装置は回収しろ」

ヴェルナーはヘッドホンをはずし、ヘルメットをかぶる。アマツバメがヒマワリの上をかすめるように飛んでいく。彼の視界はゆっくりと回転し、体の均衡がどこかでおかしくなってしまったかに思える。ノイマン一号は前で歌を口ずさみながら、燃料の入った缶を抱えて茎のあいだを通っていく。ふたりはヒマワリ畑を抜けて小屋に向かい、ビロードモウズイカや、ノラニンジンや、霜ですっかり茶色くなった葉のあいだを歩いていく。扉のそばでは、犬が一匹ほこりのなか横になり、足にあごを預けていて、ほんの一瞬、眠っているだけかとヴェルナーは思ってしまう。

ひとつ目の死体は、片腕を下敷きにして床に倒れており、頭があるはずのところには深紅のかたまりがある。テーブルの上には、ふたり目の男が、眠っているかのように片耳を下にしてうなだれ、傷の端だけが、みだらな紫色になってのぞいている。テーブルの上に広がっていた血は、冷えかけている蠟のようにどろりとなっている。ほとんど黒く見える。奇妙なことに、この男の声はまだ空を飛んでおり、すでに国ひとつ離れたところにあり、一キロごとに弱くなっている。

裂けたズボン、汚れた上着、ひとりはサスペンダー。ふたりとも、軍服は着ていない。ノイマン一号は、ジャガイモの袋で作ったカーテンを引きはがすと外に持っていく。ディーゼル油をかける音がヴェルナーの耳に届く。ノイマン二号はふたり目の男からサスペンダーをはずし、まぐさから束になったエシャロットを取ると、胸に抱えて出ていく。

台所には、レンガ形のチーズが食べかけのまま置いてある。そのそばには、色あせた木の柄のナイフ。ヴェルナーはひとつだけある食器棚を開ける。なかには迷信の根城がある——黒い液体の入ったいくつものびん、札のない痛みの治療薬、糖蜜、木に張りついたスプーン、ラテン文字で「ベラドンナ」と記されたもの、「×」とだけ印のあるもの。

送信機は貧弱な、高周波の装置だ。おそらく、ソ連軍の戦車から回収したものだろう。箱のなかに、ひとにぎりの部品をシャベルで入れただけに見える。小屋のそばに据えつけられているグランドプレーンアンテナは、せいぜい五十キロほど先までしか送信できない。

ヴェルナーは外に出ると、薄らいでいく光のなかで骨のように白く見える家を振り返る。奇妙な薬の入った台所の食器棚のことを考える。役目を果たさなかった犬。ふたりのパルチザン兵は、なにかの森の黒魔術に関わっていたのかもしれないが、無線という高度な魔術をもてあそぶべきではなかった。彼はライフルを肩にかけると、導線や幼稚なマイクロホンとまとめ、大きく傷だらけの送信機を持ち、花畑を抜けてトラックに戻る。すでにエンジンがかかり、ノイマン二号とフォルクハイマーは運転台にいる。ハウプトマン博士の声がよみがえる。**その時代が持つ興味だ。科学者の仕事とはふたつの要因によって決定される。本人が持つ興味と、その時代が持つ興味だ。**すべてがつながって、ここに導いている――父親の死、ユッタとふたりで鉱石ラジオに耳を澄ませた屋根裏での眠らない夜、エレナ先生には見えないようにシャツの下に赤い腕章をつけたハンスとヘリベルト、シュルプフォルタでハウプトマン博士とトランシーバーを作った四百回にわたる暗く輝かしい夜。フレデリックが壊れてしまったこと。すべてがつながってくるこの瞬間、ヴェルナーはコサック兵の間に合わせの装置をトラックの荷台に積みこみ、ベンチに背中を預けて座り、畑の上で燃える小屋の光を見つめる。ベルントがそのそばに上がり、ライフルをひざにのせ、ふたりとも後部扉を閉めようともせず、トラックのギアが入ってうなる。

宝石

フォン・ルンペル上級曹長は、ウッチ郊外の倉庫に呼び出される。シュトゥットガルトで治療を終えてから、移動するのは初めてだ。自分の骨の密度が落ちたように感じられる。有刺鉄線の内側には、鋼鉄のヘルメットをかぶった六人の警備兵が待っている。かかとをぴしりと合わせての敬礼がひとしきりつづく。彼はコートを脱ぐと、ポケットのないジッパー式のつなぎ服を足から着る。三つの錠前が開けられる。扉をひとつ抜け、まったく同じつなぎ服姿の下士官四人が前にしているテーブルにはどれも、宝石商のランプがボルトで留められている。どの窓にも、合板が打ちつけられている。

黒髪の上等兵が手順を説明する。ひとり目の男は、はめこみ台から宝石を取り出す役。ふたり目はそれを溶剤に浸して、ひとつずつ洗浄する。三人目が、それぞれの重さを量り、大きさを告げ、それを受け取るフォン・ルンペルは、ルーペで宝石を鑑定して透明度を告知する。内包物あり、わずかに内包物あり、ほぼ透明。五人目の上等兵が、その鑑定を記録する。

「終わるまで、十時間の交替制で作業をすることになります」

フォン・ルンペルはうなずく。すでに、背骨は裂けてしまいそうに思える。上等兵は自分のテーブルの下から南京錠がつけられた袋を引きずり出し、その口の鎖をほどくと、ビロードで内張りされたトレーの上に中身を空ける。何千という宝石があふれ出す。エメラルド、サファイア、ルビー。黄水晶。ペリドット。金緑石。そのなかで、何重にもなってきらめく何百というダイヤモンド。ほとんどはまだ、ネックレスや腕飾り、カフスボタンやイヤリングに入っている。

ひとり目の男がトレーを持ち場に運んでいき、婚約指輪を万力ではさみ、ピンセットで爪をはがす。こうして、ダイヤモンドが流れてくる。フォン・ルンペルはテーブルの下にあるほかの袋を数える。九袋。「この宝石はいったいどこから——」ときこうとする。だが、どこから来たのか、彼はすでに知っている。

小洞窟

死んでから数か月がたってもまだ、マネック夫人が階段を上がってきて、荒い息づかいになり、船乗りのような間延びした話し声が聞こえてくるのではないかとマリー＝ロールは思う。こりゃあまいったね、凍えそうなくらい寒いんだから。夫人がやってくることはない。

靴はベッドの足元、模型の下。杖は隅にある。一階に下りていくと、ナップサックが止め釘にかけてある。外に出る。ヴォーボレル通りを二十二歩進む。それから右に曲がり、排水管を十六本。左に曲がって、ロベール・スルクフ通りに。排水管が九本で、パン屋。

普通のパンを一斤お願いします。

おじさんの調子はどう？

おじさんは元気よ、ありがとう。

パンのなかに、白く巻いた紙が一枚入っていることもあれば、入っていないこともある。ルエル夫人がマリー＝ロールのためにいくつかの食料や雑貨を手に入れてくれることもある。キャベツ、赤唐辛子、石鹸。エストレー通りとの十字路に戻る。左に曲がってヴォーボレル通りには入らず、マリー＝ロールは直進する。五十歩で塁壁、そこから、壁沿いに百歩ほど歩くと、しだいに狭くなっていく路地の入り口がある。

彼女は指で錠前を見つけ出す。コートから、ウベール・バザンが去年くれた鉄製の鍵を取り出す。水は氷のように冷たく、むこうずねまでが浸かる。彼女のつま先から、あっというまに感覚がなくなる。だが、小洞窟はそれ自体でひとつの宇宙になっており、その内部では、無数の銀河が渦巻いている。上を向いたムラサキイガイの片方の貝殻のなかには、フジツボがひとつと、小さな巻貝のなかには、さらに小さなヤドカリが住みついている。ヤドカリの殻の上には、さらに小さなフジツボ。そのフジツボの上には……。

湿った、箱型の、かつての犬小屋で、海の音はほかのすべての音を洗い流す。彼女は庭で草木の手入れをするように巻貝を触る。潮から潮へ、瞬間から瞬間へ――彼女はそこを訪れては、生き物たちが水を吸い、動き、きしむような音をたてるのを聞き、収監されている父親のことを、ノラニンジンの畑にいるマネック夫人のことを、二十年にわたって家のなかに閉じこもってしまった大叔父のことを考える。

それから、手探りで門に戻り、鍵をかけて立ち去る。

その年の冬、電気は通っているよりも不通のときのほうが多い。電力がなくても放送できるように、エティエンヌは船舶用の電池をふたつ送信機に接続する。ふたりは木箱や紙、さらには古い家具まで燃やして暖をとる。マリー＝ロールは、マネック夫人の部屋がある階から六階まで重い絨毯を運んでいき、自分のキルトの上にかける。部屋がすっかり冷えこみ、床に霜が降りる音が聞こえると思いそうになる夜もある。

通りに響くどの足音が、警官であってもおかしくない。エンジンがうなるどの音が、ふたりを連れ去るために派遣されてきた部隊であってもおかしくない。

上の階では、エティエンヌがまた放送を行っている。彼女は考える。彼らがやってくるときに備えて、わたしは玄関扉のところにいるべきだわ。数分くらいなら時間を稼げる。だが、あまりに寒い。ベッドにいて、絨毯の重みの下で、また夢のなかの博物館に戻っていくほうがずっといい。記憶にある壁沿いに指を走らせ、音のこだまする大陳列館を渡って鍵保管室に向かう。タイル張りの床を渡っていき、左に曲がりさえすれば、パパがカウンターのうしろにいて、鍵切り機のそばに立っている。

彼はこう言うだろう。ルリツグミちゃん、どうしてこんなに遅くなったんだい？

こう言うだろう。百万年たってもずっと一緒にいるからね。

狩り

一九四三年一月、ヴェルナーは、果樹園から送信されるふたつ目の不法電波を見つけ出す。果樹園には一発の砲弾が着弾し、ほとんどの木はまっぷたつになっている。二週間後、三つ目、そして四つ目の送信を見つける。どの新発見も、前回の焼きなおしのように思える。三角形が狭まり、どの辺も同時に縮んでいき、頂点が近づいていき、ついにはひとつの点、納屋か小屋か、あるいは工場の地下か、氷のなかの不快な露営地になる。

「そいつは今も放送してるのか？」

「してる」

「あの物置小屋で？」

「左側の壁に沿ったアンテナがあるだろ？」

機会があれば、ヴェルナーは、パルチザンたちの言葉を磁気テープに録音する。自分たちの声を聞くのはみんな好きなのだとわかってくる。大昔の話にあるようなうぬぼれ。彼らはあまりに高くアンテナを上げ、あまりに長く放送しすぎる。世界は安全と合理性をもたらしてくれるものだと思っているが、もちろんそうではない。

隊長は、彼らの作業の進捗に興奮している、と伝言を送ってくる。休暇やステーキやブランデーを約束する。冬のあいだずっと、トラックは占領地域を動きまわり、ユッタが無線の通信記録に書きこんだ街が現実のものとなる――プラハ、ミンスク、リュブリャナ。ときおり、トラックが捕虜の一団の脇を通りかかると、フォルクハイマーは、速度を落とすようノイマン一号に言う。彼は背筋を伸ばして座り、自分と同じくらいの背丈の男はいないかと探す。だれかを見つけると、ダッシュボードを軽く叩く。ノイマン一号がブレーキをかけ、フォルクハイマーは柱が土に穴を開けるように雪の上に出ると、警備兵に話しかけ、捕虜のあいだに分け入る。たいていは、寒くてもシャツ一枚だけという格好だ。「あいつのライフルはトラックにある」ノイマン一号はきまって言う。「ライフルを置いていきやがった」

彼が遠すぎるときもある。彼の声がヴェルナーに完璧に聞こえるときもある。「服を脱《アウスツィー》げ《エン》」。彼は白い息をもくもくと吐いて言い、そしてほぼ毎回、大柄なロシア人はその言葉を理解する。服を脱げ。長身でたくましい、この世でもう驚くものなどないという顔のロシア人の若者。そこに、もうひとりの巨漢が、自分に向かって歩いてくる――それだけは驚きかもしれない。

ミトンが、毛糸のシャツが、ぼろぼろのコートが脱がされる。フォルクハイマーがブーツを要求するときだけ、彼らは顔色を変える。首を横に振り、天をあおぐかうつむき、怯えた馬のように目をぐるりと回す。ブーツを失うことは死を意味する――ヴェルナーはそれを知っている。だが、フォルクハイマーが立ったまま待ち、大男同士で対峙していると、いつも捕虜が屈する。破れた布で足を包み、踏み荒らされた雪のなかで立ち、彼は捕虜仲間と視線を交わそうとするが、だれも目を向けはしない。フォルクハイマーは手に入れたあれこれを掲げ、身につけてみて、体に合わなければ返す。そして大きな足音とともにトラックに戻ると、ノイマン一号がギアを入れる。

きしむ氷、森のなかで燃える村、冷えこみが厳しく雪さえ降らない夜。その年の冬が見せる、取り憑かれたような奇妙な季節、ヴェルナーは雑音のなかをうろつきまわる。かつて、荷車にユッタを乗せてツォルフェアアインの路地を歩きまわっていたように。ヘッドホンで聞こえる歪んだ音から、ひとつの声が姿を現し、そして消えていき、彼はそのあとを追う。**いたぞ**。もう一度その声を見つけたとき、ヴェルナーは思う。**いたぞ**——その感覚は、目をつぶって一・五キロの糸をたぐりながら進んでいくと、小さな結び目のこぶが爪に当たったようだ。

最初の送信から次の送信をつかまえるまで、数日かかることもある。それは解くべき問題、頭をいっぱいにしておくことを与えてくれる。悪臭漂う、ノミだらけで凍った塹壕で、シュルプフォルタの年配の教師たちが前の大戦で経験したように戦うよりもましだ。このほうが清潔で、より機械的で、空気を通じて行われる、目に見えない戦争だ。前線はどこにでもある。それを追うことには、どこかうっとりするような喜びがないだろうか。はねつつ暗闇を進んでいくトラックには。木々のあいだに最初に見えるアンテナには。

聞こえるぞ。

干し草の山にある針。ライオンの足に刺さった棘。彼がそれを見つけ、フォルクハイマーが引き抜く。

冬のあいだ、ドイツ兵たちは、馬やそりや戦車やトラックを同じ道路に走らせ、雪を踏み固めて血のしみのついた氷のセメントに変える。そしてようやく四月になると、のこくずと死体の悪臭が漂い、峡谷の雪の壁は消えていくが、道路の氷はしつこく固まったまま、侵略の暴力に満ちた光る網の目、ロシアの磔《はりつけ》の記録となって残る。

ある夜、彼らはドニエプル川にかかる橋を渡る。前方にはキエフの大聖堂の丸屋根や、花を咲かせる木々、いたるところに飛ぶ灰と、路地で身を寄せあう娼婦たちの姿がある。カフェで彼らが座ったところからテーブルをひとつはさんだところには、ヴェルナーとあまり変わらない年齢の歩兵がいる。その兵士は眼球をぴくぴく動かしながら新聞をじっと見つめ、コーヒーをすすり、心底驚いているように見える。度肝を抜かれたように。

ヴェルナーは彼を見つめずにはいられない。ついに、ノイマン一号が身を乗りだす。

「どうしてあんなふうになっているかわかるか？」

ヴェルナーは首を横に振る。

「凍傷でまぶたがはがれたのさ。かわいそうにな」

彼らには郵便は届かない。数か月がたっても、ヴェルナーは妹に手紙を書かない。

伝言

占領軍当局は、すべての家は住人の名簿を扉に貼り出すよう通知する。エティエンヌ・ルブラン、男、六十二歳。マリー＝ロール・ルブラン、女、十五歳。マリー＝ロールは長いテーブルにずらりと並ぶごちそうを夢見て自分を苦しめる。大皿に盛られた豚の腰肉の薄切り、リンゴのロースト、バナナのフランベ、パイナップルのホイップクリーム添え。

一九四三年、夏の朝、彼女はゆっくりと降ってくる雨のなかをパン屋まで歩く。列は扉の外までつづいている。マリー＝ロールがようやく先頭まで来ると、ルエル夫人は彼女の両手を取り、ひどく静かに話しかける。「これも読んでもらいたいって頼んで」。パンの下には、折りたたんだ一枚の紙がある。マリー＝ロールはパンをナップサックに入れ、紙をしっかりとにぎりしめる。配給切符を渡し、寄り道せずに家に戻ると、扉に鍵をかける。

エティエンヌがのろのろと下りてくる。

「おじさん、なんて書いてあるの？」

「ドロゲ氏は、自分は順調に回復していると、サン・クロンにいる娘に知らせたい」

「大事なことだって言っていたわ」

「どういうことだ？」

マリー＝ロールはナップサックを下ろし、なかに手を入れるとパンの大きなかたまりをちぎる。「ドロゲさんが娘さんに、元気だって知らせたいということでしょ」

つづく数週間、さらに伝言が届けられる。サン・ヴァンサンでの誕生。ラマールで死の床にいる祖母。ラ・ラビネーにいるガルディニエ夫人は、もう許すと息子に伝えたい。そうした言葉に、秘密の伝言が隠されているのだろうか。「ファユー氏は心臓発作に見舞われて静かに息を引き取った」という言葉がじつは、「レンヌの操車場を爆破せよ」という意味なのかどうか、エティエンヌにはわからない。重要なのは、人々が聴いているはずだということ、一般市民がラジオを持っていて、おたがいに連絡を取りたがっているらしいということだ。彼は家から一歩も出ず、マリー＝ロール以外とは顔を合わせないが、気がつけばどういうわけか、情報網の中枢にいる。

マイクロホンを調整し、数字を、そして伝言を読み上げる。五つの異なる周波数帯でそれを放送し、次の送信の指示をすると、古いレコードを少しだけかける。長くても、全体でせいぜい六分ほど。

長すぎる。ほぼ間違いなく長すぎる。

だが、だれもやってこない。ふたつの鈴が鳴ることはない。ドイツ軍のパトロール隊が階段を駆け上がってきて、ふたりの頭に銃弾を撃ちこみはしない。

もうすべて暗記しているが、マリー＝ロールは夜になるとよく、父親からの手紙を読んでほしいとエティエンヌに頼む。今夜、彼はマリー＝ロールのベッドの端に腰かけている。

きょう、クリの木のふりをしたカシの木を見たよ。

きみはちゃんとやってくれるはずだ。

どういうことか理解したかったら、エティエンヌの家のなかを見るといい。家のなかのね。

「どうして父さんは『家のなか』と二回も書いたのかしら？」

「マリー、その話はもう何度もしただろう」

「父さんは今ごろなにをしていると思う？」

「眠っているだろうな。間違いない」

彼女がごろりと横向きになると、彼はキルトを肩の上までかけてやり、ろうそくを吹き消して、ベッドの足元にある模型の屋根や煙突をじっと見つめる。思い出がよみがえる。エティエンヌは町の東にある野原で、兄と一緒にいる。夏、サン・マロにはホタルが出はじめており、ふたりの父親はすっかり興奮し、柄の長い網を息子たちのために作ると、上を閉めるための針金のついたびんを渡す。エティエンヌとアンリが背の高い草のなかを駆けていくと、ホタルはふたりから離れていき、光を放っては消し、いつもあと少しで手の届かないところに飛び立ってしまうようで、まるで、大地がくすぶっていて、目の前にある光は兄弟の足取りが解き放った火花のようだ。

自分の部屋にいっぱいホタルを入れて、何キロも離れたところにある船からでも見えるようにしたい。そうアンリは言っていた。

今年の夏にホタルがいるとしても、ヴォーボレル通りにはやってこない。影と静けさしかないように思える。静けさが、占領の成果だ。静けさが木の枝にかかり、溝からしみこむ。靴屋の母親のギブー夫人は町を去った。年老いたブランシャール夫人も。あかりのない窓だらけになっている。まるで町が、未知の言語の本がおさめられた図書館になったかのようだ。家々は読むことのできない本が並ぶ大型の棚で、ランプはすべて消えている。

だが、屋根裏にある機械はまた動いている。夜のなかで一点だけ光る火花。

かたかたというかすかな音が、路地から上がってくる。エティエンヌが、マリー＝ロールの部屋のよろい戸から下をのぞくと、月明かりのなか、マネック夫人の亡霊が立っている。彼女が片手を差し出すと、スズメが一羽ずつ両腕にとまり、彼女はすべてをコートのなかにしまいこむ。

ルダンヴィエル

　ピレネー山脈が輝く。その頂に突き刺さったかのように、穴だらけの月がかかっている。フォン・ルンペル上級曹長は、プラチナ色の月明かりのなかをタクシーで兵站部まで行き、左手の人差し指と中指で立派な口ひげを絶えず引っぱる警部と向かいあう。パリの自然史博物館とつながりのある有力なフランス警察が男をひとり拘束している。寄付者の山小屋に押し入った強盗が、宝石がぎっしり入った旅行鞄を持っているところを逮捕されたのだ。

　彼は長いあいだ待つ。警部は左手の爪、そして右手の爪、また左手の爪をじっくり眺める。今夜のフォン・ルンペルはかなり体力が落ちているようで、吐き気すら感じている。治療は終わった、と医師は言っている。腫瘍には攻撃を加えたので、今はようすを見ねばならないと言われているが、彼は朝に靴ひもを結んでからまっすぐ立てないこともある。

　車が一台到着する。警部は出迎えに行く。フォン・ルンペルは窓から見守る。後部座席から、ベージュ色のスーツを着て、左目のまわりはきれいな円形のあざになった弱々しい男を、ふたりの警官が引っぱりだす。手錠がかけられている。襟元には血が点々としている。映画で悪役を演じている最中に出てきたかのように。警官たちが容疑者をなかに連れていき、警部はトランクからハンドバッグを取り出す。

フォン・ルンペルはポケットから白手袋を出す。警部は執務室の扉を閉め、デスクの上にバッグを置くと、日よけを下ろす。デスクランプの笠を傾ける。奥のどこかにある部屋で、監房の扉が閉じる音がフォン・ルンペルの耳に届く。警部はハンドバッグから住所録とひと束の手紙、女性用の携帯おしろいを取り出す。そして、偽の底革につづき、六つのビロードの包み。

彼はそれをひとつずつ開いていく。ひとつ目には、ピンク色で、分厚く、六角形の見事なモルガナイトが三つ入っている。ふたつ目には、水色で白い縞がうっすらと入ったアマゾン石のかたまりがひとつある。三つ目の包みには、洋梨形に切り出されたダイヤモンド。フォン・ルンペルの指先を興奮が走る。警部はポケットからルーペを取り出し、むき出しの欲望を顔に浮かべている。彼は時間をかけ、ダイヤモンドをあちこちに向けて調べる。フォン・ルンペルの頭のなかを、総統博物館、光り輝くケース、柱の下のあずまや、ガラスの奥の宝石といった光景がよぎる。そして別のものも——低い電圧のように、宝石から発せられたかすかな力。彼にささやきかけ、病気を消し去ると約束してくる。

ついに、警部は顔を上げる。ルーペを当てていた目のまわりは濃いピンク色になっている。ランプの光が、湿ったくちびるにきらめく。彼はタオルの上に宝石を戻す。デスクの反対側から、フォン・ルンペルはダイヤモンドをつまみ上げる。ちょうどぴったりの重さ。綿の手袋越しでも、冷たさが指に伝わってくる。端には青が深く浸透している。

信じていいのだろうか。

デュポンの細工は、石の内部に火を焚きつける寸前まで行っているが、レンズを目に当てたフォン・ルンペルには、それが二年前に博物館で鑑定したものとまったく同じだとわかる。その模造品をデスクに戻す。

「ですが、せめて」落ちこんだ顔の警部はフランス語で言う。「X線にはかけなければ。そうでしょう?」

「好きなようにするといい。私はこの手紙をもらっていきますよ」

夜の十二時前、彼はホテルに戻っている。模造品がふたつ。進歩している。ふたつが見つかり、探し出すべきはあとふたつ。そのうちひとつが本物だ。夕食には、新鮮なマッシュルームと焼いたイノシシ肉を注文する。それから、ボルドーワインを一本。戦争中だからこそ、こうしたことは重要になる。文明的な人間と野蛮人の分かれ目になる。

ホテルにはすきま風が入り、食事室に人はいないが、給仕係はすばらしい。優雅な手つきでワインをそそぐと、うしろに下がる。グラスにそそがれると、血のように濃いボルドーワインは生き物であるかとさえ思える。それが消えてしまう前に味わう特権があるのは彼ひとりだということに、フォン・ルンペルは満足する。

灰色

一九四三年十二月。寒気の峡谷が家々のあいだに沈みこむ。火にくべる枯れ木はもうない。町全体が、焚き木の煙のにおいをさせている。パン屋に歩いていく十五歳のマリー＝ロールは、かつてないほど体が冷えている。家のなかも、さして変わらない。迷いこんだ雪のかけらが、壁のすきまから吹きこんで部屋を漂っているように思える。

天井に響く大叔父の足音と声が聞こえる。三一〇、一四六七、五〇七、二二二二、五七六八一——それから、祖父のお気に入りの曲〈月の光〉が、青い霧のようにしたたり落ちてくる。

飛行機が、けだるげに、町のすぐ上空を通っていく。あまりに低いために、機体の腹が屋根にこすれて煙突を倒してしまうのではないかとマリー＝ロールは心配になる。だが、飛行機は墜落せず、家は爆発しない。なにひとつとして変化があるようには思えないが、マリー＝ロールは成長していく。三年前に父親がリュックサックに入れて持ってきた服は、もうどれも着られなくなっている。靴はきつくなる。靴下を三枚重ね、エティエンヌの古い房つきのローファーをはくようになる。

不可欠な人員と、医学的な理由のある者だけが、サン・マロ市内に留まることを許されるといううわさがある。「私たちは出ていかない」とエティエンヌは言う。「ようやくなにかの役に立っているかもしれないときに、出ていくなどありえない。医者からひとこと書き添えてもらえないのなら、金を出して別の方法を見つけるさ」

毎日のかなりの時間、彼女は記憶に浸って我を忘れることができる。六歳になる前、目が見えていたころの、世界のかすかな痕跡。パリが巨大な台所のようで、ピラミッドになったキャベツやニンジンがいたるところにあったころ。菓子があふれ出すパン屋の屋台。魚屋の露店に薪のように積まれた魚、銀色のうろこに現われた小さな水の流れ、舞い降りて内臓を持ち去る石膏のような色のカモメ。どの角を曲がっても、色がうねっていた。ネギの緑色、ナスの濃い紫色の光。

今、彼女の世界は灰色に変わっている。灰色の顔、灰色の静けさ、パン屋の行列に漂う、ぴりぴりした灰色の緊張感。そして世界で色がつかのま燃え立つのは、エティエンヌがひざを鳴らしながら階段を上がって屋根裏に行き、また新たな数字の連なりを天空に向けて読み上げ、ルエル夫人からもらった伝言を送り、曲をかけるときだけだ。その小さな屋根裏に、五分間だけ、深紅やアクアマリンや金が充満し、そして無線機のスイッチが切れると、一気に灰色が戻り、大叔父は階段を下りる。

熱

それは、ウクライナの台所にあった、名もなきシチューのせいかもしれない。パルチザンが水に毒を入れていたせいかもしれない。単に、ヴェルナーが耳にヘッドホンを当てたまま、あまりに長い時間、あまりに多くの湿った場所に座っていたせいかもしれない。いずれにせよ、熱が出て、ひどい下痢も起き、トラックのうしろの泥にかがみこんでいるヴェルナーは、自分が文明の最後のかけらまでひねり出しているような気分になる。何時間も、トラックの枠にほほを押し当て、なにか冷たいものを探し求めることしかできない。そして、激しく速い体の震えに襲われ、体を温めることができなくなる。火のなかに飛びこみたくなる。

フォルクハイマーはコーヒーをすすめる。ノイマン二号は、もう腰痛用ではないとヴェルナーにもわかる錠剤をすすめてくる。彼はどちらも断り、一九四三年は一九四四年になる。もう一年近く、ユッタに手紙を出していない。彼女から届いた最後の手紙は半年前のもので、こうはじまっている。**どうして手紙をくれないの？**

それでも、彼はおよそ二週間おきに地下放送を見つけ出す。回収するソ連製の装置は見劣りがする。余り物の鋼鉄から作られ、ぞんざいにはんだづけされ、すべてがいかにも雑然としている。こんなに出来の悪い装備で、どうやって戦争ができるのか。ヴェルナーに語られるレジスタンスは、高度に組織化されている。彼らは危険で、訓練された反乱分子なのだと。彼らは残忍で凶悪な指導者たちの指示にしたがっている。だが、直接目にするのは、ひどくゆるやかに連携しているせいで、基本的には非効率な彼らの姿だ――みじめで不潔。穴で暮らしている。失うものなどない、無法の烏合の衆。

そして、どちらの説がより正しいのかという理解にはたどり着きそうもない。なぜなら彼ら、パルチザンのすべて、彼らが見かけるものすべてが、じつは反乱分子だからだ、とヴェルナーは思う。ドイツ人以外はみな、ドイツ人など死ねばいいと考えているし、もっとも媚を売ってくる者たちですら、内心ではそう思っている。トラックが町に入っていくと、彼らは尻ごみし、顔を隠し、家族を隠す。彼らの店には死者たちから取った靴があふれている。

その見下げ果てたようす。

苛酷な冬でも最悪の日々、錆がトラックもライフルも無線も乗っ取り、まわりのいたるところでドイツ軍師団が撤退しているなか、彼は通りかかるすべての人間に対する深い軽蔑を感じる。破壊されて煙を上げる村、割れて通りに散らばるレンガ、凍った死体、粉々になった壁、ひっくり返った自動車、吠える犬、こそこそ動くネズミとシラミ。どうやったらそんな暮らしができるのか。ここ、森のなかで、山岳地帯で、村で、自分たちは無秩序を根こそぎにしているはずだ。どのような組織のエントロピーの総計も、別の組織のエントロピーが増大するときにのみ減少する、とハウプトマン博士は言っていた。自然は対称性を要求する。**秩序《オルドヌング》があらねばならない《ムス・ザイン》**。

とはいっても、自分たちはここでどのような秩序を作っているのだろう。スーツケース、行列、泣き叫ぶ赤ん坊、目に永遠を浮かべて街にどっと戻ってくる兵士たち——どのような組織において、秩序は増大するのだろうか。キエフやリヴィフやワルシャワではない。そこは完全に冥界だ。人があまりに多く、巨大なソ連の工場が昼夜を分かたず新しい男たちを鋳型で作っているかとすら思える。千人を殺してみよ、我々は一万人を作ってみせる。

二月、彼らは山岳地帯にいる。ヴェルナーはトラックの後部で震え、ノイマン一号はジグザグの道をどうにか下っていく。眼下では、塹壕が果てしない網の目になり、片側にはドイツ軍、向こう側にはソ連軍が配置されている。太い煙の帯が谷にいくつも筋をつける。ときおり、突発的に、大砲の弾がバドミントンのシャトルのように飛んでいく。

フォルクハイマーは毛布を広げ、ヴェルナーの肩を包む。彼の血液は、体内で水銀のように激しく行き来し、窓の外、もやのすきまから、一瞬だけ、網の目になった塹壕や大砲がくっきりと見える。ヴェルナーは思う。今見えているのは巨大な無線機の回路で、下にいる兵士のひとりひとりが列になって彼の作った回路を流れていき、電子と同じくなにも意見など言えないのだ。それから角を曲がると、隣のフォルクハイマーの存在しか感じられなくなる。窓の外の冷えきった夕暮れ、橋また橋、丘また丘、つねに下っていく。金属めいた、ぼろきれのような月明かりのかけらが道路を横切り、そして一頭の白い馬が野原で草を食《は》み、サーチライトが空をかすめる。あかりがついた一軒の山小屋の前を車が低い音をたてて通りかかる一瞬、その窓のなかにヴェルナーは、テーブルの前に座ったユッタ、そのまわりにいる子どもたちの輝く顔、流しの上にかかったエレナ先生の針編みレース、そしてストーブのそばの箱に積まれた十人ほどの赤子の死体を目にする。

三つ目の宝石

彼はパリの北、アミアン郊外にある城館に来ている。大きく古い館が暗がりのなかでうめく。退職した古生物学者の所有するこの家こそ、フォン・ルンペルが信じるに、三年前の侵攻につづく混乱のさなか、パリの博物館の警備主任が難を逃れてきたところだ。畑によってまわりから隔てられ、生け垣に包まれた平穏な地所。彼は階段を上がって書斎に行く。本棚がひとつはがされて開けられている。その裏には、小さな金庫がある。ゲシュタポの金庫破りは有能だ。聴診器をつけ、懐中電灯は使わない。数分のうちに金庫を開けてみせる。

古い拳銃が一丁、証書の入った箱がひとつ、曇った銀貨の山。そして、ビロードの箱のなかに、青い洋梨形のダイヤモンド。

宝石の内部にある赤い核は、一瞬見えたかと思うと、次の瞬間にはまったく見えなくなる。フォン・ルンペルの心のなかで、希望と絶望がせめぎ合う。あと少しだ。いい風が吹いているはずだ。だが、ランプの光にかざす前に彼は悟る。あの高揚感が打ち砕かれて消えていく。このダイヤモンドは本物ではない。これも、デュポンの手によるものだ。

模造品は三つとも見つけ出した。運はすべて使い果たした。腫瘍がまた大きくなっている、と医師は言う。戦況はみるみるうちに悪化している。ドイツ軍はロシアからも、ウクライナからも、そしてイタリアの足首からも撤退している。そのうちに、全国指導者ローゼンベルク特捜隊は――隠された図書室や秘匿された祈禱の巻物、クローゼットに入れられた印象派絵画を求めて大陸を駆けまわっている男たちは――ライフルを渡されて戦地に送りこまれるだろう。フォン・ルンペルも例外ではない。

その宝石を手にする者は永遠に生きる。

あきらめるわけにはいかない。それでも、両手がだるくなってしまう。頭は大きな石のようだ。

ひとつは博物館に、ひとつは博物館の支援者の家に、ひとつは警備主任とともに送り出された。三人目の運び屋として選ばれそうな男はだれか。ゲシュタポの男は彼を見守り、宝石をまじまじと見つめつつ、左手は小さな金庫の扉に置いている。これが初めてではないが、フォン・ルンペルは博物館にあった見事な宝石用金庫のことを考える。パズルの箱のようだった。どこを旅しても、あれほどの出来のものは目にしてこなかった。あれを思いつけるのは、だれなのか。

サン・マロのはるか南にあるフランスの村で、橋を渡ろうとしていたドイツ軍のトラックが爆破される。六人のドイツ兵が死亡する。テロリストのせいだとされる。夜と霧よ、とマリー＝ロールのようすを見にくる女性たちはささやく。ドイツ人がひとり死ぬごとに、わたしたちは十人殺される。警察は一軒一軒を回り、体の動く男はだれでも日雇いの仕事に出るよう要求する。塹壕を掘り、貨車から荷物を降ろし、セメントの袋を手押し車で運び、野原か砂浜に侵攻防止の障害物を築く。働ける者はすべて、〈大西洋の壁〉を強化するために働かねばならない。エティエンヌは扉のところで目を細めて立ち、片手には医師のメモを持っている。彼の上を冷たい空気が流れていき、うしろの廊下には恐怖がたなびいていく。

ルエル夫人は小声で言う。占領軍当局は、その攻撃を巧妙な反占領軍無線放送網によるものだと考えている。作業員たちは蛇腹式の鉄条網と、〈シェヴォー・ド・フリース〉と呼ばれる巨大な木製の防御柵によって、けんめいに浜を封鎖しているのだと。すでに、塁壁の上の通路への立ち入りは制限されている。

マリー＝ロールは渡されたパンを持って帰る。エティエンヌがパンを割ると、なかには、また一枚の紙がある。九つの数字。「いったん中断するかと思ったがな」と彼は言う。「今はマリー＝ロールは、父親のことを考えている。「もしかしたら」と彼女は言う。「今はもっと大事になっているんじゃない？」

彼は暗くなるまで待つ。マリー＝ロールは衣装だんすの入り口に腰かけ、隠し扉を開け、大叔父がマイクロホンと送信機のスイッチを入れる音を聞く。彼のおだやかな声が、屋根裏で数字を読み上げる。つづいて、静かな音楽がそっとかかる。今夜はチェロの音があふれる――そして途中で切れる。

「おじさん？」

彼は長い時間をかけてはしごを下りてくる。彼女の手を取る。「おまえのお祖父さんを殺した戦争は、ほかにも千六百万人の命を奪った。フランス人の若者だけでも百五十万人、そのほとんどが当時の私よりも若かった。ドイツ側は二百万人。死者を一列に並べて行進させれば、私たちの家の前を十一日間、昼も夜も彼らが通っていくことになる。マリー、わしらがしているのは通りの標識をいじることではない。郵便局でひとつ手紙をなくすことではない。この数字は、数字以上のものだ。わかるか？」

「でも、わたしたちは善人よ。そうでしょう」

「そう願うよ。そうであってほしい」

パトリアルシュ通り

フォン・ルンペルは、五区のアパルトマンがある建物に入る。一階でにやついている女家主は、彼が差し出す配給切符の束を受け取ると、部屋着のなかにねじこむ。猫が彼女の足元に群がる。そのうしろでひどく飾りたてられたアパルトマンは、枯れたリンゴの花と、混乱と、老いの悪臭を放っている。

「ふたりはいつ出ていきましたか?」

「一九四〇年の夏だね」。彼女はヘビのような目つきになる。

「家賃を払っているのはだれです?」

「わかりませんよ」

「小切手は自然史博物館から届くのですか?」

「わたしにはわかりません」

「最後に人が来たのはいつです?」

「だれも来やしませんよ。小切手は郵便で来ます」

「どこから」

「それはわかりませんね」

「それで、アパルトマンにはだれも出入りしない？」

「あの夏からはね」と彼女は言うと、ハゲタカのような顔と爪を香りに満ちた暗がりに引っこませる。

　彼は上に向かう。四階の扉についた、ひとつだけの鍵が、錠前主任のアパルトマンの目印になっている。なかに入ると、窓にはどれもベニヤ板が打ちつけられ、風のない、真珠のような光が節穴からさしこんでいる。まるで、純粋な光の柱のなかに吊るされた暗い箱にもぐりこんだかのように。戸棚は扉が開き、ソファのクッションはわずかに傾いて置かれ、台所の椅子は一脚が横倒しになっている。すべてが、大あわてでの出発か、徹底した捜索か、あるいはその両方を物語っている。水が抜けてしまったトイレの便器の縁には、黒い藻が筋になっている。寝室、バスルーム、台所を調べていると、なだめようのない魔性の希望が、心のなかで燃え上がる。**ひょっとして……**。

　作業用ベンチの上には、小さなベンチ、小さな街灯、小さな台形の磨かれた木が置いてある。小さな万力、釘の入った小さな箱、すっかり固まった糊の入った小さなびん。ベンチの横、覆い布の下に、驚きが待っている——五区の詳細な模型。建物は塗装されていないが、それ以外では見事に精巧な作り。よろい戸、窓、排水管。人はいない。おもちゃだろうか。

クローゼットには、虫食いのある女の子のワンピースが何着か、そしてヤギが花を食んでいる柄のセーターが一着かかっている。ほこりをかぶった松ぼっくりが窓の下枠に、大きい順に並んでいる。台所の床には、すべり止めの板切れが打ちつけられている。静かな規律の家。おだやかさ。秩序。麻ひもが一本、テーブルとバスルームのあいだに渡されている。文字盤にガラスのない時計が止まったままになっている。螺旋綴じのジュール・ヴェルヌの点字二折本を三冊見てようやく、どういうことか彼は理解する。

金庫作り。見事な錠前の腕。博物館から歩いていけるところに住んでいる。ずっとそこに雇われている。つつましく、富を求めている気配はない。目の見えない娘。忠誠を貫く理由は山ほどある。

「どこに隠れている？」彼は部屋に向かって言う。奇妙な光のなかで、ほこりが渦巻く。

袋のなかか、箱のなかか。幅木の裏にしまいこまれたか、床板の下にある仕切りに入れてあるか、壁に塗りこめてあるか。彼は台所の引き出しを開け、その奥を調べる。だが、すでに捜索の手が入っていれば、すべて調べてあるはずだ。

ゆっくりと、彼の目は地区の模型に戻っていく。そして気づく。マンサード屋根やバルコニーのついた何百という小さな家並み、まさにこの周辺が、色と人はないが小型化されている。小さな亡霊となった地区。なかでも、一軒の建物が、繰り返し指で触れられてつるつるにすり減っている。彼がいるこの建物。この家。

彼は通りの高さにまで視線を落とし、カルチェ・ラタンにそびえる神になる。二本の指で、どれでも好きにつまみ出し、街の半分を影に押しやることができる。さかさまにひっくり返すこともできる。自分がひざをついているアパルトマンの建物の屋根に指を置く。それを前後に揺さぶる。家はあっさりと模型からはずれる。もともとそう作られていたかのように。目の前でそれを回す。十八の小さな窓、六つのバルコニー、小さな入り口の扉。下のここ、この窓の奥には、小柄な家主が猫と暮らしている。そしてここ、四階には、彼自身。

家の底面に、彼は小さな穴を見つける。三年前、博物館の宝石用金庫にあった鍵穴と、どこか似ている。この家は容れ物なのだ、と彼は悟る。容器だ。しばらくいじり、開けてみようとする。ひっくり返し、底や側面を押してみる。

脈が一気に速くなる。湿った熱い感覚が舌にこみ上げる。

内側になにかを隠しているのか？

フォン・ルンペルはその家を床に置き、片足を上げ、そして踏み潰す。

白い街

一九四四年四月、トラックは無人の窓が並ぶ白い街に入る。「ウィーンだ」とフォルクハイマーは言い、ノイマン二号はハプスブルク家の宮殿やウィーンのシュニッツェルや、外陰がリンゴのシュトルーデルの味がする女の子たちについてがなりたてる。かつては堂々たるホテルだった〈旧世界〉のスイートに、彼らは宿泊する。家具は壁際に寄せられ、鶏の羽毛で大理石の流しは詰まり、窓はぞんざいに鋲で留められた新聞紙でふさがれている。眼下には、操車場が線路の荒野をむき出しにしている。巻き髪で、毛皮縁のついた手袋をはめたハウプトマン博士のことを、ヴェルナーは考える。ウィーンでの博士の青春時代は、未来の科学者たちが活気あふれるカフェに集まり、ボーアやショーペンハウアーについて議論し、建物の出っ張りからは大理石の像が名づけ親のようにやさしく見下ろしていたのだ。ヴェルナーはそう思い描いていた。

おそらくは、まだベルリンにいるハウプトマン博士。あるいは、みなと同じように前線にいるのか。

街の司令官には、ヴェルナーの部隊にかまっている時間はない。部下のひとりが、第二区《レオポルトシュタット》からレジスタンスの放送が流れているという報告があるとフォルクハイマーに伝える。彼らは地区をひたすらめぐりつづける。芽を出しかけた木々に冷たいもやがかかり、ヴェルナーはトラックの後部に座って体を震わせる。この土地には、大虐殺のにおいがする。

五日間、彼のトランシーバーに入る音といえば、聖歌、録音されたプロパガンダ、追い詰められた大佐がガソリンや兵力の補給を求める放送だけだ。すべてが瓦解しつつある。ヴェルナーはそれを感じる。戦争の織地が裂けていく。

「あれが国立歌劇場《シュターツオーパー》だ」。ある夜、ノイマン二号が言う。飾り柱と銃眼のついた、壮麗な建物の正面が、優雅に浮かび上がる。両側には堂々たる翼部がそびえ、重々しいと同時に、なぜか軽やかでもある。そのときのヴェルナーには、壮大な建造物を築き、音楽を作り、歌い、色鮮やかな鳥を載せた大型本を印刷するなど、強烈ですべてを覆うような世界の無関心を前にすれば、まったく不毛な営みだと思える。人類の気取った行動にすぎない。沈黙と風のほうがはるかに大きいのに、どうしてわざわざ音楽を作るのか。暗闇に消し去られる定めであるのに、どうしてランプに火をともすのか。ロシア人捕虜が三人か四人ずつ鎖でフェンスに縛りつけられ、ドイツ人二等兵が点火した手榴弾を彼らのポケットにねじこんでから走って退避するというのに。

歌劇場。月に築かれた都市。ばかげている。みなで縁石に顔を押しつけ、死体を積んだそりを引いて街を回る少年たちを待つほうがましだ。

午前のなかば、フォルクハイマーはアウガルテン公園に停車するよう指示する。太陽の光でもやが晴れ、木々に最初に咲いた花が見えている。ヴェルナーには、自分の内部でちらつく熱が、扉に鍵をかけたストーブが感じられる。ノイマン一号――もし二か月後に連合軍のノルマンディー上陸作戦で死ななければ、のちには床屋になっていたかもしれず、タルカムパウダーとウイスキーのにおいをさせ、人差し指を男たちの耳に入れて頭の位置を直していただろうし、そのズボンとシャツはいつも切った髪だらけで、店のなかで、震える安物の大きな鏡を囲うようにアルプス山脈の絵はがきをテープで貼りつけ、ずんぐりした妻に生涯を通じて忠実だっただろう――そのノイマン一号が言う。「散髪の時間だ」

彼は歩道に腰かけを一脚置くと、比較的きれいなタオルをベルントの肩にかけ、刈りこんでいく。ヴェルナーは国営ラジオ局がかけているワルツを見つけ、開いた後部扉にスピーカーを置いてみんなで聴けるようにする。ノイマン一号はベルントの髪、そしてヴェルナーの髪、それから膨らんでもじゃもじゃになったノイマン二号の髪を切る。ヴェルナーが見ていると、フォルクハイマーは腰かけに座り、とりわけもの悲しいワルツがかかると目を閉じる。これまで少なくとも百人以上を殺したフォルクハイマーが。分捕った巨大なブーツをはき、無線を送信するみすぼらしい小屋に踏みこみ、耳にヘッドホンを当ててマイクロホンにくちびるを寄せているやせこけたウクライナ人のうしろに忍び寄って後頭部を撃ち、それからトラックに戻ると、送信機に男の体のかけらがはねかかっていても回収してくるように、おだやかで眠たげに、ヴェルナーに指示していた、あのフォルクハイマーが。

ヴェルナーに食べ物が渡るよういつも気にかけてくれるフォルクハイマー。彼に卵をくれ、スープを分けてくれ、ヴェルナーを好きだという気持ちに揺るぎようはないように見えるフォルクハイマー。

アウガルテンは、捜索には手こずる地区だとわかる。狭い通り、高い集合住宅。電波は建物を貫きもすれば、建物にはね返りもする。その日の午後、腰かけが片づけられてワルツが止まってかなりたってから、ヴェルナーがトランシーバーの横に座って無音に耳を傾けていると、栗色のケープを着た赤毛の小さな女の子が扉の前に現われる。六歳か七歳だろうか。年齢のわりには小さく、大きく澄んだ目はユッタを思わせる。女の子は走って通りを渡ると公園に行き、芽を出している木々の下でひとり遊び、母親は角に立って指先を嚙んでいる。女の子はぶらんこに乗ると、脚をせっせと動かして前後に揺れ、それを眺めていたヴェルナーの魂のなかで弁が開く。これが人生だ、と思う。冬がついにその力をゆるめつつある日に、ああやって遊ぶこと、それがぼくらの生き方だ。ノイマン二号がトラックを回ってきてなにかばかなことを言い、気分を台なしにしてくるのを待ち構えるが、彼も、ベルントも、そんなことはしない。彼らには女の子がまったく見えていないのか、この純粋な生き物は彼らの冒瀆《ぼうとく》を逃れるものなのか。女の子はぶらんこを漕ぎながら歌う。ヴェルナーの耳にも覚えのある、〈子どもたちの館〉の裏の路地で女の子たちが縄跳びをするときに歌う数え歌。**一《アインス》、二《ツヴァイ》、警察《ポリツァイ》、三《ドライ》、四《フィア》、将校《オフィツィア》**、そして彼は女の子と一緒に遊び、彼女をどんどん高くに押していき、歌う。**五《フュンフ》、六《ゼクス》、老魔女《アルタヘクサ》、七《ジーベン》、八《アハト》、おやすみなさい《グーテナハト》！** すると彼女の母親が、ヴェルナーには聞こえない言葉をかけ、女の子の手を取る。ふたりは角を曲がっていき、小さなビロードのケープが少しうしろに揺れ、そして見えなくなる。

それから一時間もしないうちに、彼は雑音のなかから鳴る音をつかまえる。スイス方言のドイツ語による、単純な放送。**九を打て、一六〇〇に送信、こちらはKX46、受信しているか？** なんのことかはまったくわからない。そして、声は消える。ヴェルナーは広場を横切り、ふたつ目の受信機を自分で調整する。彼らがまた話しだし、彼が三角法で測定して方程式に数字を書きこみ、顔を上げると、広場の隣にある建物の側面に、ワイヤー式アンテナとおぼしきものが垂れ下がっているのが目に飛びこんでくる。

簡単だ。

すでに、フォルクハイマーの目は生き生きとし、においをとらえたライオンのようになっている。ヴェルナーとはもう以心伝心であるかのように。

「あそこに垂れているワイヤーが見えるかい？」とヴェルナーはきく。

フォルクハイマーは双眼鏡でその建物を調べる。「あの窓か？」

「そうだ」

「ここは密集しすぎていないか？　これだけ集合住宅がある」

「あの窓だよ」とヴェルナーは言う。

部隊は建物に入る。彼には銃声は聞こえない。五分後、彼は五階の、目もくらむような花柄の壁紙が貼られた住宅に呼ばれる。いつものように装置を調べるよう言われるものと思っていたが、そんなものはない。死体も、送信機も、単純な聴取装置すらない。凝った装飾のランプと、刺繍の入ったソファと、花だらけのロココ調の壁紙があるだけだ。

「床板をはがせ」とフォルクハイマーは指示するが、ノイマン二号が何枚かはがしてのぞきこむと、下にあるのは、数十年前に断熱のために入れられた馬の毛だけだ。

「別の住宅か？　違う階か？」

ヴェルナーは寝室に入って窓を開け、鉄製のバルコニーを眺める。アンテナだと思っていたものは、色を塗った棒が飾り柱の側面を上がっているだけで、おそらくは物干しのひもをかけるためのものだ。アンテナなどではない。だが、彼は送信を聞いた。間違いない。首の付け根を痛みが走る。彼は頭のうしろで手を組み合わせ、乱れたままのベッドの端に腰かけると、そこにある衣服に目をやる。椅子の背にかかったスリップ、書き物机の上にある、背面にしろめが張られたヘアブラシ、鏡台の上に何列も並ぶ小さなつや消しのびんやつぼ、すべてがはっきりと女性らしく、謎めいていて、彼は混乱してしまう。四年前、ジードラー氏の妻がスカートをたくし上げて大型ラジオの前でひざをついたときに混乱してしまったのと同じように。

女性の部屋。しわの寄ったシーツ、宙に漂う化粧水のようなにおい、そして若い男性の写真が――甥か、恋人か、兄弟か――鏡台の上にある。彼の計算違いだったのかもしれない。電波が建物に当たってはね返ったのかもしれない。熱で頭が混乱してしまったのかもしれない。目の前の壁紙では、バラがいくつも漂い、回転し、場所を入れ替えるように見える。

「なにもないか？」もうひとつの部屋からフォルクハイマーが声をかけると、「ない」とベルントが返す。

ヴェルナーは考える。どこか別の世界では、この女性とエレナ先生は友達だったのかもしれない。今よりもずっとましな世界では。すると、彼の目に、栗色で四角いフードがついた子ども用のケープが扉の取っ手にかかっているのが見え、そしてまさにそのとき、もうひとつの寝室では、ノイマン二号がかん高く驚いたしわがれ声をあげ、一発の銃声が響き、女性の叫び声があがり、そしてさらに数発の銃声がする。フォルクハイマーがあわてて大またで歩いていき、ほかの隊員たちもそれについていくと、ノイマン二号がクローゼットの前で両手にライフルを持って立ち、あたりには火薬のにおいが立ちこめている。床には女性がひとり倒れていて、ダンスを拒んだかのように片腕を体のうしろに回している。クローゼットのなかには、無線ではなく子どもがひとり尻もちをついて座り、頭を一発撃たれている。月のような潤んだ目が開き、口は驚いた楕円形になってひきつっている。ぶらんこに乗っていた女の子だ。せいぜい七歳。

ヴェルナーは、彼女がまばたきするのを待つ。まばたきするんだ、と彼は念じる。まばたきしろ。まばたきしてくれ。すでに、フォルクハイマーがクローゼットの扉を閉めようとしているが、女の子の片足が突き出ているせいで、完全には閉まらず、ベルントは床に倒れた女性に毛布をかけている。どうして、ノイマン二号にはわからなかったのか。とはいえ、わかったはずがない。なぜなら、ノイマン二号はそういう男なのだし、この隊のだれもがそういう男なのだし、この軍隊、この世界とはそういうものなのだ。ただ、言われたとおりに行動し、恐れ、自分のことだけを考えて動いている。**そうでない人間や国家を、ひとつでもいいから言ってみてくれ。**

ノイマン一号が肩を怒らせ、険しい目つきで出ていく。ノイマン二号は新しい髪型でそこに立ち、指は無意味な動きでライフルの銃床を叩いている。「どうしてこいつらは隠れたんだ？」と彼は言う。

フォルクハイマーは、女の子の片足をそっとクローゼットのなかに戻す。「ここには無線はない」と言い、扉を閉める。ヴェルナーの気管に、吐き気の糸が、何本も上がってくる。

外では、遅い時刻の風に街灯が震えている。雲は街の上空を西へ流れていく。

ヴェルナーはトラックに乗りこむ。まわりの建物がそびえていき、さらに高くなって歪んでいくように感じる。彼は聴取用のデッキにひたいを預けて座り、靴のあいだに吐く。

数学的に言えば、光はすべて目に見えないのだよ。

ベルントが乗りこむと扉を閉め、トラックは動きだし、傾いて角をひとつ曲がり、ヴェルナーはまわりの通りが上がってくるのを感じる。通りはゆっくりとねじれ、包みこむような螺旋になり、彼らのトラックはその中心にぐるぐると下りていき、つねに底に向けて道をたどっていく。

海底二万里

マリー＝ロールの寝室の前の床に、新聞紙と麻ひもでくるまれた大きな包みが置かれている。階段からエティエンヌが言う。「十六歳の誕生日おめでとう」

彼女は紙を破る。二冊の本が重ねてある。

パパがサン・マロを出てから、三年と四か月。千二百二十四日。彼女が最後に点字に触れてから四年近くになるが、読書を中断したのがほんのきのうのことのように、文字は記憶からよみがえってくる。

ジュール。ヴェルヌ。海底。二万。里。第。一部。第。二部。

彼女は大叔父に駆け寄ると、首に抱きつく。

「読み終えられなかったと言っていたろう。私が読んであげるよりも、おまえに読んでもらおうかと思ってな」

「でも、どうやって――」

「本屋のエブラールさんだよ」

「なにも手に入らないのに？　それに、この本はとても高いのに――」

「おまえはこの街で友達がたくさんできたのさ、マリー」

彼女は床に寝そべると、最初のページを開く。「また読みなおすわ。一番はじめから」

「それがいい」

「第一章」と彼女は読む。「逃げる岩礁」。紀元一八六六年にはある奇妙な出来事が起こった。わけのわからない、説明しようのない現象だったので、いまでもだれひとり忘れていないにちがいない……。最初の十ページを一気に読み進めると、物語がよみがえってくる。神秘的な海の怪物に違いないと世界が注目し、著名な海洋生物学者ピエール・アロナクス教授が、真実を解明すべく旅立つ。それは怪物なのか、動く岩礁なのか。また別のものなのか。もう今にも、アロナクスはフリゲート艦の手すりから飛びこんでしまいそうだ。すると、彼とカナダ人の銛《もり》漁師ネッド・ランドは、ネモ船長の潜水艦に乗りこんでいる。

厚紙で覆われた窓の外では、白金色の空から、さらさらと雨が降ってくる。ハトが雨樋をひっかくようにして歩いて鳴く。港では、一匹のチョウザメが、銀色の馬のように水面から飛び出し、そして姿を消す。

電報

守備隊の新司令官である大佐が、エメラルド海岸に到着している。こぎれいで才気があり、手際がいい。スターリングラードで勲章を受けた。片めがねをかけている。例のごとく、ロシア王室との関わりがうわさされる美人のフランス人秘書兼通訳をしたがえている。彼は中肉中背で若白髪が混じっているが、巧みな身のこなしや態度により、前に立つ男たちは自分のほうが小さく感じてしまう。うわさによると、戦前の大佐は自動車会社を経営していたという。彼はドイツ国土の力を理解しており、その暗い先史時代の活力が全身の細胞で脈打っているのだと。みずからの意志は貫き通す男だと。

毎晩、彼は、サン・マロの地方執務室から電報を送る。一九四四年四月十三日に送信された十六通の公式短信のなかに、ベルリンへの信書が一通ある。

――コート＝デュ＝ノール県でのテロリスト通信の報告、サン・リュネールかディナールかサン・マロかカンカルと思われる――位置を特定して排除する援助求む

その電報はモールス信号に変換され、ヨーロッパにまたがる電線に送りこまれる。

第八章　一九四四年八月九日

ナシオナル要塞

サン・マロ包囲戦の三日目の午後、すべての砲兵隊が大砲のそばで眠りこんだかのように、砲撃はやむ。木々は燃え、車は燃え、家は燃える。ドイツ兵たちはトーチカでワインをあおる。施設の地下室にいる司祭は、壁に聖水をふりかける。二頭の馬が恐怖で狂い、閉じこめられていた車庫の扉を蹴破ると、煙を上げる大通りの家並みのあいだを駆けていく。

四時ごろ、三キロメートルほど離れたアメリカ軍の曲射砲が、照準を定めないまま砲弾をひとつ放つ。その砲弾は町の城壁を越え、三百八十人のフランス人が強制的に拘束されたまま野ざらしになっているナシオナル要塞の北側の壁で爆発する。九人が即死する。ひとりは砲弾が落ちたときに遊んでいたブリッジのカードをにぎったまま死ぬ。

屋根裏で

マリー＝ロールがサン・マロで過ごしてきた四年のあいだずっと、大聖堂の鐘が時を告げていた。だが今、鐘は鳴らなくなっている。どれくらい長く屋根裏に追いこまれているのか、今が昼なのか夜なのかさえ、彼女にはわからない。時はすべりやすいものだ。手を逃れてしまえば、その糸は永遠に取り戻せない。

のどの渇きが激しくなる。自分の腕に嚙みついて、そこを流れる液体を飲もうかとも考える。大叔父のコートから、ふたつの缶を取り出し、その縁にくちびるを当てる。どちらもブリキの味だ。中身はほんの一ミリメートル先にある。

父親の声がする。**危険は冒さないこと。音を出す危険は冒さないことだ。**

一個だけよ、パパ。もうひとつは取っておくから。ドイツ兵はもういない。ほとんど確実に、もういなくなっているわ。

仕掛け線が鳴っていないのはどうしてかな？

彼がワイヤーを切ったからよ。それとも、わたしが寝ていて鈴の音に気がつかなかったか。ほかにも五、六個理由はありえるでしょう。

探しているものがここにあるのに、どうして彼は立ち去るんだい？

彼がなにを探しているかなんて、だれにわかるの？

彼の探しているものは知っているだろう。

お腹がぺこぺこよ、パパ。

別のことを考えるようにしなさい。

澄んだ冷たい水が轟々と落ちる音とか？

きっと生き延びられるよ。

どうしてわかるの？

ワンピースのポケットに、あのダイヤモンドが入っているからさ。きみを守るために、ぼくがここに置いていったからさ。

わたしはもっと危ない目にあっただけじゃない。

じゃあ、どうしてこの家は爆撃を受けなかった？　どうして燃えていないんだい？

これはただの石よ、パパ。運がいいか悪いかの問題よ。確率と物理法則。覚えてる？

きみは生きているだろう。

わたしが生きているのは、まだ死んでいないからよ。

缶を開けてはいけない。聞かれてしまう。彼はためらわずにきみを殺してしまう。

わたしが不死身なのに、どうやって殺せるの？

問いは堂々めぐりになる。マリー＝ロールの頭は沸騰しそうだ。今、彼女は、屋根裏の突き当たりにあるピアノの椅子に座り、エティエンヌの送信機に指を走らせ、スイッチやコイルを理解しようとしている。これは蓄音機、これはマイクロホン、これはふたつの電池に接続している四本の導線のうちの一本——そのとき、下で物音が聞こえる。

声が。

どこまでも慎重に、彼女は椅子から体を下ろすと、片耳を床に当てる。

彼は真下にいる。六階のトイレで放尿している。悲しげで切れ切れにしたたる音とうめき声は、その行為がひどく苦痛なように響く。うめき声のあいまに、彼は声をあげる。

「ダス・ホイシャン・フェールト、ヴォー・ビスト・ドゥ・ホイシャン？」

彼はなにかが気に食わないのだ。

「ダス・ホイシャン・フェールト、ヴォー・ビスト・ドゥ・ホイシャン？」

返事はない。彼はだれに話しかけているのだろう。

家の外の遠くから、迫撃砲の音、頭上の空を砲弾が切り裂いていく音がする。彼女が耳を澄ませていると、ドイツ兵はトイレから彼女の部屋に歩いていく。足を引きずる、あの歩きかたで。つぶやきながら。狂ったように。ホイシャン――どういう意味だろう？

ベッドのマットレスのばねがきしむ。その音はどこからでもわかる。彼はずっと、彼女のベッドで寝ていたのだろうか。六発の深い砲声が、次々に響く。高射砲よりもさらに深く、さらに遠くから。軍艦の大砲だ。そして、ドラム、シンバル、銅鑼《どら》のような爆発音が、屋根の上に深紅の格子を描く。凪は終わろうとしている。

腹のなかには奈落、のどには砂漠。マリー＝ロールは食べ物の缶詰をひとつ、コートから取り出す。レンガとナイフは手の届くところにある。

だめだよ。

パパ、いつまでも言われるとおりにしていたら、わたしは食べ物を持ったまま飢え死にしてしまう。

下の部屋は静かなままだ。砲弾は我慢強く飛んでくると、それぞれが予測できる間隔で高い音とともに上を越えていき、空を引っかいて深紅の長い放物線を描く。彼女はその騒音を利用して缶を開ける。長く尾を引くような音とともに砲弾が飛び、レンガがナイフにゴツンと当たり、ナイフが缶に食いこむ。どこかで、鈍く、大きな破裂音。砲弾の破片が、十軒ほどの家の壁に当たる。

砲弾の音、レンガの音。砲弾の音、レンガの音。一回打つたびに祈る。彼に聞かれませんように。

五回打ったところで、液体が出てくる。六回目で、彼女は九十度ほどふたを切り開き、ナイフの刃でふたを曲げて開ける。

持ち上げて飲む。冷たく、塩っぽい。豆だ。火を通して缶詰にしたインゲンマメ。煮るために使った水はこのうえなくおいしい。全身がそれを吸収しようと手を伸ばしているように思える。彼女は缶を空にする。頭のなかで、父親はなにも言わなくなっている。

頭部

ヴェルナーは、瓦礫になった天井にアンテナを通し、ねじ曲がった金属パイプに触れさせる。なにも聞こえない。四つん這いになり、金色の椅子に座っているフォルクハイマーを囲うように、地下室の周囲にアンテナ線を張りめぐらせる。なにも聞こえない。消えかけている懐中電灯を切り、聞こえるほうの耳にヘッドホンを強く当てると、暗闇のなかで目をつぶり、修理したトランシーバーのスイッチを入れ、同調コイルに針を上下させ、全神経を耳に集中させる。

雑音、雑音、雑音雑音雑音。

ふたりが生き埋めになった場所が深すぎるのかもしれない。ホテルの瓦礫が、電磁波の影を作っているのかもしれない。ヴェルナーがまだ特定できていない根本的な損傷が、無線機にあるのかもしれない。あるいは、総統の超人科学者たちが、すべての武器を終わらせる武器を開発してみせていて、ヨーロッパのこの一角はすでに灰燼《かいじん》に帰し、ヴェルナーとフォルクハイマーのふたりしか生き残っていないのかもしれない。

ヘッドホンをはずし、接続を切る。携帯食はとっくになくなり、水筒は空で、ペンキ用のはけがたくさん入ったバケツの底にある泥水は飲めるものではない。彼もフォルクハイマーも、何口か流しこんでみたが、ヴェルナーはそれ以上腹に入れられる自信がない。

無線機の内部にある電池は切れかけている。それがなくなれば、側面に黒猫が印刷されたアメリカ製の大きな十一ボルト電池がある。そのあとはどうなるのか。

人ひとりの呼吸器官は、一時間あたり、どれくらいの酸素を二酸化炭素に変えるのだろう。かつてなら、ヴェルナーは喜んでその問いに取り組んだだろう。今の彼は、フォルクハイマーの柄つき手榴弾を二本ひざにのせて座り、自分のなかにある最後の輝かしいものが消えていくのを感じている。二本の柄を順番に回転させる。この部屋を照らしだし、もう一度見るためだけでも手榴弾を爆発させるつもりでいる。

フォルクハイマーは自分の懐中電灯をつけると、弱々しい光を奥の隅、ふたつの棚に八個か九個の石膏の頭部が並ぶところに当てている。マネキンの頭のように見えるが、より巧みに形作られ、三つには口ひげがあり、ふたつは頭がはげていて、ひとつは軍帽をかぶっている。あかりを消していても、その頭は暗闇のなかで不思議な力を帯びている。まっ白で、目に見えるわけではないが、まったく見えないわけでもなく、ヴェルナーの網膜に刻みこまれ、漆黒のなかで光っているかとさえ思える。

無言で、まばたきもせずに見守っている。

気のせいだ。

顔よ、よそを向いてくれ。

まっ暗ななか、彼はフォルクハイマーのほうに這っていく。暗闇のなかで、友人の巨大なひざがあると心が安らぐ。そのそばにはライフル。奥のどこかには、ベルントの亡骸。

ヴェルナーは言う。「みんながきみについて言っていた話を聞いたことは？」

「だれが？」

「シュルプフォルタの生徒たちだよ」

「いくつかは聞いた」

「きみはそれでよかったのかい？　巨人であることが？　みんなが恐れていることが？」

「身長がどれくらいなのかきかれてばかりなのは楽しくはないな」

地上のどこかで、砲弾がひとつ爆発する。外のどこかで町が燃え、海が砕け、フジツボが羽毛のような腕を出している。

「きみの身長はどれくらいなんだい？」

フォルクハイマーは鼻を二度鳴らし、吠えるような笑い声を一度だけあげる。

「ベルントが試せと言っていた手榴弾は大丈夫だと思うか？」

「いや」。フォルクハイマーの声は用心している。「俺たちは死んでしまう」

「なにか障壁を作ったとしても？」

「押し潰されるさ」

ヴェルナーは地下室の向かいにある頭部を暗闇のなかで見ようとする。手榴弾がだめなら、なにがあるだろう。だれかが助けに来てくれると、フォルクハイマーは本気で思っているのだろうか。自分たちは救われるに値するのだと。

「じゃあ、待つしかないのか？」

フォルクハイマーは答えない。

「いつまで？」

無線の電池が切れれば、アメリカ製の十一ボルト電池でトランシーバーはあと一日は動く。そのはずだ。あるいは、フォルクハイマーの懐中電灯の電球をワイヤーでつないでもいい。電池はもう一日、ふたりに雑音を与えてくれる。あるいは、もう一日の光を。だが、ライフルを使うときに、光は必要ないだろう。

幻覚

フォン・ルンペルの視界の縁で、紫色がひらひらと動く。モルヒネのせいでおかしなことになったに違いない。摂取しすぎたのか。あるいは、視界に変化をもたらすほどまで病が進行しているのか。

灰が、雪のように漂い、窓から入ってくる。夜明けだろうか。空の薄明かりは火かもしれない。シーツは汗でぐっしょりになり、軍服も、眠ったまま泳いでいたかのように濡れている。口は血の味がする。

ベッドの端まで這っていき、模型を見る。隅々まで調べた。角のひとつを、ワインのびんの底で粉々に割ってみた。市庁舎、大聖堂や市場といった建物は、ほとんどが空洞になっているが、ただひとつ、彼が求めているまさにその家がなくなっているのだから、わざわざ片っ端から潰していく必要などあるだろうか。

外の見捨てられた町では、ほかの建物はすべて燃えているか崩れかけているように見えるが、ここ、彼の目の前には、それとは逆の小さな世界がある。町は残っているが、彼がいる家はなくなっている。

あの少女が、逃げていくときに持ち去ったということはありえるだろうか。それはありえる。ナシオナル要塞に連行された大叔父は持っていなかった。彼は入念に調べられたが、持っていたのは書類だけだった。フォン・ルンペルも確認した。

どこかで壁がばらばらになり、一トンの石材が崩れ落ちる。

まわりの家の多くが破壊されているのに、この家がまだあるというだけで、証拠としては十分だ。宝石は家にある。時間のあるうちに見つければいいだけだ。それを胸に押し当て、女神が切子面から炎の手を伸ばし、彼の苦しみを焼き払ってくれるのを待つ。炎により、この要塞から、この包囲戦から、この病気から抜け出させてくれるのを待つ。彼は救われるだろう。ただ、このベッドから出て探しつづければいい。もっとていねいに。どれだけ時間をかけてもいい。この家を引きちぎるつもりで。台所からはじめよう。もう一度。

水

マリー＝ロールは自分のベッドのばねがきしむ音を耳にする。ドイツ兵が足を引きずって部屋から出ていき、階段を下りる。出ていくのだろうか。もうあきらめたのだろうか。雨が降りだす。何千という小さな水滴が、屋根を叩く。マリー＝ロールはつま先立ちになり、スレート瓦の下の天井に耳を当てる。水がしたたり落ちていく音に耳を澄ます。あの祈りはどんな言葉だっただろう。マネック夫人が、エティエンヌにかなりいらだったとき、ひとりつぶやいていた祈りは。

主よ我らが神よあなたの恩寵は浄罪の炎なり。

気持ちをしっかり保っておかなければ。感覚と論理を使う必要がある。父親ならそうするだろうし、ジュール・ヴェルヌの偉大な海洋生物学者ピエール・アロナクス教授もそうするだろう。あのドイツ兵は、屋根裏のことは知らない。彼女のポケットには宝石があり、食べ物の缶がひとつある。それが強みだ。

雨もありがたい。火を抑えてくれる。雨水を受けて飲むことはできるだろうか。スレート瓦に穴をひとつ開けて。別の使い道はあるだろうか。自分がたてる物音を消してくれるだろうか。

亜鉛めっきをした、ふたつのバケツがどこにあるのかは正確に知っている。自分の部屋に入ってすぐのところ。そこまで行くことはできるし、ひとつを持って戻ってこられるかもしれない。

いや、持って上がるのは無理だ。重すぎるうえに、水が揺れてあちこちに落ちて、大きな音が出てしまう。だが、バケツまで行って口をつけることはできる。豆が入っていた空の缶を満たすことも。

水にくちびるをつけ、鼻先が水面に触れると思っただけで、それまで経験したことのない生物的な渇望がわき上がる。頭のなかで、彼女は湖に落ちる。耳と口を水が満たす。のどが開く。ひと口すすれば、もっとしっかりと考えることができる。頭のなかで、父親が抗議の声をあげるのを待つが、なにも声はしない。

衣装だんすの正面から出て、アンリの部屋を抜け、階段ホールを渡って自分の部屋に行く、ここまで二十一歩。のるかそるか。彼女はナイフと空の缶を床から取り、ポケットに入れる。はしごを七段下りると、衣装だんすの裏側で、長いあいだじっとしている。耳を澄ます、澄ます、澄ます。しゃがんでいると、小さな木の家があばら骨に当たる。その小さな屋根裏のなかでは、マリー＝ロールそっくりの小さな姿が待ち、耳を澄ませているのだろうか。小さな彼女も、ひどくのどが渇いているのだろうか。

サン・マロを泥に変えていく雨が打ちつける音のほかは、なにも聞こえない。罠かもしれない。もしかすると、彼女が豆の缶を開ける音を彼は聞いていて、大きな音をたてて階段を下り、こっそり上に戻ってきているのかもしれない。拳銃を抜いて、大きな衣装だんすの外で待ち構えているのかもしれない。

主よ我らが神よあなたの恩寵は浄罪の炎なり。

衣装だんすの裏面に両手を当てると、引き戸を動かして開ける。這って抜けていくと、顔にシャツが当たる。たんすの扉の内側に両手を当て、一枚を押して開ける。

銃撃はない。なにもない。もうガラスのなくなった窓から、燃える家に雨が落ちる音がする。波で小石が動いているような音だ。マリー＝ロールは部屋の床に足を踏み出し、祖父の姿を思い浮かべる。海のにおいをさせ、髪を輝かせた、好奇心あふれる少年。いたずら好きで、機転がきき、元気いっぱい。その少年が彼女の片手を、エティエンヌがもう一方の手を取る。家は五十年前の姿になる。きちんと服を着た少年たちの両親が一階で笑い声をあげる。料理人が台所でカキの貝殻を取る。田舎から来たばかりの若い女中、マネック夫人が、脚立に登ってシャンデリアのほこりを落としながら歌っている……。

パパ、パパはすべてを開ける鍵を持っていた。

少年たちは彼女を連れて廊下に出る。彼女はトイレを通り過ぎる。

彼女の部屋には、ドイツ兵のにおいがまだ残っている。バニラのようなにおい。それに隠れて、なにか腐敗したにおい。彼女の耳には、外の雨と、こめかみを流れる自分の脈の音しか聞こえない。なるだけ音をたてずにひざをつき、床の溝に沿って両手を走らせる。指先がバケツの側面に当たる音は、大聖堂の鐘の音よりも大きく思える。

屋根と壁に雨が当たってざわめく。ガラスのない窓を、水滴が落ちていく。まわりでは、集めた小石や貝殻が待っている。父親の模型が。彼女のキルトが。この部屋のどこかに、靴があるはずだ。

顔を低くすると、水にくちびるをつける。ひと口ひと口が、砲弾の爆発のようにうるさく思える。ひと口、三口、五口。彼女はがぶがぶと飲み、息をする。頭ごとバケツに突っこんでいる。

息をする。死んでいく。夢を見ている。

彼は動いているだろうか。下にいるのだろうか。また上がってきているのだろうか。

九口、十一口、十三口。満腹になる。お腹全体が伸び、水の音がする。飲みすぎてしまった。缶をバケツのなかに入れて水をくむ。今度は音をたてずに戻っていかなければ。壁にも扉にもぶつからずに。つまずいたり、水をこぼしたりせずに。彼女は体の向きを変えると、水の入った缶を左手に持って這いはじめる。

マリー＝ロールが自分の部屋の戸口まで来る前に、彼のたてる物音が聞こえる。三階下か四階下にいて、部屋を探しまわっている。ボールベアリングの入った木箱が床に投げ捨てられるような音がする。球がはね、派手な音で転がる。

右手を伸ばすと、そこ、扉のすぐ内側に、大きく長方形で固く、布に覆われたものがある。本。小説だ。父親が彼女のために置いてくれたかのように、すぐ前にある。ドイツ兵が彼女のベッドから放りだしたに違いない。なるだけ音をたてずに本を持ち上げると、大叔父のコートの胸に抱える。

下りていけるだろうか。

彼のそばをこっそり通って外に出られるだろうか。

だが、水はすでに毛細血管に満ちていき、血行がよくなっている。すでに、彼女は前より頭を働かせている。死にたくはない。すでに危険を冒しすぎている。奇跡的に、ドイツ兵のそばを通り抜けることができたとしても、通りが家よりも安全だという保証はない。

彼女は階段ホールにたどり着く。祖父の部屋の戸口に。手探りで衣装だんすに。開いた扉からもぐりこみ、そっと閉める。

砲弾が頭上を飛んでいき、通過する貨物列車のように地下室を揺らす。ヴェルナーはアメリカ軍砲兵たちを想像する。岩か、戦車のキャタピラの跡か、ホテルの手すりに照準器をのせた観測手、風速や砲身の射角や気温を計算する射撃士官、電話型の受信器を耳に当てて標的を読み上げる無線手。

右に三度、距離同じ。落ち着いた、疲れた声が砲撃を指示する。それと同じような声を使って、神はみずからのもとに魂を呼び集めるのかもしれない。どうぞ、こちらへ。ただの数字だ。純粋な計算だ。そう考えることに慣れなければ。それは彼らのほうも同じだ。

「俺の曾祖父は」だしぬけにフォルクハイマーが言う。「蒸気船の前の時代、すべてが帆で進んでいたころの木挽きだった」

まっ暗なのでヴェルナーには確かめようがないが、フォルクハイマーが立っていて、天井を支えている三本の裂けた梁を指でなぞっているように思える。ひざを曲げ、頭がぶつからないようにしている。今にも囚われの身になろうとする巨人アトラスのように。

「そのころ」フォルクハイマーは言う。「ヨーロッパじゅうで、海軍のために帆柱が必要だった。だが、ほとんどの国は大木をもう切り倒していた。イングランドには、その森にふさわしい木が島のどこを見ても一本もなかった。そう曾祖父は言っていた。だから、イギリス海軍にスペイン海軍、それからポルトガル海軍の船の帆柱は、プロイセンの、俺が育った森のなかで作られた。どこに大木があるのか、曾祖父はすべて知っていた。そうした木のなかには、男が五人がかりで三日かけて、ようやく倒せたものもあった。まずは象の毛皮に針を突き刺すようにくさびを打ちこむんだと言っていた。一番太い幹はくさびを百個のみこんでようやく、めりめりと倒れていく」

砲弾が叫ぶ。地下室が身震いする。

「曾祖父は、大木の旅路を思い描くのが好きだと言っていた。馬ぞり隊に引かれてヨーロッパを渡っていき、川や海を渡ってブリテン島に行き、そこで樹皮をはがれて加工されて、今度は帆柱としてそびえ、何十年も戦闘を目にして、第二の生を与えられ、大洋の上を航海し、ついには倒れて第二の死を迎える」

また砲弾が頭上を通っていき、ヴェルナーは上の巨大な梁の木が裂ける音を想像する。

その石炭のかたまりは、かつては緑色の植物、シダかアシだった。百万年前か二百万年前、

ひょっとすると一億年も前に生きていたのだよ。一億年なんて、きみには想像できるだろうか？

ヴェルナーは言う。「ぼくの生まれ育ったところでは、木を掘り出していた。大昔の木だ」

「俺は出ていきたくて必死だった」とフォルクハイマーは言う。

「ぼくもだ」

「それで今は？」

ベルントは隅で朽ちている。ユッタは世界のどこかで動いていて、夜から人影が離れていき、坑夫たちが夜明けに足を引きずっていく姿を眺めている。ヴェルナーが子どもだったころは満ち足りていたのではないか。錆びついて捨てられた部品を縫うように咲く野の花。ベリーやニンジンの皮や、エレナ先生のおとぎ話の世界。つんとするタールのにおい、通過していく列車、そして窓台のプランターで低くうなるハチ。糸と鉄串とワイヤー、そしてラジオの声は、彼の夢を織りなす織り機を与えてくれた。

送信機

煙突にぴたりと寄せられたテーブルの上で、それは待っている。下にはふたつの船舶用電池。はるか昔、亡霊に話しかけるために作られた奇妙な機械。できるかぎり慎重に、マリー＝ロールはピアノ椅子まで這っていくと体をそっと持ち上げる。だれかが無線を持っているはずだ。まだ残っていれば消防団か、あるいはレジスタンスか、あるいは町に砲弾を撃ちこんでいるアメリカ兵か。地下要塞にいるドイツ兵か。もしかすると、エティエンヌ本人か。彼女は思い浮かべようとする。どこかで、彼がしゃがみこみ、幻影の無線機のつまみを回している。彼女は死んだものと思っているかもしれない。ほんのわずかな希望を耳にするだけでいいかもしれない。

煙突の石に沿って指を動かしていると、大叔父が設置したてこがある。体重をかけてそれを押すと、アンテナはかすかにきしる音を立てながら、上に伸びていく。

音が大きすぎる。

彼女は待つ。百まで数える。下からはなんの音もしない。

テーブルの下で、指がスイッチを見つける。ひとつはマイクロホンの、もうひとつは送信機のスイッチだが、どちらがどちらのスイッチなのかは思い出せない。ひとつを入れ、それからもうひとつを入れる。大きな送信機の内部で、真空管がうなるような音を出す。

パパ、うるさすぎる？

そよ風くらいの音だよ。火がたてる低い音くらいさ。

ケーブルの線をたどっていき、そのうちにマイクロホンをにぎっていると確信する。

目を閉じること、それは盲目であることをなにも教えてはくれない。空や顔や建物でできた世界の下には、よりむき出しで、古い世界があり、そこでは表面がばらばらになり、音は無数の帯になって空中を流れる。マリー＝ロールは、通りからずっと上にある屋根裏部屋に座り、三キロも離れた沼地で揺れるユリの音を聞くことができる。アメリカ人たちが早足で畑を横切り、サン・マロの煙に巨大な大砲を向けている音がする。地下室で防風ランプを囲んで鼻をすする家族、瓦礫の山から山にはねていくカラス、溝にある死体にとまるハエ。タマリンドの木々が震え、カケスがかん高く鳴き、砂浜の草が燃える音が聞こえる。地殻の奥深くに沈みこんでサン・マロを上にのせた巨大な花崗岩の拳の音、四方から歯を当てる海の音、そして渦巻く潮にしっかりと耐える沖合の島の音がする。牛が石の桶から水を飲み、イルカがイギリス海峡の緑の水から浮上してくる音が聞こえる。死んだクジラの骨が、五里下で動く音がする。その髄が百年にわたって食べ物を与える生物の町は、一生のあいだ、太陽の光子をひとつたりとも目にすることはない。あの小洞窟で岩の上を動いていく巻貝の音が聞こえる。

私が読んであげるよりも、おまえに読んでもらおうかと思ってな。

空いているほうの手で、彼女はひざに置いた小説を開く、指で文字を探りあてる。マイクロホンを口元に寄せる。

声

〈蜂のホテル〉の残骸の下に閉じこめられてから四日目の朝、修理したトランシーバーにヴェルナーが耳を傾け、同調つまみを左右に動かしていると、聞こえるほうの耳に、少女の声がじかに話しかけてくる。午前三時、わたしは激しい衝撃で目を覚まされた。彼は思う。空腹のせいで、熱のせいで、ありもしないものを想像しているんだ、頭が雑音を勝手にまとめている……。

少女は言う。ベッドの上に起き上がって、暗闇のなかで耳を澄ましたが、次の瞬間、いきなり部屋の中央に投げ出された。

彼女は静かに、完璧な発音のフランス語を話している。エレナ先生よりもきびきびとした口調で。彼はヘッドホンを耳に強く当てる……。あきらかに、ノーチラス号がなにかに衝突して、船体が大きく傾いたのだ。

彼女は「r」の音で舌を巻き、「s」は伸ばす。音をひとつひとつ発するにつれて、その声は、彼の頭に少しずつ深くもぐりこんでくるように思える。若く、高く、せいぜいがささやき声。もし幻覚だとしてもかまわない。

氷塊のひとつがひっくり返って、水中を航行しているノーチラス号に衝突し、船体のしたにもぐり込んで、抗しがたい力で持ち上げて、もっと密度の低い深度に押し上げた……。

彼女がくちびるの先を舌でなめる音が聞こえる。しかし、そのときには、わたしたちは棚氷の下面に衝突し、ふたつの氷のあいだに恐ろしい力で挟みこまれることになるのではないか？　また雑音が生じてきて、彼女を消し去ろうとし、ヴェルナーは必死でそれを追い払おうとする。彼は屋根裏にいる子どもに戻り、まだ覚めたくはない夢にしがみつこうとするが、ユッタが肩に手を置いていて、彼にささやきかけて目を覚まそうとしている。

そこはたしかに水中だった。けれども、ノーチラス号のどの側にも、十メートルほどのところに、まばゆい氷の壁が立ちはだかっていた。

彼女は唐突に読むのをやめ、雑音が大きくなる。また話しはじめるとき、彼女の声は緊迫した響きになっている。

彼がここにいる。わたしの真下にいる。

そして放送は切れる。彼はつまみを動かし、周波数帯を変える。なにも聞こえない。ヘッドホンをはずすと、漆黒のなかをフォルクハイマーが座っているところに向かっていき、彼の腕らしきものをつかむ。「なにかが聞こえた。頼むから……」

フォルクハイマーは動かない。まるで木でできているかのようだ。ヴェルナーは力を振りしぼって引っぱるが、彼はあまりにも小さく、あまりにも力が弱い。力は出たかと思うと、すぐに消えてしまう。

「もういい」。暗闇からフォルクハイマーの声がする。「無駄だ」。ヴェルナーは床に座りこむ。ふたりの頭上にある廃墟のどこかで、猫が何匹もうなっている。空腹で。彼もそうだ。フォルクハイマーもそうだ。

シュルプフォルタにいたひとりの少年が、ニュルンベルクでの党大会のようすをヴェルナーに語ったことがある。垂れ幕や旗が海のように波打ち、少年たちの大集団が光のなかでひしめき、そして一キロ近く先の壇上には総統本人がいて、集中照明が彼のうしろの柱を照らし出していた。その場には意味と怒りと誠実さがみなぎり、ハンス・シルツァーもヘリベルト・ポムゼルもそれに夢中になり、シュルプフォルタの生徒たちもひとり残らず夢中になり、そして、ヴェルナーの知るかぎり、そうした舞台演出のすべてを見透かすことができたのはただひとり、彼の妹だった。どうやってだろう。どうやって、ユッタは、世界のからくりをあれほどまでによく理解していたのか。彼はほとんど知らなかったというのに。

しかし、そのときには、わたしたちは棚氷の下面に衝突し、ふたつの氷のあいだに恐ろしい力で挟みこまれることになるのではないか？

彼がここにいる。わたしの真下にいる。

なんとかしろ。彼女を助けろ。

だが、神は白く冷たい目、煙の上にかかる三日月にすぎず、その目がまばたきを繰り返すなか、町はゆっくりと潰されて塵になっていく。

第九章　一九四四年五月

世界の端

トラックの後部で、フォルクハイマーはヴェルナーに読み上げる。ユッタが書いた手紙は、彼の大きな手のなかではティッシュのように見える。

そう、それから、炭坑の役人のジードラーさんが、兄さんの出世を祝う手紙をくれたわ。みんなの目に留まっているって。帰ってこられるということかしら？　ハンス・ペフェリンクは「銃弾は勇気ある者を恐れる」と兄さんに伝えてほしいそうだけど、わたしからはおすすめしない。エレナ先生の歯の痛みはよくなったけど、煙草を吸えないから怒りっぽくなっているわ。そういえば、先生が煙草を吸うようになった話はしたかしら……。

フォルクハイマーの肩越し、トラックの外枠のひび割れた裏窓越しに、赤毛の女の子が、ビロードのケープを着て、道路から二メートルほど上を漂っている姿が、ヴェルナーには見える。木々も、道路標識も通り抜け、曲がりくねった道も難なくついてくる。月のように逃れがたい。

ノイマン一号はトラックをどうにか動かして西に向かい、ヴェルナーは後部でベンチの下に体を丸めたまま何時間も動かず、毛布にくるまり、紅茶も缶詰の肉も拒み、そのあいだ、浮かんだ女の子は、田舎道をずっと追ってくる。死んだ女の子が空に、死んだ女の子が窓の外に、死んだ女の子が目と鼻の先にいる。ふたつの潤んだ目と、けっしてまばたきをしない、銃弾が開けた三つ目の目。

車ははねつつ、眠たげな運河に沿って刈りこまれた木々が並ぶ緑の小さな町を次々に抜ける。自転車に乗った女性がふたり、道の脇によけると、通り過ぎるトラックをぽかんと見つめる。彼女たちの町を苦しめるべく送りこまれた、黄泉《よみ》のトラック。

「フランスだ」とベルントは言う。

サクラの木々の枝が頭上を漂い、花を抱えこんでいる。ヴェルナーは後部扉を開けて支えると、バンパーから両足をぶら下げる。流れていく道路にもう少しでかかとが当たりそうだ。草地では一頭の馬が寝転がって地面に背をこすりつけている。白い雲が五つ、空を飾っている。

彼らはエペルネーという町で降りる。ホテルの経営者が持ってきたワインと鶏のもも肉とスープを、ヴェルナーはどうにか腹におさめる。まわりでテーブルを囲む人々は、子どものころエレナ先生がささやいてくれた言葉を話している。ノイマン一号はディーゼル油の調達に派遣され、ノイマン二号はベルント相手に、牛の腸は膨張可能なガス袋として第一次世界大戦の飛行船に使われていたのかどうかと議論をはじめる。ベレー帽をかぶった三人の男の子が、扉の陰からのぞきこんで、フォルクハイマーを見て目を見開いている。彼らのうしろでは、夕暮れのなかで花咲く六本のマリゴールドが、死んだ女の子の形になり、そしてまた花に戻る。

ホテルの経営者が言う。「もっとお食べになりますか？」

ヴェルナーは首を横に振ることができない。今の彼は、両手を下に置くとテーブルをすり抜けてしまうのではないかと怖くなっている。

夜通し車を走らせ、夜明けに、ブルターニュの北の端にある検問所で停まる。サン・マロの城壁が遠くで花を咲かせている。雲はやさしげな灰色と青の帯を広げ、その下では海も同じ色を見せている。

フォルクハイマーは歩哨に辞令を見せる。ヴェルナーは許可を求めることもせずにトラックから出ると、低い防波堤をするりと越え、砂浜に出る。並んだ防御柵のあいだを抜けていくと、波打ち際に行く。右手に並ぶ侵入防止用の障害物はジャックストーン・ゲームの石のようで、有刺鉄線が巻きつけられ、海岸線沿いに少なくとも一・五キロはつづいている。

砂には足跡はない。小石や海藻のかけらが、扇形になった線を作っている。沖合にある三つの島には、石造りの要塞がある。緑色のランタンがひとつ、桟橋の先で光っている。どういうわけか、大陸の端までたどり着いてみると、目の前には槌で打たれたような海しか残っていないことが、理にかなっているように思える。まるでここが、ツォルフェアアインを去ってからずっと目指してきた終着点であるかのように。

彼は片手を水につけると、指を口に入れ、塩の味を確かめる。だれかが彼の名前を呼んでいるが、ヴェルナーは振り返らない。朝が終わるまでここに立ち、うねる波が光の下で動くのをずっと眺めていたい。ベルント、それからノイマン一号がどなりはじめていて、ようやくヴェルナーは振り返って手を振っているふたりを見ると、砂地を歩いて有刺鉄線の列を抜け、トラックに戻っていく。

十人ほどが見つめている。歩哨、ひとにぎりの町の住民。多くは口に手を当てている。「気をつけて歩け！」とベルントがどなっている。「地雷があるんだぞ！　標識を見なかったのか？」

ヴェルナーはトラックの後部に乗りこむと腕組みをする。

「すっかりいかれちまったのか？」とノイマン二号が言う。

旧市街で彼らが見かける、ひとにぎりの人々は、壁にぴたりと背をつけておんぼろのトラックを通す。ノイマン一号は、青いよろい戸のある四階建ての家の前で停車する。

「管区司令部《クライスコマンダントゥール》だ」。フォルクハイマーは建物に入ると、野戦服を着た大佐と一緒に戻ってくる。国防軍のコートと高い位置のベルト、そして長い黒のブーツ。あとから副官がふたりついてくる。

「連中の連絡網があるはずだ」副官のひとりが言う。「暗号の数字の次に、告知、誕生や洗礼や婚約や訃報が放送される」

「それから音楽だ。ほとんどいつも音楽がかかる」とふたり目の副官が言う。「その意味は我々にはわからない」

大佐は二本の指で完璧なあごをなぞる。フォルクハイマーが彼を、そして副官をまじまじと見る目つきは、不安がる子どもたちに、正義はもたらされると安心させているかのようだ。「見つけ出します」とフォルクハイマーは言う。「長くはかかりません」

数字

ラインホルト・フォン・ルンペルはニュルンベルクにいる医師を訪ねる。上級曹長ののどにある腫瘍は直径四センチにまで肥大している、とその医師は告げる。小腸にある腫瘍は計測がむずかしい。

「あと三か月だね」と医師は言う。「四か月かもしれない」

一時間後、フォン・ルンペルは夕食会に参加している。四か月。百二十回の日の出。あと百二十回、腐った体をベッドから引きずりだして軍服を着ねばならない。テーブルについていた将校たちは、義憤をこめてほかの数字について話している。第八軍と第五軍はイタリアを抜けて北に撤退しており、第十軍は包囲されているかもしれない。ローマを失うこともありうる。

兵員はどれくらいいか。

十万人。

車両は。

二万台。

レバーが出される。角切りのレバーに塩こしょうがされ、紫色の肉汁の雨がかかってい る。皿が一斉に運び去られるとき、フォン・ルンペルは自分の皿には手をつけていない。三千四百マルク――それが彼が遺してきたものだ。それから、札入れのなかにある封筒に入れて保管している、三つの小さなダイヤモンド。それぞれ一カラットくらいだろうか。テーブルにいる女性が、グレイハウンドの競走について、その速さと見ていて感じる迫力について、熱をこめて語る。フォン・ルンペルはコーヒーカップの輪になった取っ手をつかみ、震えを隠そうとする。給仕係が彼の腕に触れる。「お電話です。フランスから」フォン・ルンペルはおぼつかない足取りで自在扉を抜ける。先ほどの給仕係がテーブルに電話を置いて下がる。

「上級曹長ですか？　こちらはジャン・ブリニョンです」。その名前は、フォン・ルンペルの記憶になにも呼び起こさない。

「錠前主任についての情報があります。去年おたずねになった男ですよ」

「ルブランか」

「ええ、ダニエル・ルブランです。その、私のいとこの話なんですが、覚えておいでですか？　助けてもよいとおっしゃっていましたね？　もし私が情報を得れば、いとこを助けてもらえると？」

三人の運搬係。ふたりが見つかり、解くべきパズルはあとひとつ。ほとんど毎晩、フォン・ルンペルは女神の夢を見る。炎でできた髪、根でできた指。狂気。電話を前にして立っているときでさえ、ツタが彼の首に巻きつき、耳に入りこんでくる。

「ああ、いとこね。なにがわかった？」

「ルブランは陰謀罪の嫌疑をかけられています。ブルターニュの市庁舎に関する件で。一九四一年一月に、地元の住民からの通報によって逮捕されました。スケッチと万能鍵が見つかっています。サン・マロで測量を行っているところを写真にも撮られています」

「収容所か？」

「それはまだ突き止められていません。体制はかなり複雑です」

「密告者はどうだ？」

「ルヴィットというサン・マロの人間です。名前はクロード」

フォン・ルンペルは考える。目の見えない娘、パトリアルシュ通りにあるアパルトマン。一九四〇年六月から無人のまま、自然史博物館が家賃を払っている。どこかに逃げるとなれば、どこへ向かうか。貴重なものを持ち運ぶとなれば。目の見えない娘を連れているとなれば。信頼する人間がいなければ、わざわざサン・マロを選ぶだろうか。

「私のいとこなんですが」とジャン・ブリニョンは言っている。「助けてもらえますか？」

「恩にきるよ」とフォン・ルンペルは言い、受話器を台に戻す。

五月

マリー＝ロールにとって、サン・マロでの一九四四年五月最後の数日は、パリでの一九四〇年五月最後の数日と似ているように思える。巨大で、膨らんで、香りがよい。あたかも、すべての生き物が、なんらかの激動が起きる前に足場を作っておこうと急いでいるかのように。ルエル夫人のパン屋に行く途中の空気は、ギンバイカとマグノリアとバーベナのにおいがする。フジのつるは花をほとばしらせる。いたるところに、花の回廊、花のカーテン、花のペンダントがある。

彼女は排水管を数える。二十一本目で肉屋に通りかかると、ホースの水がタイルにはねかかる音がする。二十五本目で、パン屋に着く。配給切符をカウンターに置く。「普通のパンを一斤お願いします」

「おじさんの調子はどう？」言葉は同じだが、ルエル夫人の声音は違っている。亜鉛めっきをされた声だ。

「おじさんは元気よ、ありがとう」

ルエル夫人は、それまでは一度もしなかったことをする。カウンター越しに、小麦粉のついた両手を伸ばすと、マリー＝ロールの顔を包む。「あなたはすばらしい子よ」

「泣いているの、マダム？　すべて順調なの？」

「とても順調よ、マリー＝ロール」。手は引っこむ。パンが出される。重く、温かく、いつもよりも大きい。「おじさんに、時が来たと伝えて。人魚たちが髪を白くしたと」

「人魚たち？」

「もうじき来るのよ。この週のうちに。両手を出して」。カウンターの向こうから、大砲の弾ほどもある、濡れて冷たいキャベツが渡される。マリー＝ロールはどうにかナップサックにおさめる。

「ありがとう、マダム」

「じゃあ家に帰って」

「わたしの前はすっきりしているかしら？」

「岩から出てくる水くらいすっきりしているわよ。なにもじゃまなものはないわ。きょうはとてもいい天気よ。ずっとあとでも思い出すような一日だわ」

時が来た。人魚たちが髪を白くした。このところ、大叔父は無線でうわさを耳にしていた。イギリス海峡の向こう、イングランドに、とてつもない規模の艦隊が集結していて、船が手当たりしだいに徴用されているのだと。漁船やフェリーが改装されて武器を備えつけられている。五千隻の船舶、一万一千機の飛行機、五万台の車両。

エストレー通りとの十字路で、彼女は左の家のほうには曲がらず、右に行く。塁壁まで五十歩、そこから壁沿いに百歩ほど。ポケットから、ウベール・バザンの鉄の鍵を取り出す。砂浜はもう何か月も閉鎖され、地雷が敷設されて有刺鉄線で囲われているが、この古い犬小屋は人目につくことなく、マリー＝ロールは巻貝と一緒に座り、偉大な海洋生物学者アロナクス教授の心のなかに入りこむ夢想に浸る。ネモ船長の驚異の機械の名誉ある客人にして囚人となり、国にも政治にもとらわれず、海の万華鏡のような驚くべき世界を航行していく。自由の身になれたら。また植物園で、パパと一緒に寝転がれたら。体に父親の手が置かれ、チューリップの花びらが風に震える音を耳にする。父親は彼女を、自分の人生で熱く光り輝く中心にしてくれた。彼女が踏む一歩一歩が大事なのだと感じさせてくれた。

パパ、まだそこにいるの？

彼らはもう来るよ。一週間のうちに。

狩り（ふたたび）

昼も夜も、彼らは電波を探す。サン・マロ、ディナール、サン・セルヴァン、サン・ヴァンサン。ノイマン一号はおんぼろのトラックをなだめすかして操り、車が壁をこするほど狭い通りをどうにか抜けていく。通りかかる小さな灰色のクレープ店は窓が粉々に割られ、パン屋にはよろい戸が下ろされ、料理店には人気《ひとけ》がなく、丘陵地帯では連行された多数のロシア人がセメントをそそぎこみ、がっしりとした娼婦たちが井戸から水を運んでいるが、それでも、大佐の副官が言うような放送は見つからない。ヴェルナーは北からはBBCを、南からはプロパガンダ放送を受信する。モールス信号がきれぎれに聞こえてくることもある。だが、誕生や結婚や訃報の告知も、数字も、音楽もない。

壁のなかの町で、ヴェルナーとベルントに与えられた部屋は、時がまったく関わりたがらない場所のように思える。三百年前から変わらず、四つ葉と、手のひら状の柱頭と、螺旋状の果物の突起が、天井を華やかに飾っている。夜には、死んだウィーンの女の子が廊下をうろつく。部屋の開いた扉を通ってくるときにも、ヴェルナーのほうは見ないが、彼女が探しまわっているのが自分なのだということはわかる。

ホテルの経営者が心配そうに手をこまねいているあいだ、フォルクハイマーはロビーを行ったり来たりする。飛行機は信じられないほどゆっくりと空を進んでいくように、ヴェルナーには思える。まるで、今にも一機が動きを止めて海に落ちてしまうかのように。

「俺らの飛行機か？」とノイマン一号はたずねる。「それともやつらのか？」

「高くてわからないな」

ヴェルナーは上階の廊下を歩く。最上階の、ホテルでも一番いいと思われる部屋で、彼は六角形の浴槽のなかに立ち、手のひらの付け根で窓から汚れを拭き取る。空に浮かぶいくつかの種が、風で渦巻き、家々のあいだにある影の峡谷に落ちていく。薄暗い頭上では、複数の眼と、腹部には金色の綿毛を持つ、三メートル近い女王バチが、天井いっぱいに体を丸めている。

親愛なるユッタへ

何か月も手紙を書かなくてごめん。もう熱はだいたい下がったから心配いらないよ。最近は頭もかなりすっきりしている。きょうは海のことを書こうと思う。海にはいろんな色がある。夜明けには銀色で、正午は緑、夕方は紺色になる。赤に近いときもある。あるいは、古いコインの色に変わるときもある。ちょうど今は、雲が上で影になっていて、いたるところに点々と日の光が当たっている。カモメが白い筋になって、玉のようにその上を動いている。

今まで見てきたなかで、最高の眺めだ。ぼんやり海を見つめていて、任務を忘れてしまうこともある。人が感じられることはすべておさめてしまうほど大きく思えるよ。

エレナ先生と、残った子どもたちによろしく。

〈月の光〉

今夜、部隊は、南側の塁壁沿いに密集した旧市街の地区を調べる。雨はごく弱く、霧と見分けがつかないほどだ。ヴェルナーはトラックの後部に座っている。フォルクハイマーはそのうしろのベンチでうとうと眠る。ベルントは一台目のトランシーバーにポンチョをかぶせて胸壁の上にいる。もう何時間も装置をいじっていないということは、眠っているに違いない。光はひとつだけ、ヴェルナーの信号計器の内部にある琥珀色のフィラメントから出ている。

聞こえるのは雑音ばかりで、それから違う音になる。

ラバス夫人は、娘が妊娠していると知らせている。フェレー氏はサン・ヴァンサンにいるいとこたちに愛を送る。

激しい雑音の旋風が切り裂くように通っていく。その声は、かつての夢からよみがえったかのようだ。さらに五、六個の言葉が、あのブルターニュ訛りで、ヴェルナーの耳のなかをはためいていく。**次の放送は木曜日二三〇〇。五六、七二……。**暗闇から現われる六両編成の列車のように、記憶がヴェルナーに訪れる。通信の質も、声音も、あらゆる点で、かつてよく聴いていたフランス人の放送と合致している。そして、一台のピアノが、ひとつの音を三回奏で、そしてふたつの音になり、それからおだやかな和音が現われ、そのどれもがろうそくとなり、森の奥へと分け入っていく……。その音がなにか瞬時にわかる。まるで思い出せるかぎりずっと彼は溺れていて、ようやくだれかに引き上げてもらって息ができるかのように。

ヴェルナーのすぐうしろで、フォルクハイマーの目は閉じたままだ。骨組みと運転台の仕切り越しに、ふたりのノイマンの動かない肩が見える。ヴェルナーは片手で計器を覆う。曲はほどけていき、音が大きくなり、彼はベルントがマイクロホンのスイッチを入れて、音を聞いたと言うのを待つ。

だが、なにも起きない。だれもが眠っている。それでも、彼とフォルクハイマーが座っている小さな後部は、強く感電したように思える。

今、ピアノは長く聞きなれた節に入り、ピアニストは左右の手で異なる音階を弾いている──手が三本か、四本あるように聞こえる──糸の上で着実に大きくなる真珠のように、その和声を聴くヴェルナーには見える。体を預けてくる五歳のユッタが、うしろでパンの生地をこねるエレナ先生が、自分のひざに置いた鉱石ラジオが、まだ断ち切られてはいない魂の糸が見える。

ピアノは終結部の旋律を流れていき、そして、雑音が一気に戻ってくる。

彼らには聞こえただろうか。たった今も、あばら骨を激しく叩く彼の心臓の音が聞こえるだろうか。高い家並みから降りしきる弱い雨がある。一エーカーはありそうな胸にあごをつけたフォルクハイマーがいる。ぼくらには選ぶ権利なんかないよ、人生は自分のものじゃないんだ、とフレデリックは言っていたが、結局のところは、選ぶ権利などないようなふりをして、バケツの水を足元に捨てて「ぼくはやりません」と言うフレデリックをただ眺めていたのは、ヴェルナーだった。その結果が降りかかってきたときに傍観していたのも、ヴェルナーだった。フォルクハイマーが家に次々に踏みこんでいき、同じ強欲な悪夢が繰り返し起きるのをただ眺めていたのも、やはりヴェルナーだった。

彼はヘッドホンをはずし、フォルクハイマーのそばをそっと通って後部扉を開ける。フォルクハイマーは片方の目、巨大な金色の、ライオンのような目を開ける。「なにもないか《ニヒツ》？」と言う。

ヴェルナーは石造りの家々を見上げる。壁を接して並び、高く冷淡で、正面は湿り、窓はどれも暗い。アンテナはない。雨はほとんど音がしないほど弱いが、ヴェルナーには轟々とした音に聞こえる。

彼は振り返る。「なにもない《ニヒツ》」と言う。なにもない。

アンテナ

オーストリア人対空部隊中尉が、〈蜂のホテル〉に八名の分遣隊を配置する。分遣隊の料理係がホテルの厨房でオートミールとベーコンを温めるあいだに、ほかの七人は四階の壁を大づちで壊す。フォルクハイマーはゆっくりとあごを動かして嚙み、ときおり、目を上げてヴェルナーを見る。

次の放送は木曜日二三〇〇。

ヴェルナーは、だれもが聞き取ろうとしていた声を耳にした。そしてどうしたか。嘘をついた。背信行為を働いた。そのせいで、何人の兵士が危険にさらされるだろうか。それでも、耳にしたあの声を、頭にあふれるあの曲を思い出すと、彼は喜びに身震いする。

北フランスの半分が、炎に包まれている。アメリカ人、カナダ人、イギリス人、ドイツ人、ロシア人の男たちを浜辺が貪り食い、ノルマンディー全土で重爆撃機が田舎町を粉砕する。だが、ここサン・マロでは、砂浜の草は長く、青く伸びている。ドイツ人水兵たちはまだ港で訓練を行う。砲兵たちはまだ、ラ・シテ要塞の地下にあるトンネルに弾薬を備蓄している。

〈蜂のホテル〉にいるオーストリア人兵士たちはクレーンを使い、八十八ミリ砲を塁壁の上にある稜堡《りょうほ》に下ろす。十字架形をした土塁に大砲を固定すると、迷彩柄の防水布で覆う。フォルクハイマーの隊員たちは二晩つづけて働き、ヴェルナーは記憶にもてあそばれる。

ラバス夫人は、娘が妊娠していると知らせている。

それでは、ひとつたりとも光のきらめきを見ることなく生きている脳が、どうやって光に満ちた世界を私たちに見せてくれるのかな？

もし、あのフランス人が、かつては遠くツォルフェアアインまで届いていたのと同じ送信機を使用しているのなら、アンテナは大きいはずだ。でなければ、何百メートルというワイヤーがあるはずだ。どちらにせよ、高くまで伸びているか、確実に目につくものだ。

放送を耳にしてから三日目の夜、木曜日、ヴェルナーは六角形の浴槽のなかに、女王バチの下に立っている。よろい戸を押し開けているため、左のほうにはスレート瓦の屋根が寄り集まっているのが見渡せる。ミズナギドリが何羽も、塁壁をかすめて飛んでいく。霧の袖が尖塔を包みこんでいる。

旧市街を眺めるたびに、ヴェルナーは煙突に目を奪われる。ブロックごとに、二十本か三十本の巨大な煙突が列になって並んでいる。ベルリンにすら、そこまでの煙突はない。当然だ。あのフランス人は煙突を使っているはずだ。

彼は急いで下に行くとロビーを抜け、フォルジュール通り、それからディナン通りを行き来する。よろい戸や雨樋の線をじっと見上げ、レンガと一体になったケーブルや、送信機の存在を告げるようなものはないかと目をこらす。そうやって歩きまわっていると、首が痛くなる。外出が長くなりすぎている。叱られてしまう。なにかがおかしいことを、フォルクハイマーはすでに察している。だがそのあと、二十三時ちょうどに、ヴェルナーはそれを目にする。部隊がトラックを停めたところから一ブロックも離れていない——煙突に沿って上がる、一本のアンテナ。せいぜい箒の柄ほどの太さ。

十二メートルほど上がったところで、魔法がかけられたかのように広がり、簡単なT字形になっている。

海沿いにある高い家。放送をするにはうってつけの位置。地上の通りからは、アンテナはほぼ見えない。彼にはユッタの声が聞こえる。きっと大きな邸宅から放送しているのよ。この町くらいあって、千くらいの部屋があって、使用人も千人いるんだわ。その家は高く幅は狭く、正面には十一の窓がある。オレンジ色の地衣類がぽつぽつと生え、基礎部分は毛皮のようなコケで覆われている。ヴォーボレル通り、四番地。

目を開けて、その目が永遠に閉じてしまう前に、できるかぎりのものを見ておくんだ。うなだれ、両手はポケットに入れて、彼は早足でホテルに戻る。

大男のクロード

香料商のルヴィットはたるんで丸々と太り、すっかり大物気取りになっている。彼が話しているあいだ、フォン・ルンペルはまっすぐ立っているのにも苦労する。それほどの数の香りが、店で混ざりあって圧倒してくる。その前の週ずっと、彼はブルターニュの海岸沿いにある庭園つきの屋敷にわざと押し入り、存在しないか興味のない絵画や彫刻を探しているふりをしなければならなかった。すべては、自分がここにいることを正当化するために。

ええ、そうですとも、と香料商はフォン・ルンペルの記章にちらりと目をやりつつ言っている。二、三年前、建物を測量していたよそ者を、当局が逮捕するのをお手伝いしましたよ。正しいと思ったことをしたまでです。

「その数か月間、ルブラン氏はどこで暮らしていたのかね？」

香料商は目を細め、打算を働かせている。青い輪の形になった彼の目は、ひとつのことを高らかに伝えてくる——**欲しい。与えてくれ**。フォン・ルンペルは考える。欲に踊るこうした連中は、異なる重圧の下で必死にもがいている。だが、ここでの捕食者はフォン・ルンペルのほうだ。我慢強くいさえすればいい。根気強く。障害物をひとつひとつ取り除くのだ。

彼が踵を返して出ていこうとすると、香料商の余裕は砕け散る。「待って、ちょっと待ってください」

フォン・ルンペルは片手を扉にかけたままにする。「ルブラン氏が住んでいたのはどこかな?」

「叔父と一緒の家です。役立たずの男ですよ。頭がおかしいという話で」

「どこだ?」

「すぐそこですよ」。彼は指差す。「四番地です」

パン屋《ブーランジェリー》

まる一日たってから、ヴェルナーはひまを見つけてそこに戻る。木製の扉、そこに渡された鉄の門。窓には青い飾り。朝の霧は濃く、屋根の輪郭が見えなくなっている。彼は突飛な空想にふける。あのフランス人が、彼を招き入れてくれる。ふたりでコーヒーを飲み、かつての放送について話しあう。彼を何年も悩ませている、機器の重要な問題について調べるかもしれない。ヴェルナーに送信機を見せてくれるかもしれない。

ありえない。もしヴェルナーがベルを鳴らせば、破壊分子として逮捕しにきたのだと老人は思うだろう。その場で射殺されるのだと。煙突にアンテナがあるというだけで、処刑には十分だ。

ヴェルナーは扉を激しく叩き、老人を連行することもできる。英雄になれる。

光が霧を満たしはじめる。どこかで、だれかが扉を開け、そして閉める。ヴェルナーは思い出す。ユッタは、あわただしく手紙を書いては、「先生、フランス」と封筒に書き、広場の郵便箱に投函していた。妹の声を想像すれば、彼に届くかもしれない。かつて、老人の声が彼女に届いたように。千万分の一の確率だ。

ひと晩じゅう、彼は頭のなかでフランス語を練習してきている。**戦争の前に。無線であなたの声を聞きました。**ライフルは肩にかけたまま、両手は体の脇につけておく。小さく、小妖精のようで、まったく危険には見えないだろう。老人はびっくりするだろうが、その恐怖はどうにか抑えることができる。話を聞いてもらえるはずだ。だが、ゆっくりと晴ていく霧のなか、ヴォーボレル通りの端に立ち、頭のなかで言葉を繰り返していると、四番地の家の扉が開き、高名な科学者ではなく、少女が出てくる。ほっそりとして、愛らしく、金褐色の髪をした、顔はそばかすだらけの少女。めがねをかけ、灰色のワンピースを着て、片方の肩にはナップサックをかけている。彼女が左に、まっすぐ彼のほうに向かってくる。ヴェルナーの心臓はねじれる。

通りは狭すぎる。彼の視線は気づかれてしまうだろう。だが、彼女の頭は妙な具合に動き、顔は片側に傾いている。あちこちをさまよう杖と、半透明なめがねのレンズに気づき、彼女は目が見えないのだとヴェルナーは知る。

彼女の杖は石畳に音をたてて近づいてくる。すでに、あと二十歩のところまで来ている。だれも見てはいないらしく、カーテンはどこも閉まっている。あと十五歩。彼女のストッキングはあちこち伝線しており、靴は大きすぎ、ワンピースの羊毛の継ぎ布にはいくつもしみがついている。あと十歩、五歩。手を伸ばせば届くところを、彼女は通り過ぎる。背は彼よりもほんの少し高い。なにも考えず、自分がなにをしているのかもほとんどわからないまま、彼はそのあとをついていく。彼女の杖の先は溝に当たり、排水管に当たるたびに震える。ダンス用の靴をはいたバレリーナのように歩き、足は手と同じくきびきびと動き、優雅さをたたえて霧のなかに入っていく。右へ、そして左へ曲がり、ブロックの半分ほど進んだところで、開いた店の扉にきっちりと入っていく。扉の上には看板がある。パン屋《ブーランジェリー》。

ヴェルナーは足を止める。頭上では、霧がきれぎれになって消えていき、夏の深い青が姿を見せる。女性が花に水をやっている。ギャバジンを着た年配の旅行者が、プードルと散歩している。ベンチには、甲状腺腫のある顔色の悪いドイツ人上級曹長が、目の下に濃いくまを作って座っている。彼は新聞を下ろし、じっとヴェルナーを見ると、また新聞を上げる。

なぜ、両手が震えているのだろう。なぜ息が乱れてしまうのだろう。

少女はパン屋から出てくると、縁石からひらりと下り、まっすぐ彼に向かってくる。プードルは石畳でかがんで用を足し、少女はさらりと左に向きを変えてそれをよける。もう一度ヴェルナーのほうに近づき、そっとくちびるを動かして、ひとりで数えている――二、三、四――彼女の鼻にあるそばかすの数がわかるほど、ナップサックに入ったパンのにおいがわかるほど近い。百万の霧の粒が、羊毛の服のけばと長い髪の毛に沿ってつき、光が体を銀色に縁どっている。

彼は釘づけになる。目の前を通りかかる彼女の長く白い首は、信じられないほどきゃしゃに見える。

彼女はまったく彼には気づかない。朝のほかは、なにもわかっていないようだ。彼は思う。これこそ、シュルプフォルタでいつも教えられていた純粋さだ。

ヴェルナーは壁に背中を預ける。彼女の杖はほんのわずかの差で、彼のブーツのつま先に当たらない。そして通り過ぎる。ワンピースはかすかに揺れ、杖は左右に動いている。

彼が見つめていると、彼女は通りを進んでいき、そして霧にのみこまれる。

小洞窟

ドイツ軍の対空部隊が、アメリカ軍機を一機撃墜する。その飛行機はパラメ沖に墜落し、アメリカ人操縦士はどうにか岸に上がってきたところを捕えられる。エティエンヌからすれば惨事だが、ルエル夫人は歓喜をみなぎらせる。「映画俳優みたいに男前よ」と、彼女はマリー＝ロールにパンを渡しながら言う。「きっとみんな彼みたいな顔立ちなんだわ」

マリー＝ロールはほほえむ。毎朝同じことが繰り返される。アメリカ軍は日に日に迫り、ドイツ軍の継ぎ目はほつれていく。毎日、午後になるとマリー＝ロールは『海底二万里』の第二部を朗読し、ふたりで新しい領域に入っていく。三か月半で一万里、とアロナクス教授は書いている。これからわたしたちはどこへ行くのか、わたしたちの将来には何が待ち構えているのだろう？

マリー＝ロールはナップサックにパンを入れ、店を出ると、塁壁のほうへ曲がっていき、ウベール・バザンの小洞窟に向かう。門を閉め、ワンピースの裾を持ち上げると、生き物を踏み潰してしまわないよう祈りながら、浅い潮だまりに入っていく。

潮が満ちてきている。フジツボや、絹のように柔らかいイソギンチャクがいるのがわかる。一匹のムシロガイに、なるだけそっと指で触れる。貝はすぐに動きを止め、頭と脚を殻のなかに引っこめる。それからふたたび動きはじめ、一対の棒になった角を伸ばし、そりのような体にのせた渦巻く貝殻を引きずっていく。

小さな貝よ、あなたはなにを探しているの？　あなたは今この瞬間だけを生きているの？　それともアロナクス教授みたいに未来のことで不安になったりするの？

その巻貝が潮だまりを渡り終え、奥の壁を登りはじめると、マリー＝ロールは杖を取り、ぶかぶかの靴から水をしたたらせて出ていく。門を出て、鍵をかけようとすると、男の声が言う。「おはよう、お嬢さん」

彼女はよろめき、転びそうになる。杖が大きな音をたてて倒れる。

「その袋にはなにが入っているのかな？」

きちんとしたフランス語を話しているが、ドイツ人だとわかる。彼の体が路地をふさいでいる。彼女の服の裾から水がしたたり落ちる。靴からは高い音で水がしみ出る。両側には、切り立った壁がそびえている。彼女は開いた門の円柱を右手でにぎりしめる。

「うしろにあるのはなにかな？　隠れ家かな？」彼の声はとても近くに聞こえるが、これほど濃密に音がこだまする場所では、はっきりとした距離はわからない。背中にあるルエル夫人のパンが、生き物のようにどくどく鼓動しているのが感じられる。そのなかには、ほぼ確実に、巻いた一枚の紙切れが入っている。そこには数字があり、死刑を告げている。彼女の大叔父に対して、ルエル夫人に対して。ひとり残らず。

「わたしの杖が」と彼女は言う。

「きみのうしろに転がったよ」

男の奥には路地が、カーテンのように垂れたツタが、そして町が広がっている。叫び声をあげれば、だれかに届く場所がある。

「通ってもいいですか」

「もちろん」

だが、彼が動く気配はない。門が軽くきしむ。

「なにかご用ですか?」どうしても、声が震えてしまう。次にナップサックのことをきかれたら、心臓が破裂するだろう。

「ここでなにをしているのかな?」

「わたしたちは浜に出ることを禁止されていますから」

「だからここに来ているのかな?」

「貝殻を拾うためです。もう行かないと。杖を取ってもいいでしょうか」

「だが、お嬢さんはなにも貝を取っていないね」

「通ってもいいですか？」

「まずは、きみのお父さんについて教えてもらおうか」

「パパ？」体のなかのなにかが冷えていく。「パパはもうじき来るころです」

すると男は笑い、その声が壁のあいだでこだまする。「もうじきだって？　五百キロ離れた刑務所にいるパパが？」

恐怖が、何本もの糸になり、彼女の胸を抜けていく。パパの言うとおりにすればよかった。外に出なければよかった。

「さあさあ、だんまりさん」と男は言う。「そう怯えた顔はしなくていい」。彼が手を伸ばしてくる音が聞こえる。息の腐ったにおいが届き、声にはぼんやりした響きがある。そして、なにかが——指先だろうか——手首をかすめると、彼女は体をよじって逃れ、彼の目の前で大きな音で門を閉める。

彼は足をすべらせる。立ち上がるには、彼女が思うよりも長くかかる。マリー＝ロールは、門に鍵をかけるとポケットに入れ、犬小屋の低い空間に戻っていく途中で杖を拾う。男の体は鍵のかかった門の反対側にあるが、わびしい声が彼女のあとを追ってくる。

「お嬢さん、おかげで新聞紙を落としてしまったよ。私はしがない上級曹長で、ひとつだけききたいことがあってここに来ている。簡単な質問をひとつしたら、もう失礼するよ」

潮がつぶやく。巻貝があたりを埋めつくしている。鉄の門は、彼が通り抜けられないほど狭いのだろうか。蝶番は頑丈だろうか。そうあってほしいと彼女は祈る。塁壁の巨体が、そのなかに彼女をおさめている。およそ十秒おきに、冷たい海水の薄い広がりが、新たに流れこんでくる。男が行ったり来たりする足音がマリー＝ロールに聞こえる。一歩、間、二歩。一歩、間、二歩。つんのめるような、足を引きずった歩きかた。ここで何世紀も暮らしていた、とウベール・バザンが言っていた番犬たちを、彼女は思い浮かべようとする。馬ほどもある犬。男たちのふくらはぎを食いちぎった犬。彼女はしゃがみこむ。彼女はエゾバイだ。よろいを身につけている。傷つくことはない。

広場恐怖症

三十分。マリー＝ロールは二十一分で帰ってくるはずだ。エティエンヌは何度も測ってきた。二十三分かかったことは一度あった。たいていはもっと早い。それ以上かかったことはない。

三十一分。

パン屋までは歩いて四分。行きに四分、帰りに四分、そのあいだのどこかで、十三分から十四分が消える。いつも海に行っていることは知っている。戻ってきたときには、海藻のにおいがして、靴は濡れ、袖は藻やクリスムム、マネック夫人が「ピオカ」と呼んでいた雑草で飾られている。どこに行っているのかまでは知らないが、彼女はしっかり安全にしているはずだと自分に言い聞かせてきた。彼女は好奇心を支えにしているのだからと。彼女のほうが有能なことは千ほどもあるのだと。

三十二分。五階にある部屋の窓からは、だれの姿も見えない。迷子になったのかもしれない。町の端にある壁を指でこすりつつ、一秒ごとに遠くへさまよっていく。トラックの正面で立ち止まってしまったか、水たまりで溺れてしまったか、卑しい心を持った傭兵に捕まってしまったのか。パンと数字について、送信機について、だれかに突き止められたということもありうる。

炎に包まれるパン屋。

彼は急ぎ足で一階に下り、台所の扉から路地をのぞく。猫が眠っている。東向きの壁に、日光が台形を作っている。すべては彼のせいだ。

エティエンヌの呼吸が速くなる。腕時計で三十四分になったところで、靴をはき、父親が使っていた帽子をかぶる。玄関に立ち、決意を呼び起こそうとする。もう二十四年近く前、最後に外出したとき、彼は人と目を合わせ、ごく普通のようすを見せようとした。だが、発作は陰険で唐突で、強烈なものだった。強盗のように忍び寄ってきた。まず、ひどく不吉な感覚が空気に満ちる。そして、閉じたまぶた越しの光でさえ、苦しいほどまばゆくなる。自分の足音が雷鳴ほども大きくなり、歩けない。石畳からは数々の小さな眼球が彼に向かってまばたきをしてくる。死体が影でうごめく。マネック夫人に家に連れて帰ってもらうと、彼はベッドの一番暗い隅にもぐりこみ、枕を耳のまわりに巻きつけた。体力のすべてを使い、自分の鼓動の音を無視しようとした。

心臓は、はるか遠くの檻のなかで冷ややかに脈打っている。頭痛がはじまりそうな気がする。ひどい、ひどい頭痛が。

脈拍が二十回。三十五分。彼は掛け金をひねり、門を開ける。外に足を踏み出す。

なにも

門の錠前と掛け金について知るすべて、指で触れてきたことすべて、父親なら伝えてくれただろうすべてを、マリー＝ロールは思い出そうとする。三本の錆びついた輪に通された鉄の棒、カムが錆びついた古い彫りこみ錠。一発の銃弾で壊れてしまうだろうか。男は門の棒の上を新聞紙でなぞりながら、ときおり声をかけてくる。「六月に到着して、逮捕されたのは一月。そのあいだ、父さんはなにをしていたのかな？　なぜ建物を測量していたのかな？」

彼女は小洞窟の壁にもたれてしゃがみ、ナップサックをひざに置く。水がひざに押しよせる。七月だというのに冷たい。彼から見えているだろうか。慎重に、彼女はナップサックを開け、なかに隠したパンに割れ目を入れ、巻いた紙を指で探す。あった。三つ数え、その紙切れをさっと口のなかに入れる。

「ひとつだけ教えてくれ」とドイツ兵は呼びかけてくる。「父さんがきみになにかを置いていったかどうか。前に働いていた博物館のために、なにかを持っていたか。答えてくれたら、私はいなくなるよ。この場所のことはだれにも言わない。神かけて本当だ」

紙は歯のあいだでばらばらに溶ける。足元では、巻貝がふだんどおりに動いている。噛み、あさり、眠っている。貝の口には、一列におよそ三十本の歯があり、歯が八十列並んでいる、とエティエンヌが教えてくれた。一匹につき、二千五百本近い歯があり、それが食べ、引っかき、きしる。塁壁のはるか上空では、何羽かのカモメが広い空を舞っている。神かけて本当。この耐えがたい時間は、神にとってはどれくらいの長さだろうか。一兆分の一秒だろうか。どんな生き物の一生も、はかりがたい闇のなかでたちまちのうちに消える火花にすぎない。神かけて本当とは、そのことだ。

「私は見せかけの仕事を散々させられたよ」とドイツ兵は言う。「ジャン・ジュヴネーの絵をサン＝ブリューで探し、この地域でモネを六点探し、レンヌ近くの田舎屋敷でファベルジェのイースターエッグを一点探した。もう疲れたよ。私がどれだけの時間をかけて探してきたかわからないのか？」

どうして、パパは残ってくれなかったのだろう。一番大事なものとは、娘である自分なのではないか。彼女はパルプになった紙の切れ端をのみこむ。そして、かかとに体重をかけて体を揺らす。「わたしにはなにも置いていかなかった」。自分の怒りに驚く。「なにもよ！　ばかみたいな町の模型と、守らなかった約束だけよ。マダムがいたけど、もう死んでしまった。大叔父さんはいるけど、アリが一匹出ただけで怯えてしまう」

門の外で、ドイツ兵は黙る。彼女の返事について考えているのだろうか。彼女の怒りに、どこか納得しつつあるのか。

「じゃあ」と彼女は声をかける。「約束したとおり、いなくなって」

四十分

霧は陽光に場所をゆずる。日差しが石畳に、家並みに、窓に襲いかかる。エティエンヌは氷のような冷や汗をかきながらパン屋にたどり着き、列の先頭に割りこむ。月のように白いルエル夫人の顔が現われる。

「エティエンヌ？　でも――」

彼の目の前に、朱色の点が現われては消える。

「マリー＝ロールが――」

「じゃあ、あの子はまだ――？」

彼がどうにか首を横に振るよりも早く、ルエル夫人は蝶番式のカウンターを持ち上げ、彼を抱えこむようにして外に連れていく。列に並ぶ女性たちはつぶやいている。興味をそそられたか、気色《けしき》ばんでいるか、それともその両方か。ルエル夫人は、彼をロベール・スルクフ通りに導いていく。エティエンヌの時計の文字盤は膨らんで見える。四十一分だろうか。計算もままならない。彼女の両手が肩をつかむ。

「行ったとすればどこなの？」

舌はすっかり乾き、思考は鈍い。「ときどき……行っているのは……海だ。家に帰ってくる前に」

「でも、浜辺は閉鎖されているじゃない。塁壁も」。彼女はエティエンヌの頭越しに遠くを見やる。「きっと別のところだわ」

ふたりは通りの中央で体を寄せあう。どこかで、金づちの音が響く。エティエンヌはぼんやり考える。戦争とは露店市だ。人の命は、ほかの商品と同じように取引されるのだ。チョコレートか、銃弾か、落下傘の絹か。あの数々の数字と、マリー＝ロールの命を、彼は交換してしまったのだろうか。

「いや」と彼はささやく。「あの子は海に行っている」

「もしパンが見つかったら」ルエル夫人はささやく。「わたしたちはみんな死ぬわ」

彼はまた腕時計に目をやるが、時計は太陽になり、網膜を焼いてしまう。塩漬けのベーコン肉がひとつだけ、がらんとした肉屋の窓のなかでねじれ、三人の小学生の男の子がベンチに立って彼を見つめ、倒れるのを待っている。今にも朝が粉々になろうかというとき、エティエンヌの記憶に、錆びついた門が浮かぶ。塁壁の下にある、崩れかけた犬小屋に通じている門が。かつて、兄のアンリとウベール・バザンとよく遊んだ場所。少年が大声をあげて夢見ることのできる、水をしたたらせる小洞窟。

棒のようにやせ、石膏のように白いエティエンヌ・ルブランは、パン屋の妻ルエル夫人をしたがえ、ディナン通りを走っていく。かつてなく貧弱な救助隊。大聖堂の鐘が一回、二回、三回、四回、そして八回まで鳴る。エティエンヌはボワイエ通りに入り、若いころに通った道を本能にしたがって進み、わずかに傾いた塁壁の基部にたどり着く。右に向かい、揺れるカーテンになったツタを通り抜けると、前のほう、かつてと同じように鍵のかかった門の奥、小洞窟のなかに、太ももまで水に濡れて体を震わせ、まったく無傷のマリー＝ロールが、ぼろぼろになったパンをひざに置いてしゃがんでいる。「来てくれたのね」。ふたりを入れるとき、彼がその顔を両手で包むときに彼女は言う。「来てくれたのね……」

少女

望んでいようと望んでいまいと、ヴェルナーは彼女のことを考える。杖を持った少女、灰色のワンピースを着た少女、霧でできた少女。渦巻く髪と、恐れを知らない足取りにある、まったく別の世界の空気。彼女が心のなかに居座り、毎晩現われるウィーンの死んだ女の子を反転させた、生きた分身になる。

彼女はだれなのだろう。放送を行っているフランス人の娘だろうか。孫だろうか。どうして、彼女をそこまで危険にさらすのだろう。

フォルクハイマーは市街の外に部隊を率いていき、ランス川沿いに村を回っていく。あの放送がなんらかの非を問われ、ヴェルナーの行為が露見するのは間違いないと思える。完璧な輪郭のあごを持ち、外に広がるズボンをはいた大佐のことを考える。新聞紙越しに彼をちらりと見てきた、顔色の悪い上級曹長のことを考える。彼らはもう知っているだろうか。フォルクハイマーは知っているだろうか。どうすれば、彼は助かるだろうか。かつて、彼は夜にユッタと〈子どもたちの館〉の屋根裏の窓から外をじっと見つめ、そして祈った。氷が大きくなって水路から外に広がり、野原を渡って小さな炭坑小屋を取りかこみ、機械を潰し、すべて覆ってくれるように。朝になって目覚めてみれば、自分たちの知るすべてが消えていてくれるように。今、彼が求めているのは、そうした奇跡だ。

八月一日、ある中尉がフォルクハイマーのところに来る。戦線に送る兵士が圧倒的に足りないと言う。サン・マロの防衛に不可欠でない兵士は、全員が送りこまれることになる。少なくとも、ふたりが必要だ。フォルクハイマーは、隊員たちをひとりひとり見回す。べルントは年長すぎる。装置を修理できるのはヴェルナーだけだ。

ノイマン一号。ノイマン二号。

一時間後、ふたりはともにライフルをひざにはさみ、兵員輸送車の後部に座っている。ノイマン二号の顔つきはすっかり変わり、かつての仲間たちではなく、自分の人生最後の瞬間を見つめているかのようになっている。あたかも、これから黒い馬車に乗りこみ、一直線に奈落の底に向かって降下していくかのように。

ノイマン一号は、震えていないほうの手を上げる。口元には表情はないが、目尻のしわに、ヴェルナーは絶望を見る。

「最後には」トラックが重々しく去っていくと、フォルクハイマーはつぶやく。「俺たちのだれも逃れられはしない」

その夜、フォルクハイマーはトラックを運転して、海岸沿いの道路を東のカンカルに向かう。ベルントは一台目のトランシーバーを野原にある塚に持っていき、ヴェルナーはトラックの後部から二台目を操作し、フォルクハイマーは運転席で体を曲げたまま、大きなひざをハンドルに当てている。沖合では、おそらくは船がいくつも燃えており、星座を作る星は震えている。午前二時十二分に、フランス人がまた放送を開始することを、ヴェルナーは知っている。そのときになれば、トランシーバーを切るか、雑音しか聞こえないふりをしなければならない。

彼は信号計器を手で覆うだろう。顔をぴくりとも動かさないだろう。

小さな家

彼女にそこまで任せるべきではなかった、とエティエンヌは言う。そこまで危ない目にあわせるべきではなかった。もう外に出てはいけない、と言う。マリー＝ロールは内心ほっとする。あのドイツ兵が、彼女に取り憑いている――悪夢のなかで、高さ三メートルもあるクモガニになって出てくる。鉤爪を打ち鳴らし、「簡単な質問をひとつだけだ」と耳にささやきかけてくる。

「おじさん、パンはどうなるの？」

「私が行く。最初からそうすべきだった」

八月四日と五日の朝、エティエンヌは玄関に立ち、ひとりつぶやき、それから扉を押し開けると外に出る。じきに、三階の電話台の下にある鈴が鳴り、彼はなかに戻ってくると鍵をふたつともかけ、千の危険をかいくぐってきたかのような荒い息づかいで玄関に立っている。

パンのほかには、食べるものはほとんどなにもない。乾燥豆。大麦。粉乳。マネック夫人が作っていた野菜の缶があといくつか。マリー＝ロールの思考は、ブラッドハウンドのように同じ問いの上を駆け抜ける。まずは二年前の、あの警官たち。お嬢さん、彼が特に口にしていたことはありませんでしたか？　それから、死んだ声をした、片足を引きずる上級曹長。父さんがきみになにかを置いていったかどうか。前に働いていた博物館のために、なにかを持っていたか。

パパはいなくなる。マネック夫人はいなくなる。自分が視力を失ったとき、パリの近所の人たちがなにを言っていたのかを、彼女は思い出す。一家が呪われているみたいだ。

恐怖も、空腹も、質問も忘れようとする。巻貝のように、一瞬ずつ、一センチずつ生きねばならない。だが、八月六日の午後、彼女はエティエンヌの書斎の長椅子で、次の一節を彼に読み聞かせる。ネモ船長はけっしてノーチラス号から離れないのだろうか？　何週間も彼の姿を見かけないことがよくあった。そういうとき、彼はいったい何をしているのだろう？　ひょっとすると、わたしがこれまで気づかなかった謎の活動をしているのだろうか？

彼女は本を閉じる。「今度は彼らが逃れられるか、知りたくはないのかな？」とエティエンヌは言うが、マリー＝ロールは頭のなかで、父親からの奇妙な三通目の手紙、届いた最後の手紙を暗唱している。

きみの誕生日を覚えているかな？　目を覚ませばいつも、テーブルにはふたつのものがあっただろう？　こんなことになってしまってすまない。どういうことか理解したかったら、エティエンヌの家のなかを見るといい。家のなかのね。きみはちゃんとやってくれるはずだ。とはいっても、もっといい贈り物ができたらと思うよ。

お嬢さん、彼が特に口にしていたことはありませんでしたか？
ここに彼が持ってきたものを見せていただいても？
博物館では多くの鍵を持っていましたね。

送信機ではない。エティエンヌは間違えている。あのドイツ兵の関心は、無線ではない。別のもの、彼女だけが知っているかもしれないと彼が思うものだ。そして、彼は聞きたかったことを耳にした。結局は、彼女は質問に答えていた。

ばかみたいな町の模型。

だから、彼は立ち去った。

エティエンヌの家のなかを見るといい。

「どうかしたかな？」とエティエンヌがきく。

家のなかのね。

「休まないと」と彼女は言い、階段を一段飛ばしで上がり、自分の部屋の扉を閉めると、小さな町に指を差しこむ。八百六十五軒の建物。ここ、隅の近く、ヴォーボレル通り四番地に、細長い家が待っている。彼女の指は家の正面を這い下りていき、玄関の扉に奥まった箇所を探りあてる。それを内側に押すと、家は上に動いてはずれる。振ってみるが、なにも聞こえない。だが、今まで、家を振って音がしたことはなかったはずだ。

指は震えていても、マリー＝ロールはさして手間どらずにそれを解く。煙突を九十度回転させ、屋根板を一枚、二枚、三枚とすべらせてはずす。

第四の扉、そして第五の扉、とつづき、第十三の扉までくれば、もう靴くらいの大きさになっている。

子どもたちはたずねる。じゃあ、本当にそこにあるってどうやってわかるの？

お話を信じればいいのさ。

彼女は小さな家をひっくり返す。洋梨の形をした石が、手のひらに転がり出てくる。

連合軍の爆弾が、駅を粉砕する。ドイツ軍は港の軍事施設を使用不可能にする。航空機が雲を出入りする。エティエンヌが耳にする話では、負傷したドイツ兵たちがサン・セルヴァンに流れこんでいて、ほんの四十キロメートル先のモン・サン・ミッシェルは、すでにアメリカ軍に掌握され、解放はあと数日のことだという。彼がパン屋にたどり着くそのとき、ルエル夫人が鍵を開ける。店内に彼を導く。「対空部隊の位置が知りたいそうよ。座標で。やってもらえるかしら」

エティエンヌはうめく。「私にはマリー＝ロールがいる。マダム、あんたはできないのか？」

「わたしは地図がわからないのよ。分とか秒とか、誤差修整とかでしょう？　あなたはそういうことを知っている。要は彼らを見つけて、位置を決めて、座標を発信してくれたらいいの」

「コンパスと用紙を持って歩きまわることになる。ほかにやりようはない。射殺されてしまう」

「どうしても、砲撃のために正確な位置を知らなければならないの。それでどれくらいの人が助かるのか考えてみて。それに、今夜やらないとだめなのよ。明日には、町にいる十八歳から六十歳までの男性はすべて勾留されるという話よ。全員の身元を調べて、戦闘可能な年齢でレジスタンスに加わりそうな者はすべて、ナシオナル要塞に監禁されるそうよ」

店がぐらつく。彼はクモの糸にからめ取られようとしている。糸が手首や脚に巻きつき、彼が動くと、燃える紙のように音をたてる。一秒ごとに、さらにからまってしまう。パン屋の扉に結びつけた鈴が鳴り、だれかが入ってくる。騎士の兜の面頬が一気に下がるようにして、ルエル夫人の顔から表情が消える。

彼はうなずく。

「よかった」と彼女は言い、彼の腕の下にパンを押しこむ。

炎の海

その表面は、何百という小さな面でできている。何度も、彼女はそれを手にとっては、指がやけどするかのようにすぐに戻す。父親の逮捕、ウベール・バザンの失踪、マネック夫人の死。たったひとつのこの石が、それほどの悲しみを生んだのだろうか。ジェファール博士の、ワインの香りのする、ぜいぜいという声を思い出す。スキタイの女王たちがそれを身につけて夜を踊り明かしたのかもしれない。その宝石をめぐって、いくつもの戦争が起きたのかもしれないな。

その宝石を手にする者は永遠に生きるが、それを持っているかぎり、彼が愛する人々の身には不幸が終わりなき雨となって降りかかる。

物はただの物体にすぎない。物語はただのお話だ。

間違いなく、あのドイツ兵はこの小さな石を探している。よろい戸を大きく開け、通りに放り投げてしまうほうがいい。だれか、だれでもいいから、人にあげてしまえばいい。家からこっそり出て、海のなかに投げ入れればいい。

エティエンヌがはしごを上がり、屋根裏に行く。頭上の床板を踏んでいく足音、送信機をつける音が聞こえる。彼女は宝石をポケットに入れ、家の模型を手に取ると、廊下を横切る。だが、衣装だんすにたどり着く前に立ち止まる。父親は、それが本物だと信じていたはずだ。でなければ、精巧な立体パズルを作ったりするだろうか。博物館に帰る前に押収されるかもしれないと恐れていたのでなければ、サン・マロに残していくだろうか。彼女を置いていくだろうか。

少なくとも、それは二千万フラン相当のブルーダイヤモンドそっくりに見えるはずだ。パパが信じてしまうくらい本物らしく。そして、本物らしく見えるのなら、それを見せられた大叔父はどうするだろうか。海に投げ捨てるべきだと彼女が言えば、どうするだろう。彼女の耳に、博物館での少年の声がよみがえる。**だれかがエッフェル塔を五本も海に投げこむのを見たことなんかあるか？**

進んでそれを手放す人がいるだろうか。それに、呪いの話。もし、呪いが本当にあるのだとしたら。それを彼女が大叔父に渡してしまったら。

だが、呪いは実在しない。地球とは、マグマと地殻と大洋がすべてだ。重力と時間。そのはずだ。彼女は拳をにぎりしめて部屋に戻ると、家の模型のなかに石を戻す。三枚の屋根板を元の位置にはめこむ。煙突を九十度回す。家をポケットのなかに入れる。

真夜中をとうに過ぎ、壮大な高潮が押し寄せる。ひときわ大きな波が塁壁の基部に当たって砕け、緑色に泡立つ海に、月明かりに照らされた泡が、殺気立った網の目を作っている。マリー＝ロールが夢から覚めると、エティエンヌが彼女の部屋の扉を軽く叩いている。

「出かけてくるよ」

「今は何時なの？」

「もうすぐ夜明けだ。一時間で戻るよ」

「どうして出なくちゃいけないの？」

「おまえは知らないほうがいい」

「夜間外出禁止令は？」

「すぐ戻るよ」。彼女の大叔父。彼女が来てからの四年間、すぐに動けたことはなかった。

「爆撃がはじまったらどうするの？」

「もうすぐ夜明けだよ、マリー。まだ暗いうちに行ったほうがいい」

「おじさん、どんな家にも当たってしまうの？　爆撃になるときは？」

「家を狙いはしないよ」

「すぐに戻る？」

「ツバメみたいに素早くね。休んでいるといい。目が覚めれば、私はもう戻っているさ」

「少し本を読んであげてもいい？　わたしはもう目が覚めているし、終わりが近いから」

「戻ってきたらそうしようか。一緒に読み終えるとしよう」

彼女は心を落ち着かせ、ゆっくり息をしようとする。今は、自分の枕の下にある小さな家と、その内部にあるひどい重荷については考えないようにする。

「おじさん」マリー＝ロールはささやく。「わたしたちがここに来たことを恨んだりはする？　わたしが家に転がりこんできて、マダムとふたりで面倒を見なければならなくなったことを。おじさんの人生に呪いを持ちこんだように思ったことはある？」

「マリー＝ロール」彼はためらいなく言う。両手で彼女の手を強くにぎる。「おまえは私の人生にやってきた最高のものだ」

沈黙のなかで、なにかが積み重なっているように思える。潮か、引いていく白波か。だが、エティエンヌはもう一度言う。「休むといい。目が覚めるときには戻っているから」。

そして、彼女は階段を下りていく足音を数える。

エティエンヌ・ルブランの逮捕

不思議といい気分で、エティエンヌは外に歩み出る。力強く感じる。この最後の任務をルエル夫人が与えてくれたことをうれしく思う。対空部隊のうち、ひとつの位置はすでに放送している。〈蜂のホテル〉のそばにある塁壁の棚に、大砲がひとつある。あとふたつの位置を測ればいいだけだ。すでにわかっているふたつの点――大聖堂の尖塔と、〈ル・プティ・ベ〉という沖合の島にするつもりだ――を見つけ、それから、第三の、未知の点の位置を計算する。単純な三角法。亡霊のほかに、心をしっかりと集中させておけるもの。

彼は曲がってエストレー通りに入り、修道院の裏手を回っていき、〈オテル・デュ〉の裏の路地に向かう。脚は若々しく、足取りは軽い。あたりにはだれもいない。どこかで、日の光が霧の奥でゆったりと動いている。夜明け前の町は暖かく、香りがよく、眠たげで、両側に並ぶ家はまぼろしのようにさえ思える。一瞬、巨大な列車の通路を歩いているような錯覚に陥る。ほかの乗客はみな眠っていて、列車は光あふれる町に向け、暗闇のなかをなめらかに走っている。輝くアーチの回廊、光る塔、打ち上げられる花火。

暗い塁壁に近づいていくと、まっ暗な闇から、軍服姿の男が脚を引きずりつつ現われ、彼に向かってくる。

一九四四年八月七日

マリー＝ロールは、大砲が放たれる震動で目覚める。階段ホールを渡って衣装だんすを開け、かかっているシャツのあいだに杖の先を差し入れると、偽の裏面を三度軽く叩く。返事はない。それから彼女は五階に下りていき、エティエンヌの部屋の扉をノックする。彼のベッドは、無人で、冷たい。

二階にも、台所にもいない。扉のそば、マネック夫人がかつて鍵の輪をかけていた釘には、なにもない。彼の靴はなくなっている。

一時間で戻るよ。

彼女は取り乱さないようにする。最悪のことを想定しないほうがいい。玄関の仕掛け線を調べる。変わりはない。それから、ルエル夫人から渡されたきのうのパンをちぎり、台所で立ったまま嚙む。奇跡的に水道が通じていて、彼女は亜鉛めっきをしたバケツをふたつ満たすと、上に持っていく。自分の部屋の隅に置き、少し考えると、三階に下りて浴槽にたっぷりと水を溜める。

そして、小説を開く。ネモ船長はすでに南極点に旗を立てているが、すぐに潜水艦を北に向かわせないと、氷に閉じこめられてしまう。春分を過ぎたばかりで、彼らは半年間の容赦ない夜間の日々を前にしている。

マリー＝ロールは残りが何章あるのかを数える。あと九章。つづきを読みたい気持ちにかられるが、彼女とエティエンヌは一緒にノーチラス号に乗って航海しているのだし、彼が戻ってくれば、またふたりで読むことになる。今すぐにでも戻ってくるだろう。

枕の下にある模型の家をまた確かめ、石を取り出したい誘惑をどうにか抑えると、ベッドの足元のテーブルにある町の模型に戻す。窓の外では、一台のトラックがエンジンをうならせる。カモメがロバのような鳴き声をあげて飛んでいき、遠くではまた砲撃の音が響き、トラックの走る音が遠ざかる。マリー゠ロールは小説の最初のほうの章を読みなおすことに集中しようとする。浮いた点から文字を、文字から言葉を、言葉からひとつの世界を浮かび上がらせようとする。

午後、仕掛けたワイヤーが震え、三階にある電話台の下に隠してある鈴が一度だけ鳴る。彼女の頭上にある屋根裏で、くぐもった鈴の音がそれに応える。マリー゠ロールは本から指を離し、やっと帰ってきた、と考える。だが、階段をくるくると下りていき、錠前に手をかけ、「だれ？」と声をかけると、聞こえてくるのはエティエンヌの静かな声ではなく、香料商のクロード・ルヴィットの油っこい声だ。

「入れてもらえるかな」

扉越しでさえ、彼のにおいがわかる。ペパーミント、ジャコウ、アルデヒド。その下に、汗。恐怖。

彼女は鍵をふたつとも開け、扉を半分開く。

彼は半開きの扉から話しかけてくる。「一緒に来てもらわないと」

「大叔父さんを待っているの」

「あんたの大叔父さんと話してきたんだ」

「話をしたの？　どこで？」

ルヴィット氏が次々に指関節を鳴らす音が聞こえる。彼の胸のなかでは、肺がどうにか動いている。「お嬢さん、あんたの目が見えたら退去命令を読めたのに。町の門は閉まってしまったよ」

彼女は答えない。

「十八歳から六十歳までの男は、全員が拘束されている。市庁舎の塔に集合するように言われている。そこから、引き潮のときにナシオナル要塞まで行進させられる。彼らに神のご加護を」

表のヴォーボレル通りでは、すべてが平穏に聞こえる。ツバメが家々の前をさっと飛び、高い樋では、二羽のハトが言い争っている。自転車が一台、音をたてて通り過ぎる。そして静かになる。町の門は本当に閉められたのだろうか。この男は本当にエティエンヌと話したのだろうか。

「ルヴィットさん、あなたも一緒に行くの？」

「やめておこうと思う。あんたは今すぐ防空壕に行ったほうがいい」。ルヴィット氏は鼻を鳴らす。「それとも、ロカベにあるノートルダムの地下聖堂か。俺の女房はそこに行かせたよ。大叔父さんからはそうするように頼まれている。物はなにも持たずに、このままついてきてくれ」

「どうして？」

「なぜかは大叔父さんが知っている。みんな知っているよ。ここは危ないんだ。さあ」

「でも、町の門は閉まっていると言っていたでしょう」

「そうとも、言ったとも、もう質問はいいだろう」。彼はため息をつく。「あんたは危ない。だから俺が助けに来てるんだ」

「わたしたちの地下室は安全だっておじさんは言っていたわ。今まで五百年持ちこたえてきたのだから、あと数日は大丈夫だって」

香料商は咳払いする。彼女が想像する彼は太い首を伸ばして家のなかをのぞき、かかったコートや台所のテーブルにあるパンくずを見ている。自分以外の家になにがあるか、だれもが確認している。大叔父が彼女を防空壕まで連れていってほしいと香料商に頼むはずがない――エティエンヌが最後にクロード・ルヴィットと話をしたのはいつだっただろうか。彼女はまた、上階にある模型の家のこと、そのなかにある宝石のことを考える。ジェファール博士の声が聞こえる。それは本当に小さいが、本当に美しいものかもしれない。相当な値打ちがあるかもしれない。

「パラメでは家がすべて燃えているんだよ、お嬢さん。彼らは港の船に穴を開けているし、大型船を砲撃しているし、病院には水がない。医者たちはワインで手を洗っている。ワインだよ！」ルヴィット氏の声は、興奮でうわずる。かつてマネック夫人が言っていたことを、彼女は思い出す。町で窃盗の報告があるたびに、ルヴィット氏はたんまり膨らんだ札入れを尻にはさんでベッドに入るのだと。

「わたしは残るわ」とマリー＝ロールは言う。

「なんてこった。力ずくで連れていかなくちゃならんか？」

彼女は思い出す。ウベール・バザンの門の外を行ったり来たりしていたドイツ兵、門の柵にかさかさと当たる新聞紙の音。ほんのわずかに扉を閉める。だれかが、香料商をここによこしたのだ。「今夜、自分の屋根の下で眠るのは大叔父さんとわたしだけではないはずよ」と彼女は言う。

彼女はなるだけ冷静な顔つきでいようとする。ルヴィット氏のにおいは圧倒的だ。

「お嬢さん」。もう懇願している。「道理をわきまえてくれ。すべてを置いて、俺と来てくれ」

「大叔父さんが戻ったら話をして」。そして彼女は扉に鍵をかける。

彼が表に立っているのがわかる。損得の勘定をしようとしている。それから踵を返し、通りを遠ざかっていき、荷車のように自分の恐怖を引きずっていく。マリー＝ロールは廊下のテーブルのそばにかがみ、ワイヤーを見つけると、仕掛け線を張りなおす。彼になにを見られただろうか。コートが一着と、パンが半分だろうか。エティエンヌはきっと喜ぶだろう。台所の窓の外では、アマツバメが虫を狙って舞い下り、一瞬、クモの巣の糸が光で輝いてから消える。

それでも——もし、香料商の言ったことが本当だったとしたら？

日の光は鈍い金色になる。地下室にいる数匹のコオロギが鳴きはじめる。一定のリズムの音、八月の夕方。マリー＝ロールはぼろぼろになったストッキングを引き上げると台所に入り、ルエル夫人のパンから大きなかたまりをもうひとつちぎり取る。

ビラ

暗くなる前に、オーストリア人兵士たちは、豚の腎臓にトマトをまるごと添えて食事に出す。ホテルの食器には、どの皿の縁にも銀色のハチが一匹刻みこまれている。だれもが土嚢や弾薬箱に座り、ベルントは鉢から食べている最中に眠りこみ、フォルクハイマーは地下室の無線機についていて隅で中尉と話しあい、部屋のまわりでは、オーストリア人兵士たちが鋼鉄のヘルメットをかぶったままあごを動かしている。きびきびとした、熟練の男たち。使命を疑うことを知らない男たち。

ヴェルナーは食事を終え、最上階のスイートに入ると、六角形の浴槽のなかに立つ。よろい戸をそっと押すと、窓は数センチメートル開く。夕方の空気は、恩寵のように思える。窓の下、ホテルの海側にある塁壁になった小道の上に、〈八八〉が鎮座している。高射砲の向こう、狭間の向こうでは、塁壁が、十二メートル下の緑と白の波しぶきに落ちこんでいる。彼の左のほうには、灰色で密集した市街がある。東の遠くには、ちょうど見えないあたりでの戦闘から赤い光が立ちのぼっている。アメリカ軍は、彼らを海沿いに追いつめている。

ヴェルナーには、これまでになにが起きていようと、これからなにが起きようと、そのあいだの空間には目に見えない境界地帯が漂っていて、その片側にはもう知っているもの、反対側にはまだ知らないものがあるように思える。自分のうしろにある町にいるかもしれないし、いないかもしれない少女のことを考える。彼女が溝に沿って杖を走らせる姿を思い浮かべる。見ることのできない目、乱れた髪、輝く顔で、世界に立ち向かっている。

少なくとも、彼女の家の秘密を、彼は守った。少なくとも、彼女の身を守った。

守備隊司令官から直々に署名がされた新しい指令が、家の戸口や市場の露店や街灯の柱に貼り出される。何人たりとも、旧市街から離れようとしてはならない。特別な権限のない者は通りに出てはならない。

ヴェルナーがよろい戸を閉める直前、一機の航空機が夕暮れの空を抜けてくる。その腹から出てきた白いかたまりが、ゆっくりと大きくなっていく。

鳥だろうか。

そのかたまりは分かれ、散らばっていく。紙だ。何千枚もの。斜めになった屋根を一気にすべり下りていき、欄干をかすめ、浜で渦巻く潮の上にぺたりと落ちる。

ヴェルナーがロビーに下りていくと、オーストリア人兵士が、あかりに一枚をかざしている。

「フランス語で書いてある」とその兵士は言う。

ヴェルナーはそれを手に取る。指が当たったところがにじむほど、インクは新しい。町の住民への緊急通知、と書いてある。ただちに市街の外に退去せよ。

第十章　一九四四年八月十二日

生き埋め

彼女はまた読んでいる。わたしたちが解放されるまでに最低限どのくらい時間がかかるのか、だれに予測できるだろう？　ノーチラス号が海面に浮上できる前に、わたしたちは窒息してしまうのではないか？　わたしたちはこの氷の墓場でみんないっしょに死んでいくしかないのだろうか？　じつに恐ろしい状況だった。だが、わたしたちはだれもがそれを正面から見据え、最後まで自分たちがやるべきことをやり遂げる覚悟だった……。

ヴェルナーは耳を傾ける。乗組員たちは、潜水艦を閉じこめた氷山に穴を掘る。潜水艦は南アメリカ大陸に沿って北に進んでいき、アマゾン川の河口を過ぎ、大西洋では巨大なタコの軍団に追われる。スクリューが停止する。ネモ船長が久しぶりに、陰鬱な顔で船室から出てくる。

ヴェルナーは床から体を起こし、片手に無線機を持ち、もう片手で電池を引きずって地下室を横切る。フォルクハイマーが金色のひじかけ椅子に座っているところに行く。電池を置くと、片手で大男の腕をたどり、肩までたどり着く。巨大な頭を探りあてる。ヘッドホンを、フォルクハイマーの耳に押し当てる。

「この声が聞こえるか？」ヴェルナーは言う。「不思議な、美しい物語だよ。きみにもフランス語がわかればいいのに。巨大なタコの軍団が、大きなくちばしを潜水艦のスクリューにはさんで、船長は海面に浮上して、斧で化けものたちと戦うつもりでいる」

フォルクハイマーはゆっくりと息を吸う。動かない。

「彼女はぼくらが見つけるはずだった送信機を使っている。ぼくはそれを見つけたんだ。何週間も前に。破壊分子の連絡網だと聞いていたけど、ただの老人と少女だった」

フォルクハイマーはなにも言わない。

「ずっとわかっていたんだろ？　ぼくが知っていたことを？」

ヘッドホンをつけたフォルクハイマーには、ヴェルナーの声は聞こえないはずだ。

「彼女はずっと『助けて』と言っている。父親や、大叔父に必死で呼びかけている。『彼がここにいる。彼に殺される』と言うんだ」

ふたりの頭上の瓦礫をうめき声が走り、暗闇のなか、ヴェルナーは自分が二十メートル下にいて、ノーチラス号の内部に閉じこめられ、十頭もの怒れるクラーケンの触手で船体を攻撃されているかのように感じる。送信機は、家の上のほうにあるはずだ。砲撃に近いところに。「ぼくは彼女を救ったのに、死んでいくのを聞くことになる」と彼は言う。フォルクハイマーには、理解したようなようすはない。死んでしまったのか、死ぬ覚悟を決めたのか。さしたる違いはあるだろうか。ヴェルナーはヘッドホンを取り戻すと、電池のそばの粉塵に腰を下ろす。

彼女は読み上げる。副官はノーチラス号の船腹をよじ登ってくるほかの怪物たちと猛然と闘っていた。乗組員たちは激しく斧を振りまわし、カナダ人とコンセイユとわたしも、分厚い肉の塊に自分たちの武器を打ちこんだ。あたりには強烈なじゃこうの匂いが立ちこめた。

ナシオナル要塞

看守たちに、要塞の番人に、何十人もの囚人仲間に、エティエンヌは懇願した。「私の姪、甥の娘がいるんだ。目が見えないのにひとりになっている……」。自分は彼らが主張するように六十歳ではなく、六十三歳で、書類は不当にも没収されてしまったのだ、自分は破壊分子ではないと言った。責任者である軍曹《フェルトヴェーベル》の前で声を震わせ、どうにかドイツ語の言葉をつなぎあわせて口にしたが――「私を助けてください！」「私の姪がそこにいるのです！」――軍曹《フェルトヴェーベル》はみなと同じように肩をすくめ、海をはさんだ向こうで燃えている町のほうを振り返り、あれを前にしてなにかしようがあるのか、と言わんばかりだった。

すると、アメリカ軍の放った砲弾が流れてきて、要塞を直撃した。負傷者たちは地下の弾薬貯蔵室で叫び、死者は高潮線のすぐ上の岩の下に埋められ、エティエンヌは話すことをやめた。

潮は引いていき、また上がってくる。エティエンヌに残っていた体力はすべて、頭のなかの雑音を抑えるために使われる。海沿いで煙を上げる邸宅の骨組みが透けて見え、町の北西の角に、自分の家の屋根が見えると信じそうになることもある。家がまだあると信じこみそうになる。だが、家はまた煙のマントのうしろに消えてしまう。

枕も、毛布もない。便所は地獄のようだ。食事は決まった時間には出ず、引き潮のときに砦から、砲弾が炸裂する町を背にした番人の妻が、五百メートル近く岩場を越えて運んでくる。食事が足りることはない。エティエンヌは気晴らしに脱走を夢見る。こっそり壁を越え、数百メートル泳ぎ、波打ち際をどうにか這い上がる。身を隠すものもなく、地雷が敷設された砂浜を走りまわり、鍵のかかった門のひとつにたどり着く。ばかげている。

ここでは、囚人たちは、町を直撃する砲弾の音を聞くよりも前に目で見る。前回の戦争中、エティエンヌの知る砲兵たちは、双眼鏡をのぞきこみ、空に上がる色で、自分たちの放った砲弾による被害を見て取ることができた。灰色は石。茶色は土。ピンク色は肉体。

彼は目を閉じる。ランプのともったエブラール氏の書店で、生まれて初めて見たラジオを何時間も聴いていたことを思い出す。大聖堂の聖歌隊席に上がっていき、天井に昇るアンリの声を聴いていたことを思い出す。両親が夕食に連れていってくれた窮屈なレストランの、鉛枠で囲われた窓や、リンネルひだ飾りの羽目板を思い出す。そして、小壁が扇形模様で、ドリス式の柱があり、壁には金貨が塗りこめられた海賊の別宅。鉄砲鍛冶や船長、為替商や宿の主人たちの軒先。塁壁の石に、アンリがよく刻んでいた落書きを思い出す――**さっさとここを出ていきたいぜ、最低の町だ**。なによりも、ルブラン家、自分の家を思い出す。縦に細長く、中心には渦巻状の貝を立てたような螺旋階段がある。兄の亡霊がときおり壁をするりと抜けていき、マネック夫人が暮らして息を引き取り、さして遠くない昔には、マリー＝ロールと一緒に長椅子に座って、ふたりでハワイの火山の上空やペルーの霧がかかった森林の上空を飛んでいくふりをして、ほんの一週間前には彼女が脚を組んで床に座り、セイロン沖の真珠漁について、潜水服を着たネモ船長やアロナクスについて、銛をサメの横腹に突きたてようとする直情的なカナダ人ネッド・ランドについて読み聞かせてくれた家……。そのすべてが、燃えている。彼が作った思い出のすべてが。

ナシオナル要塞の上空では、夜明けの空が深く、殺人的なまでに晴れていく。天の川は消えつつある。彼は向こうにある炎を見やる。そして考える。宇宙には燃料がたっぷりある。

ネモ船長最後の言葉

八月十二日の正午には、マリー＝ロールは、最後の九章のうち七章をマイクに向けて読み上げている。ネモ船長は巨大なタコを撃退したが、今度はハリケーンの目をのぞきこむことになる。数ページ進むと、彼は兵士を満載した軍艦に体当たりし、ヴェルヌに言わせれば、製帆職人の針が帆布を突き刺すようにして、敵の船体を突き抜ける。今や、ノーチラス号が海の荒野で眠るなか、船長は悲しげな和音をオルガンで響かせている。残るはあと三ページ。その物語を放送することで、だれかに心の安らぎをもたらしてきたのかどうかはわからない。どこかの暗い地下室で、百人の仲間としゃがみこんでいる大叔父が、彼女の声を受信できていたのかどうか、三人組のアメリカ兵が夜の戦場で休息を取り、銃を清掃しながら、彼女とともにノーチラス号の通路を進んでいたのかどうかはわからない。だが、もう終わりが近いことを、彼女はうれしく思う。

下の階では、ドイツ兵がいらだって二度どなり、そして黙りこむ。彼女は考える。もう衣装だんすを抜けて出て、小さな家を彼に渡し、命を助けてもらえるかどうか試してみてはどうだろう。

まずは読み終えよう。それから決めればいい。

彼女はまた家の模型を開け、手のひらに宝石を出す。もし、女神が呪いを取り去っていたとしたら、どうなるだろう。火は消えるだろうか。大地はまた癒されるだろうか。窓枠にはハトが戻ってくるだろうか。パパは戻ってくるだろうか。

肺いっぱいに息を吸いこむのよ。心臓をしっかり動かして。すぐそばにはナイフがある。指先は小説の行に当たっている。カナダ人の銛漁師ネッド・ランドは、脱出する好機を見つけている。「海はしけているし、風も強い」と彼はアロナクス教授に言う。

「**いっしょに行くよ**」

「それに、もしも見つかったら、おれは抵抗する。たとえ殺されてもな」

「死ぬときは、みんないっしょだ、ネッド」

マリー＝ロールは送信機のスイッチを入れる。ウベール・バザンの犬小屋にいた、一万匹ものエゾバイのことを思う。貝はしがみつき、螺旋状の殻のなかに体を引っこめる。その小洞窟に体を押しこんでしまえば、カモメたちは入ってきて貝を空高くまで運んでいくことも、岩に落として割ることもできない。

訪問者

フォン・ルンペルは、台所で見つけた変質したワインをらっぱ飲みする。この家に四日間いて、どれだけの間違いを犯してきたことか。〈炎の海〉は、最初からパリの博物館にあったのかもしれない。にたにた笑う鉱物学者と副館長は、彼がまんまとかつがれ、だまされてさっさと去っていくのを見て笑っていたのだ。あるいは、香料商が彼を裏切っていて、あの少女を連行したあとにダイヤモンドを奪っていったのかもしれない。あるいはルヴィットは、みすぼらしいナップサックにダイヤモンドを入れた少女を、そのまま町の外に連れていったのか。あるいは、あの老人が、ダイヤモンドを尻の穴に突っこんで持ち出し、たった今それを排泄していて、二千万フランが糞便の山のなかにあるのかもしれない。あるいは、宝石はそもそも実在しないのかもしれない。すべてはほら話で、作り話でしかなかったのかもしれない。

以前の彼は確信していた。隠し場所を見つけた、パズルを解いたのだと確信していた。宝石に救ってもらえるのだと。少女はなにも知らなかったし、老人は排除した。お膳立てはすべて整っていた。今、確かなものとはなんだろう。体のなかで開いている殺人的な花だけ、それがすべての細胞にもたらす腐敗だけだ。父親の声が、耳によみがえる。**おまえは試されているだけだ。**

だれかが、ドイツ語で彼に呼びかける。「そこにいるのはだれだ？《イスト・ダー・ヴェーア》」

父さん？

「そこのおまえ！」

フォン・ルンペルは耳を澄ませる。煙を抜けて、音が近づいてくる。彼は這って窓に行く。ヘルメットをかぶる。粉々になった窓枠から頭を突き出す。

ドイツ人の歩兵部隊伍長が、通りから目を細めて見上げている。「失礼しました。まさかその……。家にはだれもいないのですか？」

「そう、無人だ。伍長、きみはどこへ行く？」

「ラ・シテの要塞であります。我々は退避中です。すべてを置いていきます。市庁舎とオランダ砦は、まだ掌握しています。それ以外の人員は、すべて撤退することになっています」

フォン・ルンペルは窓枠であごを支える。自分の頭が首から離れて転がっていき、通りで爆発するかのように思える。

「町全体が爆撃線に入ることになります」と伍長は言う。

「いつまで？」

「明日に休戦があります。正午だと言っています。民間人を脱出させるために。そのあとでまた攻撃を開始すると」

「我々はこの町を放棄するのか？」とフォン・ルンペルは言う。

遠くないところで砲弾がひとつ爆発し、そのこだまが壊れた家並みのあいだで次々にはね返り、通りにいる兵士は片手でヘルメットを押さえる。石のかけらが、石畳の上をさっと飛んでいく。

「上級曹長はどの部隊におられますか？」と彼は声をかける。

「自分の仕事をつづけたまえ、伍長。ここでの私の仕事はもうじき終わる」

最後の一文

フォルクハイマーは身動きしない。バケツの底にあった液体は、どれほど毒性の強いものだったかはともかく、もうなくなっている。どの周波数でも少女の声が聞けなくなってから、どれくらいたつだろう。一時間か。もっとか。彼女はノーチラス号が大渦巻きに吸いこまれていくようすを語った。波は家よりも高く、潜水艦は垂直になり、鋼鉄の船体はめりめりと折れていく。それから彼女が読んだくだりは、彼が思うに本の締めくくりだった。**だからこそ、いまから六千年前に、伝道の書のなかで投げかけられた「かつてだれに深淵の深さを測れたためしがあるだろう？」という問いに、いまや全人類のなかで答える権利をもっている者がふたりいると言えるのだ。すなわち、ネモ船長とわたしである。**

それから送信機は切られ、彼の周りを完全な闇が取り囲んだ。ここ数日――何日だろう――空腹は、彼の体内にある手のように感じられた。空洞になった胸を探り、肩甲骨まで伸び、そして骨盤に下りていく。彼の骨を引っかいている。だがきょう、あるいは今夜は、空腹はもう燃えるものも残っていない炎のように薄らいでいく。結局のところ、うつろさと充満は、どういうわけか同じものになる。

ヴェルナーがまばたきして目を上げると、ケープを着たウィーンの女の子が、天井などただのまぼろしであるかのように抜けて下りてくる。彼女はしおれた草がいっぱいに入った紙袋を持ち、瓦礫のなかに腰を下ろす。周りには、ハチの群れが雲のようになっている。彼にはなにも見えないが、彼女の姿は見える。

彼女は指を折って数えていく。並んでいるときに転んだこと。作業をゆっくりしすぎたこと。パンをめぐって、言い争ったこと。収容所の便所でゆっくりしすぎたこと。すすり泣いたこと。手順にしたがって持ち物をまとめなかったこと。

意味のないたわごとだが、そこにはなにか、彼が理解できるようにはなりたくない真実がこめられている。話していくにつれ、彼女は年齢を重ねていき、銀色の髪が頭にかかり、襟はほつれていく。少女は老いた女性になる。それがだれなのか、意識の片隅で彼はぼんやりと悟る。

頭痛がすると文句を言ったこと。

歌ったこと。

寝床で夜にしゃべったこと。

晩の点呼のときに生年月日を忘れたこと。

荷物の積み下ろしに時間がかかりすぎたこと。

鍵を正しく提出しなかったこと。

看守への通報を怠ったこと。

起床が遅すぎたこと。

シュヴァルツェンベルガー夫人。彼女だ。フレデリックの集合住宅のエレベーターで乗り合わせた、ユダヤ人女性だ。

数えていく彼女は、指が足らなくなる。

話しかけられているときに目を閉じたこと。

パンくずを溜めこんだこと。

公園に入ろうとしたこと。

両手に炎症があること。

煙草を一本もらいたいと頼んだこと。

想像力の失敗。そして暗闇のなか、ヴェルナーには自分が底にたどり着いたかのような気がする。あたかも、大渦巻きにのみこまれたノーチラス号のように、炭坑に下りていく父親のように、ずっと渦を巻いて深く下りてきたかのようだ――ツォルフェアアインからの片道の急降下は、シュルプフォルタを抜け、ロシアとウクライナという恐怖も通り抜け、ウィーンでの母娘を通り過ぎ、彼の野心と恥が、ひとつの同じものになり、そしてこの最底辺、大陸の縁にある地下室では、亡霊が、意味のない言葉を唱えている――シュヴァルツェンベルガー夫人は、彼に向かって歩き、近づいてくるにつれ、女性から女の子に姿を変える――彼女の髪はふたたび赤く、肌はなめらかになり、七歳の女の子が、顔を彼の顔に押しつけ、そのひたいの中央には、彼の周囲にある黒よりもさらに黒い穴が見え、その底には魂に満ちた暗い町がひとつあり、一万、五十万の顔が路地から、窓から、煙を上げる公園から見上げ、彼の耳に雷鳴が届く。

稲妻だ。

砲撃だ。

女の子は、霧のように消える。

地面が震える。体のなかで内臓が揺れる。梁がうめく。あとには、ゆっくりとしたたり落ちるほこりの細い筋と、一メートル先の、浅く、打ちひしがれたフォルクハイマーの息だけがある。

音楽（一）

八月十三日、真夜中の少しあと、大叔父の屋根裏で五日間を生き延びたあと、マリー＝ロールは、左手で一枚のレコードを持ち、その溝を右手の指でそっとなぞり、頭のなかで曲のすべてを思い返している。音の上下のひとつひとつを。それから、エティエンヌの蓄音機のターンテーブルにレコードをのせる。

一日半、水を飲んでいない。三日間食べていない。屋根裏は熱とほこりのにおい、閉じこめられたにおい、そして隅にあるひげそり用の鉢に入れた尿のにおいがする。

死ぬときは、みんないっしょだ、ネッド。

包囲戦が終わることなどないように思える。石材が通りに落ちる。町は崩れていく。それでも、この家は倒れない。

大叔父のコートのポケットから、未開封の缶を取り出すと、屋根裏の床の中央に置く。ここまで、ずっと食べずにきた。それが、マネック夫人との最後のつながりだからかもしれない。開けて、中身が腐っていたときに、生きていけないほどの悲しみに襲われるからかもしれない。

また見つけられるように、缶とレンガをピアノ椅子の下に置く。それから、ターンテーブルにのせたレコードをもう一度確かめる。アームを下ろし、針を外側の端に当てる。左手でマイクロホンのスイッチを、右手で送信機のスイッチを探りあてる。

音量は上げられるだけ上げるつもりでいる。もし、あのドイツ兵が家にいれば、聞かれてしまうだろう。上階から流れ落ちてくるピアノの音を彼は耳にして、首を傾げ、それから、よだれを垂らす悪霊のように六階をうろつく。ついに、衣装だんすの扉に耳を当てると、音がひときわ大きく聞こえるだろう。

この世界は、なんと迷路に満ちていることか。木々の枝、線条細工のような根、結晶の基質、父親が模型で再現した町の通り、アクキガイの貝殻についた小さな結節にある迷路、カジカエデの樹皮にできた迷路、ワシの骨の空洞内部の迷路。なによりも複雑なのは人間の脳だよ、とエティエンヌはよく言っていた。存在するなかで、もっとも入り組んだものかもしれない。水に浸された、一キログラムの物体のなかで、宇宙が回転している。

マイクロホンを蓄音機のホーン形のスピーカーに差し入れ、レコード演奏装置のスイッチを入れると、盤が回転しはじめる。乾いた雑音が、屋根裏に響く。頭のなかで、彼女は、植物園の小道を歩いている。空気は金色、風は緑色で、柳の長い指が彼女の肩をなでていく。前には父親がいる——片手を伸ばして、待っている。

ピアノが鳴りはじめる。

マリー＝ロールは椅子の下に手を伸ばし、ナイフを見つける。床を這っていき、七段のはしごの一番上に行くと、両足をぶらぶらさせて座る。ポケットには、ダイヤモンドを入れた家があり、手にはナイフをにぎっている。
「さあ、捕まえに来てみなさい」と彼女は言う。

音楽（二）

空にかかる星の下、町のすべては眠っている。砲兵たちは眠り、大聖堂の地下にいる修道女たちは眠り、古い海賊の地下室にいる子どもたちは、眠る母親のひざに抱かれて眠っている。〈オテル・デュ〉の地下室では、医師が眠っている。ラ・シテ要塞の地下トンネルでは、負傷したドイツ兵たちが眠っている。ナシオナル要塞の壁の奥では、エティエンヌが眠っている。岩を登る巻貝と、瓦礫のあいだをこそこそ動きまわるネズミのほかは、すべてが眠っている。

〈蜂のホテル〉の残骸の下にある穴では、ヴェルナーも眠っている。フォルクハイマーだけが起きている。ヴェルナーが置いた大型の無線機をひざにのせ、切れかけている電池を両足にはさみ、両耳で小さな雑音を聞いている。なにかが聞こえると信じているからではなく、ヴェルナーがヘッドホンをそこに置いていったからだ。ヘッドホンを押しのける勇気がないからだ。もう何時間も前に、身動きすれば、地下室の反対側にいる石膏の頭に殺されてしまうと信じこんでしまったからだ。

ありえないことに、雑音が形をなし、音楽になる。

フォルクハイマーは目をかっと見開く。迷いこんだ光子がひとつでもないかと、漆黒の闇をじっと見つめる。一台のピアノが、音階を上がっていく。そして下がる。音と、そのあいまの静けさに耳を傾け、気がつけば、夜明けの森で、馬を何頭か連れ、雪のなかをとぼとぼ歩いている。前にいる曾祖父は大きな肩にのこぎりをかけていて、雪はブーツとひづめに踏まれると音をたて、彼らの頭上にある木々はどれもささやき、きしんでいる。彼らは凍った池のほとりにたどり着く。松の木が一本、大聖堂ほども高くそびえている。曾祖父は悔恨するように両ひざをつき、樹皮の溝にのこぎりを合わせると切りはじめる。

フォルクハイマーは立ち上がる。暗闇のなかでヴェルナーの片脚を見つけ、ヘッドホンをヴェルナーの片耳に当てる。「聴け」と言う。「これを聴くんだ……」

ヴェルナーは目を覚ます。和音が、透明な波となって流れていく。〈月の光《クレール・ド・リュン》〉。光《クレール》――透き通って見えるほど澄んだ少女。

「電灯を電池につなげ」とフォルクハイマーは言う。

「どうして?」

「つなぐんだ」

曲が終わる前に、ヴェルナーは無線機から電池をはずし、懐中電灯の電球と反射板をねじってはずし、導線に当て、部屋に球形の光をもたらす。地下室の奥の隅に、フォルクハイマーは石材のブロックや材木、粉々になった壁の一部を瓦礫から引きずっていき、ときおり手を休めては、ひざに手をついて息を整える。それを積み上げて障壁にする。それから、その急ごしらえの掩蔽壕《えんぺいごう》のうしろにヴェルナーを引っぱっていき、手榴弾の根元をひねって開けると、コードをぐいと引き、五秒の遅延信管に火をつける。ヴェルナーは片手でヘルメットを押さえ、フォルクハイマーは、かつて階段があったところに手榴弾を投げる。

音楽（三）

フォン・ルンペルの娘たちは、丸々として手足をばたつかせる赤ん坊だったはずだ。ふたりとも、がらがらやおしゃぶりをしじゅう落とし、毛布と体がもつれあっていた。どうして、小さな天使たちはそこまで苦しむのか。だが、娘たちは大きくなった。彼が不在がちであっても。そして、ふたりとも歌がうまかった。とくにヴェローニカは。ふたりとも、有名にはならないだろうが、父親を楽しませるほどには歌がうまかった。揃って大きなフェルトのブーツをはき、母親が手作りした、ひどく形の崩れたワンピースを着て、襟元からは刺繍のサクラソウやヒナギクを見せ、体のうしろで手を組んで、幼いために意味もわかっていない言葉を大声で歌っていた。

男たちがわたしに群がる
炎に集まる蛾のように
もしその翼が燃えたとしても
わたしのせいではないでしょう

思い出のなかか、夢のなかで、早起きのヴェローニカが、夜明けの暗がりのなかでマリー＝ロールの部屋にひざまずき、白いガウンをまとった人形と灰色のスーツを着た人形を並べ、模型の町を歩かせている姿を、フォン・ルンペルは見守る。人形たちは左に、そして右に曲がり、やがて大聖堂の石段にたどり着くと、そこでは三人目の黒服の人形が片腕を上げて待っている。結婚式なのか、いけにえの儀式なのか、彼にはわからない。そしてヴェローニカは歌うが、静かなために彼には言葉が聞き取れず、旋律だけがわかり、人の声が作る音というよりはピアノが奏でる音に近く、そして、人形たちは体を左右に振って踊る。

音楽は止まり、ヴェローニカは消える。彼は体を起こす。ベッドの足元にあった模型はじわじわと消え、長い時間をかけて元の姿に戻っていく。頭上のどこかで、若者の声が、フランス語で、石炭について話しはじめる。

外へ

ほんの一瞬、ヴェルナーのまわりの空間はふたつに引き裂かれる。酸素の最後の分子がもぎ取られたかのように。それから、石や木や金属の破片が次々に飛びちり、彼のヘルメットに当たって大きな音をたて、ふたりのうしろにある壁に食いこんで焼けつき、フォルクハイマーの作ったバリケードが崩れ、闇のいたるところで物が転がり、横にすべり、彼は息をしたくても吸いこむ空気を見つけられない。だが、爆発によって瓦礫に構造の変化が生み出され、弾けるような音につづいて、闇のなかで滝のようになにかが流れ落ちる音がある。咳が止まり、ヴェルナーが胸から破片を押しのけると、フォルクハイマーが、ひとつだけ切り開かれて紫色に光る穴を見上げている。

空。夜空だ。

ひと筋の星明かりが、ほこりを貫き、小さな山になった瓦礫の端に沿って下りてきて床に当たっている。一瞬、ヴェルナーはそれを吸いこむ。すると、フォルクハイマーは彼をうしろに下がらせ、壊れた階段を途中まで上がり、穴の端を折れた金属パイプで強く叩きはじめる。鉄の音が響き、彼の両手が切れ、六日間伸びていたひげがほこりで白くなっていくが、作業は早くはかどっていくことがヴェルナーにはわかる。細長かった光はすみれ色のくさびになり、ヴェルナーの両手よりも幅が広くなっている。

フォルクハイマーがもう一度叩くと、大きな瓦礫の厚板が砕け、そのかなりの部分が落ちてきて、彼のヘルメットと肩に当たり、あとは手足を使ってよじ登るだけになる。彼は穴から上体を引き上げていき、両肩が穴の端でこすれ、上着が破れてもかまわず腰をひねり、そして抜ける。下に手を伸ばし、ヴェルナーと、カンバス地のバッグと、ライフルを、すべて引き上げる。

かつては路地だったところに、ふたりはひざをついている。すべてが星明かりを浴びている。ヴェルナーには月は見えない。フォルクハイマーは、空気をつかもうとするかのように、光を雨水のように肌にしみこませようとするかのように、血を流す両手を上げる。

ホテルの壁で残っているのはふたつだけだ。角で合わさり、内壁には漆喰が少しだけ残っている。その向こうでは、家並みが内部を夜にさらけ出している。ホテルの奥には、まだ塁壁があるが、上のほうに並んでいた狭間の多くは崩れている。その向こうでは、海が波を寄せているのがかろうじて聞こえる。そのほかはすべて、瓦礫と沈黙。胸壁の銃眼ひとつひとつに、星の光が降りそそいでいる。ふたりの目の前にある石の山のなかで、どれだけの男たちが朽ちているのだろう。九人か。もっといるかもしれない。

ともに酔っているようによろめきながら、ふたりは塁壁の陰に向かう。壁にたどり着くと、フォルクハイマーは目をしばたかせ、ヴェルナーを見下ろす。そして、夜の町に目をやる。顔はほこりですっかり白くなり、粉で作った巨像のように見える。

南に五ブロックほど行ったところで、あの少女はまだ録音を流しているのだろうか。

「ライフルを持て。行け」とフォルクハイマーは言う。

「きみは？」

「食い物だ」

ヴェルナーは煌々と輝く星の光に目をこする。空腹感はなく、食べるという面倒なことは、きれいさっぱり縁を切ったような気がする。「だけど、ぼくらは――」

「行け」フォルクハイマーはもう一度言う。ヴェルナーはもう一度だけ彼を見る。破れた上着、シャベルのようなあご。大きな手のやさしさ。**おまえはどこまでやれるかな。**

彼は知っていたのだろうか。はじめから。

ヴェルナーは物陰から物陰に動く。左手にはカンバス地のバッグ、右手にはライフル。残っているのは五発。頭のなかで、少女がささやく声がする――**彼がここにいる。彼に殺される。**瓦礫の峡谷を西に進み、まだ熱を持ったレンガやワイヤーや屋根板のかけらを越えていく。見たところ、通りに人はいないが、粉々になった窓のうしろから、どんな目が彼を追っているのだろう。ドイツ人か、フランス人か、アメリカ人か、イギリス人か。まさに今、狙撃兵のスコープの十字線が彼をしっかりととらえているのかもしれない。

あるところには、片方だけの厚底の婦人靴がある。別のところには、透かし彫りされた木製のシェフがあおむけになり、持っている板には、本日のスープがチョークで書かれている。また別のところでは、有刺鉄線がからまりあって大きなかたまりになっている。いたるところで、死体の悪臭がする。

以前は土産物の店だったところ――棚には何枚かの土産用の皿があり、それぞれの縁には違う名前が印字されてアルファベット順に並んでいる――の陰にしゃがみこみ、ヴェルナーは町での自分の位置を確かめる。通りの向かいには、婦人用美容室。窓のない銀行。

荷車につながれて死んでいる馬。無傷だが窓のない建物がちらほらあり、窓から線条細工のように上がる煙は、引きちぎられたツタの影のように見える。

夜に輝く光のすばらしさ。それを初めて知る。昼になれば、目がくらんでしまうだろう。

エストレー通りだろうと思うところで、ヴェルナーは右に曲がる。ヴォーボレル通り四番地には、まだ家がある。正面の窓はすべて割れているが、壁が焼けた跡はほとんどない。箱型の木製プランターが、まだふたつかかっている。

わたしの真下にいる。

おまえたちに必要なのは確信だ、と彼らは言っていた。目的。明晰さ。老婆のような歩き方の、鳩胸の校長バスティアン。おまえたちからためらいをはぎ取るのだと言っていた。**我らは一斉射撃される弾丸なり、我らは砲弾。我らは剣の切っ先。**

一番弱い生徒はだれか。

衣装だんす

フォン・ルンペルは、巨大なたんすの前をよろよろと歩く。なかにある服をのぞきこむ。

ベスト、縦じまのズボン。虫食いのある、襟が高くこっけいなほど袖の長いシャンブレー織のシャツ。何十年も前の、男の子向けの服。

ここはどういう部屋だろうか。衣装だんすの扉に貼られた二枚の大きな鏡は、古くなって黒いしみが入っている。小さなデスクの下には古い革のブーツが立っており、止め釘にはブラシがかかっている。デスクの上には、夕暮れの砂浜にいる半ズボン姿の男の子の写真が立ててある。

割れた窓の外には、風のない夜が立ちこめている。星明かりのなかで灰が渦巻く。天井から漏れる声が、また同じことを言う……子どもたちよ、もちろん脳はまったくの暗闇のなかに閉じこめられている……それでも、脳が作り上げる世界は……電池がなくなっていくにつれ、口調は低く歪んでいき、若者が疲れきってしまったかのように授業は緩慢になり、そして止まる。

心臓は激しく脈打ち、頭は朦朧となり、片手にはろうそく、もう片手には拳銃を持ち、フォン・ルンペルはもう一度衣装だんすに向きなおる。なかに人がもぐりこめるくらい大きい。どうやって、これほど大きなものを六階まで持って上がれたのか。

ろうそくを近づけると、かかっているシャツの陰に、それまで調べていたときには見逃していたものが目に入る――ほこりのなかに筋が入っている。指か、ひざか、あるいはその両方による跡だ。拳銃の銃身で、彼は服を押し分ける。どれくらい奥行きがあるのだろうか。

ずっと奥までかがみこんでいくそのとき、鈴がふたつ、上と下で鳴る音がする。その音に彼はびくっと飛びのき、衣装だんすの上部に頭をぶつけてしまい、ろうそくを落とし、あおむけに倒れる。

ろうそくが転がり、炎が上を向いているのが目に入る。なぜなのか。どのような奇妙な法則が、つねに炎が上を向くように要求するのか。

この家に五日間いるが、ダイヤモンドは見つからず、ブルターニュでドイツ軍が掌握する最後の港は奪われる寸前で、それとともに〈大西洋の壁〉も失われようとしている。すでに、医師に予告された死期を越えて生きている。そして今、小さな鈴がふたつ鳴る。死はこうして訪れるものなのか。

ろうそくは、そっと転がっていく。窓のほうへ。カーテンのほうへ。

一階では、家の扉がきしみつつ開く。だれかが、なかに足を踏み入れる。

同志

粉々になった陶器が、玄関に散らばっている。入るときにはどうしても音が出てしまう。廊下の先には、破片だらけの台所がある。通路には灰が厚く積もっている。ひっくり返った椅子。前方に階段。ここ数分のうちに移動していないかぎり、彼女は家の上のほう、送信機の近くにいるはずだ。

両手でライフルを持ち、肩にバッグをかつぎ、ヴェルナーは上りはじめる。階段ホールにさしかかるたびに、押し寄せる闇のせいで視界がふらつく。足元では、視野に黒い斑点が現われては消える。階段からは本が投げ落とされており、書類やコード、びん、骨董品の人形の家のかけららしきものもある。二階、三階、四階、五階――どこも同じ状態だ。自分がどれくらいの音をたてているのか、それが重要なのかどうか、彼にはもうわからない。

六階で、どうやら階段は終わっている。階段ホールの周囲には、半開きになった扉が三つある。左にひとつ、前方にひとつ、右にひとつ。彼はライフルを上げ、右に行く。銃身から放たれる閃光、一気に開く悪霊のあごがあるものと覚悟する。入ってみると、割れた窓からさしこむ星明かりが、まんなかがくぼんだベッドを照らしている。大型の衣装だんすには、女の子のワンピースがかかっている。何百個という小さな物が――小石だろうか――幅木に並んでいる。隅にはバケツがふたつあり、水らしきものが半分入っている。

もう手遅れだろうか。フォルクハイマーのライフルをベッドに立てかけると、バケツをひとつ持ち上げ、ひと口、ふた口と飲む。窓の外、隣にあるブロックのずっと向こう、塁壁の向こうでは、船の光がひとつ、遠くの海のうねりに船が上下するのに合わせて現われては消える。

うしろで声がする。「おや」

ヴェルナーは振り向く。目の前で、野戦服を着たドイツ人下士官がよろめいている。五本の横棒と三つのダイヤモンドの記章、つまりは上級曹長。顔は青ざめて打ち身だらけ、衰弱しているのかと思うほどやせこけた男が、ベッドに向かってよろよろと歩いてくる。のどの右側は、きつく締めた襟の上で奇妙にだぶついている。「私としては」と彼は言う。「モルヒネとボージョレを混ぜるのはおすすめしないな」。男のこめかみでは、血管が一本、ぴくぴくと動いている。

「あなたを見かけたことがあります」とヴェルナーは言う。「パン屋の前で。新聞を持っていた」

「ちびの二等兵、私もきみを見たよ」。彼のほほえみに、ふたりが同志だという前提があるのがわかる。共謀者なのだと。ふたりとも、同じものを求めてこの家に来たのだと。

上級曹長のうしろ、廊下の向かい側には、ありえないことに炎がある。階段ホールのちょうど反対側、部屋のカーテンに、火がついている。すでに、炎の舌が天井をちろちろとなめている。上級曹長は一本の指を襟の下に入れて回すと、きつくなっているところを引っぱる。顔はやつれ、歯は狂人じみている。ベッドに腰を下ろす。星明かりが、彼の拳銃に当たってまたたく。

ベッドの足元にいるヴェルナーには、低いテーブルの上に、小さくなった木の家が寄り集まってひとつの町になっているのがどうにか見える。サン・マロだろうか。彼の目は模型から廊下の向かいの炎、そして、ベッドに立てかけてあるフォルクハイマーのライフルに素早く動く。下士官は前かがみになり、苦しめられるガーゴイルのように模型の町の上にかぶさる。

巻きひげのような黒煙が、廊下に入りこみはじめている。「あの、カーテンが。燃えています」

「停戦は正午に予定されている。少なくともそういう話だ」フォン・ルンペルはうつろな声で言う。「急ぐことはない。時間はいくらでもある」。彼の片手の指が、模型の通りを小走りする。「二等兵、きみと私は同じものを求めている。だが、それを手にできるのはひとりだけだ。そして、それがどこにあるのかは私だけが知っている。それが、きみにとっての問題だよ。ここにあるのか、あるいはここか？　それともここか？」彼は両手をこすりあわせ、それから体を倒してベッドに横たわる。拳銃を天井に向ける。「この上にあるのか？」

階段ホールの奥にある部屋では、燃えるカーテンが横棒からはずれて落ちる。消えるかもしれない、とヴェルナーは考える。火はひとりでに消えてくれるかもしれない。

ヒマワリ畑にいた男たちや、それ以外の百人もの男たちのことを、ヴェルナーは考える。それぞれが、小屋やトラックや掩蔽壕で横たわり、親しんだ曲の旋律を耳にしたという顔つきになっていた。眉間にしわが一本入り、口はたるんでいた。こんなにも早くか、という表情。だが、曲はだれにとっても準備ができる前にかかるものではないだろうか。

炎の光が、廊下の向こうでちらつく。上級曹長は両手で拳銃を持つと、銃尾を開けては閉じる。「もう少し飲みたまえ」と彼は言い、ヴェルナーが両手で持つバケツを身振りで示す。「のどがひどく渇いているのはわかる。誓って言うが、私はそこに小便はしていないよ」

ヴェルナーは、バケツを下に置く。上級曹長は上体を起こすと、首のこりをほぐすかのように頭を前後に傾ける。それから、銃で、ヴェルナーの胸に狙いをつける。廊下の奥、燃えるカーテンのほうから、くぐもった、がたがたという音、なにかがはしごにぶつかって床に当たる音が聞こえ、上級曹長はその音に気を取られ、拳銃が下を向く。

ヴェルナーは、フォルクハイマーのライフルに飛びつく。ここまで一生待ちつづけ、ついにそのときが来た。準備はできているか？

瞬間の同時性

レンガが床に当たる。階下の声が止まる。もみあう音が彼女の耳に届き、それから、深紅の光の亀裂のように、銃声が響く。クラカタウ火山の噴火。一瞬、家はふたつに裂かれる。

マリー＝ロールはなかばすべり、なかば落ちるようにはしごを下りると、衣装だんすの隠し扉に耳を押し当てる。足音が急いで階段ホールを渡り、アンリの部屋に入る。水がはねかかる音、蒸発する音があり、ついで、煙と蒸気のにおいがする。

すると足音はためらいがちになる。上級曹長の足音とは違う。より軽い。さっと動き、止まる。衣装だんすの扉を開く。考えている。計算している。

軽くこすれる音がして、彼が、たんすの奥に指を走らせる。彼女はナイフをにぎる力を強める。

三ブロック東のところでは、フランク・フォルクハイマーが、ローリエ通りとテヴナール通りの角にある荒れはてたアパルトマンに座り、目をしばたかせながら、缶に入った甘いヤマイモを指で食べている。河口を越えたところ、厚さ一メートル以上あるコンクリートの下では、副官が持つ守備隊司令官の上着に、大佐が片腕を振るようにして袖を通し、つづいてもう片腕も通す。まったく同じ瞬間に、トーチカに向けて丘を登っている十九歳のアメリカ人偵察兵が立ち止まり、振り返って、うしろにいる兵士に手を差し出す。そのとき、ナシオナル要塞で花崗岩の石板にほほを押しつけているエティエンヌ・ルブランは、もし自分とマリー＝ロールがこれを生き延びられたら、なにがあろうと彼女に赤道の上のどこかを選んでもらってふたりで行こう、切符を予約して乗船し、飛行機に乗り、熱帯雨林にふたりで立ち、嗅いだことのない花に囲まれ、耳にしたことのない鳥の声を聞こう、と心に決める。ナシオナル要塞から五百キロメートルほど離れたところでは、ラインホルト・フォン・ルンペルの妻が娘たちを起こしてミサに行かせ、片足を失って戦争から戻った隣人の顔立ちに見とれている。彼女からそう遠くないところでは、ユッタ・ペニヒが、女子用共同寝室の群青色の暗がりで眠り、濃くなっていく光が雪のように野原にそそぐ夢を見ている。そして、ユッタからそう遠くないところでは、総統が、けっして沸騰させずに温めた牛乳を口に持っていき、皿にはオルデンブルクの黒パンがひと切れと、そばにはリンゴという、いつもの朝食に取りかかっている。一方、キエフ郊外の峡谷では、ふたりの囚人が、すべりやすくなった両手を砂のなかでこすりあわせてから、また担架を持ち上げ、収容者部隊《ゾンダーコマンド》は下にある火を鋼鉄の棒でかき回す。ベルリンの中庭では、セキレイが敷石から敷石へ軽やかに動き、カタツムリを食べようと探している。そして、シュルプフォルタにある国家政治教育学校では、百十九人の十二歳と十三歳の少年たちが、一台のトラックのうしろで列になり、三十ポンドの対戦車地雷を渡されるのを待っており、ちょうど八か月後には、ソ連軍の進軍のなかで取り残され、学校全体が島のように孤立しているなか、第三帝国の最後の苦いチョコレートと、死んだドイツ軍兵士から取ってきたヘルメットを渡され、国家の青少年から最後に収穫された一団として駆けだしていき、胃のなかでは溶けていくチョコレートを、髪を短く刈りこんだ頭の上ではぶかぶかのヘルメットを揺らし、両手には対戦車擲弾発射器《パンツァーファウスト》を持ち、もはや防衛する必要のない橋を防衛するという最後のむなしい努力に動員され、そのあいだにも、ソ連軍のT34戦車は彼らすべて、子どもたちをすべて殺すべくキャタピラーを地面にきしらせ、エンジンをうならせてやってくる。夜明け、サン・マロでは、衣装だんすの反対側で、わずかな動きがある——ヴェルナーにはマリー＝ロールが息を吸う音が聞こえ、マリー＝ロールにはヴェルナーが三本の爪で木をひっかく音、針の下でレコード盤が動いていくのに似た音が聞こえる。ふたりの顔は、腕一本分しか離れていない。
「そこにいるのかい《エ・テュ・ラ》？」と彼は言う。

そこにいるのかい？

彼は亡霊だ。どこか別の世界からの。パパだ。マネック夫人だ。エティエンヌだ。彼女から離れていったすべての人が、彼になってついに戻ってきた。羽目板の向こうから、彼が声をかけてくる。「ぼくはきみを殺さない、きみを聴いているんだ。ラジオで。だから来る」。彼は言いよどみ、どうにかフランス語に直そうとする。「あの曲、月の光？」彼女はほほえみそうになる。

われわれはみな、たったひとつの細胞として、ほこりの粒よりも小さな生を受ける。それよりもはるかに小さい。分裂する。数が倍増する。足し、引く。物質は変化し、原子が流入しては流出し、分子が回転し、タンパク質が結合し、ミトコンドリアは酸化還元反応で電子を放出する。われわれは極小の電子の群れとして生をはじめる。肺、脳、心臓。四十週間後、六兆個の細胞が母親の産道という万力にはさまれ、われわれは産声をあげる。

そして世界がはじまる。

マリー＝ロールは、衣装だんすの隠し扉を引く。ヴェルナーはその手を取って外に導く。彼女の足は、祖父の部屋の床を踏む。

「靴が」と彼女は言う。「わたしの靴が見つからないの」

ふたつ目の缶

少女は、隅でじっとしたまま座り、コートをひざに巻きつけている。足首を尻の下にたくしこんでいる姿。まわりをはたはたと探る指の動き。そのどれも、彼はけっして忘れたくないと願う。

東のほうで、砲撃音がとどろく──要塞がまた砲撃され、要塞は砲撃で応える。

彼は疲労感に襲われる。フランス語で言う。「そのうちに……その、『ヴァフェンルーア』がある。戦いを止めることだよ。正午に。みんなが町から出ていけるように。きみを出してあげられる」

「それは本当のことだと知っているの？」

「いいや」と彼は言う。「それが本当かどうかは知らない」。そして沈黙。彼は自分のズボンを、ほこりまみれのコートをじっと見つめる。その軍服のせいで、彼は、少女が憎むべきすべての共犯者になっている。「水がある」と彼は言い、六階のもうひとつの部屋に行くと、彼女のベッドに横たわるフォン・ルンペルの死体は見ずに、ふたつ目のバケツを取ってくる。彼女はバケツのなかに頭をすべて突っこみ、棒のような腕で側面を抱えてごくごく飲む。

「きみはとても勇敢だね」と彼は言う。

彼女はバケツを下げる。「あなたの名前は？」

彼は名前を教える。彼女は言う。「ヴェルナー、視力を失ったとき、わたしはみんなから勇敢だと言われたわ。父さんがいなくなったときも、勇敢だと言われた。でも、それは勇敢さとは違う。ほかにどうしようもなかったのよ。朝に起きて、自分の人生を生きているの。あなただってそうでしょう？」

「もう何年も生きていない。でも、きょうは違う。きょうはそうしたかもしれない」と彼は言う。

彼女のめがねはなくなっていて、瞳孔は牛乳で満たされているように見える。だが、不思議なことに、彼の心は乱れない。彼はエレナ先生の言葉を思い出す。独特の美しさ《ベル・レド》。

「きょうは何曜日?」

彼はあたりを見まわす。カーテンは焼け焦げ、天井には煤が扇のように広がり、窓からは板紙がはがれかけていて、夜明け前の最初の青白い光がさしこんでいる。「わからない。朝だよ」

砲弾がひとつ、悲鳴をあげて家の頭上を飛んでいく。彼は思う。彼女と一緒に、ここで千時間座っていられたら、それでいい。だが、砲弾がどこかで爆発して家はきしみ、ヴェルナーは言う。「きみが持っていた送信機を使っていた男の人がいた。科学についての授業を放送したんだ。ぼくが小さかったとき。妹とそれをよく聴いていた」

「それはわたしのお祖父さんの声よ。それを聴いたの?」

「何度もね。ふたりとも大好きだった」

窓が明るくなる。ゆっくりと、砂のような夜明けの光が部屋にしみこむ。すべてが移ろいやすく、うずいている。すべてがはかない。ここ、この部屋に、この家の高いところにいる。地下室から出て、彼女といる。それは薬のようだ。

「ベーコンを食べたい」と彼女は言う。

「なんだって?」

「豚をまるごとだって食べられるわ」

彼はほほえむ。「ぼくは牛をまるごと食べられるよ」

「この家にいた女の人、家政婦の人は、世界で最高のオムレッツを作ってくれたわ」

「小さかったころ」と彼は言う、あるいはそう言っていることを願う。「ぼくらはよく、ルール川のそばでキイチゴを摘んだ。妹とぼくで。親指くらい大きなイチゴを見つけた」

女の子は衣装だんすのなかに入ると、はしごを登り、へこんだ缶を抱えて戻ってくる。

「これがなにかわかる？」

「なにも貼っていないよ」

「最初から貼っていないと思う」

「食べ物？」

「開けてみましょう」

レンガを一度振り下ろし、彼はナイフの先で缶に穴を開ける。すぐに、そのにおいが彼の鼻に届く。甘い、並外れて甘いその香りに、気が遠くなる。どういう言葉だっただろう。モモ《ペシュ》。桃《レ・ペシュ》だ。

女の子は身を乗りだす。彼女が香りを吸いこむと、まるで、ほほのそばかすが花開くかのように見える。「ふたりで分けましょう」と彼女は言う。「あなたが助けてくれたのだから」

彼はもう一度ナイフを叩きこみ、のこぎりのように金属を切り取ると、ふたを上に曲げる。「気をつけて」と言い、彼女に缶を渡す。彼女は指を二本なかに入れ、濡れて柔らかい、ぬるぬるしたものを取り出す。彼も同じようにする。のどをすべっていくひとつ目の桃は、うっとりするような味わいだ。口のなかに昇る太陽。

ふたりは食べる。シロップを飲む。缶の内側を指でなぞる。

アメリカの鳥類

この家には、なんとすばらしい設備があるのだろう。彼女は屋根裏の送信機を彼に見せる。ふたつの電池、旧式の蓄音機、巧みなてこの仕掛けで煙突に沿って伸縮する手動式アンテナ。彼女の祖父の声が録音され、子ども向けの科学の授業が入っているという蠟管も。そして本。下の階は本で覆われている――ベクレル、ラボアジェ、フィッシャー――一生読みつづけられるほどだ。この細長い家で、十年間、世界から離れて閉じこもり、その本を読んで、少女を眺めて過ごせたら、どんなにすばらしいだろう。

「きみは」と彼はきく。「ネモ船長は大渦巻きを生き延びたと思うかい？」

マリー＝ロールはぶかぶかのコートを着て、列車を待っているかのように、五階の階段ホールに座っている。「いいえ」と彼女は言う。「それとも、生き延びたかも。わからないわ。それが大事なんでしょう？　わたしたちに考えさせることが」。彼女は首を傾げる。「彼は狂っていた。それでも、わたしは彼に死んでほしくはなかった」

大叔父の書斎の隅、雑然とした本のなかに、彼は『アメリカの鳥類』を一冊見つける。再版本で、フレデリックの家の居間にあった本ほど大きくはないが、それでも、目を奪うような四百三十五枚の図版がある。彼はそれを階段ホールに持っていく。「おじさんからこれを見せてもらったことはある？」

「それはなに？」

「鳥だよ。どこをめくっても鳥がいる」

外では砲弾が飛び交う。「家の下のほうに行かなきゃ」と彼女は言う。だがしばらく、ふたりは動かない。

カンムリウズラ。

シロカツオドリ。

グンカンドリ。

ヴェルナーには、フレデリックが窓のそばでひざ立ちになり、ガラスに鼻をつけている姿がまだ見える。枝から枝へ跳び移る、小さな灰色の鳥。たいした鳥には見えないだろ。

「この本を一ページだけ持っていってもいいかな？」

「別にいいわ。わたしたちはじきに出ていくんでしょう？　安全になったら？」

「正午になったらね」

「そのときだってどうやってわかるの？」

「砲撃が止まるときだよ」

航空機が近づいてくる。何機も、何十機も。ヴェルナーは体の震えを止めることができない。マリー＝ロールが彼を一階まで導くと、一センチメートル近い灰と煤がすべてを覆っている。彼はひっくり返った家具を脇によけ、地下室の扉を引いて開け、ふたりで下りる。頭上のどこかで、三十機の爆撃機が搭載した爆弾を投下し、ヴェルナーとマリー＝ロールは基岩の震えを感じ、川の向こうの爆発音を耳にする。

なんらかの奇跡によって、彼はこのままいられるだろうか。戦争が終わるまで、ふたりで隠れていることはできるだろうか。頭上で軍隊が行ったり来たりするのが終わり、ふたりで戸を押し開けて石をいくつか動かせばいいだけになり、家が海沿いの廃墟になってしまうまで。彼女の指をしっかりにぎり、日の光のなかに導いてやれるときまで。それができるのなら、彼はどこにでも歩いていき、あらゆる試練に耐えるだろう。一年後か三年後、あるいは十年後には、フランスとドイツは今とは違う関係になっているだろう。ふたりで家から出ていって、観光客向けのレストランに行ってささやかな食事を注文し、無言で食べることができる。恋人たちが分かちあうという、心地よい沈黙に身を委ねて。

「知っているかしら」マリー＝ロールはおだやかな声できく。「どうしてあの人がここにいたか？　上の階の男の人が」

「無線のせいかな？」と口にしながらも、彼は考えこむ。

「そうかもしれない」と彼女は言う。「そのせいかもしれない」

一分後、ふたりは眠りこんでいる。

停戦

砂が混じったような夏の光が、開いたはね上げ戸から、地下室に流れこんでいる。もう午後かもしれない。砲声はない。しばらく、ヴェルナーは彼女の寝顔を見つめる。

それから、ふたりは急ぐ。彼女が探している靴は見つからないが、クローゼットに男物のローファーが一足あるので、それをはく手伝いをする。彼は軍服の上からエティエンヌのツイードのズボンをはき、袖が長すぎるシャツを合わせる。もし、ドイツ兵に出くわせば、彼はフランス語でしか話さず、彼女が町から出る手助けをしているのだと言うつもりでいる。アメリカ兵に出くわせば、脱走兵だと言うつもりだ。

「集める地点があるはずだ」と彼は言う。「どこかで避難民を集めている」。だが、自分が正しく言えているのかどうかは心もとない。彼は倒れた戸棚のなかで白い枕カバーを見つけ、それをたたんで彼女のコートのポケットに入れる。「時間になったら、これをできるだけ高く持って」

「やってみるわ。わたしの杖は?」

「ここだよ」

玄関で、ふたりはためらう。扉の向こうで、なにが待ち受けているのか、どちらにも確信はない。彼は四年前の入学試験のときの、暑くなりすぎたダンスホールを思い出す。壁に釘打ちされたはしご、下に見える白い円と黒い鉤十字のある深紅の旗。歩み出し、跳ぶ。

外では、いたるところで、瓦礫がこんもりした山になっている。煙が、レンガを光にむき出しにして立っている。煙が、こてで空に塗られたようになっている。煙突はレンガを光にむんできたこと、六日前にはアメリカ軍がパラメのすぐ手前まで来ていたことは知っているので、彼はそちらの方角にマリー=ロールを連れていく。

アメリカ軍か、自分の軍か、どちらかにいつ姿を見られ、なにかせねばならなくなってもおかしくはない。働く、合流する、自白する、死ぬ。どこかで、火の音がする。乾いたバラの花がにぎり潰されていく音。ほかに物音はない。エンジンも、航空機も、遠くで弾ける銃声も、負傷した男たちの叫び声も、犬の騒がしい吠え声もない。彼女の手を取り、瓦礫の山を越えさせる。砲弾は落ちてはこず、ライフルが響くこともなく、柔らかい光は灰を貫いている。

ユッタ、と彼は思う。ようやくちゃんと聴いたよ。

二ブロックにわたり、だれも見かけない。フォルクハイマーは食事をしているのかもしれない。ヴェルナーはそう想像してみたくなる。巨漢のフォルクハイマーが、海を眺めながらひとりで食事をしている。

「本当に静かだわ」

彼女の声は、明るく澄んだ空の窓のようだ。顔はそばかすの野原。きみを離したくない、と彼は思う。

「わたしたちは見られているかしら？」

「どうだろうな。見られていないと思う」

一ブロック先に、彼は人の動きを目にする。三人の女性が包みを運んでいる。マリー＝

ロールは彼の袖を引っぱる。「ここはどこの交差点？」

「ローリエ通りだよ」

「来て」と彼女は言い、右手の杖で石を叩きながら歩いていく。ふたりは右へ、そして左へ曲がり、地面に突き立てられて焦げた巨大なつまようじのようになったクルミの木を通り過ぎ、なにかわからないものをつついている二羽のカラスのそばを通り過ぎ、塁壁の基部にたどり着く。空中に浮かんだツタが、狭い路地にかかるアーチ道から垂れている。右の遠くのほうに、青いタフタ布を着た女性が、物をいっぱいに詰めこんだ大きな旅行鞄を縁石の上に引きずっているのが見える。年齢にはもう小さすぎるズボンをはいた少年が、そのうしろを歩き、ベレー帽がずり落ちそうになっていて、なにかの光沢のある上着を着ている。

「出ていこうとしている民間人がいる。声をかけようか？」

「すぐに終わるから」。彼女は路地のさらに奥に彼を連れていく。甘く、自由に動く海の空気が、彼には見えない壁のすきまから流れこむ。空気はそれに合わせて脈打つ。

路地の突き当たりで、ふたりは狭い門に行き当たる。彼女はコートに手を入れ、鍵を取り出す。「潮は高い？」

門越しに、奥の側を格子戸で区切られた低い空間がどうにか見える。「下に水があるよ。

急がないと」

　だが、彼女はすでに門を抜け、大きな靴で小洞窟に下りていく。自信のある動きで、指を壁に沿って走らせる手つきは、壁がもう二度と会えないかと思っていた友人であるかのようだ。海のうねりが低いさざ波を潮だまりに押し出し、彼女の向こうずねを洗い、ワンピースの裾を濡らす。彼女はポケットから小さな木製のものを取り出すと、水のなかに入れる。軽やかに話す声がこだまする。

「教えてもらわなきゃ、海のなかに入ってる？　海のなかに入ってないと」

「なかに入ってるよ。もう行かないと」

「本当に水のなかに入ってる？」

「入ってるよ」

　彼女は息を荒くして上がってくる。彼を押して門から出ると、鍵をかける。彼は杖を渡す。そして、ふたりで路地を戻っていき、彼女の靴は歩くごとに水の音をたてる。垂れたツタを抜けて、外へ。左へ。まっすぐ前方では、人々がぎざぎざの流れになって交差点を渡っている――女性がひとり、子どもがひとり。男がふたり、もうひとりの男を担架にのせて運んでいる。男は三人とも、口に煙草をくわえている。

　ヴェルナーの目に暗闇が戻り、気が遠くなる。じきに、脚が動かなくなるだろう。道路に猫が座って前足をなめ、自分の耳をなでながら彼を眺めている。彼はツォルフェアアインで見た、老いて打ちひしがれた坑夫たちのことを思う。椅子や木箱に腰かけたまま、何時間も動かず、死にたいと思っている男たち。そんな男たちにとって、時間とは、うんざりする余剰でしかなく、樽から水がゆっくり抜けていくのを見つめるようなものだ。だが実際には、時間とは自分の両手ですくって運んでいく輝く水たまりだ。そう彼は思う。力を振りしぼって守るべきものだ。そのために闘うべきものだ。一滴たりとも落とさないように、精一杯努力すべきだ。

「さあ」と彼はなるだけ明瞭なフランス語で言う。「枕カバーはここにある。壁に手を当てて歩いていって。触れるかな？　交差点にさしかかるから、まっすぐ進んで。通りにはあまり物はない。枕カバーを高く持っておくんだ。こんなふうに、体の前に。わかるかい？」

彼女は彼に向きなおり、下くちびるを噛む。「撃たれてしまうわ」

「この白旗があれば大丈夫。女の子は撃たれない。前にはほかの人たちもいる。この壁に沿って進んで」。彼はもう一度彼女の手を壁に当てる。「急いで。枕カバーを忘れずに」

「あなたは？」

「ぼくは逆方向に行く」

彼女はヴェルナーのほうに顔を向ける。目が見えているはずはないが、彼はその視線に耐えられないと思う。「一緒に来ないの？」

「ぼくと一緒のところを見られないほうがいい」

「でも、どうやってまたあなたを見つければいいの？」

「わからない」

彼女は手を伸ばし、彼の手のひらになにかを置くと、それを固くにぎらせる。「さようなら、ヴェルナー」

「さようなら、マリー＝ロール」

そして、彼女は進んでいく。数歩ごとに、杖が通りの壊れた石に当たり、それをよけるのに少し手間どる。一歩、二歩、止まる。また一歩、二歩。杖が探り、濡れた裾が揺れ、白い枕カバーは高く掲げられている。彼女が交差点を渡り、次のブロックを進み、視界から消えるまで、彼はずっと見つめる。

人の声がするのを待つ。あるいは砲声を。

彼女は助けてもらえるだろう。そのはずだ。

手を開いてみると、そこには、小さな鉄の鍵がある。

その日の夕方、ルエル夫人は接収された学校でマリー＝ロールを見つける。彼女の手をつかんだまま離さない。民政担当の人々が、押収したドイツ軍のチョコレート、長方形の箱を山ほど持っていて、マリー＝ロールとルエル夫人は数えきれないほど腹に詰めこむ。

翌朝、アメリカ軍は市庁舎と最後の対空部隊を制圧し、ナシオナル要塞に拘束されていた囚人たちを解放する。ルエル夫人が行進する列からエティエンヌを引っぱり出すと、彼はマリー＝ロールを固く抱きしめる。川の対岸にある地下要塞にいた大佐はさらに三日持ちこたえるが、〈ライトニング〉という名のアメリカ軍航空機が、百万分の一の確率で通気口にタンクいっぱいのナパーム弾を投下し、五分後に白い布が棒にくくりつけられて掲げられ、サン・マロの包囲戦は終わる。見つけられる発火装置を除去部隊がすべて取り除き、従軍カメラマンが三脚を持って入り、ひとにぎりの市民が農地や野原や地下室から戻り、荒廃した通りを歩いていく。八月二十五日、ルエル夫人は町に戻ってパン屋の状態を確かめることを許可されるが、エティエンヌとマリー＝ロールは、逆の方角に、レンヌに移動して、ボイラーが動く〈宇宙〉という名のホテルに泊まり、それぞれが風呂に二時間ずつ入る。暗くなっていく窓ガラスに、彼女が手探りでベッドに向かう姿が映る。彼女は両手で顔を覆い、そして手を下ろす。

「パリに行こう」とエティエンヌは言う。「私は行ったことがない。案内してくれるかな」

光

ヴェルナーは、サン・マロから南に一・五キロほど行ったところで、普段着でトラックに乗って通りをうろついていた三人のフランス人レジスタンスに捕らえられる。最初は、小柄な白髪の老人を助けたのだと三人は思う。それから彼の訛りを耳にし、古いシャツの下にあるドイツ軍の短上着に気づくと、スパイを捕らえたのだ、すばらしい獲物だと確信する。それから、ヴェルナーの若さに気がつく。三人は彼を、接収されて武装解除場になったホテルにいるアメリカ人窓口係に引き渡す。最初、ヴェルナーは地下に連れていかれるのではないかと心配になるが——頼むから、また穴に入るのだけはいやだ——三階に連れていかれる。一か月にわたってドイツ兵捕虜の記録をつけている、疲れきった通訳が、彼の名前と階級を記入し、いくつかの質問をするあいだ、窓口係がヴェルナーのダッフルバッグのなかをあさり、そして返却する。

「女の子を」とヴェルナーはフランス語で言う。「見かけましたか――?」だが、通訳は作り笑いを浮かべ、彼が質問したドイツ兵はみな女の子のことをきいてきたとでも言いたげに、英語で窓口係になにかを言う。

彼は有刺鉄線で囲われた中庭に案内される。八人か九人ほどのドイツ兵が、長靴をはき、へこんだ食器を持って座っている。ひとりは婦人服を着て脱走しようとしたらしく、その服装のままだ。下士官がふたり、二等兵が三人。フォルクハイマーの姿はない。

夜には大鍋のスープが出され、彼はブリキのカップで四杯おかわりを平らげる。五分後、隅で吐く。翌朝になっても、スープは腹に留まってはくれない。雲が群れになり、空を泳いでいく。彼の左耳は音を受けつけない。マリー=ロールの姿、彼女の手や髪を何度も思い返すが、その一方で、あまりに長くその姿に集中しすぎると、すりきれてしまうのではないかと心配になる。捕らえられた翌日、彼は二十人の集団で東に行進させられ、より大きな集団に合流し、倉庫に収容される。開いた扉からサン・マロは見えないが、何百機という航空機の音は聞こえ、昼も夜も、巨大な煙の幕が地平線にかかっている。衛生兵が二度、ヴェルナーに粥を飲ませようとするが、彼はすぐに吐いてしまう。桃を食べてから、彼の胃はなにも受けつけてくれない。

熱がぶり返してきているのかもしれない。ホテルの地下室で飲んだ沈殿物に、毒性があったのかもしれない。体がもうあきらめかけているのかもしれない。食べなければ死んでしまう。それはわかっている。だが、食べると死にそうな気分になる。

彼らは倉庫からディナンに歩かされる。捕虜のほとんどは、若者か中年の男、部隊が壊滅した生き残りだ。ポンチョや、ダッフルバッグや、木箱を持っている。何人かは、どこからせしめてきたのかも不明な、色鮮やかな旅行鞄を背負っている。なかには同じ部隊だった二人組もちらほら混じっているが、ほとんどはおたがいに見ず知らずで、みな、忘れたいと願う光景を目にしてきている。彼らの背後にはいつも、高くうねって大きくなる潮が、執念深い怒りをゆっくり運んできている気配がある。

彼はマリー＝ロールの大叔父のツイードのズボンをはいて歩く。ダッフルバッグは肩にかけている。十八歳。人生でずっと、校長やラジオ、指導者たちは、未来について彼に語っていた。だが今、どんな未来が残っているだろう。前に見える道は空白で、思考が描く線はすべて内側に曲がっていく――火から吹き飛ばされた灰のように、マリー＝ロールが杖を持って通りを進み、消えていく姿を思い返し、渇望があばら骨の裏に激しく当たる。

九月一日、ヴェルナーは目覚めても立ち上がれない。捕虜仲間のふたりが彼を支えてバスルームに連れていき、元の場所に戻すと、草の上に寝かせる。衛生兵のヘルメットをかぶった若いカナダ兵が、ペンライトの光をヴェルナーの目に当て、トラックに乗せる。しばらく移動して、死にかけた男がいっぱいのテントに寝かされる。看護婦が彼の腕に点滴を打つ。溶液をスプーンで彼の口に入れる。

一週間、彼はその巨大なテントのカンバス布の下で、奇妙に緑がかった光のなかで過ごす。片手にはダッフルバッグをしっかりとつかみ、もう片手では、小さな家の模型の固い角をにぎりしめている。体力のあるときには、その家をいじる。煙突をひねり、屋根板を三枚動かしてはずし、なかをのぞく。じつに巧みに作られている。

毎日、彼の左右では、ひとつまたひとつと魂が空に旅立っていき、遠くの音楽が聞こえるような気がする。まるで、大きく古いラジオの扉が閉じられ、その音楽はおだやかだが、聞こえるほうの耳を寝台の布に当てていないと聞こえないかのようだ。音楽が本当にあるのかどうか、わからなくなるときもある。

なにか怒るべきことがある。それははっきりわかるが、なにに対して怒ればいいのかはわからない。

「食べようとしないのよ」と看護婦は英語で言う。

衛生兵の腕章。「熱は？」

「高いわ」

さらに言葉が聞こえる。それから、数字が。ある夢のなかで、水路がすべて凍りつき、坑夫たちの家ではランタンがともされ、農夫たちが畑のあいだでスケートをする、明るく水晶のような夜を見る。大西洋の光のない深海で眠る潜水艦を見る――ユッタが舷窓に顔を押し当て、ガラスに息が当たっている。フォルクハイマーの大きな手が出てきて、彼を引き上げ、トラックに放りこむのをどこかで期待する。

マリー＝ロールはどうしているだろう。彼女はまだ、彼の手がつかむ感覚を指のあいだで覚えているだろうか。彼が覚えているように。

ある夜、彼は上体を起こす。まわりの寝台には数十人の病人や負傷者がいる。暖かい九月の風が田舎から吹き、テントの壁が波打つ。

ヴェルナーの頭は軽やかに回転する。風は強くなっており、テントの角は綱にぴんと張られ、二か所の端で垂れぶたが上がり、木々がしなって揺れるのが見える。すべてがさらさらと音をたてている。ヴェルナーは、古いノートと模型の家をダッフルバッグに入れてジッパーを閉める。隣にいる男が、ひとりごとをつぶやき、ぼろぼろになったほかの仲間たちは眠っている。ヴェルナーの渇きすら、薄らいでいる。頭上のテントに当たって散らばる、冷たく無表情な月光の力しか感じない。テントのふた越しに見える空では、雲が、木々の上を猛烈な勢いで流れていく。ドイツに向かって、故郷に向かって。

銀色と青色、青と銀。

簡易ベッドの列を、紙が何枚も飛んでいく。ヴェルナーの胸のなかに、はやる気持ちが芽生える。エレナ先生が石炭ストーブのそばにひざをつき、埋み火にする姿が見える。ベッドで眠る子どもたちが見える。揺りかごで眠る赤ん坊のユッタが見える。彼の父親が、ランプに火をつけ、昇降機に入り、そして消える。

フォルクハイマーの声。**おまえはどこまでやれるかな。**

ヴェルナーの体は、毛布の下で重みを失ったように思える。はためくテントの扉の向こうでは、木々が踊り、雲はたなびいて行進をつづけている。彼はまず片脚、そしてもう片脚をベッドの端から下ろす。

「エルンスト」隣の男が言う。「エルンスト」。だが、エルンストはそこにはいない。簡易ベッドの男たちは答えない。テントの入り口にいるアメリカ兵は眠っている。ヴェルナーはそのそばを抜け、草地に出る。

風が、彼の下着のシャツを抜けていく。彼は凧だ。気球だ。

かつて、彼とユッタは木のかけらで小さな帆船を作り、川に持っていった。ユッタはその船をうっとりするような紫色と緑色に塗り、仰々しく水に浮かべた。だが、水の流れに捕まるとすぐ、船は沈みはじめた。下流の、手の届かないところに漂っていき、のっぺりした黒い水にのみこまれた。ユッタは目を潤ませてヴェルナーを見つめ、自分のセーターのぼろぼろになった編み糸の輪を引っぱった。

「いいんだ」と彼は言った。「たいていのことは一回目じゃうまくいかない。また新しく作ろう。もっといいやつを」

ふたりは作っただろうか。作っていたことを彼は願う。小さな、より航海に適した船が、川を下っていくのを覚えているような気がする。それは川を曲がっていき、ふたりを置いていった。違っただろうか。

月が輝き、膨らむ。ちぎれた雲が、木々の上空を飛んでいく。いたるところで木の葉が舞っている。だが、月光は風にも動じることなく、雲や空気を抜け、ありえないと思えるほどゆっくりとした、冷静な筋になっている。倒れかけた草にかかっている。

風はどうして光を動かさないのだろう。

野原の向こう側では、アメリカ兵がひとり、病人用テントから少年が出てきて、木々を背景に歩いていく姿を見かける。兵士は上体を起こす。片手を上げる。

「止まれ」と彼は声をかける。

「停止せよ」と呼びかける。

だが、ヴェルナーは野原の端を越えてしまい、三か月前に自分の軍が仕掛けた対人地雷を踏み、噴き上がる土のなかに消える。

第十一章　一九四五年

ベルリン

一九四五年一月。エレナ先生と、〈子どもたちの館〉に暮らしていた最後の四人の少女、ハンナ・ゲーリッツとズザンネ・ゲーリッツの双子姉妹、クラウディア・フェルスター、そして十五歳のユッタ・ペニヒは、エッセンからベルリンに移送され、機械部品工場で働くことになる。

毎日十時間、週六日、彼女たちは、巨大な鍛造プレスを解体し、再利用できる金属を木箱に詰める。木箱は列車の車両に積みこまれていく。ねじをはずし、のこぎりで切り、引っぱっていく。たいていの日は、エレナ先生が近くにいて、破れたスキージャケットを見つけてきて着こみ、フランス語でひとりごとをつぶやいているか、子どものころの歌を口ずさみながら作業をする。

ひと月前に放棄された印刷会社の上階で、彼女たちは寝泊まりする。何百箱という、印刷を誤った辞書が廊下に積み上げられており、少女たちはだるま型のストーブで一ページずつ燃やしていく。

きのうは、「感謝のひとこと《Dankeswort》」、「感謝の言葉《Dankesworte》」、「感謝の祈り《Dankgebet》」、「感謝の捧げ物《Dankopfer》」。

きょうは、「婦人協会《Frauenverband》」、「婦人団体《Frauenverein》」、「婦人指導者《Frauenvorsteher》」、「婦人参政権《Frauenwahlrecht》」。

正午になると、工場の食堂で、キャベツと大麦の食事が出され、夕方には果てしない配給待ちの列ができる。バターはひとり分ずつ、小さく切り分けられる。週に三回、彼女たちは角砂糖の半分ほどの四角いバターをもらう。水は二ブロック離れたところに蛇口がある。小さな子どもを抱えた母親たちには、幼児服も、乳母車もなく、牛乳もほとんどない。ベッドのシーツを引き裂いておむつにする女性もいる。新聞紙を見つけて三角形に折りたたみ、赤ん坊のまたに留めている人もいる。

工場で働く少女たちのうち、少なくとも半分は読み書きができないため、前線にいる恋人や、兄弟や、父親からの手紙を、ユッタが読んでやる。彼女たちのために返事を書くときもある——いっしょにピスタチオを食べたときのことを覚えてる？　花みたいな形のレモンアイスを食べたときのことを？　あなたはこう言ったわ……。

春のあいだずっと、どの夜も爆撃がある。街を根こそぎ焼きつくすことだけを目指しているようだ。たいていの夜、少女たちはブロックの端に急いで向かい、狭苦しい防空壕にもぐりこむと、石材が落ちる音で眠れぬ夜を過ごす。

ときおり、工場に歩いていく途中で、死体を見かける。灰になったミイラ、だれかわからないほど焼け焦げた人たち。またときには、傷が見当たらない死体もあり、ユッタは恐怖を覚える。今にも起き上がり、彼女たちと一緒によろよろと仕事に向かいそうに見える人たち。

だが、彼らは目覚めない。

あるとき、子どもが三人並んでうつぶせになり、リュックサックが背中にのっている姿を、彼女は見かける。彼女はまっさきに思う。起きて。学校に行って。それから思う。あのリュックのなかに、食べ物があるかもしれない。

クラウディア・フェルスターは口をきかなくなる。何日も、ひとこともないまま過ぎていく。工場の材料がなくなる。うわさが流れてくる。もう責任者はいなくなった。彼女たちが必死で集めた銅や、亜鉛や、ステンレスは、車両に積まれたまま、側線で放置されている。

　郵便は止まる。三月下旬、機械部品工場は閉鎖され、エレナ先生と少女たちは、民間会社のために、爆撃後に市街を清掃する仕事に派遣される。彼女たちは壊れた石材を持ち上げ、塵やガラスの破片をシャベルですくっていく。ユッタは十六歳や十七歳の少年たちについての話を耳にする。怯え、家を思い焦がれ、目を震わせて母親の家の戸口に現われ、二日後には屋根裏から大声で追い出され、脱走兵として通りで射殺されてしまったのだという。彼女の子ども時代の光景が、脳裏によみがえる——兄のうしろで荷車に乗り、ごみからあれこれ拾っていた。なにか輝くものを泥沼から救い出そうと探していた。

「兄さん」と彼女は声に出して言う。

秋、ツォルフェアアインにいたときに、彼女は兄の死を告げる手紙を二通受け取った。それぞれに違う埋葬場所が書かれていた。ラ・フリネとシェルブール——どこにあるのか調べねばならなかった。フランスにある町。ときおり、夢のなかで、兄と一緒に、歯車やベルトやモーターが散らばるテーブルのそばに立っている。**ぼくはすごいものを作ってるんだ、**と兄は言う。**今取り組んでるところさ。**だが、彼はそれ以上つづけない。

四月には、女性たちはロシア兵のこと、復讐として彼らがなにをしてくるのかという話ばかりしている。野蛮人よ、と彼女たちは言う。タタール人、ロシア人、未開の豚たち。豚たちは、シュトラースブルクにいる。人食い鬼たちは郊外にいる。

ハンナ、ズザンネ、クラウディア、そしてユッタは、もつれあって床で眠る。この最後の、見捨てられた砦で、なにかやさしさは残っているだろうか。少しはある。ある日の午後、ほこりまみれになってユッタが戻ってくると、大柄なクラウディア・フェルスターが、偶然にも、金色のテープで封をされた紙のパン箱を見つけていた。油のしみが段ボール越しに見えている。少女たちは揃ってまじまじと見る。堕落していない世界から届いたもののように。

なかには、蠟紙で仕切られ、イチゴジャムの入った十五個の菓子がある。春の雨が街に降りそそぎ、廃墟からすべての灰が流れていき、崩れたレンガでできた洞窟からネズミが外をうかがうなか、四人の少女とエレナ先生は水が漏れる部屋に座り、三つずつ菓子を食べる。だれもあとに取っておきはせず、鼻に粉砂糖がつき、歯のあいだにはジャムがはさまり、陽気な気分がこみ上げてきて血が泡立つ。

あの牛のような、石になったようなクラウディアが、そんな奇跡を起こした。彼女には、それを分けあうやさしさがあった。

残っている若い女性たちは、ぼろ布をまとい、地下室で縮こまる。ユッタは耳にする。祖母たちは孫娘に糞便を塗り、髪をパンナイフで切り、ロシア兵たちにとって魅力がなくなるよう手を尽くしている。

母親たちは、娘を溺れ死にさせている。

一・五キロ離れたところからでも、彼らの体についた血のにおいはわかるのだ。

「もうさして長くはないわ」エレナ先生はストーブに手をかざして言う。水は沸いてはくれない。

五月、雲ひとつなく晴れた日、ロシア兵たちがやってくる。三人だけで、一度だけ来る。彼らは下の印刷会社に押し入り、酒を探すがなにも見つからず、じきに壁に穴を開けはじめる。乾いた破裂音と、震動があり、解体された古い印刷機に一発の銃弾が当たってはね返り、二階の部屋ではエレナ先生が綻じまのスキージャケットを着て座り、要約版の新約聖書をポケットに入れてジッパーを閉め、少女たちと手をつなぎ、声を出さずにくちびるを動かして祈りを唱える。

彼らは階段を上がってはこない、とユッタはすがるように信じる。数分間、彼らは上がってこない。だがやがて、ブーツの重い音が上がってくる。

「落ち着いて」とエレナ先生は少女たちに言う。ハンナとズザンネ、クラウディアとユッタ。四人とも、せいぜい十六歳。エレナ先生の声は低く、しぼんでいるが、怖がっているようすはない。失望しているのかもしれない。「おとなしくしていれば撃たれない。わたしが先に行くようにする。あとは手荒なことはしないはずよ」

ユッタは頭のうしろで両手を組み、震えを止めようとする。クラウディアは口をきけず、耳も聞こえないように見える。

「それから目を閉じて」とエレナ先生は言う。

ハンナはすすり泣く。

「姿を見たい」とユッタは言う。

「じゃあ目を開けていなさい」

階段の一番上で足音は止まる。ロシア人たちは物置に入り、彼女たちの耳に、酔っ払ったようにモップの柄を蹴る音や、辞書の入った木箱が階段を転げ落ちていく音が聞こえ、それから、だれかが扉の取っ手を乱暴に動かす。だれかがもうひとりになにかを言い、脇柱が裂け、扉は力ずくで開けられる。

ひとりは下士官。ふたりはどう見ても十七歳くらいに見える。三人とも、信じられないほど汚いが、そこに来るまでのどこかで、女性用の香水を体にかけてきている。とくに年下のふたりは、毒々しいほどの香水のにおいを放っている。おどおどした生徒のようでもあり、あと一時間しか生きられない狂人のようでもある。ひとりはベルトのかわりに縄を巻いているだけで、ひどくやせていて、縄をほどかずにズボンをずり下ろす。もうひとりが笑う。奇妙で、とまどった笑い声は、ドイツ人たちが自分の国にやってきておきながら、こんな街を置き去りにしているとは信じられないと言いたげだ。下士官は扉のそばに座って脚を前に投げだし、外の街角を見つめている。ハンナは半秒ほど叫び声をあげるが、すぐに自分の手で口をふさぐ。

エレナ先生は、少年たちをもうひとつの部屋に連れていく。彼女はひとつだけ音をたてる――のどになにかがつかえたような咳。

つぎにクラウディアが行く。彼女はうめき声しか出さない。

ユッタはまったく声を出さない。すべてが奇妙に整然としている。下士官が最後に、彼女たちを順番に試し、ユッタにのしかかるときには単語しか口にせず、目は開いているがなにも見ていない。苦々しくしかめた顔からは、その言葉が愛情あるものなのか侮辱なのかはわからない。コロンのにおいの下で、馬のような体のにおいがする。

何年もたってから、ユッタの耳に、彼の言葉がよみがえる。キリル、パヴェル、アファナシー、ヴァレンティン。死んだ兵士たちの名前だろう。だが、違うかもしれない。

立ち去る前に、一番年下の兵士は銃を天井に向けて二度発砲し、漆喰がユッタにぱらぱら降りかかり、そのこだまが鳴り響くなか、そばの床で横になっているズザンネの気配が聞こえる。すすり泣いているのではなく、そっと息をしながら、下士官がベルトを締めなおす音に耳を澄ませている。それから三人が通りに出ていくと、エレナ先生はスキージャケットのジッパーを上げ、素足で、体の小さな一部を温めようとするかのように右手で左腕をさする。

パリ

エティエンヌは、マリー＝ロールが育ったパトリアルシュ通りのアパルトマンを借りる。毎朝、新聞を買い、解放された囚人の名簿に目を通し、三つあるラジオのうちひとつにしじゅう耳を傾ける。**ド・ゴール**がどうの、**北アフリカ**がこうの。**ヒトラー**、**ルーズヴェルト**、**ダンツィヒ**、**ブラチスラヴァ**。いろいろな名前が出てくるが、彼女の父親の名前ではない。

毎朝、ふたりはオステルリッツ駅まで歩いていって待つ。駅の大きな時計が、容赦なく進んでいく一秒一秒を知らせ、マリー＝ロールは大叔父のそばに座り、列車から降りてくる疲れきった人々の物音に耳をそばだてる。

エティエンヌが見る兵士たちは、逆さにしたカップのように、ほほが落ちくぼんでいる。三十歳のはずが、八十歳に見える。ぼろぼろの上着を着た男たちは、頭の上に手を置き、もうそこにはない帽子を取ろうとする。マリー＝ロールは、彼らの靴の音からできるかぎりのことを推測する。これは小さな人、これは体重が一トンもある人、これはほとんど存在しない人。

夕方、彼女が読書をするあいだに、エティエンヌはあちこちに電話をかけ、本国への引揚を担当する当局に請願し、手紙を書く。彼女は一度に二、三時間しか眠れなくなっている。砲声を空耳で聞いて目が覚めてしまう。

「ただの乗合自動車だよ」と、彼女のそばの床で眠るようになったエティエンヌは言う。「ただの鳥だよ」と言う。

「なんでもないよ、マリー」とも言う。

ほとんどの日、老いた軟体動物学者のジェファール博士が、オステルリッツ駅でふたりに合流する。あごひげをたくわえ、蝶ネクタイを締め、ローズマリーやミントやワインのにおいをさせて待つ。ロールちゃん、と彼女を呼ぶ。彼女がいなくて本当にさびしかったと言う。彼女のことを毎日考えたと。こうして会えることで、ほかのなによりも、やさしさこそが長つづきするのだとまた信じられるのだと。

彼女はエティエンヌかジェファール博士に肩を預けて座る。パパはどこにいてもおかしくない。たった今、近づいてくる、あの声かもしれない。右に聞こえる、あの足音かもしれない。監房にいるか、溝にいるか、千五百キロ彼方かもしれない。ずっと前に死んでしまったかもしれない。

彼女はエティエンヌの腕につかまって博物館に行き、職員たちと話をする。多くが、彼女のことを覚えている。館長は直々に、館が全力を挙げて彼女の父親を探していること、彼女の住居や教育については引きつづき支援を惜しまないことを説明する。〈炎の海〉のことは口にされない。

春が広がっていく。公式発表が電波にあふれる。ベルリンは陥落する。ゲーリングが投降する。ナチズムという巨大で謎めいた金庫が開く。すぐに、パレードが行われる。オステルリッツ駅で待つほかの人々は、戻ってくるのは百人にひとりだけだとささやく。親指と人差し指で輪を作れば、生還者の首を囲えるくらいやせ細っているのだと。彼らのシャツを脱がせれば、胸の内側で動いている肺が見えるのだと。

彼女が食べるひと口ひと口が、裏切りになる。

戻ってきた人々でさえ、変わり果てていて、歳月がもっと早く流れる別の惑星にいたかのように、本来よりも老けてしまっている。

「なにがあったのか、わからずじまいになる可能性もある」とエティエンヌは言う。「その覚悟はしておかなければ」。マリー＝ロールの耳に、マネック夫人の言葉がよみがえる。

信じるのをやめてはだめだよ。

夏のあいだ、彼らは待つ。片側にはエティエンヌ、もう片側にはしばしばジェファール博士。それから、八月のある日の正午、マリー＝ロールは大叔父とジェファール博士を連れて長い階段を上がり、日の当たる外に出ると、渡っても大丈夫かときく。大丈夫だとふたりが答えると、彼女は河岸沿いに先を進んでいき、植物園の門をくぐる。

砂利道に沿って、男の子たちが大きな声をあげる。そう遠くないところでは、だれかがサックスを吹いている。ハチの羽音が活発なあずまやのそばで、彼女は足を止める。空は高く、遠くに思える。どこかで、だれかが、のしかかってくる悲しみを振り払う方法を見つけつつあるが、マリー＝ロールにはできない。まだできない。家も両親もない、目の不自由な少女。それが真実だ。

「さて、どうするね？」エティエンヌはきく。「お昼ご飯にしようか？」

「学校よ」と彼女は言う。「わたしは学校に行きたい」

第十二章　一九七四年

フォルクハイマー

西ドイツ、プフォルツハイム郊外。フランク・フォルクハイマーが住む、エレベーターなしの三階建てアパートには、窓が三つある。路地の向かいにある建物のコーニスの上にある広告板が、眺めをふさいでいる。広告板の表面は、窓ガラスから三メートルほどのところで光る。加工された肉類が印刷され、彼の背丈ほどもある冷たい切り身は、赤色やピンク色で、端は灰色になり、茂みほどの大きさのパセリが添えられている。夜になると、広告板の四つの陰気な照明灯の奇妙な反射光が、彼の部屋を満たす。

彼は五十一歳になっている。

四月の雨が、広告板の照明のなかを斜めに落ちていき、フォルクハイマーのテレビは青くまたたく。台所と居間のあいだの扉を抜けるときには、いつもの癖で首をすくめる。子どもも、ペットもおらず、植物もない。本棚はほぼ空だ。カードテーブルがひとつ、マットレスがひとつ、そしてテレビの前にはひじかけ椅子があり、彼はそこに腰を下ろし、バタークッキーの入った缶をひざに置いている。一枚一枚、円形で花模様のクッキーをすべて食べ、それから、プレッツェルの形をしたクッキー、最後にクローバー形のクッキーを平らげていく。

テレビ画面では、黒い馬が、倒れた木の下敷きになった男が脱出するのを助けている。

フォルクハイマーは、屋上でのテレビアンテナの設置と修理をしている。毎朝、青いつなぎの作業服を着て――大きな肩が突っぱるところは色が落ち、足首のあたりは丈が足りない――大きな黒いブーツで歩いて仕事に向かう。ひとりで大型の繰り出しはしごを動かすことができるのと、ほとんど口をきかないせいもあってか、フォルクハイマーはたいていの連絡にひとりきりで対応する。人々が支店に電話をかけ、アンテナの設置を頼むか、テレビの画像がぶれて見える、通信障害がある、ワイヤーにホシムクドリがとまっている、と苦情を言うと、フォルクハイマーは出動する。切れた配線を接合し、鳥の巣をつついて円柱から取り除き、支柱からアンテナを上に伸ばす。

風がひときわ強く、寒い日にのみ、プフォルツハイムはいるべき場所だと感じられる。作業服の襟から空気が入りこんでくる感覚、風で光が洗われたときの遠くの丘の雪化粧や、町の木々（すべて戦後に植えられた同じ樹齢の木だ）の眺めを、フォルクハイマーは気に入る。冬の午後、索具のあいだを動く水夫のように、彼はアンテナのあいだを動きまわる。午後遅くの青い光のなか、下の通りでは、家路を急ぐ人々の姿や、ときには暗がりのなかで白く舞い上がっていくカモメが見える。ベルトに沿って並ぶ工具のしっかりとした重さ、降っては止む雨のにおい、夕暮れどきの雲の水晶のような輝き。そうしたときだけ、フォルクハイマーはささやかに満たされた気持ちになる。

だが、ほとんどの日、暖かい日にはとくに、生活することにくたびれ果ててしまう。悪化していく渋滞に、落書きに、会社での駆け引きに。だれもがボーナスや手当や残業をめぐって徒党を組んでいることに。夏の夜明けのはるか前、じんわりとした熱気のなかで、広告板の目に痛い光のなかを行ったり来たり歩いていると、のしかかる孤独感が病のように感じられることもある。高く並んだモミの木が、嵐で揺れるのが見え、その芯がうめく音が聞こえる。子ども時代の家のむき出しの床、針葉樹を抜けてくる夜明けのクモの巣のような光を思い出す。息絶えようとしている男たちの目つきが、記憶に取り憑いてきて、また彼らを殺してしまうこともある。ウッチで死んだ男。ルブリンで死んだ男。ラドムで死んだ男。クラクフで死んだ男。

窓に、屋根に雨が当たる。ベッドに入る前、フォルクハイマーは一階の玄関まで下りていくと郵便を確認する。もう一週間以上も、郵便を見ていない。二枚のチラシと、給与小切手と、一枚だけの光熱費の請求書にはさまれて、西ベルリンにある復員兵支援組織からの小さな小包みがある。彼はそれを部屋に持っていくと開ける。

三つの品が、同じ白い色を背景にして写真におさめられ、それぞれの横には、ていねいに数字が書きこまれたメモ用紙が貼付されている。

14・6962。カンバス地の兵士のバッグ。ねずみ色。パッドの入った肩ひも二本つき。

14・6963。小さな家の模型。木製で一部破損。

14・6964。ソフトカバーの長方形のノート。表紙には「疑問」とだけあり。

家の模型に見覚えはなく、バッグはだれの持ち物であってもおかしくはないが、そのノートは、すぐにわかる。下の端には、インクでW・Pと書かれている。フォルクハイマーは指を二本写真に当て、ノートを引っぱり出してページをめくるかのような仕草になる。

彼はほんの少年だった。彼らはみなそうだった。一番体の大きな男でさえも。

その手紙には、組織は戦死した身元不明の兵士たちの遺族に遺品を届けようと試みている、と説明されている。彼、フランク・フォルクハイマー二等軍曹が、このバッグの所有者を含む部隊の下士官だったはずだ。当のバッグは、フランスのベルネーにあったアメリカ合衆国捕虜類別収容所により、一九四四年に取得されたものである。

これらの品の持ち主がだれだったのか、ご存じだろうか。

彼はテーブルに写真を置き、両手を腰に当てて立つ。上下に揺れる車軸、低くうなる排気筒、無線トラックの屋根に当たる雨の音がよみがえる。蚊柱の音。ひざ丈のブーツが行進する音、少年たちがのどを振り絞ってあげる叫び声。

雑音、そして銃声。

でも、あんなふうにさらしておくのは失礼じゃないですか？　もう死んでいるのに？　おまえはどこまでやれるかな。

彼は小柄だった。白い髪から耳が突き出ていた。寒いときには上着の襟のボタンをのどまで留めて、手は袖のなかに引っこめていた。その品がだれのものだったか、フォルクハイマーは知っている。

ユッタ

ユッタ・ヴェッテは、エッセンで、高校三年生の数学を教えている。整数、確率、放物線。毎日、同じ服を着ている。黒色のスラックスと、ナイロンのブラウスはベージュ、チャコール、水色の順に。ときおり、自由な気分のときは黄緑色も着る。肌は乳白色で、髪は紙のように白いままだ。

ユッタの夫アルベルトは、髪が薄くなりかけた、おっとりとした会計士で、地下室で鉄道模型を走らせることに情熱を傾けている。自分は不妊症なのだとユッタはずっと思っていたが、そんなある日、三十七歳になったときに妊娠した。息子のマックスは、今では六歳、泥や、犬や、答えようのない質問が大好きだ。最近ではなによりも、複雑な形の紙飛行機を折ることに夢中になっている。学校から帰ってくると、台所の床にひざをつき、揺るぎない、怖くなるほどのひたむきさで翼端や尾部や機首をあれこれ試しては品定めをしているが、要は紙を折るという動作、平らなものを飛べるように変形させることが大好きなように見える。

六月初旬、木曜日の午後。年度がもう少しで終わるころ、一家は公営プールに来ている。スレート色の雲が空を覆い、子どもたちは浅い側で声をあげ、親たちは椅子に座り、話をするか、雑誌を読むか、うたた寝をしている。なにも変わったところはない。アルベルトはトランクスの水着姿で売店のカウンターのところにいて、広い背中に小さなタオルをかけ、アイスクリームをどれにしようかと考えている。

マックスは風車のように両腕を振りまわしてぎこちなく泳ぎ、ときおり顔を上げては、母親が見ているかどうか確かめる。泳ぎ終わるとタオルにくるまり、彼女のそばの椅子によじ登る。体は小さく丸まり、耳が突き出ている。まつ毛についた小さな水滴が光っている。空にかかる雲に、夕暮れの光がしみこみ、空気はわずかに冷えてきて、家族連れは少しずつ去っていき、家まで歩くか、自転車に乗るか、バスに乗りこむ。マックスは段ボール箱からクラッカーを取り出すと、ぼりぼりと音を立てて嚙む。「ライプニッツ動物クラッカー大好き」と彼は言う。

「そうね、マックス」

アルベルトはふたりをNSUのプリンツ4小型車に乗せ、クラッチをきしらせながら走り、ユッタは期末テストの束を学校のバッグから取り出して台所のテーブルで採点する。アルベルトは麵をゆでようと鍋を火にかけ、玉ねぎを炒める。マックスは製図机からきれいな紙を一枚持ってきて折りはじめる。

家の扉を三回叩く音がある。

自分でもよくわからない理由で、ユッタの鼓動が耳に大きく響く。紙の上で、赤鉛筆の先が止まる。だれかが家に来ているだけだ。近所の人か友達か、あの小さな女の子、アンナが通りの先からやってきたか。アンナはときおり、二階でマックスと一緒に座り、どうすればプラスチックのブロックで精巧な町を作れるのかを教えている。だが、ノックの音はアンナのようには聞こえない。

飛行機を片手に、マックスははねるように扉に向かう。

「ねえ、だれが来ているのかしら？」

マックスが答えないということは、彼の知らない人だ。彼女が廊下に出ると、玄関に、大男の姿がある。

マックスは腕を組み、すっかり見とれている。紙飛行機は足元に落ちている。大男は帽子を取る。巨大な頭が輝く。「ヴェッテさんですか？」彼のテント大の銀色のスエットシャツには、わきのところに栗色の斑点がついていて、ジッパーはのど元まで上がっている。彼はおずおずと、色あせたカンバス地のダッフルバッグを差し出す。

広場にいたいじめっ子たち。ハンスとヘリベルト。彼の体つきは、そうした少年たちすべての思い出をよみがえらせる。彼女は考える。この男はかつて、ノックもせずに、ほかの家を訪ねていたのだ。

「なんでしょうか？」

「旧姓はペニヒさんですか?」

彼女がうなずく前から、「お渡ししたいものが」と彼は言い、網戸のなかに彼を招き入れる前から、それがヴェルナーのことだと彼女にはわかる。

大男はナイロンのズボンをこすらせつつ、彼女について廊下を進む。ガスレンジから顔を上げたアルベルトは、ぽかんと口を開けるが、「こんにちは」と言い、「頭に気をつけて」と料理用のへらを振って言う。大男は照明をよけていく。

夕食をしていってはどうかとアルベルトが言うと、大男はその申し出を受ける。アルベルトはテーブルを壁から離し、四つ目の席を用意する。木の椅子に座るフォルクハイマーを見て、ユッタはマックスの絵本にあったひとつの絵を思い出す——飛行機の座席に押しこめられた象。彼が持ってきたダッフルバッグは、廊下のテーブルの上で待っている。

会話は、ゆっくりとはじまる。

列車で数時間かけてやってきた。

駅からは歩いてきた。

ありがたいが、シェリーは遠慮する。

マックスはさっさと食べ、アルベルトはゆっくり食べる。ユッタは両手を太ももの下にはさみ、震えを隠す。

支援組織が住所を突き止めたときに」とフォルクハイマーは言う。「私は自分で手渡したいと言いました。「支援組織からの手紙はここです」。彼は折りたたんだ紙をポケットから取り出す。

外では車が行き交う。ミソサザイがさえずる。

心のどこかでは、ユッタは手紙をもらいたくはない。この巨漢がはるばる旅をしてきて伝えようとすることを、彼女は耳にしたくない。何週間も、戦争のことや、エレナ先生のことや、ベルリンでの悲惨な最後の数か月のことを考えまいとする。今では、どの曜日でも豚肉を買うことができる。今では、家が寒いと思えば、台所にあるダイヤルを回せば、それで暖まる。自分の痛ましい過去のことばかり考えている中年女性の仲間入りはしたくない。自分より年上の同僚の目を見て、不思議に思う。電気が切れていたとき、ろうそくもなく、天井からは雨漏りがしていたときに、この人たちはどうしていたのだろう。この人たちはなにを見たのだろう。ほんのときどき、彼女は心のねじを少しゆるめ、ヴェルナーに思いをはせることを許す。いくつもの意味で、兄の思い出は封印しておくべきものになっている。一九七四年にヘルムホルツのギムナジウムにいる数学教師は、シュルプフォルタの国家政治教育学校に通っていた兄の話を持ちだすことはない。

「ということは、東で？」とアルベルトは言う。

「彼とは学校で、それから実戦で一緒でした」とフォルクハイマーは言う。「我々はロシアにいました。ポーランド、ウクライナ、オーストリアにも。それからフランスです」

マックスはリンゴの薄切りをしゃきしゃきと噛む。「おじさんの身長はどれくらい？」

「マックス」とユッタは言う。

フォルクハイマーはほほえむ。

アルベルトは言う。「彼はとても頭がよかったのでしょう？　ユッタの兄さんは？」

「とても」とフォルクハイマーは言う。

アルベルトは食事のおかわりをすすめ、もう一度シェリーをすすめる。アルベルトはユッタよりも年下で、戦争中は伝達係として、ハンブルクの防空壕のあいだを走っていた。一九四五年には九歳、まだ子どもだった。

「最後に彼を見たのは」とフォルクハイマーは言う。「フランス北岸の、サン・マロという町でした」

ローム土で覆われた、ユッタの記憶から、ひとつの文章が浮かび上がる。**きょうは海のことを書こうと思う。**

「そこにひと月いました。彼は恋に落ちたのだと思う」

ユッタは背筋を伸ばす。いかに場違いな言葉なのかは、すぐにわかる。フランス北岸の町。恋。この台所では、なにも癒せはしない。けっして治せない悲しみというものがある。

フォルクハイマーはテーブルを押し、うしろに下がる。「うろたえさせるつもりはありませんでした」。彼はそびえ、一家は小さく見える。

「大丈夫ですよ」とアルベルトは言う。「マックス。お客さんを中庭に連れていってくれるかな。ケーキを出すから」

マックスがガラスの扉を開けると、フォルクハイマーは首をすくめて抜けていく。ユッタは流しに皿を置く。突然、ひどい疲労感に襲われる。この大男が、バッグごと去ってくれればいいのにと思う。いつもの日常が波となって押しよせ、すべてを覆ってくれることだけを願う。

アルベルトは彼女のひじに触れる。「大丈夫かい？」

ユッタはうなずきはせず、首を横に振りもしないが、片手で、ゆっくりと、両方の眉毛をなでる。

「愛してるよ、ユッタ」

彼女が窓の外に目をやると、フォルクハイマーはマックスのそばのセメントの床にひざをついている。マックスは紙を二枚置いている。ふたりの声は聞こえないが、大男が手順についてマックスに話していることはわかる。マックスは熱心に見ていて、フォルクハイマーが紙を裏返すと、そのとおりにし、折りかたをまねて、指を一本なめて折り目をなぞっている。

じきに、ふたりはそれぞれ、二股の尾翼のついた広翼の紙飛行機を手にしている。フォルクハイマーの飛行機は中庭をまっすぐ飛んでいき、機首からフェンスにぶつかる。マックスは手を叩く。

マックスは夕暮れの中庭でひざをつき、自分の飛行機をもう一度折り、翼の角度を確かめる。フォルクハイマーはそばに片ひざをつき、辛抱強くうなずいている。

ユッタは言う。「わたしも愛してるわ」

ダッフルバッグ

フォルクハイマーはもういない。ダッフルバッグは、廊下のテーブルで待っている。彼女はなかなかそれに目を向けられずにいる。

マックスがパジャマに着替えるのを手伝い、おやすみのキスをする。鏡に映る自分は見ないようにして、歯を磨き、一階に下りると、扉の前に立ち、窓から外を眺める。地下室では、アルベルトが走らせている列車が、ていねいに色を塗った世界を抜け、立体交差をくぐり、電気はね上げ橋を渡る。地上では音は小さいが、容赦はなく、家の材木に響いている。

ユッタはダッフルバッグを自分の寝室に持っていくと、デスクのそばの床に置き、テストをもう一枚採点する。もう一枚。列車が停まり、また単調な音を響かせるのが耳に入る。

彼女は三枚目のテストを採点しようとするが、集中できない。紙の上を数字がさまよい、下のほうに固まり、解読不能な山になってしまう。彼女はバッグをひざにのせる。

結婚したばかりのころ、アルベルトが出張で留守にしているとき、ユッタはよく夜明け前に目を覚まし、ヴェルナーがシュルプフォルタに旅立った直後の数日の夜を思い出しては、兄の不在という身を切るような痛みをまた噛みしめていた。

かなり古いバッグだが、ジッパーはすんなり開く。なかには、分厚い封筒が一枚と、新聞紙にくるまれた小包みがひとつある。新聞紙を開くと、模型の家が出てくる。細長く、彼女の拳ほどの家。

封筒には、彼女が三十年前に送ったノートが入っている。兄の疑問の数々。あのちぢれたような、小さな筆記体で、どの文字もわずかに右上に傾いている。スケッチ、回路図、数ページにわたるリスト。

自転車のペダルで動かすミキサーのようなもの。

飛行機の模型のためのモーター。

なぜ魚にはほおひげがあるのか。

ろうそくが消えたら猫はみんな灰色だというのは本当か。

雷が海に落ちても魚がみんな死なないのはなぜか。

三ページ読んだところで、彼女はノートを閉じてしまう。思い出が走馬灯のようによみがえり、頭からあふれて床にこぼれ落ちていく。屋根裏にあったヴェルナーの寝台、その上の壁に貼られていた、彼女が想像で描いた街。救急箱とラジオ、窓から出してひさしに通したワイヤー。地下では、列車がアルベルトの三層の路線を走っていき、隣の部屋では息子が眠りながら戦闘をしていて、ぶつぶつくちびるを動かし、まぶたをひきつらせている。ユッタは数字をなんとか紙の上に戻し、生徒の解答用紙にもともとあった場所に落ち着いてもらおうとする。

ノートをふたたび開く。

どうして結び目は長持ちするのか。

もし五匹の猫が五分間でネズミを五匹捕まえるのなら、百分間で百匹のネズミを捕まえるのには何匹の猫が必要か。

どうして風のなかの旗はまっすぐ伸びずにはためくのか。

最後の二ページには、封のされた古い封筒がはさまっている。表には「フレデリックに」と書いてある。フレデリック。ヴェルナーの手紙によく出てきた、上の寝床の少年、鳥が大好きな少年だ。

ほかの生徒とは見ているものが違う。

戦争が夢見る人たちに加えた仕打ち。

ようやくアルベルトが上がってくると、彼女は頭を下げ、採点しているふりをする。彼は服を脱ぐと、軽くうめきながらベッドに入り、自分の側のランプを切っておやすみをいうが、それでも、彼女はまだ座っている。

サン・マロ

ユッタは成績をつけ終えた。マックスの学校は休みに入った。彼は毎日プールに通い、なぞなぞで父親を困らせ、あの大男から教わった紙飛行機を三百機も折っているだけなのだから、外国に行ってフランス語を少し覚え、海を見てきてもいいのではないか。そうしたことを、彼女はアルベルトに持ちかけたが、ふたりとも、許可を出すのは彼女のほうなのだとわかっていた。自分で行き、息子を連れていくのだと。

六月二十六日、夜明けの一時間前、アルベルトはハムサンドを六つ作ると、アルミホイルに包む。それから、プリンツ4にユッタとマックスを乗せ、駅まで送ると、彼女にキスをする。彼女はヴェルナーのノートと模型の家をハンドバッグに入れて列車に乗りこむ。

移動にはたっぷり一日かかる。レンヌにさしかかるころには、太陽は地平線のすぐ上にまで落ちており、温かい堆肥のにおいが開いた窓から入り、刈りこんだ木々の列が目の前を次々に過ぎていく。同じ数のカモメとカラスが、土ぼこりを巻き上げるトラクターを追っている。マックスはふたつ目のハムサンドを食べ、漫画雑誌をもう一度読む。野原に広がる黄色い花が輝き、ユッタは考えこむ。あの花は、兄の骨の上で育っているのだろうか。

暗くなる前に、片足が義足の、きちんとした身なりの男が列車に乗る。彼女のそばに座って煙草に火をつける。ユッタはひざにはさんだバッグをにぎりしめる。彼が戦争で負傷したこと、話しかけてくることは間違いない。彼女のしどろもどろなフランス語では身元がわかってしまう。あるいは、マックスがなにかを言ってしまうだろう。それとも、この男にはすでにわかっているのか。彼女はドイツ人のにおいがするのかもしれない。

彼は言うだろう。**私をこんなふうにしたのはあなたたちですよ。**

お願い。息子の前ではやめて。

だが、列車はがくんと動きだし、男は煙草を吸い終えると、うわの空の笑みを彼女に向け、すぐに眠りこむ。

彼女は指で家の模型を回す。ふたりは真夜中ごろにサン・マロに入り、タクシー運転手はシャトーブリアン広場に面したホテルでふたりを降ろす。フロント係はアルベルトが両替しておいてくれた金を受け取り、半分眠ったマックスは母親の腰によりかかり、彼女は怖くてフランス語を試すことができずに空腹のままベッドに入る。

翌朝、マックスは、母親の手を引っぱって古い壁のすきまを抜け、浜辺に出る。全速力で砂の上を走り、立ち止まると頭上にそびえる塁壁を見上げ、胸壁に並ぶ三角旗や、大砲や、中世の弓の射手たちの姿を思い浮かべているように見える。

ユッタは、海から目を離すことができない。海はエメラルドグリーンで、理解できないほど広い。一隻の白い帆船が港から沖に出ていく。二隻のトロール漁船が、波間に現われては消える。

ぼんやり海を見つめていて、任務を忘れてしまうこともある。人が感じられることはすべておさめてしまうほど大きく思えるよ。

ふたりはコインを渡し、市庁舎の塔に登る。「おいでよ」とマックスは言い、くねくねと曲がる狭い階段を駆け上がっていき、ユッタは息をつきながらそのあとを追う。四分の一を回るごとに、狭い窓から青空が見える。マックスは母親を引っぱり上げるようにして進む。

頂上から、ふたりはショーウインドウの前をぶらつくちっぽけな観光客たちを眺める。彼女は包囲戦についての本を読んだことがある。戦前の旧市街の写真をじっくりと眺めたこともある。だが、今、大きく威厳のある家並み、何百という屋根を見渡すと、爆撃の跡もクレーターも、倒壊した建物の痕跡も見えない。町は完全に入れ替わったように見える。ふたりは昼食にガレットを注文する。じろじろ見られるものと彼女は覚悟するが、だれも気づかない。ウェイターは彼女がドイツ人であることに気づかないか、気にしていないようだ。午後、彼女はマックスを連れ、町の反対側にあるディナン門という高いアーチをくぐる。埠頭を渡り、旧市街から河口をはさんだ岬に上がる。公園のなかには、雑草が伸び放題になった要塞の廃墟がある。マックスは小道が険しい崖になるたびに立ち止まり、海に小石を投げこむ。

百歩進むごとに、ふたりは大きな鋼鉄製のドームに出くわす。その下に配置された兵士が、丘を奪おうとする敵に対して砲撃を加えていたところだ。そうしたトーチカのいくつかは傷だらけにされているので、そこに浴びせられた銃火や砲弾の速度や恐怖を、彼女はほとんど想像できない。厚さ三十センチメートルほどの鉄塊は、まるで温かいバターに変えられてから子どもの指でえぐられたかに思える。

そのなかに立っていると、どんな音が響いていたのだろうか。

今のトーチカには、ポテトチップスの袋や、煙草のフィルターや、包装紙が入っている。公園の中心にある丘の頂上には、アメリカとフランスの旗がひるがえっている。ドイツ軍はここに地下トンネルを掘り、最後の一兵卒まで戦おうとした、と看板にはある。

三人のティーンエイジャーが笑いながら通りかかり、マックスは彼らをまじまじと見つめる。あばたのような穴だらけで、コケがあちこちに生えたセメントの壁に、小さな石の銘板がボルトで留められている。**一九四四年八月十一日、ブイ・ガストン・マルセル十八歳、フランスのためにこの地で戦死す。**ユッタは地面に座りこむ。海はスレートのような灰色で重苦しい。ここで死んだドイツ兵のための銘板はない。

なぜ、ここに来たのか。どのような答えが見つかると期待していたのか。二日目の朝、ふたりはシャトーブリアン広場の歴史博物館の向かいに座る。がっしりとしたベンチが、むこうずねの高さの半円になった金属に囲まれた花壇と向かいあっている。ひさしの下では、観光客たちが、青と白のしま模様のセーターや、額入りの海賊船の水彩画を眺めている。父親が、娘を片腕で抱き、歌っている。「ママ、世界を回るけど隅っこから動かないものってなーんだ？」

マックスが本から顔を上げて言う。

「郵便切手だよ」

「なにかしらね、マックス」

彼は母親にほほえみかける。

「すぐ戻るわ」と彼女は言う。

ひげ面の五十歳くらいの男が、博物館の受付をしている。しっかりした記憶があるくらいの年齢だ。彼女はハンドバッグを開けると、一部が壊れた家の模型を取り出し、ありったけのフランス語を使って言う。「兄がこれを持っていました。ここで見つけたのだと思います。戦争中に」

男は首を横に振り、彼女は家をバッグに戻す。すると、彼はもう一度見せてほしいと言う。ランプの光にかざすと、回転させ、奥まった玄関扉が自分に向くようにする。

「わかりました《ウィ》」と彼はようやく言う。外で待つよう彼女に身振りで示すと、しばらくしてから、扉の鍵を閉め、彼女とマックスをしたがえ、傾斜した狭い通りを進んでいく。十回ほど、右に曲がっては左に曲がると、三人はその家の前に立っている。マックスが両手でくるくる回している小さな模型の、実物大の家。

「ヴォーボレル通り四番地です」と男は言う。「ルブラン家です。もう何年も、休暇用のアパルトマンとして分譲されています」

石にはあちこちコケが生えている。浸出した鉱分が、線条細工のようなしみになっている。窓にはプランターが飾られ、ゼラニウムの花が泡のように咲き乱れている。ヴェルナーが模型を作ったということだろうか。模型を買ったのだろうか。

「ここに女の子はいましたか？　女の子のことを知っていますか？」と彼女は言う。

「ええ、戦争中に目の見えない少女が住んでいました。私の母がよく話していましたよ。戦争が終わると、すぐによそに移ってしまいました」

ユッタの視界を緑色の点が明滅して横切る。太陽を見つめていたかのような感覚になる。マックスが彼女の手首を引っぱる。「ママ、ママ」

「どうして」と彼女はたどたどしいフランス語を繰りだす。「兄がこの家の模型を持っていたのでしょう？」

「ここに住んでいた少女なら、知っているかもしれませんが。彼女の住所を調べることはできますよ」

「ママ、ママ、見て」とマックスは言うと、手を強く引いて目を向けさせる。彼女は下に目をやる。「この小さな家、きっと開くよ。開ける方法があると思う」

実験室

マリー＝ロール・ルブランは、パリの自然史博物館で、小さな実験室を与えられている。軟体動物の研究と著作によって、重要な成果をあげている。西アフリカに生息するヨロイコロモの巻き方を進化的に理論化する単著。しばしば引用される、カリブ海の巻貝の性的二形性についての論文。彼女はヒザラガイのふたつの亜種を命名した。博士課程の学生だったときは、ボラボラ島やビミニ諸島に旅をした。日よけ帽をかぶり、収集用バケツを手に海に入っていき、三つの大陸で巻貝を収集してきた。

集めるとなると、ジェファール博士にはかなわない。収集家だった博士はつねに、目、科、属、種、そして亜種のはしごをそそくさと下りていく機会を待っていた。マリー＝ロールは生物に囲まれているのが好きだ。環礁でも、自分の水槽でも。巻貝が石の上を這っていき、それらの小さな濡れた生物が、水からカルシウムを漉《こ》しとり、自分たちの背中にある磨かれた夢のなかにくるくると送りこんでいくことがわかる。それで十分だ。十分すぎる。

エティエンヌの体力があるうちは、ふたりで旅をした。サルディーニャ島や、スコットランドに行き、木々の下をかすめて走るロンドンの空港バスの二階席に乗った。彼は上等なトランジスタラジオを二台買い、八十二歳のときに、浴槽でおだやかな死を迎え、彼女にかなりの額を遺した。

マリー＝ロールとエティエンヌは、調査員をひとり雇い、数千フランを投じ、大量のドイツ側の文書をしらみつぶしに当たってはみたが、彼女の父親になにが起きたのかは突き止められずじまいだった。彼が一九四二年にブライテナウという強制収容所の囚人になっていたことは確認できた。それから、ドイツのカッセルにある付属収容所に勤務していた医師による、ダニエル・ルブランが一九四三年前半にインフルエンザに罹患したとする記録もあった。それだけだった。

マリー＝ロールは今でも、子どものころと同じアパルトマンに住み、今でも歩いて博物館に通っている。これまで、恋人はふたりいた。ひとり目は客員研究者で、戻ってはこなかった。ふたり目は、ネクタイや、コインや、靴下や、ブレスミントなど、どの部屋に入ってもなにかを散らかしてしまう、カナダ人のジョンという男だった。ふたりは大学院で出会った。彼には、けたはずれの好奇心はあったが、辛抱強さはほとんどなく、次々に研究室を移っていた。彼は海流や、建築や、チャールズ・ディケンズを愛していて、その多才さに、彼女は自分の分野が狭く専門化しすぎているように感じてしまった。マリー＝ロールが妊娠すると、ふたりは友人のままおだやかに別れた。

娘のエレーヌは十九歳になる。ショートヘアで小柄な、有望なバイオリニストだ。目の見えない親を持つ子どもによくあるように、性格は落ち着いている。エレーヌは母親と暮らしているが、毎週金曜日には、父親も交えて三人で昼食をとる。

一九四〇年代前半のフランスに生きたとなると、そのあとの人生は戦争を中心に渦巻くほかない。マリー＝ロールは今でも、大きすぎる靴をはいたり、ゆでたカブのにおいをかぐと、どうしても気分が悪くなってしまう。それに、名簿が読み上げられるのにも耐えられない。サッカーチームの選手、学術雑誌末尾の引用文献リスト、教授会の冒頭での紹介。それらはいつも、父親の名前を含んではいない収容所の名簿の残響のように思えてしまう。

今でも、彼女は排水管を数える。実験室から帰宅するまでに三十八本。アパルトマンの小さな錬鉄のバルコニーでは花が育ち、夏には、マツヨイグサの花びらがどこまで大きく開いたかによって、今が何時ごろなのかを当てることができる。エレーヌが友達と出かけていてアパルトマンが静かすぎると思えば、マリー＝ロールは、植物園のすぐ外にあるレストラン、〈ル・ヴィラージュ・モンジュ〉まで歩いていき、ジェファール博士を偲んでカモ肉のローストを注文する。

彼女はしあわせだろうか。毎日、しあわせだと思えるときはある。たとえば、木の下に立ち、風にそよぐ木の葉の音を聞いているときや、収集家からの小包を開け、貝殻からなじみの海のにおいがしみ出てくるとき。エレーヌにジュール・ヴェルヌを読み聞かせてやり、娘が自分のそばで眠りこみ、女の子の温かく固い頭がわき腹にのっていたことを思い出すとき。

だが、エレーヌの帰りが遅くなり、不安が背筋を駆け上がってくるときもある。そんなとき、彼女は実験室の机にかがみこみ、まわりのすべての部屋を意識する――カエルやウナギやミミズの標本をおさめた戸棚、ピン留めした昆虫やシダの押し葉を大量におさめた整理棚、骨だらけの地下室――すると、突然、わたしは霊廟で働いている、と彼女は思う。各部門は整然とした墓地なのだ。科学者も番人も、警備員も来館者もすべて、死者の陳列室にいるのだ。

だが、そうした瞬間は数少なく、まれにしかない。彼女の実験室では、六つの塩水水槽が、心休まる音を立てている。奥の壁には、それぞれ四百の引き出しのついた整理棚がある。何年も前にジェファール博士の研究室から引き取ってきたものだ。毎年秋、彼女は学部生向けの授業をひとつ担当し、学生たちは塩漬けの牛肉やコロンやスクーターのガソリンのにおいをさせてやって来ては去っていく。彼女は学生たちの人生についてよくたずねる。彼らがどのような冒険をしてきたのか、どのような欲望や愚かさを胸に秘めているのかに思いをはせたいからだ。

七月の水曜日の夕方、彼女の助手が、開いた実験室の扉をそっとノックする。タンクは泡を吐き、フィルターは低くうなり、水槽のヒーターはついては切れる。会いたいという女性が来ている、と助手は言う。マリー＝ロールは点字のタイプライターに両手を置いたままだ。「収集家の人かしら?」

「違うようです、先生。ブルターニュにある博物館で先生の住所を聞いたと言っています」

まず、めまいの気配がいくつか。

「男の子といっしょです。廊下の突き当たりで待っています。明日出なおすように伝えましょうか?」

「どんな人かしら?」

「白い髪です」。助手は身を乗りだす。「服装はひどいです。肌は鶏肉みたいです。模型の家のことで先生にお会いしたいということなんですが」

自分のうしろのどこかで、マリー＝ロールは一万の止め釘にかかった一万本の鍵が揺れる音を耳にする。

「ルブラン先生？」

部屋は傾いている。今にも、彼女はその端からすべり落ちそうになっている。

来訪者

「子どものころにフランス語を学ばれたんですね」とマリー＝ロールは言うが、どうやって自分が話せているのかはよくわからない。

「そうです。これは息子のマックスです」

「こんにちは《グーテン・ターク》」。マックスは口ごもる。彼の手は温かく、小さい。

「こちらは子どものころにフランス語を学ばなかったのね」とマリー＝ロールは言い、大人のふたりとも笑ってから黙りこむ。

「持ってきたものがあって――」と女性は言う。新聞紙越しでも、それが模型の家だとマリー＝ロールにはわかる。まるで、その女性が、溶けた記憶の核を両手に落としてきたかのように感じられる。

彼女は立っているのもやっとだ。「フランシス」と助手に声をかける。「少しのあいだ、マックスに博物館を案内してもらえるかしら？　カブトムシとか？」

「もちろんです」

女性はドイツ語で息子になにかを言う。

「扉を閉めましょうか？」とフランシスは言う。

「お願い」

扉が、かちりと音を立てる。マリー＝ロールの耳に、水槽の泡の音、女性が息を吸う音、そして彼女が体を動かすと、腰かけの脚につけたゴムのすべり止めが床にこすれる音が届く。家の側面についた刻み目、傾いた屋根板を、彼女は指でなぞる。これを何度手に持ったことか。

「わたしの父が作ったものよ」と彼女は言う。

「どうして兄の手に渡ったのかご存じですか？」

すべてが周囲を渦巻き、部屋にひたひたと寄せ、そしてまた、マリー＝ロールの頭のなかに戻ってくる。あの少年。模型。まだ一度も開けられていないのだろうか。模型がかなりの熱を持っているかのように、彼女は唐突にそれを置く。

ユッタという女性は、彼女をまじまじと見つめているはずだ。謝るかのように口を開く。

「あなたから奪ったのでしょうか？」

マリー＝ロールは考える。時がたつにつれて、ごちゃ混ぜになったように思える出来事は、さらに混乱していくか、しだいに落ち着いていくものだ。あの少年は、彼女の命を三度救ってくれた。一度目は、エティエンヌを摘発すべきなのにそうしなかったとき。二度目は、あの上級曹長を追い払ってくれたとき。そして三度目は、彼女が町の外に出るのを助けてくれたとき。

「いいえ」と彼女は言う。

「あのころは」とユッタは言い、フランス語のたどたどしさに苦労する。「善人でいるのは簡単ではなかったですから」

「わたしは彼と一日一緒にいました。もっと短かった」

「あなたは何歳でしたか？」とユッタは言う。

「包囲戦のときは十六歳。あなたは？」

「十五歳です。終わったときには」

「わたしたちはみな、年齢よりも早く成長するほかなかった。彼は――？」

「兄は死にました」とユッタは言う。

もちろんだ。戦争が終わったあとの物語では、レジスタンスの英雄たちは揃って颯爽として、たくましく、紙ばさみから機関銃を作り上げられるような人々だった。そして、ドイツ人たちは、開いた戦車のハッチから金髪の頭を出し、破壊された市街を見まわす男たちか、でなければ、精神が錯乱して色情狂の、美しいユダヤ人女性を拷問する男たちにされていた。あの少年が入るところはあるだろうか。彼にはほんのわずかな存在感しかなかった。一本の羽毛と一緒に部屋にいるようなものだった。だが、彼の魂は、生まれつきのやさしさに輝いていたのではなかっただろうか。

ぼくらはよく、ルール川のそばでキイチゴを摘んだ。妹とぼくで。

「彼の手はわたしの手よりも小さかった」と彼女は言う。

女性は咳払いをする。「兄はいつも、年齢のわりには小柄でした。でも、わたしの面倒を見てくれた。期待されたことをせずにいるのは、彼には難しかった。きちんと言えていますか?」

「申し分なく」

水槽が泡の音をたてる。巻貝は食べている。この女性がどのような苦痛に耐えてきたのか、マリー＝ロールには見当もつかない。そして、模型の家。ヴェルナーはひとりで小洞窟に戻り、それを持っていったのだろうか。宝石はなかに残したのだろうか。「あなたとふたりで、わたしの大叔父の放送をよく聴いていたと彼は言っていました。はるか向こうのドイツでも聴けたと」

「あなたの大叔父の――？」

マリー＝ロールは、自分の向かいにいる女性にどのような思い出が押し寄せているだろうかと考えこむ。さらに言いかけたところで、廊下を歩いてくる足音が、実験室の前で止まる。マックスが、よくは聞き取れないなにかを、フランス語でたどたどしく言っている。フランシスは笑い、そして言う。「いや、いや、『背後』っていうのはぼくらのうしろのことだよ、『お尻』の意味じゃなくてね」

「ごめんなさい」とユッタは言う。

マリー＝ロールは笑う。「わたしたちを救ってくれるのは、子どもたちの屈託のなさね」

扉が開き、フランシスが言う。「大丈夫ですか？」

「大丈夫よ、フランシス。もう行っていいわ」

「わたしたちも出ます」とユッタは言うと、座っていた腰かけを、実験室のテーブルの下に入れる。「あの小さな家を渡したかったんです。わたしよりもあなたが持っているべきだから」

マリー＝ロールは、テーブルの上で両手を広げたままにしている。母と息子が、扉のほうに歩いていき、小さな手が大きな手に包まれているようすを想像すると、彼女はのどがつかえる。「待って」と彼女は言う。「戦争のあとに家を売ったとき、大叔父はサン・マロまで戻って、わたしの祖父が遺した録音でひとつだけ残っていたものを取ってきた。月についての録音よ」

「覚えています。それから光も？　裏面に？」

きしむ床、乱れる水槽のタンク。ガラスをすべっていく巻貝。テーブルの上、彼女の両手のあいだに置かれた小さな家。

「ご住所をフランシスに預けていらして。かなり古い録音だけど、あなたにお送りします。マックスは気に入ってくれるかもしれない」

紙飛行機

「それからね、フランシスが言ったんだけど、干した植物を入れた引き出しが四万二千個もあるんだって、それからダイオウイカのくちばしと、プレシオサウルスも見せてくれたし……」。ふたりの靴の下で砂利が鳴る。ユッタは木にもたれかかってしまう。

「ママ？」

光が、彼女のほうに向かってくると、また遠ざかる。「疲れたのよ、マックス。それだけ」

彼女は観光客向けの地図を広げ、ホテルに戻る道を理解しようとする。車通りはほとんどなく、通りかかる窓のほとんどは、テレビの光で青く照らされている。彼女は考える。死体がすべて不在であることで、わたしたちは忘れていられる。芝地が、死体を封印してくれている。

エレベーターに乗り、マックスが「6」を押すと、ふたりは昇っていく。部屋までの細長い廊下に敷かれた絨毯は栗色の川で、金色の台形がそこを横切っている。彼女が鍵を渡すと、マックスはしばらくいじってから鍵を開ける。

「ママ、どうやったら家が開くかあの女の人に教えてあげた？」

「あの人はもう知っていると思うわ」

ユッタはテレビをつけ、靴を脱ぐ。マックスはバルコニーの扉を開け、ホテルの便箋で飛行機をひとつ折る。バルコニーから見えるパリの半ブロックに、少女時代に描いた街の絵を思い出す——百軒の家、千の窓、輪を描く鳥の群れ。テレビでは、三千キロメートル彼方のピッチを走りまわる、青いユニフォームの選手たちが映っている。スコアは三対二。だが、ゴールキーパーは体勢を崩して倒れ、ウィングの選手がどうにかつま先で転がしたボールが、ゴールラインに向けてゆっくり転がっていく。それを蹴り出す選手は近くにいない。ユッタはベッド脇の電話を取ると数字を九つ回し、マックスは通りの上空に紙飛行機を飛ばす。飛行機は数メートル滑空してから、一瞬停止し、そして彼女の夫の声が「もしもし」と言う。

鍵

彼女は実験室で座り、トレーにのせたカガミガイを次々に触っていく。記憶が走馬灯のように駆け抜ける――よくしがみついていた父親のズボンの感触。ひざのまわりを飛び跳ねるハマトビムシ。ネモ船長の悲しみに満ちた調べに震えつつ、海の闇を漂っていく潜水艦。

家の模型を振ってみるが、それですぐにわかることはないと知っている。

彼はこれを取りに戻った。そして持ち出した。これを持って死んだ。どんな少年だったのだろう。彼が座って、エティエンヌの本をめくっていたときのことを、彼女は思い出す。

鳥だよ、と彼は言っていた。**どこをめくっても鳥がいる。**

白い枕カバーをはためかせ、煙を上げる町から出ていく自分の姿が見える。彼女が見えなくなるとすぐ、彼は踵を返し、ウベール・バザンの門をまた抜けた。頭上には、崩れかけた巨大な塁壁。格子の向こう側では、海が引いていく。小さな家のパズルを解く彼の姿が、彼女には見える。もしかすると、彼は、何千という巻貝のいる潮だまりにあのダイヤモンドを落とすかもしれない。そして、パズルの箱を閉じ、門に鍵をかけて、小走りで去っていく。

それとも、宝石を家のなかに戻すのか。

あるいは、自分のポケットにすべりこませるか。

彼女の記憶のなかから、ジェファール博士がささやく。**それは本当に小さいが、本当に美しいものかもしれない。相当な値打ちがあるかもしれない。もっとも強い人だけが、そんな気持ちに背を向けることができるのだよ。**

彼女は煙突を九十度ひねる。父親が作ったばかりのときと同じように、なめらかに回転する。三枚の屋根板の一枚目をずらしてはずそうとすると、引っかかってしまう。だが、万年筆の先を使って、屋根板をこじ開けてはずす。一枚、二枚、三枚。

彼女の手のひらになにかが転がりでる。
鉄の鍵だ。

炎の海

どろどろに溶けた世界の奥深く、三百キロメートル地下から、それはやってくる。薄い層に含まれた、無数の結晶のひとつとして。純粋な炭素。どの原子も、等距離にある四個の原子とつながり、完璧に結合した正四面体で、硬度で匹敵するものはない。それはすでに古く、はかりがたいほど太古から存在する。計算不能なほどの歳月が流れる。大地は動き、肩をすくめ、伸びる。ある年、ある日、ある時刻に、上昇する巨大なマグマが結晶の層を集め、燃えながら、その結晶を何キロも押し上げていく。大きなキンバリー岩の外来岩片の内部で冷え、そこで待つ。世紀が次々に過ぎる。雨、風、数立方キロの氷。基盤岩は大きな岩となり、岩は石になる。氷は後退し、湖が形作られ、銀河のような淡水性の二枚貝が、太陽に向けて何百万という貝殻を開き、閉じ、死に、そして湖から水がしみ出していく。先史時代の樹木がそびえ、倒れ、またそびえ立つ。そしてまたある年、ある日、ある時刻に、嵐の爪が、ひとつの石を峡谷からかき出し、轟々と流れる沖積層の水のなかに放りこみ、そこで最後に、ある夕方に、みずからが求めるものを心得た王子の目にとまる。

それは切り出され、磨かれる。しばらくのあいだ、それは人の手から手に渡る。また別の時刻、別の日、別の年。クルミほどの大きさの炭素のかたまり。藻に覆われ、フジツボに飾られる。巻貝がその上を這う。小石のあいだで揺れている。

フレデリック

彼は西ベルリン郊外で母親と暮らしている。ふたりのアパートは三連棟の中央にある。ひとつだけある窓からは、モミジバフウの木々、ほとんど車のない広いスーパーの駐車場、その奥の高速道路が見える。

ほとんどの日、フレデリックは裏の中庭に座り、捨てられたビニール袋が風に飛ばされて駐車場を通っていくのを眺める。ときには袋が空高く舞い上がり、予測不能な弧を描いてから、木の枝に引っかかるか、視界から消えていくこともある。彼は鉛筆で螺旋を描く。

ごちゃごちゃの、濃く描かれたコルク抜き。一枚の紙を二、三個の螺旋で埋めつくすと、それを裏返してまた埋めていく。アパートには、その絵があふれている。カウンターの上や引き出しのなか、トイレの水槽の上に、何千本という螺旋がある。彼の母親は、かつてはフレデリックが見ていないすきに紙を捨てていたが、最近ではもうあきらめている。「あの子ったら、工場みたいなものよ」と彼女はよく友人たちに言うとなげやりな笑顔になり、自分を勇ましく見せようとした。

今では、訪ねてくる友人はほとんどいない。ほとんど残っていない。

ある週の水曜日——とはいえ、フレデリックにとって曜日になんの意味があるだろう——彼の母親が、郵便物を持って入ってくる。「手紙が来たわ」と言う。「あなたによ」

戦争が終わってから、何十年も、彼女は本能的に隠れてきた。身を隠し、息子に起きたことを隠す。口に出すのもはばかられる犯罪の共犯者だったかのように感じてしまう未亡人は、彼女ひとりではなかった。大型の封筒のなかには、手紙が一通と、ひとまわり小さな封筒が一枚入っている。手紙はエッセンにいる女性からで、こう説明されている。小さな封筒は、彼女の兄が持っていて、フランスにあったアメリカ軍の捕虜収容所から、ニュージャージー州の軍事保管施設に、さらには西ベルリンの復員兵支援組織に渡ったものだという。それから、かつての軍曹に。そして、手紙を書いている女性の手に。

ヴェルナー。彼女はまだ、その少年の姿をはっきりと覚えている。白い髪、恥ずかしげな手、ほろりとさせる笑み。フレデリックの、ひとりだけの友達。「とても小柄な子だった」と彼女は声に出して言う。

フレデリックの母親は、未開封の封筒を彼に見せる。しわがより、セピア色になり、古ぼけ、彼の名前が小さな筆記体で書かれている――だが、息子は興味を示さない。夕暮れが近づくなか、彼女はその封筒をカウンターに置き、米を一カップ量ると火にかけ、いつものようにランプと天井の電灯をすべてつける。よく見えるようにするためではなく、彼女は孤独で、両側は空き家だから、そして、あかりをつけているとだれかを待っているような気分になれるからだ。

彼女は息子のために野菜をピューレにする。スプーンでフレデリックの口に入れてやると、彼は鼻歌を歌いながらのみこむ。きょうは機嫌がいい。あごを拭いてやり、前に紙を一枚置くと、彼は鉛筆を持って描きはじめる。

彼女は石鹼水を流しに溜める。そして封筒を開く。なかには、フルカラーで印刷された二羽の鳥が折りたたまれている。ミナミミズツグミ。1、オス。2、メス。一本のテンナンショウの茎にとまった、二羽の鳥。メモか説明はないかと、封筒のなかをもう一度確かめるが、なにも入っていない。

彼女がフレッデにあの本を買ってあげた日、書店主はかなりの時間をかけて本を包装した。その魅力は彼女にはわからなかったが、息子が大喜びすることはわかっていた。

医師たちからは、フレデリックにはもう記憶はない、彼の脳は基本的な機能しか果たしていないのだと言われているが、彼女はふと立ち止まってしまうことがよくある。できるだけその紙のしわを伸ばして、フロアランプを近くに引きずってくると、息子の前に置く。彼が首を傾けるので、じっくり眺めているのだと彼女は自分に言い聞かせようとする。だが、彼の目は灰色の空洞で、浅いままで、しばらくすると螺旋に戻ってしまう。

皿を洗い終えると、彼女はいつもどおりにフレデリックを一段高い中庭に連れていく。彼はよだれかけをつけ、ぼんやりと宙を見つめる。明日、鳥の絵をもう一度試してみよう。

秋、町の上空をホシムクドリが脈動するような大群になって飛ぶ。その姿を見て、翼が一気に羽ばたいていく音を耳にすると、彼が背筋をまっすぐ伸ばすような気がする。

彼女が腰を下ろし、並んだ木々越しに大きくがらんとした駐車場を眺めていると、暗い影がひとつ、街灯の光を背にしてさっと通り過ぎる。消えたかと思うとまた現われ、唐突に、音もなく、二メートルと離れていない床のてすりに下りる。

フクロウだ。大きさは子どもほどもある。フクロウが、首を回転させ、黄色い目でまばたきすると、ひとつの思いが彼女の頭で鳴り響く。**わたしのために来てくれたのね。**

フレデリックが背筋を伸ばす。フクロウはなにかを聞きつける。とまった場所で、彼女が今までに見たなによりも熱心に耳を澄ます。フレデリックはひたすら凝視する。

そしていなくなる。翼の音が三度聞こえると、フクロウは闇にのみこまれる。

「見た？」と彼女はささやく。「フレッデ、あれを見た？」

彼は影を見上げたままだ。だが、ふたりの頭上では、枝に引っかかったビニール袋がかさかさと揺れ、その奥の駐車場では、何十というおぼろげで球状になった人工照明が見えるだけだ。

「ママ？」とフレデリックは言う。「ママ？」

「わたしはここよ、フレッデ」

彼女は息子のひざに手を置く。彼の指は、椅子のひじかけをしっかりとつかんでいる。

全身が固くなっている。首筋の血管が浮いている。

「フレデリック？　どうしたの？」

彼は母親を見る。まばたきはしない。「ぼくらはなにをしているの、ママ？」

「あら、フレッデ。座っているだけよ、ただ座って、夜空を見ているのよ」

第十三章　二〇一四年

彼女は世紀の変わり目に立ち会うまで生きる。まだ生きている。

三月初旬、土曜日の朝。ひ孫のミシェルは、アパルトマンまで彼女を迎えにいくと、植物園を一緒に散歩する。空中では霜がかすかに光り、マリー＝ロールは杖の丸くなった先を前に出してよろよろと歩く。薄い髪は、風に吹かれて片側に寄る。葉のない木の枝が、頭上を過ぎていく光景は、カツオノエボシの群れが長い触手をなびかせて漂流するようなものだろうと彼女は想像する。

砂利道の水たまりには、薄い氷ができている。それに杖が当たるたびに、彼女は立ち止まってかがみ、薄い氷の板を割らずに持ち上げようとする。レンズを目に近づけようとするかのように。そして、そっと下ろす。

少年は辛抱強く、必要だと思えるときだけ曾祖母のひじを持って支える。ふたりは植物園の北西の角にある生け垣の迷路に向かう。小道は上り坂になり、しだいに左に曲がっていく。上り、立ち止まり、息を整える。そしてまた上る。坂の上にある古い鋼鉄製のあずまやにたどり着くと、少年は細長いベンチに曾祖母を連れていき、一緒に腰を下ろす。

ほかにはだれもいない。寒すぎるのか、時間が早すぎるのか、あるいはその両方か。彼女は耳を澄ます。風が、あずまやの屋根の上にある冠の線条細工を抜けていき、まわりでは迷路の壁がしっかりと立ち、下ではパリがざわめき、土曜日の朝の眠たげな音を低く響かせている。

「今度の土曜日で十二歳になるのでしょう、ミシェル？」

「ようやくね」

「早く十二歳になりたいの？」

「母さんがさ、十二歳になったらモペッドを運転してもいいって」

「あらそう」マリー＝ロールは笑う。「モペッドね」

彼女の爪の下で、ベンチの小板に、霜が、何十億という小さな光の冠を、言葉を失うほど複雑な格子細工を作っている。

ミシェルは彼女のそばに体を寄せ、じっと黙りこむ。手だけが動いている。クリックする小さな音、ボタンを押す音が聞こえてくる。

「どんなゲームをしているの？」

「司令官ゲームさ」

「そのコンピューターを相手に？」

「相手はジャックだよ」

「ジャックはどこにいるの？」

少年はゲームから目を離さない。ジャックが今どこにいるのかは問題ではない。ジャックはゲームのなかにいる。彼女は座り、杖は砂利に当たってたわみ、少年は発作でも起こしたようにボタンを連打する。しばらくして、彼が「くそ！」と叫ぶと、結末めいた、かん高い音がいくつか鳴る。

「大丈夫かしら？」

「あいつに殺された」。ミシェルの声に、現実感が戻る。また顔を上げている。「ジャックにってことだよ。ぼくは死んだ」

「ゲームで？」

「そうだよ、でも、いつでもリセットできる」

ふたりの眼下で、風が木々から霜をこすり落とす。彼女は後頭部に当たる日光の感触に気持ちを集中する。そばにいるひ孫の温もりに。

「ひいお祖母ちゃんはさ、十二歳の誕生日のときになにか欲しいものはあった？」

「あったわ。ジュール・ヴェルヌの本を一冊欲しかった」

「ママが読んでくれるのと同じやつ？　もらえたの？」

「もらえたわ。ある意味ではね」

「あの本に出てくる魚は名前がいちいち難しいんだ」

彼女は笑う。「それにサンゴと、軟体動物もそうね」

「軟体動物なんか最悪だよ。ひいお祖母ちゃん、きょうはいい天気だね」

「本当にいい天気ね」

下のほうの庭園では、人々が歩き、生け垣では風が聖歌を歌い、迷路の入り口にある古いヒマラヤスギの大木がきしむ。マリー＝ロールは、ミシェルの機械を出入りしている電磁波を想像する――エティエンヌが語ってくれたように、ふたりのまわりで曲がっているが、ただし今では、彼が生きていたころの千倍もの電波が宙を飛び交っている。百万倍かもしれない。激流のようなメッセージのやり取り、潮のような携帯電話での会話や、テレビ番組や、Eメールが、街の地上と地下一面に張りめぐらされたファイバーとワイヤーのネットワークが、建物を抜け、地下鉄のトンネルにある送信機のあいだ、建物の屋上にあるアンテナのあいだ、携帯電話の送信装置を内蔵した街灯のあいだで弧を描き、カルフールや、エビアンや、トースターペストリーのCMが、宇宙に向けて信号で送られ、また地球に戻ってくる、「遅刻する」や「予約を取るほうがいい？」や「アボカドを買って」や「彼はなんて言ったの？」や、一万もの「きみがいなくてさびしい」や、五万もの「愛してる」、憎しみのメールや、予約確認や、マーケットの最新情報、宝石の宣伝やコーヒーの宣伝、家具の宣伝が、人目につかず、迷路のようなパリの上空を行き交い、戦場や墓の上空を、アルデンヌの上空を、ライン川や、ベルギーや、デンマークの上空を、わたしたちが国家と呼ぶ、傷つき、つねに移ろう風景の上空を飛び交っている。だとすると、魂もそうした道を移動するのかもしれないと信じるのは、それほど難しいことだろうか。彼女の父親や、エティエンヌや、マネック夫人や、ヴェルナー・ペニヒというドイツ人の少年が、群れになって、シラサギやアジサシやホシムクドリのように、空をさまよっているのだとしたら。魂の巨大な定期便が飛びまわり、かすかだが、じっくり耳を傾ければ、その音が聞こえてくるのだとしたら。彼らは煙突の上を流れ、歩道に乗り、人々のジャケットも、シャツも、胸骨も、肺も通り抜けて反対側に出る――空気は生きたすべての生命、発せられたすべての文章の書庫にして記録であり、送信されたすべての言葉が、その内側でこだましつづけているのだとしたら。

彼女は思う。一時間が過ぎるごとに、戦争の記憶を持つだれかが、世界から落ちて消えていく。

わたしたちは、草になってまた立ち上がる。花になって。歌になって。

ミシェルが彼女の腕を取り、ふたりはまた道を下っていき、門を抜け、キュヴィエ通りに出る。彼女は排水管を一本、二本、三本、四本、五本と通り過ぎていき、自分の建物に着くと、口を開く。「ここでいいわ、ミシェル。道はわかるかしら？」

「あたりまえだよ」

「じゃあ、また来週にね」

彼は曾祖母のほほに一回ずつキスをする。「また来週ね、ひいお祖母ちゃん」

彼女は耳を澄ませる。少年の足音は消えていく。やがて、聞こえるのは、車のため息と、通過する列車と、寒さのなかで先を急ぐ、すべての人々の物音になる。

謝辞

ローマのアメリカン・アカデミー、アイダホ芸術委員会、そしてジョン・サイモン・グッゲンハイム記念財団に、ぼくは多くを負っています。初めてぼくをサン・マロに連れていってくれた、フランシス・ジェファールに感謝します。ピンキー・アーバンとクレア・レイヒルの熱意と自信に感謝します。そしてとりわけ、十年間待ってくれて、それからこの本に鉛筆の書きこみと多くの時間と心血を注ぎこんでくれたナン・グラハムに感謝します。

そのほか助けになってくれたのは、ジャック・リュセイランの『そして光があった』、クルツィオ・マラパルテの『壊れたヨーロッパ』、ミシェル・トゥルニエの『魔王』、リチャード・ファインマンの『ご冗談でしょう、ファインマンさん』(「この子、考えただけで直してみせたわ!」のくだり)、メアリー・オリヴァーの「夏の日」(「すべてはいつか、早すぎる死を迎えるものだろ?」)、ぼくの郵便箱に絶えまなく参考資料を送りつづけてくれたコート・コンリーです。草稿を読んでくれたハル・イーストマンとジャック・イーストマン、マット・クロスビー、ジェシカ・ザックセ、ミーガン・トゥイーディ、ジョン・シルヴァーマン、スティーヴ・スミス、ステファニ・ネレン、クリス・ドーア、マーク・ドーア、ディック・ドーア、ミシェル・ムーランブル、ケイラ・ワトソン、チェストン・クナップ、メグ・ストーリー、そしてエミリー・フォーランドも。そしてとりわけ、母のマリリン・ドーアは、ぼくにとってのジェファール博士であり、ジュール・ヴェルヌでした。

最大の感謝を、生まれたときからこの本とともに過ごしてきたオーウェンとヘンリーに、そして、ショーナに捧げます。彼女なしではこの本は存在しなかったし、この本のすべては彼女のおかげです。

訳者あとがき

本書『すべての見えない光』は、アンソニー・ドーアが二〇一四年に発表した長篇小説 *All the Light We Cannot See* の全訳である。言うまでもなく、ドーアは短篇作家としてデビューし、それまでに発表した二冊の短篇集『シェル・コレクター』(原書は二〇〇二年刊行)および『メモリー・ウォール』(二〇一〇年)で、その評価をほぼ揺るぎないものとしていた。そうして短篇を次々に書いていきながらも、十年にわたって書き継いできた長篇が、ついに刊行されたことになる。第二次世界大戦を題材とした本書は、ドーアのこれまでの作品を遥かに上回る反響を呼び、『ニューヨーク・タイムズ』紙のベストセラーリストに二百週以上にわたってランクインしただけでなく、二〇一五年のピュリツァー賞を受賞し、同年には合衆国大統領バラク・オバマの読書リストにも入るなど、あらゆる方面からの注目と賞賛を浴び、二〇二三年にはショーン・レヴィ監督によりテレビシリーズとして映像化された。

本書の設定だけを取り出せば、いささか奇妙な現象ではある。それまでのドーアはベストセラー作家ではなかった上に、『すべての見えない光』の主な舞台となるのは、アメリカではなく、フランスの北岸にあるサン・マロという町である。さらに言えば、小説にはアメリカ人の登場人物はひとりも出てこない。『メモリー・ウォール』の最後に収められた「来世」には、『すべての見えない光』とも共通する設定や描写があるが、「来世」の物語の半分は第二次世界大戦中のドイツ、もう半分は現代のアメリカ合衆国オハイオ州で展開する。『すべての見えない光』は、さらにアメリカから遠く離れて展開するにもかかわらず、アメリカの読者にここまで広く読まれることになった。

とはいえ、実際に本書を手にとってみれば、そうした疑問はたちどころに氷解する。戦争を背景とした物語のスケールは、長篇の醍醐味を存分に味わわせてくれるし、主人公のふたりをめぐるサスペンスに満ちた展開は、一度読み出したら止めることができないほど緻密な構成をもっている。さらに、そうした物語の骨組みの血肉となるのが、デビュー以来変わらないドーア作品の特徴である、自然と人間との関係という主題、文章に溢れるみずみずしい詩情と、国籍を問わず登場人物への共感に満ちたまなざしである。ときに壮大で、ときに繊細な感覚が詰まったこの小説は、圧倒的な読後感を残す作品として姿を現わしたのだ。

『すべての見えない光』は、ドーアにとっては二作目の長篇小説にあたる。長篇第一作は、二〇〇四年に発表した*About Grace*で、アラスカに住むデイヴィッド・ウィンクラーという男性を主人公としている。未来を幻視できるウィンクラーが、自分と娘の運命を見てしまったがゆえに、そこから逃れようと世界を旅するようすが、詩的な文章によって語られていく。人間と自然の世界の交錯という主題や、アラスカからカリブ海まで世界各地にまたがる設定、登場人物の心情の細やかな描写など、隅々までドーアらしい小説となっている。人は運命を変えられるのか、という第一作を貫く主題は、『すべての見えない光』にも引き継がれることになる。

そのデビュー長篇の表紙デザインを確認するため、ドーアは二〇〇四年にニューヨークを訪れた。電車がトンネルに入ったところで、携帯電話の電波が届かなくなったことに腹を立てている乗客を目にして、遠く離れた人と通話ができることの不思議さを語るべきではないかという思いが芽生えた、とドーアは語っている。

それからしばらくして、*About Grace*のフランス語版刊行にあわせて企画されたツアーで、ドーアは文芸祭が行われていたサン・マロの町を訪れた。当時の彼の脳裏には、生き埋めになってしまった少年と、その少年に本を読み聞かせる少女、という物語の断片的なイメージがあったという。サン・マロの城壁を夜に散策し、市街と海の織りなす幻想的な風景に魅了されたドーアは、同行していたフランス人から、町が第二次世界大戦中にアメリカ軍の爆撃でほぼ完全に破壊されていたことを知る。その瞬間、サン・マロの町が新しい小説の舞台になる、と彼は直感した。

そこから、物語の枝が四方に伸びるようにして、『すべての見えない光』は、第二次世界大戦を背景とした歴史小説となっていった。パリで父親と暮らしていた、視力を失った少女マリー＝ロールと、ドイツの炭坑町ツォルフェアアインの孤児院で妹と日々を過ごす、ドイツ人少年ヴェルナー・ペニヒの人生の軌跡が、戦争によってサン・マロで交錯する物語として。

その物語は、ふたつの人生の間を行き来するようにして進行する。一九四四年八月、ドイツ軍の占領下にあるサン・マロを襲うアメリカ軍の爆撃で幕を開けたあと、物語は十年前にさかのぼり、戦争前のパリで暮らすマリー＝ロールと、ツォルフェアアインで暮らすヴェルナー、ふたりの人生を交互に描いていく。マリー＝ロールは、目が見えなくなったあと、自然史博物館で働く父親について毎日博物館に通う。点字を学び、自分の周囲と、それを越える世界について知るようになっていく。一方のヴェルナーは、父親の命を奪った炭坑で働く運命にどうにか抗おうと思ううちに、ある日、壊れたラジオを拾う。そこから、彼にとって世界は、また異なる姿を見せるようになる。このふたつの物語の行き先を、やがて、しだいに濃くなっていく戦争の気配が変えていく。

そして、ドーアの作品に欠かすことのできない、人間に対する細やかなまなざしは、『すべての見えない光』のひとつひとつのエピソードを忘れがたいものとしている。マリー＝ロールとヴェルナーの心の脆さ、強さ、迷い、成長、そして決断を、ドーアの繊細な筆致はていねいに刻みこんでいく。

なおかつ、ヴェルナーの妹ユッタや彼の同級生フレデリック、あるいはマリー＝ロールがサン・マロで出会う大叔父のエティエンヌと住みこみの家政婦マネック夫人、〈炎の海〉を探し求めるドイツ人下士官フォン・ルンペルなど、どの登場人物も紋切り型に陥ることなく描かれており、それが、物語を幾重にも豊かなものとしている。みずからを「ヒューマニスト」と形容し、世界に存在するさまざまな驚異を作品で伝えたいと語るドーアの姿勢は、細部にいたるまで感じ取ることができるはずだ。

そのドラマの中心にあるのは、〈炎の海〉と呼ばれる、伝説のダイヤモンドである。百三十三カラットのブルーダイヤモンドであり、中心に炎のような赤い色が差している〈炎の海〉は、ドーアの創作による架空の宝石である。想像もつかないほどの価値をもつその宝石を、手を尽くして守ろうとする自然史博物館の努力は、やがて、マリー＝ロールと父親の運命を大きく動かしていく。そして、第三帝国のために〈炎の海〉を手に入れるべく、ドイツの下士官が調査を開始する……。

宝石が物語のなかで放つ輝きだけでなく、「光」は、本書のいたるところに顔を出す、もうひとつの主題である。目には見えない電波が飛び交う無線交信、目の見えない少女マリー＝ロールにとっての色に満ちた日常などが、読者の想像力という、もうひとつの目には見えない世界と触れ合うとき、その豊かさは、驚くほどの奥行きを体感させてくれる。世界とはどのような場所かという感覚そのものを大きく揺さぶるような瞬間に満ちているからこそ、この小説は、第二次世界大戦を扱うほかの歴史小説とは異なる境地を切り開いたものとなっている。

もうひとつ、この物語の魅力に、短いもので一ページ、長くても十ページほどの短い断章をちりばめる形で構成されているというスタイルがある。すでに、『メモリー・ウォール』の表題作や「一一三号村」で試していたその手法を、ここまでの大長篇で採用するにあたっては、並大抵の苦労ではなかったようだ。ひとつひとつの断章に納得いくまで磨きをかけつつ、総数百七十八にものぼるそれらのエピソード群を、どうやって物語全体に配置するのか、ドーアは試行錯誤を繰り返したという。物語に登場する、街のミニチュア模型を作製するのに似た作業だったと言えるかもしれない。こうして、小説の着想から十年を要し、『すべての見えない光』は完成の日を迎えた。原書で五百頁を超える分量でありながら、宝石のように磨き込まれた個々のエピソードの輝きと、物語としての完成度を誇りつつ、さまざまな形で読者の想像力が入りこむ余地をもつ小説に仕上がっている。

二〇一六年刊行の単行本版の翻訳を進めるにあたっては、新潮社出版部の佐々木一彦さんに、スケジュールから訳文のチェックなど、すべての作業を的確にサポートしていただいた。その後、こうしてハヤカワepi文庫から刊行する際には早川書房書籍編集部の茅野ららさんに伴走していただいた。どうもありがとうございました。本書の一部は、同志社大学英文学科でのゼミや東京大学文学部の授業でも読む機会があった。授業を通じていろいろなことを教えてくれた学生のみなさんにも感謝したい。なお、翻訳に先立ってサン・マロの町を訪れたときには、友人であるベルティーユ・ドゥ・ボーディニエールとその家族が温かく迎えてくれた。

アメリカで原書が刊行されたあと、作者ドーアから、主に時代背景や文化を踏まえた表現修正の連絡が複数回届けられた。そのため、二〇一四年発表の英語版とは、固有名詞など細部で異なる点があることをおことわりしておく。なお、作中には、ジュール・ヴェルヌの『海底二万里』をはじめとする旅の物語がたびたび登場する。それらの引用については、以下の翻訳版を参考にさせていただいた。

ジュール・ヴェルヌ『地底旅行』（朝比奈弘治訳）岩波文庫、一九九七年
ジュール・ヴェルヌ『海底二万里』（村松潔訳）新潮文庫、二〇一二年
チャールズ・R・ダーウィン『新訳　ビーグル号航海記　上・下』（荒俣宏訳）平凡社、二〇一三年

また、本書につづく作品として、ドーアは二〇二一年に第三長篇 *Cloud Cuckoo Land* を発表し、十五世紀のコンスタンティノープル、二〇二〇年のアメリカ合衆国アイダホ州、そして未来の宇宙船を行き来する物語を作り上げ、また大きな反響を呼んだ。

そしてもうひとつ、翻訳について個人的な思いを述べることを許していただきたい。アメリカで『すべての見えない光』が刊行され、その反響の大きさを耳にした日本の読者の多くは、ドーアのこれまでの二冊の短篇集と同じく、岩本正恵さんの翻訳でそれを読む日を心待ちにされていたのではないかと思う。僕自身もその思いでいたのだが、ある日、それはもう叶わなくなってしまった。そのお仕事を引き継ぐことになってから、僕は岩本訳

によるドーア作品を何度も読み返し、そのたびに、こんなふうに翻訳ができたら、と憧れずにはいられなかった。それは、やさしさと力が宿る言葉とはどういうものかを改めて知る、豊かな時間でもあった。結果として、僕の力量の問題もあり、岩本さんの訳文と完全に同じものにはならなかったのだが、ドーアの世界の手ざわりが少しでも読者に伝わったとすれば、それは先行する二冊のドーア作品との対話のおかげである。この先もずっと、僕はその対話を続けていくだろう。

最後に、僕の家族に最大の感謝を。ときどき僕の原稿をのぞきこんでは、ヴェルナーとマリー＝ロールの運命を気にかけていた娘と、翻訳のための下調べから完成稿まで、すべての時間をともにいてくれた妻の河上麻由子に、本書の翻訳を捧げたい。

二〇二三年九月（単行本版の訳者あとがきを加筆・修正し再録）

本書は、二〇一六年八月に新潮社より刊行された作品を改訂、文庫化したものです。

ハヤカワ epi 文庫は、すぐれた文芸の発信源（epicentre）です。

訳者略歴　東京大学大学院准教授　訳書『ニッケル・ボーイズ』『ハーレム・シャッフル』コルソン・ホワイトヘッド，『その丘が黄金ならば』C・パム・ジャン，『サブリナ』『アクティング・クラス』ニック・ドルナソ（以上早川書房刊），『血を分けた子ども』オクテイヴィア・E・バトラー他多数　著書『ターミナルから荒れ地へ』他

すべての見《み》えない光《ひかり》

〈epi 112〉

二〇二三年十一月二十日　印刷
二〇二三年十一月二十五日　発行

（定価はカバーに表示してあります）

著者　アンソニー・ドーア

訳者　藤《ふじ》井《い》光《ひかる》

発行者　早川浩

発行所　株式会社 早川書房

郵便番号　一〇一 - 〇〇四六
東京都千代田区神田多町二ノ二
電話　〇三 - 三二五二 - 三一一一
振替　〇〇一六〇 - 三 - 四七七九九
https://www.hayakawa-online.co.jp

乱丁・落丁本は小社制作部宛お送り下さい。
送料小社負担にてお取りかえいたします。

印刷・三松堂株式会社　製本・株式会社明光社
Printed and bound in Japan
ISBN978-4-15-120112-7 C0197

本書は活字が大きく読みやすい〈トールサイズ〉です。